VENENO
EM SEUS
CORAÇÕES

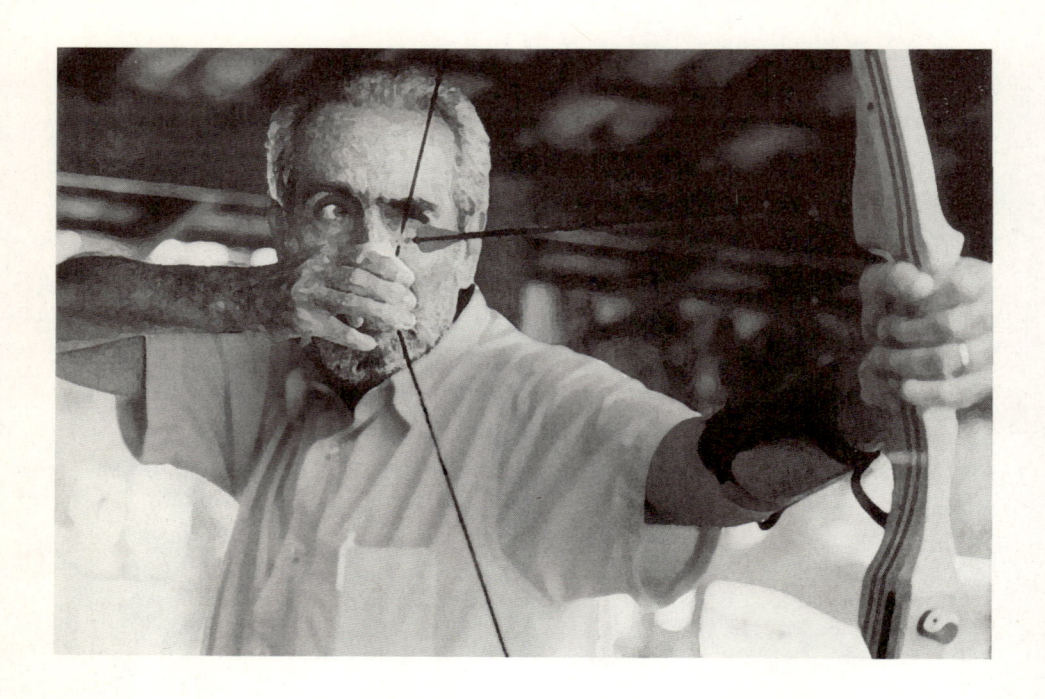

O Arqueiro

GERALDO JORDÃO PEREIRA (1938-2008) começou sua carreira aos 17 anos, quando foi trabalhar com seu pai, o célebre editor José Olympio, publicando obras marcantes como *O menino do dedo verde*, de Maurice Druon, e *Minha vida*, de Charles Chaplin.

Em 1976, fundou a Editora Salamandra com o propósito de formar uma nova geração de leitores e acabou criando um dos catálogos infantis mais premiados do Brasil. Em 1992, fugindo de sua linha editorial, lançou *Muitas vidas, muitos mestres*, de Brian Weiss, livro que deu origem à Editora Sextante.

Fã de histórias de suspense, Geraldo descobriu *O Código Da Vinci* antes mesmo de ele ser lançado nos Estados Unidos. A aposta em ficção, que não era o foco da Sextante, foi certeira: o título se transformou em um dos maiores fenômenos editoriais de todos os tempos.

Mas não foi só aos livros que se dedicou. Com seu desejo de ajudar o próximo, Geraldo desenvolveu diversos projetos sociais que se tornaram sua grande paixão.

Com a missão de publicar histórias empolgantes, tornar os livros cada vez mais acessíveis e despertar o amor pela leitura, a Editora Arqueiro é uma homenagem a esta figura extraordinária, capaz de enxergar mais além, mirar nas coisas verdadeiramente importantes e não perder o idealismo e a esperança diante dos desafios e contratempos da vida.

VENENO
EM SEUS
CORAÇÕES

LAURA SEBASTIAN

ARQUEIRO

Título original: *Poison in Their Hearts*

Copyright © 2024 por Laura Sebastian
Copyright da arte do mapa © 2023 por Virginia Allyn
Copyright da tradução © 2025 por Editora Arqueiro Ltda.

Publicado mediante acordo com Folio Literary Management, LLC e Agência Riff.

coordenação editorial: Gabriel Machado

produção editorial: Guilherme Bernardo

tradução: Raquel Zampil

preparo de originais: Natalia Klussmann

revisão: Pedro Staite e Suelen Lopes

diagramação: Valéria Teixeira

imagem de capa: Lillian Liu

adaptação de capa: Natali Nabekura

impressão e acabamento: Lis Gráfica e Editora Ltda.

CIP-BRASIL. CATALOGAÇÃO NA PUBLICAÇÃO
SINDICATO NACIONAL DOS EDITORES DE LIVROS, RJ

S449v

Sebastian, Laura, 1990-
Veneno em seus corações / Laura Sebastian ; tradução Raquel Zampil.
- 1. ed. - São Paulo : Arqueiro, 2025.
416 p. ; 23 cm.　　　(Castelos em seus Ossos ; 3)

Tradução de: Poison in their hearts
Sequência de: Estrelas em suas veias
ISBN 978-65-5565-727-2

1. Ficção americana. I. Zampil, Raquel. II. Título. III. Série.

24-94527　　　　　　　　CDD: 813
　　　　　　　　　　　　CDU: 82-3(73)

Meri Gleice Rodrigues de Souza - Bibliotecária - CRB-7/6439

Todos os direitos reservados, no Brasil, por
Editora Arqueiro Ltda.
Rua Artur de Azevedo, 1.767 – Conj. 177 – Pinheiros
05404-014 – São Paulo – SP
Tel.: (11) 2894-4987
E-mail: atendimento@editoraarqueiro.com.br
www.editoraarqueiro.com.br

Para Krista Marino,
que me ajudou a tecer uma história a partir de uma ideia.

As Ilhas Silvan

MONTANHAS DE WALDER

Lago Chancelly

Rio Este

FLORESTA DE GARINE

FRIV

Oceano de Vixania

TEMARIN

Rio Vellina

Lago Belista

FLORESTA DE AMIVE

KAVELLE

Rio Merin

Rio Illiven

Rio Tenin

Lago Calima

MONTANHAS DE ALDER

VESTERIA

Mar de Avelene

As famílias reais de Vesteria

Bessemia
Casa de Soluné

Imperador Aristede ——— Imperatriz Margaraux
(falecido)

Princesa Beatriz   Princesa Daphne   Princesa Sophronia
(falecida)

Friv
Casa de Deasún

Aurelia --- Rei Bartholomew ——— Rainha Darina

Bairre   Príncipe Cillian
(falecido)

Cellaria
Casa de Noctelli

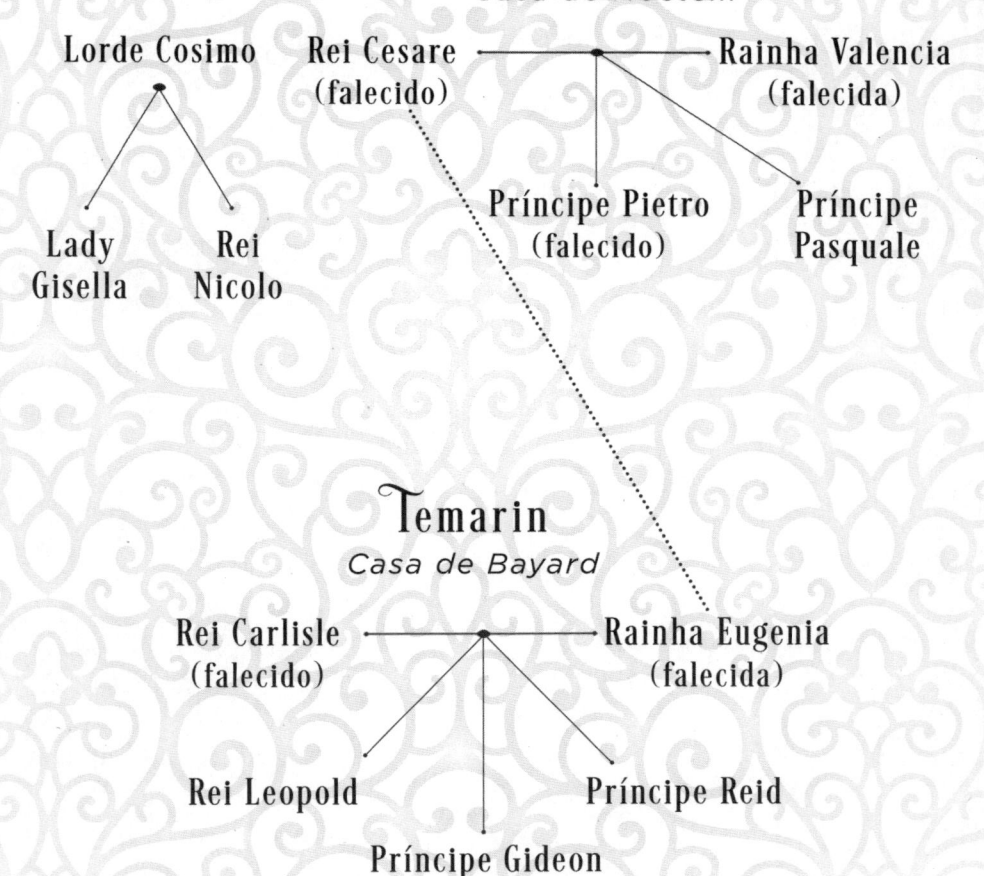

Lorde Cosimo

Rei Cesare
(falecido)

Rainha Valencia
(falecida)

Lady
Gisella

Rei
Nicolo

Príncipe Pietro
(falecido)

Príncipe
Pasquale

Temarin
Casa de Bayard

Rei Carlisle
(falecido)

Rainha Eugenia
(falecida)

Rei Leopold

Príncipe Reid

Príncipe Gideon

Daphne

Sentada no salão pouco usado na parte norte do Castelo Eldevale, Daphne tem uma visão perfeita do portão principal. Ao longo de toda a manhã, enquanto ela toma seu chá, as pessoas vêm e vão. Uma carroça do correio, outra de produtos agrícolas, várias dezenas de cortesãos a cavalo indo às compras em Wallfrost Street ou à caça nos bosques. Sempre que alguém se aproxima do portão, Daphne se empertiga na cadeira, mas toda vez seus ombros voltam a se curvar, desapontada.

– Tem alguma coisa errada – diz ela em voz alta, mexendo o chá e afastando o olhar do portão para observar Cliona e Violie.

As três estão sentadas em torno da pequena mesa ao lado da janela desde o café da manhã, Cliona e Violie conversando e Daphne fingindo ouvir. Se estivesse menos distraída, talvez ficasse admirada com a rapidez com que as duas ficaram amigas, apesar de serem tão diferentes: Cliona, a dama frívia privilegiada que trabalha secretamente para a rebelião encabeçada pelo pai; Violie, uma plebeia bessemiana que, além de criada, espionara para a imperatriz Margaraux até suas alianças mudarem. Se Daphne estivesse mais atenta, talvez até ficasse irritada com essa amizade. Afinal, não faz muito tempo, considerava as garotas suas inimigas.

Não mais. Daphne, porém, está muito mais acostumada a ter inimigos do que amigos, portanto a adaptação está levando algum tempo.

– É isso que estou dizendo – responde Cliona com um suspiro. – Mas não me parece que você esteja falando do plano do rei Bartholomew de mudar a corte para o Castelo de Notch um mês antes do previsto.

Isso tira o foco de Daphne apenas por um segundo antes que ela balance a cabeça.

– O inverno está atipicamente quente, pelo que entendi. Talvez ele queira aproveitar melhor o clima.

Ela olha pela janela novamente enquanto dois guardas armados passam pelo portão. Sozinhos.

– Beatriz já deveria estar aqui. Deveria ter chegado há dois dias – acrescenta Daphne.

Faz uma semana desde que usou poeira estelar para falar com a irmã em Bessemia e Beatriz disse que estava a caminho de Friv. Ela seguia um trajeto mais tortuoso do que o que Daphne percorreu em sua vinda – Beatriz teve que fazer isso para evitar a mãe, que certamente estaria à sua procura –, mas, mesmo levando em conta possíveis atrasos, já deveria ter chegado.

– Muitas coisas podem tê-la atrasado – observa Violie, pousando sua xícara de chá na mesa.

Não, corrige-se Daphne. *Não Violie*. Mesmo em seus pensamentos, Daphne deve pensar nela pelo nome que está usando. Até onde a maior parte do povo de Friv sabe, a garota sentada à sua frente não é Violie, e sim Sophronia – a outra irmã de Daphne, que foi assassinada por uma turba em Temarin. Precisa se acostumar a chamá-la pelo novo nome – ou pelo menos de Ace, o apelido que Violie tinha quando criança e que Daphne poderia usar para evitar suspeitas –, só que é mais difícil do que ela pensava. A ideia da farsa ainda embrulha o estômago de Daphne quando ela pensa nas circunstâncias, quando lembra que outra pessoa está vivendo a vida de Sophronia, mas essa foi a única maneira de impedir que Violie fosse executada por tentar matar a rainha Eugenia – um assassinato que a própria Daphne acabou cometendo.

Daphne balança a cabeça.

– Não, eu simplesmente... Eu sinto. Tem alguma coisa errada.

– Você está pensando em usar poeira estelar de novo para falar com ela? – pergunta Cliona, franzindo a testa. – Posso pedir outro frasco ao meu pai, mas acho que ele está ficando desconfiado.

Daphne reflete por um momento.

– Não – decide, por fim. – Será a mesma coisa dos últimos dias e não estou ansiosa para enfrentar as implicações novamente.

Todas as vezes que Daphne tentou falar com a irmã por meio da poeira estelar, tudo o que ouviu foi um silêncio que a deixou com dor de cabeça, como se tivesse bebido cerveja demais.

Embora evite pensar nisso, Daphne se pergunta se o mesmo aconteceria se tentasse falar com Sophronia. Se Beatriz estaria com a irmã agora. O pensamento a deixa enjoada.

Não. Beatriz não morreu. Ela não pode estar morta. Daphne saberia se estivesse.

Não saberia?

Daphne afasta o pensamento. Beatriz sempre soube cuidar de si mesma – onde quer que esteja, qualquer que seja o motivo de seu atraso, ela é capaz de resolver. Na verdade, Daphne pensa, tem pena de qualquer um tolo o suficiente para se colocar no caminho da irmã. Então se força a afastar o olhar da janela e se concentra em Cliona.

– Por que seria preocupante a corte se mudar para o Castelo de Notch antes do previsto? – pergunta ela, agarrando-se à distração oferecida.

– Porque – diz Cliona, adicionando mais uma colher de açúcar ao chá –, na história centenária das Guerras dos Clãs, apenas o Castelo de Notch permaneceu impenetrável. Sua localização, nas montanhas, proporciona uma defesa natural, e tudo nos arredores do castelo reforça isso. Se Bartholomew estivesse antecipando um ataque, esse seria o melhor lugar para ele estar.

Daphne considera essa informação. Bartholomew estaria certo em antecipar um ataque, fosse por parte de sua mãe ou planejado por lorde Panlington e seus rebeldes. Daphne suspeita do primeiro caso, mas sabe que Cliona está mais preocupada com o último. Elas podem até ser amigas, mas Daphne tem ciência de que a outra não conta tudo o que os rebeldes estão planejando. Isso, porém, ela pode adivinhar por si mesma. Os rebeldes têm todas as razões para depor o rei Bartholomew do poder, abrindo caminho para que Daphne e Bairre, casados e em seus novos tronos, eliminem a monarquia com o apoio público.

– Se minha mãe perceber que me voltei contra ela – diz Daphne lentamente –, haverá lugares muito piores para se estar do que o Castelo de Notch.

O maxilar de Cliona se contrai e Daphne quase pode ver as engrenagens de sua mente em ação.

– A rebelião acredita que Friv tem diante de si ameaças maiores do que uma imperatriz ambiciosa em ascensão – diz ela por fim.

– Você quer dizer que seu pai acredita nisso – deduz Daphne.

O pai de Cliona, lorde Panlington, é o amigo mais próximo do rei Bartholomew, mas, ao mesmo tempo, vem trabalhando para destroná-lo nas últimas duas décadas. Como Cliona não protesta, Daphne olha para Violie em busca de apoio – afinal, poucas pessoas sabem mais que a garota do que a imperatriz é capaz, pois ela trabalhou como uma de suas espiãs até recentemente. No entanto, Violie está distraída, olhando pela janela com a testa franzida.

Com o coração acelerado, Daphne segue seu olhar, mas, com a mesma rapidez, ele volta a ficar apertado, deixando um rastro de medo.

Um cavaleiro solitário montado em um cavalo totalmente branco para junto ao portão, mas é sua libré que faz Daphne hesitar. Ele está vestido dos pés à cabeça com o azul bessemiano.

– Sua mãe mandou uma carta? – pergunta Violie.

– Uma carta viria pelo correio – replica Daphne, pousando a xícara de chá e levantando-se.

Poucas são as razões que lhe ocorrem para que a mãe se disponha a enviar seu mensageiro pessoal para Friv. E nenhuma delas é boa.

Daphne e Cliona se dirigem sozinhas para o saguão de entrada, para o caso de o mensageiro conhecer Sophronia e perceber que Violie não é ela. Assim que chegam ao piso térreo do castelo, encontram Bairre, ladeado por dois guardas, vindo do saguão. Quando seus olhos encontram os de Daphne, ela sabe que não são boas notícias.

– Minha mãe enviou um mensageiro – começa ela, poupando-o de explicar. – Nós o vimos passar pelos portões.

Bairre assente.

– Ele disse que só falaria com você e Sophronia – informa ele.

Daphne sente um aperto no peito e dirige um rápido olhar aos guardas que o acompanham.

– Falarei com ele, mas minha irmã está indisposta. Prefiro não incomodá-la.

Bairre assente, compreendendo sua intenção. Enquanto a conduz pelo corredor até a entrada, ela o olha de lado.

Faz uma semana que se casaram e ela ainda tem dificuldade em pensar nele como seu marido, em pensar em si mesma como a esposa de alguém. Talvez isso se deva, pelo menos em parte, ao fato de que o casamento ainda não foi consumado.

Foi um acordo que fizeram na noite de núpcias, uma medida protetiva para usar na dissolução do casamento caso a imperatriz tente transformá-lo em uma arma para ser usada contra eles.

– Se ela recebeu a notícia de que Sophronia está viva, vai querer verificar se é verdade – diz Daphne. – É óbvio, esperávamos por isso, não é?

Bairre assente brevemente, mas nenhum deles menciona que grande parte do plano depende do acaso. E será muito mais fácil se o mensageiro for alguém que Daphne não conheça, alguém que provavelmente deixe passar que Violie não é, na verdade, Sophronia.

Qualquer esperança nesse sentido, porém, é destruída assim que Daphne chega ao saguão de entrada e se vê cara a cara com Bertrand, um homem que está a serviço de sua mãe desde que ela consegue se lembrar.

– Vossa Alteza – saúda Bertrand, fazendo uma profunda mesura.

– Bertrand – replica Daphne com um sorriso, afastando-se de Bairre e indo em sua direção, as mãos estendidas para tomar as dele, como se cumprimentasse um velho amigo. – Que bom revê-lo.

– Vossa Alteza também, princesa Daphne – diz Bertrand, apertando suas mãos. Ele olha por cima do ombro dela, mas, ao ver apenas Bairre, Cliona e os guardas que a acompanham, franze a testa. – A princesa Sophronia não veio?

– A *rainha* Sophronia não está se sentindo bem – responde Daphne. – Ela ficará muitíssimo desapontada por não vê-lo, mas o... trauma de escapar de Temarin e tudo o que aconteceu desde então a afetaram muito, receio. Não quero interromper seu descanso por qualquer motivo. Tenho certeza que compreende.

Daphne pontua a frase com outro aperto nas mãos dele, desta vez picando-o com seu anel envenenado.

– Oh – diz Bertrand, tendo um sobressalto e, com um puxão, desvencilhando as mãos.

Ela franze a testa.

– Você está bem, Bertrand? – pergunta ela, com uma expressão preocupada. – Parece exausto... o que não é nenhuma surpresa, depois dessa longa jornada.

Bertrand balança a cabeça, como se tentasse clarear a mente. Quando ele volta a encarar Daphne, seus olhos estão vidrados e desfocados.

– Exausto – repete ele. – Uma longa jornada.

O pó de eterfólio deixa suas vítimas sonolentas e sugestionáveis, exatamente como Daphne precisa para que seu plano funcione.

– Foi o que pensei – diz Daphne com um sorriso simpático. – Por que não descansa um pouco? Talvez Sophronia esteja bem o suficiente para cumprimentá-lo no jantar.

– Jantar – repete Bertrand.

– Sim, isso mesmo – confirma Daphne, olhando para Bairre e lhe dirigindo um breve e triunfante sorriso. – Venha, vou acompanhá-lo até um quarto de hóspedes.

Daphne segue com Bertrand pelo corredor, sem deixar transparecer que ele está se apoiando pesadamente em seu braço. Ela monitora seus passos, a frequência de sua respiração e a velocidade de seus movimentos. Quando está convencida de que a droga o dominou por completo, olha por cima do ombro para se certificar de que Bairre e Cliona estão mantendo os guardas a uma distância segura. Satisfeita, começa a falar no ouvido de Bertrand, a voz baixa e suave:

– Você, a rainha Sophronia e eu tivemos um jantar muito agradável juntos. Não achou que ela parece bem?

– Ela parece bem – repete Bertrand, assentindo.

– Ela ficou tão animada em vê-lo, Bertrand... Perguntou sobre sua esposa e seu filho, que estão em Bessemia, e vocês tiveram uma ótima conversa. Sophronia é sempre tão atenciosa, não é?

– Atenciosa, sim.

– Mas você bebeu demais durante o jantar. É um pouco constrangedor ter se embriagado... Quando acordar de manhã, vai estar ansioso para deixar o castelo imediatamente e voltar para a imperatriz.

– Voltar para a imperatriz.

– E, quando encontrá-la, dirá que viu Sophronia, que ela parecia bem, que conversaram e ela estava exatamente como você se lembrava. Pode fazer isso?

– Posso fazer isso.

– Diga-me, então – pede Daphne. – O que vai contar à minha mãe?

– Que vi a rainha Sophronia – responde ele, a voz sonolenta, mas as palavras claras. – Ela parecia bem, conversamos e ela estava exatamente como eu me lembrava.

– Muito bem, Bertrand – diz Daphne.

Ele está apoiando quase todo o seu peso nela, quase a derrubando no chão de pedra.

– Guardas – chama Daphne por cima do ombro. – Receio que Bertrand tenha bebido um pouco demais em sua jornada. Podem ajudá-lo a ir para a cama antes que ele se machuque?

– Claro, princesa – diz um dos guardas, avançando rapidamente para aliviá-la de seu fardo.

Beatriz

A primeira coisa que Beatriz repara é no cheiro do ar marinho – ar de Cellaria, ela percebe na mesma hora. Resiste ao impulso de abrir os olhos e alertar quem quer que esteja por perto de que está acordada; em vez disso, faz um inventário de si e dos arredores. Ela se lembra vagamente de ter recobrado a consciência várias vezes antes, breves fisgadas de lucidez – a carruagem balançando, o rosto concentrado de Gisella; Beatriz tentando falar em vão antes que a escuridão a puxasse de volta.

Agora tudo está quieto. Ela não se encontra mais em uma carruagem, mas em um quarto. Apurando os ouvidos, nota o canto de pássaros, que lhe indica ser dia, e o som distante de ondas quebrando na costa. Tem a sensação de que a cabeça está cheia de algodão, mas, aos poucos, os eventos começam a retornar à sua consciência. Ela se lembra de estar no quarto da mãe, que lhe disse que iria para Cellaria se casar com Nicolo. Lembra-se de escapar do palácio bessemiano através de um túnel secreto com Pasquale, Ambrose e Gisella a reboque. Lembra-se de Daphne usar poeira estelar para se comunicar com ela e de prometer à irmã que em breve estariam reunidas em Friv.

No entanto, ela não está em Friv, e sim em Cellaria. Vasculha mais lembranças vagas – a noite passada em uma hospedaria, o quarto dividido com Gisella, o mundo se tornando confuso e o som distante da voz dela: *Seja como for, eu sinto muito.*

Beatriz pode desenhar constelações a partir desses pontos: Gisella estava mancomunada com Margaraux; ela dopou Beatriz e a trouxe de volta a Cellaria por ordem da imperatriz. Mais uma vez, Gisella a traiu porque *é claro que traiu.* Beatriz foi uma tola por esperar algo diferente.

Sem abrir os olhos, sabe exatamente onde está – de volta ao palácio de Cellaria, como sua mãe lhe disse que estaria, embora a imperatriz não tenha contado toda a verdade sobre o motivo pelo qual precisa de Beatriz ali. No entanto, o empyrea de sua mãe, Nigellus, contou. Quando ele começou a treiná-la para usar a magia que fez dela também uma empyrea, deixou escapar a verdade sobre o pedido que sua mãe fez antes de ela e as irmãs nascerem e a condição atrelada a esse pedido. Para que a imperatriz tivesse o controle de toda Vesteria, suas filhas precisariam morrer nas terras que ela desejava conquistar, pelas mãos de alguém que chamasse aquela terra de lar.

Sophronia foi morta por mãos temarinenses em solo temarinense.

Daphne precisaria ser morta por mãos frívias em Friv.

E Beatriz... precisava morrer ali, em Cellaria, pelas mãos de qualquer um que quisesse vê-la morta.

Mas há uma peça faltando no plano da imperatriz, e, quando Beatriz percebe qual é, sente um aperto no peito. *Pasquale.* Pasquale já é seu marido, mesmo que apenas no nome, e se sua mãe pretende que ela se case com Nicolo, precisará que Pasquale morra. A última vez que Beatriz o viu, ele e seu amado, Ambrose, estavam entrando em um segundo quarto na hospedaria, mas, se Gisella a dopou por ordem da imperatriz, deve ter ido ao quarto deles em seguida e... O pensamento faz o estômago de Beatriz se revirar. Não, até para Gisella isso é demais. Pasquale é seu primo e Beatriz sabe que ela o ama, mesmo que o tenha traído, entregando-o ao falecido rei Cesare, para que Nicolo, irmão gêmeo de Gisella, pudesse ser nomeado herdeiro no lugar de Pasquale. Mas roubar um trono é diferente de roubar uma vida, não é? Certamente há uma fronteira clara que nem Gisella cruzaria... Contudo, mesmo enquanto pensa nisso, Beatriz teme estar errada e, mais uma vez, dando à garota muito mais crédito do que ela merece.

– Eu sei que você está acordada.

A voz atravessa a névoa que persiste na mente de Beatriz e ela abre os olhos, fitando o dossel branco que pende acima da cama e observando em seguida o quarto requintado – decorado com móveis de carvalho esculpidos, reluzentes de tão polidos, tecidos de brocado vermelho e dourado e pinturas da costa de Cellaria emolduradas em ouro. Só depois de analisar cada detalhe do quarto é que ela se permite olhar para Nicolo.

Ele está sentado displicentemente em uma cadeira perto da porta, a cabeça loura apoiada na mão e os olhos castanho-escuros fixos nela. Parece mais sóbrio do que da última vez que falou com ele, após fazer um pedido a uma estrela em Bessemia, mas, fora isso, não parece ter mudado nada. Ainda está bonito, ainda arrogante, ainda olha para Beatriz como se soubesse exatamente o que ela está pensando.

Ele não sabe, é claro, mas ela conclui que é melhor deixá-lo presumir que sim.

– Não totalmente – responde Beatriz, piscando e correndo os olhos pelo quarto, deixando a incerteza transparecer em seu rosto. – Onde estou?

Quanto mais Nicolo a subestimar, mais fácil será escapar. Ela precisa sair de Cellaria, precisa achar Pasquale e Ambrose – porque eles não podem estar mortos – e precisa encontrar Daphne em Friv.

– Ora, Beatriz – responde Nicolo com um sorriso sagaz. – Acha que não percebi que você examinou o ambiente antes mesmo de abrir os olhos? Você sabe exatamente onde está.

É verdade. Mesmo que Beatriz nunca tenha entrado naquele quarto antes, pode adivinhar onde fica localizado e para que serve. A *quem* serve.

– Os aposentos da rainha no palácio de Cellaria – diz Beatriz, sentando-se. Muito bem, se fingir ser uma tola alienada não lhe cai bem, talvez possa bancar a fanfarrona. – Quer dizer então que você se rendeu? Pasquale está dormindo nos aposentos do rei, como deveria?

Um breve sorriso de divertimento passa pelos lábios de Nicolo.

– Infelizmente, não. Cellaria chegou a um... acordo com Bessemia.

Beatriz ergue as sobrancelhas.

– Foi o que minha mãe disse da última vez que falei com ela – admite. – Mas não pensei que você fosse tolo o bastante para acreditar que estou contente em ser trocada como uma moeda rara.

– Se você está contente ou não, pouco importa – rebate Nicolo, dando de ombros.

Beatriz contrai o maxilar e olha para ele, o garoto inteligente por quem achava que estava se apaixonando transformado em um rei implacável que a sequestrou e que pretende se casar com ela contra a sua vontade. Se ele não aceita um "não" como resposta agora, o que acontecerá quando ela for forçada ao leito nupcial? Esse não é o Nicolo que ela conheceu. Muitas coisas sobre ele podem ter sido mentira, mas isso?

– E você, hein? – pergunta ela, erguendo o queixo. – Você já arriscou sua própria segurança para me salvar das atenções do seu tio. Achei isso nobre da sua parte, mas talvez você seja mais parecido com ele do que pensei.

As mãos de Nicolo apertam os braços da cadeira e seus olhos lampejam.

– Você sabe que isso não é verdade, Beatriz – diz ele, a voz baixa.

– Será? – replica ela, soltando uma risada áspera, embora por dentro esteja tomando nota de quais são exatamente seus gatilhos para poder usá-los contra ele. – Tudo o que sei, Nicolo, é que você me sequestrou e vai me forçar a casar com você.

Seus olhos lampejam mais uma vez, mas no segundo seguinte ele respira fundo e se levanta, retomando sua fachada fria.

– Não será a primeira vez que você se casa com alguém porque precisa – observa ele. – Um casamento que não foi consumado, da mesma forma que o nosso não será até que você decida o contrário.

– Oh, que gesto magnânimo – retruca Beatriz rispidamente. – Permita-me lhe conceder uma cortesia também: minha mãe não é sua aliada; quaisquer acordos que ela tenha feito com você foram quebrados antes mesmo de ela terminar de proferi-los. E, se eu não estivesse envolvida neles, adoraria vê-la destruir você e sua irmã traiçoeira.

Nicolo se limita a rir, saindo do quarto e entrando no que Beatriz vê que é uma sala de estar. Ela estica o pescoço para vê-lo abrir a porta que deve levar ao corredor, permitindo-lhe vislumbrar os guardas do lado de fora.

– Você ainda está me subestimando, Beatriz – observa Nicolo. – A esta altura, já deveria ter aprendido.

Estar confinada no castelo de Cellaria não é nenhuma novidade para Beatriz, mas desta vez não há um decreto oficial. Quando tentou sair do quarto logo depois de Nicolo, os guardas lhe informaram que o rei deixara instruções para que ela permanecesse lá dentro *para sua própria segurança*. Ela não tem certeza se eles realmente acreditam nisso, mas sabe que não pode passar à força.

Felizmente, ela não precisa fazer isso.

Beatriz anda de um lado para outro pelos aposentos, inspecionando o quarto, a sala de estar mobiliada com dois sofás de brocado, uma lareira – onde queima um fogo baixo – e uma escrivaninha, e a sala de jantar adjacente, intimamente decorada com uma mesinha redonda e duas cadeiras de espaldar alto.

Embora a decoração seja luxuosa, para Beatriz parece uma tela em branco, sem qualquer toque pessoal – o que não chega a ser surpreendente, pois é muito provável que ninguém tenha ocupado esses aposentos desde a morte da mãe de Pasquale, há quase uma década. Depois de meros trinta minutos de exploração, ela não tem mais nada a fazer. Nenhum livro para ler, nenhuma carta para escrever – até mesmo um trabalho de bordado seria bem-vindo para evitar que enlouquecesse esperando o sol se pôr e as estrelas surgirem.

Depois de aparentemente várias vidas se passarem, elas surgem e, pela janela, Beatriz observa a extensa cidade de Vallon abaixo, o mar escuro que se estende além dela e o céu que cobre tudo, salpicado de estrelas.

Enquanto examina as constelações, pensa em Nigellus, o empyrea de confiança da mãe, que tinha o raro dom de tirar estrelas do céu para realizar desejos. Um dom que a própria Beatriz possui, embora as lições que ele lhe deu tenham sido interrompidas logo após começarem. Segundo sua opinião inflexível, esse dom deveria ser usado apenas em circunstâncias extremamente graves, a fim de preservar as estrelas – um recurso finito que já havia sido drenado nos milênios antes de ambos nascerem. Se Nigellus pudesse vê-la agora, prestes a fazer um pedido a outra estrela, independentemente das consequências, será que a apoiaria? Afinal, a magia de Beatriz funciona de maneira diferente da magia dele e de todos os outros empyreas – quando ela faz um pedido, a estrela reaparece no céu uma noite ou duas depois, como se nada tivesse acontecido.

Assim que começa a pensar em Nigellus, as lembranças da última vez que o viu se tornam nítidas. Ele acreditava que a magia a matava a cada uso e ficou furioso quando ela disse que não se importava, que ainda assim a utilizaria para derrotar a mãe e proteger a irmã e o restante de Vesteria das tramas dela. Ela se lembra dele com seu telescópio, pedindo a uma estrela que tirasse à força a magia de Beatriz porque, segundo ele, não se podia confiar na jovem para fazer bom uso dela. Beatriz tentou impedi-lo e os dois lutaram no laboratório dele até que, em um acesso de desespero, ela quebrou o frasco de veneno que pretendia usar com a mãe e esfregou a pasta na ferida aberta de Nigellus, matando-o instantaneamente.

Ela afasta da mente a imagem do rosto sem vida dele e foca nas constelações se movendo pelo céu, procurando uma cujo significado convenha às suas intenções desta noite.

Há o Coração do Herói, simbolizando bravura, mas não parece ser a escolha certa. Pedir uma saída desta situação não é exatamente um ato de coragem, embora Beatriz esteja menos preocupada com isso do que com a possibilidade de encontrar Pasquale e Daphne.

A Cauda do Tigre sinaliza vingança, o que é tentador, especialmente quando ela pensa no rosto presunçoso de Nicolo e no pedido de desculpas vazio de Gisella, mas, no fim, Beatriz decide não usá-la. A vingança pode vir depois; agora precisa de segurança.

Ela a encontra no Sol Nublado, símbolo de consolo.

Lembrando-se de como os pedidos a afetaram no passado, apoia as mãos no parapeito da janela, agarrando-o com força enquanto escolhe uma estrela da constelação, concentrando-se em uma na ponta de um raio de sol.

– Quero estar com Pasquale, onde quer que ele esteja – pede em voz alta, preparando-se para o mesmo toque de magia que sentiu ao desejar escapar da Sororia.

Ele não vem. As palavras que ela diz são apenas isto: palavras.

Ela fica nauseada, mas não são os familiares efeitos colaterais da magia. Se seu desejo não está funcionando, isso significa que Pasquale está morto? *Não*, ela não pode pensar assim. Talvez haja outra explicação, algo que ela possa descobrir depois de sair de Cellaria.

Ela tenta de novo, escolhendo outra estrela, desta vez na borda de uma nuvem.

– Quero estar com Daphne, em Friv – pede, pensando que uma localização mais precisa ajudará as estrelas a concederem seu desejo.

Mas isso também falha, e Beatriz se vê exatamente no mesmo lugar, ainda em Cellaria e ainda presa. A náusea se aprofunda em suas entranhas, trazendo uma percepção que Beatriz não quer enfrentar.

Desesperada, procura outra estrela, só que no Diamante Cintilante.

– Quero que meu vestido seja azul.

É um desejo raso, tão insignificante que poderia ser realizado pela poeira estelar, mas, quando olha para baixo e vê seu vestido ainda vermelho cellariano, ela recua, afastando-se da janela, as mãos trêmulas, forçada a reconhecer a verdade.

Sua magia se foi.

Violie

Violie acha que nunca vai se acostumar a ser tratada como um membro da realeza. Mesmo em Friv, uma corte muito menos pomposa que qualquer outra em Vesteria, as pessoas ainda se curvam e fazem reverência quando ela passa. Na infância, crescendo em um bordel, e depois, como espiã da imperatriz Margaraux, disfarçada de criada para vigiar Sophronia, ela se habituou a ser ignorada. Em ambos os papéis, ser ignorada era o que a mantinha em segurança. Mas agora, não importa aonde Violie vá, as pessoas estão sempre observando-a, mesmo quando fingem que não.

De certa forma, é ao mesmo tempo melhor e pior quando ela está com Leopold. Antes de se tornar rei de Temarin aos 15 anos, ele era o príncipe herdeiro e a atenção já era um direito seu de nascimento. Agora, vivendo exilado do país que deveria governar, ele é como o sol, atraindo os olhares cada vez que entra em uma sala. É especialmente ridículo pensar que ele conseguiu fingir ser um plebeu desde que escapou de Temarin com Violie, após o cerco que matou Sophronia, sua esposa. No entanto, a identidade de Leopold é conhecida por todos no Castelo Eldevale, e, quando Violie anda ao seu lado, um número ainda maior de pessoas olha em sua direção, embora poucas pareçam encará-la, e isso ao menos é um conforto.

– E então, quando Bertrand acordar, vai pensar que jantou ontem à noite com Daphne e Sophronia... a Sophronia de que ele se lembra e não, você sabe, *eu* – explica ela, atualizando Leopold sobre o plano para que ele reporte à imperatriz Margaraux que a filha está viva e bem.

Leopold assente, mas Violie nota a ruga em sua testa. Ela está quase sempre ali nos últimos dias, tornando-se mais profunda sempre que falam sobre Sophronia ou sobre como Violie assumiu sua identidade.

Ele concordou com o plano que Daphne elaborou depois que Violie foi presa por tentativa de assassinato e até ajudou a identificá-la como Sophronia durante seu julgamento, mas Violie sabe que isso o incomoda talvez até mais do que a ela. Afinal, ele estava apaixonado e seu período de luto está apenas no início.

Além disso, a mulher que Violie tentou assassinar era mãe dele, a rainha Eugenia. Não que houvesse amor entre os dois – Eugenia foi em grande parte a responsável pelo cerco que matou Sophronia e seu objetivo era matar o filho também –, mas ainda assim era a mãe dele. Leopold não a culpa – nem a Daphne, que conseguiu matar a rainha –, mas Violie sabe que uma parte dele deve lamentar a morte da mãe.

Por tudo isso, não deve ser fácil para Leopold chamar Violie pelo nome de Sophronia, tratá-la em público como sua esposa e rainha, sabendo quem ela é e do que é capaz.

Mesmo agora, seu braço parece rígido sob a mão enluvada da mulher enquanto dão uma volta pelo jardim coberto de neve – um dos poucos lugares onde podem conversar em particular, seguros de que qualquer um que possa ouvir estará longe demais para discernir os sussurros.

– Então o plano está funcionando – comenta Leopold. – Ele quer falar comigo também?

– Ele não disse nada – responde Violie. – Mas em poucas horas já terá partido e, desde que você mantenha distância até que isso aconteça, não precisará se preocupar em manter a farsa.

– Gosto de pensar que estou ficando bom em fingir – diz Leopold. – Sem dúvida estou praticando bastante.

Os dois passam por um casal de meia-idade no caminho do jardim; Violie os reconhece como lorde e lady Kilburrow. Eles param para fazer uma reverência e trocar algumas palavras antes de seguirem em frente. Quando estão fora do alcance de sua voz, Violie olha para Leopold.

– Você está se tornando um mentiroso mais hábil – admite, sem saber por que fazer esse elogio a incomoda tanto.

É a verdade, o que torna tudo pior. Até recentemente, faltava a Leopold a astúcia até para mentir de modo convincente sobre gostar do corte de cabelo de alguém, quanto mais para sustentar a delicada torre de mentiras que os mantém seguros. Ela se odeia por ter feito isso com ele, arrastando-o para uma teia de mentiras na qual ele não deveria estar, mas, assim que esse pensamento lhe ocorre, ela se corrige.

Não foi *ela* quem o arrastou para essa situação; na verdade, ela lhe deu todas as oportunidades para fugir. A imperatriz destruiu tudo o que ele conhecia. Ela tomou seu país, sua esposa e até, de certa forma, sua mãe. A imperatriz é a responsável por destruir o garoto mimado que ele foi, e o próprio Leopold é responsável pelo homem que surgiu no lugar.

Isso não é uma tragédia, diz a si mesma, olhando para ele novamente. Flocos de neve erráticos se prendem em seu cabelo cor de bronze polido e há uma intensidade em seus traços nobres que ela ainda não se acostumou a ver ali, mas que lhe cai bem.

Ah, se Sophronia pudesse vê-lo agora..., pensa, com uma pontada de culpa.

Um criado procura Violie nos aposentos que ela compartilha com Leopold para lhe informar que Bertrand acordou. Então, ela vai depressa até o quarto dele, encontrando Daphne diante da porta. Daphne lhe dirige um sorriso tenso, mas seu olhar logo vai até os guardas ao redor.

É um malabarismo delicado a manobra que elas precisam executar: os guardas devem ver Violie entrar no quarto de Bertrand como rainha Sophronia, para que não achem estranho que ela nunca tenha visto o homem enquanto ele estava aqui, mas Bertrand não deve ver Violie como nada além de uma criada.

A solução, Daphne e Violie haviam deduzido antes, está na vestimenta. Como é inverno e mesmo os corredores do castelo de Friv estão congelantes, Violie usa uma capa de veludo com bordados elaborados e forro de arminho – parte do guarda-roupa que o rei Bartholomew lhe presenteou quando ela assumiu ser Sophronia. Mas, debaixo do manto ornamentado, traja um vestido simples de lã cinza, não muito diferente dos que as criadas do castelo vestem sob suas capas muito menos ornamentadas.

Daphne entra no quarto primeiro e Violie vai atrás, tirando o manto ao entrar e dobrando-o sobre o braço. Assim que a porta se fecha, Daphne também tira seu manto, revelando um vestido de veludo violeta cujo corpete é bordado com flores prateadas e enfeitado com cristais – a ornamentação do vestido realça ainda mais a simplicidade da roupa da outra jovem. Violie o coloca por cima do seu próprio manto, ocultando-o.

É fácil para Violie se dissolver na sombra de Daphne, uma criada de vestido simples acompanhando sua princesa. Não são apenas as roupas que realizam a transformação: sua postura também muda, passando de ereta e régia para ligeiramente encurvada. Em vez de sustentar o queixo erguido e encarar todos ao redor, Violie mantém os olhos no chão. Seus passos se tornam tímidos. Até mesmo a respiração muda. Mais uma vez, ela se permite desaparecer no segundo plano, em um papel do qual sente falta, onde tudo o que precisa fazer é evitar ser notada e prestar atenção.

Bertrand tem os olhos vidrados e a pele pálida, um aspecto digno de quem exagerou nas cervejas na noite anterior. Ele se curva quando vê Daphne, mas não dedica a Violie mais do que um olhar de relance. Ela toma o cuidado de não fitá-lo diretamente, mas consegue observá-lo pelo canto do olho, notando não apenas o tom nauseante de sua pele, mas também a expressão aflita e o modo como torce as mãos.

– Receio ter perdido a cabeça ontem à noite, Vossa Alteza – diz ele a Daphne, os olhos voltados para baixo.

Daphne sorri com benevolência.

– Ah, você não é o primeiro estrangeiro a sucumbir à cerveja de Friv... uma bebida terrivelmente forte, receio – replica ela, fazendo um gesto com a mão para que deixem o assunto de lado. – A rainha Sophronia não pôde me acompanhar para se despedir, pois ela e o rei Leopold já tinham um compromisso na cidade, mas enviou seus votos de que você faça uma viagem segura.

O rosto de Bertrand fica mais vermelho.

– Foi muito bom ver sua irmã novamente, princesa... e Vossa Alteza também, é claro, mas, depois das notícias vindas de Temarin, todos acreditávamos que ela estivesse... bem, as estrelas realmente nos deram um milagre, não foi?

Por dentro, Violie solta um suspiro de alívio, embora mantenha suas feições plácidas.

– De fato – concorda Daphne, o alívio praticamente emanando dela também. – Sophronia tem uma carta para nossa mãe e espera que você possa levá-la. Acredito que seja possível confiar em você para mantê-la segura.

Daphne puxa uma carta do bolso – um rolo de papel em que ela e Violie trabalharam na noite anterior, discutindo sobre os detalhes da caligrafia e da escolha de palavras de Sophronia até que estivesse perfeita.

No entanto, Bertrand não se move para pegá-la. Ele franze a testa, erguendo o olhar para Daphne.

– Não estou certo se entendi, princesa – diz ele devagar, fitando-a com uma cautela que aciona alarmes na mente de Violie.

O sorriso de Daphne, no entanto, não se abala.

– Bem, como você disse, encontrar minha irmã viva e bem é nada menos que um milagre. Sei que a imperatriz confia em você, Bertrand, mas certamente ela vai querer saber notícias da própria Sophronia, não é?

– Bem, claro, princesa Daphne – replica Bertrand, tropeçando nas palavras. – É só que... a princesa Sophronia não prefere entregar esta mensagem pessoalmente à mãe?

Um arrepio gelado percorre a espinha de Violie, os ombros de Daphne se enrijecem.

– Desculpe-me, mas sua mãe está a apenas um dia de distância agora; ela deve chegar amanhã de manhã. Esta mensagem não pode esperar até lá?

– Minha mãe está vindo para cá – repete Daphne devagar. – Para Friv.

Daphne não consegue esconder o choque, e Violie não a culpa. Leopold aventou essa possibilidade enquanto elaboravam esse plano, mas Daphne estava convicta de que isso não aconteceria – nunca em sua vida a imperatriz tinha saído de Bessemia. Ela raramente deixava Hapantoile, a capital, convencida de que, caso se ausentasse da corte por qualquer período que fosse, acabaria se vendo no centro de um golpe que a ameaçava desde que, há dezesseis anos, ascendeu a um trono que não era seu por direito. Viajar para outro país parecia menos provável do que as estrelas escurecerem.

– Sim – diz Bertrand lentamente. – Decerto discutimos isso ontem à noite, não, Vossa Alteza?

Daphne, por sua vez, logo se recobra, recuperando o sorriso.

– Ah, tenho certeza que sim, Bertrand, mas suponho que eu mesma não esteja muito acostumada à cerveja de Friv. Deve ter me escapado da mente.

– Claro, Vossa Alteza. A imperatriz está ansiosa para ver tanto Vossa Alteza quanto sua irmã. Fui enviado à frente para anunciar sua chegada e providenciar um quarto destinado a ela no castelo. Ela deve chegar amanhã.

– Amanhã – repete Daphne, a palavra mal passando entre seus dentes cerrados.

– Sim, Vossa Alteza.

– Bem, isso é... – Daphne engole o que Violie suspeita ser uma série de adjetivos muito desagradáveis antes de se preparar para uma mentira – ... *maravilhoso*. Estou ansiosa para recebê-la. *Nós* estamos ansiosas para recebê-la.

Sem esperar resposta, Daphne deixa o quarto e Violie vai atrás dela, esforçando-se para não sair correndo.

Daphne

Atravessando o corredor do castelo, Daphne não para nem quando Violie grita por ela.

Amanhã, ela verá a mãe novamente.

Há apenas algumas semanas, a notícia teria sido bem-vinda. Não havia nada que Daphne quisesse mais do que correr para os braços da mãe, desesperada para atender às condições que a imperatriz impunha ao seu amor, desesperada para ser exatamente a pessoa que a mãe queria que ela fosse, desesperada pelos sentimentos de aprovação e orgulho com que a imperatriz a tentava, exibindo-os sempre a milímetros do seu alcance.

Agora, porém, a ideia de ver Margaraux – de *ser vista* pela mãe – enche Daphne de pavor. Ela sabe que, com um único olhar, a imperatriz verá todas as suas traições e os seus fracassos tão claramente como se estivessem escritos em sua pele.

Daphne deveria estar levando Friv a uma guerra civil que enfraqueceria o país para que a imperatriz pudesse conquistá-lo com facilidade. Ela deveria matar Leopold assim que o encontrasse, bem como seus irmãos mais novos, Gideon e Reid. Deveria ser a espiã e sabotadora mais leal da mãe, ajudando-a a tomar o continente de Vesteria e a devolver o Império Bessemiano à antiga glória. Deveria provar ser uma herdeira digna desse império.

Em vez disso, Daphne está trabalhando com os rebeldes de Friv *e* com o rei Bartholomew para fortalecer o reino. Não apenas deixou Leopold viver como também ajudou a manter os irmãos dele seguros e fora do alcance da mãe dela. Voltou-se contra Margaraux e se uniu às pessoas que deveriam ser suas inimigas, e a imperatriz nunca a perdoará por isso. Daphne sabia disso – estava ciente de suas ações e do que elas lhe custariam – e não se arrepende de nada, mas a ideia de se ver outra vez na presença da mãe faz uma videira espinhosa se fechar em torno do seu coração.

A mão de alguém pousa em seu ombro e Daphne se vira rapidamente, o punho cerrado, pronto para bater, mas, quando vê o rosto preocupado de Violie, balança a cabeça, concentrando-se na questão mais urgente.

– Você e Leopold partirão o mais rápido que conseguirmos – anuncia ela, tirando a mão de Violie de seu ombro e se virando para recomeçar a caminhar, desta vez com um propósito.

Ela vira à esquerda no corredor que leva à ala de hóspedes, onde fica o quarto de Violie e Leopold.

– Você espera que nós dois fujamos? – pergunta Violie com uma risada áspera, caminhando ao lado dela. – Não pode estar falando sério.

Daphne cerra os dentes.

– O que você acha que acontecerá se minha mãe chegar e encontrar você aqui, fingindo ser Sophronia? – indaga ela, o escárnio escorrendo de sua voz carregada.

Não está com raiva de Violie, não de verdade, mas a jovem é um alvo perfeito para o pânico que toma conta dela e, por sua vez, ela lida bem com o temperamento de Daphne.

– Acha que ela vai te chamar de filha, participar da farsa? – acrescenta.

– Sinceramente? Sim, acredito que é isso mesmo que ela fará.

Daphne para de repente, virando-se para olhar a outra, chocada.

– Qual é a alternativa? – continua Violie. – Chamar você de mentirosa? Depois acusá-la de apoiar uma pessoa que, na versão dela dos fatos, foi responsável pelo golpe que matou a verdadeira Sophie?

Quando Violie diz isso com todas as letras, Daphne reconhece que ela tem um bom argumento.

– Ela não pode dizer nada disso sem implicar você e, neste momento, ela precisa de você para tomar Friv – prossegue Violie.

Daphne assente devagar.

– Eu finalmente me casei com Bairre – diz ela, menos para responder a Violie do que para dar voz aos próprios pensamentos. – Ela está um passo mais perto de conseguir o que quer, mas ainda precisa de mim até que o reino de Friv esteja pronto para ser tomado por ela.

– Exatamente. E ela não está vindo aqui para destruir nenhuma de nós, ainda não. Está vindo porque sabe que, com Sophronia viva ou não, ela perdeu a sua lealdade. E está vindo aqui para recuperá-la.

A ideia desestabiliza Daphne. Desde que se recorda, a mãe detém todo o poder – algo com que Daphne não se importava, ao contrário de Beatriz. Daphne estava sempre contente em seguir as ordens da mãe e dançar conforme a música que ela decidisse cantar, qualquer que fosse, para ter a chance de obter uma migalha de aprovação e o arremedo de poder que vinha junto com isso. A ideia de a mãe aparecer à sua porta para levá-la de volta para o seu lado é tão ridícula quanto assustadora.

Afinal, uma coisa é se opor à imperatriz a centenas de quilômetros, por meio de complôs escusos e alianças secretas. Outra inteiramente distinta é estar na presença da mãe e desobedecer a ela. Daphne sente-se nauseada.

Violie deve ver isso em sua expressão, porque a encara com uma mistura de irritação e pena – e ela não sabe o que é pior.

– Vamos ter que proceder com cautela, então – diz Daphne, empertigando-se e fixando o olhar à frente. – E podemos ter certeza de que ela não vem sozinha... Trará seus espiões e assassinos, e já sabemos que não se deve subestimar as coisas de que ela é capaz.

– Precisamos nos encontrar com lorde Panlington – observa Violie, como se lesse a mente de Daphne.

Lorde Panlington, pai de Cliona, é o líder da facção rebelde, que vem trabalhando para destronar o rei Bartholomew e acabar com a monarquia de Friv, devolvendo a administração do país aos clãs individuais que o governavam duas décadas atrás. Embora até pouco tempo antes Daphne considerasse os rebeldes seus inimigos, que ocasionalmente poderiam lhe ser úteis, ela e lorde Panlington estabeleceram uma aliança que Daphne ainda não entende de todo.

No entanto, mesmo que ela não confie nele, sabe que sua mãe é um inimigo comum.

– E você precisa partir com Leo – diz Daphne.

– Acabei de te dizer... – começa a falar Violie com desdém.

– Minha mãe pode não revelar sua farsa na frente de todos, mas ainda afirma, pelo menos em público, que está governando Temarin apenas temporariamente, até que Leo ou seus irmãos sejam encontrados. Ela já ordenou que eu matasse os três e, só porque falhei, não significa que ela tenha desistido do plano. E quanto a você... basta dizer que minha mãe já se livrou de inimigos muito menos incômodos.

– Posso lidar com qualquer coisa que sua mãe tente me fazer – replica Violie, confiante.

Daphne balança a cabeça.

– E Leo, pode?

Violie se mantém em silêncio por um segundo.

– Ele vem treinando esgrima com Bairre e está cada vez melhor.

Ela parece tentar convencer tanto a si mesma quanto Daphne. Ambas sabem que a única luta para a qual Leopold foi preparado envolvia espadas sem fio e sem ponta e oponentes ansiosos para deixá-lo vencer, e levará mais do que algumas semanas para melhorar. Como Daphne não responde, Violie suspira.

– Tudo bem, você está certa – admite ela com aspereza.

Daphne faz uma pausa, sua mente trabalhando.

– Seria muito suspeito se você fugisse agora, depois de receber a notícia de que sua amada mãe está vindo ver a filha que acreditava estar morta. Minha mãe adora um bom espetáculo. Ela vai querer uma reunião pública, com lágrimas e abraços.

Violie estremece, mas depois assente.

– Posso fazer isso.

– Como conheço minha mãe, sei que ela sussurrará algum aviso em seu ouvido durante a performance – diz Daphne antes de olhar de lado para Violie. – Ela sabe que sua mãe é um ponto fraco; não duvido que usará isso contra você.

Violie assente, mas seu maxilar está tenso. Daphne sabe que a mãe da jovem está doente – tão doente que a esperança de curá-la foi o que levou Violie a se tornar espiã da imperatriz –, mas não sabe mais nada sobre a mulher, pois a filha não fala dela.

– Você e Leo podem ficar um dia, talvez dois, antes de irem embora. E em segredo, para garantir que não sejam seguidos. Vou inventar uma história para explicar sua ausência.

– E para onde você nos mandaria? – pergunta Violie, resignada.

Daphne fica em silêncio por um momento, então responde:

– Algo está errado com Beatriz, eu tenho certeza. E também sei que minha mãe está por trás disso. Fique tempo suficiente para ver se ela deixa escapar alguma pista sobre o paradeiro de minha irmã. Se alguém pode encontrá-la, é você.

Violie

— **A** imperatriz está vindo para cá? – pergunta Leopold devagar, olhando para as duas com a testa franzida.

– Amanhã – confirma Daphne.

Ela anda de um lado para outro na sala de estar dos aposentos que agora compartilha com Bairre, que também conta com dois quartos e estúdios separados, além de uma sala de jantar. Os quartos são adequados para os novos príncipe e princesa de Friv, decorados de maneira suntuosa com móveis de carvalho maciço estofados em um brocado intricadamente tecido, mas não há qualquer traço de Daphne nos austeros designs de Friv, e Bairre provavelmente vê o espaço renovado como um desperdício de dinheiro. De fato, ele parece pouco à vontade ali, mesmo enquanto se recosta na luxuosa *chaise* de veludo perto da lareira, os olhos fixos em Daphne.

– Então por que não estamos em pânico? – pergunta Leopold, que se encontra parado perto da lareira, as mãos cruzadas nas costas.

Violie sabe que ele está resistindo ao impulso de se movimentar.

– Ah, mas estamos – murmura Daphne com uma risada contida.

– Em pânico mas sem fazer nada. Não vamos fugir?

– Não vamos fugir – confirma Violie, então repete sua conversa anterior com Daphne. – A imperatriz Margaraux é uma estranha aqui e Friv não gosta de estranhos. Podemos usar isso contra ela.

– *Nós* podemos usar isso contra ela – corrige Daphne, indicando com um gesto a si mesma e Bairre. – *Vocês* – acrescenta ela, apontando Violie e Leopold – podem desestabilizá-la e depois ir à procura de Beatriz.

Violie resiste ao impulso de revirar os olhos. Ela sabe que Daphne tem um bom argumento quando fala que eles devem deixar Friv. A imperatriz pode ser uma estranha em uma terra estranha, mas terá um séquito de devotos ao seu lado – vários dos quais Violie apostaria que são assassinos.

Quanto mais ela e Leopold ficarem em Friv, mais perigo eles correm. Mas eles não são os únicos.

– Ela vai querer matar vocês também – diz ela a Daphne e Bairre. – Ambos.

– Posso lidar com minha mãe – rebate Daphne.

– Pode mesmo? – replica Violie, quase se arrependendo das palavras ao ver a princesa se retrair.

Mas Violie sabe que está certa: Daphne acabou de mudar de lado, trocando sua lealdade. Não tem como saber se ela não mudará novamente assim que a imperatriz der apenas um pouco da aprovação que a filha sempre desejou. Pela expressão no rosto, nem mesmo Daphne confia em si mesma.

Bairre pigarreia, quebrando o silêncio.

– Não tenho a pretensão de saber muito sobre a imperatriz e do que ela é capaz, mas, pelo que entendi, ela não é nenhuma tola. E seria tolice começar um cerco a Friv enquanto ela está em sua capital, sem um exército para apoiá-la.

– Temos certeza de que ela não tem um exército? – pergunta Leopold. – Ela pode muito bem ter um logo atrás dela, esperando um sinal para agir.

– Discuti essa possibilidade com Cliona – esclarece Daphne. – Neste momento, ela está falando com o pai sobre o envio de um grupo de batedores para se certificar de que minha mãe e seu séquito estão sozinhos. – Ela olha para Bairre. – Presumi que isso seria melhor do que atualizar seu pai sobre a situação. No que diz respeito a ele, não há muito motivo para ver minha mãe como outra coisa além de minha mãe.

Bairre balança a cabeça.

– Meu pai pode ser muitas coisas, mas não é tolo. Não se tornou rei de Friv subestimando os inimigos.

– Ele se tornou rei de Friv porque uma empyrea poderosa fez dele um peão – retruca Daphne. – Por falar em sua mãe, você conversou com ela sobre o que está acontecendo?

– Minha mãe ainda não voltou do lago Olveen – diz Bairre. – Mas vou adicionar isso à longa lista de coisas que preciso discutir com ela.

No topo dessa lista, Violie imagina, está o fato de que a mãe de Bairre, a empyrea Aurelia, organizou o sequestro dos irmãos mais novos de Leopold e, depois que Daphne e Leopold os resgataram, ela deu a Cliona instruções para sequestrá-los novamente. Com que intuito, ninguém parecia saber.

– O que estou tentando dizer – fala Daphne com um suspiro – é que seu pai tende a ser muito compassivo, às vezes deixando o bom senso de lado. Digo isso como alguém que usou essa compaixão contra ele várias vezes, assim como fez a rainha Eugenia, sem mencionar o pai de Cliona, que Bartholomew considera seu amigo mais próximo, apesar de o homem ser o líder dos rebeldes que estão tentando derrubá-lo.

Bairre abre a boca para retrucar, mas logo torna a fechá-la, o que é bom. Violie não acha que ele tenha argumentos contra nada do que Daphne acabou de dizer; Bairre deveria saber disso melhor do que ninguém, levando-se em conta que ele mesmo se juntou à rebelião contra o pai.

– Tudo bem – diz Bairre. – Vamos deixar meu pai fora disso. Por enquanto.

Daphne continua a andar de um lado para outro, seus passos se tornando mais agitados.

– E, quando Violie e Leopold partirem, podem procurar Beatriz.

– Temos certeza de que isso é sensato? – pergunta Leopold.

Daphne para abruptamente, virando-se para encará-lo com olhos incendiários.

– Você acha que Beatriz está morta? – pergunta, a voz de repente perigosamente baixa.

– Eu não...

– Você está errado – rebate Daphne, ríspida. – Se Beatriz estivesse morta, eu saberia. Eu sentiria, como senti com Sophie.

Violie não se dá ao trabalho de observar que Daphne estava conectada por magia a Sophronia quando ela foi morta. Não faria diferença comentar isso. Violie não sabe se Beatriz está morta ou se está em total segurança, simplesmente atrasada por conta do mau tempo, mas, se suas experiências com Margaraux lhe ensinaram algo, é que a imperatriz está sempre um passo à frente de todos os outros.

– Eu só quis dizer que não sabemos onde procurar – afirma Leopold com cautela, da maneira que alguém falaria com um lobo faminto.

– Eu acho – intervém Violie antes que Leopold se meta em mais problemas com Daphne – que sua mãe não viria a Friv se não tivesse motivos para acreditar que tem Beatriz e, portanto, Cellaria sob controle. Cellaria é um lugar tão bom para começar a procurar quanto qualquer outro.

Daphne sustenta seu olhar por mais um momento, o maxilar contraído, antes de assentir bruscamente.

– Quando Violie e Leopold partirem, você deve ir com eles – diz Bairre a Daphne, que solta uma risada de desdém. – Não vejo qual é a graça nessa sugestão. Sua mãe quer vê-la morta, você sabe disso. E, mesmo que ela não execute isso aqui, pessoalmente, trata-se de algo iminente. Eu sei que você quer salvar Beatriz e vingar Sophronia, mas talvez a melhor coisa a fazer seja...

– Fugir? – Daphne o interrompe, virando-se para fulminá-lo com o olhar. – E me diga, Bairre, você fugiria comigo? Afinal, minha mãe também precisará de você morto para tomar Friv.

Bairre não responde; em vez disso, apenas observa o fogo na lareira.

– Não – deduz Daphne. – Você não vai fugir, porque não é um covarde, e eu também não sou.

– Eu não vou fugir porque Friv é meu lar – corrige ele.

– E é meu também – diz Daphne, antes de fechar a boca bruscamente, tanto ela quanto Bairre surpresos com a declaração. Ela hesita por um segundo. – Friv agora é meu lar também – repete com mais firmeza. – Mesmo que não haja esperança para minha irmã, mesmo que isso signifique me colocar em perigo, não vou deixar minha mãe tomar Friv também.

Por um momento, Bairre não fala nada, mas por fim se levanta e vence a distância que os separa em dois passos longos, envolvendo-a com os braços no instante em que Daphne apoia o rosto no peito dele. Violie desvia os olhos, encontrando o semblante constrangido de Leopold, que pigarreia.

– É melhor dormirmos um pouco... Tenho certeza de que vamos precisar estar descansados para enfrentarmos o dia de amanhã – comenta ele, levantando-se.

Violie o acompanha ao deixar o quarto, lançando um último olhar para Bairre e Daphne, ainda presos no abraço, a mão dele traçando círculos delicados nas costas dela.

Violie sente uma pontada de algo que ela não consegue identificar, mesmo ao fechar a porta e sair para o corredor.

Beatriz

eatriz passa o dia seguinte trancada em seu quarto, com o café da manhã e o almoço sendo levados em bandejas por criados que não cruzam o olhar com o dela, muito menos lhe dirigem a palavra. Isso a lembra da última vez que ficou em prisão domiciliar em Cellaria, mas naquela ocasião Pasquale estava ao seu lado para apoiá-la e mantê-la sã e forte. Agora, porém, ela se encontra completamente só, com nada além de seus pensamentos ruidosos para ocupá-la.

Sua magia se foi – ela não sabe por quê, mas tem a sensação de que esse fato está relacionado a Nigellus, uma vez que ela não fez qualquer pedido às estrelas desde que ele morreu. Será que o desejo dele de tirar sua magia realmente se realizou, mesmo que ele nunca tenha conseguido proferir as palavras antes de morrer? Ou talvez seja a maneira que as estrelas encontraram para puni-la por matá-lo. Talvez tenham decidido terminar o que Nigellus começou.

Mas nem mesmo as estrelas são fortes o suficiente para manter Beatriz em Cellaria. Se elas tiraram sua magia, Beatriz precisa recuperá-la. E, para isso, primeiro deve encontrar uma maneira de sair deste quarto.

Pela janela, ela vê o sol se pôr e não demora para que ouça uma batida na porta – o jantar, supõe, mas não responde e o criado não espera que ela o faça. A porta, porém, se abre e, em vez de um único criado carregando uma bandeja com o jantar, cinco criados entram em fila, seguindo para a sala de jantar anexa aos seus aposentos, levando toalhas de mesa, cálices de vinho, porcelana fina, talheres de prata e um banquete que alimentaria um exército. Beatriz os observa pôr a mesa, com um temor crescente. Depois de passar um dia presa em um *loop* de pensamentos, ela não tem forças para se envolver em outro jogo mental de xadrez disfarçado de conversa com Nicolo, mas talvez consiga convencê-lo de que se comportará o suficiente para ter permissão de sair do quarto. No entanto, essa parece uma tarefa inútil – Nicolo sempre teve uma estranha capacidade de enxergar através dela.

Contudo, quando os criados saem novamente em fila de seus aposentos, outra figura aparece na porta: não é Nicolo, mas Gisella, não mais com o vestido simples e sujo que usava da última vez que Beatriz a viu; em vez disso, ela traja um elegante vestido de brocado, digno de uma princesa. Oficialmente, Gisella não é uma princesa, mas parece ser esse o papel que reivindicou para si mesma na corte de Nicolo – a última vez que Beatriz esteve neste palácio em prisão domiciliar, depois que Nicolo tomou o trono que deveria ser de Pasquale, Gisella até veio se gabar usando uma tiara.

– Pensei em vir jantar com você – diz Gisella com um sorriso descontraído, como se dias antes não a tivesse envenenado e sequestrado.

– Ah, então estamos passando da prisão para a tortura? – pergunta Beatriz.

Ela olha para a garota parada à sua frente: pele bronzeada limpa e reluzente, cabelos louros bem claros trançados de forma elaborada, sem um único fio fora do lugar; nos lábios, um sorriso que Beatriz deseja desesperadamente arrancar com um tapa. Mas Beatriz tenta reprimir esse impulso, indo além da fachada e procurando a Gisella que conheceu quando chegou a Cellaria, aquela que até considerou uma amiga e a prima que Pasquale amava. *Será que ela matou Pasquale e também Ambrose?*, Beatriz se pergunta, olhando para ela agora. Beatriz não tem certeza, mas aprendeu que é um erro subestimar Gisella – um erro que ela não cometerá novamente.

O sorriso da visitante se amplia.

– Talvez eu deva lembrar qual de nós duas tem o hábito de envenenar a outra quando nos sentamos para as refeições – replica ela.

– Da próxima vez vou dobrar a dose, já que claramente a primeira quantidade não foi suficiente – diz Beatriz, sentando-se.

Gisella faz o mesmo e, então, serve a ambas uma taça de vinho tinto.

– Ah, você poderia me dar o frasco inteiro e não surtiria efeito algum. Água salgada geralmente não faz nada – afirma Gisella.

Como Beatriz não responde, ela dá de ombros.

– Sua mãe fez uma criada vasculhar seus pertences e trocar todos os seus venenos.

Beatriz franze os lábios.

– Você é uma tola por confiar nela – diz.

Gisella ri.

– Garanto que não sou e que não confio.

– E Pasquale e Ambrose? – Beatriz faz a pergunta cuja resposta ela teme.
– Presumo que minha mãe tenha mandado você matá-los.

Por um momento, Gisella não responde. Ela gira a taça de vinho nas mãos, os olhos focados no líquido vermelho-escuro como se estivesse fazendo uma adivinhação, então toma um longo gole.

– Mandou – confirma Gisella lentamente, tornando a pousar a taça na mesa. – Ela também me mandou garantir que o veneno que pedi para você fazer não fosse letal *de verdade*, pois ela não queria acabar morta por engano.

Beatriz pisca, lutando para esconder sua surpresa. Ela usou aquele veneno em Nigellus e ele certamente cumpriu seu objetivo.

– Você estava fazendo jogo duplo – ela se dá conta.

– Até você fracassar na tarefa de matar a imperatriz, como deveria. Você teve sua chance e não a aproveitou – diz Gisella. – Você se tornou o lado derrotado.

– Então não foi pessoal – constata Beatriz, sua voz cáustica. – Assim como trair Pas e a mim pela primeira vez não foi pessoal. Você realmente acredita que isso a absolve da culpa? Pasquale e Ambrose estão *mortos* por sua causa.

Beatriz espera que a acusação se assente – Gisella amava seu primo, ainda que tenha provado que ama mais o seu poder e a si mesma –, mas Gisella não se abala. Uma diminuta faísca de esperança cintila no peito de Beatriz, pegando fogo.

– Você não os matou – diz ela em voz baixa.

Por um momento, que parece uma eternidade, Gisella não fala nada. Enfim, ela se recosta na cadeira.

– Eu não os matei – admite. – Você e eu somos as únicas que sabem disso... embora eu arriscaria dizer que sua mãe tenha deduzido quando seus homens não acharam os corpos na estalagem onde esperavam encontrá-los.

– Você não contou para Nicolo? – pergunta Beatriz, novamente surpresa.

– Ele está empenhado em se casar com você... Não pareceu prudente dar a ele qualquer razão para acreditar que a união não será legalmente válida porque seu marido ainda está vivo – explica Gisella, dando de ombros.

– Então por que está me contando isso?

Gisella observa Beatriz por cima da sua taça de vinho, tomando um gole.

– Porque você é uma garota esperta – diz ela, a voz tranquila. – E sabe que, se o resto do mundo... meu irmão inclusive... souber que Pas está vivo, ele terá um alvo nas costas e um preço por sua cabeça. Tenho certeza de que sua mãe já convocou pessoas para caçar Pasquale... Você contribuiria para o aumento desse número?

A esperança em Beatriz diminui um pouco.

– Claro que não – afirma baixinho.

– Então, espero – diz Gisella, prolongando cada palavra – que você não cause problemas. Que você se case com Nicolo sem histeria e pare de agir como se ser a rainha de Cellaria não fosse exatamente o motivo para você ter nascido.

Sua mãe criou vocês para morrer.

As palavras de Nigellus a atingem de novo como um raio. Isso é o que Gisella está lhe dizendo, mesmo que não perceba. Para manter Pasquale seguro, Beatriz tem que seguir os planos da mãe, sacrificando a si mesma e a Cellaria no processo. Se Beatriz estivesse com humor para isso, acharia engraçado que Gisella a esteja chantageando para seguir um plano que também terminará com ela e Nicolo mortos.

– Muito bem – recomeça Beatriz depois de fingir pensar sobre os termos de Gisella por um momento, quando, na verdade, é a mentira mais fácil que já contou, pela qual não sente qualquer culpa. – Acho que isso significa que posso sair deste aposento amaldiçoado, certo?

– Mas é claro – responde Gisella, sem sequer tentar esconder o triunfo em seu sorriso. Beatriz quer se lançar sobre a mesa e esbofetear a antiga amiga. – O povo de Cellaria está ansioso para reencontrar sua princesa perdida.

A maneira como Gisella diz essas palavras soa como uma ameaça, mas, enquanto elas jantam em silêncio, os pensamentos de Beatriz giram freneticamente. Ela não tem a menor intenção de manter a promessa de não causar problemas – só precisa fazer isso com sabedoria se quiser ter alguma chance de ver Pasquale, Ambrose e Daphne novamente.

Gisella consegue convencer Nicolo de que é seguro liberar Beatriz da prisão domiciliar sem contar a ele que está usando a segurança de Pasquale como fator de influência. Beatriz não sabe como isso foi possível, mas foi o que aconteceu, porque na manhã seguinte ela é acordada com um convite para um almoço com Nicolo e seus conselheiros, e uma legião de criadas surge após o convite, arrumando seus cabelos, maquiando-a e trajando-a com um elaborado vestido de brocado verde-musgo.

As cinco garotas conversam em um cellariano acelerado enquanto a preparam, mas não falam diretamente com Beatriz – não que ela se incomode. O som daquelas vozes serve como pano de fundo para seus pensamentos.

Magia estelar e poeira estelar são ilegais em Cellaria, mas Beatriz sabe que isso não significa que tenham sido erradicadas por completo. E com o zeloso rei Cesare morto, é possível que os fornecedores de poeira estelar estejam começando a sair das sombras, agora que a ameaça de execução na fogueira não é tão grande. Beatriz só precisa ser inteligente e paciente – esse último objetivo é bem mais difícil para ela do que o primeiro.

Ela está tão perdida em seus pensamentos que quase não ouve a garota que penteia seus cabelos mencionar seus olhos.

– Sempre foram prateados? – sussurra a criada para a outra, que segura um pequeno pincel e um pote de creme enquanto aplica de leve um pouco do produto sobre uma espinha que apareceu no queixo de Beatriz depois que ela deixou Bessemia.

Beatriz sente um aperto no estômago. *Seus olhos.* A última vez que esteve em Cellaria, usava um colírio do boticário de sua mãe, especialmente preparado para esverdear seus olhos prateados tocados pelas estrelas. Em Cellaria, olhos tocados pelas estrelas podem levar uma pessoa a ser presa ou morta – pelo menos era assim quando Cesare governava. Ela duvida que as leis tenham mudado tanto nas poucas semanas de reinado de Nicolo.

– Minha irmã a viu uma vez... e jurou que a princesa tinha olhos verdes – replica a garota que lhe aplica os cosméticos, em um cellariano rápido e sussurrado que Beatriz quase não entende.

No entanto, a criada que está ajustando o vestido de Beatriz percebe que ela entende a conversa e manda as outras se calarem.

– Quando o príncipe traidor tentou usar magia para tomar o trono do rei Nicolo à força, a princesa Beatriz arriscou a própria vida para detê-lo – diz a criada do vestido, embora seu olhar permaneça fixo em Beatriz. – As estrelas derrubaram o príncipe Pasquale na hora, mas mostraram sua bênção à princesa tocando seus olhos e devolvendo-a a Cellaria como nossa futura rainha. Não é verdade, princesa?

É uma história ridícula – forjada por Nicolo e Gisella, sem dúvida –, mas Beatriz supõe que a verdade sobre o que aconteceu desde que ela deixou Cellaria soaria ainda mais inverossímil. No entanto, as palavras da criada soam quase como um desafio, como se ela estivesse provocando Beatriz a contradizê-la.

– Sim, é verdade – concorda Beatriz lentamente, já pensando em todas as maneiras de usar essa história a seu favor.

A história foi criada para explicar o retorno de Beatriz, para garantir que Cellaria acredite que ela é inocente diante da suposta traição de Pasquale e, portanto, é a noiva ideal para Nicolo. Foi criada para enriquecer o mito do reinado de Nicolo, ao lhe dar uma rainha abençoada pelas próprias estrelas. Porém, ela também faz de Beatriz uma santa e isso vem com um poder que Beatriz pode usar contra eles.

Daphne

Daphne se encontra diante da entrada principal do Castelo Eldevale, ao lado do rei Bartholomew, de Bairre, Leopold, Violie e uma dúzia de cortesãos, incluindo Cliona e seu pai, aguardando a chegada iminente da imperatriz. O ar gelado do inverno açoita os cabelos pretos de Daphne, desmanchando o penteado elegante arrumado pela criada, e Daphne fecha os punhos com força, lutando contra a vontade de alisá-lo novamente, pois sabe que será uma batalha perdida e não tem certeza de quantas pode suportar no dia de hoje.

Um mensageiro apareceu quando eles tomavam o café da manhã e anunciou que a imperatriz chegaria dentro de quinze minutos. Assim, Daphne se forçou a tomar mais cinco colheradas de seu mingau antes de se levantar, mesmo com a comida azedando em seu estômago. Ela se recusava a deixar transparecer o quanto a chegada da mãe a perturbava, nem mesmo para Bairre, que a observava atentamente durante o café da manhã e agora ainda a olha de soslaio, como se ela fosse uma equação que ele anseia resolver. Pois isso significaria deixá-lo ver a garota desesperada que amava e odiava a mãe, que estava determinada a destruí-la e, ainda assim, vergonhosamente, ainda ansiava por sua aprovação, da mesma maneira que a terra seca anseia pela chuva. E Daphne não podia suportar isso.

Então ela não o encara. Em vez disso, mantém os olhos fixos no portão aberto.

Ela ouve o som de cascos se aproximando antes de ver os cavalos que o produzem. Dez guardas montados em altivos cavalos brancos, decorados com os ornamentos azuis de gala de Bessemia, entram primeiro, seguidos por duas carruagens esmaltadas em azul, puxadas por mais cavalos brancos; e então, por fim, a grande carruagem dourada onde Daphne sabe que a mãe se encontra. Outros dez guardas fecham o cortejo, e em seguida o portão se fecha.

Daphne mantém o olhar na carruagem da mãe enquanto ela se aproxima dos degraus do palácio e se detém. Um lacaio que Daphne reconhece vagamente desce de seu posto ao lado do cocheiro e abre a porta.

A delicada mão enluvada da imperatriz Margaraux surge das sombras da carruagem, todos os dedos enfeitados com joias, segurando a mão oferecida pelo lacaio antes que ela saia à luz cinzenta e pálida do inverno.

Por um momento, Daphne tem a impressão de estar olhando para uma estranha – sua mãe é mais alta do que essa mulher, não é? Sua presença é mais marcante, uma figura imortal que tem o poder de destruir com um único olhar. Mas a mulher que está diante dela agora não se destaca tanto e, na luz direta, Daphne pode ver as rugas marcando a pele ao redor dos olhos e da boca. O mais surpreendente de tudo, no entanto, é que, quando seus olhos encontram os de Daphne e aquela fúria sem máscaras brilha por um segundo através deles, Daphne se vê completamente imperturbável.

A mulher diante dela não é uma deusa infalível com o poder de condenar e absolver, é apenas uma mulher – poderosa, com certeza, mas Daphne supõe que, desde a última vez que estiveram frente a frente, ela também adquiriu seu próprio poder. Elas se encontram aqui e agora como iguais e, se a imperatriz ainda não sabe disso, vai saber.

Daphne desce os degraus, segurando a barra de seu vestido de veludo prateado para não tropeçar, e exibe um sorriso radiante.

– Mãe – diz ela, elevando a voz o suficiente para ser ouvida pela plateia reunida de cortesãos frívolos e a comitiva trazida pela mãe, que Daphne sabe que observam das janelas das duas carruagens menores.

Violie se mantém um passo atrás dela e, se está nervosa com a farsa e com a reação que a imperatriz terá, não demonstra.

– É tão bom vê-la novamente... – diz Daphne, parando diante da imperatriz e tomando-lhe as mãos frias nas suas.

A imperatriz examina Daphne, fitando-a como se estivesse vendo uma estranha – uma estranha de que não gosta – antes de olhar por cima do ombro para Violie e estreitar ligeiramente os olhos. Por um momento, Daphne prende a respiração. Logicamente, ela sabe que a mãe tem mais a perder do que qualquer outro proclamando que Violie é uma fraude, mas e se ela e Violie calcularam mal? E se...

– Ah, minhas queridas meninas – diz a imperatriz, subitamente apertando a mão de Daphne com uma das suas e estendendo a outra em direção a Violie. – Meu medo era que eu não pudesse mais vê-las.

Ela solta Daphne, voltando-se completamente para Violie e estendendo a mão enluvada até pousá-la na bochecha de Violie. Daphne vê um lampejo de horror cruzar o rosto de Violie no segundo em que a imperatriz a toca, mas ele desaparece tão rapidamente que ela duvida que alguém mais tenha visto – além da própria imperatriz.

– Sophronia, me disseram que você tinha morrido... Eu pensei...

– Ah, mamãe... – diz Violie, a voz soando alta o suficiente para ser ouvida por todos. – Pensei que não fosse sobreviver de jeito nenhum, mas... Ah, é uma história tão complexa e você teve uma jornada e tanto... Vamos entrar. O rei Bartholomew mandou preparar um quarto para você.

Violie gesticula para onde o rei Bartholomew está aguardando no topo dos degraus, ladeado por Bairre e Leopold. À medida que a imperatriz Margaraux se aproxima, os três fazem uma longa mesura.

– Majestade – saúda o rei Bartholomew, segurando a mão da imperatriz e curvando-se sobre ela, roçando um beijo cortês no dorso de sua mão. – Bem-vinda a Friv.

– Obrigada, majestade – responde a imperatriz, fazendo uma profunda reverência.

Daphne se dá conta de que ela nunca tinha visto a mãe fazer uma reverência, somente recebê-la de outras pessoas.

– E também agradeço por manter minhas filhas seguras nestes tempos conturbados.

– Tanto Daphne quanto Sophronia são mérito seu – replica Bartholomew, com sinceridade, alheio às encenações ao seu redor.

– Será? – pergunta a imperatriz, a voz arrastada e os olhos alternando entre Daphne e Violie. – Que bom ouvir isso. Gostaria de ter a oportunidade de conversar com minhas filhas... em algum lugar quente, talvez – acrescenta ela, apertando mais seu manto de arminho em torno do corpo.

– Claro – diz Bartholomew, curvando novamente a cabeça. Se está ofendido porque o convite não foi estendido a ele, não demonstra. – Tenho certeza de que há muito para discutirem, diante de tudo o que aconteceu. Vou mandar servir um lanche na biblioteca, que é a sala mais quente do castelo, e tenho certeza de que, depois da sua jornada, é exatamente disso que Vossa Majestade precisa.

– Muito atencioso da sua parte, rei Bartholomew – replica a imperatriz, oferecendo-lhe o que Daphne reconhece como seu sorriso recatado: o queixo abaixado, olhando para ele por baixo dos cílios, uma leve curvatura nos lábios.

Daphne já viu esse sorriso colocar membros do conselho e embaixadores na palma da mão da imperatriz – e tem certeza de que sua mãe usou esse sorriso com seu pai também, que é pelo menos uma das razões pelas quais agora ela é imperatriz.

O rei Bartholomew também não se mostra imune a ele. Suas bochechas ficam levemente rosadas enquanto ele faz mais uma reverência, conduzindo a imperatriz para o interior do castelo.

Uma mesa redonda para três pessoas foi colocada na biblioteca, bem em frente à lareira crepitante, com um bule de chá e um prato com bolinhos glaceados no centro. As três cadeiras ao redor são tipicamente frívias em sua frugalidade e Daphne sabe, mesmo antes da imperatriz se acomodar, que ela as achará insatisfatórias.

– Acho que preferiria estar de volta em uma carruagem esquecida pelas estrelas – murmura a imperatriz quando Daphne e Violie se sentam. – Agora – diz ela, sua voz soando ríspida enquanto Daphne alcança o bule de chá e começa a servir três xícaras. – Digam-me, exatamente, o que está acontecendo aqui. Quem mais sabe que ela é uma farsa? Suponho que Leopold saiba... Ouvi dizer que ele é um idiota, mas até *ele* notaria se a esposa fosse substituída por uma criada – acrescenta ela, gesticulando na direção de Daphne e Violie. – O rei Bartholomew sabe? Príncipe Bairre?

– O rei não sabe, mas Bairre, sim – responde Daphne com um sorriso largo enquanto serve o chá. – Ele teve um papel importante nessa farsa... Você deveria agradecer a ele, mãe.

O olhar penetrante da imperatriz se desloca para Daphne e se demora nela. Sempre foi difícil enxergar qualquer coisa sob o exterior plácido que sua mãe exibe, mas Daphne acredita talvez ter visto uma centelha de incerteza.

– Explique – pede ela, ou melhor, ordena.

– A rainha Eugenia nos traiu – diz Daphne, lançando-se na história que ela e Violie elaboraram bem tarde na noite passada com a ajuda de Bairre e Leopold.

Uma história em que sua mãe provavelmente não acreditará, mas sólida o suficiente para que a imperatriz não possa chamá-la de mentira pura e simplesmente – não sem revelar verdades que preferiria manter ocultas.

– Ela foi responsável pela morte de Sophronia. Violie a viu apontando uma pistola para Sophie antes de entregá-la aos rebeldes com quem estava trabalhando.

– É o que ela diz – retruca Margaraux, arqueando as sobrancelhas e desviando o olhar para Violie, que, por sua vez, sustenta seu olhar, inabalável. – Eugenia escreveu para mim com uma história semelhante a seu respeito, afirmando que foi você quem traiu Sophronia – acrescenta ela, apontando para Violie com a mão livre enquanto com a outra leva a xícara de chá aos lábios. – É conveniente que Eugenia esteja morta agora e seja incapaz de se defender.

Violie abre a boca e Daphne conheceu o suficiente sobre ela ao longo das últimas semanas para saber que está prestes a dar uma resposta insolente – um deslize temperamental que a imperatriz sem dúvida está tentando instigar.

– Também tive minhas dúvidas a princípio, quando Violie me abordou com essa história – admite Daphne, chamando a atenção da mãe de volta para ela. – Mas Violie não tentou me matar. Eugenia, sim.

Desta vez, não há como se enganar com o lampejo de surpresa no rosto da imperatriz quando ela pousa a xícara de chá de volta no pires ruidosamente.

– Estou bem – assegura-lhe Daphne, estendendo a mão para colocar sobre a da mãe, intencionalmente fingindo interpretar de maneira equivocada sua surpresa como preocupação maternal. – Eu lhe falei sobre os atentados contra a minha vida. Houve mais um e dessa vez o agressor foi mantido vivo por tempo suficiente para apontar o dedo para Eugenia.

– Confissões sob tortura... – começa a imperatriz, retirando a mão de Daphne.

– ... não são dignas de crédito – conclui Daphne com um sorriso sagaz. – Sim, mãe, você me ensinou bem a lição. Mas essa confissão em particular me apontou na direção certa e, depois de... bisbilhotar um pouco, descobri cartas entre Eugenia e um homem chamado Ansel, que Violie lembra que estava à frente da multidão temarinense que matou Sophie.

– Cartas podem ser...

– ... forjadas, eu sei – interrompe Daphne mais uma vez. – Mas confio na minha capacidade de distinguir uma falsificação e você também deveria, dada a educação que me deu. Sei que não sou nenhuma Sophronia nessa ciência, mas sou mais do que competente.

A boca da imperatriz se contrai, mas ela inclina a cabeça, assentindo.

– Havia outras cartas – continua Daphne. – Mas, infelizmente, elas foram escritas em papel *verbank* e se desfizeram em minhas mãos.

Daphne observa atentamente o rosto da mãe, mas a imperatriz não demonstra qualquer reação. Daphne, porém, não precisa de uma para confirmar o que sabe. Violie viu o suficiente dessas cartas nas coisas de Eugenia para saber que foram enviadas pela imperatriz. Eram a prova de que a imperatriz e Eugenia estavam trabalhando juntas, mesmo que o papel tenha se desfeito antes que ela pudesse ler mais do que algumas palavras. Mas a imperatriz sabe exatamente o que aquelas cartas diziam, já que foi ela quem as escreveu, e Daphne e Violie planejaram uma maneira de usar esse conhecimento contra ela.

– Essa é a parte problemática, confesso – explica Daphne com um suspiro. – Embora a maior parte das cartas tenha se desmanchado, eu vi o endereço, ou melhor, parte dele.

– É mesmo? – pergunta a mãe, ainda sem parecer preocupada.

Ela não tem motivo para se preocupar – segundo Violie, ela usou um pseudônimo.

– As cartas vieram de Bessemia – diz Daphne. – Parece que alguém lá está trabalhando contra você, mãe. Conspirando com Eugenia para matar Sophronia e tentando me matar também. Pelo que sabemos, agora o alvo é Beatriz... Eu tinha esperanças de que ela fosse ficar com você para termos certeza de que estaria em segurança. Ela está em Bessemia, não é?

Os lábios da imperatriz se contraem.

– Não – responde ela devagar. – Concluí as negociações com o rapaz que atualmente ocupa o trono cellariano e chegamos a um acordo. Beatriz será coroada rainha lá antes do fim da semana.

Daphne se esforça para não olhar para Violie, mesmo enquanto a informação penetra em sua pele. Daphne ouve o que a mãe não diz, como ela deixa de mencionar o príncipe Pasquale, nem sequer finge que Beatriz foi para Cellaria por vontade própria. Talvez ela tema que Daphne ou Violie percebam suas mentiras ou talvez simplesmente não se importe o suficiente para elaborar mentiras convincentes.

– Que maravilha – diz Daphne, forçando um sorriso que espera que pareça real. – Embora, se eu estiver certa, ela se encontre em grave perigo lá...

– *Se* você estiver certa – reforçou a imperatriz com indiferença. – E você ainda não explicou essa farsa – acrescenta ela, gesticulando em direção a Violie, que parece contente em tomar seu chá e deixar Daphne conduzir a conversa.

O que é bom, Daphne supõe. Ela gosta de Violie e confia nela, mas no fim ela acredita mais nas suas próprias habilidades do que nas de qualquer outra pessoa.

– Violie salvou minha vida – começa Daphne, mergulhando na mentira que ela e Violie fabricaram, uma que se aproxima o máximo que ela ousa da verdade sobre a morte de Eugenia. – Ela revelou o plano que Eugenia e a criada elaboraram para me matar, com névoa de septinas... Eu retornava do lago Olveen na ocasião e elas estavam prontas para colocar o plano em ação assim que eu voltasse. Violie se infiltrou nos aposentos de Eugenia uma noite para recuperar o veneno e Eugenia acordou e chamou sua criada, que atacou Violie, fazendo-a derramar a névoa de septinas e... bom... você sabe como a névoa de septinas funciona.

– A criada morreu na hora – esclarece Violie, o que é verdade, mas era Violie quem estava manipulando a névoa de septinas, com a intenção de usá-la para assassinar a rainha Eugenia. Ela se encontrava no quarto de Eugenia, o recipiente da névoa aberto, quando a criada entrou de repente, assustando Violie, acordando Eugenia e arruinando tudo. – Eugenia e eu inalamos menos, eu fiquei inconsciente por mais ou menos um dia e Eugenia permaneceu acordada, mas confinada à cama. Obviamente, eu fui presa.

Os olhos castanho-escuros da imperatriz vão de uma à outra, céticos, mas silenciosos.

Daphne intervém para terminar a história:

– Quando voltei e percebi o que aconteceu, me pareceu... imprudente divulgar a verdade, mas, quando Leopold me procurou, confessando sua verdadeira identidade e implorando para que eu ajudasse a garota que havia salvado sua vida e agora a minha, não pude recusar.

– Você tentou? – pergunta a imperatriz secamente.

Daphne hesita por um instante, uma parte sua, profundamente enter-rada, encolhendo-se diante do desprezo na voz da mãe.

– Você me instruiu a encontrar Leopold, mamãe – responde Daphne, in-cisiva. – Se eu tivesse recusado o pedido dele, ele teria fugido. Salvar Violie o manteve aqui. Mandei uma mensagem para você, mas suponho que você e o mensageiro se desencontraram.

– Humm – resmunga a imperatriz, tomando outro gole de chá. – E você? – pergunta a Violie. – O que disse a ela?

Violie oferece à imperatriz um sorriso insípido.

– Tudo, é claro – responde ela, e há um breve lampejo de incerteza nos olhos da imperatriz sobre o que o termo *tudo* implica.

Mas essas são cartas que Daphne e Violie querem guardar na manga por enquanto e decidiram que é melhor se a imperatriz acreditar que Violie ainda é leal a ela. Portanto, Violie opta por meias-verdades.

– Que você se preocupava com Sophronia. Que temia que ela fosse vulnerável demais para sobreviver na corte temarinense sozinha e me en-viou para vigiá-la. Que falhei nessa tarefa e cumpri meu dever ao trazer Leopold para Friv.

A testa da imperatriz se enruga de leve, mas Daphne sabe que ela não pode questionar a história de Violie na sua frente, ao menos não sem re-velar que a verdadeira missão de Violie era exatamente o oposto – garan-tir que Sophronia cumprisse as ordens da imperatriz mesmo quando sua consciência se opusesse ou então fazê-lo por ela. Mas o objetivo é levar a imperatriz a acreditar que Violie está do seu lado assim como Daphne.

Não há dúvida de que a imperatriz vai procurar Violie para falar com ela a sós, para descobrir por que Leopold está vivo e por que Violie o trouxe para Friv em vez de levá-lo a Temarin. Mas um problema de cada vez.

– Ouvi dizer que você estava enfrentando problemas para manter seu controle sobre Temarin – diz Daphne à imperatriz; um blefe, porém bem informado.

A própria imperatriz sempre disse que tomar um país é fácil, mas que mantê-lo é mais difícil. E Daphne vê as palavras encontrarem seu alvo na forma como a boca da imperatriz se contrai.

– Agora eu lhe devolvi Sophronia e ambas conquistamos a lealdade de Leopold. Como você disse, a mente dele não é a espada mais afiada do arsenal... Vai ser fácil convencê-lo a ceder oficialmente o controle de Temarin para você e então escapar para alguma ilha distante e viver o resto dos dias no exílio, de modo que o seu reinado possa continuar, incontestável.

A imperatriz fica em silêncio por um momento, mas Daphne pode praticamente ouvi-la examinando cada aspecto da história que ela e Violie tramaram, em busca de falhas, observando como tudo se encaixa. Depois do que parece uma eternidade, ela abre o tipo de sorriso que Daphne nunca viu nela antes, um sorriso largo e radiante que alcança seus olhos, quase fazendo-a brilhar. Daphne tem a sensação de que poderia se banhar em seu calor para sempre.

– Parece que você pensou em tudo, minha pombinha – diz ela, palavras que teriam feito Daphne literalmente matar alguém para ouvir a mãe lhe dizer.

A imperatriz se inclina sobre a mesa e pousa a mão na bochecha de Daphne, seu toque frio e seco.

– Estou muito orgulhosa de você.

Enquanto Daphne retribui o sorriso timidamente, ocorre-lhe que as palavras que por tanto tempo ela sonhou ouvir da mãe soam mais como uma ameaça do que um elogio.

Beatriz

O almoço é servido no terraço sul do palácio cellariano – uma refeição pequena, porém suntuosa, em uma única e comprida mesa de carvalho trazida do interior do palácio, com o conjunto de oito cadeiras, uma toalha de mesa branca de seda bordada em fios de ouro, pesados cálices de ouro servidos com vinho tinto e travessas de porcelana com pilhas de frutas frescas, queijo, pão torrado e carnes curadas fatiadas.

Quando sai para o terraço, Beatriz é surpreendida pela diferença entre o clima daqui e o de Bessemia, onde o ar estava frio com a chegada do inverno. Porém, a estação fria ainda não tocou Cellaria – o clima não parece ter mudado desde que ela chegou aqui da primeira vez, no fim do verão. O ar quente e úmido pesa em sua pele e uma brisa suave vem do mar logo abaixo. Um toldo vermelho-vivo foi erguido para bloquear o sol forte e tem o efeito adicional de lançar em toda a área do terraço uma luz espalhafatosa.

Beatriz é a última a chegar e, ao se aproximar da mesa, todos os outros se levantam, com exceção de Gisella, que permanece sentada à esquerda de Nicolo, deixando o assento à direita dele para Beatriz. Enquanto se acomoda, ela observa os outros cinco homens à mesa. Reconhece vagamente o cavalheiro ao lado de Gisella como o pai dela e de Nicolo, tio de Pasquale, lorde Cosimo; os outros ela não consegue associar a um nome, mas tem certeza de que viu três deles pelo palácio durante sua última estada. No entanto, nenhum deles fazia parte do círculo íntimo do rei Cesare, de modo que Nicolo ou está sendo inteligente ao garantir a lealdade daqueles de quem se cerca, ou então é tolo por alienar um grupo de pessoas que estavam acostumadas com o poder.

Mas não é da sua conta se ele está sendo inteligente ou tolo, Beatriz lembra a si mesma. Ela estará bem longe de Cellaria antes que qualquer recompensa ou repercussão possa alcançar Nicolo.

– Princesa Beatriz – diz lorde Cosimo, curvando-se longamente, seguido um segundo depois pelos outros. – É maravilhoso vê-la retornar em segurança para nós. Como se recuperou de sua provação?

– Minha provação? – pergunta Beatriz, olhando para Gisella, que responde com um olhar carregado.

A ameaça que ela fez contra Pasquale e Ambrose paira sobre Beatriz, que então cola um sorriso no rosto e volta sua atenção para lorde Cosimo.

– Eu lhe asseguro, Vossa Graça, que estou me recuperando muito bem da minha provação e fico feliz por estar em casa, em Cellaria.

Nicolo pigarreia.

– Beatriz, creio que você ainda não conheceu lorde Faviel, lorde Gustin, lorde Warrel ou o duque de Ribel, meu primo.

O último nome faz Beatriz parar e pensar – durante a reunião do conselho a que ela compareceu em Bessemia, o general Urden informou sobre as ameaças enfrentadas pelo reinado de Nicolo, entre as quais a reivindicação ao trono de Cellaria por parte do duque de Ribel, tão forte quanto a de Nicolo. O duque vinha reunindo seus próprios apoiadores entre a nobreza que se virava contra Nicolo. Mais uma vez, Beatriz se pergunta se Nicolo é brilhante ou tolo.

– Meus senhores – diz ela, inclinando a cabeça para os três primeiros homens antes de voltar sua atenção para o duque de Ribel. – Vossa Graça.

Ela aproveita a oportunidade para observá-lo, surpresa com quanto ele é jovem. Nunca ouviu falar muito sobre o duque, que preferia permanecer em sua propriedade na costa oeste de Cellaria no intuito de evitar se tornar alvo do temperamento instável do falecido rei Cesare – uma decisão inteligente aos olhos de Beatriz. O duque tem quase a mesma idade que ela, com cabelos castanhos tão escuros que chegam a ser quase pretos e olhos velados, azuis da cor do mar. Embora a cor de seus cabelos seja diferente da de Nicolo, Gisella e Pasquale, ela vê a semelhança familiar nos traços angulosos, no nariz aquilino. O olhar dela se demora em sua boca, cheia e arqueada em um sorriso leve, porém sagaz, que Beatriz sente como um carinho.

Ao lado dela, Nicolo pigarreia e Beatriz desvia o olhar do duque, olhando então para o rapaz que, pelo menos por enquanto, é seu futuro marido.

– Lorde Gustin perguntou o que você está achando de voltar a Cellaria – diz Gisella.

– Ah – replica Beatriz com uma risada, voltando-se para lorde Gustin, um homem alto, magro e careca, com um bigode glorioso que faz Beatriz se lembrar das ilustrações que ela viu de morsas. – Acredito que estávamos na expectativa de nevar quando saí de Bessemia... Este sol é certamente melhor.

A mesa ri educadamente. Após alguns momentos durante os quais os criados vêm encher seus pratos com um pouco de tudo e todos começam a comer, lorde Faviel sorri para Beatriz – o tipo de sorriso, ela pensa, que parece ensaiado.

– Confesso, princesa Beatriz, que todos nós ouvimos... rumores do que aconteceu entre o momento em que saiu de Cellaria e aquele em que retornou, mas estou curioso sobre o que realmente ocorreu.

Beatriz lança um olhar hesitante para Gisella. Ela ouviu o que as criadas afirmaram que ela passara, mas não coletou informações suficientes naquela breve conversa para poder contar ela mesma a história ou saber até que ponto está de acordo com o que Gisella quer que seja contado. Com a segurança de Pasquale em jogo, Beatriz sabe que tem que seguir Gisella, por mais que odeie isso.

– A princesa certamente já está exausta de tanto ter contado essa história – afirma Gisella com um sorriso radiante, então bate palmas. – Ah, tive uma ideia... Não seria divertido se eu contasse a história, como eu ouvi, e você me corrigisse se tiver entendido algo errado?

– Com certeza vai ser bem divertido – concorda Beatriz, conseguindo evitar o sarcasmo na voz enquanto pega seu cálice de vinho e toma um gole.

– Então – começa Gisella, sentando-se mais ereta na cadeira –, depois que o príncipe traidor, Pasquale, forçou todos nós a participar de seu plano depravado contra o próprio pai, você acabou envolvida na confusão. Foi uma infelicidade... Quando Nicolo foi coroado, ele tinha toda a intenção de perdoá-la, mas temia que, se Pasquale acreditasse que você o havia traído, ele a mataria. A intenção dele era separar vocês dois na Sororia e na Fraternia e resgatá-la de lá o mais rápido possível, mas Pasquale a levou antes que Nicolo tivesse a chance, forçando-a a retornar para Bessemia, para que ele pudesse usar sua segurança como arma a fim de obter o apoio de sua mãe contra Nicolo.

– Humm – diz Beatriz, tomando outro gole de vinho e ponderando sobre a história. É ridícula.

O "plano depravado" que Gisella mencionou – resgatar lorde Savelle da masmorra antes que o rei Cesare pudesse usá-lo para incitar uma guerra contra Temarin – tinha sido ideia de Beatriz, uma ideia com a qual Gisella e Nicolo concordaram de bom grado. E com certeza ninguém poderia acreditar que Pasquale faria mal a alguém, muito menos a ela. Mas sustentar essas mentiras é a única maneira de manter Pasquale em segurança. Ainda assim, cada parte dela se rebela, sem querer pronunciar uma só palavra. Por fim, ela consegue dizer, meio engasgada:

– De fato.

– Mas você nunca parou de trabalhar contra Pasquale em benefício de Cellaria – prossegue Gisella, erguendo seu cálice na direção de Beatriz, em um brinde discreto, antes de tomar um gole. – Você e sua mãe estavam tentando descobrir a melhor maneira de anular seu casamento com ele sem que você, sua reputação ou a aliança entre Bessemia e Cellaria fossem colocadas em perigo. Então eu cheguei e Pasquale ficou furioso. Ele insistiu para que sua mãe mandasse me prender e ameaçou proclamar publicamente todo tipo de indelicadezas sobre você. Uma devassa. Uma traidora. Uma empyrea. Sua mãe concordou com as ameaças dele para te proteger.

Beatriz precisa se conter para não rir. Se Pasquale – ou alguém como ele – tentasse chantagear a imperatriz, encontraria uma morte misteriosa em questão de horas e a mãe certamente não moveria um só dedo para proteger a filha. Além disso, Beatriz tem certeza de que a mãe não teve qualquer participação nessa história que Gisella vem espalhando, que a retrata como uma governante fraca e facilmente manipulada, até porque, se tivesse, a própria Gisella não permaneceria por muito mais tempo neste mundo.

– Receio – diz Beatriz, sustentando o olhar de Gisella – que meu marido começou a herdar o temperamento volúvel do pai. Eu jamais desejaria falar mal do falecido rei... – ela se apressa em acrescentar, olhando ao redor da mesa com olhos dramaticamente arregalados enquanto morde o lábio. – Mas acredito que todos nós experimentamos aquele temperamento na própria pele, não é? Havia nuances disso em Pasquale e foram piorando dia após dia.

Gisella estala a língua.

– Você foi tão corajosa ao suportar isso pelo tempo que suportou, princesa... – diz ela, seu tom tão meloso que Beatriz fica surpresa que os outros à mesa pareçam não perceber, com exceção de Nicolo, que lança um olhar furioso para a irmã.

Gisella o ignora, mantendo a atenção em Beatriz.

– E felizmente, com minha ajuda, conseguimos convencer sua mãe de que seria do interesse de Bessemia que seu casamento com Pasquale fosse anulado e você então se casasse com o verdadeiro rei de Cellaria. Afinal, seu casamento nunca foi consumado.

Não há dúvida na voz de Gisella, mas Beatriz sabe que precisa validar aquela afirmação. Essa talvez seja a única parte verdadeira da história que Gisella está contando, mas Beatriz não quer dar a ela nem mesmo isso. Mais uma vez, ela se lembra de que é para o bem de Pasquale, para a segurança dele.

– Não, não foi – diz ela, a voz tensa.

Lorde Cosimo pigarreia.

– Perdoe minha indelicadeza, Vossa Alteza, mas preciso perguntar: uma dúzia dos cortesãos mais próximos do falecido rei foi testemunha do resultado de sua noite de núpcias.

Beatriz se lembra da farsa apressada que ela e Pasquale orquestraram naquela manhã antes que o rei Cesare irrompesse em seu quarto para inspecionar os lençóis. Foi a primeira vez que Beatriz confiou em alguém além das irmãs – e foi também o início de sua amizade com Pasquale. Pensar nele agora provoca uma pontada em seu coração.

Pelo menos nesse aspecto, porém, Beatriz pode simplesmente dizer a verdade.

– Sangue de um ferimento – murmura, baixando o olhar. – Nosso casamento não foi consumado... nem naquela noite, nem em qualquer outra.

– Se precisássemos de mais alguma prova de que meu primo era louco, certamente aqui a temos – diz Nicolo, estendendo a mão para cobrir a de Beatriz.

Ela precisa recorrer a todo o seu autocontrole para não tirar a mão, enquanto as palavras fazem seu estômago revirar. Houve um tempo em que ela *queria* ser desejada por Nicolo, mas não assim. As palavras, enunciadas diante de uma plateia, lembram a Beatriz muito mais os comentários asquerosos que o rei Cesare costumava fazer sobre ela do que o flerte hesitante que ela e Nicolo haviam compartilhado e cuidadosamente mantido entre os dois.

– De fato – diz o duque de Ribel, recostando-se na cadeira.

Beatriz pode sentir seus olhos sobre ela, mas não o encara. Em vez disso, olha para Gisella e tenta não pensar na mão de Nicolo na dela.

– Minha mãe concordou, mas Pasquale descobriu o que estávamos planejando – continua Beatriz, capaz de presumir para onde essa história está indo.

– Sim – concorda Gisella, balançando a cabeça. – Enquanto estava em Bessemia, ele foi seduzido pelas ideias de um empyrea herege, um traidor em meio à corte de sua mãe: Nigellus.

O nome faz Beatriz hesitar. Se essa é a história que Gisella está contando, Beatriz é obrigada a supor que sua mãe encontrou o corpo de Nigellus e que ela e Gisella estiveram em contato depois da fuga do palácio. Beatriz espera que a culpa venha após a menção ao homem que ela conheceu a vida inteira e que, ainda que brevemente, serviu como um mentor antes de Beatriz cortá-lo com um pedaço de vidro e esfregar veneno em sua ferida aberta. Mas a culpa é passageira.

– Nigellus prometeu a Pasquale que ele poderia usar seu dom de explorar as estrelas para devolver Cellaria ao seu domínio e Pasquale ficou empolgado. Ele foi ao laboratório de Nigellus tarde da noite para fazer seu pedido enquanto Nigellus derrubava uma estrela para realizá-lo, mas ele não sabia que você, pressentindo que ele tramava algo, o seguiu. Quando você percebeu o que ele estava fazendo, foi para a sacada do laboratório e tentou impedi-lo, dando início a uma luta. No embate, você e Pasquale caíram da sacada, despencando de uma altura de seis andares – uma queda que deveria tê-la matado, mas as estrelas viram em você uma salvadora e então a protegeram. Quando você acordou, seus olhos tinham adquirido esse tom prateado, tocados pelas estrelas. Não uma maldição, mas uma bênção.

Beatriz toma outro gole de vinho antes de dirigir um sorriso forçado para Gisella.

– Eu dificilmente acreditaria em tal história se eu mesma não a tivesse vivido – diz ela, pousando seu cálice de novo na mesa.

Uma ideia lhe ocorre. Ela tem certeza de que vai se arrepender, mas não consegue resistir. Seu sorriso se alarga.

– Mas minha querida Gigi, você não está reconhecendo seu próprio valor... Eu nunca teria sabido o que Pasquale e Nigellus estavam planejando se *você* não tivesse bravamente se aventurado pelos esgotos para encontrar aquelas cartas incriminadoras que eles trocaram. Suponho que Pasquale pensou que as havia destruído ao rasgá-las e jogá-las na privada, mas você não se deixou dissuadir, não é mesmo? – pergunta ela, notando o choque e o horror no rosto de Gisella, seguidos pelo rubor de constrangimento subindo pelo pescoço.

Beatriz sorri e olha para os outros.

– Que todos saibam que Gisella é uma verdadeira heroína de nossa era... incansavelmente passando um pente-fino no esgoto...

– A lady Gisella – interrompe Nicolo, lançando um olhar de simpatia à irmã vermelha de vergonha, embora Beatriz possa jurar que ele está lutando para não rir também.

– A lady Gisella – repetem os outros.

Beatriz ignora Gisella pelo restante do almoço, mas sente o olhar de fúria da garota durante toda a refeição e sabe que haverá vingança.

Quando o almoço termina, Nicolo se oferece para acompanhar Beatriz de volta aos seus aposentos e, depois da história com Gisella, ela decide não brincar com a sorte. Quando Nicolo oferece o braço, ela se obriga a aceitar, pousando os dedos levemente na manga de brocado dele. Ao entrarem no palácio e cruzarem os corredores, Beatriz fica atenta ao ambiente à sua volta, procurando qualquer coisa ou pessoa que possa levá-la a adquirir poeira estelar ilegal.

– Será daqui a seis dias – diz Nicolo, arrancando-a de seus pensamentos.

Ela percebe que ele está falando há alguns instantes e tenta lembrar o que, exatamente, acontecerá em seis dias. Então arrisca um palpite provável.

– Você está mesmo com toda essa pressa para se casar comigo? – pergunta ela, mantendo a voz leve enquanto seus olhos examinam o corredor, notando os criados carregando bandejas, cortesãos sobre os quais ela ouviu fofocas triviais... Será que poderia usar alguma dessas fofocas para obter poeira estelar? Ela duvida que algo seja assim *tão* escandaloso.

– Estou. Porque você está procurando uma rota de fuga – sussurra Nicolo em seu ouvido. – E eu conheço você bem o suficiente para saber que encontrará uma, mais cedo ou mais tarde.

Beatriz para abruptamente, mas Nicolo a impele a continuar andando.

Foi fácil esquecer, quando estava em Bessemia, a facilidade com que Nicolo consegue enxergar através dela. Desde a noite em que se conheceram, quando ela estava completamente bêbada em seu casamento com Pasquale, Nicolo a olhou como se visse quem ela era de verdade, como se conhecesse todos os segredos que ela guardava.

Ele não conhece, ela lembra a si mesma. Não tem como. Mas ele sabe muito mais sobre ela do que sabia quando ela foi embora de Cellaria, e Beatriz se dá conta de que não pode dizer o mesmo a respeito dele.

– Quais são os detalhes do seu acordo com minha mãe? – pergunta. – O que, exatamente, ela te ofereceu?

Nicolo olha de lado para ela, franzindo a testa.

– Não vejo o que isso tem a ver com você – responde ele.

Beatriz considera com cautela suas próximas palavras, aproximando-se o máximo possível da verdade para convencê-lo de sua sinceridade.

– É claro que estou procurando uma rota de fuga, Nico – admite ela, optando por usar o apelido pelo qual o chamava antes que tudo entre eles mudasse.

Ela sente o braço dele flexionar sob seus dedos, percebe que ele gosta que ela o chame assim.

– Fui separada à força de Pas, que, sim, pode até ter sido meu marido apenas no nome, mas era meu amigo mais leal... e fui enviada de volta para cá a fim de me casar com você, como um peão em um jogo de xadrez, sem qualquer poder de decisão sobre meu futuro. Você está me dizendo que, se estivesse no meu lugar, também não estaria procurando uma rota de fuga?

O maxilar de Nicolo se contrai e ele não responde, mas Beatriz não precisa de sua resposta.

– No entanto – continua ela –, é possível que a rota de fuga mais inteligente não seja saindo de Cellaria afinal. Minha mãe quer me usar como peão para promover sua própria causa, mas, para isso, também tem que me igualar a ela: uma rainha com meu próprio país.

– Bem – diz Nicolo, pigarreando –, rainha consorte.

Beatriz ri.

– Por favor, Nicolo – retruca ela, balançando a cabeça. – Você acabou de dizer que me conhece. E sabe que, se eu quisesse tomar o poder de você assim que colocasse a coroa na cabeça, eu poderia fazer isso. Sua posição não é tão forte no momento e agora *eu* sou uma santa. Ouso dizer que poderia ser a única governante de Cellaria até a próxima lua cheia.

Nicolo corre os olhos pelo corredor movimentado antes de virar repentinamente em uma passagem deserta – um corredor para os criados, Beatriz supõe – e soltar o braço dela. A passagem é estreita e, sem mais ninguém por perto, Nicolo se aproxima dela, encurralando-a contra a parede de pedra, embora não a toque.

– Você está... me ameaçando? – pergunta ele, soando mais divertido do que preocupado, ainda que a preocupação esteja presente também.

Beatriz capta o tom apreensivo, espreitando sob a superfície descontraída. Em vez de encolher-se contra a parede, ela se apruma, mesmo que isso deixe seu rosto a centímetros do de Nicolo, os olhos castanho-escuros dele quase negros na iluminação fraca.

– Humm – responde Beatriz, dando de ombros casualmente e baixando a voz até um simples murmúrio. – Parece muito complicado para mim. Provavelmente envolveria muito sangue... incluindo *todo* o seu. E, francamente, eu não *quero* ser a única governante de um país. Você pode me culpar? *Você* não está se divertindo. Dá a impressão de que não dorme há semanas.

Nicolo franze a testa, parecendo querer argumentar, mas Beatriz o silencia pousando a palma da mão em sua bochecha.

– Não quero governar Cellaria sozinha – diz ela com suavidade. – Mas também não vou me contentar em ser uma rainha consorte, sem nenhum poder. Vamos governar igualmente, como parceiros.

– Parceiros – ecoa ele, rindo baixinho, embora estenda a mão para segurar a dela e mantê-la com firmeza junto ao seu rosto.

Sua pele está quente, com uma leve barba começando a crescer e pinicando a ponta dos dedos dela.

– Parceiros – repete Beatriz, dessa vez mais firme.

Ela ergue a cabeça, inclinando-a em direção a ele, seus lábios a um fio dos dele. Se as cortesãs em Bessemia pudessem vê-la agora, ficariam orgulhosas, pensa Beatriz. E então ela parte para a ofensiva.

– E quando estivermos sentados lado a lado em nossos tronos, declararemos guerra a Bessemia.

Nicolo pisca, o choque atravessando a névoa de luxúria em seus olhos. Ele recua, soltando a mão dela.

– Quer declarar guerra à sua terra natal? Não pode estar com tanta raiva da sua mãe a ponto de desejar isso. Ela está agindo para o seu bem.

Beatriz quer rir disso, mas deduz toda a história que a mãe deve ter contado a ele para fazê-lo acreditar nisso. E mais: Nicolo *quer* acreditar nessa história. Ela busca uma resposta que não esteja longe da verdade.

– Independentemente das motivações dela, minha mãe me traiu pela última vez – explica ela. – E quero vê-la pagar por isso. Você vai me ajudar a fazê-la pagar, Nico?

Nicolo a encara por mais um momento, como se esperando ela rir e dizer que está brincando. Mas ele não é tolo. Beatriz vê sua mente trabalhar, analisando a situação, vendo como ir à guerra contra Bessemia também seria do seu interesse – especialmente a anexação de outro país ao seu domínio. Se ele conseguisse fazer isso – algo que seu antecessor tentou e falhou com Temarin –, sua posição como rei estaria muito mais assegurada.

– Quando fizemos nosso trato, sua mãe prometeu manter nosso antigo acordo comercial e devolver Gisella ilesa – diz ele por fim. – Em troca, ela ajudaria a garantir que Pasquale não fosse mais uma ameaça ao meu lugar no trono.

Beatriz recua diante da menção à morte de Pasquale – que, até onde Nicolo sabe, foi de fato o que aconteceu. Ela sabe que, se fingisse compreender, Nicolo saberia que ela o estava manipulando, então deixa a repulsa transparecer. Ela empurra o ombro dele e o afasta, um lampejo de culpa cruzando o rosto dele – lampejo que desaparece tão rapidamente quanto surgiu, escondido por sua expressão serena.

– Vou considerar sua oferta – diz Nicolo, a voz novamente tensa e formal.

– Você quer dizer que vai consultar Gisella – responde Beatriz, revirando os olhos. – Talvez eu faça isso... Com certeza seria melhor se eu negociasse com o verdadeiro poder por trás do trono.

Beatriz lhe dá as costas, na intenção de voltar pelo corredor por onde ele a puxou, mas a mão de Nicolo agarra seu pulso – com firmeza, embora não a ponto de ela ter dificuldade em escapar se quisesse. Por enquanto, porém, ela se permite ficar, virando-se de volta para ele com as sobrancelhas erguidas.

– Mantenha esta conversa entre nós – diz ele antes de lançar um olhar pelo corredor deserto e de volta a ela.

Ele suspira e sua voz se suaviza.

– Por favor.

Interessante, pensa Beatriz. Ela vê sinais de uma cisão entre Nicolo e a irmã desde que ele se tornou rei, depois de aparecer bêbado na janela de Beatriz para tentar convencê-la a se casar com ele – um movimento imprudente do qual Gisella não participou. A cisão se aprofundou quando Nicolo enviou Gisella a Bessemia pessoalmente para renegociar o tratado, levando-a a ser feita refém. Beatriz deduziu que, agora que estavam reunidos, quaisquer desentendimentos que tivessem teriam desaparecido, da mesma forma que seus conflitos com Daphne desapareceram assim que ouviu a voz da irmã em sua cabeça, pedindo desculpas e se unindo a ela por apenas alguns momentos, só que esse não parece ser o caso.

– Está bem – diz Beatriz. – Mas eu quero uma resposta para a minha proposta antes de me casar com você.

– Senão o quê, Beatriz? – pergunta Nicolo, sua voz mais curiosa do que mordaz.

– Senão nada – responde Beatriz.

Ela tem a sensação de que está usando diversas máscaras, umas por cima das outras, mas por um momento deixa uma delas cair, mostrando um lampejo de vulnerabilidade. No entanto, isso também parece uma máscara, uma forma de desarmar Nicolo, convencê-lo de que ela está vulnerável. Beatriz morde o lábio e desvia o olhar dele.

– Eu apenas gostaria que me casar com você fosse algo que eu escolhesse, quaisquer que sejam os motivos por trás dessa escolha. Pensei que talvez você também pudesse gostar disso.

Nicolo não responde, mas depois de um segundo ele afrouxa a mão em seu braço e Beatriz se afasta, seguindo pelo corredor na direção de onde vieram. No breve momento antes de tornar a pisar no salão principal, ela permite a si mesma um sorriso triunfante, sentindo-se como se tivesse marcado um ponto muito necessário nesse jogo que ela ainda não compreende por completo.

Violie

Em vez de esperar que a imperatriz a procure em um momento que provavelmente vai ser inconveniente, Violie decide ir até ela. Pede licença para se ausentar do jantar mais cedo naquela noite, alegando dor de estômago, mas, depois que os guardas que o rei Bartholomew designou para ela a deixam em seu quarto, ela põe o vestido de criada que mantém oculto no fundo do guarda-roupa e esconde o cabelo louro sob uma echarpe.

Então sai pela janela e anda com cuidado ao longo da estreita cornija que contorna o castelo, os dedos procurando desesperadamente pontos para se segurar às paredes de pedra. Ela só precisa ultrapassar duas janelas para chegar à suíte de hóspedes que a imperatriz está ocupando. Violie quase perde o equilíbrio ao forçar a janela para a abrir, mas consegue se segurar na moldura, parando um instante para acalmar o coração acelerado antes de deslizar para dentro do quarto vazio.

Ela corre os olhos ao redor, notando que se encontra em uma sala de jantar privativa, mobiliada com uma mesa pequena e quatro cadeiras, o fogo queimando na lareira. Depois de apenas alguns segundos no quarto, Violie já está suando, embora tenha certeza de que é orientação de Margaraux manter seus aposentos o mais aquecidos possível. Ela fecha a janela e passa da sala de jantar à de estar.

Aqui há mais sinais da imperatriz residente – vários baús dourados e gravados com o brasão real de Bessemia estão abertos no centro da sala e Violie repara no serviço de chá, claramente de estilo bessemiano, sobre uma bandeja colocada na mesa baixa, entre três cadeiras estofadas de veludo. Há também castiçais dourados e adornados com pedras preciosas em cima da lareira, sustentando velas com aroma de mel e lavanda que Violie não imagina alguém em Friv comprando ou vendendo. Uma rápida espiada no quarto da imperatriz mostra que Margaraux trouxe consigo seus lençóis de seda e travesseiros – os de algodão frívio, confortáveis, porém mais sem graça, estão cuidadosamente dobrados na cadeira ao lado da cama.

Embora saiba que não encontrará nada, Violie não consegue deixar de bisbilhotar, remexendo a escrivaninha já repleta de penas finas e papéis de carta pessoais de Margaraux, mas nenhuma carta ou papel parece importante para Violie. Ela também folheia os livros, lembrando-se do volume falso no qual Eugenia escondia suas cartas e onde Violie descobriu a correspondência entre Eugenia e a imperatriz, mas não há nada de suspeito ali. Quando está pensando em vasculhar os baús ainda meio cheios, ouve a voz de Margaraux no corredor do lado de fora da suíte, instruindo uma criada a pedir seu café da manhã ao cozinheiro do castelo.

Rapidamente, Violie se senta em uma das cadeiras estofadas de veludo, cruzando os tornozelos e juntando as mãos no colo.

A maçaneta gira e Margaraux entra, seus olhos imediatamente indo até Violie e se estreitando um pouco antes que ela fale por cima do ombro.

– Isso é tudo – diz ela aos guardas e criadas que a acompanham. – Fabienne vai me servir quando voltar da cozinha.

Ouve-se um murmúrio de *Sim, Vossa Majestade*, que emudece quando Margaraux fecha a porta com firmeza e se vira para Violie.

– Bem – diz ela bruscamente enquanto vai até Violie, acomodando-se na cadeira diante dela –, o que você quer?

Violie sorri, ignorando o tremor de pânico que a percorre. Ela sempre o sente quando se vê a sós com a imperatriz, embora esses encontros nunca tenham sido uma ocorrência comum. A maior parte do seu trabalho como espiã da imperatriz foi feita por meio de cartas, e o treinamento ela recebeu de instrutores em Bessemia. A imperatriz supervisionava as filhas de um ponto de observação mais próximo, mas se contentava em monitorar o progresso de Violie a partir de relatórios de terceiros – um fato pelo qual Violie é grata. Ela não sabe como Daphne, Sophronia e Beatriz sobreviveram a uma infância com a imperatriz. Mesmo agora, aos 17 anos, Violie se sente como um cervo que acaba de dar de cara na floresta com um lobo espumando pela boca – avaliando rápida e silenciosamente as chances de sair viva daqueles aposentos.

– Achei melhor conversarmos sem a presença da princesa Daphne –

diz Violie, alisando com as mãos a lã áspera do vestido de criada que está usando. – Tenho certeza de que Vossa Majestade prefere que eu não responda honestamente às suas perguntas com ela por perto.

Mesmo sem Daphne na sala, Violie sente a presença dela da mesma forma. Ela sabia que seria necessário falar a sós com a imperatriz, e Daphne confia em Violie para lhe relatar a conversa depois – um gesto significativo, Violie sabe, uma vez que confiança não é algo fácil para nenhuma das duas.

Margaraux, porém, parece acreditar na mentira dela e solta uma risadela sem humor. Ela se recosta na cadeira, examinando-a com aquele olhar frio que Violie nunca viu replicado em nenhuma das filhas – nem em Sophronia, quando expulsou Violie da corte após saber de sua traição, nem em Beatriz, ao dar um soco no rosto de Violie, e nem mesmo em Daphne, quando Violie acreditou que ela pretendia matar Leopold e seus irmãos.

– Tudo bem, então – concorda a imperatriz. – Vamos começar com o motivo de o rei Leopold ainda estar respirando.

Violie dá de ombros, as mentiras saindo de seus lábios com uma facilidade despreocupada.

– Suponho que teria sido bem fácil acabar com ele na floresta assim que o encontrei. Apunhalá-lo, literalmente, pelas costas e deixá-lo sangrar até morrer. Sem dúvidas tive dezenas de oportunidades durante nossa viagem. Duvido que ele teria oferecido muita resistência. Mas sua morte deveria ser pública, não? E Vossa Majestade viu que surgiram rumores de que ele estava vivo, vindos até mesmo de pessoas que não podem ter ideia da verdade. Se eu o tivesse matado silenciosamente, sem testemunhas, esses rumores nunca teriam cessado e seu domínio sobre Temarin nunca estaria assegurado.

A boca de Margaraux se contorce, mas ela não discorda.

– Então por que não o trouxe diretamente para mim? – questiona ela.

Outra boa pergunta e outra resposta que Violie tem na ponta da língua – dessa vez, a verdade.

– Porque ele sabe que Vossa Majestade o quer morto – responde ela. – Teria sido mais fácil convencê-lo a entrar numa casa em chamas do que a pôr os pés em Bessemia depois que Sophronia contou a ele sobre os seus planos.

– Sophronia – diz Margaraux devagar, o nome pesando em sua boca – não deveria saber dos meus planos. Ela acreditava que Leopold seria exilado, não assassinado. A menos que você tenha lhe dito o contrário.

Outra resposta que Violie tem – essa, parte mentira e parte verdade.

– Eu não disse nada – retruca ela, a mentira. – Foi Ansel. – A verdade.

Ansel era outro dos espiões da imperatriz, um camponês temarinense que ela havia usado para instigar a turba que matou Sophronia. Depois de capturar Sophronia e Leopold, Ansel contou-lhes mais sobre os planos da imperatriz do que Violie sabia, incluindo a parte em que a imperatriz armou para que a filha fosse executada. Sua morte sempre estivera inclusa no plano da imperatriz e Ansel adorou contar isso a Sophronia.

– Espero que me perdoe por dizer isso, Majestade, mas não deveria ter sido tão descuidada com as palavras na frente de um garoto com uma... lealdade tão vacilante.

– Isso – diz Margaraux, a voz gélida – foi obra de Nigellus, e basta dizer que ele pagou o preço máximo por sua tolice.

Violie sabe que é melhor não fazer perguntas a respeito dessa afirmação, mas assim mesmo elas ecoam em sua mente. Nigellus está morto? Pela mão de quem? Na última vez que Violie o viu, ele tinha resgatado Beatriz e Pasquale de Cellaria e os estava escoltando de volta a Bessemia. Beatriz não confiava nele, mas acreditava que estavam trabalhando em prol de um objetivo comum.

– Entendo que essas circunstâncias não são nem um pouco ideais – diz Violie, concentrando-se no problema atual. – Mas fiz tudo que estava ao meu alcance para levar Leopold a alguém cuja lealdade a Vossa Majestade fosse sólida, e a princesa Daphne me pareceu a melhor opção.

– E a verdade sobre Eugenia? – pergunta Margaraux.

Ela deve ver o olhar vazio de Violie, pois abre um sorriso contido.

– Com certeza Leopold ficou empolgado ao ver sua amada mãe.

– Ah, sim – diz Violie, tomando cuidado para esconder seu alívio. – Não tão amada, como se viu, não depois de Ansel também contar *a ele* que estava trabalhando com Eugenia e com Vossa Majestade. Não depois de Sophronia dizer a ele que Eugenia tentou matá-la. Quando soube que ela estava aqui, ele quis vingança, mas o convenci a não deixar que ela percebesse até que eu pudesse averiguar sua verdadeira lealdade e motivações. Assim que percebi que ela estava enganando Vossa Majestade, eu a eliminei.

– E a história que Daphne contou sobre saber que Eugenia estava tentando matá-la? – pergunta Margaraux. – Ela acredita nisso?

Violie se permite sorrir.

– Como Vossa Majestade mesma gosta de dizer, as melhores mentiras estão próximas da verdade. Eu sabia que Eugenia era responsável pela morte de Sophronia e Daphne estava arrasada pelo luto. Foi fácil direcionar a ira dela para Eugenia e convencê-la de que a sua vida também estava em perigo. Eu não esperava ser pega plantando com Ansel aquelas cartas que confirmavam a conspiração contra ela, mas, no fim das contas, eu diria que não deu tão errado assim.

– Bem, é claro que você acha isso – diz Margaraux, o deboche transparecendo em sua voz. – Aqui está você, a filha bastarda de uma cortesã, que agora é princesa de um país e rainha de outro.

As palavras fustigam a pele de Violie – ela nunca *quis* ser princesa ou rainha. Mas uma mulher como Margaraux jamais acreditará nisso e é muito mais fácil manter a fachada se Violie simplesmente lhe mostrar o que ela quer ver.

– Sim – afirma ela, antes de inclinar a cabeça. – Vossa Majestade me julga por querer ascender socialmente ou será que me respeita por isso?

Um sorriso verdadeiro surge nos cantos da boca de Margaraux enquanto ela se põe de pé. Violie também se apressa em se levantar.

– Você é uma coisinha insolente, não é mesmo? – replica Margaraux. – Muito bem, divirta-se brincando de princesa. Nós duas sabemos que isso vai durar pouco, mas, se jogar suas cartas com sabedoria, talvez não caia *muito* de categoria social. – A imperatriz apanha as saias e se dirige para o quarto, virando-se para dizer por cima do ombro: – Acredito que você consiga sair por onde entrou...

Quando Violie retorna ao quarto que divide com Leopold, ele está esperando por ela, sentado na beirada da cama grande, ainda com as roupas que usou no jantar. Ao vê-la, relaxa os ombros e solta um suspiro baixo – está aliviado, ela percebe. Aliviado por ela estar viva. Isso não deveria surpreendê-la, não depois de tudo que passaram juntos, mas surpreende.

– Você achou que ela ia me apunhalar com o abridor de cartas? – pergunta Violie, dirigindo-se para o biombo de três painéis que separa o quarto e permite que eles se troquem com um mínimo de privacidade. Como sua camisola já está pendurada no biombo, ela abre rapidamente os botões do vestido de criada.

– Posso não saber tanto sobre a imperatriz quanto você, mas aposto que ela tem armas muito mais perigosas à disposição – comenta ele.

Violie dá uma gargalhada enquanto tira o vestido pela cabeça e pega a camisola.

– Com certeza, mas a imperatriz teria muito mais a perder do que a ganhar se me matasse agora, e ela sabe disso.

Leopold se cala. Violie franze o cenho e veste a camisola. Quando sai de trás do biombo, ele pigarreia.

– Até onde sabemos – observa ele. – Mas, como você mesma disse, ela está sempre um passo à nossa frente. Se ela sabe algo que nós não sabemos...

– Eu sei – interrompe Violie, vindo sentar-se ao lado dele na beirada da cama. – É por isso que vamos partir ao amanhecer. Daphne e Bairre vão alegar que houve uma emergência com seus irmãos. Sem revelar onde eles estão – acrescenta ela rapidamente quando Leopold abre a boca para retrucar. – Mas vamos para Cellaria encontrar Beatriz.

Leopold geme, caindo de costas na cama e jogando um braço sobre o rosto.

– Não há nada de errado com este plano – retruca Violie com rispidez. – Daphne e eu já cobrimos todos os pontos e...

– Não é isso – diz Leopold, e, quando abaixa o braço, Violie percebe que ele está rindo. – Só não estou animado para viajar com você em um navio de novo.

Violie sente o rosto queimar ao se lembrar da viagem de Cellaria para Friv – quando passou a maior parte do tempo na cabine, vomitando.

– Bem, estamos os dois com sorte – fala Violie. – Daphne usou sua conexão com lorde Panlington para conseguir cavalos para nós. Vamos cavalgando... Se usarmos uma das carruagens reais, os homens de Margaraux vão nos encontrar antes de deixarmos a floresta de Trevail.

Leopold assente devagar.

– Então melhor descansarmos um pouco – constata ele, levantando-se.

Ele pega uma camisola na poltrona do canto, onde seu camareiro a deixara, e a leva para trás do biombo.

– Teve notícias dos seus irmãos? – pergunta Violie, levantando-se, indo até o seu lado da cama e puxando o edredom pesado.

Nos primeiros dias em que dividiram o quarto, Leopold insistiu em dormir na poltrona, mas, depois que um criado quase os surpreendeu dormindo separados – o que certamente teria levantado suspeitas –, eles passaram a dividir a cama. Uma tarefa fácil, tendo em vista o tamanho dela. Violie apostaria que uma família de seis poderia dormir confortavelmente ali.

– Bairre me entregou uma carta hoje – diz Leopold.

Como todas as cartas para Leopold certamente seriam lidas e os rebeldes ainda poderiam querer a morte de Gideon e Reid, o homem que os acolheu – lorde Savelle, o ex-embaixador temarinense em Cellaria – foi instruído a enviar as cartas para Bairre.

– Eles dizem que estão bem, mas com raiva porque eu os deixei de fora da *diversão*, nas palavras deles.

– Era de se esperar que, depois de terem sido sequestrados e quase mortos, o ímpeto aventureiro deles esmorecesse – comenta Violie, subindo na cama.

Ela então olha para o biombo e fica imóvel. Por causa do modo como o biombo está posicionado em frente ao fogo, ela pode ver o contorno do corpo de Leopold enquanto ele puxa a camisa pela cabeça, pendurando-a no biombo. Os olhos de Violie se demoram na linha forte dos ombros, no volume dos bíceps enquanto ele leva as mãos à cintura da calça.

Com as bochechas queimando, ela desvia os olhos da sombra no biombo.

– Mas lorde Savelle vai conseguir mantê-los em segurança – afirma ela, fitando agora o edredom de veludo verde-escuro.

Pelas estrelas, pensa ela. Se Sophronia estivesse aqui para vê-la devorando Leopold com os olhos...

Ela afasta o pensamento, virando-se de lado e ficando de costas para o biombo.

– Tenho certeza disso – diz Leopold.

Violie ouve o farfalhar de roupas quando ele termina de vestir a camisola e seus passos saindo de trás do biombo.

– Até o amanhecer, então – fala ele, subindo na cama ao lado dela.

Violie não precisa se virar para saber que ele está na mesma posição que ela – deitado de lado, de costas para ela. É assim que eles dormem há uma semana, mas é a primeira vez que Violie tem plena consciência do espaço entre eles. É bastante espaço, ela raciocina, mas ficaria grata se pudesse ter mais um pouco. Mesmo quando fecha os olhos, consegue ver o contorno iluminado do corpo dele atrás do biombo. Assim como ele pôde vê-la, ela se dá conta, lembrando-se do silêncio desconfortável dele alguns momentos atrás. Ela afasta o pensamento, decidida a não persistir nele.

– Até o amanhecer – repete ela, apoiando-se para erguer o corpo e apagar a vela na mesinha de cabeceira antes de se enfiar novamente sob o edredom.

Ela ouve Leopold fazer o mesmo com a vela dele e, então, a escuridão os envolve, o sono vindo logo em seguida.

Daphne

D aphne tem o sono agitado esta noite. Ela se revira na cama grande que divide com Bairre, volta e meia sendo alvo de resmungos irritados e sonolentos dele. No entanto, ela não consegue evitar. Saber que está dormindo sob o mesmo teto que a mãe mantém seus pensamentos acesos. Em poucas horas, Violie e Leopold estarão longe de Friv e da imperatriz, mas até então... e se a imperatriz não estiver disposta a perder tempo? E, se nesse exato momento, ela tiver um de seus comandados se infiltrando no quarto deles, armado e pronto para matá-los enquanto dormem?

Não seria a jogada certa, Daphne sabe. Sua mãe é esperta demais para agir de modo tão precipitado. Mas saber disso não tranquiliza sua mente.

Depois de um tempo, os pensamentos de Daphne passam de defensivos para ofensivos. E se, em vez de esperar que a mãe ataque Violie e Leopold, Daphne simplesmente a matasse? Ela tem a vantagem; conhece o castelo frívio melhor do que a mãe ou os guardas que ela trouxe. E, embora a imperatriz possa suspeitar que suas lealdades mudaram, ela certamente não estaria esperando que Daphne a matasse, estaria?

E se essa noite for sua melhor oportunidade para matar a mãe? E se essa for a única maneira de salvar Beatriz do que quer que ela esteja enfrentando em Cellaria? E se for a única maneira de proteger Violie, Leopold e Bairre? E se for o único jeito de se proteger?

Ela poderia fazer isso?

Daphne não tem certeza e odeia não saber. Ela não foi treinada para hesitar; foi treinada para identificar ameaças e eliminá-las.

– Ai – resmunga Bairre quando ela torna a se mexer, acertando-o acidentalmente enquanto rola para o lado. – Daphne, desse jeito, eu vou ser um hematoma ambulante amanhã de manhã.

– Desculpe – diz ela pela décima segunda vez. – Acordei você?

– Não – responde ele com um suspiro cansado, apoiando-se nos cotovelos. – Para você me acordar, eu teria que ter dormido e essa é uma tarefa impossível com você esta noite. Mesmo sem todo esse contorcionismo e os chutes, eu consigo praticamente *ouvir* você pensando.

Daphne se vira na direção dele. Na fraca luz do luar que brilha pela janela, ela é capaz de distinguir as linhas do rosto dele, seus olhos de prata tocados pelas estrelas cintilando enquanto ele passa a mão pelos cabelos bagunçados.

– Não acho que consigo matá-la – desabafa Daphne.

Bairre franze a testa, baixando os olhos para ela.

– Quem? – indaga ele antes de balançar a cabeça. – Pergunta boba, suponho. Matar sua mãe enquanto ela é uma hóspede em Friv seria uma atitude imprudente.

– Eu sei disso – diz Daphne. – Mas se ela tentar matar qualquer um de nós...

– Isso também seria imprudente – raciocina ele. – E você chegou à conclusão de que ela não correria esse risco.

Daphne franze os lábios. Ele está certo, ela sabe que ele está certo, pela lógica. E emocionalmente?

– Mas e se ela fizer isso? – pergunta Daphne.

Bairre a olha por um longo momento e suspira.

– Se realmente acreditarmos que ela representa uma ameaça iminente, eu farei isso.

Daphne pisca.

– Você... mataria minha mãe? – questiona ela devagar.

Viu Bairre matar antes, mas apenas quando foram atacados por assassinos na floresta, nunca de forma planejada e organizada. Ela se pergunta se ele sabe o que está oferecendo.

– Se significasse poupar você de fazer isso? – replica ele. – Sem nem pestanejar, Daph.

Daphne ri, o som saindo engasgado.

– Suas mãos estão muito mais limpas do que as minhas, Bairre – diz a ele. – Não precisa proteger minha alma sensível.

– Talvez não – responde Bairre suavemente. – Mas estamos falando da sua mãe e, apesar de tudo, eu sei que você a ama. Não quero que carregue esse peso... Mesmo sendo necessário, ainda assim, isso a assombraria.

Daphne quer argumentar, mas suspeita que ele esteja certo.

– Vou dormir melhor amanhã – diz ela após um momento. – Depois que Leopold e Violie se forem e houver duas pessoas a menos com que me preocupar.

Daphne percebe que mesmo com Violie e Leopold fora, haverá muitos outros com os quais ela se preocupa e que a mãe poderia machucar. Bairre, é claro, e Cliona. Haimish e Rufus. O rei Bartholomew, que pode não ser um rei muito bom, mas ainda assim é um bom homem, Daphne acredita. Até lorde Panlington e Aurelia, de quem Daphne não gosta particularmente, mas que Cliona e Bairre amam. Se sua mãe os machucasse, Daphne sentiria.

Quando chegou a Friv, as coisas eram muito mais simples. Ela se importava consigo mesma, com suas irmãs, sua mãe e mais ninguém. Certamente ninguém em Friv. A armadura que ela usava era sólida e forte, impenetrável. Mas, pouco a pouco, essas pessoas transformaram sua armadura em chiffon de seda. Por causa delas, agora é muito *fácil* para sua mãe machucá-la e Daphne as odeia um pouco por isso – ela odeia *Bairre* um pouco por isso.

Mas quando olha para ele, seus olhos prateados encontrando os dele no escuro, ela sabe que na verdade não o odeia de jeito nenhum. Nem perto disso. E esse é o problema.

O silêncio entre eles é quebrado pelo som abafado de uma porta sendo aberta e fechada na sala de estar contígua ao quarto deles.

– Bairre – diz Daphne, baixando a voz para um sussurro.

– Alguém está lá fora – sussurra ele de volta, empurrando as cobertas para o lado e saindo da cama, silencioso como uma estrela cadente. – Fique aqui.

Mas Daphne já está pulando da cama também, pegando o punhal que mantém embaixo do travesseiro, passando por ele em direção à porta.

– Você está desarmado. A menos que planeje fuzilá-los com o olhar até caírem, deixe comigo – replica ela.

Bairre parece querer retrucar, mas o som de passos vindo em direção à porta os interrompe. Ele dá um breve aceno de cabeça para Daphne e alcança a maçaneta da porta. Quando ela retribui com outro aceno de cabeça, ele abre a porta e se afasta para que Daphne possa se lançar por ela, o punhal preparado, derrubando a figura mais próxima no chão. Em questão de segundos, a arma está no pescoço dele.

– Pas! – grita o outro intruso, mas Bairre já o segura bem firme, prendendo seus braços atrás das costas.

Não é que Daphne duvide das habilidades de combate de Bairre – ou das próprias –, mas ela não consegue imaginar que a mãe enviaria assassinos que não fossem altamente capazes. E esses dois não ofereceram resistência alguma.

Daphne consegue se colocar de pé, puxando o intruso com ela e mantendo o punhal em seu pescoço. É difícil dar uma boa olhada em seu rosto no escuro, mas ele é jovem – quase da mesma idade que ela –, com a pele bronzeada pelo sol e olhos castanho-claros e grandes, que a fazem lembrar de um cervo na mira do caçador.

Ela já o viu antes.

– Pas – diz ela, repetindo o nome pelo qual o outro intruso chamou o jovem. Algo em sua mente se encaixa. – Príncipe Pasquale.

Ele assente até onde é possível com o punhal de Daphne ainda pressionando seu pescoço e, depois de mais um segundo olhando para o rosto dele, ela baixa a arma.

– E você – diz ele, estendendo a mão para massagear o pescoço – só pode ser Daphne.

– Como passou pelos guardas? – pergunta ela.

Não é a pergunta mais importante em sua mente, mas é a que chega aos seus lábios primeiro.

Pasquale dá de ombros.

– Admito que não tenho uma fração do treinamento de sua irmã, mas ela me ensinou uma coisinha ou outra sobre como me esgueirar pelos castelos.

Daphne ignora a dor no peito com a menção a Beatriz e olha por cima do ombro para Bairre, dirigindo-lhe um aceno. Ele solta o intruso que está segurando – outro rapaz, cujos cabelos são alguns tons mais claros que os de Pasquale e que no momento exibe um sulco profundo entre as sobrancelhas enquanto olha de Daphne para Pasquale.

– Este é Ambrose – apresenta Pasquale, indicando o outro rapaz. – Ele está comigo e era... é... um amigo da Triz.

Triz. Daphne se espanta ao ouvir o apelido da irmã na boca de um estranho. Ela não acha que já ouviu alguém, além dela mesma e de Sophronia, chamar Beatriz assim.

Ela olha entre Pasquale, Ambrose e Bairre antes de seus olhos se voltarem para o relógio alto no canto. São quase cinco da manhã e ela suspira de leve.

– Temos muitos assuntos para pôr em dia – diz ela, voltando para o quarto a fim de pegar sua capa no guarda-roupa, apanhando a de Bairre também e a entregando a ele ao retornar. – Mas será melhor se acordarmos Violie e Leopold primeiro, para evitar que vocês tenham que repetir tudo.

Violie

Violie já está acordada quando, pouco depois das cinco da manhã, uma batida suave soa na porta principal dos aposentos que ela e Leopold compartilham. Durante o ano em que trabalhou como criada, Violie se acostumou a levantar cedo para cuidar da limpeza e da cozinha, fazendo o máximo de trabalho possível antes que os membros da realeza e da nobreza para quem trabalhava acordassem. Ela descobriu que esse é um hábito difícil de abandonar agora que está fingindo fazer parte da realeza.

Na maioria das manhãs desde que se tornou Sophronia, ela se ocupa lendo alguns dos livros frívios deixados na estante da sala de estar. Seu domínio do idioma frívio era perfeitamente adequado quando ela atuava como criada, mas agora ela vê a utilidade de expandir seu vocabulário e a leitura a tem ajudado com isso. Ocasionalmente, ela anota palavras para perguntar seu significado para Daphne, Cliona ou Bairre, mas na maioria das vezes consegue deduzi-las pelo contexto.

Hoje, porém, ela anda de um lado para outro pelos quartos enquanto Leopold dorme – morto para o mundo ao seu redor –, garantindo que tudo o que precisarão para a jornada esteja embalado e pronto. Ela está prestes a acordá-lo quando ouve a batida na porta.

Violie pega seu punhal na mesa de cabeceira enquanto vai em direção à porta. Ela sabe que, provavelmente, é Daphne e que qualquer pessoa enviada pela imperatriz certamente não se daria ao trabalho de bater na porta, mas cautela nunca é demais.

De fato, quando abre a porta, Violie encontra Daphne ali e sua mão afrouxa o aperto no cabo do punhal. Mas Daphne não está sozinha. Bairre está ao seu lado e dois rostos familiares vêm logo atrás deles.

– Ambrose, Pasquale – diz Violie, cuidando para manter a voz baixa enquanto os conduz para dentro do quarto e fecha a porta atrás deles.

Em seguida, ela dá um abraço rápido e forte nos dois garotos.

– Não posso dizer que pensei que nossos caminhos se cruzariam novamente – admite ela.

– Eu esperava que se cruzassem – replica Ambrose com um sorriso. – Embora eu nunca tenha pensado que a encontraria como uma princesa quando isso acontecesse.

– Fingindo ser uma – corrige ela. – E não por muito mais tempo.

Nesse momento, Leopold aparece na porta do quarto, os cabelos cor de bronze bagunçados, a mão diante da boca para cobrir um bocejo. Ele pisca diante da visão de Ambrose e Pasquale em sua sala de estar. Por um momento, parece desconfiar que ainda está dormindo.

– Ambrose? – diz ele, indo em direção aos dois. – Pas?

Os três rapazes se cumprimentam com abraços firmes.

– Eles apareceram à nossa porta há poucos instantes – diz Daphne quando Leopold e Pasquale se separam.

Vendo os dois lado a lado, Violie ainda acha difícil detectar a semelhança de família. Eles são apenas primos, mas não poderiam ser mais diferentes – Leopold tem ombros largos, queixo forte e a aura dourada de beleza que se esperaria de um jovem rei; Pasquale tem os cabelos castanhos tão escuros que chegam quase a ser pretos e, embora seja alguns centímetros mais alto que Leopold, mantém uma postura que faz parecer que está sempre tentando se tornar menor.

Pelo menos, é assim que ele costumava se comportar. Olhando para ele agora, Violie nota que Pasquale parece um pouco mais alto e um pouco mais confiante.

– Beatriz... ela está segura? – pergunta Violie a ele.

Pasquale olha para Daphne, cujo rosto permanece inescrutável, antes de olhar de volta para Violie.

– Não sabemos. Escapamos do palácio bessemiano e estávamos vindo para cá... Beatriz falou com você do caminho, não foi? – indaga ele, olhando para Daphne, que assente bruscamente. – Paramos em uma hospedaria para pernoitar; Ambrose e eu ficamos em um quarto, Beatriz e Gisella em outro, mais adiante no corredor.

– Gisella? – interrompe Daphne, franzindo a testa.

– Ah – diz Ambrose com uma risada tensa. – Há mais para atualizá-la do que pensávamos.

– Gisella é minha prima – explica Pasquale. – Eu já a considerei, assim como seu irmão gêmeo, Nicolo, como amigos. Ele e Beatriz... bem... – Ele interrompe o que ia dizer, suas bochechas ficando vermelhas.

Daphne revira os olhos e murmura algo que, para os ouvidos de Violie, soa como *Descarada*.

– Resumindo, Nicolo e Gisella nos traíram e Nicolo tomou o trono cellariano depois que meu pai morreu. Eles são a razão pela qual Beatriz e eu fomos banidos para a Sororia e a Fraternia nas montanhas, para começar.

Os eventos vão se encaixando na mente de Violie, mas Pasquale ainda não terminou.

Gisella chegou a Bessemia logo depois de nós, na esperança de apaziguar as coisas com sua mãe, mas lá ela foi presa. Então ajudou Beatriz a preparar um veneno para usar na imperatriz e, em troca, Beatriz prometeu libertá-la da masmorra.

– Suponho que o veneno não funcionou, então... – diz Daphne.

– Funcionou, só que não em sua mãe – replica Pasquale. – Nigellus atacou Beatriz e ela o usou nele.

– Nigellus está morto? – pergunta Violie, e Pasquale assente rapidamente.

Margaraux disse que Nigellus *pagou o preço máximo por sua tolice*, portanto a notícia não a surpreende, mas Nigellus já era o empyrea mais poderoso de Bessemia antes que Violie viesse ao mundo e é difícil imaginar que um homem assim possa simplesmente morrer. Ouvir então Pasquale contar que ele não está apenas morto, mas foi assassinado e ainda por cima por Beatriz...

– Gisella nos traiu – diz Pasquale, voltando à história. – Na hospedaria, acordamos cedo naquela manhã e encontramos somente um bilhete.

Ambrose enfia a mão na mochila que carrega, tira um pedaço de papel dobrado e o entrega a Daphne. Violie espia por cima do ombro dela para ler também.

Pas,

Não vou pedir perdão por isso, mas é a única maneira. Fuja, agora, antes que a imperatriz descubra que eu não o matei. Jamais ponha os pés em Cellaria novamente.

G

– Sua mãe estava dizendo a verdade, então – diz Violie para Daphne, que assente.

– Parece que sim – concorda ela, dobrando o papel novamente.

– Sua mãe... – repete Pasquale antes de sua voz morrer, o rosto ficando um tom mais pálido. – Espere... como vocês sabiam que o veneno não funcionou nela?

– Porque neste exato momento ela se encontra em uma suíte de hóspedes no final do corredor – explica Daphne. – Por isso vocês não podem ficar aqui.

– E também não podem vir conosco – observa Violie. – Considerando que estamos indo para Cellaria, onde metade do país quer vê-lo morto.

– Ah, mas a outra metade quer vê-lo no trono – contrapõe Daphne. – Certamente é um cenário melhor do que aqui.

– Vocês estão indo para Cellaria? – interrompe Pasquale, o olhar alternando entre eles. – Por causa de Beatriz?

Daphne assente.

– De acordo com minha mãe, ela voltou para lá por vontade própria para se casar com o rei Nicolo depois que você foi tragicamente morto – diz ela. – Mesmo antes de você chegar, eu sabia que isso não era verdade.

Pasquale, ainda pálido, balança a cabeça.

– Nas palavras da própria Beatriz, ela não se casaria com ele nem se ele fosse a última pessoa em Cellaria. E ela disse isso a ele depois de ameaçar jogá-lo pela janela.

Daphne dá uma risadinha.

– Sempre dramática – comenta ela, mas há carinho em sua voz. – Venho tentando entrar em contato com ela novamente usando poeira estelar, mas não estou conseguindo. Vocês têm alguma ideia do porquê?

Pasquale e Ambrose trocam um olhar.

– Não, mas há uma coisa que você precisa saber: ela é uma empyrea.

As sobrancelhas escuras de Daphne se arqueiam.

– Gisella? – pergunta ela. – Uma empyrea cellariana... nunca pensei que veria o dia...

– Não – interrompe Ambrose. – Beatriz.

Por um momento, Daphne olha sem entender para Ambrose, depois para Pasquale, como se esperasse que ele o corrigisse. Como isso não acontece, ela ri, e o som é meio esganiçado.

– Vocês estão brincando.

– Não estamos – replica Ambrose. – Antes de... morrer, Nigellus estava treinando Beatriz. Ele disse que ela possuía o dom de tirar estrelas do céu sem matá-las... ou talvez o dom de ressuscitar estrelas, era cedo demais para dizer.

– Isso é impossível – afirma Bairre, as primeiras palavras que ele profere desde que entrou na sala.

– Pelo visto, não – contrapõe Pasquale. – Mas Nigellus também acreditava que seu dom a estava matando aos poucos. Cada vez que ela o usava, ficava mais doente.

Daphne não responde, sua expressão tensa.

– Ainda assim – retoma Pasquale devagar –, pensei que, considerando que ela havia sido sequestrada, ela pode achar que usar o próprio dom vale o risco à sua saúde. Beatriz não é do tipo cautelosa.

– Isso é um eufemismo – diz Daphne. – Então, por que ela não fez isso? Se é uma empyrea, por que não fez o pedido para sair de Cellaria? Por que não veio para cá?

– A menos que ela não possa – sugere Ambrose. – E se houver algo impedindo-a de usar a magia? Talvez isso também esteja impedindo-a de se comunicar com você.

– Sua mãe – sugere Leopold em voz baixa.

– Ela não sabe – diz Pasquale. – Que Beatriz é uma empyrea, quero dizer.

Daphne esfrega as têmporas, soltando uma risada sem humor.

– Uma coisa da qual tenho absoluta certeza, Pasquale, é que minha mãe sempre, *sempre* sabe de tudo.

– Se isso é verdade, Beatriz está correndo mais perigo do que pensei – pondera Pasquale, o rosto cada vez mais pálido. – Quando nós vamos partir?

– Nós? – ecoa Ambrose, olhando para Pasquale. – Pas, a própria Gisella disse... se você pisar em Cellaria novamente...

– Se eu pudesse, nunca mais colocaria os pés lá – interrompe Pasquale, sua voz saindo áspera. – Há uma semana, eu teria dito que Nicolo fizesse bom uso do trono, mas ele não pode ter Beatriz, Ambrose.

– Pelo que entendi – interrompe Daphne calmamente –, minha irmã não é problema seu, príncipe Pasquale.

Pasquale se vira para ficar de frente para Daphne.

– Então você entendeu muito pouco, princesa Daphne – rebate ele. – Porque, para começar, ao contrário de como você a vê, sua irmã não é um *problema* para ninguém.

Daphne empalidece, parecendo pela primeira vez, ao menos até onde Violie recorda, verdadeiramente chocada.

– Isso não é... não foi o que eu quis dizer.

Pasquale olha para ela por um momento antes de suavizar um pouco a voz.

– Eu sei – diz ele. – É verdade que Beatriz e eu somos casados apenas no mais técnico dos sentidos, mas somos amigos e prometemos cuidar um do outro. Ela já cumpriu sua parte nessa promessa várias vezes e será preciso mais do que uma ameaça dos meus primos sedentos de poder para me impedir de fazer o mesmo agora. Então, vou perguntar outra vez: quando partimos?

Violie pigarreia antes de responder:

– Agora. Lamento que vocês não tenham a chance de descansar...

– Eu não preciso – interrompe Pasquale, olhando para Ambrose. – Você não tem que vir comigo. A imperatriz nunca viu você pessoalmente... ficará mais seguro se permanecer aqui.

Ambrose balança a cabeça.

– Não, eu vou aonde você for, Pas – anuncia ele. – Embora eu preferisse tomar um banho e ter uma noite de descanso em uma cama de verdade – acrescenta em um murmúrio, arrancando um sorriso de Pasquale.

– Vocês precisarão levar poeira estelar, em grande quantidade – diz Daphne. – Vocês têm algum problema em usá-la? – pergunta ela a Pasquale.

Mais uma vez, Pasquale e Ambrose trocam um olhar. Ambos nasceram e foram criados em Cellaria, onde usar magia e poeira estelar é um pecado da mais alta ordem. Sob o reinado do pai de Pasquale, pessoas eram queimadas na fogueira por infringirem essa lei.

– Não – responde Pasquale, com a voz firme. – Vamos levar o máximo que você conseguir.

– Levem isto também – diz Daphne, estendendo o pulso esquerdo e desabotoando uma pulseira, a mesma que Sophronia usava, Violie se lembra. A que contém um único pedido, mais poderoso do que mera poeira estelar.

– Não – rebate Violie. – Você deve ficar com ela. Se sua mãe...

– Minha mãe sabe exatamente o que é isto aqui – interrompe Daphne. –

E duvido que ela me deixe conservá-la se a considerar uma ameaça contra ela... Eu ficaria chocada se ela não estiver conspirando para roubá-la neste exato momento. Pelas estrelas, se não soubéssemos que as pulseiras de Sophronia e Beatriz funcionaram precisamente como ela disse, eu suspeitaria que eram falsas, destinadas a nos fazer sentir mais seguras do que estávamos de fato.

– *Por que* ela deu as pulseiras para vocês, então? – pergunta Leopold. – Se não fosse a pulseira, Sophronia não teria conseguido salvar minha vida e Beatriz não teria salvado lorde Savelle, complicando os planos dela em Cellaria.

Daphne se vira para Violie com a testa franzida, mas, antes que ela possa fazer a pergunta que está em sua mente, Violie balança a cabeça.

– Ela não me contou todos os seus planos – afirma ela. – Só me disse o que eu precisava saber e isso certamente não fazia parte.

Por um momento, Daphne se limita a olhar para a pulseira em sua mão; então balança a cabeça e tenta entregá-la outra vez a Violie.

– Pegue, para Beatriz – diz ela.

Violie balança a cabeça.

– Se eu tentar dar isso a Beatriz, ela provavelmente quebrará meu nariz de novo por colocar outra de suas irmãs em risco, e duvido que dessa vez ela me ofereça poeira estelar para curá-lo. Fique com ela.

Daphne hesita por um momento, a pulseira estendida em direção a Violie, mas, ao ver que Violie não faz menção de pegá-la, solta um suspiro irritado e prende a pulseira novamente no próprio pulso.

Daphne e Bairre vão buscar a poeira estelar necessária, deixando Violie, Leopold, Ambrose e Pasquale terminando de arrumar as coisas; em seguida, eles se dirigem aos estábulos, onde o chefe dos cavalariços já tem dois cavalos selados para eles e, sob as instruções de Daphne, rapidamente sela mais dois. Justo quando os quatro estão prontos para subir em suas montarias, Daphne e Bairre retornam, cada um carregando uma bolsa de couro volumosa.

– Um oferecimento da rebelião – anuncia Daphne, passando sua bolsa para Violie enquanto Leopold pega a de Bairre.

– Agradeça a Cliona por mim – pede Violie.

Daphne bufa.

– Ah, acredite em mim: quando ela descobrir que sumiram, vou atribuir a maior parte da culpa a você – diz ela antes de seu sorriso desaparecer e ela segurar a mão de Violie, apertando-a. – Tenha cuidado, Vi.

– Isso vale para você também – replica Violie.

Na verdade, se ela tivesse que escolher entre atravessar o continente a caminho de um país hostil para resgatar uma princesa aprisionada e dormir mais uma noite sob o mesmo teto que a imperatriz Margaraux, a escolha seria fácil. Mas, mesmo que não inveje o papel de Daphne, ela sabe que, se alguém pode sobreviver à imperatriz, essa pessoa é Daphne. Ela tem mais prática nisso do que quase qualquer outro, afinal.

– Há algo que você queira que eu diga a Beatriz por você? – pergunta.

Daphne abre a boca para responder, mas torna a fechá-la, soltando a mão de Violie e dando um passo para trás.

– Muitas coisas – diz ela. – Mas traga-a aqui para que eu possa dizer pessoalmente.

Violie assente.

– Trarei – promete ela. – Tente não morrer até lá.

Beatriz

No dia seguinte à conversa com Nicolo, Beatriz não o vê – nem mesmo nas refeições no salão de banquetes, cercado por cortesãos; seu lugar permanece vazio. Mas a própria corte parece inteiramente diferente daquela que Beatriz deixou há poucas semanas e em nenhum lugar isso é mais claro do que no salão de banquetes.

Antes, o rei Cesare dominava o salão a partir de seu assento no estrado, bêbado, beligerante e às vezes perigoso, cercado por uma corte desesperada para cair nas graças do rei e apavorada com o que aconteceria quando essas graças inevitavelmente azedassem. Isso criava uma atmosfera tensa, mas Beatriz nunca percebeu quão tensa era até ver a corte sem a influência do rei Cesare. Sem a influência de absolutamente nenhum rei.

Ela pensou que eles estariam mais leves, mais livres – ou então mais aflitos para preencher o vácuo de poder que a ausência de Nicolo abria –, mas, quando Beatriz entra no salão de banquetes para o café da manhã dois dias após sua conversa com Nicolo, todos os olhares na sala se voltam para ela, cheios de expectativa e alívio, e ela percebe que, após perder um rei tirânico, substituído por um novato fraco que está mais ausente do que presente, a corte cellariana não está nem mais leve nem mais livre. Seus membros estão sem rumo, desacostumados a não contar com uma fonte forte de poder para guiá-los, por mais violenta que essa orientação costumasse ser.

A única pessoa no salão de banquetes que *não* está olhando para Beatriz é Gisella, que se encontra sentada à esquerda da cadeira de Nicolo no estrado, o prato à sua frente lotado de torradas sobre as quais se espalha uma mistura de queijo cremoso, mel e ervas, coberta com fatias finas de laranjas sanguíneas, das quais Beatriz sente falta desde que esteve em Cellaria da última vez. Gisella dá uma mordida em sua torrada e olha para Beatriz, a expressão de vazio cuidadosamente ensaiada e que informa a Beatriz que ela ainda está furiosa com a história que foi contada ao conselho de Nicolo, de como ela havia rastejado por um esgoto – muito distante da imagem impecável, digna de uma dama, que Gisella tanto se esforça para manter.

– Gisella – saúda Beatriz, sentando-se no lugar do outro lado da cadeira vazia de Nicolo.

– Vossa Alteza – responde Gisella.

– Pense só numa coisa... Em breve você vai me chamar de Vossa Majestade! Não será uma mudança divertida? – pergunta Beatriz, incapaz de resistir à oportunidade de provocá-la, embora saiba que tal atitude é tão inteligente quanto puxar a cauda de uma víbora.

A confusão obscurece a expressão de Gisella, mas ela tenta esconder isso tomando um gole de café quente. Ela olha para a corte tomando o café da manhã, fingindo não observar cada movimento das duas. No entanto, ninguém está perto o suficiente para ouvi-las, e Gisella deve perceber isso, porque, quando baixa a xícara, traz um sorriso no rosto.

– Você teve uma mudança de opinião e tanto – comenta ela.

– O que posso dizer? Sou uma eterna otimista – rebate Beatriz, sorrindo enquanto um criado coloca um prato com torradas de laranja diante dela.

O rapaz faz uma reverência e se afasta, e, quando ele está fora do alcance de sua voz, Gisella solta um grunhido.

– É isso que você vai fazer? – pergunta ela. – Vai fingir que está feliz por ficar aqui, como se eu não tivesse te drogado, sequestrado e chantageado para ocupar esse assento?

Beatriz dá de ombros.

– Obviamente, eu preferiria que você *não* tivesse feito nenhuma dessas coisas, mas vou me tornar a rainha de Cellaria, Gisella. Vou olhar para o lado positivo. Você, no entanto, calculou mal. – Ela faz uma pausa, dando uma mordida em sua torrada e resistindo ao impulso de soltar um suspiro de prazer. A única coisa de Cellaria de que ela sentiu falta, pensa, foi da comida, mas, enquanto estiver ali, pretende desfrutar dela ao máximo. Outro ponto positivo.

– Eu? – pergunta Gisella, a voz tensa, embora seu sorriso permaneça fixo, para o bem de sua plateia. – O que, exatamente, eu calculei mal?

Beatriz sorri, inclinando a cabeça na direção do salão de banquetes repleto de cortesãos.

– Você fez de mim uma santa, Gisella – diz ela. – E agora uma rainha. E acredita que não vou usar o poder que você me deu para te destruir?

O sorriso de Gisella desaparece – um feito gratificante para Beatriz até ela ver o que se esconde por trás daquela expressão. Não medo ou dúvida, mas pena. Mais do que isso, é o fato de que Gisella tenta *esconder* sua pena com uma expressão preocupada que faz Beatriz de repente perder o apetite e afastar a torrada quase intacta.

Nigellus lhe disse que, para que sua mãe realizasse o desejo de governar Cellaria, Beatriz precisaria morrer em solo cellariano, por mãos cellarianas. As peças se encaixam e Beatriz tem vontade de bater em si mesma por não ter percebido antes. Ela perguntou sobre os detalhes do acordo de Nicolo com a imperatriz, mas não lhe ocorreu que Gisella teria feito seu próprio acordo.

– Havia mais no seu acordo com minha mãe – deduz Beatriz.

Gisella se mantém calada por um momento e esse silêncio é toda a resposta de que Beatriz precisa.

– Coma, Beatriz – diz Gisella finalmente, a voz vazia. – Não queremos que você desmaie no altar, não é mesmo?

Sem esperar resposta, ela termina o café em um último gole e se afasta da mesa, deixando a sala sem nem sequer olhar para trás.

Beatriz não retorna aos seus aposentos, embora saiba que não pode ir longe sem que os guardas que Nicolo designou para ela arranjem alguma desculpa para trazê-la de volta. É parte da ilusão que Nicolo e Gisella orquestraram para garantir que todos em Cellaria acreditem que ela está aqui por livre e espontânea vontade, não como prisioneira. Até os guardas foram informados de que devem impedi-la de ir muito longe por questões de segurança e não por preocupação de que ela fuja.

Nesse momento, fugir é o que Beatriz mais deseja fazer, mas, como essa não é uma opção, ela se dirige ao jardim marinho, um pensamento se repetindo em sua mente. Sua mãe recrutou Gisella para matá-la e ela concordou. Conhecendo Gisella, Beatriz suspeita que ela não falhará, especialmente porque o envenenamento é seu ponto forte e sempre foi uma fraqueza de Beatriz. Se Daphne estivesse aqui, talvez ela pudesse evitar o que Gisella está planejando, mas Beatriz está sozinha.

Quando ela chega ao jardim marinho, ele está praticamente deserto, com apenas uns poucos cortesãos passeando pela água rasa, ao longo de caminhos que cortam corais e anêmonas brilhantes como joias e outras criaturas marinhas cultivadas para o jardim. Beatriz tira as sandálias, deixando-as na areia enquanto entra na água, seus guardas – como sempre – seguindo-a de perto.

Embora seja inverno em Cellaria, há apenas um frescor no ar e a água que cobre os tornozelos de Beatriz é mais refrescante do que gélida. Enquanto ela segue pelo caminho arenoso, sua mente trabalha.

Ela poderia contar a Nicolo sua suspeita de que Gisella planeja matá-la. Com tudo o que sabe, é mais do que uma simples desconfiança e ela pode fazê-lo ver a verdade também. A confiança dele em Gisella já parece abalada – Beatriz pode usar isso. Mas Nicolo não é um tolo sentimental, mesmo que ele goste *de fato* de Beatriz. Ele a traiu uma vez e a trairá outra, sobretudo se a imperatriz ofereceu algo tentador a Gisella para convencê-la a assassinar Beatriz. Algo como nomear Nicolo seu herdeiro quando ela morrer sem filhos – uma promessa que a imperatriz jamais cumpriria, mas que seria tentadora tanto para Gisella quanto para Nicolo.

Ela poderia contar toda a verdade a Nicolo *e* Gisella – os planos de sua mãe para conquistar toda Vesteria para si, a morte de Sophronia, a verdadeira missão dela, Beatriz, ao vir originalmente para Cellaria. Isso poderia servir para quebrar a ilusão de quaisquer promessas que a imperatriz tenha feito e mostrar que ela não é nada confiável, mas, novamente, isso exige mais fé em Nicolo e Gisella do que Beatriz se sente confortável em conceder. E, conhecendo a mãe, ela, sem dúvida, elaborou contingências para isso.

Não, Beatriz precisa fazer algo que a mãe não esperaria dela e isso significa fazer *exatamente* aquilo para que foi criada.

Ela olha para os cortesãos no jardim marinho, observando os novos rostos. Um deles lhe é familiar, como se tivesse sido evocado das reflexões de Beatriz.

– Vossa Graça – diz ela, abrindo um sorriso brilhante ao se aproximar do duque de Ribel, que faz uma profunda reverência em resposta.

Beatriz o achou bonito no café da manhã do outro dia, e ali no jardim, sob a luz dourada do sol, a pele bronzeada dele reluz e as ondas dos cabelos castanho-escuros são despenteadas pela brisa do mar. Sua calça tem a bainha dobrada até logo abaixo dos joelhos para evitar a maré e a camisa branca de linho está enrolada até os cotovelos, revelando antebraços fortes que Beatriz precisa se forçar para não olhar. Ela não acha que tenha considerado antebraços uma parte do corpo particularmente atraente até então, mas há uma primeira vez para tudo.

– Vossa Alteza – responde ele, erguendo-se da reverência com um sorriso, os olhos azuis cintilando. – É bom vê-la em pé e ativa. – Diante do olhar confuso dela, ele continua: – Meus primos disseram que Vossa Alteza estava exausta após a provação por que passou em Bessemia e era esse o motivo de não estar sendo vista por aí.

– Ah, sim – concorda Beatriz, lançando mão de todo o seu autocontrole para não revirar os olhos. – Estou me sentindo muito melhor e sempre adorei o jardim marinho.

– Eu também – replica ele. – Senti falta dele no tempo que passei longe da corte.

Beatriz mentalmente vasculha uma década de fofocas que chegavam à sua sala de aula em Bessemia, vindas dos espiões de sua mãe em Cellaria, sua memória captando a informação necessária. O duque de Ribel deixou a corte há vários anos, depois de se tornar alvo da ira do falecido rei algumas vezes. Beatriz suspeita que a razão para isso fosse a inveja que o rei Cesare sentia do homem bem mais jovem, mais bonito e mais charmoso e que era ainda um rival ao trono. Ela desconfia que foi esse o mesmo motivo por que o rei Cesare foi tão cruel com Pasquale e por que deu a Nicolo a posição de copeiro real, para lhe atirar cálices feito um alvo ambulante.

– Quanto tempo você ficou longe da corte? – pergunta Beatriz quando começam a andar lado a lado pelo caminho, os guardas a alguns passos atrás deles.

Ela tem certeza de que contarão a Nicolo sobre isso e ela espera mesmo que contem. Deixe que Nicolo saiba que pode sequestrá-la e forçá-la ao casamento, mas não pode controlá-la. E, após a última conversa deles, deixe que se preocupe com o que ela pode fazer se ele recusar sua exigência de uma parceria no trono – deixe que se pergunte se ela pode encontrar um novo rei de Cellaria para lhe dar o que ela quer. Afinal, Nicolo se sustenta debilmente no poder e o duque de Ribel tem tanto direito ao trono quanto Nicolo, ambos sendo sobrinhos do último rei.

– Cinco anos. Saí logo após meu pai morrer e eu herdar o ducado. Eu tinha 12 anos. Meu tutor, um tio do lado materno, achou que eu não estava seguro aqui.

– Provavelmente estava certo – diz ela. – Não fiz parte da corte do rei Cesare por muito tempo, mas estive aqui o suficiente para ver o efeito que ela teve em Pasquale, Nicolo e até mesmo em Gisella. Não acho que fosse um lugar adequado para um jovem com alguma proximidade com o poder.

– Pelo que ouvi, não era seguro para você também – observa ele, a voz tornando-se mais suave.

Beatriz ri, dando de ombros.

– Não fiquei aqui por tempo suficiente para ter tantos problemas. Até o fim, suponho.

– Até você ajudar um traidor condenado a escapar da masmorra e ser banida para uma Sororia? – pergunta ele.

Beatriz quase tropeça, mas se recompõe, oferecendo ao duque um sorriso acanhado.

– Eu não entendia o que estávamos fazendo – diz ela, a mentira saindo com facilidade de seus lábios.

– Ah, claro, foi ideia de Pasquale, não foi? – indaga ele, ecoando a mentira que Gisella e Nicolo plantaram para manter o nome de Beatriz limpo e permitir que ela se case com Nicolo. – Devo dizer que não combina com o primo de que me lembro.

O feito não combinava nada com Pasquale, na verdade. Ele só havia seguido o plano maluco de Beatriz porque ela pediu, convencendo-o de que tudo ficaria bem. Mas agora aqui estão eles: ela prisioneira em Cellaria, ele em algum lugar do mundo, tentando sobreviver sem seu nome, título ou qualquer dinheiro. É melhor do que o tempo que passaram na Sororia e na Fraternia, ela supõe, mas não muito.

– As pessoas mudam, Vossa Graça – comenta Beatriz.

– Chame-me de Enzo, por favor – replica ele. – *Vossa Graça* soa tão formal, e espero que venha a me considerar um amigo, Vossa Alteza.

– Então deve me chamar de Beatriz – retruca ela, aproveitando a oportunidade para avaliá-lo.

Ele a está usando, ela sabe disso, mas para quê? Ela supõe, com base na informação que ouviu na reunião do conselho de que participou com a mãe em Cellaria, que ele planeja tomar o trono e sabe que já conta com algum apoio. Talvez, como Nicolo, ele ache que se casar com ela, uma santa aos olhos do povo de Cellaria, seja o caminho para manter uma aliança próspera com Bessemia e o tornará uma opção mais interessante para reinar. Se esse for o movimento que ele pretende fazer, ficará decepcionado, mas Beatriz não vê razão para que não possa usá-lo do mesmo modo.

– Também espero que possamos ser amigos, Enzo. Creio que ambos sabemos como a corte pode ser solitária.

Eles chegam ao início do caminho, onde o mar encontra a praia, e Enzo se vira para Beatriz, levando a mão dela até os lábios e beijando-a, demorando-se meio segundo a mais do que parece apropriado.

– Bom dia, Beatriz, espero que nos encontremos novamente em breve – despede-se ele.

Violie

Violie, Leopold, Pasquale e Ambrose cavalgam incansavelmente até o meio-dia, a fim de abrir o máximo possível de distância entre eles e a imperatriz, assim qualquer rastreador que ela possa enviar terá dificuldade em ir atrás deles. Em oito horas de viagem, eles já entraram em Bessemia, onde fazem uma pausa rápida perto do lago Asteria, comendo o almoço que Violie surrupiou da cozinha – maçãs, queijos e pão fresco – e deixando os cavalos pastarem e descansarem.

Enquanto os outros conversam sobre a viagem, Violie tira uma maçã do alforje e pega furtivamente um dos treze frascos de poeira estelar que Daphne lhes deu, afastando-se para que não possa ser ouvida pelos demais. Ela encontra uma pedra junto de um pequeno riacho e senta-se nela de pernas cruzadas. Dando uma mordida na maçã, olha para o frasco de poeira estelar na sua mão enquanto mastiga, refletindo se aquele é o momento certo para usá-la.

Ela está impaciente e sabe disso. Mas já se passaram dias desde que Daphne tentou entrar em contato com Beatriz e, agora que eles têm mais informações, Violie suspeita que Beatriz tenha sido drogada para a viagem até Cellaria, o que pode ter impedido Daphne de falar com ela. E, a esta altura, ela já estaria de volta em Cellaria. Se *tivesse* sido drogada para a viagem, já estaria bem.

São muitas hipóteses, mas quanto mais repassa a sequência de eventos em sua mente, mais certeza Violie tem. Mesmo a distância ela ouve a voz de Pasquale e a risada de Ambrose. Considerou a possibilidade de contar aos outros seu plano enquanto o elaborava durante a viagem, mas isso só aumentaria a expectativa deles e Violie não quer frustrá-los novamente se nada funcionar.

Ela dá outra mordida na maçã, depois outra, porém sabe que está procrastinando.

– O que você está... – A voz de Leopold arranca Violie de seus pensamentos. Ela olha para cima e o vê se aproximando pela floresta, os olhos na poeira estelar em sua mão. – Esse é um dos que Daphne nos deu? – pergunta ele devagar. – Para usar em Cellaria e ajudar a tirar Beatriz de lá?

Violie fecha a mão sobre o frasco, sentindo o rosto queimar.

– Temos mais doze frascos – diz ela. – Acho que Daphne nos deu mais do que o suficiente.

No entanto, mesmo enquanto diz essas palavras, ela está ciente de que não tem como saber isso. Não é como se ela tivesse alguma experiência em missões de resgate em um país hostil. Leopold simplesmente levanta uma sobrancelha e ela suspira, contando-lhe sua teoria sobre Beatriz estar inconsciente e, portanto, inacessível quando Daphne tentou entrar em contato.

– Pelo que sabemos, Daphne está tentando de novo agora – afirma Leopold.

Isso Violie não tinha levado em conta, mas é claro que Daphne vai tentar de novo. Mesmo que tenha que usar toda a poeira estelar em Friv, Daphne não vai parar até chegar à irmã. E se Beatriz tivesse dito a Daphne alguma coisa que Violie e os outros precisassem saber, Daphne avisaria a eles. Ela, ao contrário de Violie, pode conseguir mais poeira estelar com relativa facilidade.

Violie solta um longo suspiro.

– Não gosto disso – admite ela, por fim.

Leopold se aproxima, sentando-se ao lado dela na pedra.

– Não gosta de confiar em Daphne? – pergunta ele. – Sei que a lealdade dela foi instável no passado, mas...

– Não, eu confio em Daphne – interrompe Violie, balançando a cabeça. – Mas não gosto de depender dela, e não *só* dela. Não gosto de depender de ninguém. – Ela faz uma pausa, analisando o que acabou de dizer, e Leopold, por sua vez, a deixa pensar. – Sempre trabalhei sozinha. E tudo sempre correu perfeitamente bem. Mas isso – ela aponta para o lugar da floresta onde Pasquale e Ambrose estão –, isso é novo para mim.

Leopold assente lentamente.

– Se ajuda saber, acho que formamos uma boa equipe antes – diz ele, embora haja uma incerteza na voz dele, que é nova.

– Formamos, sim – afirma ela rapidamente. – Mas acho que antes, na maior parte do tempo, eu pedi, ou talvez tenha presumido isso, que você confiasse muito mais em mim do que você pediu que eu confiasse em você.

Leopold dá um meio sorriso.

– Você confiou em mim em relação a Daphne, quando eu lhe disse que confiava nela – argumenta ele. – E sei que não deve ter sido fácil.

Ela faz um muxoxo.

– Não, definitivamente, não, mas no fim você estava certo.

– E, ao confiar em você, nunca me enganei – responde ele.

As palavras roubam o fôlego de Violie. Ela balança a cabeça.

– Sophronia confiou em mim – diz ela depois de um momento.

– Confiou – repete ele. – Ela confiou em nós dois e não acho que tenha se arrependido no final.

Por um instante, Violie não sabe o que dizer. Independentemente do que Daphne afirma que o espírito de Sophronia lhe disse durante a aurora boreal, ela não acredita que algum dia sentirá que de fato conquistou o perdão da falecida. Se Violie não tivesse roubado o selo real do quarto dela, se não o tivesse usado para forjar uma declaração de guerra a Cellaria, isso não teria incendiado a turba que prendeu e decapitou Sophronia. O perdão sempre estará fora do seu alcance.

– Você deve sentir uma imensa falta dela – diz Violie, na esperança de mudar de assunto.

É a vez de Leopold ficar em silêncio. Quando fala, sua voz é suave, mas segura.

– Sinto. Provavelmente vou sentir para sempre. Mas eu a conheci melhor na morte do que em vida.

– Isso não é verdade...

– Não digo isso como um insulto – acrescenta ele depressa. – Mas em todas as cartas que trocamos ao longo de todos esses anos, acho que ambos estávamos mentindo em alguma medida. Cada um de nós estava mostrando apenas o que queríamos que o outro visse. Mesmo então ela estava usando seu treinamento, e eu... bem, eu queria que ela visse o Leopold que eu desejava ser, alguém inteligente e corajoso, alguém digno de ser rei.

– Você é tudo isso, Leo – responde Violie, resistindo ao impulso de segurar sua mão.

Eles são amigos, diz a si mesma, e não seria a primeira vez que confortam um ao outro, mas aqui e agora, com a sombra de Sophronia pairando sobre eles, pareceria errado.

– Gosto de pensar que *me tornei* essa pessoa – diz ele. – Sophie também estava se tornando a pessoa que queria ser. No final, espero que ela tenha sentido que chegou lá. Eu a amava, mas estou começando a pensar que era um amor incompleto, construído mais sobre esperança do que sobre algo mais firme, porque *nós* ainda estávamos incompletos. Entende o que quero dizer?

Violie engole em seco, pensando no Leopold que ela conheceu em Temarin, aquele que viajou com ela para Friv, não apenas com o coração dilacerado, mas com a alma dilacerada também, vendo tudo que ele tinha como verdade ser arrancado dele. Ele não é a mesma pessoa que era então. E Sophie, se tivesse sobrevivido, provavelmente também não seria a mesma pessoa agora.

– Entendo – responde ela devagar. – Mas não acho que isso torna menos real o que vocês dois compartilharam.

– Não – reitera ele. – Acredito que o homem que estou me tornando teria amado a mulher que ela teria sido e tem uma parte de mim que sempre sentirá raiva porque aquele futuro nos foi tirado.

De novo, as palavras fogem a Violie. Ela sente o impulso de defender Sophronia, mas defendê-la do quê? Leopold tem razão e Violie sabe que, se estivesse aqui, Sophronia concordaria com ele.

– Vamos fazer a imperatriz pagar por isso – diz ela, enfim, a única coisa que lhe ocorre.

Ao se ver se afogando em um mar de emoções complicadas, ela busca a raiva, tão confiável e familiar, para se manter à tona.

Leopold ri, mas o som sai áspero.

– Eu gostaria de poder pensar assim – comenta ele, balançando a cabeça. – Como se existisse um preço que eu pudesse cobrar de Margaraux que fecharia essa ferida, que equilibraria a balança, que faria o mundo parecer justo e certo novamente, mas não existe. Não estou aqui me opondo a ela por algum tipo de vingança, Violie. Estou aqui para impedi-la de machucar outras pessoas.

Violie olha para ele por um longo momento. Ela supôs que a raiva o movia, do mesmo modo que acontecia com ela. Não por acreditar que isso vai equilibrar a balança, mas porque a raiva *sempre* a moveu. Só agora, nesse momento, ela se dá conta de que não funciona da mesma forma para todos. Ela o inveja por isso, mas ao mesmo tempo não se reconhece sem a raiva – da imperatriz, do mundo, de si mesma. Ela não sabe como poderia sobreviver sem esse combustível.

O silêncio se estende entre eles por um longo momento, e, quando Pasquale grita seus nomes e diz que está na hora de partirem, Violie fica aliviada.

À tarde, eles chegam a um cruzamento na estrada com uma placa rudimentar que aponta para onde cada caminho vai dar. O da direita os leva para oeste, em direção a Temarin, e o da esquerda os leva para leste, em direção a Hapantoile. O caminho em frente os leva através da floresta de Nemaria até Cellaria. Para Beatriz.

Violie não hesita antes de seguir em frente, mas Leopold puxa seu cavalo para a esquerda. Pasquale e Ambrose se detêm, olhando de um para o outro.

– Vamos para Cellaria – diz Violie por cima do ombro, tentando manter a paciência na voz, mesmo sem se sentir particularmente paciente.

Apostaria tudo que possui no fato de que os três, que receberam uma educação muito melhor do que a dela, certamente conseguem ler uma simples placa.

– Se formos por Hapantoile será menos suspeito – argumenta Leopold.

Violie puxa as rédeas, fazendo a égua parar. Ela se vira, olhando para Leopold por cima do ombro, depois para Pasquale e Ambrose. E então dá uma risada irônica.

– Eu diria que seria extremamente suspeito – retruca.

– E é exatamente por isso que Margaraux vai pensar que você é inteligente demais para ir por esse caminho – rebate Leopold.

– Não faz sentido perder tempo em Hapantoile. Beatriz... – começa Violie.

– Nada vai mudar com o atraso de um dia que a parada em Bessemia vai nos custar – diz Leopold, a voz decidida.

– Não sabemos...

– Violie – diz Ambrose, surpreendendo-a.

Ela se vira para ele e vê uma suavidade inesperada em seu rosto.

– Quanto tempo faz que não vê sua mãe?

Um ano e meio, pensa Violie imediatamente, mas não o diz em voz alta. Em vez disso, reprime a alegria que toma conta de seu coração ao pensar em ver a mãe e levanta o queixo, mantendo a expressão cuidadosamente fria.

– Vocês disseram que Beatriz a curou. Eu a verei quando essa confusão com a imperatriz terminar.

Ao pronunciar essas palavras, ela sabe que todos estão pensando a mesma coisa: que essa confusão com a imperatriz pode muito bem nunca terminar, que só porque sua mãe foi curada não significa que o perigo tenha diminuído, sobretudo agora que a imperatriz sabe que Violie a traiu. Mas Violie acredita que sua mãe pode se defender sozinha e sabe que conta com a ajuda das outras mulheres do Pétala Carmesim.

O que Violie não diz em voz alta, e no que ela mal se permite pensar, é que, por mais desesperada que esteja para ver a mãe, ela não quer que a mãe a veja. Ela sabe o que Violie fez no último ano e meio, as pessoas que feriu, o dano que causou? Violie tem grande responsabilidade por levar à ruína um país inteiro, pelo cerco que matou não apenas Sophronia, mas inúmeras outras pessoas. Violie fez isso para salvar a mãe, mas sabe que ela não vai se comover com isso e não quer que a mãe olhe para ela e veja a pessoa que se tornou. Prefere que se lembre dela como era, mesmo que isso signifique nunca mais vê-la.

Os outros três trocam um olhar que Violie não consegue interpretar antes que Pasquale finalmente pigarreie.

– Quando estivemos em Hapantoile e Beatriz curou sua mãe – diz ele devagar –, todos no Pétala Carmesim ficaram gratos e a madame de lá deixou claro que sua lealdade era para com Beatriz... que ela acreditava que havia uma dívida.

Violie dá uma risada debochada, esperando esconder como aquelas palavras apertam seu coração. A madame do Pétala Carmesim, Elodia, tinha sido uma espécie de avó para Violie quando ela crescia, uma mulher tão esperta nos negócios quanto leal às mulheres que trabalhavam para ela. Não era do tipo que jurava lealdade a alguém de fora, mas, se a tinha oferecido a Beatriz, era um presente valioso demais para ser ignorado. No entanto...

– Não vamos arrastar minha mãe para dentro dessa história, nem Elodia, nem ninguém de lá – diz Violie com firmeza. – Elas já têm muitos problemas e quem se senta em qual trono não tem nada a ver com elas.

– Normalmente, eu concordaria com você – responde Pasquale em voz baixa. – Mas a vida de Beatriz está em risco e vou aceitar toda ajuda que puder conseguir, de qualquer canto que venha, se isso salvá-la.

– Não estamos pedindo a ninguém do Pétala Carmesim que ataque Cellaria conosco – acrescenta Leopold, olhando entre Violie e seu primo. – Mas, se houver uma chance de reunir mais recursos, mais informações sobre o que nos espera, mais tempo para formular um plano...

Ele se cala, franzindo a testa ao olhar para Violie, percebendo o lampejo nos olhos dela quando um plano lhe vem à mente, incompleto e provisório, mas mesmo assim um plano. Um plano que vai exigir a ajuda do Pétala Carmesim para ser executado, porque ela sabe que as cortesãs conseguem encontrar uma porta aberta em qualquer lugar do mundo, até mesmo em palácios, e elas são sempre, *sempre* subestimadas.

– Vi... – Leopold começa a falar, mas Violie já está cravando os calcanhares na barriga de sua égua, incitando-a a avançar e guiando-a para o caminho da esquerda, rumo a Hapantoile, para sua mãe e sua casa, a alegria e o medo travando uma guerra dentro dela enquanto reúne as palavras.

– Eu sei como podemos entrar na corte de Cellaria – diz ela bruscamente.

Daphne

A imperatriz passa a maior parte do seu primeiro dia completo em Friv descansando, mas Daphne sabe que a mãe tem olhos e ouvidos em toda parte, então não fica surpresa quando recebe uma convocação direta, exigindo que vá vê-la em seus aposentos antes do jantar. Ela sabe que o assunto será a partida repentina de Violie e Leopold do castelo.

– Isto aqui não é Bessemia. Ela não tem poder para emitir ordens como se Friv fosse dela – murmura Bairre, sentado de pernas cruzadas aos pés da cama, observando enquanto Daphne anda de um lado para outro no quarto, arrumando o cabelo no espelho da penteadeira, verificando se o vestido está impecavelmente passado e ajustado.

Se houver um fio de cabelo fora do lugar, a mãe perceberá. Daphne pode vê-la, os olhos cor de âmbar fixos em qualquer imperfeição que perceba, as narinas dilatadas, a boca franzida. Há anos esse olhar assombra os pesadelos de Daphne e ela gostaria de poder dizer que esse medo desapareceu nas últimas semanas, mas não é verdade.

Ela sabe que há questões em jogo maiores do que sua aparência, mas, embora pequeno, esse é um aspecto sobre o qual ela tem controle.

– Acho que você vai descobrir que minha mãe acredita que tem poder em *todo lugar* a que vai – diz Daphne, beliscando as bochechas para dar um pouco de cor a elas. – Mas nós também temos poder... o suficiente para saber que ela não enviou batedores atrás de Violie e Leopold. Pelo menos, ainda não.

– E isso te preocupa mais do que se ela *tivesse* enviado – observa Bairre.

Os olhos de Daphne encontram os dele no espelho e ela se vira para encará-lo, alisando a frente da saia de veludo com as mãos.

– Minha mãe está sempre um passo à frente – diz ela suavemente. – Então, sim, eu preferiria saber para que direção esses passos estão seguindo.

Bairre se levanta e atravessa o quarto até ela, sua expressão tão sombria que Daphne tem que lutar contra o impulso de desfazer a ruga na testa dele com os dedos.

– Não estou preocupado com Violie e Leopold – diz ele, erguendo a mão para acariciar o rosto dela, a palma calejada em sua bochecha. – Estou preocupado com você.

Daphne força um sorriso, tentando não revelar os próprios medos, não só por ela mesma, mas por ele também.

– Nós temos sempre a opção de fugir – argumenta ela. – Deixar Friv, deixar Vesteria para trás. Ir para algum lugar quente... uma ilha tropical onde ninguém tenha sequer ouvido o nome da imperatriz Margaraux.

Bairre também sorri, mas o gesto não chega aos seus olhos e ela sabe que ele está apenas querendo agradá-la.

– Poderíamos passar nossos dias deitados na praia, as queimaduras de sol sendo o maior perigo a nos ameaçar.

– Paraíso. – Daphne diz a palavra com um suspiro, desejando uma vida assim tão desesperadamente que dói.

Mas então ela pensa em Beatriz, em Violie e Leopold, Pasquale e Ambrose, em Cliona, Rufus, Haimish... até no rei Bartholomew e em lorde Cadringal e todos os outros em Friv que ainda não percebem a ameaça que sua mãe representa. Pensa até mesmo em Friv, um país que ela estava preparada para odiar, mas aprendeu a amar. No restante de Vesteria e no que o lugar se tornará se sua mãe conseguir o que quer.

Daphne sabe que não pode encontrar o paraíso enquanto o mundo ao seu redor queima. Ao olhar para Bairre, ela vê que ele pensa da mesma forma.

– Estrelas do céu, eu gostaria que pudéssemos ser felizes no paraíso – diz ele, tirando as palavras de sua boca.

– Eu também – concorda ela.

Então o beija brevemente nos lábios e se afasta, preparando-se para enfrentar sua mãe. Quando chega à porta, ela faz uma pausa, virando-se para ele.

– Você tem mais poeira estelar? – pergunta ela.

Bairre franze a testa.

– Demos tudo a Violie e os outros – diz ele.

– Mas você pode conseguir mais? – pergunta ela. – Quero tentar falar com Beatriz novamente esta noite.

Bairre abre a boca – para argumentar, Daphne imagina, para lhe dizer que é tolice tentar novamente já que suas últimas dezenas de tentativas falharam. Mas em vez disso, ele se contém.

– Você acha que desta vez será diferente? – pergunta ele.

Daphne hesita. Sua mãe disse que Beatriz tinha ido para Cellaria, mas Daphne sabe que a irmã não teria ido sem lutar. Teria sido mais fácil para a mãe se a houvesse dopado e, sob o efeito de drogas, Daphne não conseguiria acessá-la. É possível que, se tentar novamente, funcione. Porém, ela de fato acredita nisso ou apenas quer tentar novamente por hábito e por um crescente senso de urgência? Ela dirige seus pensamentos a Beatriz, a vários mundos de distância.

– Eu acho... acho que vai funcionar desta vez – comenta ela baixinho. – Eu simplesmente... sinto isso.

Ela quase espera que Bairre ria dela, mas ele não ri. Ele apenas assente.

– Posso cobrar um favor – diz ele.

– Obrigada.

– Eles *partiram*? – pergunta a imperatriz Margaraux, olhando Daphne por cima de sua xícara de chá fumegante, as sobrancelhas erguidas.

Embora pareça chocada, Daphne conhece a mãe bem o suficiente para saber que ela não está surpresa de verdade.

– Receio que sim – diz Daphne, tomando um gole do chá.

Os sons de risos e música do salão de banquetes abaixo flutuam pela janela aberta até a sala de estar da imperatriz, servindo apenas para destacar o silêncio frio.

Daphne preferiria estar lá, com Bairre, Cliona e os outros frívios, brindando e dançando antes do jantar ser servido, mas em vez disso está ali, lutando para executar um perigoso ato de malabarismo com a mãe. Ela pigarreia e continua, contando a história que ela e Violie elaboraram.

– Leopold se desculpou com Bartholomew... parece que ele foi avisado de que um de seus irmãos sofreu uma grave lesão e ele quis ver por si mesmo se ele estava bem – explica ela. – Violie decidiu acompanhá-lo.

Com isso, a imperatriz dá uma breve risada.

– Claro que sim – diz, balançando a cabeça. – Não creio que você tenha conseguido descobrir *onde* os irmãos dele estão escondidos...

– Não consegui – responde Daphne, forçando um sorriso.

E é a verdade. Quando mandou os irmãos para longe de Friv pensando em sua segurança, Leopold não tinha certeza se podia confiar em Daphne, então ela pediu para Haimish levá-los para um local que apenas ele, Leopold e Violie conheceriam. Haimish é amigo de Bairre e mais amigo dela do que de Leopold, mas, acima de tudo, ele é leal aos príncipes Gideon e Reid. Agora que ela conquistou a confiança de Leopold, supõe que poderia ter pedido a localização verdadeira de seus irmãos, mas não via sentido nisso. Sabia que mais cedo ou mais tarde sua mãe lhe faria essa pergunta e quanto menos Daphne tivesse que mentir, melhor.

– Certamente Violie lhe dirá quando voltar... – continua ela – ... a menos que você não confie nela.

Ela faz o comentário distraidamente, inclinando a cabeça para um lado a fim de observar a mãe com o que espera ser uma expressão inocente.

A imperatriz sorri.

– Ora, Daphne, eu te eduquei melhor do que isso... Nós não confiamos em ninguém.

– Claro que não, mãe – replica Daphne. – Mas eu não poderia ir com eles, poderia? E tenho certeza de que você não teria contratado Violie se não soubesse quem ela é e como ela opera.

Sua mãe emite um som evasivo no fundo da garganta.

– De qualquer forma, não estou preocupada com Leopold ou com aquela garota, seja lá qual nome ela esteja usando agora. Temarin é meu, afinal, e se ele tiver um pingo de juízo naquela cabeça, não tentará retomá-lo. O que eu ainda não tenho é Friv.

Daphne tenta esconder sua expressão tomando outro gole de chá.

– Como compartilhei em minhas cartas e tenho certeza de que seus espiões lhe disseram, Friv está à beira de uma guerra civil e é apenas uma questão de tempo até que fique vulnerável. – Uma sombra da verdade, se não toda ela. – Tenho apressado as coisas, atiçando as tensões entre a corte de Bartholomew e os rebeldes, embora em muitos casos eles sejam os mesmos. Agora que sou oficialmente princesa de Friv e futura rainha, poderei redobrar meus esforços. Paciência, mamãe. Friv *cairá*.

As narinas da imperatriz se dilatam, mas essa é a única reação visível às palavras de Daphne.

– Se eu realmente acreditasse que você tem a situação sob controle, não teria me arrastado até aqui no auge do inverno, Daphne – diz ela.

As palavras perfuram a armadura de Daphne, ferindo-a. Apesar de todas as verdades que ela sabe sobre a mãe, apesar do quanto diz a si mesma que não precisa da sua aprovação nem a quer, as palavras ainda magoam.

– A situação em Friv é complicada – afirma ela com firmeza. – Mas não acredito que alguém pudesse fazer um trabalho melhor de conduzi-lo à guerra... nem mesmo você.

Os olhos da imperatriz cintilam e um sorriso cruel curva seus lábios.

– Eu gostaria de ver isso por mim mesma – replica ela. – Você mencionou em suas cartas que lorde Panlington estava liderando a rebelião?

Daphne assente, mesmo enquanto amaldiçoa seu eu do passado, tão ansiosa para impressionar a mãe que contou muito mais do que deveria. Como ela foi tola.

– Enviei um convite para que ele almoce comigo amanhã e ele aceitou – revela a imperatriz. – Você virá também.

O estômago de Daphne se embrulha, mas ela consegue manter o sorriso.

– Claro, mamãe.

– E trará seu marido também – acrescenta a imperatriz.

Daphne dá uma risada.

– Isso não é necessário... Bairre não sabe nada de nada.

Quando os lábios pintados de vermelho da mãe se franzem, Daphne sabe que cometeu um erro. Por um momento, seu coração para, o pânico transformando seu sangue em gelo.

– Meus espiões me dizem o contrário – retruca a imperatriz lentamente. – Mas acho que você sabe disso.

Com a mente em um turbilhão, Daphne leva um momento para se recompor.

– Tenho certeza de que seus espiões lhe disseram que Bairre se imagina parte da rebelião – diz ela com cuidado. – Mas ele nada mais é do que um peão.

Daphne sabe que a mãe não acreditará nela, mas não precisa que ela acredite. Precisa apenas que a imperatriz entenda mal a razão da mentira de Daphne, então deixa um rubor aflorar em suas bochechas enquanto desvia o olhar, mordendo o lábio. Ela evoca a expressão de Sophronia sempre que falava de Leopold na presença da mãe, como se estivesse tentando – sem sucesso – esconder o quanto Bairre significava para ela.

A imperatriz estala a língua.

– Ah, Daphne – diz ela. – Eu te criei melhor do que isso.

Daphne finge estar confusa.

– Não sei a que você está se referindo, mamãe – responde ela, forçando um sorriso contagiante que não parece nem um pouco forçado.

Melhor que a mãe acredite que ela é uma tola apaixonada cuja lealdade mudou por causa de sentimentos ternos pelo marido do que a verdade.

– Certamente não – replica a imperatriz, sem nem se preocupar em fazer as palavras parecerem verdadeiras. – Mas, ainda assim, espero você e seu marido no almoço amanhã e tenho certeza de que você não deseja me decepcionar.

Diante disso, o sorriso de Daphne de fato parece forçado, o mal-estar em seu estômago muito real.

– Claro que não, mamãe – diz ela antes de se levantar. – Agora é melhor irmos para o jantar... Os frívios são animais; se demorarmos muito não sobrará uma só migalha.

Dizer essas palavras faz a pele de Daphne se arrepiar, mas ela sabe que precisa manter a ilusão, agora mais do que nunca, de que detesta Friv, de que vê as pessoas que vivem aqui como sub-humanas.

O jantar passa em uma névoa, Daphne mal conseguindo falar sobre amenidades com os nobres sentados perto dela enquanto mantém um olho na mãe, do outro lado da mesa, atenta a quem conversa com ela e se esforçando ao máximo para ler seus lábios sem que ninguém – especialmente a mãe – perceba. Pelo que Daphne consegue captar, no entanto, a imperatriz também está apenas mantendo conversas superficiais: falando sobre o tempo com lorde Fulcher e sobre o modelo de seu vestido com lady Uster. Margaraux exibe o que Daphne e suas irmãs costumavam chamar de seu *sorriso da corte*, aquele que pode iluminar uma sala e encantar qualquer um a quem ela o endereçar. Aquele que pode desaparecer no instante em que uma porta se fecha atrás dela, como uma máscara caindo no fim de um baile.

Daphne, porém, conhece bem a mãe. Ela pode ver a dilatação sutil de suas narinas ao tomar seu primeiro gole de cerveja frívia, o quase imperceptível estremecimento ao ouvir o sotaque forte das montanhas de lorde

Fulcher, a maneira como seus olhos se demoram com desprezo no vestido de lady Uster, bonito, mas imperdoavelmente simples para os padrões da mãe. A repulsa da imperatriz por Friv e seu povo é clara, pelo menos para Daphne, e embora isso a enfureça, ela também se sente profundamente envergonhada com o comportamento da mãe – em grande parte porque sabe que agia da mesma maneira assim que chegou ali.

Daphne pensava que as estrelas cairiam todas do céu antes do dia em que a mãe a constrangeria assim, mas a mulher do outro lado da mesa não é a deusa intocável como Daphne sempre a viu, uma figura impecável e imponente que nunca errava e cuja palavra era lei. Em vez disso, cada vez que Daphne olha para sua mãe, é surpreendida ao perceber o quanto ela é *triste*.

Ainda perigosa, é claro, mas dolorosamente humana.

Quando o jantar termina, Daphne se sente um pouco tonta por causa das muitas canecas de cerveja que bebeu. Ela sabe que deveria ter se mantido mais alerta, sobretudo com a mãe tão perto, mas é uma sensação agradável, por um momento, desfrutar do álcool circulando por suas veias, do peso do braço de Bairre em seus ombros, da maneira como seu corpo se encaixa perfeitamente no dele enquanto cambaleiam de volta aos seus aposentos, Bairre tão tonto quanto ela. Eles dizem boa-noite aos guardas diante da porta e Daphne tenta ignorar o olhar sagaz que os guardas compartilham, como se soubessem exatamente o que Daphne e Bairre farão esta noite.

Estão errados, claro. Por mais que Daphne goste da ideia de passar o resto da noite nos braços de Bairre, ela não vai fazer isso. Agora, mais do que nunca, é importante que seu casamento permaneça não consumado, para evitar que a mãe assuma o controle de Friv caso algo aconteça a Daphne. Caso algo aconteça a ambos, ela se corrige, o pensamento a deixando imediatamente sóbria. Ela olha de soslaio para Bairre enquanto ele abre a porta e a conduz para dentro dos aposentos, com a mão apoiada na base das suas costas.

A conversa com sua mãe não foi chocante, levando tudo em consideração, mas ainda assim pareceu um balde de água gelada sendo despejado sobre sua cabeça. Se Daphne fosse menos egoísta, teria tentado mandar

Bairre para Cellaria com os outros, mas sabe que Bairre preferiria cortar a própria mão do que deixar Friv. Ela o ama por isso.

Ela o ama.

O pensamento é difuso e embebido em cerveja, mas gruda em sua mente como piche. Ela o ama.

Isso também não é chocante, mas a sensação é de outro balde de água gelada.

Ela deveria dizer isso a ele. As palavras sobem aos seus lábios – *Eu te amo* –, mas, antes que possa pronunciá-las, Bairre tira do bolso do casaco um frasco de poeira estelar.

– Você quer privacidade? – pergunta ele.

Daphne pisca antes de se lembrar da conversa que os dois tiveram – ela vai tentar falar com Beatriz novamente.

– Não – responde ela, pegando o frasco da mão dele. – Você fica comigo?

– Claro – diz ele.

Bairre tira o casaco e a ajuda a tirar o dela, pendurando-os lado a lado no guarda-roupa. Ela vai da sala de estar para o quarto, seguida por Bairre, e se senta de pernas cruzadas na cama, o vestido de veludo cercando-a como pétalas caídas de uma flor. Após uma breve hesitação, Bairre senta-se ao lado dela.

Daphne olha para o frasco de poeira estelar, girando o vidro frio nas mãos. Ela tentou tantas vezes fazer contato com Beatriz que já perdeu as contas. E se for tarde demais, e se sua mãe estava mentindo e Beatriz já estiver morta? E se essa tentativa também não funcionar, se ela nunca mais conseguir falar com a irmã? O pensamento revira seu estômago e ela aperta o frasco com mais força.

Não, ela pensa. Nem as estrelas vão impedi-la de falar com a irmã, dessa vez não.

Ela destampa o frasco e espalha o pó nas costas da mão, deixando os olhos se fecharem.

– Quero falar com a princesa Beatriz Soluné.

Tudo está imóvel e silencioso, a presença de Bairre ao lado dela é a única coisa de que Daphne está ciente. *Não funcionou*. A decepção toma conta dela. Daphne está prestes a abrir os olhos quando sente uma mudança, a presença da irmã tão perceptível quanto o som do próprio nome.

– Beatriz – chama ela, embora saiba que seus lábios não se movem.

– Daphne? – A voz de Beatriz é clara, como se ela estivesse ao lado da irmã.

Ao ouvir seu nome, Daphne sente a tensão deixar seu corpo, o ar enchendo seus pulmões completamente pela primeira vez em mais de uma semana. Ela tem a remota percepção da mão de Bairre em suas costas, ancorando-a.

– Você está viva – diz, o alívio dominando-a até deixá-la tonta.

– Estou viva – confirma Beatriz. – Bem, mais ou menos, só em Cellaria...

– Eu sei – interrompe Daphne. Ela não sabe quanto tempo essa conexão vai durar e não quer perder tempo. – Mamãe fez parecer que você foi por vontade própria, mas eu sabia que não era verdade, mesmo antes de Pasquale confirmar isso.

Beatriz faz uma pausa enquanto processa essa informação.

– Você viu o Pas? – pergunta por fim.

– Sim, ele e Ambrose estão bem. Estão a caminho daí agora, junto com Violie e Leopold.

Ao ouvir isso, Beatriz pragueja baixinho.

– Por que você o mandaria para cá? Eles vão matá-lo em Cellaria – replica, ríspida.

A irritação irrompe. Daphne pensa que chega a ser quase engraçado que ela possa passar de uma sensação de alívio por sua irmã estar viva à fúria em poucos segundos, mas essa não é a primeira vez que seus sentimentos por Beatriz oscilam tão drasticamente.

– Considerando que mamãe está em Friv, parece que ele não pode ir a muitos lugares *sem* que alguém esteja querendo matá-lo – responde Daphne, as palavras afiadas. – Achei que ele tivesse mais chance em Cellaria e, devo acrescentar, duvido que eu pudesse tê-lo impedido, mesmo se quisesse.

Beatriz suspira e Daphne sente-se mais branda ao dizer:

– Ele está bem, Beatriz. Não tive a chance de conhecê-lo a fundo, mas ele parecia saber o que estava fazendo. E, de todo modo, Violie está com ele.

– Isso me deixa um pouco mais tranquila – admite Beatriz depois de um momento. – Desculpe-me por ter sido ríspida... não sabia que mamãe estava aí, em Friv. Como você está?

Uma risada aguda escapa de Daphne.

– Viva – responde ela. – Tentando continuar assim.

– Ela sabe que você mudou de lado? – pergunta Beatriz.

É uma pergunta que Daphne tem feito a si mesma, mas não consegue chegar a uma conclusão. A sensação é de que ela e a mãe estão encenando uma peça complexa cada vez que conversam, falando frases decoradas e fingindo ser outra pessoa. Mas será que é porque sua mãe sabe da sua traição? Ou será que é porque sua mãe *sempre* representou um papel com ela e Daphne está apenas enxergando isso pela primeira vez?

– Não sei – admite Daphne. – Ela chegou quando recebeu a notícia de que Sophie estava viva. Queria ver por si mesma.

Ao ouvir isso, Beatriz ri de verdade e o som envolve Daphne como um abraço afetuoso.

– Eu daria qualquer coisa para ter visto a cara dela nessa hora – comenta Beatriz.

– Um dia vou descrever pra você em detalhes – promete Daphne. – E você? Estou imaginando você trancada em uma torre em algum lugar de Cellaria.

– Não é tão ruim assim – responde Beatriz. – Estou administrando as coisas da melhor forma que posso. Nicolo quer se casar comigo e acho que posso usar isso a meu favor. É Gisella quem me preocupa. Acredito que mamãe tenha dado instruções a ela para me matar. Faz parte do pedido que ela fez com Nigellus antes de nascermos: temos que morrer no solo da terra que mamãe está conquistando, pela mão de alguém desse lugar. *Por mãos cellarianas, em solo cellariano*, foi o que ele disse sobre mim.

Então Daphne precisará ser morta por mãos frívias, em solo frívio. O que talvez explique por que sua mãe ainda não agiu.

– E você não pode simplesmente... fazer um pedido para sair dessa situação? – indaga Daphne.

Faz-se uma pausa.

– Pasquale te contou? – pergunta Beatriz.

– Ele disse que você era uma empyrea. Confesso, Beatriz, que mal posso acreditar nisso – afirma Daphne.

– Nem eu – admite a irmã. – Especialmente porque não consigo mais fazer isso.

– Ah – diz Daphne, sentindo-se desanimar. – Nigellus deve ter contado para mamãe... Será que ela te deu algo que está anulando seus poderes?

– Não – retruca Beatriz. – Não tenho ilusões sobre quem Nigellus era, mas sei que ele não contou nada a mamãe sobre mim. Não seria do interesse dele.

– Então por que...

– Eu o matei – interrompe Beatriz. – Nigellus, quero dizer. Ele estava tentando pedir às estrelas que tirassem meu dom e eu... eu não podia deixar que ele fizesse isso.

Daphne fica imóvel, as palavras lhe fugindo. Ela sabe que Beatriz teve o mesmo treinamento que ela. Elas aprenderam a matar lado a lado, com venenos, com punhais, com as próprias mãos se necessário. A própria Daphne já matou sua cota de pessoas desde que chegou a Friv – os assassinos na floresta; Ansel, que levou um punhal à garganta do príncipe Gideon; Eugenia em seu leito de enferma. Contudo, por mais que tente, ela não consegue imaginar Beatriz fazendo o mesmo. Mas ela fez.

– Eu me pergunto se é um castigo das estrelas – retoma Beatriz já que Daphne não responde. – Elas me deram esse dom e agora o tiraram porque eu o matei.

– Pelo que você me contou, Triz, se as estrelas guardam a morte dele contra você, então eu amaldiçoo todas elas.

Beatriz não responde, mas Daphne pode sentir seu sorriso.

– E então? – pergunta ela finalmente.

– Eu não sei – diz Daphne. – Mas apostaria que tenho mais chance de descobrir o que aconteceu ficando aqui. E, quando Pasquale e os outros te encontrarem, eles terão poeira estelar suficiente para tirá-la daí, não importa qual poder você tem ou não tem.

– É perigoso – comenta Beatriz.

– Mas vale a pena – responde Daphne, pouco antes de a magia cessar e Daphne se ver sozinha em sua mente mais uma vez.

Beatriz

Beatriz abre os olhos e se depara com uma dúzia de damas da corte de Cellaria, inclusive Gisella, encarando-a. Daphne certamente poderia ter escolhido um momento mais oportuno para entrar em contato do que durante o jantar ao qual Gisella insistiu para que Beatriz comparecesse com ela e suas amigas, embora *amigas* certamente seja um termo amplo, pelo que Beatriz pode ver. Ainda assim, talvez – raciocina Beatriz ao notar que a maioria dos olhares é de curiosidade e não de medo – ela possa usar isso a seu favor.

Ela solta um suspiro dramático, tocando a testa com as costas da mão e erguendo os olhos para o alto – onde as estrelas estariam brilhando se não estivessem em um lugar fechado, na sala de jantar de lady Pignalle.

– As estrelas – diz ela, fechando os olhos suavemente. – Sinto muito, elas estão tão barulhentas esta noite que mal consigo me concentrar.

Ela abre os olhos e abaixa a mão, voltando a atenção para lady Pignalle, que estava falando antes de Daphne interromper os pensamentos de Beatriz.

– Desculpe, Adriella... você estava nos contando sobre o novo cavalo de corrida do seu marido?

– Eu... – começa lady Pignalle, olhando rapidamente para Gisella e depois de volta para Beatriz. – Sim, Alteza. Descendente do garanhão premiado do rei Cesare.

– Ah – murmura Beatriz. Mesmo agora, basta o nome do rei Cesare para que ela se sinta mal. – Bem, o falecido rei tinha excelente gosto para cavalos.

É um comentário tão idiota que Beatriz tem vontade de revirar os olhos, mesmo tendo sido ela mesma quem falou. Ela não faz ideia por que Gisella insistiu para que ela viesse esta noite; só lhe resta supor que é uma tentativa de matá-la de tédio. Mas, quando ela olha para a garota do outro lado da mesa de jantar redonda, vê que Gisella a observa com olhos curiosos.

– Alteza – diz outra dama, lady Traversini, cerca de cinco anos mais velha que Beatriz. – Perdoe minha pergunta, mas... o que as estrelas estão dizendo?

A pergunta provoca uma onda de sussurros no restante da mesa e Beatriz fica chocada com a ousadia da mulher. Não há nada de realmente herético nisso, mesmo para os padrões de Cellaria, mas se o rei Cesare ainda estivesse vivo, poderia muito bem ser o bastante para lhe render um interrogatório completo, e provavelmente violento, isso se não uma execução imediata. Agora, com Nicolo, as coisas estão mais permissivas. Não o suficiente para que Beatriz possa acessar com facilidade a poeira estelar, infelizmente, mas ainda assim mais permissivas.

Beatriz, porém, sabe desempenhar seu papel, por isso oferece um sorriso luminoso a lady Traversini.

– Elas dizem que há mudanças chegando – responde.

– Claro que há – diz Gisella, bebendo um gole de vinho tinto. – Em breve Cellaria será abençoada com uma nova rainha, afinal. Será uma mudança e tanto.

As palavras acumulam-se como alcatrão no estômago de Beatriz. Ela não precisa ser lembrada de que seu casamento com Nicolo está próximo e que, assim que ele for celebrado, Gisella vai matá-la. Olhando para ela agora, Beatriz se esforça para imaginar as circunstâncias. Ela e Gisella estão em guerra, mas já foram amigas. Beatriz deveria saber que não pode ser tão sentimental, mas quando tenta imaginar a situação inversa, não acredita que seria capaz de matar Gisella, mesmo depois de tudo. No entanto, ela já subestimou Gisella antes e não pretende cometer esse erro pela terceira vez.

Daphne disse que Pasquale e Ambrose estavam a caminho de Cellaria, com Violie e Leopold a reboque. Embora saiba que Cellaria não é um lugar seguro para Pasquale, seu coração se alegra com a ideia de revê-lo – uma possibilidade que antes ela não se permitira esperar. E por mais que tenha medo por ele, sabe que o amigo está seguro com Violie. A verdadeira dúvida é se eles chegarão antes do casamento, antes que Gisella cumpra sua promessa à imperatriz.

Beatriz ainda não viu Nicolo depois da conversa que tiveram no corredor dos criados – e está cada vez mais difícil para ela acreditar que seja por acaso.

Ele a está evitando e ela entende por quê. Ainda pode sentir a respiração dele contra sua bochecha, os olhos escuros fixos nela, o rosto com a barba despontando sob a palma de sua mão. Ela o estava usando, lançando mão de todos os truques que aprendera em seu treinamento com as cortesãs, mas estaria mentindo se dissesse que aquilo não a afetava.

Seus sentimentos por Nicolo tinham sido um fogo, brilhante e ardente, mas incipiente o bastante para ser abafado sem muita dificuldade. Ou assim ela pensara. Naquele momento, no corredor dos criados, ela pôde sentir as brasas ganhando nova vida, ameaçando queimá-la por dentro.

Ela sabe quem é Nicolo, sabe que ele é um covarde e uma cobra, que a traiu uma vez e sem dúvida a trairá de novo se ela permitir. Às vezes, porém, seu corpo tende a esquecer isso.

Beatriz, sua safada sem-vergonha, sussurra a voz de Daphne em sua mente enquanto ela anda de um lado para outro na sala de estar dos seus aposentos naquela noite. Por um momento, pensa que Daphne usou mais poeira estelar para falar com ela, mas é apenas uma lembrança das inúmeras vezes que a irmã a repreendeu por deixar que seus sentimentos a dominassem.

Ela pensa em Daphne, fria e calculista. Do outro lado do continente, Beatriz decide tomar emprestadas essas qualidades, envolvendo-as em camadas de charme e suavidade. Nicolo a ignorou por tempo demais e, embora nenhum dos dois possa gostar, ele é sua maior chance de sair de Cellaria antes que Pasquale a alcance e, provavelmente, perca a cabeça no processo.

Indo até sua mesa, ela escreve um bilhete curto:

> *Você tem trabalhado muito e precisa relaxar em algum momento. Gostaria de me acompanhar para a sobremesa nos meus aposentos?*

Beatriz leva o bilhete até a porta que vai de sua sala de estar ao corredor principal e, ao abri-la, encontra dois guardas do lado de fora. Ela entrega o bilhete para um deles com um sorriso radiante.

– Entregue isto ao rei, por favor – diz ela. – E peça à cozinha que mandem vinho tinto e algumas daquelas deliciosas tarteletes cítricas.

Apenas vinte minutos depois, os guardas de Beatriz anunciam a chegada do rei, abrindo a porta da sala de estar para que Nicolo entre. Ele está ladeado por seus próprios guardas, mas eles permanecem do lado de fora, deixando Nicolo e Beatriz a sós.

Nos vinte minutos transcorridos desde que enviou o bilhete, Beatriz se transformou, trocando o modesto vestido de brocado rosa-claro que usou no jantar por um vestido de noite verde-esmeralda, com ombros nus e um decote ousado. Embora a caixa de joias e o estojo de cosméticos que ela usava quando esteve em Cellaria antes não tivessem sido colocados em seus aposentos junto com seu extenso guarda-roupa, havia outros itens, mais comuns, que ela poderia usar. Uma longa corrente de ouro com um pingente de rubi destaca ainda mais seu decote e ela aplicou um leve delineador em torno dos olhos, além de uma pincelada de vermelho nos lábios.

A forma como os olhos de Nicolo se arregalam ligeiramente ao vê-la e a breve hesitação no seu passo informam a Beatriz que seus esforços não foram em vão.

– Nico – diz ela, com o que espera que pareça um sorriso inocente. – Estou muito feliz por você ter vindo. Tinha começado a achar que estava me evitando.

– De jeito nenhum – responde Nicolo, dando um passo à frente para cobrir a distância entre eles.

Ela lhe oferece a mão e ele se curva, beijando de leve sua pele. Tardiamente, ela percebe que deveria ter feito uma reverência a ele, como rei, mas não consegue se obrigar a isso. Não quando estão apenas os dois. Ela não acha que seu corpo vá permitir.

– Mas ser rei me mantém ocupado – explica ele, empertigando-se novamente.

No entanto, ele não solta a mão dela, encaixando-a na dobra do cotovelo.

– Bem, como conversamos, gostaria de ajudá-lo com isso – diz ela, mantendo a leveza na voz.

Nicolo ri.

– Permita-me beber um pouco de vinho primeiro, por favor – responde ele, acompanhando-a até a sala de jantar adjacente.

Enquanto Beatriz se preparava, as criadas haviam trazido da cozinha as tarteletes cítricas que ela pedira. Dois lugares estão postos na mesa, cada um com uma taça de vinho tinto já servida, a garrafa pela metade no centro.

Beatriz informou às criadas que, nesta noite, ela e Nicolo se serviriam, o que com certeza vai incendiar a fábrica de fofocas da corte pelo menos nos próximos dias.

Nicolo puxa uma cadeira para ela e, depois que ela se senta, ele ocupa a outra. Beatriz ergue a taça de vinho na direção dele.

– A nós – brinda ela.

Nicolo franze a testa, com um ar de desconfiança, mas aceita o brinde e ambos tomam um gole.

– Você está de muito bom humor hoje – comenta ele, enquanto pega uma tartelete, do tamanho praticamente de uma única mordida.

Beatriz faz o mesmo. Ele dá uma mordida, mastiga e engole antes de falar novamente.

– É desconcertante.

Beatriz faz um muxoxo.

– Por quê? Porque estou sendo mantida aqui contra a minha vontade, forçada a me casar com um homem que me traiu diversas vezes? Embora eu suponha que seja o bastante para deixar qualquer pessoa um pouco irritada, decidi ver o lado bom das coisas.

– E qual é o lado bom? – pergunta Nicolo com cautela.

– A comida – responde Beatriz, sem hesitar um só segundo.

Ele olha para ela, uma segunda tartelete a meio caminho da boca, surpreso.

– A comida em Cellaria é muito superior a qualquer coisa encontrada em Bessemia.

Nicolo sorri ao ouvir isso, colocando a tartelete na boca. Em seguida, toma um gole de vinho antes de se recostar na cadeira e olhar para ela.

– Por que estou com a impressão de que você está tentando me seduzir? – pergunta ele, finalmente.

Beatriz está preparada para isso. Ela sabe que se tentar bajulá-lo com mentiras, ele vai enxergar através delas. Então adota a verdade, ou quase isso.

– Porque estou – confirma ela, dando de ombros. – Que outro poder eu tenho aqui, Nico? Além do fato de você me desejar? É claro que vou usar esse artifício e você seria um tolo se esperasse menos do que isso.

Por um momento, Nico não diz nada. Toma outro gole de vinho, refletindo sobre as palavras dela.

– Isso não combina com você – diz ele, por fim.

Uma preocupação repentina incomoda Beatriz, mas ela se esforça para não demonstrar, disfarçando sua insegurança com uma confusão fingida.

– A pintura nos lábios? – pergunta, tocando o lábio inferior com os dedos, acompanhando a maneira como os olhos dele seguem o movimento e permanecem ali.

– Impotência – responde ele. – Vi você com o mundo a seus pés, Beatriz, e vi você depois de sofrer uma queda da qual poucos conseguiriam se erguer. Mesmo assim, você não se mostrou impotente. Fingir *isso* agora é que não combina com você. Seria mais fácil você me convencer de que é uma empyrea.

É uma escolha de palavras irônica, mas Beatriz é a única que sabe disso. Ela ri, deixando o som sair forte.

– Você e sua irmã me sequestraram, você é o responsável pela morte de Pasquale, seus guardas seguem todos os meus passos porque você *sabe* que, se tivesse a mínima chance, eu fugiria. Você assumiu o controle total da minha vida e apesar disso você *ainda*...

Nico a interrompe:

– O que você estava fazendo com meu primo no jardim marinho ontem?

Beatriz faz uma pausa, notando o brilho de ciúme em seus olhos ao falar de Enzo. Isso ela também esperava e permite que sua boca se curve em um sorriso verdadeiro e maldoso.

– Tomando minhas precauções – replica ela. – Eu já te dei meus termos, Nico. Caso não os considere razoáveis, tenho certeza de que ele vai considerar. Meu casamento com Pasquale já foi anulado; creio que posso anular o nosso também... supondo, é claro, que ele demore todo esse tempo para reunir seus apoiadores e destronar você. Até em Bessemia ouvi rumores de que ele é uma escolha bem mais popular para rei do que você. Talvez o golpe aconteça antes do casamento.

Nicolo olha longamente para ela antes de pegar sua taça. Ele a ergue na direção dela como se estivesse fazendo um brinde.

– Aí está você – diz ele, com um sorriso sagaz. – Nem um pouco impotente.

Beatriz não sabe se Nicolo a está elogiando ou simplesmente lembrando-a de que ele sabe bem de todas as intenções dela. A essa altura, ela já deveria ter aprendido a segurar a língua. Mas acha que seria mais fácil arrancar o sol do céu do que guardar seus pensamentos para si mesma, não importa quantas vezes isso a tenha colocado em apuros.

Nicolo esvazia sua taça e a pousa sobre a mesa com um baque surdo, que ecoa pela sala silenciosa. Ele a examina por um momento, os olhos castanho-escuros brilhando à luz das velas.

– Muito bem – diz ele, recostando-se na cadeira. – Temos um acordo: quando nos casarmos, você será rainha, e não rainha consorte.

Beatriz pisca. O que quer que ela tenha esperado que ele dissesse em seguida, não era isso.

– E entraremos em guerra contra Bessemia – completa ela.

Nicolo assente.

– Que as estrelas me ajudem se eu tentar me colocar no seu caminho. Mas não será uma luta fácil.

– Claro que não – concorda Beatriz, enquanto sua mente gira pensando no que aquilo significa, em como pode usar a situação a seu favor.

Significa, sobretudo, que ela não precisa mais que Pasquale arrisque a vida para resgatá-la. Ele e Ambrose podem fugir para o mais longe possível, estabelecendo-se em algum lugar seguro. É tudo o que ela quer para eles: paz. Ela volta a se concentrar em Nicolo.

– Lutas fáceis não geram reis e rainhas que se tornam lendas, geram? Se conseguirmos conquistar Bessemia, Cellaria inteira vai exaltá-lo como seu rei. Os céticos serão silenciados.

Nicolo assente devagar.

– *Se* conseguirmos conquistar Bessemia – repete ele.

Beatriz hesita. Ela não deveria abusar da sorte esta noite, não quando ele concordou com seus termos, porém, mais uma vez ela não consegue se conter.

– Preciso de mais uma coisa antes de concordar – diz ela, inclinando-se sobre a mesa, satisfeita quando os olhos dele descem para o seu decote. Ela vai tirar proveito de tudo que puder nesse momento. – Gisella. Banida da corte. Permanentemente.

Os olhos de Nicolo voltam rápido para os dela, a surpresa evidente em seu rosto.

– Gisella? – pergunta ele. – Por quê?

Beatriz ergue as sobrancelhas. A lista dos pecados de Gisella contra ela é longa por si só, sem que ela precise contar a Nicolo sobre a conspiração da irmã dele com a imperatriz para matar Beatriz, mas não é suficiente. Ela sabe que não é. Mesmo que estejam se desentendendo agora, Gisella ainda é irmã gêmea de Nicolo e esse é um vínculo que Beatriz entende melhor do que a maioria das pessoas. Então ela pega a garrafa de vinho e enche a taça dele, depois a dela, antes de tomar um gole.

– O acordo entre você e minha mãe... há mais coisas nele do que você imagina – explica ela. – E acho que está na hora de você saber a verdade.

Beatriz não lhe conta tudo. Não menciona o fato de ser uma empyrea, nem revela a ele que Pasquale ainda está vivo, mas descreve o esboço do plano de sua mãe, a verdade de sua tentativa de resgatar lorde Savelle, o que ela tem certeza de que são os detalhes do verdadeiro acordo de sua mãe com Gisella.

– Você acredita que sua mãe encarregou minha irmã de matar você? – diz ele lentamente quando ela termina, a incredulidade evidente em sua voz.

O resto, ela percebe, Nicolo aceita com bastante facilidade. E não é de todo surpreendente – ela está segura de que ele tinha suspeitas. Ele mesmo testemunhou sua habilidade com disfarces, e poucas princesas têm o hábito de organizar fugas da prisão ou de escapar de Sororias. Ele parece entender exatamente quem é Beatriz e do que ela é capaz – é a irmã gêmea que ele subestima.

– Segundo o empyrea da minha mãe, o desejo dela de conquistar Cellaria só poderá ser realizado se eu for morta em solo cellariano, por mãos cellarianas – comenta Beatriz. – E Gisella chegou bem perto de confirmar abertamente que são delas as mãos que minha mãe recrutou para isso. Você não é tão ingênuo, Nico, a ponto de não acreditar que ela seja capaz disso.

Nicolo faz uma pausa.

– Não, não sou – diz ele, por fim. – Mas vamos supor que suas suspeitas estejam corretas. Bani-la não vai ajudar. Gisella não precisa estar perto para matar você.

Beatriz sabe que ele tem razão. Gisella teve participação no envenenamento do rei Cesare e de Nigellus, mesmo que não tenha administrado nenhum dos venenos diretamente.

– O que você sugere, então? – pergunta ela.

– Mantenha-a por perto – responde Nicolo. – Observe-a, esteja pronta para qualquer ataque que ela possa fazer. Conheço minha irmã, ela não é do tipo que ataca cara a cara.

– Não é mesmo – concorda Beatriz. – Ela prefere esfaquear as pessoas pelas costas. Metaforicamente, até onde eu sei, embora não ficaria surpresa se ela agisse assim literalmente.

Um sorriso cruza o rosto dele.

– Ainda assim – retoma ele –, a melhor solução, ao que parece, é nunca virar as costas para ela. Pelo menos não até que tenhamos conquistado Bessemia e ela tenha a chance de... repensar suas escolhas.

Beatriz fica tentada a pressioná-lo mais um pouco, mas dessa vez consegue segurar a língua. Ele tem certa razão, embora Beatriz saiba que a opção mais segura seria matar Gisella antes que a garota a mate. Mas ela não é tão tola a ponto de dizer isso a Nicolo. Sabe que seria ir longe demais.

Por ora, ela simplesmente terá que cuidar das suas costas *e* da sua frente, além de manter Gisella o mais perto que ousar.

– Muito bem, então – diz Beatriz, erguendo a taça para Nicolo. – Temos um acordo.

Nicolo também levanta a taça.

– A nós e ao futuro do império cellariano.

O tilintar da taça dela contra a dele ecoa pela sala, soando aos ouvidos de Beatriz como as correntes que um dia prenderam seus pulsos.

Violie

Violie, Leopold, Pasquale e Ambrose chegam a Hapantoile logo após o meio-dia do dia seguinte, cruzando os reluzentes portões dourados que guardam a cidade a oeste. Dois anos se passaram desde a última vez que Violie esteve aqui e ocorre-lhe, enquanto atravessam os portões, que a garota que partiu não é a mesma que está retornando. Ela sabe que está mais calejada – viu coisas demais –, mas também sabe que, apesar dos horrores que viveu em Temarin e Friv, e apesar das vidas que tirou e das decisões desesperadas que tomou, ela se tornou uma pessoa mais gentil também.

Enquanto avançam em silêncio pelas movimentadas ruas da cidade, os pensamentos de Violie retornam para o que sua mãe pensará dela. Desde que, no dia anterior, decidiram vir para Hapantoile, ela mal pensa em outra coisa. Nos cantos mais ocultos do seu coração, Violie havia se reconciliado com o fato de que nunca mais veria a mãe. Ela não tinha exatamente ficado em paz com isso, mas havia aceitado. Agora, porém, diante da certeza iminente de rever a mãe, Violie está tomada pelo nervosismo.

Ela deve ter alguma ideia do que Violie fez nos últimos anos. Será que vai ficar decepcionada? Horrorizada? Será que vai saber que tudo o que Violie fez, pelo menos no início, foi por ela? Isso tornará as coisas melhores ou piores aos olhos da mãe?

Violie sente pavor só de pensar em saber.

Ao mesmo tempo, está desesperada para saber.

As ruas de Hapantoile ainda são tão familiares para Violie quanto o som do próprio nome e ela guia seus novos amigos até chegarem ao Pétala Carmesim – uma casa geminada de paredes caiadas com cortinas vermelhas nas janelas e uma porta preta brilhante com uma aldrava em forma de rosa. A placa de madeira pendurada no segundo andar é discreta, mas na memória de Violie era o suficiente para que todos na vizinhança soubessem exatamente o que acontecia entre aquelas paredes.

Violie faz seu cavalo se deter em frente ao bordel e, após um momento, Pasquale para ao lado dela.

– Eu posso entrar primeiro, se preferir – oferece ele.

Violie ouve o toque de compaixão na voz dele, que soa próximo demais da piedade para o seu gosto, então ela balança a cabeça e salta da sela, suas botas tocando as pedras bessemianas pela primeira vez em anos. Pasquale faz o mesmo, e, sem dizer nada, ela lhe entrega as rédeas e sobe os degraus da frente até a porta preta envernizada pela qual ela passou inúmeras vezes. Por mais tentada que esteja a simplesmente entrar em casa como sempre fez, ela se contém. Em vez disso, leva a mão à aldrava de latão e bate três vezes.

Um momento se passa, o coração de Violie trovejando no peito, antes que a porta se abra, revelando uma mulher de aspecto frágil, com seus 70 anos, os cabelos agora mais grisalhos do que ruivos. Sua pele pálida é enrugada em alguns pontos, mas clara e luminosa, e a boca rosada se curva em um sorriso natural. Ela não é bonita apesar da idade, mas *por causa* dela. Quando seus olhos azuis encontram os de Violie, eles se arregalam ao reconhecê-la.

– Elodia! – chama Violie, tentando sorrir, mas sente o sorriso vacilar em seu rosto, morto pelos nervos que a afligem.

Embora não compartilhem laços de sangue, Violie conviveu com Elodia a vida toda. Ela é o mais próximo de uma avó que Violie tem.

– Ah, Violie! – diz Elodia, tomando-a nos braços e cobrindo-lhe o rosto de beijos. – Bem-vinda de volta ao lar.

Lar.

A palavra reverbera através de Violie e ela retribui o abraço de Elodia por um momento antes de se afastar.

– Minha mãe está aqui?

Por um instante, Violie teme o pior – Pasquale lhe disse que Beatriz havia curado sua mãe do véxis, mas inúmeras coisas poderiam ter acontecido com ela desde então. E se Violie tiver chegado tarde demais?

Mas Elodia vira a cabeça para o saguão de entrada às suas costas.

– Thalia, vá buscar Avalise imediatamente.

Um som entre um soluço e uma risada abre caminho pelos lábios de Violie e, antes que ela se dê conta dos seus atos, já está passando por Elodia, atravessando o amplo saguão de entrada do Pétala Carmesim, passando pela jovem surpresa que ela não reconhece e que deve ser Thalia. Uma escadaria grandiosa domina o espaço, o corrimão dourado e polido e os degraus revestidos de carpete de vermelho descrevendo uma curva até o patamar do segundo andar.

– Mãe? – chama ela, sua voz reverberando pelo saguão.

De repente, seu nervosismo desaparece, seu medo também; tudo o que resta é a necessidade urgente de ver o rosto da mãe, de sentir o seu abraço.

Sua mãe aparece no topo da escada, ainda de camisola com um roupão de veludo por cima, os cabelos louros bagunçados durante o sono. Quando vê Violie, ela solta um grito que soa vagamente como o nome da filha e, então, ela se vê correndo escada abaixo enquanto Violie dispara escada acima. Elas se encontram no meio, em uma colisão de braços, lágrimas e palavras balbuciadas que são apenas parcialmente audíveis. Violie não quer nada além de ficar assim por toda a eternidade, mas, após um momento, ela se força a se afastar, para estudar o rosto da mãe.

O véxis certamente deixou suas marcas, tornando sua pele mais emaciada, seus cabelos mais ralos, os olhos contornados por círculos escuros, mas sua mãe está ali e viva, e isso é tudo que Violie poderia pedir. Ela sente que a mãe também a examina, o polegar subindo para acariciar sua bochecha, um sorriso suave curvando seus lábios.

– Ah, minha querida menina, olhe só você. Toda crescida. – Ela suspira. – Eu sempre soube que as estrelas a trariam de volta para mim.

Violie nunca deu muita importância às estrelas. É difícil crescer em Vesteria alheia a elas; no entanto, ela nunca moldou sua vida com base em um horóscopo ou ficou acordada a noite toda para rastrear suas trajetórias pelo céu e implorar por ajuda. Agora, porém, ela sente a fé da mãe envolvê-la e, independentemente de as estrelas terem desempenhado algum papel nesse reencontro, ela se sente grata da mesma forma.

Nada deixaria Violie mais feliz do que passar dias sem fim com a mãe, colocando a conversa em dia e comemorando o fato de que ambas ainda estão vivas, contra todas as probabilidades, mas não há tempo para isso. Elodia os leva a um estábulo no final do quarteirão, onde, em troca de algumas moedas, podem deixar os cavalos durante a noite. Em seguida, ela os acompanha até os quartos no último andar, em geral reservados para hóspedes que pagam para ficar mais do que algumas horas, e os deixa para que tomem banho e troquem de roupa, combinando de se reunirem para o almoço dali a uma hora.

Quando Violie chega à sala de estar, o vestido verde-vivo emprestado grande demais no busto e nos quadris, os cabelos molhados presos em uma trança displicente jogada sobre o ombro, Leopold é o único presente. Ele está perto da lareira acesa, com uma camisa branca limpa e calças largas marrom-escuras, os braços cruzados sobre o peito. Seus cabelos também ainda estão úmidos, colados à cabeça. Ele a ouve entrar na sala e se vira para ela, as linhas de tensão em seu rosto se suavizando quando seus olhos encontram os dela.

– Isto... não é o que eu esperava – admite ele, correndo os olhos pela sala de estar.

Violie segue seu olhar e ri. É verdade que nada na sala proclama explicitamente que se trata de um bordel e poderia facilmente pertencer a qualquer uma das grandes mansões que se alinham ao longo da Bonairre Street, mas há uma sensualidade no sofá de veludo vermelho-escuro, no qual se amontoam várias almofadas felpudas, na toalha de renda preta drapejada sobre a mesa baixa, no vidro fumê que envolve cada arandela na parede, mergulhando a sala em uma luz fosca e enevoada, mesmo que ainda seja o meio da tarde.

– Não sei se quero saber o que você esperava – diz ela, sorrindo.

Ele ri, balançando a cabeça.

– Eu não esperava um lugar que parecesse... um lar. Mas posso ver você crescendo aqui – comenta ele.

– Bem, eu não tinha permissão para entrar em metade dos quartos – conta ela, dando de ombros. – E, depois do anoitecer, eu não podia sair do meu quarto e pelo menos uma das mulheres sempre estava de folga e ficava comigo. Às vezes era minha mãe, às vezes uma das minhas... tias, como eu as chamava.

Leopold não dá qualquer indicação de que esteja julgando, seja ela ou sua educação, mas seu silêncio instiga nela a necessidade de se defender mesmo assim. Um velho hábito, ela supõe. Não seria a primeira vez que precisaria fazer isso.

– Eu sempre estava com a barriga cheia, tinha um teto sobre a cabeça e vivia cercada por pessoas que me amavam e me protegiam. Não trocaria minha infância por nada – diz ela, a voz talvez um pouco firme demais.

– Eu acredito em você – replica ele, seus olhos percorrendo a sala novamente.

Ela gostaria de poder ver tudo aquilo através dos olhos dele, saber o que ele pensa, mas o que vê é o sofá onde a mãe trançava seus cabelos e lhe contava histórias; o canto duro da mesa baixa em que bateu o joelho quando tinha 7 anos, deixando uma cicatriz fina e irregular; o lugar perto da porta onde a mãe se apoiou pela primeira vez quando o véxis se manifestou, roubando, em um instante, seu equilíbrio e sua força.

Ela gostaria de poder ficar ali para sempre e, ao mesmo tempo, tem vontade de ir embora na primeira oportunidade. Ela não sabe qual impulso a frustra mais.

– Sua mãe se parece com você – diz Leopold, quebrando o silêncio.

Não é a primeira vez que Violie ouve isso, mas as palavras dele parecem uma manta aconchegante sobre seus ombros.

– Elodia sempre brincou que minha mãe me criou do nada. Ninguém tem certeza de quem, exatamente, foi meu pai, mas ele deixou pouco de si mesmo. A única coisa que não herdei da minha mãe são os olhos.

No silêncio que se segue, Violie ouve a curiosidade dele. Seus olhos são prateados, tocados pelas estrelas, o que significa que ela foi desejada, como Sophronia, Daphne e Beatriz. Como Bairre também. Leopold não dá voz à pergunta, mas Violie a responde mesmo assim.

– Minha mãe estava... entretendo um cavalheiro. Algum duque ou conde, ela conta, embora nunca tenha dito quem era. Depois que ele adormeceu, ela ficou acordada, tomada por uma súbita *necessidade* de ter um filho. Ela sempre quis ser mãe, mas, naquele momento, ela afirma, precisava disso mais do que respirar. Ela precisava de *mim*. O quarto estava escuro e a única luz era o luar entrando pela janela, claro o suficiente apenas para chamar a atenção dela para algo que se projetava do bolso do casaco do cavalheiro, jogado no chão. Ela saiu da cama, agachou-se ao lado do casaco e percebeu que se tratava de poeira estelar. Então não pensou duas vezes: pegou o pacotinho, foi até a janela, olhou para as estrelas e usou a poeira para pedir que eu viesse.

– Ele era seu pai, então? – pergunta Leopold.

Violie ri. Essa é uma pergunta que ela já fez a si mesma, mas a verdade é que não há como saber com certeza e, mesmo que houvesse, sua mãe afirmava não se lembrar do nome do homem. Mas Violie não explica isso para Leopold. Em vez disso, ela opta por uma verdade mais simples.

– Não importa – diz ela. – Eu sou filha da minha mãe e isso basta pra mim.

É nesse momento que a porta se abre e sua mãe entra na sala, seguida segundos depois por Elodia, e então por Pasquale e Ambrose. Eles se acomodam na sala, Violie sentando-se no sofá, entre a mãe e Elodia.

– Não preciso perguntar por que vocês estão aqui – fala Elodia, levando a mão ao bolso e tirando um cartão rígido de cor creme do tamanho da sua mão, estampado com folhas douradas.

Ela o entrega a Violie.

– Suponho que estejam a caminho de Cellaria...

– O que a faz pensar isso? – pergunta Leopold, mas a atenção de Violie está no cartão, que ela lê por cima do ombro de Elodia.

Ela sabe cellariano razoavelmente bem, embora ler seja uma habilidade diferente. Mas não precisa saber cellariano para reconhecer o nome de Beatriz. Ela franze a testa, passando a carta para Pasquale, que a lê, sua expressão mudando de surpresa para fúria.

– É um convite – diz ele, olhando para Violie. – Para o casamento da princesa Beatriz de Bessemia com o rei Nicolo de Cellaria. Onde você conseguiu isso?

– Um dos nossos clientes é o embaixador cellariano – afirma Elodia, dando de ombros. – Basta dizer que... caiu do bolso dele quando esteve aqui ontem à noite.

– Quando vai ser? – pergunta Leopold.

– Daqui a três dias – informa Pasquale. – Podemos chegar a Vallon a tempo?

– Sim – afirma Leopold. – Mas não podemos simplesmente entrar em um casamento real sem um plano.

Violie dá de ombros.

– Um casamento real significará um fluxo grande de visitantes e uma equipe sobrecarregada. Não poderíamos pedir uma distração melhor para nos infiltrarmos no palácio e encontrarmos Beatriz – diz ela, observando a mãe. – Graciella ainda está aqui?

Graciella viera para o Pétala Carmesim poucos meses antes de Violie partir, uma jovem de vinte e poucos anos que já se tornara conhecida entre as cortesãs cellarianas por ser uma das favoritas do rei Cesare. Várias outras mulheres no Pétala Carmesim se perguntaram por que ela deixaria uma posição como essa e viria para o bordel, mas, pelo que Violie ouviu sobre o rei Cesare desde então, ela pode imaginar o que deixou Graciella ansiosa para ir embora. Seria apenas uma questão de tempo antes que a preferência dele azedasse e, então, ela teria sorte se saísse com liberdade e com vida.

Violie olha para Pasquale do outro lado da sala, o completo oposto de tudo que ela ouviu sobre o pai dele, e se pergunta se o nome soa familiar para ele, mas o rapaz não mostra qualquer sinal de reconhecimento.

– Está – responde Avalise.

– Ótimo – diz Violie. – Aposto que ela conhece um caminho discreto para o quarto do rei. De tudo que ouvi sobre ele, deduzo que Nicolo não é nenhum tolo. Ele deve manter Beatriz por perto para que possa vigiá-la e impedi-la de escapar. Os aposentos da rainha se conectam aos dele, correto? – pergunta ela a Pasquale, que parece confuso, mas assente.

– Sim, se conectam – replica ele. – Será tão simples assim?

– Provavelmente não – responde Violie com um sorriso irônico, balançando a cabeça. – Mas quanto mais simples o plano, mais espaço teremos para... improvisar quando algo der errado.

Violie percebe que sua mãe e Elodia trocam um olhar por cima de sua cabeça.

– O que foi? – pergunta ela, olhando para uma e depois para a outra. – Graciella está bem?

– Está – responde Elodia rapidamente. – Mas temos uma garota nova também... você a viu de relance quando chegou.

Violie franze a testa.

– Thalia – recorda ela, embora estivesse com tanta pressa para encontrar a mãe que pouco se lembra da mulher... apenas uma imagem indistinta de cabelos castanho-avermelhados, pele bronzeada e olhos assustados.

– Infelizmente, ela é a única que conseguimos acolher – diz Elodia, o que confunde Violie até perceber que Elodia não está falando com ela, mas com Leopold.

– Elodia – a mãe de Violie adverte, sua voz ríspida –, eles certamente já têm muito com o que se preocupar sem...

– Beatriz não é responsabilidade dele – interrompe Elodia, os olhos fixos em Leopold. – Eles são.

– Quem? – pergunta Leopold, parecendo tão confuso quanto Violie.

– Os refugiados – responde Elodia com frieza. – Pudemos acolher Thalia, cujo marido era um guarda do palácio e foi morto pela mesma turba que matou sua esposa, e ela tem duas crianças pequenas sob seus cuidados, mas há mais temarinenses chegando a Hapantoile todos os dias, em busca da segurança e da estabilidade que não conseguem mais encontrar em casa.

– Mas por que eles viriam para cá? – indaga Violie. – Bessemia é a responsável pela convulsão em Temarin.

– Para onde mais eles iriam? – questiona Elodia. – Para Cellaria, que nunca escondeu seu ódio por Temarin? Para Friv, um país em que só podem chegar comprando passagem em um navio, o que poucos podem pagar? Bessemia pode ser o olho do furacão, mas dentro do olho do furacão existe uma certa calmaria.

Leopold vai ficando cada vez mais pálido enquanto ela fala, o horror tomando conta do seu rosto, mas Elodia ainda não terminou.

– Talvez, Majestade, o seu tempo seria mais bem gasto ajudando as pessoas que ainda o chamam de rei do que interferindo nos problemas de outro país.

Leopold engole em seco, um rubor vermelho-vivo tomando suas bochechas. Ele fica em silêncio por um momento, mas Violie pode ver que ele está pesando cuidadosamente suas palavras.

– Eu não fui um bom rei, senhora – diz ele em voz baixa. – E, por mais ignorante que possa parecer, pensei que o povo temarinense estaria melhor sem mim como líder. Acreditava que o reinado da imperatriz não estava sendo contestado. Não havia notícias de qualquer insurreição chegando a Friv.

– Poucas coisas chegam a Friv – rebate Elodia com desdém. – Mas só porque Vossa Majestade não desafiou o controle da imperatriz, isso não significa que esse tenha sido pacífico. Não conhece seu povo, Majestade? Acreditou que aceitariam o governo da imperatriz sem lutar?

– Estou feliz que estejam lutando – intervém Violie, mas se arrepende de ter falado ao notar que Elodia a encara com um olhar duro.

– Dele eu espero ingenuidade – diz ela a Violie, inclinando a cabeça em direção a Leopold. – Mas você deveria saber disso. Lutar pode parecer nobre, mas as batalhas que surgiram entre as tropas bessemianas e os rebeldes temarinenses tornaram o país perigoso. Aldeias foram arrasadas pelas tropas da imperatriz por medo de que abrigassem forças rebeldes. E os rebeldes também causaram seus danos. Ouvi falar de um incêndio iniciado para queimar um acampamento bessemiano que se espalhou e destruiu uma fazenda próxima e muitos hectares de plantações. Plantações que Temarin não podia se dar ao luxo de perder com a proximidade do inverno. São as pessoas comuns que se encontram presas no meio de uma luta que nunca procuraram.

Leopold absorve as palavras dela.

– Se Thalia quiser falar comigo pessoalmente, eu teria a honra de ouvi-la.

– E dizer o quê? – pergunta Violie, certa de que já sabe a resposta, mas torcendo desesperadamente para estar errada.

Leopold olha para ela com o semblante pesado e um traço de teimosia no maxilar, que ela aprendeu a reconhecer como a expressão que ele exibe antes de fazer algo tolo e corajoso.

– Pedir profusas desculpas pelo meu reinado e pela minha fuga – diz ele. – E jurar por todas as estrelas no céu que não descansarei até recuperar cada grão de terra temarinense e fazer com que se torne seguro chamar Temarin de lar novamente.

É exatamente o que Violie temia que ele dissesse, mas ela sabe que seria mais fácil impedir as estrelas de brilhar do que impedi-lo de voltar para Temarin. Mesmo assim, ela não consegue deixar de tentar.

– Você será morto assim que cruzar a fronteira – diz ela.

Leopold dá de ombros.

– Então morrerei como um rei, em vez de viver como um covarde.

– Você não é um covarde – protesta ela.

– Então é hora de parar de fugir como um – rebate ele.

A frustração sobe pela garganta de Violie e ela mal consegue reprimi-la.

– Eu prometi a Sophronia que o manteria em segurança...

– Sophronia liberou você dessa promessa – interrompe Leopold, a voz gentil. – E, melhor do que ninguém, ela sabia que existem coisas mais importantes neste mundo do que estar em segurança. Se ela estivesse na minha posição, faria o mesmo.

Ele está certo. Violie sabe que ele está certo e ela o odeia por isso. Ela não o manteve vivo nas últimas semanas, não passou a conhecê-lo, a gostar dele e a deixá-lo se aproximar o suficiente para gostar dela apenas para permitir que ele morra em alguma missão nobre e impossível. Ela se levanta, ignorando os olhares surpresos da mãe, de Elodia, de Pasquale e de Ambrose.

– Então morra, como ela fez – diz a ele, arrependendo-se das palavras assim que saem de seus lábios. – Mas, enquanto o mundo se lembrará dela como uma mártir, você será lembrado como um tolo.

Leopold sustenta seu olhar, sem vacilar.

– Melhor isso do que ser um covarde egoísta que deixou seu povo sofrer em seu lugar.

O desejo de incutir um pouco de bom senso nele é tão avassalador que a única maneira de resistir é sair dali, ignorando os outros chamando seu nome, deixando a sala e batendo a porta com firmeza. Antes que alguém possa ir atrás dela, Violie desce a escada até o saguão de entrada, pega a capa no cabide e a amarra ao redor dos ombros, depois calça as botas surradas que deixou ao lado da porta. Então deixa o Pétala Carmesim e sai pelas ruas movimentadas de Hapantoile.

Daphne

O almoço com a imperatriz e lorde Panlington ocorre nos aposentos privados de lorde Panlington, no outro lado do castelo, longe da ala real onde ficam os quartos de Daphne e Bairre, assim como as acomodações temporárias da imperatriz. Daphne sente um nó no estômago enquanto se dirige para lá. Bairre está ao seu lado, e, apesar dos seus protestos anteriores junto à mãe, Daphne está contente por tê-lo com ela. Ele sabe o que o aguarda, e, após a conversa com a mãe na noite anterior, ela espera que a imperatriz o subestime.

– Você contou a lorde Panlington o que sua mãe estava planejando – murmura Bairre enquanto atravessam os corredores movimentados do castelo. – Ele não está despreparado para encontrá-la e é um homem inteligente, alguém mais do que capaz de se defender, mesmo contra a imperatriz.

Ele deve sentir a ansiedade que a percorre, mas suas palavras não a tranquilizam.

– Lorde Panlington não tem qualquer afeto por mim – observa ela, balançando a cabeça. – Ele me tolera por necessidade e porque provei ser um incômodo grande demais para ser ignorado ou imediatamente morto. Mas isso não significa que ele seja nosso aliado. Se minha mãe pretende convencê-lo a ajudá-la a conquistar Vesteria, bastam algumas promessas cuja falsidade ele não consiga enxergar. Você acha que, se ela lhe prometer tropas para destronar Bartholomew amanhã, ele não ficará tentado a aceitá-las, a despeito de tudo o que eu disse sobre ela?

Bairre reflete um pouco.

– Você sempre diz que as pessoas subestimam sua mãe, mas acredito que, neste caso, você pode estar subestimando lorde Panlington. Ele enxerga quase tudo, pela minha experiência com ele.

Daphne sente-se tentada a concordar com essa avaliação. Suas interações com lorde Panlington são recentes, no entanto ela viu seu trabalho por meio das ações da rebelião e de Cliona. Ele não é um tolo que pode facilmente ser manipulado.

Pelo menos Daphne acredita nisso até chegarem aos aposentos de lorde Panlington e uma criada os conduzir pela régia, ainda que exígua, sala de estar até a sala de jantar decorada de forma semelhante, onde a mãe se encontra sentada a uma mesa redonda, usando um vestido azul e dourado de Bessemia, com lorde Panlington ao lado, completamente encantado.

– Ah, aí estão vocês, queridos – diz a imperatriz, desviando sua atenção de lorde Panlington e fixando-a em Daphne, com um sorriso pleno e radiante.

Houve um tempo, não muito distante, em que Daphne sonhava com o sorriso radiante da mãe sendo dirigido a ela. No passado, esse sempre pareceu um presente raro, poucas vezes concedido, mas digno de ser conquistado. Mesmo agora, ele ainda a aquece e ela precisa lembrar que, como quase tudo em sua mãe, trata-se de uma mentira.

– Espero que não tenhamos deixado vocês esperando – comenta Daphne, correspondendo ao sorriso da mãe da melhor forma que pode.

Seus olhos deslizam para o relógio no canto da sala. Faltam dois minutos para uma hora, o horário combinado. Daphne se repreende por não ter deduzido que a mãe chegaria mais cedo, que ia querer aproveitar qualquer tempo extra que pudesse conseguir com lorde Panlington.

– De jeito nenhum, Altezas – replica lorde Panlington, levantando-se e oferecendo a Bairre e Daphne uma leve reverência. – Sua mãe estava apenas me contando uma história encantadora sobre uma vez em que o pai dela encontrou um javali enquanto vendia seus chapéus na estrada.

O sorriso de Daphne começa a parecer ainda mais forçado. Ela conhece as histórias da mãe, a intenção de cada uma, e, mais do que isso, sabe que a mãe jamais menciona o próprio pai. Na experiência de Daphne, a mãe faz de tudo para se distanciar de suas origens plebeias e certamente nunca *lembra* ninguém delas de propósito. Mas com lorde Panlington, esse talvez seja um estratagema perfeito, uma forma de fazer com que ele a veja como a simples filha de um alfaiate, em vez de uma poderosa imperatriz tramando para tomar Friv para si.

– É mesmo? – diz Daphne, olhando para a mãe. – Pelo jeito como estava rindo, pensei que estivesse contando a lorde Panlington sobre aquela vez em que mandou encher sua banheira com champanhe depois que seu ministro do Tesouro a advertiu contra gastos imprudentes, só para mostrar que podia.

Por um instante, a máscara cai e Daphne vislumbra a ira nos olhos da mãe antes que ela reponha a máscara no lugar, oferecendo um sorriso sem graça.

– Não foi para mostrar que eu podia – corrige sua mãe, conseguindo suavizar a aspereza do tom, ainda que apenas ligeiramente. – Foi para provar que eu estava certa: nosso tesouro poderia tolerar um pouco de gastos imprudentes, o que *não poderia* era tolerar os roubos dele.

É a verdade e, na época, Daphne aplaudiu a maneira como a mãe lidou com a situação, deleitou-se com o rubor que se espalhou pelo rosto do ministro quando a mãe insistiu que, caso o champanhe necessário para seus banhos fosse demais, ela precisaria de um detalhamento completo das contas do palácio para ver o que mais poderia ser cortado e, imediatamente, encontrou as somas que não estavam batendo. Mas não importa que seja a verdade. Daphne pode ver na expressão de lorde Panlington que a imagem de uma banheira cheia de champanhe neutralizou devidamente a história despretensiosa que a imperatriz teceu para ele sobre sua origem humilde.

– Claro, mamãe – diz Daphne, injetando em sua voz uma colherada de mel enquanto Bairre puxa a cadeira em frente à imperatriz e Daphne se senta ali com toda a graça que aprendeu observando a mãe.

Bairre acomoda-se ao lado dela.

Lorde Panlington deve perceber a tensão, porque ele pigarreia, fazendo um gesto para uma criada, que surge entre Daphne e Bairre e enche suas xícaras com um chá fumegante. Daphne adiciona um cubo de açúcar e um pouco de leite ao seu, tomando um gole, sabendo que é melhor não cutucar a fera logo de cara.

Lorde Panlington faz um aceno de cabeça para a criada, dispensando-a. Assim que a porta se fecha com a saída dela, deixando os quatro sozinhos, ele fala:

– Sua mãe, princesa, parece estar com a impressão de que eu sou o líder de alguma facção rebelde em Friv. De onde, em nome das estrelas, ela teria tirado essa ideia? – pergunta, os olhos pesados sobre ela.

Daphne se amaldiçoa silenciosamente. Ela pode ter contado a lorde Panlington os planos da mãe para conquistar Friv com a ajuda da filha, mas não explicou que já havia reportado à mãe tudo sobre ele e seu papel na rebelião. Se pudesse voltar atrás, não teria feito isso, mas ela descobriu a verdadeira fidelidade de lorde Panlington quando ainda era leal à mãe, na época em que Sophronia estava viva e a ideia de ir contra a imperatriz era tão ridícula quanto as estrelas se apagarem.

– Talvez eu tenha mencionado – diz Daphne, tomando o cuidado de manter a voz neutra. – Na época em que pensava que vocês poderiam ser os responsáveis pelos atentados à minha vida.

Não é a verdade, mas é uma mentira que lorde Panlington não tem dificuldade em acreditar.

Neste momento, a porta se abre novamente e Cliona entra, cabelos ruivos se soltando da trança, bochechas sardentas coradas, ainda tirando as luvas de couro de hipismo. Ela não se preocupou em trocar o traje de montaria e Daphne não deixa de notar a maneira como os olhos castanhos da imperatriz se estreitam, percorrendo Cliona da cabeça aos pés e imediatamente considerando-a inadequada.

– Desculpem o atraso – fala Cliona, que não parece lamentar nem um pouco enquanto termina de tirar as luvas e se senta ao lado de Daphne, lançando ao pai um sorriso rápido e brilhante que ele retribui imediatamente. – Minha cavalgada foi tão revigorante que perdi a noção do tempo.

– Como você consegue cavalgar nesse clima horrível está além da minha compreensão – diz a imperatriz, qualquer vestígio de desdém substituído pela máscara amigável que Daphne acha tão desconcertante.

– É um talento – responde Cliona.

Daphne fica impressionada com a maneira como Cliona emula perfeitamente o tom da imperatriz, a mesma medida de doce gentileza, porém com um toque subjacente de superioridade.

– Imperatriz, acredito que ainda não conheça minha filha – diz lorde Panlington. – Cliona, esta é a imperatriz Margaraux.

– Claro, a mãe de Daphne – diz Cliona, e Daphne tem que reprimir um sorriso diante da audácia de sua amiga, diante do jeito como a imperatriz estremece ligeiramente ao ser citada como "mãe de Daphne" em vez de sua longa lista de títulos. – Ficamos todos tão felizes que tenha vindo nos visitar... Daphne conquistou tantos apoiadores aqui em Friv. As pessoas simplesmente a adoram. Vossa Majestade deve estar muito orgulhosa.

Ora, *isso* já foi demais e Daphne discretamente chuta Cliona por baixo da mesa para adverti-la.

– Na verdade, antes de você chegar, estávamos discutindo as suspeitas de Daphne de que vocês tentaram matá-la – comenta a imperatriz, habilmente esquivando-se de qualquer confirmação de que tenha, de fato, orgulho de Daphne.

Cliona ri, servindo-se de uma xícara de chá e tomando um gole sem açúcar.

– Não consigo imaginar de onde ela tirou essa ideia.

– Daquela vez que você e a Sra. Nattermore me mantiveram refém sob a ponta de uma faca e discutiram livremente a melhor maneira de me matar, talvez? – sugere Daphne, de maneira despreocupada. – Ou das inúmeras vezes que você ameaçou me matar desde então?

– Eu esqueço como você pode ser sensível – responde Cliona, agitando a mão no ar. – Fiz algumas piadas aqui e ali, mas não tínhamos ligação com os assassinos... nenhum deles.

– Minha filha pode acreditar nisso, mas não vejo por que eu deveria – diz a imperatriz, seu tom ainda descontraído, embora seus olhos disparem de Cliona a Bairre e a lorde Panlington com um ar severo.

– Porque, Majestade – diz Cliona, baixando a voz a um sussurro conspiratório, embora possa ser ouvida por todos na mesa –, se a rebelião frívia quisesse sua filha morta, nós mesmos faríamos isso e não falharíamos.

O silêncio cai sobre a mesa enquanto Cliona e a imperatriz se encaram, sem se mover, piscar ou – até onde Daphne pode perceber – nem mesmo respirar.

Então a imperatriz ri. Não é o tipo de risada que Daphne já viu a mãe dar antes, não é um riso estoico ou recatado que não chega aos olhos. Em vez disso, ela joga a cabeça para trás com a força da gargalhada que sacode seus ombros. Ela ri com o corpo todo e, após um momento, o restante da mesa se junta a ela, dissipando parte da tensão.

– Entendo por que minha filha se afeiçoou a você – observa a imperatriz.

No entanto, embora as palavras soem elogiosas, Daphne pode perceber nelas um tom condenatório também, a lembrança de que, ao se *afeiçoar* a Cliona ou a qualquer outra pessoa que não fosse a mãe e as irmãs, Daphne falhou.

Lorde Panlington olha para a filha e a imperatriz com uma expressão ligeiramente confusa, certamente entendendo cada palavra trocada entre elas, mas sem captar o significado pleno do que está sendo dito.

– Não seria melhor deixar de lado as brincadeiras e falar claramente, Majestade? – pergunta ele à imperatriz, que lhe dirige um sorriso benevolente.

– É o que eu prefiro, lorde Panlington. Gostaria de ajudar vocês e sua rebelião, mas, para derrubar adequadamente o rei Bartholomew, vocês precisam de mais recursos do que têm à sua disposição hoje... tanto em termos de armas quanto de pessoas para usá-las. Estou correta?

O maxilar de lorde Panlington se contrai, mas depois de um momento ele assente.

– Eu tenho recursos – continua a imperatriz. – Infelizmente, também tenho um interesse pessoal em manter a monarquia de Friv firme no lugar. Meu neto um dia se sentará nesse trono. Não posso permitir que ele esteja em pedaços quando ele chegar, posso?

À menção de netos, Daphne sente-se corar e tem certeza de que, se olhar para Bairre, suas bochechas também estarão vermelhas. Ela sabe que a mãe não tem intenção de deixar que nenhum deles viva por tempo suficiente para ter filhos, mas essa ilusão serve ao seu propósito no momento. E, Daphne percebe quando a mãe olha para ela, depois para Bairre, que isso serve a outro propósito também. De repente, ela tem a sensação de que a virgindade está estampada em seu rosto e, certamente, no de Bairre também. Se a mãe tinha alguma desconfiança de que eles não consumaram o casamento, eles praticamente confirmaram isso agora.

– Os objetivos da rebelião se tornaram mais... flexíveis nos últimos tempos – diz lorde Panlington com cuidado. – Embora insistamos que cada clã tenha plena autoridade sobre as próprias terras, estaríamos dispostos a aceitar uma família governante que sirva como uma espécie de figura representativa. Mas o reinado de Bartholomew está envenenado. Após a força... e, se os rumores forem verdadeiros, a magia... que usou para tomar o trono, ele nunca será aceito por todo o Friv, mas ele continua... relutante em negociar com a rebelião sobre a reestruturação do poder, de qualquer maneira.

A imperatriz Margaraux toma um gole de chá, seus olhos castanho-escuros fixos em lorde Panlington por cima da borda da xícara, antes de colocá-la no pires com um tilintar resoluto.

– Minhas filhas foram criadas como futuras rainhas, lorde Panlington.

Ensinadas a governar países de forma justa e honrada, a navegar por dificuldades e fazê-los prosperar. Estou ciente de que o príncipe Bairre não nasceu para ser rei. Talvez ele fique feliz em renunciar às suas responsabilidades e atuar como figura decorativa, mas criei Daphne para ser melhor do que isso.

Daphne permite-se olhar de lado para Bairre, a fim de ver se as palavras da mãe, por mais verdadeiras que algumas delas possam ser, o feriram, mas, se esse foi o caso, ele não dá qualquer sinal. Em vez disso, observa sua mãe com olhos afiados.

– Minha *responsabilidade* – diz ele, uma frieza na voz que Daphne nunca ouviu – é exatamente como sempre foi e sempre será, independentemente do título associado ao meu nome, em relação a Friv.

– Humm, isso é *admirável* – comenta a imperatriz com um sorriso que lembra Daphne da maneira como alguém sorriria para uma criança que mostra um desenho horrível.

Ela desvia a atenção para lorde Panlington.

– O que está oferecendo é insuficiente – diz ela.

– E, no entanto, é tudo o que posso oferecer – retruca lorde Panlington, dando de ombros. – Pode ficar com seus fundos... Friv sempre sobreviveu e prosperou sem a ajuda de forasteiros. Desta vez não será diferente.

Daphne não sabe se ele está blefando ou não, mas sente-se grata por sua recusa mesmo assim. Ela não tem a menor dúvida de que quaisquer promessas que a mãe oferecesse seriam retiradas com a mesma facilidade, mas também sabe melhor do que a maioria das pessoas que sua mãe pode ser persuasiva.

A imperatriz ri baixinho, balançando a cabeça.

– Confesso que estou decepcionada, lorde Panlington – diz ela, inclinando-se sobre a mesa para pegar o bule de chá que está pela metade.

Ela serve um pouco para si mesma, depois inclina a cabeça para a xícara vazia de lorde Panlington, ele assente e a empurra em sua direção. A suspeita subitamente percorre Daphne como uma serpente – sua mãe não serve seu próprio chá, muito menos se oferece para servir alguém que considera inferior.

– Daphne tinha grandes esperanças para uma parceria entre nós. Não é mesmo, Daphne?

Lorde Panlington olha para ela, a confusão franzindo sua testa, mas o olhar de Daphne permanece nas mãos da mãe enquanto ela serve o chá na xícara dele e no leve salpico de pó branco que cai do anel de rubi em seu dedo médio direito.

Ninguém mais percebe. Todos estão olhando para Daphne, esperando a resposta a uma pergunta da qual ela não consegue lembrar. Mas Daphne percebe. Sua mãe *deixa* que ela perceba. Daphne engole em seco.

– Sim, claro – diz ela, sentindo-se como se outra pessoa tivesse assumido o seu corpo. – Mas suponho que seus objetivos não têm qualquer alinhamento, afinal.

Sua mãe devolve a xícara de chá a lorde Panlington e as palavras sobem pela garganta de Daphne. Ela deveria dizer algo, deveria impedi-lo de beber o que ela tem certeza de que é veneno. Mas, se fizer isso, se encontrar uma maneira de avisá-lo ou impedi-lo de beber, sua mãe saberá com certeza que não tem mais a lealdade de Daphne e isso colocaria em perigo não apenas lorde Panlington, mas todos que Daphne ama. Talvez tentar envenenar lorde Panlington seja suficiente para forçar o rei Bartholomew a prender sua mãe, mas Margaraux não ficaria lá por muito tempo. Afinal de contas, ela é uma imperatriz. Ele não conseguiria mantê-la presa.

Daphne sente que não tem escolha a não ser observar enquanto a mãe ergue sua xícara de chá em direção a lorde Panlington.

– À tragédia das parcerias fracassadas – diz ela com um sorriso irônico.

Lorde Panlington parece ligeiramente nervoso, mas retribui o sorriso e toca sua xícara na dela antes de ambos tomarem um gole.

Daphne observa, imóvel na cadeira, enquanto lorde Panlington engole o líquido e pousa a xícara na mesa, um terço do chá consumido. Daphne não sabe qual veneno sua mãe usou – um pó branco poderia ser qualquer coisa, de arsênico a pó do sono – isso, se for alguma coisa. Daphne fica em dúvida se aquilo não seria um teste de sua lealdade. Talvez o pó branco não fosse nada mais do que açúcar de confeiteiro.

Ela se convence de que é exatamente isso e, conforme o almoço avança e lorde Panlington não mostra sinais de envenenamento, ela quase consegue se convencer de que é verdade. Mas não totalmente. Enquanto o restante da mesa se entrega a uma conversa um tanto forçada, com lorde Panlington, Cliona e Bairre fazendo sugestões sem muita empolgação sobre como a imperatriz deveria passar os próximos dias em Friv e Margaraux dando respostas evasivas, Daphne permanece em silêncio. Observando. Esperando. Desesperada para gritar pedindo ajuda, mas incapaz de abrir a boca.

Acontece justamente quando os criados chegam para limpar os pratos – todos vazios, exceto o de Daphne, que mal tocou a comida. Lorde Panlington faz menção de se levantar, mas desaba de volta na cadeira, as mãos voando para o peito, um pouco à esquerda, onde seu coração, Daphne agora sabe, está batendo rápido demais. Seus olhos se arregalam, o branco dos olhos se avermelhando, a boca aberta – em parte pelo choque, em parte pela dor.

Em um movimento veloz, Cliona está ao lado dele, gritando para um criado chamar um médico, mas já é tarde demais para isso. Daphne observa, atordoada e horrorizada, enquanto lorde Panlington agarra a mão da filha com tamanha força que os nós dos dedos se tornam brancos, lutando para falar, antes que a mão afrouxe e seu corpo sem vida caia para trás na cadeira.

Cliona solta um grito ao se dar conta do que acaba de acontecer; Bairre vai para o lado dela para afastá-la do corpo e Daphne desvia o olhar, incapaz de encarar a amiga nesse momento, sabendo que poderia ter impedido que isso acontecesse. Seu olhar, então, pousa em sua mãe, que a fita do outro lado da mesa. Ninguém mais na sala está prestando atenção a qualquer uma das duas e a imperatriz ergue o queixo uma fração de centímetro e oferece a Daphne um sorriso breve e apavorante.

Beatriz

anter os inimigos próximos não era uma ideia inédita para Beatriz quando Nicolo a sugeriu – era uma lição que sua mãe também lhe ensinara –, mas colocar isso em prática com Gisella acaba sendo mais difícil do que Beatriz supôs. O dia começa de maneira auspiciosa, com Beatriz convidando Gisella para ir visitá-la em seus aposentos, onde Beatriz tem uma prova do vestido de noiva. Gisella aceita, como Beatriz previa, e logo após o almoço os guardas diante de sua porta batem duas vezes para anunciar a chegada de Gisella.

Ela está adiantada, adentrando a sala de estar antes que a costureira e suas assistentes cheguem, mas Beatriz a recebe assim mesmo. Fazia pouco sentido pedir a suas criadas que a ajudassem a amarrar todas as camadas de um vestido apenas para ter que tirar e experimentar os vestidos de noiva que a costureira trará, então Beatriz está usando apenas sua camisola com um roupão de veludo brocado por cima. Gisella, por outro lado, está bem-arrumada como sempre, com um vestido azul-safira que abraça sua silhueta, como dita a moda, os cabelos louros bem claros trançados e presos em uma espiral, lembrando uma coroa.

Não há público quando os guardas fecham a porta, então Beatriz não desperdiça energia com cortesias. Ela olha para Gisella por um momento, incorporando o olhar frio de Daphne. Então opta por não falar e fica observando a outra por um momento sem saber o que fazer no silêncio desconfortável. Por mais que odeie admitir, esse é um truque que Beatriz aprendeu com a mãe.

– A costureira ainda não chegou? – pergunta Gisella por fim, olhando ao redor da sala, como se pudesse encontrar a costureira e suas assistentes escondidas atrás de um sofá.

– Você chegou cedo – responde Beatriz friamente, acomodando-se na poltrona e cruzando as pernas nos tornozelos.

Ela ignora Gisella, pegando o volume de poesia que deixou aberto na mesa de canto. Então agita a mão no ar, num gesto de desdém.

– Sirva-se de água ou vinho. Tenho certeza de que a essa altura você já sabe onde estão as coisas.

Gisella não se move, porém. Fica encarando Beatriz por um momento antes de dar uma risada zombeteira.

– É assim que vai ser, então? – pergunta ela. – Você pretende me ignorar como uma criança birrenta que foi proibida de comer um pedaço de bolo?

Beatriz olha para Gisella com uma expressão vazia.

– Desculpe, talvez você esteja mais atualizada em relação à etiqueta do que eu – diz ela, um tom de superioridade escorrendo de sua voz. – Qual é a maneira correta de tratar alguém que está planejando matar você em breve? Devo recebê-la com abraços e beijos? Perguntar como foi seu dia, como se eu me importasse?

Gisella não diz nada a princípio. Em vez disso, ela atravessa a sala, indo até o aparador, e vasculha os armários até encontrar uma garrafa que lhe agrada. Ela pega um cálice e serve uma dose generosa, tomando um longo gole antes de se virar para enfrentar Beatriz mais uma vez.

– Você pode se fazer de vítima, se quiser – fala Gisella, a voz firme e gelada. – Mas você entende como o mundo funciona, Beatriz. Conhece as regras do jogo do poder melhor do que ninguém. Você pode me tratar como a vilã, mas, se nossas posições estivessem invertidas, se me matar fosse a única maneira de proteger a si mesma e à sua irmã, você faria diferente?

Beatriz a encara, odiando o fato de ela estar certa. Ou melhor, que ela *pense* que está certa.

– Não faria – concede Beatriz. – Mas posso garantir que não seria tola de acreditar que as promessas da minha mãe valem de alguma coisa. Elas são tão firmes quanto a voz que as proferiu.

Gisella sorri, tomando outro gole de vinho.

– Ah, não precisa se preocupar comigo – diz a jovem. – Afinal, minhas promessas não valem tanto assim também, como você bem sabe. A imperatriz e eu temos os mesmos objetivos, até certo ponto, mas minha lealdade certamente não durará mais do que a utilidade dela.

Isso surpreende Beatriz. Gisella já a traiu antes e não é uma grande surpresa que ela planeje, em algum momento, trair a imperatriz também, mas...

– E como me matar se encaixa em seus objetivos? – pergunta ela, sem saber se quer ouvir a resposta.

Ela pode estar mascarando com frieza e sarcasmo, mas discutir sua morte iminente com Gisella a perturba.

Gisella não responde de imediato. O silêncio se estende entre elas por tanto tempo que Beatriz começa a suspeitar que a outra não vai responder. Quando ela já havia desistido de esperar, Gisella a surpreende.

– Todo movimento requer um mártir – diz enfim, a voz suave. – E você será um mártir adorável.

Uma rajada fria percorre a pele de Beatriz, deixando arrepios em seu rastro. Ela reprime um estremecimento.

– E que movimento é esse? – indaga ela.

Gisella apenas sorri e Beatriz sabe que ela não daria nenhuma resposta, mesmo que não tivessem sido interrompidas naquele momento pela chegada da costureira e de suas assistentes.

A prova do vestido em si passa rápido, em uma névoa de seda e tule, enquanto Beatriz experimenta a dúzia de vestidos que a costureira trouxe – alguns justos, alguns volumosos, outros enfeitados com penas, outros ainda com joias e um com pétalas de rosa frescas, borrifadas com ouro para esconder os pontos onde começaram a escurecer. Agora que têm companhia, ela e Gisella tomam cuidado para manter seus sorrisos e Gisella oferece elogios e críticas para cada vestido que ela experimenta.

– Tem que ser a saia do sexto vestido, com aquela cauda ondulante, e o corpete de rosas do décimo vestido – decide Beatriz depois de ser despida do último vestido e enquanto uma das costureiras a ajuda a vestir seu roupão. – Mas quero que as rosas estejam o mais frescas possível. Elas podem ser costuradas no corpete na tarde do casamento?

– Vamos colocar a última enquanto estiver entrando na capela, princesa – promete a costureira, fazendo anotações em seu bloco.

– Ah, sim – diz Gisella, a voz efusiva, embora Beatriz capte o sarcasmo subjacente. – O vestido deve ser tão impecável quanto minha futura cunhada. Nada menos servirá, madame Favioli.

Beatriz olha para a dúzia de vestidos sendo embalados pelo exército de costureiras, cada um deles no tom do vermelho cellariano: vermelho-sangue. Se ela não tomar cuidado, esse não será apenas seu vestido de casamento; pode muito bem vir a ser o vestido da sua morte.

Violie

Violie caminha por Hapantoile por mais de uma hora, fazendo o possível para se perder na cidade que a criou. É uma batalha perdida. Ela conhece as ruas bem demais para que elas a engulam, embora, ao tentar desaparecer na multidão, perceba o quanto tudo mudou na sua ausência. Algumas lojas fecharam, outras abriram em seu lugar. Casas foram repintadas, seus jardins e jardineiras nas janelas floresceram com novas cores. Uma estrada foi totalmente repavimentada – um alívio, ela tem certeza, lembrando-se do buraco que destruiu inúmeras rodas de carruagem.

A maior de todas as mudanças, porém, está nas pessoas. Ela não tinha percebido quando eles chegaram, pois estava preocupada demais com a perspectiva de rever a mãe, mas agora ela experimenta uma consciência aguda da energia que vibra pela cidade. Hapantoile sempre foi cheia de vida e movimentada, mas agora existe um frenesi no ar que é novo e desconcertante.

Em pouco tempo, ela consegue reconhecer os temarinenses também. Hapantoile sempre teve uma alta rotatividade, com muita gente chegando e saindo, o que significa que mesmo os vizinhos de Violie, enquanto ela crescia, raramente permaneciam mais de alguns anos. No entanto, ela descobre que consegue distinguir os temarinenses com facilidade. Há um nervosismo nos olhos deles enquanto avançam pela multidão, os ombros curvados, como para se proteger, uma ameaça constante em seu encalço.

Violie logo percebe como Thalia é sortuda por ter conseguido um emprego no Pétala Carmesim. Quanto mais perto ela chega do palácio, mais pedintes vê na rua, estendendo canecas de lata para os passantes, que na maioria os ignora. Violie não trouxe sua bolsa, mas encontra três ásteres no bolso da capa e os deposita aleatoriamente em três canecas. O som da moeda batendo na lata é oco e Violie se vê invadida por uma culpa persistente.

Leopold assumiu prontamente a culpa pelo que aconteceu com Temarin, permitindo que Elodia colocasse a responsabilidade sobre os seus ombros, mas Violie sabe que isso não é justo. Se existe alguma culpa a ser atribuída, grande parte é dela. Sim, Leopold estava desatento demais para notar a podridão no coração de Temarin até que ela o atingiu, mas foi Violie quem a alimentou.

Sob as ordens da imperatriz Margaraux, Violie trabalhou para enfraquecer Temarin antes mesmo da chegada de Sophronia, interceptando cartas quando trabalhava para a duquesa e enviando à imperatriz relatórios sobre cada movimento da rainha Eugenia, junto com tudo que conseguisse perceber sobre Leopold. E, quando Sophronia chegou, foi Violie quem terminou o que ela não conseguiu.

O que teria acontecido se Violie não tivesse forjado aquela carta de Leopold, declarando guerra a Cellaria? Teria mudado alguma coisa ou o plano da imperatriz já estava avançado demais para ser detido? Ela já havia se aliado a Eugenia a essa altura, não? Temarin teria se dividido em duas com ou sem a ajuda de Violie.

Talvez, ela pensa, se o plano da imperatriz tivesse sido executado corretamente, com Leopold morto ao lado de Sophronia, Margaraux não teria enfrentado tanta resistência por parte do seu povo. Teria sido vista como a salvadora que pretendia ser e seus exércitos, recebidos com gratidão, e não com violência. Mas Leopold sobreviveu, evocando um clima de incerteza suficiente para uma rebelião florescer.

Com uma pontada no estômago, ela entende por que Leopold quer voltar – não apenas por culpa, mas por esperança – e um pedido de desculpas é a menor das dívidas que ela tem, não apenas em relação a Leopold, mas também com Temarin.

Ao retornar, Violie encontra Leopold ainda na sala de estar do andar de cima, mas agora os outros se retiraram e apenas Thalia está lá, sentada na poltrona de costas para a porta, de modo que ela não percebe a sua chegada. Leopold a nota, mas seus olhos não se desviam de Thalia enquanto ela fala, a voz suave, mas com um poder silencioso por trás. Ela está falando em temarinense e Violie percebe que está no meio da história a respeito do que a trouxe com os filhos a Hapantoile.

É uma história difícil, em que não falta sofrimento, e que Violie particularmente não quer ouvir, mas Leopold se inclina na direção de Thalia, apoiando os cotovelos nos joelhos e escutando com atenção. À luz do fogo, Violie consegue distinguir que a bochecha direita dele está nitidamente cor-de-rosa – como se tivesse levado uma bofetada recentemente, e com força. Obra de Thalia, Violie adivinha.

– Levarei sua história e a memória de seu marido sempre comigo, Sra. Eaves – promete Leopold quando ela termina, com voz solene. – Se eu soubesse o sofrimento por que a senhora e outros temarinenses passariam no caos que se seguiu ao golpe... – Sua voz vai sumindo e só então ele olha para Violie antes de voltar sua atenção para Thalia. – Quando Kavelle caiu e minha esposa, Sophie, foi executada, eu não conseguia enxergar nada além da minha própria perda. Tive os meus motivos para me esconder, mas, quer tenha sido uma escolha certa ou errada, a viagem me transformou em alguém que já não se contenta em colocar a própria segurança acima da segurança dos outros.

Violie observa enquanto Leopold se levanta da cadeira e se ajoelha na frente de onde Thalia está sentada, baixando a cabeça.

– Eu lhe peço desculpas, mas sei que elas trazem pouco conforto. Talvez um juramento seja de mais valia: eu juro, em nome de todas as estrelas do céu, que retomarei o controle de Temarin e, mesmo que seja a última coisa que eu faça neste mundo, eu a verei trazer seus filhos em segurança para casa.

Violie não consegue ver o rosto de Thalia e está muito longe para ouvir as palavras que ela murmura, mas Leopold as escuta e sua boca se aperta enquanto ele assente.

– Eu juro – diz ele.

Thalia se levanta e Violie sai tão silenciosamente quanto entrou, envergonhada por ter testemunhado aquele momento particular. Ela volta para o seu quarto e se senta de pernas cruzadas na cama. Quando uma batida soa em sua porta momentos depois, ela manda entrar, sabendo que é Leopold.

Após fechar a porta, ele se recosta nela e por um longo momento eles apenas se olham.

– Partiremos ao amanhecer – informa ela, por fim.

Leopold se afasta da porta, balançando a cabeça.

– Eu lhe disse: não posso ir com você para Cellaria...

– Você e eu – interrompe Violie, bruscamente – vamos para Temarin. Pasquale e Ambrose terão que resgatar Beatriz sozinhos.

– Eles vão precisar da sua ajuda – protesta Leopold.

– Você precisa da minha ajuda – retruca Violie.

Leopold dá um sorriso indiferente.

– Precisei, uma vez – diz ele. – E sei que não estaria de pé aqui, agora, sem a sua ajuda, mas você foi uma boa professora. Posso fazer isso sozinho.

Violie não tem certeza se ele está com a razão. O menino ingênuo que ele era quando fugiram de Temarin se foi e o homem que se encontra diante dela agora é forte, sagaz e mais do que capaz de cuidar de si mesmo. Ela não pode fingir que está indo pelo bem dele.

– Você deseja reparar a sua traição a Temarin – afirma ela, suavemente. – Eu também. Mas não sei se serei de muita ajuda. Fui treinada para destruir países, Leopold, e não para reerguê-los. Você tem um plano?

– No momento meu plano é voltar a Temarin e ver com meus próprios olhos o que está acontecendo lá – explica ele.

– Se o que Elodia disse for verdade, os homens da imperatriz e uma rebelião temarinense estão se enfrentando – ressalta Violie. – É possível que os temarinenses corram e se unam em torno de você quando souberem que está vivo, mas, se essa rebelião for parecida com a última, podem querer vê-lo morto ainda mais do que a imperatriz.

Leopold absorve essas palavras com surpreendente naturalidade.

– Então sou Levi de novo – diz ele, mencionando o nome comum que usou depois de fugir de Temarin.

Ainda é perigoso, Violie sabe, mas Leopold também sabe. Ela assente.

– Temos que dizer a Pasquale e Ambrose que nossos planos mudaram – comenta ela.

Pasquale e Ambrose não ficam surpresos quando Violie e Leopold lhes dizem que vão se separar em vez de seguir até Cellaria encontrar Beatriz.

– É a coisa certa a fazer – diz Pasquale, enquanto jantam juntos na cozinha.

O Pétala Carmesim não poderia fechar à noite sem levantar suspeitas, então Elodia e a maioria das outras mulheres que trabalham ali estão no andar de cima, na sala de estar, recebendo e flertando com os clientes que estão chegando. Dentro de uma ou duas horas, os clientes vão falar com Elodia e as moedas trocarão de mãos, momento em que os casais se dirigirão a quartos mais reservados, mas, por ora, os sons da música, das conversas e das risadas flutuam através das paredes.

A mãe de Violie tirou a noite de folga – o que não era incomum, por causa de sua doença recente – e está sentada à mesa de jantar com eles, em silêncio, mas com uma ruga profunda na testa, enquanto fita a tigela de sopa à sua frente, na qual ainda não tocou.

– Vocês podem chegar até Beatriz sozinhos – diz Violie a Pasquale e Ambrose. Ela toma cuidado para não formular as palavras como uma pergunta, mas Ambrose deve ter percebido a insegurança na voz dela mesmo assim, porque ele ri.

– A dificuldade vai ser não sermos reconhecidos quando estivermos em Vallon – reflete ele. – Graciella teve a gentileza de desenhar um mapa completo até os aposentos do rei e, considerando que nem mesmo Pasquale tinha a menor ideia de que a mulher existia, o que é uma verdadeira façanha, dada a rapidez das fofocas no palácio cellariano, essa parece ser a maneira mais segura de entrar no palácio sem ser notado.

– Sair vai ser mais complicado – reconhece Pasquale.

– Levem toda a poeira estelar que Daphne nos deu – diz Violie, mas Pasquale já está balançando a cabeça.

– Não podemos fazer isso – responde ele. – Vocês também vão precisar.

– Ela nos deu a poeira para resgatarmos Beatriz – argumenta Violie. – É claro que vocês devem levá-la.

Pasquale e Ambrose trocam olhares.

– Você – começa Leopold, hesitante – se sente confortável em usá-la?

Pasquale dá de ombros, mas sua expressão se fecha.

– Já usei no passado – responde ele. – Para tirar Ambrose e Gisella da masmorra antes de fugirmos de Hapantoile pela primeira vez.

– Podemos ter problemas se nos pegarem com poeira estelar em Cellaria – diz Ambrose.

Problema é um eufemismo. Violie não sabe ao certo se o rei Nicolo tem a mesma inclinação que o rei Cesare para queimar pessoas até a morte, mas possuir poeira estelar é um crime capital desde muito antes do nascimento do bisavô do rei Cesare. Ainda...

– Se alguém suspeitar de você a ponto de revistar seus pertences, você já vai estar com tantos problemas que a posse de poeira estelar dificilmente terá importância – argumenta Leopold. – Acredite em um rei que já se escondeu antes. Carregar poeira estelar será a menor das suas preocupações.

– Além disso – acrescenta Violie —, não vejo como você vai conseguir escapar do palácio com Beatriz *sem* usar a poeira estelar. Na verdade, o fato de se tratar de uma substância ilegal é uma bênção: ninguém vai estar preparado para impedi-lo ou usar a própria poeira estelar.

Pasquale assente devagar.

– Tem razão – diz ele. – E Beatriz vai saber usá-la. Como eu disse, só usei uma vez e Beatriz me disse exatamente como expressar meu desejo.

– Mas você deveria levar um frasco – insiste Ambrose.

Violet balança a cabeça.

– A poeira estelar *não é* para mim – decreta ela.

– Mas você é a única de nós tocada pelas estrelas – lembra Ambrose. – Se precisar falar com Daphne ou tentar falar com Beatriz por qualquer motivo, vai ter a poeira estelar. Mesmo que a consiga em Temarin, não vai ser do tipo frívio e não vai surtir o mesmo efeito.

Violie abre a boca para protestar, mas a fecha em seguida.

– Ele está certo – diz Leopold suavemente ao lado dela. – Todos temos o mesmo objetivo: interromper o domínio da imperatriz sobre o continente e sobre suas filhas. Vai ajudar se pudermos nos comunicar e agir em conjunto.

Violie hesita mais um momento antes de assentir.

– Tudo bem – concorda ela. – Se Beatriz não conseguir tirar todos vocês de Cellaria com doze frascos de poeira estelar, não vai ser com treze que ela vai conseguir.

A mãe de Violie pigarreia, mexendo a sopa distraidamente, ainda sem tomá-la.

– Como alternativa – diz ela em voz baixa –, vocês quatro poderiam ir de navio para algum lugar onde a imperatriz não possa encontrá-los, em vez de correrem para o perigo.

Violie olha para a mãe, surpresa, mas essa surpresa é logo afastada pela vergonha. Na última vez que partiu, disse à mãe que havia conseguido um emprego trabalhando para uma duquesa em Temarin – o que não era mentira, mas também não era toda a verdade. Sua mãe não fazia ideia do treinamento que Violie havia recebido nem do perigo que corria como espiã. E esse perigo não era nada comparado com o que ela e Leopold enfrentam agora, voltando para um país onde quase todos querem vê-lo morto por um motivo ou por outro.

Ela estende o braço para segurar a mão da mãe, apertando-a com força.

– Não podemos fazer isso – declara.

– Eu sei – replica a mãe com um sorriso triste. – Mas eu tinha que sugerir mesmo assim. – Ela desliza o olhar de Violie para Leopold. – Elodia foi dura com você mais cedo e é orgulhosa demais para se desculpar, mas vou fazer isso em nome dela.

– Não é necessário – diz Leopold, balançando a cabeça. – Fui um rei terrível, mesmo antes do cerco.

– Não foi, não – retruca Pasquale, fechando o rosto. – Um rei tolo, talvez, e ingênuo, pelo que ouvi falar, mas meu pai foi um rei terrível e existe uma diferença entre negligenciar seu papel e abusar dele.

Violie fica confusa por um momento até que sua mãe suspira.

– Graciella entregou mais do que um mapa a vocês, suponho.

Agora Violie entende. Quando chegou pela primeira vez ao Pétala Carmesim, Graciella estava arisca e quieta, mas, com o tempo, contou detalhes sobre o rei Cesare, o que ele fazia com ela por trás de portas fechadas e o que fazia com outros enquanto a corte o instigava.

– Admito que sou grato aos meus primos por o terem matado – fala Pasquale. – Acredito que Graciella se sentiu confortada com a maneira como ele morreu quando contei a ela. A morte dele não foi rápida nem tranquila.

– Nicolo e Gisella o mataram por seus próprios motivos – diz Ambrose, balançando a cabeça. – Não foi uma escolha nobre, Pas.

Pasquale discorda.

– Não estou interessado em defendê-los pela maioria das escolhas que fizeram, nem sou ingênuo a ponto de acreditar que envenenaram meu pai por razões puramente altruístas, mas também não acredito que tenha sido uma decisão puramente pragmática e egoísta. As duas coisas podem ser verdade. E Gisella poupou nossas vidas, caso você tenha esquecido.

– Não esqueci – diz Ambrose. – Mas uma pequena misericórdia não muda nada no panorama geral.

Violie concorda com Ambrose. Ela pode não ter conhecido Gisella pessoalmente, mas, por tudo que ouviu, as poucas qualidades redentoras que ela possa ter não são suficientes para torná-la alguém que mereça simpatia.

Uma vozinha no fundo da mente de Violie zomba desse pensamento – afinal, o mesmo não poderia ter sido dito dela há apenas alguns meses? Ela afasta aquela voz antes que possa examiná-la com mais detalhes.

– Pode ser – admite Pasquale, sua voz se acalmando enquanto seus olhos se desviam de Ambrose, concentrando-se na mesa entre eles. Ele estuda o veio da madeira, traçando suas estrias com o polegar enquanto pensa nas próximas palavras. – Isso pode mudar tudo se significar que há um limite que ela não vai cruzar, nem mesmo por todo o poder em Cellaria. Acho que Gisella e Beatriz são muito mais parecidas do que qualquer uma das duas gostaria de admitir.

Ambrose sorri de leve.

– Por favor, me prometa que vai dizer isso na cara de Beatriz quando a virmos de novo. Eu daria tudo para ver a reação dela.

Eles partem cedo na manhã seguinte, e, quando se despedem das mulheres do Pétala Carmesim, Violie luta para evitar que suas emoções transbordem. Já é difícil demais soltar sua mãe do abraço, sorrir quando Elodia lhe diz o quanto está orgulhosa. É mais tentador do que Violie quer admitir, até para si mesma, partir novamente. Certa vez, ela *quis* ir embora, ver o mundo inteiro e tudo que ele tinha a oferecer. Agora, isso ainda pode ser verdade, mas ela acha que aprecia melhor o que está deixando para trás ali – não é uma vida que deseje para si mesma, mas é família, aceitação e amor e ela agora sabe como é afortunada por ter essas três coisas juntas. Mais afortunada do que aqueles nascidos em palácios.

Ela ainda está pensando em sua casa e em sua mãe quando deixam a movimentada cidade de Hapantoile e entram de volta na Floresta de Nemaria, onde param para mais despedidas e desejos de felicidades antes de seguirem caminhos separados, Pasquale e Ambrose para o sul, rumo a Cellaria, e Violie e Leopold para oeste, rumo a Temarin.

Beatriz

Naquela noite, Beatriz decide enfim escapar furtivamente dos aposentos luxuosos que são sua prisão. Até agora ela não fez qualquer tentativa, mas isso não significa que não estivesse pensando nisso. Ela e Nicolo negociaram um acordo e, se tudo correr conforme o planejado, em dois dias ela será a rainha de Cellaria e, logo depois, declarará guerra contra a mãe. Mas Gisella ainda é uma ameaça e uma incógnita e Beatriz não desistiu de sua busca pela poeira estelar e a possibilidade de sanar o que está errado com sua magia.

Beatriz quer ter opções, então vem monitorando a frequência com que os guardas trocam de turno, quais guardas são mais relaxados em seus deveres, qual é a disposição do corredor privativo onde se localizam sua suíte e a de Nicolo. Essa noite, ao retornar para seus aposentos após o jantar, ela decide que as estrelas se alinharam e não desperdiçará a chance.

Ela diz boa-noite aos guardas – Tomoso e Ferdinand, que trocarão de turno em aproximadamente meia hora – e pede a eles que não permitam que ninguém entre, incluindo suas criadas. Ela está tão cansada, explica a eles, que se despirá sozinha.

Quando ela menciona o ato de se despir, o rosto de ambos ganha um tom vermelho-vivo e eles gaguejam seu boa-noite, fazendo com que Beatriz tenha que sufocar uma risada.

Uma vez sozinha no quarto, ela tira o vestido de noite e as camadas de anáguas e espartilhos por baixo dele, deixando tudo em uma pilha no banco em frente à cama. Em seguida, reúne o uniforme de criada que obteve aos poucos – o lenço e o avental que pegou quando uma criada os tirou após Beatriz insistir que o fogo fosse deixado aceso por tempo demais, transformando o quarto praticamente em um forno; o vestido que ela roubou depois de *acidentalmente* derramar vinho em uma criada e insistir para que a garota usasse um de seus vestidos mais antigos como um pedido de desculpa; as sandálias que ela conseguiu ao insistir que as criadas as tirassem antes de entrar em seu quarto e discretamente chutar um par para debaixo do sofá quando as moças estavam distraídas. Cada peça do uniforme veio de uma criada diferente, e, embora cada uma pudesse achar estranho que suas peças tivessem desaparecido, não podiam imaginar que uma princesa estaria roubando seus uniformes de trabalho.

O vestido está ligeiramente apertado nos ombros, os sapatos são de um tamanho maior, mas Beatriz consegue lidar com isso e, ao olhar seu reflexo no espelho, escondendo a última mecha de seus característicos cabelos ruivos sob o lenço, fica satisfeita por não estar nada parecida consigo mesma. Ela gostaria de ter acesso a todas as pinturas e cremes de seu estojo de cosméticos para aperfeiçoar a ilusão, mas, dadas as circunstâncias, assim está bom.

Além disso, após uma semana de seu comportamento exemplar como prisioneira, ela duvida que seus guardas ou qualquer outra pessoa esperem algo diferente dela essa noite.

A última coisa que ela pega é verdadeiramente sua – um anel, em sua caixa de joias, uma pesada peça de ouro com uma esmeralda do tamanho de um caroço de pêssego. Ela o enfia no bolso do avental e faz o possível para alisar o tecido e esconder o volume.

Beatriz observa o relógio e anda pela sala de estar, ouvindo o som de botas se aproximando, a breve conversa em voz baixa entre os dois pares de guardas enquanto trocam de lugar. Patricchio e Alec estão de plantão agora e ambos, ela sabe, têm o hábito de se permitir umas duas taças de vinho durante o jantar.

Quando tem certeza de que Tomoso e Ferdinand se foram, ela sai pela porta, sorriso pronto para Patricchio e Alec.

– A princesa foi para a cama – diz a eles, suavizando as arestas de seu sotaque cellariano para soar mais como uma plebeia do que uma nobre. – Ela pediu para não ser perturbada até de manhã.

– Dificilmente eu esperaria que ela estivesse disposta a uma partida de xadrez, não é mesmo? – resmunga Alec, mas nem ele nem Patricchio lhe dirigem mais do que um olhar de relance e ela segue pelo corredor, o alívio tomando conta de si.

Beatriz vai atrás de um grupo cujo turno de trabalho chegou ao fim, deixando o castelo pela saída de serviço, tomando cuidado para manter distância e evitar que a observem muito de perto. Quando sai do palácio, respira fundo, apreciando o beijo do ar noturno em sua pele e em seus pulmões. Ela não esteve exatamente aprisionada entre quatro paredes desde que concordou em adotar um comportamento amigável com Gisella e Nicolo, mas há uma grande diferença entre passeios pelo jardim marinho, com guardas seguindo cada movimento seu, e isso.

Liberdade.

Liberdade temporária, lembra a si mesma enquanto se afasta do palácio e adentra as ruas de Vallon. Ela terá que retornar à sua gaiola dourada – fugir agora, sem armas, dinheiro ou cavalo, só a levaria a ser capturada rapidamente e devolvida a Nicolo, destruindo a confiança que passou os últimos dias conquistando com seu bom comportamento. Essa liberdade é sua só por algumas horas, mas Beatriz pretende aproveitá-la ao máximo.

Em sua primeira estadia no palácio, ela nunca ia a Vallon – afinal, tudo o que queria vinha até ela –, mas viu mapas e ouviu criados falarem sobre os lugares que frequentam, as lojas que visitam. Ela sabe que há uma botica perto do castelo, uma que fica aberta até tarde para atender aos criados nas horas livres, e começa a procurá-la, vagando por ruas movimentadas repletas de lojas e tavernas.

Beatriz poderia pedir informações, ela supõe – é pouco provável que alguém a reconheça fora do contexto de sua vida no palácio –, mas, por enquanto, está desfrutando do ato de perambular pelas ruas, de não ter destino certo e do senso de exploração.

Quantas noites ela passou assim em Bessemia, com as irmãs, andando pelas ruas fora do palácio em Hapantoile, misturando-se com a multidão e fingindo, por um momento, que eram como qualquer uma das outras pessoas ao redor? Sem deveres pesando em seus ombros, sem a mãe imperatriz guiando cada passo das três, sem um futuro já decidido para elas. O desejo de voltar àqueles tempos mais simples envolve seu coração e o segura com força. Já se passou mais de um mês desde a morte de Sophronia, mas Beatriz ainda não consegue conceber o fato de que nunca mais a verá. E Daphne...

A respiração de Beatriz fica presa. Ela não pode se permitir imaginar um futuro no qual seus caminhos se cruzem novamente – doerá demais quando essa esperança for destruída mais uma vez. Tudo o que ela permite a si mesma é o desejo de que Daphne sobreviva, que tenha uma vida longa, feliz e livre, mesmo que Beatriz não possa fazer parte dela.

Seus olhos se iluminam ao ver um prédio baixo caiado de branco com janelas suavemente iluminadas e um toldo amarelo-vivo ondulando na brisa da noite. Na porta preta envernizada há uma flor pintada com tinta dourada – o símbolo cellariano da botica. Triunfante, Beatriz caminha até a porta e toca o sino ao lado dela.

– Entre, mas ande logo... já estamos fechando – anuncia uma voz feminina, e Beatriz empurra a porta, acionando o tilintar de um segundo sino acima de sua cabeça.

Ela não vai precisar de mais do que um instante do tempo da mulher.

A boticária está quase chegando à meia-idade, a pele curtida pelo sol e cabelos negros rebeldes presos em um coque caótico na nuca, mechas frisadas escapando e emoldurando seu rosto anguloso. Ela se encontra, com um pano na mão, atrás de um balcão de vidro onde se enfileiram frascos de vários tamanhos, cheios de líquidos, pós e até alguns itens inteiros, como pernas de rã e dentes de tigre. Ela olha para Beatriz, observando-a com uma perspicácia surpreendente.

– Eu não te conheço – diz a boticária, sem meias-palavras.

Beatriz sorri.

– Comecei a trabalhar recentemente no palácio – explica ela, mantendo o sotaque cellariano comum que usou com os guardas.

A mulher não retribui o sorriso de Beatriz.

– E...? – indaga ela diante do silêncio de Beatriz. – Eu já disse: estou fechando. Se quer alguma coisa, é melhor ir logo.

Beatriz deixa o sorriso de lado e dá um passo em direção ao balcão, exagerando o gesto de morder o lábio e correr os olhos pela loja. Isso pode exacerbar a impaciência da mulher, mas é um ardil necessário.

– Eu... ouvi dizer que você consegue coisas que a maioria não teria – diz ela com cautela.

A expressão da mulher ainda permanece a mesma.

– Eu tenho a maior seleção de medicamentos e ervas da cidade, isso é verdade. O. Que. Você. Quer? – replica ela, pronunciando cada palavra como se Beatriz fosse uma criança teimosa.

Mas Beatriz não pode falar diretamente. Ela está blefando – ela não *sabe* se essa boticária tem poeira estelar, mas, pelo que ouviu no palácio, se alguém tiver, será ela. E alguém em Cellaria *deve* ter. Afinal, se há demanda por poeira estelar, haverá oferta, e que se danem as leis. E ela não consegue imaginar que não haja muitas pessoas querendo poeira estelar aqui. Se estiver certa, talvez consiga usar o pó para liberar sua magia tolhida, mas, se estiver errada... bem, o rei Cesare pode estar morto, mas portar poeira estelar em Cellaria ainda é um crime passível de ser punido com a morte e ela não está nem um pouco ansiosa para testar os sentimentos de Nicolo nesse aspecto.

Ela continua, com toda a cautela, a história que ensaiou em sua mente – inspirada na história que Violie lhe contou.

– Minha mãe – diz ela, juntando as mãos na frente do corpo e retorcendo-as. – Ela está com véxis... O médico disse que ela não tem muito tempo, que não há esperança para ela. Mas eu ouvi... – Ela para de falar novamente. – Ouvi dizer que você pode ter uma cura.

A expressão da boticária não vacila.

– Não há cura para véxis – afirma ela, seu tom levemente mais suave. – Você recebeu informações erradas.

Beatriz pisca rapidamente, evocando lágrimas falsas, e diminui a distância entre elas, até estarem separadas apenas pelo balcão de vidro.

– Por favor, eu faço qualquer coisa. *Qualquer coisa* – diz ela. – Tenho cinco irmãos mais novos... o caçula ainda é um bebê e nosso pai se foi. Se minha mãe morrer... – Sua voz falha e ela sufoca um soluço fingido.

– Não tenho nada para você – repete a mulher, mas dessa vez Beatriz percebe o fio da incerteza em sua voz, a tentação.

Então enfia a mão no bolso do avental, tirando o anel de esmeralda, e o coloca no balcão entre elas. Beatriz não diz nada, deixando a boticária examinar o anel. A mulher o pega, os olhos se arregalando, e o vira na mão.

– Onde você conseguiu isso? – pergunta ela, o espanto transparecendo na voz.

Beatriz encontra seus olhos.

– De uma pessoa muito importante – diz ela. – Alguém de quem roubar é considerado um crime grave, um crime que me custaria a vida.

A boticária solta um longo suspiro, pousando o anel de volta no balcão, seus dedos demorando-se por um momento na pedra.

– Eu disse que estou desesperada – afirma Beatriz, a voz baixa. – Não existe nenhum risco que eu não esteja disposta a correr, nenhum preço que não esteja disposta a pagar para salvar a vida da minha mãe. Se me disser de novo que não há nada que possa fazer para me ajudar, eu vou sair por aquela porta e confiarei nas estrelas para que me guiem até alguém que possa.

A mulher sustenta seu olhar, mas não fala. *Não* vai falar, Beatriz percebe após um momento, nem mesmo para mentir novamente. De repente, Beatriz tem certeza de que ela possui poeira estelar, que está prestes a lhe dar, mas ainda falta alguma coisa. Ela nem pode culpar a mulher pela hesitação – Beatriz sabe quantos cellarianos o rei Cesare mandou queimar diante da menor suspeita de usar poeira estelar. Mas Beatriz tem uma última carta na manga.

– Está bem, então – diz ela, as palavras saindo amargas.

Ela baixa o olhar, guarda o anel no bolso novamente e dá as costas para a boticária, indo em direção à porta. Ela conta seus passos enquanto avança. Um, dois, três...

– Espere – pede a boticária quando a mão de Beatriz já está na maçaneta. – Tranque a porta e feche as cortinas. Eu tenho o que você procura.

Menos de dez minutos depois Beatriz está voltando para o castelo, sem o anel de esmeralda, mas com o menor frasco de poeira estelar que ela já viu, o vidrinho do mesmo tamanho que seu dedo mínimo, afunilado e terminando em uma ponta. Ela não ousou guardá-lo no bolso, para o caso de ser parada por um guarda. Em vez disso, a boticária a ajudou a ocultar o frasco em seus cabelos trançados, escondidos sob o lenço, em segurança e longe das vistas. A boticária também lhe deu instruções explícitas sobre como usar a poeira estelar, como formular seu desejo e a advertiu que, mesmo fazendo tudo certo, ainda pode não obter o efeito desejado.

A poeira estelar é traiçoeira, sussurrou enquanto destrancava a porta e conduzia Beatriz para a rua novamente.

Mas Beatriz, a esta altura, sabe disso muito bem. Ainda assim, há uma chance de que funcione e isso é suficiente para ela.

Ela torna a entrar no castelo pela área dos criados, exatamente como saiu, então sobe as escadas e se aventura pelos corredores, sem ser detida pelos guardas de plantão até chegar à porta de seus aposentos, onde Patricchio e Alec ainda estão de serviço. Quando eles a veem, Alec franze a testa.

– Por que você está de volta? – pergunta ele.

Beatriz sorri e se aproxima, afastando o lenço apenas o suficiente para revelar um pouco dos cabelos, enquanto mantém o frasco de poeira estelar escondido em segurança. Ela observa com alguma satisfação quando os guardas a reconhecem, aquele vislumbre dos cabelos suficiente para que vejam quem ela realmente é.

– P-princesa – diz Patricchio, tropeçando no título. – O que Vossa Alteza... Vossa Alteza não deveria estar...

– O rei Nicolo deu ordens estritas – interrompe Alec, seu rosto adquirindo um tom violento de vermelho.

O sorriso de Beatriz se amplia.

– Claro que deu – diz ela com doçura. – E ele ficará terrivelmente decepcionado com vocês se souber que me deixaram passar, não é? Ele lhes deu um trabalho tão simples, afinal. – Ela estala a língua. – Mas *eu* não vou dizer nada a ele. Vocês vão? – pergunta, olhando de um para o outro. – Ele pode ficar um pouco chateado comigo, mas ouso dizer que ficaria muito mais furioso com vocês dois. Acho que, no mínimo, perderiam o emprego.

Os homens se entreolham, atarantados. Por fim, Patricchio se vira para ela e pigarreia.

– Não há razão para que o rei saiba, Alteza.

– Desde que não aconteça novamente – acrescenta Alec.

– Não vai – replica ela.

Alec abre a porta para ela e Beatriz entra no quarto, detendo-se pouco antes de a porta se fechar.

– Ah, Alec...

– Sim, Alteza?

Ela evoca o sorriso cortante de Daphne, deixando-o tão firme que seria capaz de fazer alguém sangrar.

– Ao contrário do que você disse antes, eu estou *sempre* disposta a uma boa partida de xadrez, mas devo avisá-lo de uma coisa: eu nunca perco.

Ela observa como ele engole em seco, empalidecendo.

– Sim, Alteza – diz ele, fechando a porta.

Daphne

N a manhã seguinte à morte repentina de lorde Panlington – um ataque cardíaco, como concluiu o médico da corte –, Daphne vai até a capela, à procura de Cliona. Em meio a todo o caos, ela não conseguiu ver a amiga. Os guardas afastaram Daphne, apressando-se em tirar tanto ela quanto Bairre da sala e levando-os de volta aos seus aposentos até que pudessem ter certeza de que não havia ameaça para eles. Mesmo enquanto Bairre andava de um lado para outro, aflito com o que aconteceu com lorde Panlington nas horas que se seguiram, Daphne não conseguiu contar a ele sobre a mão de sua mãe demorando-se sobre a xícara de chá de lorde Panlington, o pó fino caindo do anel sobre o líquido escuro. Sabia que, se lhe contasse, ele faria uma pergunta que ela não poderia responder.

Por que você não a deteve?

Foi uma pergunta que a manteve acordada a noite toda, revirando-se na cama. Uma pergunta que persiste em sua mente até agora, enquanto entra na capela gelada, vazia, exceto por uma única figura sentada no banco da frente, os cabelos ruivos escapando por baixo de um véu preto de luto.

O coração de Daphne dói enquanto ela atravessa o corredor e se senta no banco ao lado de Cliona, que mantém a cabeça baixa e as mãos cruzadas no colo. Daphne sabia pouco a respeito de lorde Panlington e gostava dele ainda menos, mas, mesmo assim, ele era o pai de Cliona e ela sente a dor emanando da amiga em ondas, junto com algo mais, que Daphne percebe tarde demais que é raiva.

– Você sabia – acusa Cliona, ainda sem olhar para ela.

Sua voz é fina como um fio, mas Daphne a sente como um punhal pressionando sua nuca.

Ela engole em seco.

– Cliona... – Sua voz morre.

Os anos de treinamento em manipulação e persuasão lhe dizem para mentir, para inventar desculpas, para convencer Cliona a ver o seu lado das coisas, a compreender por que teve que deixar o pai dela morrer. Mas como Daphne pode fazer isso se ela mesma não entende?

Cliona espera um momento por uma resposta que não vem, então vira a cabeça para olhar Daphne pela primeira vez. Ela a olha como se jamais a tivesse visto, como se fossem duas estranhas, o que para Daphne é como um soco no estômago.

– Eu sabia que sua mãe era a responsável – diz Cliona. – Soube assim que a vida deixou os olhos dele. Você me falou do que ela era capaz e eu *sabia* que ela o tinha matado. Mas quando voltei para os meus aposentos e a encontrei à minha espera... Eu não estava esperando que ela confessasse. Que me dissesse que você a ajudou.

– Eu não... – Daphne começa a protestar, mas se detém.

Ela se dá conta de que sua mãe planejou isso. Ela estava, sim, irritada porque lorde Panlington não concordou em se aliar a ela, mas não foi por isso que ela o matou. Afinal, quem ocupar o lugar dele na rebelião não estará mais propenso a dar poder à imperatriz em Friv. Não, Daphne percebe agora o real motivo pelo qual a imperatriz fez aquilo, por que deixou que Daphne a visse usar o veneno. Não foi um teste, mas uma armadilha. A imperatriz sempre procurou isolar Daphne e suas irmãs, impedindo que tivessem outras amizades além da que nutriam entre si, e só porque isso era inevitável. Daphne nunca se incomodou com isso na infância – sua mãe e suas irmãs eram tudo que ela queria –, mas agora sente que Cliona está escapando dela. Não, está sendo arrancada dela.

Daphne tenta mais uma vez, de repente desesperada.

– Sinto muito, Cliona, eu deveria ter dito algo, deveria tê-la impedido. Achei que era um teste, para verificar se eu ainda era leal a ela. Pensei que, se ela soubesse que não era... – Sua voz morre novamente e, dessa vez, Cliona não espera que termine.

Ela ri, o som entrecortado.

– Você decidiu deixar meu pai *morrer* para que sua mãe não ficasse decepcionada com você? – pergunta ela.

– Não – responde Daphne, mas no fundo sabe que Cliona não está errada, não de todo. – Mas, se ela souber que me virei contra ela, todos ficarão em perigo...

– Ora, Daphne, acorde – retruca Cliona com aspereza, sua voz ecoando na capela deserta. – Todo mundo está em perigo agora. Meu pai não é prova suficiente disso? A única pessoa que você está protegendo é a si mesma.

Daphne balança a cabeça.

– Estou protegendo você. E Bairre, minha irmã e...

– Não quero nem preciso da sua proteção – replica Cliona, a voz falhando.

Ela se levanta e passa depressa a mão com luva preta sob os olhos para secar o que Daphne percebe serem lágrimas. Tudo que ela quer nesse momento é estender os braços e confortar a amiga que está sofrendo, mas sabe que é a última pessoa que Cliona quer que a conforte. Então, em vez disso, fecha os punhos sobre o colo. Quando Cliona torna a falar, sua voz é fria.

– O que preciso é de pessoas em quem eu possa confiar, Daphne. E isso não inclui mais você.

Ela se levanta do banco e se dirige para a saída. Daphne faz menção de ir atrás dela.

– Cliona, existem coisas maiores em jogo aqui...

– Fique longe de mim – diz Cliona, sem se virar. – A última coisa que você precisa é de outro inimigo.

Diante dessas palavras, Daphne para e observa as costas de Cliona enquanto ela sai da capela, fechando a porta com firmeza atrás de si e deixando Daphne completamente só.

Daphne diz a si mesma que Cliona só precisa de tempo. Que ela está sofrendo e está magoada, mas sempre foi uma pessoa sagaz e pragmática. Com o tempo, vai entender por que Daphne não pôde salvar seu pai. Mas, quando sai da capela e percorre corredores do palácio, com os guardas seguindo-a de perto, Daphne começa a se preocupar com a possibilidade de que algo entre elas tenha sido irreparavelmente destruído – que *ela* o tenha destruído. Ela tenta imaginar outro resultado para aquele almoço fatal, mas não consegue encontrar nenhum que possa aceitar.

Mesmo assim, as palavras de Cliona a atormentam. *Você decidiu deixar meu pai morrer para que sua mãe não ficasse decepcionada com você?* Uma vez, não muito tempo atrás, a ideia de desapontar a imperatriz era suficiente para deixar Daphne enjoada. Com a visita de Sophronia durante a aurora boreal, ela achou que a imperatriz não tinha mais esse controle sobre ela, que Daphne não precisava mais da sua aprovação. Agora, porém, suspeita que nunca vai se livrar desse desejo. Talvez ele perdure para sempre, não importa o quanto seja irracional e absurdo.

Mas isso não significa que ela tenha que alimentá-lo.

Esse pensamento a faz parar de repente, os dois guardas quase trombando com ela antes de se deterem.

– Princesa? – pergunta um deles, a voz hesitante.

Seu nome é Tal e Daphne suspeita que ele tenha se aliado aos rebeldes, assim como muitos outros guardas. O segundo homem, Dominic, permanece em silêncio, mas Daphne percebe que nunca o ouviu falar.

Ela se vira para encarar os dois, uma súbita determinação travando uma batalha com a cautela dentro dela.

– Mudei de ideia – declara. – Não vamos voltar para os meus aposentos agora... Preciso falar com minha mãe.

Daphne descobre que sua mãe está visitando a estufa do castelo – uma ampla estrutura montada no jardim leste que contém uma variedade de flores, árvores e plantações de toda Vesteria, protegida do rigoroso clima de inverno de Friv. Daphne não se surpreende que a mãe tenha escolhido passar a manhã ali. Mesmo em Bessemia, ela costumava passar seu tempo livre em seu jardim de rosas, podando e cuidando de sua coleção de flores delicadas.

Não há muitas rosas na estufa de Friv, mas Daphne sabe exatamente onde elas se encontram. Ela instrui seus guardas a esperarem do lado de fora da estufa, junto à porta, onde os guardas da imperatriz também aguardam, e entra, a lufada de calor trazendo um bem-vindo alívio do ar gelado do exterior. Daphne serpenteia entre árvores cítricas e vasos de orquídeas, atravessa um arco de metal com uma treliça entremeada de jasmim perfumado, passa por canteiros de repolho crespo e ramas de cenoura, até que o perfume de rosas a atinge e ela avista, entre tantos verdes, a saia de um azul de tom vívido da mãe.

A imperatriz está agachada diante de uma roseira, suas flores de um rosa-claro fechadas em botões bem apertados, os galhos emaranhados e malcuidados. Nas mãos, ela segura uma tesoura de poda.

– Certamente o jardineiro vai se encarregar disso – diz Daphne.

Sua mãe não se assusta com o som de sua voz. Ao contrário, ela olha para Daphne por cima do ombro com as sobrancelhas erguidas.

– O jardineiro não sabe nada sobre podar rosas. Isso é evidente – rebate ela, virando-se para a roseira e fazendo um corte decidido.

Um galho seco e cheio de espinhos cai no chão.

– Mandei esta planta para Bartholomew; era uma muda de uma de minhas roseiras, você sabe. Foi um presente, para celebrar o seu noivado com o filho dele. Esta roseira tem quase exatamente a sua idade.

Embora nunca tenha compartilhado a paixão da mãe pelas rosas, Daphne olha pensativa para o arbusto.

– Isso não é muito para uma roseira? – pergunta.

– É – confirma a imperatriz. – A maioria não vive mais que uma década, mas eu apostaria que a poeira estelar usada para manter esta estufa na temperatura certa está ajudando a prolongar a vida das plantas.

Ela balança a cabeça e Daphne não precisa ver o rosto da mãe para saber que sua boca está retorcida pela reprovação. Na opinião da mãe, usar magia para manter as plantas vivas é trapacear.

Aparentemente, usar magia para conquistar um continente não é.

– Ainda assim – continua a mãe, levantando-se com a tesoura na mão –, receio que ela esteja no fim do seu ciclo de vida. Durou dezesseis anos, mas não chegará aos dezessete, não importa a ajuda que receba.

Daphne sabe que a mãe não está falando apenas da roseira. Está falando *dela*. E também de Beatriz. Seus olhos se voltam novamente para a tesoura na mão da mãe. Talvez isso devesse ser considerado uma ameaça, mas Daphne não se sente ameaçada. Não ali, não assim. A mãe pode querer vê-la morta, mas não pode ser ela quem a matará. *Por mãos frívias, em solo frívio.*

De qualquer forma, ela tem suas próprias armas à mão. Um punhal na bota, outro na bainha presa ao antebraço, sob o vestido e a capa, caso precise deles.

Mas não vai precisar. Ainda não.

– Por que matou lorde Panlington? – pergunta ela, erguendo os olhos para encontrar os da mãe.

A imperatriz sorri.

– Lorde Panlington era um obstáculo – responde ela, dando de ombros. – Espero que quem assumir a liderança da rebelião seja mais receptivo aos meus desejos. Se outra pessoa assumir o controle, é igualmente provável que, caso não seja um líder forte, eles mergulhem no caos e o seu caminho para reivindicar Friv fique ainda mais fácil. Você deveria me agradecer.

Daphne escolhe as palavras seguintes com cuidado, mas mesmo assim elas ameaçam sufocá-la quando as profere.

– Você está mentindo.

As sobrancelhas da imperatriz se arqueiam.

– Estou?

– Se esse fosse o seu objetivo, não o teria confessado a Cliona. Não teria contado a ela que eu sabia o que você estava fazendo. Cliona era leal a mim e, portanto, a rebelião também era. Essa lealdade faz parte dos nossos planos desde que cheguei a Friv; você não tinha nada a ganhar destruindo-a.

– *Nossos* planos? – repete a mãe e, apesar do tom leve, Daphne capta o perigo subjacente.

Ela sente o impulso de tranquilizá-la, o desejo de dizer à mãe exatamente o que ela quer ouvir, de provar que é uma filha boa e obediente, digna.

Desta vez, porém, Daphne não o alimenta.

Percebe que, desde que a mãe chegou a Friv, as duas estão empenhadas em uma dança cautelosa. Daphne finge que nada mudou, que *ela* não mudou, e a mãe finge acreditar nela. De certa forma, Daphne suspeita que esteja fingindo acreditar que a mãe acredita, outra camada da precária torre de ilusões das duas.

Agora, no entanto, Daphne decide pôr a torre abaixo.

– *Seus* planos – corrige ela, forçando-se a encarar a mãe. Ergue o queixo e se obriga a não se encolher. – Acho que eles deixaram de ser meus no momento em que eu soube que você matou Sophronia.

A imperatriz não se choca com a acusação. Ela estala a língua.

– Ah, Daphne... – diz, o nome carregado de decepção. – Você anda dando ouvidos a intrigas venenosas. Uma turba temarinense matou Sophronia.

Daphne percebe que isso também faz parte da dança de ilusões. A mãe nem se preocupa em fazer sua negação soar convincente.

– Uma turba temarinense – repete ela. – Incluindo um jovem chamado Ansel? Eu o apanhei sequestrando Gideon e Reid, você sabe, os príncipes temarinenses. Ele tinha muito a dizer sobre a relação entre vocês dois.

– Tudo mentira – diz a mãe, com ar entediado.

– E Eugenia também estava mentindo, imagino... E Violie...? – pergunta Daphne.

A imperatriz balança a cabeça, olhando com pena para a filha, o que faz a pele de Daphne se arrepiar.

– Este mundo está cheio de pessoas que querem me prejudicar, Daphne – diz ela. – Mas nunca imaginei que minha própria filha estaria entre elas. Não sabia que você nutria tanto ódio por mim, a ponto de acreditar nas mentiras dessas pessoas.

A imperatriz se vira para sair, para se afastar dela, mas Daphne ainda não terminou.

– E Sophronia? – indaga ela. – Estava mentindo também?

Sua mãe estanca, mas não se vira. Daphne não se importa – não conseguiria impedir que as palavras fluíssem dela agora, mesmo que quisesse, mesmo que o que está prestes a dizer seja uma mentira, embora próxima o suficiente da verdade para que, na mente de Daphne, não conte como tal.

– A poeira estelar frívia é mais forte do que outros tipos – continua ela, dando um passo em direção à mãe, depois outro. – É forte o bastante para permitir a comunicação entre aqueles que são tocados pelas estrelas. Eu usei isso para falar com Beatriz e Sophronia no dia em que ela morreu, enquanto a conduziam para a guilhotina.

Ela estuda as costas da mãe, procurando qualquer contração ou tensão, mas, se está perturbada com suas palavras, não demonstra. Daphne continua:

– Ela disse a Beatriz e a mim que você era a responsável pela morte dela, que você estava determinada a matar nós três para reivindicar Vesteria.

Essa é a parte que não é totalmente verdade – Sophronia não culpou a mãe na época, e, mesmo que o tivesse feito, Daphne não estaria preparada para ouvir tal acusação.

– Sua irmã era uma tola – observa a imperatriz. – Eu não acreditava que *você* também fosse.

Daphne ignora a dor que essas palavras lhe causam.

– E Nigellus? – pergunta. – Ele foi um tolo quando confirmou seus planos para Beatriz, quando explicou a ela os detalhes do pedido que fez para você dezessete anos atrás?

A imperatriz solta um longo suspiro e seus ombros se curvam. Quando ela se vira para Daphne novamente, a apatia fria em sua expressão desapareceu, substituída por um olhar tão desolado que o coração de Daphne se aperta e ela precisa se esforçar para não dar um passo em sua direção. É apenas mais uma máscara, lembra a si mesma, mas uma pequena parte dela se questiona se é mesmo. Se essa não é, enfim, a sua mãe de verdade.

– Você quer a verdade, Daphne? – pergunta ela, a voz como um fio fino esticado até o limite.

Não é uma voz que Daphne já tenha ouvido da mãe e isso a assusta mais do que qualquer outra coisa que ela tenha dito ou feito até agora. A imperatriz não espera a resposta. Ela volta até Daphne, cada passo lento e medido.

– Quando eu tinha 18 anos, estava ajudando meu pai durante uma visita a alguns clientes que moravam no palácio de Hapantoile e desejavam encomendar novos vestidos. Para você, aquele palácio é simplesmente um lar, imagino, algo definitivamente banal, mas, para mim, naquele dia... Eu nunca tinha visto nada parecido. Cada centímetro dele parecia cintilar aos meus olhos e, ah, as pessoas! As damas da corte, cobertas de joias e sedas, andando pelo mundo sem qualquer preocupação. Elas não sabiam como era passar fome quando os negócios do pai tinham uma semana ruim ou como era se preocupar com a possibilidade de não conseguirem comprar lenha suficiente para se manterem aquecidas no inverno. Eu as odiava, porque era tudo muito injusto, mas as invejava ainda mais. Suponho que você não saiba nada sobre esse tipo de inveja – acrescenta ela, dirigindo um olhar firme para Daphne.

Embora a inveja não seja algo totalmente desconhecido para Daphne, ela não pode afirmar que se identifica com o que a mãe sentiu na época.

A imperatriz não espera a resposta.

– Ao irmos de um aposento para outro dentro do palácio, por puro acaso, passamos pelo imperador e seus assistentes. Meu pai fez uma reverência e eu, uma mesura, junto com todos os outros cortesãos e servos presentes, e, por puro acaso, a atenção do imperador recaiu sobre mim'. *Sobre mim* – enfatiza ela, com uma risada curta e áspera. – Uma jovem magricela que mal havia saído da infância, com um vestido simples de algodão e sapatos surrados. Uma erva daninha errante com a audácia de crescer entre as orquídeas.

Daphne nunca tinha escutado aquela história da própria imperatriz, mas a ouvira em fragmentos de fofocas que circulavam pelos corredores daquele mesmo palácio em Hapantoile. Ela sabe o que acontece em seguida, mas certamente não quer ouvir os detalhes. Não da mãe, falando de seu pai, mesmo que ele seja um homem de quem Daphne não tem a menor lembrança.

– Ele fez de você amante dele – completa Daphne.

A imperatriz assente.

– Foi minha primeira experiência real de poder – diz ela. – E eu não queria nada além de me afogar nele, deixá-lo entrar sob a minha pele e em meus pulmões, me transformando da garota que eu era na mulher que eu queria tão desesperadamente ser. Uma mulher que não precisava de nada, que fazia com que as pessoas a ouvissem. Mas ninguém me ouvia na época. Não de verdade. O poder que eu tinha como amante do imperador era de segunda mão, dependente dos caprichos instáveis de um homem. Sim, era mais poder do que eu jamais tivera até então, um poder que tive a sorte de desfrutar em virtude de um rosto bonito e de estar no lugar certo na hora certa, mas não era suficiente. Eu queria... *precisava*... de mais.

– Então você procurou Nigellus – deduz Daphne.

– Ele não era o empyrea da corte naquela época – conta sua mãe. – Ele não era nada antes de me conhecer, apenas um eremita vivendo sozinho na borda da Floresta de Nemaria, mas mesmo então eu já tinha ouvido histórias sobre o seu poder. Pessoas que ele havia ajudado juravam que ele era o empyrea mais poderoso de Vesteria. Eu achava que fosse apenas um exagero... o que me interessava era que ele fosse um empyrea sem qualquer ligação com a corte, sem lealdade ao imperador.

Daphne pensa que não é bem verdade que Nigellus não era nada antes de sua mãe – ele tinha seu poder, tinha seu trabalho e o fazia bem. Sua mãe não o tirou da mais profunda obscuridade iluminando-o com sua generosidade, mas Daphne suspeita que, na mente da imperatriz, foi exatamente isso que aconteceu.

– O imperador me dava uma mesada, além de muitos presentes: ouro e joias, cada um valendo uma pequena fortuna... Mas, quando ofereci tudo o que tinha em troca da ajuda de Nigellus, ele recusou. Achei que o que eu pedia era demais, mas, em vez de fechar a porta na minha cara, ele me convidou para entrar e expôs seus termos. Como eu viria a aprender, Nigellus tinha pouco interesse em riqueza ou mesmo poder... Ele ansiava por conhecimento, queria entender quais eram os limites de sua magia e testá-los, pelo simples prazer disso. Em minha corte, ele poderia fazer isso sem se preocupar que a coroa o punisse por sacrilégio ou heresia. Algumas de suas ideias eram... impopulares, para dizer o mínimo. Inclusive o plano que elaboramos juntos: não apenas pedir às estrelas que eu concebesse herdeiros com um rei infértil, o que o forçou a anular seu casamento com a então imperatriz e a se casar comigo, mas amarrar cada um dos destinos de vocês ao destino de outro país. Quando vocês fossem mortas, o país cairia e eu estaria pronta para tomá-lo. Eu estava ciente do sacrifício que isso exigiria, mas eu tinha apenas 19 anos. O custo de perder filhos que, para início de conversa, eu nem desejava não me assombrava. Era um preço que eu estava feliz em pagar. Naquela época.

Daphne observa a mãe enquanto ela fala, procurando as rachaduras em sua fachada – e só pode ser uma fachada, com certeza. Mas a própria imperatriz ensinou Daphne que as melhores mentiras são construídas sobre verdades.

– É nesta parte que você me diz que se arrepende? – pergunta ela, cruzando os braços sobre o peito, a voz tão carregada de sarcasmo que ela sabe que está parecendo mais Beatriz do que ela mesma. – Que assim que você se tornou mãe, começou a nos amar e tentou mudar a magia que Nigellus lançou?

A imperatriz ri, balançando a cabeça.

– Pelas estrelas, não, nunca me arrependi – replica ela. – Não espero que você entenda, é claro. Você nasceu no poder, nasceu no privilégio e nunca conheceu nada diferente. E por menos que você saiba sobre o que é não ter poder, sabe ainda menos sobre maternidade.

A imperatriz não diz as palavras com crueldade, mas ainda assim elas funcionam como um fósforo aceso jogado na caixa de pólvora da raiva de Daphne, que se inflama dentro dela, ameaçando consumi-la por inteiro. Sim, sua vida foi privilegiada em muitos aspectos, mas sua mãe aperfeiçoou a arte de fazer com que ela e as irmãs se sentissem impotentes. Ela dizia que era para forçá-las a se tornarem mais fortes, para ajudá-las a crescer, mas Daphne agora se pergunta se não seria crueldade pela mera crueldade, sem qualquer outro propósito a não ser fazê-las se sentir pequenas, para que ela se sentisse grande.

E, embora seja verdade que Daphne não é mãe e não deseja mudar esse fato tão cedo, isso não a torna ignorante.

Mas Daphne não é Beatriz. Ela não tem o temperamento nem a impulsividade da irmã, então mantém o inferno de sua raiva trancado dentro de si, tomando o cuidado de não deixar transparecer qualquer sinal externo dela. A raiva é o que sua mãe quer, ela sabe, e, no segundo em que der vazão a ela, Daphne perde.

– Talvez – diz ela, igualando o tom frio da mãe. – Mas eu sei que as mães devem proteger seus filhos e não sacrificá-los no altar das próprias ambições.

A imperatriz inclina a cabeça, reconhecendo o argumento, mesmo que não pareça incomodada com ele.

– Não perdi o sono por causa de Sophronia e não vou fingir que perdi – admite ela. – E quando mandei levar Beatriz de volta para Cellaria, para o destino que a aguardava lá, fiz isso sem pensar duas vezes. – Ela faz uma pausa, dando mais um passo e diminuindo a distância entre as duas.

Daphne luta para não se encolher quando a mão fria e sem luvas da mãe repousa em sua bochecha, o toque desconcertantemente terno.

– Mas você... – continua a imperatriz, dando um suspiro pesado. – Daphne, tive inúmeras oportunidades de mandar matá-la e não consegui aproveitar nenhuma delas. Porque você é diferente... você é especial para mim.

Essas últimas palavras são aquelas que Daphne sempre quis ouvir da mãe. Mesmo agora, sabendo de tudo o que sabe, o som delas ainda encontra o caminho até seu coração, enredando-se ali. Ela se força a dar um passo para trás, afastando-se da mão da mãe.

– Você contratou assassinos – diz, tentando agarrar-se à razão, e vê essa verdade no rosto da mãe assim que as palavras saem de seus lábios.

Ela *realmente* contratou aqueles assassinos. Sua mãe *realmente* tentou matá-la. Isso não chega a ser uma surpresa, depois de tudo, mas ainda consegue chocá-la.

– Contratei – diz a imperatriz devagar. – Foi uma tolice da minha parte fazer isso tão cedo... com o príncipe Cillian morto e você ainda não casada, eu sabia que era cedo demais para garantir que meu plano funcionaria. Mas eu sabia também, minha pombinha, que quanto mais eu esperasse, mais difícil seria para mim. E cada vez que eu recebia notícias de que você havia escapado deles, que havia triunfado, eu me sentia tão *aliviada*... Eu me esforcei muito para me manter longe de você e de suas irmãs, mas com você... com você, Daphne, eu nunca tive chance. Apesar de todos os meus esforços, eu te amo demais para deixar que você tenha o mesmo destino que as suas irmãs.

Daphne sente-se vacilar. Essas são as palavras que ela sempre quis ouvir, a aprovação pela qual sempre se esforçou tanto. É claro que sua mãe sabe disso, é claro que está usando esse desejo contra ela agora, preparando uma armadilha. Daphne gostaria que o fato de conhecer as motivações da mãe invalidasse essa isca, mas não invalida. Pelo menos, não completamente.

Ela sabe que há dois rumos que essa conversa pode tomar – se Daphne rejeitar abertamente a oferta da mãe, estará se declarando uma ameaça e ela sabe como a mãe lida com ameaças. Logicamente, sua mãe não tem razão para não matá-la agora que ela e Bairre estão casados. A maior parte de Friv a ama, é verdade, mas certamente há muitos que não, muitos que aceitariam de bom grado o dinheiro de sua mãe e cravariam um punhal em seu coração ou poriam um veneno no seu chá matinal. Não, embora Daphne não acredite que a mãe tenha mudado de ideia por amor, *algo* está fazendo com que ela adie essa atitude, pelo menos por ora. E se Daphne puder dançar conforme a música da imperatriz durante um pouco mais de tempo, se dançar um pouco *melhor* do que dançou até agora, talvez ainda possa vencê-la em seu próprio jogo.

– Então me deixe voltar para casa – pede Daphne, fingindo um tom hesitante.

Sua mãe suspeitará se ela mudar de ideia muito rapidamente, se deixar de lado toda a raiva e as suspeitas num piscar de olhos.

A imperatriz franze a testa, parecendo verdadeiramente confusa pela primeira vez no dia.

– Casa? – pergunta ela.

– Para Bessemia – esclarece Daphne. – Se você está falando sério sobre me poupar, me deixe voltar para casa. Longe do solo frívio e das mãos frívias. Faça de mim oficialmente sua herdeira, me dê um futuro além da maldição que você e Nigellus planejaram para mim.

– Você tem um marido aqui – argumenta a imperatriz.

Daphne dá de ombros.

– Podemos convidá-lo também, ou não – afirma ela. – Mas, se você está mesmo desistindo de me usar para conquistar Friv, não há razão para eu ficar. Em vez disso, me nomeie sua herdeira e, no fim, Bairre e eu acabaremos governando Friv e Bessemia juntos, assim como nosso herdeiro, seu neto. Se você está desistindo de governar sozinha, certamente esse é um excelente prêmio de consolação.

A expressão da imperatriz permanece plácida, mas Daphne sabe que sua mente está girando, procurando falhas na lógica de Daphne e não encontrando nenhuma que seja grande o suficiente por onde possa escapar.

– Muito bem – cede a imperatriz por fim. – Vou falar com Bartholomew sobre isso durante o jantar, mas acredito que você vá precisar convencer seu marido a ir conosco. Ele é bastante apegado a Friv.

Daphne dá um sorriso forçado. Ela sabe que a mãe não está convidando Bairre por bondade ou qualquer consideração aos desejos de Daphne – ele seria um refém, alguém que a imperatriz pode ferir ou até mesmo matar se Daphne sair da linha.

Beatriz

O dia todo, enquanto cumpre os inúmeros compromissos para repassar os detalhes de seu casamento amanhã, Beatriz luta para pensar em qualquer coisa que não seja o frasco de poeira estelar escondido em seu quarto. Ela optou por não usá-lo na noite anterior – estava tarde, ela estava cansada e desejava ter tempo para pensar exatamente como formular seu pedido, além de querer garantir que estaria pronta para o que quer que viesse em seguida.

Se funcionar.

Tem que funcionar.

Ela tomou todo o cuidado ao esconder a poeira estelar, sabendo do risco envolvido se alguém encontrasse a substância durante a limpeza. Beatriz duvida que Nicolo a mataria se fosse apanhada com o frasco, mas se lembra da criada que foi executada após encontrar a poeira estelar que ela criou na primeira vez que esteve em Cellaria e não quer colocar mais ninguém em perigo.

Nenhum lugar parecia seguro o suficiente, levando-se em conta o quanto as criadas eram meticulosas na limpeza, mas Beatriz por fim acendeu uma das velas grossas que ficam na cornija da lareira de sua sala de estar, esperou que a superfície da vela amolecesse e então pressionou a ponta do frasco na cera até que ele afundasse por completo ali. Depois, quando a temperatura da cera amolecida estava suportável ao toque, ela alisou a cera sobre o topo do frasco até que a vela tivesse o mesmo aspecto de antes.

Ela sabe que tirá-lo será um desafio, mas, se tudo correr conforme o planejado, não terá que justificar a bagunça que fará ao removê-lo. Ela não estará mais ali.

– Princesa?

Os pensamentos de Beatriz são interrompidos, arrancados da poeira estelar e da vela, e ela força um sorriso enquanto se concentra no presente – na vasta cozinha do palácio com a chef confeiteira real à sua frente, observando e esperando sua reação ao pedaço de bolo que ela mordeu já faz algum tempo. Bolo de baunilha com camadas recheadas com geleia de framboesa e limão, coberto com um leve creme de limão.

– Está perfeito – aprova Beatriz com um sorriso. – E tenho certeza de que o rei concordará. Ele *adora* framboesa.

Gisella lhe dirige um olhar surpreso, mas não diz nada. Durante todo o dia, enquanto acompanha Beatriz nesses últimos preparativos para o casamento, Gisella tem estado quieta, sem contribuir em conversa alguma além de concordar com as opiniões que Beatriz emite. No começo, seu silêncio foi um alívio – a última coisa que Beatriz quer é falar sobre trivialidades com uma garota que planeja matá-la –, mas, à medida que o dia passa, Beatriz começa a achar esse comportamento cada vez mais enervante.

A chef confeiteira sorri, radiante, e faz uma reverência antes de se retirar – sem dúvida ansiosa para começar o que Beatriz tem certeza de que será um projeto gigantesco a ser concluído em pouco mais de 24 horas. Assim que ela se vai, o chef de cozinha do palácio, Ovellio, se aproxima com um grosso pedaço de pergaminho, entregando-o a Beatriz com um sorriso presunçoso.

– O cardápio do banquete do casamento – diz ele, fazendo uma reverência. – Espero que esteja do seu agrado.

Beatriz passa os olhos pelos dez pratos e, embora tenha acabado de almoçar, o cardápio a deixa com fome novamente. Não é o suficiente para fazê-la considerar ficar em Cellaria, mas é quase. Talvez, quando tudo isso acabar, ela possa convencer Ovellio a ir trabalhar para ela.

Onde quer que ela vá parar.

– Você se superou, Ovellio – afirma ela, devolvendo-lhe o cardápio. – Será certamente um banquete que ninguém esquecerá tão cedo.

– Obrigado, Vossa Majestade – replica ele, sorrindo ainda mais.

Então faz mais uma reverência e se afasta para voltar ao trabalho.

– Para onde vamos agora? – pergunta Beatriz, virando-se para Gisella, que ainda parece estar em outro mundo.

– Para a capela – responde Gisella, seguindo em direção à porta de saída da cozinha. Beatriz vai atrás, observando as costas de Gisella enquanto caminham, os cabelos louros bem claros presos em uma trança elaborada que balança a cada passo. Os dois guardas de Beatriz, que esperaram do lado de fora por ordem de Gisella enquanto elas conversavam com os chefs, seguem atrás dela, suas botas batendo no chão de pedra em perfeita sincronia.

O silêncio de Gisella não deveria incomodá-la, Beatriz pensa, apressando-se para alcançá-la. O que quer que ela esteja planejando, quaisquer que sejam os segredos que está escondendo, não importa a Beatriz. Ela estará longe antes que qualquer um deles possa tomar forma. Esta noite, depois de usar a poeira estelar para pedir que sua magia seja desbloqueada, a primeira coisa que fará será desejar estar bem longe de Cellaria e, uma vez distante dali, nunca mais destinará um só pensamento a Gisella.

Todo movimento requer um mártir, disse-lhe Gisella. *E você será um mártir adorável.*

Essas palavras vêm atormentando Beatriz, dando-lhe a sensação peculiar de que está olhando para uma tapeçaria de muito perto, vendo os detalhes do bordado, mas perdendo a imagem completa da peça. No entanto, uma coisa ela sabe: seria tolice subestimar Gisella. Poucas pessoas podem dizer que levaram a melhor em relação à imperatriz e viveram para contar a história, mas Gisella pode.

É mais do que Beatriz já conseguiu, ela percebe com um misto de irritação e respeito relutante.

Uma ideia então lhe ocorre. Talvez uma ideia imprudente, mas, se esta noite tudo correr conforme o planejado, ela nunca mais verá Gisella, e se não correr... bem, ela estará morta em breve, de qualquer forma. É início da tarde e Beatriz precisa esperar até que as estrelas estejam no céu antes de fazer seu pedido. Cinco horas, mais ou menos.

– Acho que não consigo tomar outra decisão se não beber mais café – diz ela a Gisella, fingindo um bocejo.

A testa de Gisella se franze com desconfiança, mas, depois de um momento, ela assente brevemente.

– Tudo bem – responde.

– Estamos mais perto dos meus aposentos... permita-me ser a anfitriã – sugere Beatriz, virando subitamente à direita no corredor do palácio que leva à ala real.

Ela sente a desconfiança de Gisella irradiar em ondas, mas isso era esperado. Ela só precisa apresentar uma distração.

– Recebi uma carta da minha mãe – mente, pensando rápido. – Talvez, ao ler por si mesma as palavras dela, você entenda o quanto é perigoso o jogo que está fazendo.

Gisella faz um muxoxo de desdém, mas Beatriz sabe que sua curiosidade foi despertada.

– Se você insiste – diz Gisella.

Quando chegam à sala de estar de Beatriz, seus guardas ficam do lado de fora e a princesa manda a criada que está limpando a estante buscar café e doces. Tanto Beatriz quanto Gisella são só sorrisos, mantendo a ilusão de que há uma amizade entre elas, mas, quando a porta se fecha e sua plateia vai embora, o sorriso de Gisella desaparece e ela se vira para Beatriz.

– E então? – pergunta. – Onde está a carta?

O sorriso de Beatriz se amplia.

– E eu aqui pensando que você não estava interessada no que ela tinha a dizer – replica ela, jogando-se em uma poltrona com outro falso bocejo.

– Estou mais interessada em saber como essa carta chegou até você – rebate Gisella, dando de ombros. – Você deve saber que todas as suas cartas são inspecionadas.

De fato, Beatriz suspeitava disso, não que alguém de quem ela goste tenha sido tolo o suficiente para lhe enviar cartas. Ela balança a cabeça.

– Você realmente não tem ideia de com quem está lidando, tem? – pergunta com uma risada. – Minha mãe tem espiões por toda parte.

Isso é um blefe apenas em parte – Beatriz sabe que a rede de espiões da mãe é extensa, mas, ao mesmo tempo, se ela tivesse tantos cellarianos a seu serviço na corte, por que depender de Gisella para assassinar Beatriz? Talvez ela simplesmente saiba que Gisella é capaz de matar, mas talvez seja mais do que isso. Talvez o alcance da influência de sua mãe seja uma ilusão que a imperatriz incutiu nela e em suas irmãs, algo que ela nunca teve motivo para questionar. Sua mãe tem espiões, isso ela sabe, mas Beatriz de repente suspeita que sejam menos numerosos e poderosos do que a mãe faz parecer.

– Vamos aproveitar nosso café antes de mergulharmos em tais desconfortos – sugere Beatriz.

Gisella observa Beatriz por um momento, os lábios franzidos. Por fim, suspira e atravessa a sala em direção à poltrona ao lado de Beatriz, sentando-se.

– Você está tornando tudo muito mais difícil do que precisa ser – observa ela após um momento.

– Só porque eu quero café? – pergunta Beatriz secamente.

– Porque você insiste em lutar mesmo depois de ter perdido – responde Gisella. – Deve ser exaustivo.

Beatriz reflete sobre isso por um momento. Mesmo que ela não tivesse a poeira estelar, mesmo que não tivesse um plano, ela sabe que ainda estaria lutando. Ela não pode evitar.

Seus pensamentos são interrompidos pela criada que retorna com um carrinho de chá dourado, no qual se veem um bule de café de cobre e três pequenas travessas cheias de doces variados. Beatriz agradece e dispensa a criada por toda a tarde e a mulher sai, fazendo uma reverência e fechando a porta ao passar.

– Você e minha mãe têm isso em comum – conta Beatriz a Gisella enquanto se serve de uma xícara de café e pega um delicado bolinho coberto com glacê cor-de-rosa e pétalas de flores secas. – Me considerar difícil, quero dizer. E, sim, suponho que seja exaustivo, mas se chegar o dia em que eu esteja verdadeiramente vencida, Gigi, descansarei tranquila sabendo que dificultei as coisas ao máximo para você. E então terei muito prazer em assombrar tanto você quanto minha mãe pelo resto de suas vidas tristes, desprovidas de qualquer alegria.

Gisella absorve seu discurso com um sorriso plácido, tomando um gole de café.

– Não posso falar por sua mãe, mas não acho que minha vida será desprovida de alegria de forma alguma – retruca ela. – Ainda mais sabendo que precisarei me exibir para seu fantasma e mantê-la devidamente entretida.

Beatriz range os dentes e enfia o bolinho inteiro na boca antes que diga algo de que vá se arrepender.

– No entanto, vou sentir sua falta – diz Gisella, tão casual que é como se Beatriz estivesse planejando um fim de semana no campo.

Beatriz tenta não se engasgar com o bolinho. Ela engole e dirige a Gisella um sorriso sarcástico.

– Eu errei com você antes – replica ela, repetindo o tom de Gisella. – Mas posso garantir que minha mira será melhor da próxima vez.

A expressão de Gisella fica entre uma carranca e uma risada e ela tenta escondê-la atrás de sua xícara de café, tomando outro longo gole até esvaziá-la e colocá-la de volta no pires.

– E então? – pergunta. – Onde está a tal carta?

Beatriz ergue sua xícara de café, ainda pela metade.

– Não terminei – responde ela. – Mas, se estiver tão impaciente assim, pegue você mesma... na minha escrivaninha, primeira gaveta à esquerda.

Gisella se levanta e atravessa a sala, dando-lhe as costas – um erro que ela não deveria cometer. Beatriz, então, pousa a xícara sem emitir qualquer ruído ao tocar o pires. Em seguida, desliza os pés para fora das sandálias e atravessa a sala rápida e silenciosamente, pegando o bule de cobre agora vazio ao passar pelo carrinho. Gisella abre uma gaveta e começa a se virar para Beatriz, quando o bule a atinge na têmpora com um ruído abafado. Ela cai, mas Beatriz está alerta, e ampara seu corpo inconsciente antes que a jovem atinja o chão com um baque que alarmaria os guardas do lado de fora.

Seu instrutor de combate ensinou essa manobra a ela e a suas irmãs enquanto a imperatriz observava, olhos astutos e críticos, e Beatriz sente um pequeno arrepio ao pensar que, se sua mãe pudesse vê-la agora, certamente se arrependeria.

Ela não perde tempo e arrasta Gisella para a sala de jantar, fechando a porta ao passar e a levando até uma cadeira de espaldar alto com braços de madeira entalhada. Em seguida, vai até o quarto e pega uma camisola, rasga o linho em tiras, então amarra Gisella à cadeira, atando a última tira como uma mordaça. Por fim, se senta à mesa, de frente para Gisella, e espera.

Violie

A primeira vez que viajou de Hapantoile para Temarin, Violie foi sozinha, com apenas algumas moedas, o valor suficiente para pagar um quarto modesto em uma hospedaria decadente, e uma única muda de roupa extra em uma sacola, onde também havia pão, queijo e bolo que sua mãe havia empacotado para ela. Não importava que a imperatriz a estivesse empregando – uma criada viajando com mais conforto poderia levantar suspeitas e qualquer companhia que ela pudesse ter durante a viagem poderia perceber suas mentiras.

Ansel a havia encontrado em um pequeno vilarejo perto da fronteira – uma surpresa para Violie, embora ele aparentemente estivesse agindo sob ordens de esperá-la por dias. Fora ele quem lhe fornecera cartas de referência falsificadas de um conde recluso de Temarin e eles pegaram carona pelo restante do caminho até Kavelle na carroça de um fazendeiro. Tinham chegado à cidade cheirando a feno, tendo passado aquelas horas nos braços um do outro simplesmente porque era uma maneira de gastar o tempo.

Quando Violie e Leopold cruzam a fronteira, entrando em Temarin, ela não pode deixar de pensar em Ansel. Ela não lamentou sua morte quando Daphne lhe contou sobre ela. Depois de tudo o que tinha acontecido, ela mesma o teria matado se tivesse tido a chance. Mas agora, pensar nele lhe provoca uma fisgada no peito. Seus sentimentos por ele eram uma poça rasa, nascidos mais da conveniência e da necessidade de segurança em um mundo novo e estranho do que qualquer outra coisa.

Eles eram muito semelhantes quando se conheceram, ela percebe. Ambos com raiva de tudo e desesperados para tirar mais da vida, ambos prontos para queimar o mundo se pudessem lucrar com as cinzas. Violie concordou em trabalhar para a imperatriz para curar sua mãe, sim, mas no fundo ela sabe que, se a mãe não estivesse doente, ela teria feito o mesmo por um saco de ouro e uma oportunidade de sair da vida na qual nascera. E em Ansel ela vira espelhadas sua ambição e impiedade.

Dali eles seguiram caminhos diferentes, mas agora ela reserva um pensamento para as pessoas que ele e ela poderiam ter sido. Quando passa o momento, porém, ela bane Ansel de suas reflexões em definitivo e se volta para Leopold.

– Não acho que você tenha elaborado um plano agora que estamos em Temarin, elaborou? – pergunta ela. – Você sabe que não pode simplesmente entrar em Kavelle e se declarar rei de novo.

– Claro que eu sei disso – diz Leopold em tom de zombaria antes de ficar em silêncio por um momento. – Mas eu não diria que tenho um plano, não – acrescenta. – Tenho pensado nos aliados da minha família que não estavam na corte quando o cerco aconteceu, aqueles que ainda podem estar vivos.

Violie abre a boca para dissipar quaisquer ideias que ele possa ter a esse respeito, mas ele volta a falar:

– Após o cerco, esses cortesãos ou juraram lealdade à imperatriz Margaraux, ou foram executados por seu exército. E eu apostaria um bom dinheiro que nenhum deles escolheu a segunda opção.

Violie fecha a boca, surpresa por ele ter percebido a verdade racional antes que ela a apontasse.

– Alguns podem decidir se aliar a você, mas, na melhor das hipóteses, a lealdade prometida seria instável e não seria prudente depender dela. Na pior, eles o entregariam aos soldados bessemianos antes que você conseguisse sequer tirar a capa.

Leopold assente.

– Chegamos a um beco sem saída, então – diz ele. – Mas não tenho outros aliados em Temarin. Acho que *nunca* tive aliados de verdade aqui. Eu tinha bajuladores. Não sabia a diferença então, mas agora sei.

Violie considera essas palavras, sua mente se fixando na lembrança de Leopold com Thalia, a visão impressionante de um rei se curvando diante de uma plebeia, pedindo perdão e prometendo reparar seus erros.

– Você tem um dom com as pessoas – diz ela após um momento. – Quando vivia no palácio, cercado por bajuladores, como você os chamou, não tinha muita oportunidade de usá-lo, mas a maneira como você falou com Thalia... não importava a posição dela ou a sua, ou o fato de que tenho quase certeza de que ela o esbofeteou antes que eu chegasse. Você realmente a ouviu e a tratou com respeito e honra. Se tivéssemos tempo, eu sugeriria que você falasse com cada temarinense individualmente da mesma maneira.

– Mas isso poderia levar anos – replica Leopold. – E não é algo que eu possa forçar. Eu apenas falei com ela da mesma maneira que falaria com você. Da mesma maneira que me dirigi a Daphne e Beatriz quando falamos de Sophie.

– É exatamente a isso que estou me referindo – diz Violie. – Você falou com Thalia da mesma forma como fala com princesas.

Leopold ainda parece confuso.

– É algo que você fazia mesmo antes de nos conhecermos oficialmente, você sabe – observa ela, a irritação permeando suas palavras quando percebe que precisa mencionar o fantasma que baniu da própria mente ainda há pouco. – Com Ansel.

O nome paira pesadamente entre eles.

– Tratá-lo como mais do que um pedaço de lixo foi um erro – diz Leopold, a voz dura.

Violie não pode criticá-lo pela raiva em sua voz – Ansel era o líder da facção rebelde que executou Sophronia e esteve por trás do sequestro dos irmãos de Leopold também. Leopold tem todas as razões para odiá-lo. Mesmo assim...

– Os erros não foram seus – argumenta ela. – Foram dele. Você o convidou para a sua mesa quando pensava que ele era apenas um pescador desempregado. Você ouviu seus problemas e tentou ajudá-lo. Ele retribuiu sua bondade com crueldade, mas isso não foi culpa sua. Só estou dizendo que, se as pessoas de Temarin pudessem ver você como eu vi, como Thalia e muitos outros viram até agora, eu acredito que o apoiariam.

Assim que as palavras saem da boca de Violie, ela detém seu cavalo. Leopold faz o mesmo um instante depois e olha para ela, sem entender.

– O que foi? – pergunta ele.

– Precisamos que as pessoas conheçam você, que saibam que não é o rei mimado que fugiu quando Temarin precisava dele. Temos que fazer com que saibam que você está aqui, pronto para lutar por eles, para compensar seus erros. Não podemos mostrar isso a cada pessoa individualmente, mas rumores chegarão mais longe e mais rápido do que nós.

Leopold ainda parece confuso.

– Vamos até Kavelle – afirma Violie. – Tomando cuidado para evitar o exército bessemiano e fazendo algumas paradas ao longo do caminho, em vilarejos e cidades onde você possa se encontrar com algumas pessoas, pessoas que eu possa ter certeza de que têm a mente aberta. Elas contarão histórias sobre você para amigos e vizinhos, que as espalharão ainda mais. Qualquer um que queira se juntar à nossa causa será bem-vindo. Quando chegarmos a Temarin, podemos ter um exército ao nosso lado. Ou, se meu plano falhar miseravelmente, seremos apenas nós dois.

Leopold absorve a ideia, assentindo devagar.

– Se for esse o caso – diz ele, o olhar que está fixo nela tornando-se mais suave –, não há ninguém ao lado de quem eu prefira lutar.

Violie sorri, as palavras aquecendo seu coração; porém, ela balança a cabeça.

– Por mais que eu aprecie o sentimento, Leo, acho melhor não morrermos. Então vamos tentar recrutar um exército, certo?

A primeira cidadezinha a que Violie e Leopold chegam fica ao sul do rio Amivel. Eles percorrem o seu perímetro, mantendo distância e procurando sinais da presença bessemiana. Mas não precisam procurar muito. Uma bandeira de Bessemia balança na torre de vigilância, o símbolo dourado do sol contra um fundo azul-claro. Não é surpresa que os bessemianos tenham um baluarte ali, dada a proximidade da fronteira bessemiana, e não há como saber quantos soldados se instalaram dentro das muralhas da cidade.

Eles veem um pequeno bosque a leste e, quando se encontram em meio às árvores, desmontam.

– Você fica aqui – diz Violie a Leopold, passando-lhe as rédeas, que ele aceita sem reclamar.

Ela fica surpresa com a rapidez com que ele concorda. Esperava que Leopold fosse insistir em ele mesmo entrar na cidade, determinado a ser o herói, mas, em vez disso, o jovem assente.

– Vou levar os cavalos para pastar e beber água – avisa ele. E só então hesita. – Você não é novata em passar despercebida, eu sei disso, mas mesmo assim peço que tenha cuidado.

– Terei – ela lhe assegura, embora ambos saibam que é uma promessa vazia.

Se ela fosse verdadeiramente cuidadosa, não entraria em uma cidade ocupada pelo exército de Bessemia. Por outro lado, se ele também agisse com cautela, eles nem estariam em Temarin.

Violie descobre que consegue assumir seu sotaque temarinense com tanta facilidade quanto vestir uma capa velha, passando por dois guardas armados de sentinela em uma das entradas da cidade com um sorriso vazio e uma história sobre vir de um vilarejo ao sul para visitar os primos. Os guardas mal a olham antes de deixá-la entrar. Certamente não lhes ocorre verificar as botas dela, em uma das quais encontrariam um punhal.

Dentro do vilarejo, Violie para um momento para se orientar. Ela conheceu cidades e vilarejos suficientes em Vesteria para entender a disposição geral do lugar. Enquanto Hapantoile é cheia de tavernas e lojas que vendem de tudo, desde fitas até ferraduras, as cidadezinhas que visitou costumam ter apenas uma taverna, que serve como um centro para a comunidade.

Quando o encontra, o sol está começando a se pôr e a taverna já está se enchendo, com uma dúzia de moradores espalhada pelo salão principal – um grupo de três mulheres reunidas perto da lareira com seu tricô e canecas de vinho quente; dois homens curvados sobre uma mesa pequena demais para eles, rindo com suas cervejas; uma família de três pessoas com tigelas de sopa em um espaço reservado no canto; e um trio de adolescentes uns dois anos mais novos que Violie, sentados no balcão e fazendo piadas com a garçonete, alheios à irritação da garota.

Violie sente os olhares curiosos sobre ela enquanto se dirige ao balcão, cumprimentando a garçonete e pedindo uma caneca de cerveja. Em uma cidade tão pequena, a chegada de estranhos não é algo comum, ela apostaria, e motivo de cautela mesmo antes de grande parte de Temarin se tornar um campo de batalha. Violie corre os olhos pelo salão, sorri quando encontra o olhar de alguém e beberica sua cerveja. Ela escolhe um lugar vazio no canto mais distante, em grande parte oculto por uma coluna e longe o suficiente dos outros clientes para que ninguém pense que ela está bisbilhotando.

Pouco a pouco, os moradores percebem que ela não representa perigo e sua atenção se dissipa, voltando para suas próprias conversas. E embora Violie não esteja suficientemente perto de ninguém para ouvir o que estão dizendo, a linguagem corporal das pessoas lhe dá alguma ideia.

O círculo do tricô, por exemplo, está tenso, embora a tensão não pareça acontecer entre seus membros. Suas palavras são mais sussurradas do que faladas e a conversa é vaga e cautelosa. Os homens que riem parecem mais relaxados, embora, considerando a pele corada e os olhos vidrados, note-se que a cerveja que bebem nesse momento não é nem a primeira, nem a segunda. A filha que janta com os pais é jovem, 4 ou 5 anos, e aparentemente alheia à discussão latente entre os pais, que só falam com ela e não entre si. Os adolescentes, ela suspeita, estão assustados, sua risada estridente sendo tanto uma máscara quanto um bálsamo para o medo.

Ela pondera se deve se aproximar dos homens bêbados ou do círculo do tricô quando a porta é aberta com violência, o som estrondosamente alto de madeira batendo em madeira. Assim que Violie ouve o clique dos saltos das botas no assoalho de tábuas da taverna, ela sabe que se trata de soldados. Cinco deles, ela conta, sem erguer os olhos. Ela se imagina fundindo com a cadeira, misturando-se à sombra projetada pela coluna que a esconde parcialmente. Ela se imagina pequena e fácil de passar despercebida.

– Uma rodada de cerveja, moça! – grita um soldado para a garçonete em bessemiano.

A garota entende assim mesmo e se apressa em servir cinco canecas de cerveja. Mesmo de onde Violie está, do outro lado do pub, ela pode ver as mãos trêmulas da jovem.

Todos os outros na taverna ficaram em silêncio, a tensão que Violie notara momentos antes ainda maior. Até mesmo a criança ficou quieta, o olhar intenso fixo na mesa à sua frente.

– Estamos celebrando, não estamos, rapazes? – continua o mesmo soldado, um sorriso colado de um lado a outro do rosto, no qual instintivamente Violie tem vontade de dar um tapa.

Os outros soldados também sorriem, dando vivas e assentindo. O homem que Violie identifica como o líder entre eles dá um tapinha no ombro de um colega e ri.

– Pegamos os ladrões que estavam roubando do nosso arsenal.

Os soldados dão vivas novamente, mas a atenção de Violie é atraída para o grupo de adolescentes no balcão, a apenas cinco passos dos soldados. Um deles arqueja bruscamente com a notícia dada pelo soldado, embora mantenha o olhar fixo na superfície de madeira do balcão. Ele toma o cuidado de manter o rosto voltado para o lado oposto dos soldados para que não notem o medo que brota ali, mas Violie pode vê-lo perfeitamente. É um medo que ela já sentiu, quando descobriu sobre o golpe planejado para capturar e matar Sophronia e os outros nobres, e novamente quando descobriu que Daphne tinha ordens para matar Leopold pouco depois de deixarem Eldevale juntos para a jornada estelar do príncipe Cillian. Pavor, medo e impotência.

Mas Violie nunca ficou verdadeiramente impotente nessas situações. Nas duas vezes, ela se propôs a salvar as pessoas com quem se importava e sabe com uma certeza chocante que esse garoto fará o mesmo.

– E os pegamos bem a tempo da visita do barão amanhã... tenho certeza de que Sua Senhoria se deliciará em vê-los punidos.

O barão. Violie não esperava que a imperatriz enviasse um nobre para lutar em Temarin, embora o baronato seja um título relativamente inferior na hierarquia nobiliárquica. Talvez esse barão tenha algum talento militar que o fez se apresentar como voluntário para o cargo. No entanto, embora Violie tenha estudado os nomes e detalhes dos cortesãos temarinenses antes de a imperatriz enviá-la para ali a fim de espionar, não havia necessidade para que ela aprendesse sobre a nobreza bessemiana. Daphne e Beatriz podem saber quem é o barão, mas Violie não tem a menor ideia.

O garoto que Violie está observando sabe, porém. Ele fica ainda mais tenso ao ouvir o título, os nós dos dedos da mão que segura a caneca se tornando brancos. Os soldados também o observam com os amigos, na expectativa de algo, mas Violie não sabe dizer se eles conseguem ou não obter o que esperam. O líder também observa e Violie percebe com crescente temor que ele sabe exatamente o que está fazendo. Está provocando o garoto de propósito, para qual fim Violie só pode começar a supor.

Enquanto os soldados riem e bebem, alheios ou se regozijando com o desconforto do restante do salão, Violie observa mais de perto o garoto e seus amigos.

Ela os tinha descartado imediatamente por causa da idade, embora saiba que não são muito mais novos do que ela. Mais velhos, certamente, do que ela era quando começou a trabalhar para a imperatriz. Não que ela achasse que eles eram incapazes, apenas que as notícias do retorno de Leopold e da promessa de reconquistar Temarin teriam menos peso se partissem deles. Mas, olhando agora, ela percebe que não é apenas um dos garotos que está perturbado com as novidades dos soldados – todos eles estão. O outro garoto e a menina são simplesmente mais competentes em esconder a raiva reprimida.

Violie corre o olhar pelo salão novamente. Todos os moradores locais estão com raiva, ela sabe, mas a maior parte dessa raiva é abafada pelo medo. No entanto, embora ela tenha certeza de que os jovens no balcão sentem medo, a raiva que emana deles é tão forte que não deixa espaço para mais nada.

Ela leva a caneca de cerveja aos lábios e toma um pequeno gole enquanto os soldados se exibem para afirmar seu poder e intimidar. Eles mal olham na direção dela nem falam com mais ninguém, nem mesmo com a garçonete para acertar a conta. Mas, em meio ao ruído de suas risadas e gritos, a mente de Violie está trabalhando em grande velocidade, seu plano se transformando e ganhando corpo.

Leopold ficará furioso com ela, posto que o que seu novo plano envolve é a antítese da cautela, mas Violie sabe que, se estivesse em seu lugar, ele não hesitaria.

Beatriz

Quando Gisella começa a se mexer, Beatriz se empertiga, reprimindo um bocejo.

– Ah, que bom – comenta quando Gisella abre os olhos, grogue e confusa. – Já faz um tempo desde a última vez que deixei alguém inconsciente e estava começando a achar que tinha causado algum dano sério, o que não era minha intenção. Por ora.

Beatriz observa com grande satisfação enquanto Gisella lembra o que aconteceu antes de desmaiar. Naturalmente, ela tenta forçar os pedaços de tecido que a prendem à cadeira da mesa de jantar. Naturalmente, ela tenta gritar antes de perceber o quanto a mordaça que Beatriz fez com outro pedaço de tecido é eficaz. Quando enfim se convence de que está de fato presa, ela abre os olhos completamente e fita Beatriz com puro ódio.

Beatriz retribui o ódio com um sorriso frio.

– Talvez agora você esteja mais disposta a ter uma conversa apropriada.

Gisella revira os olhos e tenta falar mais uma vez – provavelmente algo como: *De que maneira vou conversar se você me amordaçou?* Embora seja impossível dizer com certeza.

– Infelizmente, você e Nicolo garantiram que eu nunca tivesse acesso a nada mais afiado do que uma faca de manteiga – prossegue Beatriz, mexendo em um item em seu colo e atraindo o olhar de Gisella para ele.

O rosto dela fica um pouco mais pálido quando percebe o que é.

– Mas você ficou dormindo por algumas horas e esse tempo foi suficiente para fabricar algo adequado para meus propósitos.

Beatriz levanta a perna de madeira que quebrou de uma das cadeiras. Ela usou a borda dura de um de seus pentes de cabelo de prata para moldar a forma já afunilada em uma ponta fina. Levou tempo e deu bastante trabalho, mas Beatriz está confiante de que pode causar algum estrago com esse objeto se exercer pressão suficiente.

Beatriz se levanta, indo em direção a Gisella, que se encolhe. Seu medo faz o sorriso de Beatriz se alargar e ela levanta a estaca improvisada, pressionando a ponta contra a delicada cavidade do pescoço de Gisella.

– Quero saber a extensão completa do seu acordo com minha mãe – ordena Beatriz. – E se eu suspeitar que você está mentindo ou escondendo algo, não vou hesitar em usar isto.

Gisella fuzila Beatriz com os olhos quando ela puxa a mordaça de sua boca de maneira brusca, deixando-a pendurada no pescoço de Gisella, logo acima da estaca.

– Então? – instiga Beatriz.

– Você já sabe – diz Gisella, sua voz mais calma do que deveria estar diante das circunstâncias. – Sua mãe me concedeu a liberdade e eu concordei em matar você... em solo cellariano, com minhas próprias mãos. Eu pretendia fazer isso bem rápido, mas agora estou reconsiderando.

Beatriz pressiona a ponta afiada da madeira contra o pescoço de Gisella com força suficiente para que sinta a pele se romper. Gisella solta um grito abafado, mais chocada do que com dor, mas isso é exatamente o que Beatriz quer. Por enquanto.

– Você perdeu a cabeça – diz Gisella, debatendo-se com mais força para tentar se soltar das amarras, mas, quando Beatriz aperta ainda mais a estaca, um lembrete do estrago que ela pode causar, Gisella fica imóvel.

– E você parece acreditar que mentir para mim é bom para você – retruca Beatriz. – Tente de novo. Você mesma me disse que havia mais em jogo.

– Eu estava te provocando – desdenha Gisella.

– Você já tinha a promessa de liberdade e, mesmo que não acreditasse em mim, tinha que saber que Pas manteria sua palavra – observa Beatriz. – Você é muitas coisas, Gigi, mas não acredito que seja uma negociadora ruim. O que mais minha mãe prometeu a você?

Gisella sustenta seu olhar por um momento antes de relaxar, os ombros se curvando. Ela até se inclina para a ponta da estaca, como se desafiasse Beatriz a usá-la.

– Eu preferiria ouvir sobre o *seu* plano, Beatriz. O que você imagina que acontecerá quando alguém descobrir que você me sequestrou, que me amarrou a uma cadeira e me feriu? Como você mesma apontou várias vezes, eu não sou uma princesa, mas não acho que será favorável para você atacar a irmã do rei.

– Talvez não – replica Beatriz com um sorriso. – Mas nós duas sabemos que Nicolo não ficará muito chateado com isso, não é?

Os olhos de Gisella faíscam.

– Além disso, não pretendo ficar muito tempo – acrescenta Beatriz, gesticulando para a mesa de jantar, onde estão os restos da vela, o frasco de poeira estelar brilhando entre os pedaços de cera.

Mas, enquanto a surpresa e o horror se mostravam claramente no rosto de Gisella quando ela descobriu que estava amarrada e amordaçada e viu a estaca de Beatriz, agora há apenas diversão.

– Ah, deve ter sido difícil conseguir isso. Estou impressionada, embora meu conselho seja não celebrar tão cedo assim – diz Gisella.

Ela está blefando, pensa Beatriz. Só pode estar. Porém, quanto mais Beatriz a observa, a maneira casual como se senta, o sorrisinho em seus lábios, a confiança em seus olhos...

– Do que você está falando? – pergunta Beatriz, sentindo um desconforto crescente.

O sorriso de Gisella se amplia, e, de repente, Beatriz tem a impressão de que é a outra garota que está com a arma.

– Se a magia pudesse te resgatar, Triz, certamente você não precisaria de poeira estelar para escapar. Você poderia ter desaparecido na primeira noite em que esteve consciente aqui, assim que viu pela janela uma estrela brilhar. Não me diga que você não tentou.

Beatriz sente o gelo se alastrar por suas veias.

– Não sei do que você está falando – diz ela, sua voz saindo surpreendentemente firme. Mas Gisella não acredita.

– Você acha que usando poeira estelar será diferente? Vá em frente, então. Tente.

Beatriz balança a cabeça.

– Você realmente não quer que eu saiba sobre seu acordo com minha mãe – diz ela.

– Beatriz, não preciso te dizer nem o que comi no café da manhã – replica Gisella. – Você cometeu um grave erro de cálculo. Mostrou suas cartas e esvaziou seu arsenal, acreditando que tinha uma saída. Mas, daqui a um momento ou uma hora, você logo vai perceber que está presa aqui, comigo, sem uma saída para escapar das consequências que terá que enfrentar. Eu recomendaria me soltar agora, antes que você faça algo ainda mais tolo.

O medo se acumula no estômago de Beatriz, porém ela tenta não deixar transparecer sua incerteza. Em seguida, recoloca a mordaça na boca de Gisella, abafando seu protesto, e então prende a estaca entre o braço e a costela enquanto pega o pequeno frasco de poeira estelar na mesa, usando as duas mãos para abri-lo. Talvez seja um blefe, ela pensa, mas seu instinto lhe diz que não é.

Trêmula, ela despeja a poeira estelar no dorso de uma das mãos. Como é apenas poeira estelar, ela precisa que seu pedido seja simples e modesto. Ela não vai arriscar pedir algo muito grande, sobretudo agora. Pedir para estar fora do palácio não vai funcionar e ela não se sente confiante em usar a poeira estelar para restaurar a própria magia. Sua melhor aposta é pedir ferramentas que lhe permitam escapar.

Beatriz pigarreia, um novo plano surgindo em sua mente.

– Quero que meus cabelos tenham a mesma cor dos de Gisella – pede ela.

É um plano simplório, se disfarçar de Gisella para passar pelos guardas do lado de fora da porta, mas é o melhor que ela tem agora.

Beatriz espera pela mudança no ar que sente ao usar magia, o zumbido silencioso que a preenche, o formigamento no couro cabeludo que sentiu no passado ao usar poeira estelar para alterar a cor dos cabelos. Nada acontece.

– Não funcionou – comenta Beatriz, mais para si mesma do que para Gisella, mas pode sentir a arrogância da outra garota, mesmo amordaçada.

Beatriz pega a estaca novamente, pressionando-a contra o pescoço de Gisella antes de remover a mordaça.

– O que você fez? – exige Beatriz, o pânico finalmente se apossando dela.

– Nada – diz Gisella rapidamente, mas, quando Beatriz pressiona a estaca com mais força, no mesmo lugar onde antes havia tirado sangue, os olhos de Gisella se arregalam.

Ela percebe que Beatriz está encurralada agora, o desespero suplantando a impotência.

– Foi sua mãe. Antes de deixarmos o palácio, ela me deu uma poção para você beber, que te deixaria inconsciente.

– Sim, eu me lembro disso – afirma Beatriz entre dentes cerrados.

– Mas havia algo a mais nela. Sua mãe disse que era de um empyrea... algo que impediria você de usar magia... fosse a sua própria ou da poeira estelar.

O maxilar de Beatriz se contrai e ela pressiona a estaca com mais força contra o pescoço de Gisella.

– Ela sabia?

Antes, porém, que Gisella possa responder, Beatriz ri, balançando a cabeça.

– Claro que sabia. Ela sabe de tudo.

Teria Nigellus feito o veneno?, Beatriz se pergunta. Ela duvida. Se ele tivesse feito, não estaria tão desesperado para tirar sua magia. Qual seria o sentido, se o veneno que ele criou faria o trabalho em poucas horas? Quem, então?

Ela não tem a resposta, mas não importa. Gisella está certa – Beatriz cometeu um grande erro de cálculo. A rota de fuga com a qual ela contava para tirá-la de Cellaria não existe mais e agora ela está presa em um quarto, tendo a irmã do rei como refém, na véspera do seu casamento com ele.

– Merda! – pragueja Beatriz.

Daphne

Daphne evita Bairre pelo resto do dia após a conversa com sua mãe, tentando decidir a melhor maneira de abordar a questão de sua ida para Bessemia. Ela sabe que não pode contar a verdade para ele. Não é que não confie nele, mas, diferentemente dela, ele não passou a maior parte da vida aprendendo a esconder todas as emoções. Daphne consegue ler no rosto dele cada pensamento que passa por sua mente, e sua mãe também conseguirá. A imperatriz precisa acreditar que Daphne confia nela, que acredita na mentira de que é especial demais, amada demais para ter o mesmo destino que as irmãs. E a única maneira de Daphne convencê-la disso é deixar que ela mesma acredite.

Essa perspectiva a apavora. Trata-se de um papel que se ajusta a ela como uma segunda pele e que a engolirá se ela permitir. Ela só precisará manter a farsa até que a mãe baixe a guarda, até que Daphne consiga se aproximar o suficiente para matá-la.

Ela só terá uma chance de fazer isso e, mesmo que *consiga*, sabe que provavelmente não viverá muito mais. Ninguém simplesmente mata uma imperatriz e sai impune. Mas Daphne sabe que a mãe não vai parar. Ela não vai parar até conseguir tudo o que quer, até que Daphne e Beatriz estejam mortas, e provavelmente muitas outras pessoas também, incluindo Bairre.

Daphne não comparece ao jantar, retornando ao seu quarto no início da noite e se ocupando com os preparativos para a partida de Friv. As criadas cuidarão de arrumar as malas, mas Daphne quer separar suas coisas pessoalmente, escolhendo o que levará e o que deixará para trás.

Enquanto remexe em seu guarda-roupa, acariciando os veludos sedosos e as peles macias, uma pontada de tristeza a atravessa. Assim que chegou a Friv, odiava tudo nesse lugar, sobretudo as roupas necessárias para o clima frio. Ela ansiava pelas sedas em tons pastel e os chiffons esvoaçantes que usava em Bessemia, vestidos que flutuavam ao seu redor como nuvens e expunham seus ombros ao calor do sol. Teria dado qualquer coisa para que sua mãe a chamasse de volta para casa.

Mas agora, sua *casa* é exatamente onde ela está e de onde não quer sair. Mais do que tudo, ela quer ficar aqui, passar o resto de seus dias em Friv, explorando sua natureza selvagem e toda a magia que o reino guarda, percorrendo cada centímetro dessa terra até conhecer todos os seus segredos e suas histórias. Numa outra vida, Bairre os contaria a ela enquanto passavam a vida juntos.

– Daphne?

Ela afasta os dedos que tocam os vestidos no guarda-roupa, virando-se para encarar Bairre, parado no vão da porta do quarto deles como se seus pensamentos o tivessem conjurado.

– Você não estava no jantar – diz ele, fitando-a com olhos preocupados. – Quer que eu mande trazer algo para você comer?

Daphne balança a cabeça. Só de pensar em comida seu estômago revira. Ela não sabe como começar essa conversa, como contar essa história que sabe que vai machucá-lo. Daphne sempre mentiu com a mesma facilidade com que respira, mas agora suas mentiras ficam presas na garganta, ameaçando sufocá-la.

– Vamos para Bessemia – solta ela de repente.

Surpresa e confusão travam uma luta no rosto de Bairre, sempre tão fácil de ler.

– Por que, em nome das estrelas, faríamos isso? – pergunta ele.

Daphne olha para o chão à sua frente, estudando o padrão de folhas tecido no tapete.

– Minha mãe e eu chegamos a um... entendimento. Ela concordou em me poupar e poupar Friv.

Bairre ri, mas, ao ver que Daphne não o acompanha, ele para de repente.

– Você está brincando – afirma ele. – E Beatriz? E Leopold e Violie? Essa trégua se estende a eles também?

Daphne está preparada para essa pergunta, mesmo que a resposta que precisa dar tenha gosto de cinzas em sua boca.

– Eles podem se cuidar sozinhos – diz ela a Bairre. – Minha mãe é uma pessoa pragmática, Bairre. Eu prosperei mais em Friv do que ela esperava, tenho mais aliados do que ela pensou ser possível. Nós colocamos nossas cartas na mesa e ela percebeu que Friv não vale o esforço que custaria para conquistá-la agora. Ela até parece me respeitar por isso.

Ela sabe que, se disser a ele que sua mãe afirma que mudou de ideia por amor, ele não vai acreditar. Não depois que Daphne soube que a imperatriz matou Sophronia. Essa, porém, é uma justificativa mais crível.

– Ela está contente em saber que seus descendentes governarão Friv, mesmo que ela nunca o faça. E vai oficialmente me nomear sua herdeira. Um dia, juntos, você e eu governaremos Friv e Bessemia.

– Eu não quero isso – diz Bairre, balançando a cabeça.

– Eu quero – rebate Daphne suavemente.

As melhores mentiras são as mais próximas da verdade, afinal, e existe uma parte de Daphne que *realmente* quer governar, que foi criada para isso, que acredita que faria isso bem. Há uma parte dela que deseja o poder, uma semente plantada pela mãe. E ela decide regá-la.

– Isso é o que eu quero, o que eu sempre quis, Bairre. Você sabia disso desde o momento em que nos conhecemos.

Bairre a olha como se nunca a tivesse visto e ela luta para manter a máscara, para reprimir a dor que a atravessa com aquele olhar.

– Ela está mentindo para você, Daphne – afirma ele, sua voz soando áspera. – Você precisa enxergar isso.

Daphne morde o lábio, considerando cuidadosamente suas próximas palavras, mantendo-se o mais próximo que ousa da verdade.

– Eu não confio nela – admite enfim. – E é justamente por isso que precisamos ir com ela para Bessemia. Ela não pode mandar me matar lá, não de uma maneira que lhe dê Friv. Contanto que eu não esteja em solo frívio, estou segura. Eu não acredito nela, mas acredito nisso.

Bairre continua a olhar para ela, uma dúzia de pensamentos cruzando seu rosto antes que seu maxilar se contraia. Ele assente uma única vez.

– Tudo bem.

Daphne pisca. Ela esperava que ele discutisse, que lhe dissesse o quanto ela está sendo egoísta, que se alinhar com a imperatriz é a pior ideia possível e que ele definitivamente *não iria* para Bessemia com ela. Ela até estava pronta para ameaçar contar a Bartholomew sobre seu envolvimento com a rebelião se ele se negasse.

– Tudo bem o quê? – pergunta ela.

– Tudo bem, vamos para Bessemia – explica ele, como se fosse a coisa mais simples do mundo.

Um riso sai à força dos lábios de Daphne.

– Você não quer ir para Bessemia – replica ela.

– Não, eu não quero – concorda ele. – Mas você está tramando alguma coisa e está me pedindo que eu a acompanhe, só há uma resposta que posso dar a isso.

Daphne abre a boca para responder, depois torna a fechá-la.

– Eu disse o que estou tramando – diz ela, esforçando-se ainda mais para manter o rosto impassível, as palavras neutras, para não lhe dar nenhuma pista abaixo da superfície.

Mas o olhar de Bairre apenas se intensifica; ele não está mais olhando para ela como um estranho.

– E eu conheço você – afirma ele, sua voz suavizando. – Eu sei que você não está me contando tudo e sei que tem uma razão para isso. Mas eu confio em você e acredito que saiba o que está fazendo.

Os ombros dela se curvam e ela esconde o rosto entre as mãos.

– Você deveria me odiar – diz ela. – Eu queria que você me visse como a filha da minha mãe.

O colchão onde Daphne está sentada afunda quando Bairre se senta ao seu lado.

– Lamento – responde ele, sem lamentar nem um pouco.

A mão dele descansa em suas costas, uma âncora que Daphne diz a si mesma que não quer.

– Eu te conheço bem demais para isso – continua ele.

Bairre está certo e, ao mesmo tempo, errado. Ela afasta a mão dele e se levanta, desesperada para criar alguma distância. Ela precisa que ele se ressinta dela, o suficiente para que a imperatriz perceba, pensando que sua influência os colocou em conflito, que Daphne está verdadeiramente isolada, bem como ela planejava.

– Minha mãe matou lorde Panlington – afirma ela de supetão, indo em direção à lareira e cruzando os braços.

Daphne se mantém de costas, não querendo ver o rosto dele nem deixar que ele veja o seu, já que pelo visto ele pode enxergar através dela tão bem quanto ela pode através dele.

Por um momento, Bairre fica em silêncio.

– Ela te contou isso? – pergunta ele.

Daphne balança a cabeça.

– Eu vi quando ela fez – responde Daphne. – Ela colocou um pó no chá dele e ele bebeu. Eu não tentei impedir.

Silêncio novamente, desta vez mais longo, mais alto.

Ela enfim se vira para olhá-lo.

– Eu poderia ter feito isso – diz ela. – Bastaria uma palavra. Eu nem precisaria falar, na verdade... poderia ter me levantado sob algum pretexto e tropeçado, derrubando a xícara dele. Eu poderia tê-lo salvado, mas não sem revelar minhas intenções para minha mãe, antes de estar pronta. Eu deixei um homem morrer para me proteger. *Essa* é quem eu sou, Bairre.

Ele balança a cabeça.

– Eu não acredito em você.

Daphne dá de ombros.

– Pergunte a Cliona, então. Ela sabe. Tenho certeza de que ela ficará encantada em lhe dizer o quanto sou parecida com minha mãe.

Bairre reflete por um momento antes de se levantar. Então se dirige à porta e sai sem olhar para trás.

Depois que Bairre sai, Daphne não se permite desmoronar nem por um só momento. Ela não pode fazer isso, caso contrário não saberá como se recompor. Em vez disso, ela anda pelo quarto enquanto a luminosidade lá fora desvanece, a luz pálida da lua entrando pela janela e se espalhando pelo chão. Mais do que tudo, ela quer estar com as irmãs, ouvir a voz delas novamente e lembrar a si mesma de que não está sozinha, que nunca esteve desde que as três vieram ao mundo juntas. Mas isso não é verdade. Sophronia está morta e Beatriz se encontra fora de seu alcance.

Daphne pensa em Beatriz – será que ainda está cativa em Cellaria? Violie e os outros já chegaram até ela? Daphne tem certeza de que saberia se Beatriz tivesse sido morta, mas ainda assim pode já... ser tarde demais. Ela pode muito bem nunca mais ver a irmã.

Seus passos vacilam e ela para no centro do quarto, aflita com esse pensamento, com a perspectiva de um mundo sem sua irmã. Daphne sempre foi aquela que pensa em tudo, que considera cada movimento cuidadosamente antes de agir, mas esta noite ela não se comporta assim. Ela age por instinto.

Então vasculha o quarto de cima a baixo até encontrar um pequeno frasco de poeira estelar escondido no fundo da mesa de Bairre. Ela o abre enquanto caminha em direção à janela, parando diante da janela e olhando para o céu que se estende infinitamente ao sul, repleto de estrelas. Normalmente, Daphne gosta de procurar constelações, de decifrar o enigma que elas apresentam. Essa noite, porém, ela deixa que seus olhos absorvam o céu em sua totalidade grandiosa e caótica. Nada de ordem, apenas caos.

– Por favor – pede ela, sua voz pouco mais que um sussurro enquanto esvazia o frasco de poeira estelar nas costas da mão, uma mancha escura e brilhante sobre a pele pálida. – Eu quero falar com Beatriz.

Daphne sente então a picada aguda da irritação da irmã e fica grata por isso.

Beatriz

Quando sente a presença de Daphne em sua mente, Beatriz não sabe se agradece às estrelas ou se as amaldiçoa.

– Daphne – diz ela, percebendo pelo olhar de surpresa e cautela de Gisella, como se Beatriz realmente tivesse perdido o juízo, que disse o nome em voz alta. – Precisamos mesmo trabalhar na escolha do melhor momento.

– O que houve? – pergunta Daphne.

A voz da irmã em sua mente é brusca e pragmática, sem perder tempo com cortesias ou perguntas bobas, e, embora Beatriz tenha muitas vezes revirado os olhos para o sangue-frio de Daphne, agora sua calma é um navio firme em águas tempestuosas e Beatriz sente-se grata por isso.

Gisella tenta falar através da mordaça – evidentemente alarmada, ainda que suas palavras sejam incompreensíveis –, mas Beatriz pressiona a estaca pontiaguda com mais força contra seu pescoço.

– Cala a boca – ordena Beatriz, ríspida.

– Com quem você está falando? – pergunta Daphne. – Porque sei que não está *me* mandando calar a boca.

– Não seria a primeira vez – observa Beatriz antes de atualizar Daphne, o mais rápido que pode, sobre como fez da irmã do rei de Cellaria uma refém na véspera do seu casamento, sem plano e, o mais importante, sem magia para ajudá-la.

– De alguma forma, mamãe sabia sobre a minha magia – conclui Beatriz. – Gisella diz que me drogou com algo que bloqueia a minha magia ou qualquer outra usada ao meu redor. O que arruína meu plano de fuga, mas estou... reajustando.

– Mamãe está sempre dois passos à nossa frente – diz Daphne.

Beatriz consegue imaginar seu rosto, decepcionado e resignado.

– Ela vai me levar de volta para Bessemia... Ela pensa que me aliei a ela, que eu realmente acredito que ela me poupará por amor. Contanto que continue pensando assim, em algum momento ela vai baixar a guarda. E no instante em que fizer isso, eu a matarei, Triz. Você pode aguentar um pouco mais?

Beatriz olha para Gisella, furiosa e amordaçada, os pulsos e tornozelos ainda amarrados à cadeira. Beatriz não consegue imaginar como sairá dessa – nem Nicolo poderá ajudá-la quando a corte descobrir que ela sequestrou a irmã do rei e que tentou usar poeira estelar. E, quando Nicolo souber que ela estava tentando fugir e quebrar seu acordo, ela duvida que ele sequer tentará. Talvez ele até dê força para sua execução também.

Mas Beatriz não pode contar isso a Daphne. Só serviria para preocupar a irmã. Ela pensa na última conversa com Sophronia, em como a irmã teve a chance de se despedir. Talvez Beatriz devesse fazer o mesmo agora, mas não sabe se isso seria uma gentileza ou uma maldição. Teria sido melhor se Sophronia lhes tivesse dado falsas esperanças? Feito promessas que sabia que não poderia cumprir? Beatriz não tem certeza.

– Não se preocupe comigo – diz a Daphne, fazendo a escolha egoísta.

Ela não suporta dizer adeus, por mais que Daphne possa merecer ouvir isso.

Por um instante, Daphne permanece quieta, mas, quando fala de novo, sua voz é aguda.

– Isso não foi uma resposta – comenta ela. – Não vou perder outra irmã, Triz.

Beatriz fecha os olhos. Deveria saber que Daphne não permitiria que ela blefasse para sair dessa. Ela respira fundo. Se este for o último momento que tem com a irmã, Daphne nunca a perdoará por manchá-lo com mentiras.

– Estou encurralada – cede Beatriz, escolhendo a verdade. – Não há saída sem magia... uma magia que não consigo acessar.

Daphne não diz nada, mas Beatriz pode praticamente ouvi-la pensando, mesmo do outro lado de Vesteria.

– Talvez eu consiga – diz ela, por fim.

Daphne

Daphne sente o ceticismo de Beatriz, mas não tem tempo para explicar a ideia louca e desesperada que lhe ocorreu. Ela vai direto para o seu lado da cama, para o vaso de samambaia que se encontra ali. Segurando a planta com firmeza pela base do caule, ela a arranca do vaso. Em seguida, enfia os dedos na terra na base da planta e vasculha as raízes, pouco se importando com a sujeira que faz, até encontrar a pulseira com o pedido, que sua mãe lhe deu quando saiu de Bessemia. Depois que Violie se recusou a aceitá-la, Daphne a escondeu com cuidado, para o caso de a imperatriz enviar um de seus espiões para recuperá-la.

Pode muito bem não funcionar. A magia nas pulseiras era forte o suficiente para que Beatriz e Sophronia resgatassem outras pessoas, transportando-as de um lugar para outro num piscar de olhos, mas ambas estavam no mesmo ambiente que as pessoas que pretendiam salvar. Daphne não está.

– Daphne? – chama Beatriz.

Daphne vira a pulseira nas mãos, sabendo que precisa se apressar antes que a conexão entre elas se quebre, mas não tem certeza do que pedir. A poeira estelar será suficiente para transportar Beatriz até Bessemia? E Beatriz estará em uma situação melhor lá, indefesa e sozinha, cercada pelos aliados da mãe? Há muitas armadilhas se ela seguir por esse caminho.

Mas há outro pedido que pode ser feito, ela se dá conta.

Talvez não funcione – mas tudo isso é uma última tentativa desesperada e Daphne sabe que, mesmo que falhe, nunca se arrependerá de usar seu pedido assim, fazendo tudo ao seu alcance para salvar a irmã.

– Beatriz – diz ela, colocando a pulseira com o desejo na escrivaninha e pegando um livro pesado da prateleira ao lado.

Ela pousa o livro em cima da pedra e apoia as mãos na capa.

– Eu te amo. Me encontre em Bessemia. Vamos derrubar mamãe juntas.

– Daphne, o que você está...

Daphne põe todo o seu peso sobre o livro, sentindo a pedra se desfazer sob a pressão.

– Eu quero que Beatriz tenha novamente acesso pleno e irrestrito à sua magia.

Beatriz

Eu quero que Beatriz tenha novamente acesso pleno e irrestrito à sua magia.

Beatriz ouve as palavras da irmã e sente o eco delas em seus ossos, reverberando por todo o seu corpo e abafando tudo o mais.

Quase.

Gisella se contorce sob a ponta da estaca, aparentemente temendo que Beatriz tenha enlouquecido a ponto de não se importar com o pedaço de madeira pontiagudo em seu pescoço.

Beatriz *não* se importa – ela tem apenas uma vaga consciência do próprio corpo se lançando em direção à janela, do ruído da estaca batendo no assoalho de tábuas, do barulho muito mais alto da cadeira de Gisella tombando no chão quando ela se joga para trás, a cadeira de madeira se despedaçando. Beatriz não se importa com nada disso – ela abre as cortinas que fechou antes e apoia as mãos no parapeito da janela, respirando profundamente o ar da noite, com a sensação de que até aquele momento estivera se afogando e agora não conseguia respirar fundo o suficiente.

Gisella deve ter soltado as mãos, porque ela remove a mordaça e grita, mas ainda assim Beatriz não se vira, nem mesmo quando a porta da sala de jantar se abre e as botas pesadas dos guardas se aproximam, nem mesmo quando eles avaliam a cena: Gisella ainda parcialmente amarrada à cadeira quebrada, o frasco vazio de poeira estelar e os resíduos nas costas da mão de Beatriz – evidência de que ela a usou.

Beatriz mal tem consciência de qualquer uma dessas coisas. Ela está em êxtase com a luz das estrelas que começam a aparecer no céu escurecendo. Ela sente sua luz na pele, envolvendo-a como um abraço. Sente a magia em seu coração, queimando e se espalhando pelo resto do seu corpo, uma sensação insuportável, mas que ao mesmo tempo causa euforia.

Quando um guarda a alcança, torcendo seus braços para trás e arrastando-a para fora da sala, Beatriz não resiste. Em vez disso, fita as estrelas até não poder mais vê-las e sorri.

O pedido de Daphne funcionou – ela pode sentir sua magia na ponta dos dedos outra vez, implorando para ser usada. E assim que estiver sob a luz das estrelas novamente, ela a usará, não importa o que isso lhe custe.

Os guardas amarram as mãos de Beatriz e a deixam no sofá da sala de estar, murmurando entre si, perplexos, enquanto vão libertar Gisella. Eles vêm atuando como guardas para Beatriz desde que ela voltou para Cellaria; certamente perceberam que a estavam mantendo presa tanto quanto em segurança, mas ela ainda é uma princesa de Bessemia, prestes a se tornar a rainha de Cellaria, e por isso eles não sabem o que fazer com ela – levá-la para a masmorra? Certamente não.

Enquanto eles desamarram Gisella, Beatriz se maravilha com a magia que ainda sente correndo através de seu corpo após seu breve momento na janela. O pedido de Daphne funcionou – disso ela sabe. Mesmo sentindo o que sentiu, mesmo experimentando a magia que ainda a reivindica naquela sala sem janelas, ela não consegue acreditar completamente.

Beatriz mal pode esperar para lançar seus braços em torno de Daphne e agradecer à irmã – e ela fará isso. Assim que sair daquele palácio, irá para Bessemia encontrar Daphne.

– Ela está devidamente contida? – pergunta Gisella aos guardas, entrando na sala de estar enquanto esfrega os pulsos agora irritados e vermelhos nos pontos que estavam presos pelas tiras de tecido.

Gisella não espera que os guardas respondam, olhando para Beatriz com os olhos semicerrados.

– Bom. Então busquem meu irmão agora mesmo... vocês dois.

– Certamente um de nós deveria ficar com vocês, lady Gisella – sugere um dos guardas.

– Não é necessário – retruca Gisella com frieza. – Vão. Agora.

Eles se apressam em obedecer à ordem dela e saem correndo da sala, fechando a porta firmemente atrás deles. Quando estão sozinhas, Gisella se vira para encarar Beatriz e, à luz suave da lareira, o ponto em seu pescoço de onde Beatriz tirou sangue se destaca ainda mais, uma mancha carmim contra a pele clara. Beatriz espera que ali fique uma cicatriz – algo que faça Gisella lembrar-se dela.

– O que – diz Gisella entre dentes cerrados –, em nome das estrelas, foi *aquilo*?

Beatriz sabe que precisa lidar com o assunto com cuidado. Se Gisella suspeitar que ela recuperou seu poder, vai mantê-la trancada em um quarto escuro pelo resto de seus dias. Mas Gisella viu sua reação; ela sabe que *alguma coisa* aconteceu com ela para causar aquilo.

– Minha irmã está morta – responde Beatriz, invocando lágrimas aos olhos, e elas vêm prontamente.

Ela sempre foi boa em chorar quando queria.

– Isso não é novidade – sentencia Gisella, franzindo a testa.

– *Daphne* está morta – esclarece Beatriz. – Ela usou poeira estelar frívia para entrar na minha mente em seus últimos minutos. Eu *senti* alguém cravar uma faca em seu coração; como se estivesse acontecendo comigo. – Ela engasga com as palavras.

Algo parecido com empatia passa pelo rosto de Gisella, desaparecendo rapidamente, mas não rápido o suficiente.

– Não me diga que você vai oferecer condolências – diz Beatriz asperamente para Gisella, sabendo que simples lágrimas de luto não serão críveis. Ela precisa fingir choque, recorrer à raiva. – A única coisa que você lamenta é que o assassino dela conseguiu matá-la antes que você pudesse me matar.

Gisella engole em seco, desviando o olhar de Beatriz.

– Bem, eu não ia cravar uma faca em seu coração – observa ela após um momento. – Essa é uma maneira feia e dolorosa de morrer. Eu pretendia deixá-la morrer enquanto dormia.

– Que generosa – comenta Beatriz, cada palavra gotejando ácido.

Gisella dá de ombros.

– Eu nunca afirmei que era generosa – diz ela.

Beatriz encara Gisella por um momento. Por mais *blasé* que tente parecer, algo em sua expressão mostra uma rachadura. Mas Beatriz não tem a intenção de lhe permitir nem um pingo de autopiedade.

– Mas me diga uma coisa – começa ela. – Seu acordo com minha mãe será mantido se eu for morta antes de me casar com Nicolo? Afinal, eu devo morrer como uma rainha, não como traidora e herege. Não vai ser fácil para ela usar minha morte como desculpa para invadir Cellaria se essa morte for justificada.

Gisella ri.

– Você acha que Nicolo vai ordenar sua execução?

Não antes que ela tenha a chance de ver as estrelas por tempo suficiente para fazer um pedido, Beatriz espera.

– Acho isso muito mais provável do que ele se casar comigo agora – responde ela.

– Ah, Beatriz – diz Gisella, balançando a cabeça. – Você não entende nada, não é?

Antes que Beatriz possa perguntar o que ela quer dizer, a porta se abre e Nicolo entra, ladeado pelos guardas de Beatriz. Ele observa a cena – o pescoço ensanguentado de Gisella, os pulsos amarrados de Beatriz. Seus olhos castanho-escuros estão pensativos, embora ele não pareça nada surpreso.

– Podem ir – ordena Nicolo aos guardas, sua voz surpreendentemente suave. – E se vocês falarem uma só palavra do que aconteceu esta noite para alguém, vão se arrepender até o último suspiro... que não vai demorar muito a acontecer.

Os guardas assentem com um murmúrio e fazem reverências profundas antes de deixar a sala. Quando se vão, Nicolo fica em silêncio por mais um minuto. Decidindo de quem ele quer ouvir a história primeiro, Beatriz percebe. Ela resolve não dar a ele essa escolha.

– Você não me disse para manter Gisella por perto? Eu estava simplesmente seguindo seu conselho – explica Beatriz, mantendo a leveza na voz.

Ela já conseguiu manipular Nicolo antes, embora fazer isso na frente de Gisella seja infinitamente mais desafiador.

– Ela trouxe poeira estelar para o palácio – intervém Gisella. – E a usou.

Beatriz franze a testa, assumindo uma expressão de perplexidade.

– Eu com certeza não fiz isso – afirma ela.

– Se você não acredita em mim, olhe a mão dela – diz Gisella ao irmão.

Nicolo se aproxima de Beatriz, a expressão indecifrável. Os guardas amarraram as mãos de Beatriz à frente do corpo, então, quando ele segura seus pulsos, não há como esconder o pó brilhante espalhado nas costas de uma delas.

– Poeira estelar falsa – argumenta Beatriz, a história tomando forma em sua mente à medida que ela fala. – Parece convincente, não é? Eu lhe disse que sua irmã queria me matar e, como você se recusou a me ajudar, tomei as rédeas da situação. Foi uma manobra e tanto convencer Gisella de que eu tinha conseguido poeira estelar quando, na verdade, era só um pouco de pérola triturada e cinza da minha lareira. – Ela suspira. – Sim, tudo bem, eu a acertei, deixando-a inconsciente, e a amarrei a uma cadeira por algumas horas. Acho que você não pode realmente me culpar por isso, levando-se tudo em consideração. Mas eu queria que nós chegássemos a um... entendimento antes do casamento e pensei que, se a enganasse, fazendo-a acreditar que eu tinha poeira estelar à minha disposição, ela ficaria mais inclinada a atender minhas exigências.

– Exigências como não te matar – diz Nicolo.

– Precisamente.

Beatriz sorri, satisfeita ao ver os lábios dele se curvando, como se tentasse reprimir um sorriso.

Gisella também percebe.

– Nico, você não pode ser tão tolo a ponto de acreditar nisso – diz ela. – Quando a explicação mais óbvia é que ela usou poeira estelar para tentar escapar.

– Se usei – rebate Beatriz lentamente, franzindo os lábios como se um pensamento acabasse de lhe ocorrer –, por que ainda estou aqui? Como você disse, eu a usei.

Ela ergue os pulsos amarrados como prova.

– Se a usei, o que foi que pedi?

Gisella abre a boca para responder, mas logo torna a fechá-la. Não há resposta que possa dar, não sem explicar a Nicolo que Beatriz é uma empyrea cujo dom foi retirado. Ela poderia seguir esse caminho, mas, se não contou a verdade ao irmão desde o início, certamente parecerá uma mentira oportunista agora. Gisella deve perceber isso também, porque muda de direção.

– Ainda assim, ela me sequestrou – insiste Gisella. – Ela me deixou inconsciente, me manteve refém por horas, colocou uma arma improvisada no meu pescoço e me *cortou*. – Ela gesticula, apontando o machucado em seu pescoço. – Além disso, estava tentando escapar um dia antes do seu casamento. Você pode imaginar que idiota você pareceria se ela tivesse conseguido?

– Ah, eu não ia escapar – rebate Beatriz, rindo. – Por que eu faria isso, Nico, depois de tudo que discutimos?

Ela deixa as palavras ecoarem pela sala, certa de que Nicolo não quer que Gisella saiba sobre o acordo que fizeram.

Beatriz vê o alerta nos olhos dele com a menção do acordo. E sorri.

– Não, isso não seria prudente – concorda Nicolo antes de se virar para a irmã. – Bem, você é a parte lesada desta vez, Gisella. O que gostaria que eu fizesse? – pergunta a ela.

Os olhos de Gisella disparam entre Beatriz e Nicolo. Beatriz tem certeza de que ela possui muitas perguntas na ponta da língua, mas nenhuma que vá verbalizar até que ela e Nicolo estejam sozinhos. Ela considera a pergunta dele por um momento.

– Faltam menos de vinte e quatro horas para o casamento – afirma Gisella. – Você ainda está decidido a seguir com isso?

– Estou – responde Nicolo.

– Então acredito que devemos garantir que nada mais dê... errado – diz Gisella. – Posso preparar uma poção que a fará dormir até pouco antes da cerimônia. Para evitar que ela cause mais problemas.

– Eu não vou tomar nada que ela prepare – protesta Beatriz. – Ela quer me matar.

– Eu não quero – replica Gisella, como se a ideia fosse ridícula.

A própria Beatriz está ciente de que soa paranoica, mas não está disposta a correr riscos e precisa sair de Cellaria *esta noite*. E não pode fazer isso se estiver drogada.

– O que você sugere? – Nicolo pergunta a Beatriz. – Afinal, você de fato a atacou, e, se tentar escapar novamente na noite antes do casamento, Gisella está certa... isso me faria parecer um idiota.

– Claro – concorda Beatriz, engolindo uma resposta mais afiada.

Ela pensa no que pode ceder agora e no que não pode. Invoca a maneira como costumava sorrir para ele, quando estava tão tolamente apaixonada.

– Eu quero me casar com você, Nicolo, e quero o futuro que discutimos. Mas, se isso ajudar a tranquilizar sua mente, concordarei em tomar uma poção para dormir com uma condição.

– E qual seria essa condição? – pergunta ele.

– Que Gisella tome a mesma poção que eu – responde ela. – Quero que ela diga aos guardas, na minha presença, exatamente de quais ingredientes ela precisa, depois quero que eles tragam esses itens. Quero que ela prepare a poção aqui, onde eu possa ver tudo o que ela faz.

Nicolo reflete sobre o pedido, mas a expressão de Gisella azedou. Isso significa que Beatriz terá que esperar mais um dia e torcer para que possa ver as estrelas antes de se casar com Nicolo, mas pelo menos ela pode ter certeza de que acordará no dia seguinte.

Nicolo assente uma vez, com firmeza.

– Um acordo justo – diz ele, olhando para a irmã. – Você o considera aceitável?

Gisella parece querer dizer não, mas deve perceber que não pode fazer isso sem praticamente confirmar que está planejando assassinar Beatriz, porque, por fim, suspira alto e diz:

– Muito bem. Eu concordo.

Violie

Quando o grupo de jovens deixa a taverna, Violie também sai, seguindo-os pelo caminho de terra que parte do estabelecimento e passa por uma fileira de casas de pedra de um único andar, com telhados de palha e chaminés fumegantes. No fim da rua, eles continuam andando, atravessam um portão e entram em um campo. Violie não pode segui-los sem ser vista, então fica para trás e, a distância, observa o trio entrar em um pequeno celeiro escuro no outro lado do campo. Instantes depois, o brilho suave de uma vela aparece na janela do segundo andar.

Ela não pode afirmar com certeza que apenas os três estão no celeiro, mas apostaria muito dinheiro nisso, então atravessa rapidamente o campo sozinha. Diante da porta, ela hesita – deve bater? Ou isso só serviria para deixá-los em alerta? Entrar sem avisar seria melhor ou pior?

Antes que possa decidir, ouve passos abafados atrás dela e não tem nem tempo de se virar antes que um saco de estopa áspero cubra sua cabeça, uma corda apertando seu pescoço é usada para prender o saco. Violie sabe que gritar de nada adiantaria, mas se debate, jogando seu peso para trás e tentando desestabilizar seu agressor, as mãos buscando alcançar o punhal em sua bota, mas quem quer que tenha coberto sua cabeça com o saco é rápido ao amarrar seus braços também.

– Quem é você? Por que está nos seguindo? – Uma voz ríspida soa em seu ouvido; masculina, ela supõe, e jovem.

Um dos integrantes do grupo que ela seguiu, ela se dá conta, relaxando ligeiramente. Ele faz a pergunta em bessemiano, deduzindo que Violie é um deles. O que ela é, supõe, mas isso não a torna inimiga deles.

– Não quero fazer mal a vocês – responde ela em temarinense, mantendo a voz calma.

– Isso – diz outra voz, essa vindo de um ponto à sua frente com uma cadência mais alta; a garota, ela pensa – não é uma resposta para nenhuma das perguntas.

Violie respira fundo.

– A resposta para a primeira pergunta é longa e eu preferiria dá-la em circunstâncias mais confortáveis – replica ela. – Mas, respondendo à segunda: eu vim para impedi-los de cair, como tolos, na armadilha que aqueles soldados claramente prepararam para vocês na taverna.

O silêncio segue suas palavras.

– Levem-na para dentro – diz a garota por fim, a voz dura. – Rápido, antes que alguém a veja.

Mãos agarram os braços de Violie, puxando-a para a frente. Embora o saco sobre sua cabeça a impeça de ver, ela sente quando pisa no interior do celeiro, pois a grama macia sob suas botas dá lugar à terra compactada. Uma porta se fecha atrás dela no momento em que o capuz é arrancado rudemente de sua cabeça. Violie pisca, seus olhos se ajustando lentamente ao brilho quente de uma lanterna que o garoto que ela notou primeiro na taverna, aquele cujas articulações nas mãos ficaram brancas de tensão, segura. Os cabelos dele são escuros, enquanto o outro garoto é louro, mas há uma semelhança marcante no formato do rosto e no azul de seus olhos.

Agora o medo dele se foi, sendo substituído por uma raiva fria.

– Eles mandaram você? – pergunta ele.

Os soldados bessemianos, ele quer dizer. Violie balança a cabeça.

– Eu não estou com eles – responde em temarinense.

Um sorriso duro corta o rosto dele.

– Pare de fingir – diz ele. – Você fala temarinense bem, mas não consegue esconder o sotaque.

Violie se surpreende. Sempre teve muito orgulho de suas habilidades linguísticas e ninguém jamais criticou seu sotaque antes. Porém, o sotaque temarinense que ela aprendeu era polido e nobre, projetado para se misturar com os outros no palácio e em Kavelle, caso precisasse usá-lo. Talvez seja mais difícil esconder o bessemiano natural aqui, onde o modo de falar destaca suas falhas.

Ela solta um suspiro baixo.

– Eu disse que quem eu sou é uma longa história – insiste ela, testando o nó da corda grossa que prende seus pulsos com um puxão, mas ele está firme. – Sim, é verdade, eu nasci em Bessemia, mas não estou alinhada aos soldados que estão com seus amigos. – Ela olha para eles, fitando os olhos de cada um antes de continuar. – Estou com o rei Leopold.

Ela deixa as palavras se assentarem, atordoando-os a princípio, embora o choque logo dê lugar à incredulidade.

– O rei Leopold está morto – diz a garota, com desdém. – Só os tolos acreditam no contrário.

– Ele não está – corrige Violie. – Embora não por falta de tentativas por parte de muitas pessoas, nenhuma com mais afinco que a imperatriz Margaraux. É por isso que estou aqui e ele não. Se o encontrarem, ele vai se sentar ao lado de seus amigos em qualquer prisão que tenham estabelecido, embora eu duvide que esperem pelo *barão*, seja lá quem ele for, para matá-lo.

Os três trocam um olhar e, por um longo momento, ninguém fala.

– Se o rei Leopold não está morto, ele é um traidor – sentencia o garoto louro. – Se os soldados querem matá-lo, podem ir em frente. Não vamos ficar de luto por ele.

Violie esperava por isso, mas ainda há uma pequena parte dela que quer defender Leopold. Eles só ouviram histórias de quem ele foi e ela não pode culpá-los por qualquer opinião negativa baseada nisso. E não há como mudar essa opinião com as palavras dela, Violie sabe.

– Não – concorda ela. – Não suponho que ficariam. Vocês não devem a ele mais lealdade do que devem à imperatriz, não é?

A garota parece querer protestar, mas logo fecha a boca.

– Mas ele deve a vocês – prossegue Violie. – Ele deve a todo Temarin uma dívida que está ansioso para pagar. E vai começar libertando seus amigos dos soldados bessemianos.

Outro longo e cauteloso momento de silêncio se segue, mas, dessa vez, o olhar que os três trocam é carregado de algo diferente – esperança.

– Amigos não – diz baixinho o garoto de cabelos escuros. – Minha irmã... nossa irmã – acrescenta ele, apontando para o garoto louro.

Irmãos, Violie percebe, o que explica a semelhança.

– E a minha também – acrescenta a garota. – Daisy e Hester. Nossos pais disseram para que elas tomassem cuidado, que provocar os soldados não valia o que aconteceria se fossem pegas, mas é claro que elas não ouviram. Elas nunca ouvem.

Violie se lembra do que os soldados disseram, como parecia que os ladrões que eles capturaram vinham lhes causando problemas havia algum tempo.

– Imagino que não foi a primeira vez que roubaram o arsenal – diz ela devagar.

– Não – responde o garoto de cabelos escuros. – Foi a quinta vez este mês.

Violie fica impressionada – sobretudo porque, após a primeira vez, os soldados deveriam ter ficado em alerta máximo. No entanto, continuar a roubá-los foi uma tolice e era apenas uma questão de tempo até que as habilidades das ladras fossem prejudicadas pela má sorte. Uma atitude tola, ela pensa, mas incrivelmente corajosa. Não muito diferente de Leopold.

– E vocês sabem onde elas estavam escondendo os espólios dos roubos? – pergunta ela.

Novamente, os três se entreolham, numa conversa sem palavras.

– Como sabemos que está dizendo a verdade? – pergunta a garota. – Você pode ser uma espiã, enviada por eles para que a gente te leve até as armas que nossas irmãs roubaram. Isso faz muito mais sentido do que um rei morto retornando.

Violie sabe que ela está certa, mas não tem qualquer prova real consigo. Mesmo se ela os levasse até Leopold, como saberiam que ele é quem diz ser? Ela duvida que eles já o tenham visto pessoalmente; com certeza nunca chegaram perto o suficiente para saber como é seu rosto.

– Eu disse que a história de quem eu sou é longa – replica ela. – E, se não se importarem, eu apreciaria usar as minhas mãos e ter um lugar confortável para me sentar enquanto a conto.

Após outro momento de hesitação, o garoto de cabelos escuros segura um dos braços de Violie e ela sente o metal frio de uma faca em seus pulsos um instante antes de as cordas que a prendem serem cortadas.

Violie não omite nada na história de seus últimos anos, começando com o momento em que invadiu o laboratório de Nigellus no palácio para roubar poeira estelar quando tinha 14 anos, desesperada depois que a mãe caiu doente com véxis, que certamente a mataria. Ela permanece sentada de pernas cruzadas em um fardo de feno enquanto os três jovens – que se apresentam como Helena, a garota; Louis, o garoto de cabelos claros; e Sam, o irmão de cabelos escuros – a observam com olhos cautelosos. Esses olhos ficam ainda mais cautelosos quando ela conta a verdade sobre seu envolvimento inicial com a imperatriz e Violie se pergunta se, talvez, tamanha franqueza tenha sido um erro. Mas não – Leopold está assumindo seus erros; o mínimo que ela pode fazer é assumir os dela também.

Ela conta sobre sua chegada a Temarin e como se infiltrou no palácio antes da vinda de Sophronia, e então fala sobre a princesa assustada e ansiosa para fazer o que a mãe a criou para fazer, até ver o efeito que isso teria sobre o povo temarinense. Ela fala sobre o coração doce e a mente afiada de Sophronia e como, apesar do medo que tinha da imperatriz, ela a desafiou para proteger Temarin. Conta como, em um dos atos finais de Sophronia, ela salvou o rei Leopold e, ao fazer isso, levou-o a se tornar um homem melhor e um rei melhor.

– Não vejo por que deveríamos nos importar – diz Helena no silêncio que se segue ao relato de Violie sobre a execução de Sophronia e como os gritos de Leopold chamando o nome dela foram abafados pelos vivas e vaias da multidão. – A realeza e a nobreza nunca se importaram com a gente.

– É verdade – concorda Violie, pensando em como viu o palácio temarinense quando chegou lá, os cortesãos cobertos de joias e sedas bebericando intermináveis taças de champanhe enquanto aqueles que viviam na cidade, fora das muralhas do palácio, morriam de fome.

Talvez Sophronia discordasse dela se estivesse ali – ela tem certeza de que sim –, mas Violie não tem lágrimas a derramar pela maioria dos nobres mortos quando os rebeldes sitiaram o palácio. Se a rebelião tivesse sido orquestrada por temarinenses exigindo mudanças daqueles que os mantinham no cabresto, Violie poderia até aplaudi-los por reagirem, mas, em vez disso, os rebeldes foram direcionados pela imperatriz Margaraux, tendo o caos que os motivava disfarçado de justiça.

– Não vou dizer que Temarin era um paraíso antes do cerco... vi o suficiente para saber que não era o caso. Mas e isto? Agora? – pergunta ela. – Isto é melhor?

Ela sabe a resposta a essa pergunta e não espera que eles falem.

– Claro que não. Claro que é pior, ou suas irmãs não estariam presas, aguardando julgamento por esse tal *barão*, não importa quem ele seja.

Os três trocam um olhar carregado à menção de seu nome e Violie arquiva isso em sua mente com crescente apreensão.

– Mas não estou pedindo que escolham entre duas situações insustentáveis. Estou pedindo que ajudem o rei Leopold a criar um Temarin melhor, que sirva a todos, não apenas àqueles poucos privilegiados nascidos nas famílias certas. Ele não está aqui apenas para arrancar as ervas daninhas da invasão bessemiana... ele veio plantar sementes também. E ele precisa da ajuda de vocês para isso.

O silêncio segue suas palavras até que Louis o quebra, pigarreando.

– O que aconteceu depois com o rei Leopold? – pergunta ele. – Depois que a rainha Sophronia foi executada?

Violie consegue esboçar um breve sorriso.

– Vocês vão deixar que ele conte pessoalmente?

As entradas da aldeia são guardadas por soldados bessemianos, e, enquanto Violie, como visitante, pode passar sem levantar suspeitas, Helena, Louis e Sam não podem. Se Violie tiver razão sobre os guardas estarem preparando uma armadilha ao provocá-los sobre o encarceramento de suas irmãs, sair da aldeia a essa hora da noite na companhia de uma estranha só aumentará o tamanho do alvo em suas costas. E caso alguém decida seguir seu rastro, isso os levaria diretamente até Leopold.

Ao contrário dos soldados bessemianos, no entanto, Helena, Louis e Sam viveram na aldeia a vida toda e conhecem cada janela rachada e cada pedra solta. Eles sabem que uma dessas pedras soltas pode ser encontrada no lado norte do muro que cerca a aldeia, na base dele, escondida por um arbusto de mirtilo no jardim da Sra. Hastel. Quando a pedra é removida, revela um túnel que se estende sob o muro, oferecendo uma rota de fuga para qualquer pessoa pequena e destemida o suficiente para passar por ele.

Violie mal consegue passar, arrastando o corpo pela terra macia com a ajuda dos cotovelos, torrões de terra caindo em seu rosto, tornando pouco sensato abrir a boca para ofegar em razão do esforço. Quando ela finalmente vislumbra a abertura à frente, todos os seus músculos queimam e, a despeito do frio do inverno, uma fina camada de suor cobre sua pele. Quando sua cabeça emerge na superfície, ela enfim se permite inspirar profundamente, limpando com o dorso da mão suja o rosto mais sujo ainda e piscando para ver melhor o novo ambiente.

Um pequeno bosque, ela nota, e um que lhe é familiar.

– Você demorou bastante – sussurra Helena, sem se dar ao trabalho de esconder o sorriso.

Violie permite à garota sua satisfação – em alguns anos, Helena ou deixará para trás os membros magricelas e terá dificuldade de passar pelo túnel, ou estará morta. Qualquer que seja o caso, é bom que ela aproveite para tirar alegria de onde puder encontrá-la.

Louis e Sam também passaram pelo túnel antes de Violie e agora estão ali parados, falando em voz tão baixa que ela não consegue entender. Violie corre os olhos pelo bosque, procurando um sinal de Leopold ou dos cavalos. Certamente ela ouviria pelo menos os cavalos, pensa com crescente apreensão.

– Estamos sozinhos aqui? – indaga, a voz saindo aguda enquanto olha para o trio.

Sam dá de ombros.

– Tinha um velho mendigo, mas, quando Louis e eu dissemos que não tínhamos moedas ou comida para dar, ele foi embora.

– Mas achei meio estranho um mendigo com dois cavalos – acrescenta Louis. – Eu me pergunto por que ele simplesmente não vende um deles, assim ele conseguiria dinheiro mais rápido. É melhor do que esperar que as pessoas passem em um bosque.

Violie fecha os olhos e se força a respirar fundo.

– Há quanto tempo foi isso? – pergunta ela devagar.

– Dez minutos? – estima Louis. – Pouco antes de Helena aparecer. Você demorou bastante mesmo.

Violie ignora isso.

– Para que lado ele foi?

Sam e Louis apontam para o leste, e, sem dizer mais nada, Violie começa a caminhar nessa direção. Após alguns segundos, os outros três a acompanham.

– O que há de errado? – pergunta Helena. – Por que estamos indo atrás de um mendigo em vez de encontrar o rei Leopold?

Violie não responde, deixando que as palavras pairem no ar até que, aparentemente ao mesmo tempo, eles percebam.

– O mendigo *era* o rei Leopold – diz Louis, estendendo a mão para bater de leve na nuca do irmão.

– Ai! Como eu ia saber? – replica Sam. – Ele não *parecia* um rei. Estava encurvado e velho.

– Você viu o rosto dele? – pergunta Violie, já sabendo a resposta.

– Bem, não – responde Sam. – Ele estava de capuz. Mas ouvi a voz dele e *era* a de um velho.

– Ele estava *fingindo*, seus tolos – repreende Helena, balançando a cabeça. – Como na canção folclórica... o rei fingindo ser um camponês pobre, recompensando as pessoas que o ajudam e punindo aqueles que não ajudam. Vocês foram *reprovados* no teste.

Enquanto os três começam a discutir, Violie se pergunta se cometeu um erro. Os dois bêbados na taverna poderiam ter apresentado seus próprios desafios, mas certamente nada seria tão ruim quanto isso.

– Shhh – ela pede silêncio e os três se calam na mesma hora.

Esse é provavelmente um efeito que não teria sobre os bêbados, ela pensa com alguma satisfação.

– A menos que pretendam mandá-lo para outra aldeia em busca de ajuda, fiquem quietos.

É um blefe – Violie sabe que Leopold nunca partiria sem ela –, mas funciona. O silêncio cai sobre eles enquanto correm entre as árvores e chegam a um prado amplo. Ao correr os olhos pela área, Violie sente um aperto no coração. Não há qualquer sinal de Leopold ou dos cavalos.

– Talvez ele tenha sido capturado pelos soldados – comenta Sam baixinho.

Antes que Violie possa mandá-lo ficar quieto, Helena dá uma cotovelada nas costelas do amigo, pontuando o movimento com um olhar de advertência. Sam emite um breve grito antes de ficar em silêncio, lançando a Violie um olhar envergonhado.

Ela tenta ignorar as palavras de Sam, embora uma grande parte dela saiba o quanto é provável que ele esteja certo. Não, diz a si mesma. Leopold é um excelente rastreador e caçador e, como tal, também sabe esconder seus próprios vestígios. Ela olha ao redor, observando o vilarejo murado, o prado aberto, o bosque atrás deles. Se estivesse no lugar dele, o que faria?

Ela se vira bruscamente, os outros tropeçando para acompanhá-la enquanto Violie acelera o passo. Em vez de voltar ao bosque, porém, ela o contorna, seguindo para o leste, examinando o horizonte até avistar um borrão branco na escuridão – seu cavalo, lá adiante, atrás de uma rocha ao lado de um riacho. Ela começa a correr, o coração disparado, mas só quando vê Leopold espiar por cima da rocha ao som de seus passos percebe o quanto foi forte o abraço do medo diante da ideia de perdê-lo. Mas, quando vê o rosto dele, o medo se dissipa e, no momento seguinte, Leopold a tem em seus braços e os dela envolvem o pescoço dele.

– Eu disse para você não sair de lá – repreende ela, embora entenda por que ele tenha agido assim.

Ela teria feito exatamente o mesmo em seu lugar.

– E eu disse para você ter cuidado – replica ele. – Então por que parece que você saiu se arrastando do próprio túmulo?

Violie se afasta, olhando para o vestido e a pele cobertos de sujeira. Ela não pode ver o próprio rosto e os cabelos, mas tem certeza de que se encontram no mesmo estado.

– Não ligue para isso – diz ela, balançando a cabeça. – Eu trouxe nossos primeiros recrutas.

Ele olha por cima do ombro dela, os olhos se estreitando quando avista Helena, Sam e Louis.

– Você trouxe crianças. Eles devem ser mais novos que Gideon.

Gideon, o primeiro dos dois irmãos mais novos de Leopold, está bem protegido em algum lugar nas ilhas Silvan depois que Leopold teve grande dificuldade para encontrá-lo e protegê-lo dessa guerra contra a imperatriz. Mas, embora Gideon tenha 14 anos, o que ela supõe que seja perto da idade dos três garotos, Violie pensa que o jovem príncipe tem pouco em comum com eles.

– Eles precisam de ajuda – comenta Violie, em vez de tentar explicar isso a ele agora. – E nós podemos ajudar.

Os três finalmente alcançam Violie, olhando para Leopold com olhos arregalados e inseguros.

– Desculpe termos pensado que você era um velho mendigo – diz Louis, as palavras saindo em uma torrente nervosa.

Leopold sorri, a expressão tensa. Ele também está nervoso, Violie percebe com um toque de diversão.

– Eu queria que pensassem que eu era um velho mendigo. Vocês não têm nada do que se desculpar.

Helena pigarreia.

– Eu não sei fazer reverência nem mesura – admite ela.

– Está ótimo assim – diz Leopold a ela. – Eu não gosto muito que estranhos se curvem para mim.

Os olhos de Violie se voltam para ele. *Isso é verdade?*, ela se pergunta. Mas imediatamente ela sabe que é. Então olha para eles e pigarreia.

– Eu sei que disse que Leopold contaria o resto da história dele, mas por que não deixamos isso para depois que libertarmos suas irmãs? – sugere ela, sentindo Leopold ficar tenso ao seu lado.

– O que aconteceu com suas irmãs? – pergunta ele.

– Os bessemianos as pegaram – conta Helena. – Elas estavam roubando do arsenal que eles montaram na cidade após o cerco.

– Eles transformaram o depósito de grãos na fazenda do Sr. Oville em uma prisão improvisada, mas nossas irmãs não vão ficar lá por muito tempo – acrescenta Sam. – O barão chega amanhã e ele vai puni-las, talvez até matá-las.

De novo essa sensação, pensa Violie. A menção do misterioso barão, com uma corrente de medo que faz arrepiar os pelos em sua nuca, mesmo que ela ainda não entenda o porquê.

– E quem exatamente – diz Leopold lentamente, seus olhos castanhos indo de Helena a Sam e Louis – é o barão?

Daphne

Uma luz intensa e fria atravessando sua visão escurecida desperta Daphne, as pálpebras piscando rapidamente enquanto ela tenta se ajustar ao ambiente. A última coisa de que se lembra é estar em pé diante da janela do seu quarto, estrelas cintilando à sua frente e a voz da irmã na cabeça. Ela lembra de pressionar, entre o tampo da escrivaninha e um livro, a pulseira com o pedido que a mãe lhe deu, as palavras passando por seus lábios enquanto esmagava a pedra e liberava sua magia – *Eu quero que Beatriz tenha novamente acesso pleno e irrestrito à sua magia* – e então ela não se lembra de mais nada.

– Daphne? – chama uma voz.

Nas últimas vezes que ela acordou assim, Bairre estava ao seu lado, mas agora não é a voz dele que a chama, e sim a de sua mãe.

O simples fato de virar a cabeça provoca uma pontada de dor em seu pescoço, mas Daphne consegue virá-la. A imperatriz está sentada numa cadeira ao lado de sua cama, ainda com o vestido que usava da última vez que Daphne a viu, com os cabelos pretos puxados para trás em um coque simples na nuca. Até onde Daphne pode ver, o rosto dela está livre de cosméticos, fazendo a mãe parecer mais velha do que de costume, embora, aos 35 anos, ela não seja uma mulher velha pelos padrões de ninguém, exceto talvez os dela própria.

Mesmo através da névoa que ocupa sua cabeça, Daphne entende a ilusão que sua mãe criou para ela – a imagem de uma mãe preocupada, em vigília ao lado da cama da filha amada sem se importar com suas próprias necessidades ou vaidade. É uma ilusão encantadora, mas ainda assim uma ilusão. Ela abre a boca para perguntar onde Bairre está, mas logo torna a fechá-la – não é isso o que a mãe quer ouvir e Daphne ainda precisa pisar nesse terreno com cuidado, acima de tudo porque não sabe se seu pedido funcionou, se Beatriz recuperou seus poderes. *Me encontre em Bessemia*, disse ela a Beatriz. Se o pedido funcionou, em breve ela verá a irmã.

Então ela opta por uma pergunta diferente, tão urgente quanto o paradeiro de seu marido.

– O que aconteceu?

– Ninguém tem certeza, minha querida – responde a imperatriz, inclinando-se para a frente e tomando uma das mãos de Daphne entre as suas. – Uma criada entrou em seus aposentos tarde da noite para se certificar de que o fogo em sua sala de estar estava devidamente apagado e, pela porta aberta do quarto, viu você caída no chão diante da janela. Sua cabeça estava sangrando... parece que você bateu no peitoril da janela de alguma forma.

Daphne pode imaginar que, depois de fazer o pedido, desmaiou, batendo a cabeça ao cair. Ela leva a mão à cabeça e, embora não encontre um ferimento, o ponto acima de uma das sobrancelhas está dolorido.

– O médico teve que usar poeira estelar comum – informa a imperatriz com desprezo, vendo o gesto de Daphne. – Aparentemente, Bartholomew permite que sua empyrea vague por onde quiser e quando bem entender, então ela não estava disponível para curar o ferimento adequadamente. Imagine se você tivesse se machucado mais! Poderia ter acabado com uma cicatriz permanente.

A Daphne não passa despercebido que sua mãe considera ter uma cicatriz no rosto um destino pior do que qualquer outro ferimento que ela pudesse ter sofrido. Mesmo assim, a informação sobre a empyrea frívia é mais preocupante.

– Aurelia ainda não voltou à corte? – pergunta. – Onde ela está?

A imperatriz ri com desdém.

– Bartholomew não tem a menor ideia, se é que dá para acreditar nisso. Há uma razão pela qual chefes militares são péssimos reis, Daphne. O homem não faz ideia do que está acontecendo na própria corte.

Parte de Daphne concorda com a mãe nesse ponto – embora Bartholomew tenha sido sempre gentil com ela e tente governar Friv de forma justa, ela sabe que ele está completamente perdido. Desde antes de Daphne ou a mãe colocarem os pés no castelo, ele estava cercado de inimigos e ignorava esse fato.

Ainda assim, a ausência prolongada de Aurelia na corte preocupa Daphne. Não houve qualquer sinal dela desde que tentou convencer Cliona a trazer

Gideon e Reid até ela. Daphne esperava mesmo que Aurelia se mantivesse discreta no início, posto que seja lá o que tenha planejado para aqueles meninos não foi ordenado por lorde Panlington a serviço dos rebeldes, como ela disse a Cliona, mas Daphne pensou que a essa altura ela já teria retornado, especialmente com lorde Panlington morto.

– Vou chamar o médico – diz sua mãe, apertando a mão de Daphne uma última vez antes de soltá-la e pegar o cordão de veludo ao lado da cama, puxando-o com força. – O que foi que aconteceu, afinal?

Daphne engole em seco.

– Eu não sei muito bem – responde ela, mantendo-se o mais perto possível da verdade. – Eu estava dormindo, mas lembro de acordar e me levantar para buscar um cobertor extra. Devo ter tropeçado ao sair da cama. – Ela franze a testa como se estivesse buscando na memória. – Lembro de tropeçar e apoiar as mãos no peitoril da janela, mas acho que não me segurei a tempo.

– Suponho que não – diz a imperatriz. – Que acidente infeliz, mas agora você está acordada. Está se sentindo bem? Minha intenção é que nossa partida para Bessemia seja hoje à tarde.

Qualquer movimento, até mesmo respirar, faz o corpo de Daphne doer por dentro e por fora e a ideia de sacolejar em uma carruagem é insuportável, mas Daphne suspeita que poderia estar à beira da morte e mesmo assim a mãe não mudaria seus planos.

– Ficarei melhor quando chegarmos a Bessemia – diz ela com um sorriso. – Estou ansiosa para ser curada completamente por um empyrea lá... Você substituiu Nigellus, não é?

– Empyreas não crescem em árvores, Daphne – responde a imperatriz em tom casual. – Mas certamente estamos procurando. Você consegue sobreviver sem um ou preferiria que adiássemos a viagem?

Daphne sabe que a mãe está mais exigindo uma resposta específica do que fazendo uma pergunta.

– Estou bem – diz ela, ignorando a dor e forçando-se a se sentar, reprimindo qualquer sinal externo de desconforto.

– Boa menina – elogia a mãe.

Nesse momento, soa uma batida na porta do quarto de Daphne e o médico da corte entra. É só quando Daphne sente seu ânimo esmorecer que percebe que esperava que Bairre viesse junto – será que ele sabe que ela está acordada? Sabe o que aconteceu na noite passada? Ela se lembra do que a mãe disse – uma criada a encontrou, não Bairre. Ele não voltou mais ao quarto deles. Uma inquietação toma conta dela. Ele pode estar zangado com ela, mas evitá-la dessa maneira não é típico de Bairre. E se algo estiver errado?

Ela fica quieta, deixando o médico verificar seu pulso e sua cabeça até que a mãe peça licença e saia do quarto. Só então Daphne se vira para o médico.

– Meu marido foi atualizado sobre minha recuperação? – pergunta ela.

O médico olha para ela, perplexo.

– Acredito que todo esforço foi feito para encontrá-lo, Vossa Alteza, mas me informaram que ele não se encontra no castelo no momento.

– Ah! – reage Daphne, tentando esconder sua crescente preocupação. – O senhor foi informado de onde ele está?

O médico pigarreia, parecendo desconfortável.

– Creio que ele foi à cidade ontem à noite, princesa. Ainda não retornou.

Daphne ajusta sua expressão para um desinteresse bem treinado.

– Ah, claro. Agora estou lembrando... ele me disse isso ontem, eu simplesmente esqueci.

Ela deduz que o desconforto do médico não se deve apenas ao fato de Bairre ter saído na noite anterior – é mais por quem estava com ele. Daphne apostaria todas as joias de sua coleção que ele estava com Cliona, que são as implicações de seu marido passar a noite fora com outra mulher que preocupam o médico.

– Ele e lady Cliona tinham planos... são velhos amigos, o senhor sabe.

O médico mostra algum alívio com aquelas palavras.

– Assim que eles chegarem, tenho certeza de que ambos virão aflitos saber de seu estado, princesa – diz ele.

Daphne sabe que Cliona não virá, mas sorri, aliviada por Bairre estar em segurança, embora ao mesmo tempo se sinta irritada. Ela sabe que isso não deveria incomodá-la, que ela mesma *disse* a Bairre que fosse falar com Cliona, para ouvir dos lábios dela o que Daphne fez ao seu pai. Essas são apenas as consequências das suas próprias ações – consequências das quais Daphne estava ciente, consequências que até mesmo buscava. Conseguir o que se quer não deveria doer, mas dói.

Quando o médico sai e Daphne se vê sozinha, ela ignora o conselho dele para descansar e se força a sair da cama. Cada músculo em seu corpo protesta. Se tudo o que aconteceu com ela foi bater a cabeça no peitoril da janela, certamente o restante do corpo não deveria doer tanto, não é? Ela pensa na única vez na sua vida em que Nigellus retirou uma estrela do céu para fazer um pedido e acabar com a seca que havia varrido toda Vesteria. Ele não saiu da cama por dias depois. Seria essa a razão de ela estar se sentindo assim?

Fazer o pedido concedido pela pulseira que a mãe lhe deu não era o mesmo que um empyrea fazer de fato um pedido a uma estrela, mas talvez, ao desejar que Beatriz recuperasse seus poderes de empyrea, com Beatriz em sua cabeça, algumas das consequências daquela magia tenham recaído sobre ela.

A pulseira. O medo se enrosca na barriga de Daphne. Na confusão toda da manhã, ela nem sequer se lembrou da pulseira em si. Ela lembra de usar o livro para esmagá-la, mas desmaiou antes de conseguir limpar a bagunça deixada. A criada deve tê-la encontrado com o livro e a pulseira quebrada ainda na escrivaninha. O que levanta outra questão – sua mãe estava dizendo a verdade sobre o que sabia do acidente de Daphne, o que significaria que a criada escondeu o contexto completo dela... Ou sua mãe sabia mais sobre o que Daphne fizera do que deixou transparecer? Se ela sabe que Daphne usou seu pedido, será que pode deduzir para o que ela o usou?

Daphne revira essa questão na mente enquanto atravessa o quarto, cambaleando, tentando fazer com que a tensão em seus músculos se alivie a cada passo. Fica com a sensação de que ela e a mãe ainda estão dando voltas em torno uma da outra nessa dança elaborada, só que agora Daphne tem os olhos vendados e os passos da dança mudaram sem que ela percebesse.

O médico deixou três frascos de poeira estelar na mesa ao lado da cama para ajudar com a dor, mas, quando Daphne se aproxima deles, mancando, pega um e o destampa, ela não o usa para desejar que suas dores ou a sensação latejante em sua cabeça desapareçam. Ela esfrega a poeira estelar nas costas da mão e pede para falar de novo com Beatriz.

Nada acontece, assim como antes. Ela aperta o frasco vazio com força na mão, resistindo à tentação de lançá-lo contra a parede.

Nesse momento a porta atrás dela se abre e Daphne gira, temendo ver a mãe novamente, mas é Bairre quem está no vão da porta, o rosto abatido e os olhos desvairados. Quando ele a vê, seu olhar a percorre de alto a baixo e a tensão deixa seus ombros, mas o desvario em seus olhos não desaparece por completo.

– O que aconteceu? – pergunta ele. – Posso saber pelo menos isso?

Daphne sente a rispidez em suas palavras como se fosse um soco bem dado, mas ela sabe que é mais autodefesa do que qualquer outra coisa.

– Você quer saber? – retruca ela, sentando-se na borda da cama para amenizar o desconforto em suas pernas doloridas. – Tenho certeza de que Cliona contou tudo para você ontem à noite. Estou surpresa de vê-lo aqui depois disso.

Não era sua intenção proferir palavras tão amargas, mas é o que acontece. Era muito mais fácil, ela pensa, quando mantinha todos afastados. Agora que ela o deixou entrar, é difícil voltar à distância que cuidadosamente mantinha antes.

Por um instante Bairre não diz nada.

– Cliona me contou tudo – diz ele devagar. – E eu não sei como olhar para você neste momento, muito menos como falar com você sobre lorde Panlington. Não consigo acreditar que você ficou olhando em silêncio e o deixou morrer. Se espera que eu alivie sua culpa e diga que você não fez nada de errado, não posso fazer isso.

Não é mais nem menos do que Daphne espera, mas ainda assim ela sente as palavras como um punhal. Isso é o que ela sempre soube que aconteceria, desde o primeiro momento que conheceu Bairre – que um dia ele a veria como ela realmente é e a deixaria.

– Eu realmente pretendo discutir isso mais a fundo, mas não com você se recuperando de uma contusão séria na cabeça – concluiu ele.

Daphne olha para ele, surpresa.

– Discutir mais a fundo? – pergunta.

Agora Bairre parece confuso.

– Você permitiu que sua mãe matasse um homem na sua frente, um homem de quem você podia não gostar, mas que certamente não odiava. E, ainda que não houvesse outro motivo, você sabe que Cliona o amava, e eu também, de certa forma. Não acredito que você faria isso sem um motivo, mesmo que seja um motivo com o qual eu não concorde.

Daphne continua a encará-lo, chocada demais para falar.

– Mas agora – diz Bairre, interpretando mal o silêncio dela – eu quero me certificar de que você está bem. Sinto muito por não estar aqui na noite passada. Se eu estivesse...

– Não – ela o interrompe.

Uma grande parte dela quer contar a verdade sobre sua contusão, que ela falou com Beatriz e usou seu pedido para devolver a magia à irmã, embora não saiba se o pedido tenha tido sucesso. Mas Daphne não pode – quanto mais Bairre souber, maior o perigo que ele correrá com sua mãe.

– Estou bem. Um pouco dolorida, talvez, mas vou sobreviver. Estamos partindo para Bessemia hoje.

É a vez de Bairre ficar sem palavras.

– Você não está em condições de viajar. O médico disse que não sabe a real gravidade da sua contusão.

Daphne dá de ombros.

– Vamos monitorá-la, então – sugere ela. – E usaremos poeira estelar se as coisas piorarem.

Como Bairre não parece convencido com isso, Daphne solta um longo suspiro.

– Chegar a Bessemia é mais importante do que qualquer outra coisa – diz a ele.

– Mas por que...

– Eu conheço meu corpo – interrompe ela, mais ríspida do que pretendia. – E conheço meu destino. Não estou pedindo sua opinião ou permissão para fazer o que precisa ser feito. Partimos para Bessemia hoje.

Bairre a encara por mais um segundo, como se ela fosse um enigma para o qual ele não tem a solução.

– É assim que as coisas vão ser? – pergunta ele por fim, a voz baixa.

É assim que as coisas precisam ser, pensa Daphne, mas as palavras se alojam em sua garganta, ameaçando sufocá-la. Em vez disso, ela assente bruscamente com a cabeça.

– Tudo bem – diz ele. – Cliona também irá conosco, então.

Daphne pisca.

– O quê? – pergunta ela.

Bairre dá de ombros de uma maneira que parece *blasé*, mas ela percebe a tensão no gesto. Por mais que ele tente, não consegue esconder o quanto se importa e é esse precisamente o problema. Porque, se ela pode decifrá-lo com tanta facilidade assim, sua mãe também poderá.

– Ela pediu ontem à noite e eu queria discutir o assunto com você, mas, já que não estamos buscando opiniões nem permissão, mudei de ideia.

Daphne sabe que pode discutir com ele essa decisão e sabe que, mesmo que ele continue teimando, cabe à sua mãe decidir quem é convidado a Bessemia, e Daphne pode convencê-la de que a presença de Cliona não vale os problemas que acarretará. Mas também sabe que está pedindo – ou mais precisamente, exigindo – confiança cega da parte dele. E está disposta a lhe dar o mesmo. Além disso, apesar da atual condição de sua amizade, Daphne também confia em Cliona e precisará de todos os aliados que puder conseguir para derrubar a mãe.

– Está bem – concorda ela. – Mas, se ela pretende me matar, peça que espere até depois de cruzarmos a fronteira de Bessemia, caso contrário seguirá os planos da minha mãe.

Quando Bairre, confuso, franze a testa, ela explica:

– Eu tenho que morrer por mãos frívias em solo frívio para que ela conquiste o controle de Friv – Daphne lembra a ele.

– Cliona não quer matar você – diz Bairre, embora não consiga fazer as palavras soarem convincentes.

Daphne dá de ombros, lembrando o jeito que Cliona a olhou na capela, o tom áspero de sua voz. *A última coisa de que você precisa é outro inimigo.*

– Mesmo assim – fala ela –, certifique-se de que ela saiba o que está em jogo.

– Todos nós sabemos o que está em jogo, Daphne – replica ele, balançando a cabeça. – Esta luta não é apenas sua. Você não é a única que tem algo a perder.

Daphne abre a boca para retrucar, mas logo torna a fechá-la. Ele está certo – ela sabe disso. Se o plano de sua mãe der certo, Friv estará arruinada. Sua mãe não tem qualquer amor por este país, nenhuma compreensão sobre ele. Ela o vê apenas como mais uma pedra preciosa em sua coroa, e, se conseguir conquistá-lo, cada pessoa e criatura que chama Friv de lar sofrerá.

– Estou cansada – diz ela, as palavras bem verdadeiras. – Duvido que eu consiga dormir na carruagem, então gostaria de tirar uma soneca antes de partirmos.

Ela duvida que conseguirá dormir, mas sabe que não pode continuar discutindo com ele.

Bairre hesita por um momento antes de assentir.

– Ficarei com você – afirma ele.

– Não é necessário – replica Daphne, levantando-se para puxar o edredom e se deitar novamente.

– Depois de ontem à noite, eu discordo – diz ele, indo sentar-se na poltrona que a imperatriz desocupou um pouco antes.

– Neste momento, acho que preferiria outra contusão na cabeça a ter você me incomodando – afirma ela, consciente de que não é o que sente.

Bairre parece saber disso também, porque a sombra de um sorriso surge em seus lábios.

– Não estou pedindo sua opinião nem permissão – responde ele, devolvendo as palavras dela.

Daphne já está arrependida de tê-las dito. Não apenas porque ele continua a usá-las contra ela, mas porque é uma meia-verdade.

Ela rola para o lado a fim de olhar para ele.

– Eu sempre quero a sua opinião – diz ela suavemente. – Mesmo quando odeio ouvi-la.

Bairre parece surpreso com a confissão, mas, após um momento, ele assente.

– Assim como eu quero a sua, Daphne – responde ele. – E não vou a lugar nenhum, não importa o quanto você tente me afastar.

Aquelas palavras também a surpreendem. Beatriz sempre a chamou de megera implacável e, mesmo com Sophronia, houve ocasiões em que ela pareceu tão ferida depois de Daphne lhe dizer algo cruel que ficou dias sem falar com ela. A única razão pela qual as duas sempre a perdoavam era o fato de serem irmãs, mas Daphne nunca esperou essa lealdade de outra pessoa. Ela não espera que ninguém mais seja capaz de amá-la, é o que sempre pensou. Sua mãe não a criou para ser amada.

– Trocamos nossos votos sob as estrelas – continua Bairre.

– Mas você não me escolheu – ela lembra a ele.

Daphne não consegue evitar. Por mais perfeitas que sejam as palavras dele, ela não consegue acreditar nelas.

– De início, não – concorda ele. – Mas desde que passei a te conhecer de verdade, eu te escolhi. E vou continuar te escolhendo, mesmo se as estrelas se apagarem.

Daphne não sabe o que responder. Ela nunca foi boa em expressar seus sentimentos e, sobretudo agora, sente pavor de dizer algo errado. Mas talvez ela possa lhe dar um pouquinho de sinceridade.

– Se minha mãe perceber o quanto eu gosto de você, ela vai te destruir. Você entende isso? – pergunta ela com suavidade.

A compreensão brilha nos olhos de Bairre.

– Então me odeie – diz ele. – Me dirija toda a crueldade que precisar. Eu aguento, Daphne.

Ela balança a cabeça.

– Eu preciso que você me odeie de volta.

Um canto da boca de Bairre se ergue.

– Eu te odeio – diz ele, mas o que Daphne ouve é *Eu te amo*.

– Eu também te odeio – sussurra ela. – Tanto que me assusta.

Bairre tira os sapatos e o casaco e sobe na cama ao lado dela, puxando-a de encontro ao seu peito.

– Eu sei quem você é, Daphne – afirma ele, a voz suave em seu ouvido. – E sempre vou me lembrar disso, mesmo que você esqueça.

Eles ficam assim, em silêncio, por muito tempo, até Daphne adormecer com o ritmo dos batimentos cardíacos dele junto ao seu próprio coração.

Quando a tarde chega, Daphne deixa que as criadas lhe coloquem um vestido de viagem e uma capa, permitindo que manuseiem seus membros como os de uma boneca, e cada movimento lhe causa dor. A bagagem que arrumam para ela não é muito grande – afinal, até onde elas sabem, a viagem será apenas uma visita e o clima em Bessemia é tão diferente de Friv que ela não poderia usar muitas peças de seu guarda-roupa frívio – mas Daphne as instrui a incluir seu estojo de joias e o de cosméticos. As armas escondidas neles são aquelas que sua mãe conhece, mas ainda assim podem ser úteis.

Por fim, ela, Bairre e Cliona são acomodados naquela que Daphne suspeita ser a mesma carruagem frívia em que ela e Cliona vieram de Hapantoile no que então parece uma eternidade atrás, quando as duas eram estranhas. A sensação é de que são novamente estranhas, agora que a carruagem parte, seguindo a outra, a carruagem azul-clara e dourada que a mãe tem exclusivamente para ela e o cortejo de coches da escolta que leva a comitiva da imperatriz. O silêncio sufoca os três enquanto seguem para os portões do castelo.

– Estou surpresa que você tenha escolhido ir conosco e não com sua mãe – diz Cliona, a voz mordaz, embora ela não olhe para Daphne, mantendo os olhos verdes voltados para fora da janela.

– Minha mãe prefere viajar sozinha – diz Daphne.

Isso costumava incomodá-la na infância, quando a mãe obrigava Daphne e as irmãs a irem em uma carruagem diferente nas longas viagens, alegando que elas irritavam seus nervos; agora, porém, Daphne sente-se grata por isso. Ela não sabe como sobreviveria à longa viagem para Hapantoile em tamanha proximidade com a mãe, ambas mascaradas em camadas de segredos.

– Eu a invejo por isso – confessa Cliona baixinho, mas a carruagem é pequena demais para que as palavras não sejam ouvidas.

– Cliona – diz Bairre, sua voz soando como uma advertência. – Será uma longa viagem se você começar com isso.

– Ah, seja mais otimista, Bairre – retruca Daphne. – Não creio que ela vá ter dificuldade em preencher dois dias com insultos, não é, Cliona?

Nem assim Cliona olha para ela. E tampouco responde à pergunta, mantendo o olhar firmemente voltado para fora.

No silêncio que se estende enquanto o castelo frívio desaparece atrás deles, Daphne suspeita que preferiria dois dias de insultos a dois dias de uma Cliona assim.

Violie

Violie reprime um bocejo enquanto espia pelas cortinas de linho fechadas sobre a única janela do quarto que divide com Leopold na hospedaria, observando a luz do fim da manhã atravessar as ruas silenciosas do vilarejo.

– Você deveria tentar dormir mais – sugere Leopold, quando o bocejo dela o faz bocejar também.

Ela olha por cima do ombro e o vê sentado no sofá puído onde ele insistiu em dormir para lhe ceder a cama estreita. Na verdade, porém, dado o tempo que transcorreu desde o momento em que o estalajadeiro os levou ao quarto até quando a luz clara da manhã os acordou, *cochilar* é uma palavra mais precisa.

– Você acha que seria mais fácil para mim do que para você? – pergunta ela, afastando-se da janela e parando no meio do quarto, a exaustão pesando em seus braços e pernas.

– Acho que não – admite ele, girando os ombros e inclinando a cabeça para um lado e para o outro, tentando se livrar do torcicolo depois de horas contorcendo o corpo para caber no sofá. – Mas creio que você vá ouvir a chegada do barão muito antes de vê-la pela janela.

Violie cruza os braços sobre o peito e olha para ele.

– Você agora está falando da mesma forma que todo mundo parece falar – diz ela. – *O barão*. Como se ele fosse o vilão de uma canção folclórica.

– Tem certeza de que não é? – pergunta Leopold.

Não, Violie não tem certeza. Depois do que Helena, Sam e Louis contaram a eles ontem sobre o barão, ela está certa de que ele inspirou muitos monstros na imaginação daqueles que cruzaram seu caminho. Ela se lembra de uma história que Helena mencionou sobre a última visita do barão ao vilarejo e como o cheiro de carne queimada permaneceu no ar por semanas depois que ele partiu.

– Tem certeza de que não sabe quem ele é? – pergunta Violie. – Eles disseram que ele é um temarinense que se aliou ao exército de Bessemia.

– Conheci muitos barões – disse Leopold, dando de ombros. – E para mim não é difícil imaginar um deles se voltando contra Temarin para se salvar. Mas esse nível de depravação? Não sei como algum deles poderia ser capaz disso.

Violie segura a língua, sem destacar o fato óbvio que grita em sua mente, mas mesmo assim Leopold percebe e um rápido rubor tinge suas bochechas – de constrangimento e raiva.

– Mas não sou muito bom em identificar ameaças, não é mesmo? Minha própria mãe era capaz de coisas muito piores do que eu jamais poderia ter imaginado – continua ele, baixando a voz. – E Sophie... ela mudou de atitude, mas eu também não a vi como ela realmente era.

– E eu – acrescenta Violie, suavemente.

Os olhos de Leopold encontram os dela e ele pensa por um momento, recostando-se no braço do sofá.

– Admito que não prestava atenção em você quando estava fingindo ser uma criada – diz ele. – Mas desde o momento em que nos encontramos na caverna, depois do cerco, eu sei quem você é, Vi. E sei exatamente do que é capaz.

Violie sustenta o olhar dele por mais um instante, um protesto subindo por sua garganta – ele não sabe metade das coisas horríveis que ela já fez e certamente nem as imaginava na caverna, antes de ver algumas delas com os próprios olhos –, mas ele não está afirmando que sabe o que ela fez. Está dizendo que sabe quem ela é e o que poderia ser, e ela se pergunta se ele estaria certo. Mas, como poderia estar, quando Violie sente que nem ela mesma se conhece tão bem?

Então, quem sou eu?, ela tem vontade de perguntar, mas se cala, temendo que a resposta a machuque ou decepcione. Ela baixa os olhos e pigarreia.

– Vamos repassar o plano mais uma vez – sugere, sentando-se na beirada da cama, de frente para ele.

Ele se vira para ela, colocando os pés descalços no assoalho e se inclinando para a frente, apoiando os cotovelos nos joelhos.

– Conhecemos o plano, Violie. Não é tão complicado assim – retruca ele. – A simplicidade é o ponto principal.

Isso não a deixa menos nervosa. Ela está familiarizada com conspirações e esquemas, mas todos os seus planos costumavam envolver somente a si mesma e era reconfortante saber que tinha controle absoluto sobre cada parte dele. Depois teve que incluir Sophronia num plano e, a partir daí, não tinha como voltar atrás. Suas conspirações envolveram Leopold, Beatriz, Daphne e todas as pessoas com quem *eles* conspiravam. Mesmo assim, ela compreendia as motivações de seus comparsas e sabia que eles eram capazes de fazer o que fosse preciso.

Desta vez, ela não tem esse luxo. Basta que alguém no vilarejo ceda às pressões, que alguém falhe, que alguém os traia e tudo estará arruinado.

O som de uma trombeta quebra o silêncio – ainda longínquo, mas alto o suficiente para que Violie e Leopold se assustem.

– Eu disse a você que o ouviríamos antes de vê-lo. Posso não saber quem ele é, mas nunca conheci um nobre que não insistisse em chamar a atenção para si – diz Leopold quando o toque da trombeta termina, levantando-se com um suspiro pesado. – O barão está chegando.

Com o coração ainda acelerado, Violie se levanta e volta para a janela, mais uma vez espiando pelo espaço entre as cortinas, tomando cuidado para que ninguém perceba que o quarto está ocupado. Se apertar os olhos e ficar na ponta dos pés, consegue distinguir apenas uma nuvem de poeira subindo ao longe, ainda fora das muralhas do vilarejo.

– Então é melhor nos aprontarmos – diz ela.

Vinte minutos depois Violie está lá embaixo, atrás do balcão da taverna, com um vestido reto e um avental emprestados, ambos grandes demais para ela. Janellia, a garçonete a quem a roupa pertence, está a seu lado, mostrando-lhe apressadamente o que há no balcão. Não é a primeira vez na vida que Violie tem que se passar por garçonete e ela sabe que pode se sair bem sem dificuldade, mas ela nota, pelas palavras desconexas e as mãos trêmulas, que Janellia está nervosa, então Violie decide que é melhor deixá-la continuar e se distrair da chegada iminente do barão.

– E a pistola? – pergunta Violie depois de Janellia lhe mostrar o conteúdo de cada armário e gaveta.

O rosto da garçonete empalidece um pouco mais e ela engole em seco antes de se abaixar para abrir uma caixa de madeira ao lado de um barril de cerveja, revelando uma pistola aninhada no feno.

Antes de serem surpreendidas vandalizando o arsenal do exército bessemiano, Daisy e Hester conseguiram roubar dez pistolas, seis espingardas, cinco espadas de lâmina larga, dez punhais e dois caixotes de balas, armazenando tudo no fundo de uma caverna fora do vilarejo. Quando Helena, Louis e Sam levaram Violie e Leopold até lá na noite anterior, os dois ficaram perplexos. Violie entendeu exatamente por que os soldados na taverna tinham se mostrado tão orgulhosos por terem prendido as duas meninas – elas tinham dado um bocado de prejuízo.

Se o plano der certo, Violie espera conhecer Daisy e Hester.

Ela pega a pistola, virando-a nas mãos. A sua já está no coldre, na coxa, mas essa ela entrega a Janellia. Espera que a garçonete não precise usá-la, mas, considerando o nível de interação que vão ter com o barão, pareceu prudente ter certeza de que ela poderia se defender.

Janellia olha para a pistola como se fosse uma cobra pronta para o bote. Ela estende a mão, que treme ainda mais do que antes, e Violie pega a arma de volta.

– Eu consigo – afirma Janellia, fazendo um esforço louvável para injetar confiança na voz, mas Violie balança a cabeça.

– Não – diz Violie, suavemente. – Tudo o que você precisa fazer é esperar que eles cheguem e me apresentar como a prima que está fazendo uma visita quando perguntarem quem eu sou. Depois disso você pode pedir para se retirar.

Janellia franze a testa.

– Eles não vão desconfiar?

Violie ri, apesar da pesada tensão no ar.

– Não, se você atribuir a culpa aos *problemas femininos* – explica ela. – Os homens em geral se sentem desconfortáveis demais para suspeitar quando isso é mencionado.

O rosto de Janellia fica vermelho, mas ela assente com firmeza.

– E então você vai para a cozinha e me deixa cuidar deles. Fique perto de Ferris – prossegue Violie, mencionando o cozinheiro que ela conheceu brevemente ao amanhecer, com os olhos injetados e completamente exausto. – Acho que ele pode ser mais perigoso com sua faca de descascar legumes do que você com uma pistola.

Janellia dá um sorriso breve e cansado enquanto Violie coloca a pistola de volta na caixa, esperando não ter motivos para precisar de uma segunda arma, mas grata por saber que ela vai estar ali se for necessário. Ela observa Janellia ocupada polindo copos, sentindo-se vagamente confusa – a Violie de seis meses atrás não teria desperdiçado tempo e energia reconfortando uma garçonete de nervos frágeis. Ela teria revirado os olhos e rosnado para Janellia se recompor e deixar de ser medrosa. De repente, ela se dá conta de que Leopold teve tanto impacto sobre ela quanto ela sobre ele nessas últimas semanas.

Eu sei quem você é, Vi. E sei exatamente do que é capaz.

As palavras de Leopold lhe voltam à mente, mas, antes que ela possa definir como se sente em relação a elas, o som de mais de uma dúzia de botas pesadas se aproxima da porta da taverna e os olhos de Janellia encontram os dela do outro lado do balcão.

Violie respira fundo e dirige à garota um último sorriso de incentivo no momento em que a porta da taverna se escancara e um homem, que só pode ser o barão, entra.

Ele está ladeado por soldados, todos vestidos com armaduras douradas, com o brasão de Bessemia com sol, lua e estrelas entrelaçados no peitoral. E, ainda que ele tenha estatura e constituição absolutamente comuns, Violie reconhece o barão pelo modo de andar, com um ar de nobreza e uma graça que os soldados ao seu redor não conseguiriam igualar mesmo que praticassem todos os dias durante uma década. Os olhos de Violie encontram a pesada corrente de ouro pendurada em seu pescoço largo, oscilando sobre o peitoral, e em seguida no pequeno talismã que pende da corrente. Violie o reconhece imediatamente, e seus olhos se injetam de sangue. Ela precisa se esforçar ao máximo para se manter imóvel atrás do balcão com um sorriso afável colado no rosto, quando o que realmente deseja é se lançar pela taverna e arrancar a corrente do pescoço do homem, mesmo que para isso tenha que decapitá-lo.

Um anel de ouro, com uma safira engastada do tamanho de um ovo de codorna. Ela assistiu da galeria cheia de criados quando Leopold colocou aquele anel no dedo de Sophronia na capela do palácio, sob a luz das Mãos dos Amantes. Ela o viu todos os dias que se seguiram, piscando para ela da mão esquerda de Sophronia enquanto a jovem esposa assinava cartas, tomava chá e misturava ingredientes para fazer bolos. O barão está usando o anel de casamento de Sophronia como um troféu e Violie sabe que ele só o exibiria com tanto orgulho se fosse ele quem o tivesse tirado de seu dedo frio e morto.

Um cotovelo atinge as costelas de Violie e ela se sobressalta, percebendo que Janellia a está cutucando.

– Você está bem? – sussurra Janellia, mas Violie não sabe o que responder.

De qualquer maneira, ela assente, sem tirar os olhos do barão enquanto seu grupo se senta na maior mesa da taverna, ele acomodando-se na cabeceira. Só então ele ergue as mãos para remover o elmo, imitado em seguida pelos outros soldados, embora os olhos de Violie estejam grudados no barão, o pavor em seu estômago se tornando sólido quando ele abaixa o elmo e olha em sua direção com seus pequenos olhos castanho-escuros e a boca desdenhosa e o reconhecimento a atinge como uma bigorna na cabeça. O barão é o marido da duquesa Bruna – tio de Leopold, por casamento, não por sangue, e ex-patrão de Violie.

Ela se pega prendendo a respiração enquanto os olhos dele passam por ela e Janellia, ao seu lado, sem sinal de reconhecimento. Não é surpreendente, ela lembra a si mesma enquanto tenta acalmar a mente: o barão raramente estava na corte e, quando estava, ficava bêbado quase o tempo todo. Ele e a duquesa Bruna se odiavam e não se esforçavam para esconder isso – ele se ressentia por ela ter mantido o título quando se casou com ele e ela se ressentia por ele ter perdido a maior parte do seu dote e da mesada para o jogo e as apostas.

Mas o barão não está bêbado agora. Seus olhos estão claros e penetrantes enquanto ele corre o olhar pela taverna, dizendo algo ao soldado à sua direita.

– Você não me parece bem – sussurra Janellia.

Violie se força a respirar, a mente trabalhando em grande velocidade. Ela não crê que o barão a tenha reconhecido, mas não pode ter certeza disso nem de que a memória dele não será estimulada quando ela anotar o pedido e lhes servir a cerveja misturada com veneno.

– Estou bem – garante ela, suspirando.

O soldado com quem o barão falou está vindo na direção delas agora e ela não tem muito tempo.

– Leve um recado ao rei: diga-lhe que o barão é tio dele e que ele talvez me reconheça. Não faça essa cara – acrescenta ela, mais asperamente do que pretendia, porque a expressão de horror que tomou conta de Janellia poderia muito bem denunciar as intenções deles.

Obedientemente, Janellia coloca um sorriso no rosto e Violie espera ser a única a notar a tensão presente nele.

– Jennie, quem é ela? – pergunta o soldado ao parar diante do balcão, apoiando os cotovelos na madeira encerada.

Seus olhos percorrem Violie, mas sem suspeita, apenas curiosidade.

Janellia não o corrige sobre seu nome, apenas enfia a mão embaixo do balcão para começar a contar os jarros para os doze soldados e o barão. Treze ao todo.

– Minha prima – responde ela, enquanto coloca os jarros sobre o balcão. – Violet ficou viúva recentemente e veio ficar comigo enquanto se recupera.

Em tempos de guerra, jovens viúvas não são uma raridade, e, de fato, o soldado aceita a resposta sem questionar.

– Vamos comer o de sempre, mas tem que ser rápido. O barão está com um daqueles seus humores.

Um dos jarros escorrega dos dedos de Janellia, batendo no chão de pedra com um som que ecoa pela taverna, atraindo a atenção de todos sentados à mesa do barão. Janellia engole em seco, apressando-se a pegar o jarro, mas, quando se ergue novamente, com o jarro na mão, Violie põe a mão em seu ombro.

– Ah, prima, você realmente deveria estar descansando nesse seu estado – diz Violie.

– O que ela tem? – indaga o soldado, estreitando os olhos.

Violie consegue forçar um rubor no rosto, baixando a voz até um murmúrio constrangido.

– São as regras mensais, senhor – replica. – Ela tomou tintura para a dor, mas não adiantou muito, só a deixou enjoada.

A suspeita do soldado dá lugar à confusão e depois ao desconforto. Ele pigarreia.

– Você... qual é mesmo seu nome?

– Violet – responde Violie.

– Traga a nossa cerveja e mantenha nossos jarros cheios. Consegue fazer isso?

Violie assente.

– Sou nova aqui, mas já trabalhei em tavernas – diz ela. – Servirei vocês em um minuto.

O guarda olha para Janellia e depois de novo para Violie.

– Depressa – pede ele, de modo brusco e indiferente, antes de se virar e voltar a atenção para o barão, inclinando-se para falar no ouvido dele, provavelmente contando a conversa com Violie.

A inquietação toma conta dela – e se ele a reconhecer? Mas, mesmo que ele a reconheça, isso não muda nada. O plano está muito avançado agora e ela tem que fazer sua parte para que Leopold e os outros possam fazer a deles. Ela pensa de novo na fragilidade do plano deles, em como uma única pessoa pode botar tudo a perder. Ela se recusa a permitir que essa pessoa seja ela.

– Vá – diz a Janellia, a voz num sussurro. – Avise Leopold, se puder, mas se mantenha em segurança.

Janellia não precisa ouvir a ordem duas vezes. Ela põe o jarro vazio nas mãos de Violie e corre pela porta que leva à cozinha, deixando-a sozinha com o barão e seus soldados, que agora a observam com olhos impacientes, mas não desconfiados. Ainda não.

Violie se ocupa enchendo cada jarro com a cerveja do barril, observando a película transparente e iridescente que cobre o fundo de cada jarro desaparecer no líquido âmbar, o brilho restante do arco-íris coberto por uma camada de espuma branca efervescente.

A boticária, com os olhos sonolentos, ficou perplexa ao descobrir que Violie, Leopold, Helena, Louis e Sam haviam entrado em sua cozinha pouco depois da meia-noite, mas, quando Violie lhe explicou do que precisava, mostrou-se ansiosa por ajudar, pegando frascos de raiz-de-galha, frutas silvestres secas e veneno de naja-da-cripta. Violie observou com interesse enquanto a mulher triturava os ingredientes no almofariz e os fervia numa panela de água em fogo alto, antes de coar o líquido claro em um pote e entregá-lo a Violie, dando as instruções de como usar.

Enquanto arruma os treze jarros envenenados na bandeja e os leva para a mesa, Violie se preocupa se terá usado a quantidade suficiente em cada um. Se dependesse dela, não arriscaria e dobraria a dose, mas, quando votaram, ela foi a única voz a favor de matar todos eles. Leopold tinha um bom argumento ao dizer que seria melhor ter o barão como refém do que como cadáver, mas essa não era a preocupação de Violie. Em sua experiência com venenos, ela concluíra que é muito melhor exagerar na dose e ter um cadáver do que usar pouco e ficar com treze homens armados que se sentem mal o suficiente para saber que foram envenenados, mas permanecem conscientes o bastante para retaliar.

Ela se concentra na sensação reconfortante da pistola no coldre em sua coxa quando cada homem pega um jarro de cerveja da bandeja enquanto ela contorna a mesa – por menor que seja esse conforto, considerando-se as chances do plano. O último jarro vai para o barão, mas, quando ele estende a mão e seus dedos pálidos se fecham ao redor da alça de bronze, seus olhos encontram os dela e se demoram neles.

– Já nos vimos antes, garota? – questiona ele.

Sua voz agora é quase irreconhecível, nem arrastada nem aos gritos, mas de alguma forma ainda mais perigosa.

– Não, meu senhor – responde Violie, baixando os olhos. – Só cheguei ontem para ficar com minha prima.

– Hum – murmura ele, sem tirar o jarro da bandeja, e ela ainda pode sentir os olhos dele analisando seu rosto. – E onde estava antes? – pergunta.

Violie tinha se preparado para essa pergunta, memorizando o nome de um vilarejo nas montanhas de Alder por onde poucos viajavam e até inventando um nome e uma profissão para o falecido marido, caso alguém perguntasse, mas, em vez de dar o nome que planejou, ela decide improvisar. Se o barão acredita que já a viu antes, talvez ela possa satisfazer a curiosidade dele sem levantar suspeitas.

– Cresci em Kavelle, meu senhor – responde ela.

– No palácio? – indaga ele, apertando levemente a alça do jarro.

Violie ri.

– Ah, não, meu senhor, mas minha mãe era costureira e às vezes a nobreza a contratava para trabalhos eventuais e ela me levava com ela para ajudá-la.

– Hum – diz o barão novamente, mas a mão dele relaxa e ele ergue o jarro da bandeja. – Talvez tenha sido onde vi você – observa ele, balançando a cabeça. – Minha falecida esposa aparentemente exigia um traje novo para cada hora do dia. Vamos querer ensopado também. Seu cozinheiro sabe do que eu gosto.

Violie faz uma rápida mesura e, com o alívio percorrendo seu corpo, dá meia-volta e se retira.

Ela entra na cozinha e transmite as instruções sobre o ensopado para o espaço vazio, o cozinheiro tendo desaparecido com Janellia, elevando a voz o bastante para ser ouvida pelo barão e seus soldados. Ela respira fundo e longamente, a fim de acalmar os nervos agitados. Então, retorna ao salão principal da taverna e encontra a pistola do barão pressionada contra seu peito.

– Você – diz ele lentamente, a voz baixa. – Ah, eu me lembro de você.

Beatriz

Beatriz tem a sensação de estar flutuando em um céu escuro, seu corpo sem peso e formigando, sua mente dispersa demais para que algum pensamento consiga se fixar. Ela se imagina uma estrela, o mundo inteiro estendido abaixo dela, mas muito longe para que ela veja algum detalhe. Se ela é uma estrela, não está sozinha – há outras estrelas ao seu redor, cintilando, e, de tão brilhantes, quase cegam. Uma delas, ela sabe no mais profundo de sua alma, é Sophronia e somente esse pensamento consegue se fixar, enchendo Beatriz de afeto.

Será que está morta? A ideia a atravessa, mas Beatriz não consegue invocar qualquer tipo de choque, horror ou até alívio em relação a isso e, um segundo depois, o pensamento desaparece, levado como sementes de dente-de-leão ao vento.

Algo puxa seu braço – estrelas têm braços? –, mas um instante depois ela esquece disso também, até que acontece outra vez. E mais outra.

Ela desperta de repente, uma luz branca ofuscante inundando sua visão, o ar com cheiro do mar de Cellaria enchendo seus pulmões, o toque de sua camisola de algodão e dos lençóis de linho em sua pele fria. A vida volta a ela em fragmentos, dezesseis anos filtrando-se em sua memória em um único segundo, deixando-a tonta.

A mão de Gisella está presa em seu braço, o aperto de um torno. Beatriz olha para ela por um momento.

– Se você não tirar a mão de mim – diz ela, a voz saindo áspera –, eu tiro a sua cabeça de você.

Gisella dá uma risada, mas solta Beatriz, recuando um passo e afastando-se da cama.

A cama de Beatriz, ela se lembra. Ela tomou a poção que Gisella lhe deu e mal conseguiu colocar sua camisola antes que a droga tomasse conta dela.

– Tomamos a mesma dose – diz Gisella, aparentemente mais para si mesma do que para Beatriz. – Mas talvez você tenha uma constituição mais frágil, já que foi mais afetada.

A voz dela irrita Beatriz, que rola, dando-lhe as costas e cobrindo os ouvidos com um travesseiro, que Gisella prontamente arranca dela. *Talvez*, ela quer falar, sem conseguir formar as palavras, *minha constituição já estivesse fragilizada pelos calmantes que você me deu na viagem de Bessemia a Cellaria.*

– O casamento começa daqui a uma hora – avisa Gisella, puxando o edredom de cima de Beatriz também.

Beatriz ficaria feliz em matar Gisella – se conseguisse reunir forças suficientes em seu corpo para fazer mais do que levantar os braços.

Mais lembranças chegam a Beatriz – falando com Daphne na noite anterior, sua irmã pedindo às estrelas que ela recuperasse sua magia, aquela sensação fluindo através dela. Beatriz não consegue senti-la agora, mas tampouco consegue sentir qualquer outra coisa em meio à névoa provocada pela droga e que a envolve no momento. Ela se lembra de insistir para que Gisella engolisse a mesma poção que lhe deu, observando-a com atenção enquanto ela misturava os ingredientes que os guardas trouxeram, para garantir que Gisella não aproveitasse a oportunidade para matar Beatriz como a imperatriz havia instruído. Depois disso, ela não se lembra de mais nada.

– Você vai ter que me arrastar pelo corredor da igreja – afirma Beatriz quando consegue encontrar as palavras.

Ela está sendo sincera – não sabe se consegue ficar de pé sozinha, muito menos andar –, mas Gisella a fulmina com o olhar, aparentemente pressupondo que ela está sendo difícil de maneira intencional. Depois de um segundo, ela parece perceber que Beatriz está falando sério e um breve lampejo de culpa cruza seu rosto antes de ser substituído por fria indiferença.

– O efeito deve passar em uma hora – diz ela. – Vou mandar mais criadas para que te ajudem a sair da cama.

Ela dá as costas para Beatriz, dirigindo-se para a porta que leva à sala de estar. Assim que ela se vai, Beatriz vira o rosto para a janela, onde algumas poucas estrelas já surgiram no céu que está escurecendo. Ela busca a magia, invocando-a à superfície, mas parece o mesmo que tentar evocar vento em uma cripta.

Mas não é como antes, diz a si mesma. Ela pode *sentir* a magia. Só está fora do seu alcance. Seus dedos podem roçar a magia, mas não conseguem segurá-la com firmeza.

A porta se abre novamente e Gisella retorna, seguida por não menos que uma dúzia de criadas – todas com a mesma expressão de alegria.

– Eu disse a elas que você exagerou um pouco ontem à noite – observa Gisella, balançando afetuosamente a cabeça. – Com certeza você não é a primeira noiva a fazer isso, mas vai precisar de uma ajuda extra para se arrumar. Ajudem-na a ficar de pé – acrescenta ela, dirigindo-se às criadas, e duas delas avançam, segurando delicadamente os braços de Beatriz e puxando-a para colocá-la de pé.

Mesmo com o apoio das duas, ela oscila e seus joelhos ameaçam ceder.

Gisella a examina, os lábios contraídos, antes de se dirigir novamente às criadas.

– Temos apenas uma hora, mas sei que farão o melhor para que ela pareça a futura rainha de Cellaria que é – diz ela.

Enquanto as criadas movem os membros da noiva como os de uma boneca para vesti-la nas camadas de roupas de baixo, espartilhos, anáguas e, finalmente, o vestido todo de renda que certamente pesa mais do que a própria Beatriz, a névoa em sua mente começa a clarear e ela vai voltando cada vez mais ao normal. Não há janelas na sala de estar, então ela não pode sentir o toque de sua magia, mas suspeita que, se pudesse, ela viria ao seu encontro voluntariamente agora.

As criadas passam a pentear seus cabelos e maquiar seu rosto – tudo sob o olhar observador de Gisella, que, do sofá próximo, de vez em quando ergue os olhos de um livro para oferecer uma sugestão ou crítica. Beatriz mal toma consciência de qualquer uma delas. Está pensando na geografia do palácio, nos longos corredores sinuosos por onde passará, indo dos seus aposentos até a capela. Corredores com fileiras de janelas que devem proporcionar um vislumbre das estrelas.

Ela poderia fazer um pedido então, pensa. Teria que ser rápido – escolher uma estrela, concentrar-se nela, dar voz ao seu pedido –, mas daria para fazer. Gisella perceberia o que ela estava fazendo, mas não conseguiria impedi-la.

Ou...

Beatriz se imagina entrando na capela, vestida com a monstruosidade ridícula que é seu vestido de noiva, os olhos de todas as pessoas mais influentes de Cellaria voltados para ela, observando-a evocar as estrelas e quebrar sua lei mais séria ao desaparecer diante dos olhos deles.

Se estivesse aqui, Daphne lhe diria que deveria ser prática, mas Daphne não está aqui e Beatriz sempre adorou um espetáculo.

Beatriz

Gisella permanece perto de Beatriz enquanto os guardas as escoltam pelos corredores e escadarias que levam dos aposentos da noiva à capela do palácio, no primeiro andar. Beatriz tem certeza de que Gisella espera que ela tente outra fuga, mas mantém um sorriso sereno enquanto caminham, seis criadas atrás dela segurando a pesada cauda do vestido incrustada de joias.

Ela não se lembra de muita coisa do seu casamento com Pasquale. Mal tivera tempo de se adaptar ao novo país e havia bebido vinho demais antes da cerimônia, então aquela noite é uma névoa em sua memória. Uma coisa de que se lembra com clareza surpreendente, no entanto, é o momento em que foi apresentada a Nicolo e Gisella. Se pudesse voltar àquela noite agora, há muitas coisas que faria de forma diferente, mas começaria jogando o vinho de sua taça na cara deles.

– Nervosa? – pergunta Gisella agora e, embora ela tente injetar casualidade na voz, Beatriz pode perceber a tensão por trás de suas palavras.

Beatriz sorri para ela da mesma forma que fez naquela noite, como se Gisella fosse apenas uma estranha divertida.

– Esse não é meu primeiro casamento – responde. – Talvez devêssemos providenciar para que você se case em seguida, Gigi… Não parece justo que eu fique com toda a diversão. Vou conversar com Nicolo e sugerir alguns nomes. Ouvi dizer que o barão Farini ficou viúvo novamente.

Beatriz pretende ir embora antes de ter outra conversa particular com Nicolo sobre qualquer coisa, mas o blefe vale a pena para ver o nojo e o horror que passam pelo rosto de Gisella. Seus olhos castanhos fitam os guardas à frente delas, depois os guardas que as seguem, antes de Gisella parar de repente.

– Preciso de um momento com a princesa Beatriz – anuncia ela, com um sorriso doce que azeda um pouco quando os guardas olham para Beatriz em busca de confirmação.

Beatriz concorda com um rápido aceno de cabeça. As criadas e os guardas se afastam e ela percebe que, se Gisella abandonar seu plano e tentar matá-la *antes* do casamento, seu vestido de noiva a tornará um alvo fácil. É tão pesado que ela acha que não consegue dar um passo sequer por conta própria.

– Você está planejando alguma coisa – diz Gisella baixinho.

– O que eu poderia estar planejando? – pergunta Beatriz, revirando os olhos, esperando que a dramatização mascare o segredo que ela guarda, o poder que flui através dela. – Sem magia, sem arma, sem nada?

Os olhos de Gisella se estreitam e ela encara Beatriz por um segundo.

– Preciso que você confie em mim – declara ela, ainda mantendo a voz suave.

Beatriz solta uma risada.

– Você não pode estar falando sério – rebate ela. – Você deixou bem claro que vai me matar assim que o anel do seu irmão estiver no meu dedo.

– Deixei? – pergunta Gisella. – Quando? Quando eu disse isso a você?

Beatriz abre a boca e torna a fechá-la. Ela tem certeza de que Gisella disse isso. Confirmou que a imperatriz lhe deu ordens, até discutiu a maneira como considerou cumpri-las... no entanto, ela realmente disse que as cumpriria?

– Você está negando que minha mãe mandou você me matar? – questiona ela, enquanto seus pensamentos fervilham.

– Não estou negando isso – diz Gisella. – Mas eu não devo lealdade à sua mãe, não mais do que a você ou a Pasquale. Certamente não mais do que ao meu irmão.

Essas palavras pegam Beatriz de surpresa.

– Levando-se em conta até onde você foi para vê-lo no trono de Cellaria, isso não lá muito tranquilizador.

O sorriso de Gisella é superficial.

– E aonde, exatamente, isso me levou, Beatriz? Ao abandono em uma prisão de Bessemia? Ao papel de babá para a noiva rebelde dele? Deveríamos ascender juntos, mas ele me deixou para trás na primeira oportunidade... exatamente como você disse que ele faria.

Beatriz se lembra da conversa que tiveram depois que Nicolo foi nomeado herdeiro de Cesare, poucas horas antes de o rei morrer, quando Beatriz avisou que Nicolo se voltaria contra ela, que quanto mais Gisella tentasse subir, maior seria a queda.

– Você insinuou ontem que estava maquinando alguma coisa com ele – diz Gisella. – Não vou perguntar o que é porque sei que você não vai me contar e, no final, isso não vai ter importância.

Beatriz sabe que não vai mesmo, mas não pelo motivo que Gisella parece pensar.

– Porque você tem suas próprias maquinações? – sugere ela, juntando peças do que sabe e tentando ver o quadro completo. – Grande parte da corte não está feliz com Nico, mas ficaria muito menos em vê-la no trono no lugar dele.

Gisella faz um muxoxo, com uma expressão de desprezo.

– Se eu estivesse sozinha – afirma ela.

E, simples assim, a última peça do quebra-cabeça se encaixa.

– O duque de Ribel – conclui Beatriz. – O casamento de vocês dois consolidaria o poder. – Ela está falando mais consigo mesma do que com Gisella agora. – A única coisa no caminho seria Nicolo.

– E você – acrescenta Gisella tranquilamente. – Caso decida se tornar um incômodo. Mas você não pretende fazer isso, não é mesmo?

Apesar do tom casual de Gisella, Beatriz sabe que é uma pergunta que traz outras implicações. Parece quase engraçado que o destino dos países nem sempre seja decidido em campos de batalha ou nas salas do trono, mas em corredores vazios como este, entre mulheres desesperadas que têm tudo a perder. Ainda assim, ela já percorreu esse caminho com Gisella antes e nunca terminou bem para ela.

– Não tenho motivo algum para confiar em você – diz ela. – E tenho muitos para não confiar.

– Você não precisa confiar em mim – replica Gisella. – Suponho que o que quer que você esteja planejando vai levá-la embora de Cellaria...

Beatriz apenas encara Gisella, fazendo o possível para não deixar que sua expressão revele qualquer coisa. Depois de um segundo, Gisella suspira.

– Espero que você nunca volte – diz ela.

Beatriz se mantém em silêncio, tentando entender o que, exatamente, Gisella está tramando, mas quando Gisella se vira para chamar os guardas e as criadas de volta, Beatriz encontra a voz.

– O trono pelo qual você está lutando não é seu – afirma ela. – É de Pasquale.
Gisella se vira para ela com o olhar penetrante.

– Se ele quisesse o trono, deveria ter lutado por ele – rebate ela. – Mas nós duas sabemos que ele não quer isso de jeito nenhum, então por que não deveria ser meu? Por que ele ou qualquer outra pessoa mereceria mais? Por causa do sangue? Tenho tanto sangue real quanto Nicolo. É só porque ele é homem? – Ela estala a língua, em desaprovação. – Ora, Beatriz, você e eu no fundo somos iguais.

– O que, em nome das estrelas, te faz acreditar nisso? – pergunta Beatriz.

– Porque queremos muito mais do que nascemos para ter.

– Essa dificilmente é uma comparação justa, considerando que eu nasci para morrer – observa Beatriz.

– Você nasceu para fortalecer a posição da sua família, não importa como isso a afete – corrige Gisella. – Todas as garotas são criadas como cordeiros para o abate, de uma forma ou de outra. Você e suas irmãs não são únicas nisso.

– Talvez não, mas nunca pisei nos outros para escapar do meu destino – retruca Beatriz.

Gisella ri.

– Não mesmo? – pergunta ela. – Suas mãos não estão limpas, Beatriz. E a criada que foi executada por posse da poeira estelar que você criou? O empyrea que você matou em Bessemia... sim, eu sei sobre isso. E Pasquale... se você não o tivesse arrastado para seus esquemas, ele estaria sentado com segurança no trono agora.

Beatriz a encara, incapaz de dizer uma palavra. A fúria queima dentro dela, mais forte porque sabe que Gisella está falando a verdade. Suas mãos não estão limpas e ficarão ainda mais ensanguentadas antes que tudo acabe. Ela sustenta o olhar de Gisella por mais um momento antes de desviar o olhar.

– Guardas – chama. – Estamos prontas para prosseguir.

A capela está escura quando Beatriz entra, iluminada apenas pela lua e pelas estrelas, que brilham através do teto de vidro. A luz é suficiente apenas para ver dois passos à frente, mas Beatriz não precisa de mais do que isso.

Ela sente as estrelas dançando em sua pele, chamando-a com a música mais doce e silenciosa. Ela as sentiu brevemente na noite anterior, mas agora a sensação a domina positivamente, como o abraço de um amigo há muito perdido. Ela respira fundo, tanto quanto o vestido de noiva apertado lhe permite.

A primeira constelação que Beatriz distingue é a Rosa Espinhosa – uma das constelações que se encontravam no céu no momento em que ela respirou pela primeira vez, há mais de dezesseis anos. De certa forma, talvez seja apropriado usá-la agora por essa simples razão, mas esta noite Beatriz não precisa de beleza nem dos espinhos que a acompanham. Um poder diferente corre através dela enquanto ela põe um pé à frente do outro pelo longo corredor com seu tapete macio.

Ela mal consegue distinguir a forma sombria de Nicolo, esperando por ela. Uma breve pontada de pena a atravessa. Ele não tem ideia do que o espera esta noite, prestes a ser traído não apenas por ela, mas também pela irmã gêmea dele. Beatriz não acha que Gisella chegaria ao ponto de matá-lo, mas, assim que esse pensamento cruza sua mente, ela o desconsidera. Não há limites para o que Gisella faria em busca de poder e ela é esperta demais para deixar viva uma ameaça.

Exceto, ela pensa, pela própria Beatriz. Gisella está deixando-a ir. Seja porque, apesar de tudo, Gisella se importa com ela – ou pelo menos a respeita – ou porque Beatriz simplesmente se tornou um problema grande demais, ela não sabe. Provavelmente nunca saberá.

As Árvores Retorcidas movem-se pelo céu a leste, simbolizando a amizade, mas essa tampouco é a constelação certa para Beatriz evocar. Os galhos das Árvores Retorcidas se entrelaçam como as vidas dos amigos, e a última coisa que Beatriz quer fazer é, inadvertidamente, vincular sua vida a qualquer pessoa nesta capela esquecida pelas estrelas.

Beatriz sobe ao altar, parando ao lado de Nicolo, no momento em que uma nova constelação chama sua atenção, surgindo no céu ao sul – o Diamante Cintilante.

É outra das constelações do nascimento de Beatriz, simbolizando força. Um pouco de força certamente lhe seria útil esta noite, ela pensa.

Ela tem uma vaga consciência de Nicolo pegando suas mãos, da voz monótona do arcebispo recitando uma passagem das escrituras, dos olhos de centenas de pessoas sobre ela, mas a maior parte de sua atenção está no

Diamante Cintilante, descrevendo um arco pelo céu. A constelação está se movendo rapidamente; não há tempo a perder.

Ela respira fundo e dirige o olhar para o alto, escolhendo a maior estrela no centro da constelação.

– Eu quero...

Suas palavras são interrompidas por um grito agudo. Está escuro demais para distinguir mais do que formas vagas, mas Beatriz vê o que parece ser uma mulher se levantando de um salto em um dos bancos no meio da nave, a figura ao lado dela tombando para a frente, imóvel. Numa sincronia quase perfeita, o som de dezenas de espadas sendo arrancadas da bainha toma conta da capela silenciosa, a luz das estrelas se refletindo nas lâminas prateadas. E então o caos ergue sua cabeça.

Alguém – Nicolo, ela percebe – puxa seu braço, arrastando-a para trás do altar, que oferece apenas a ilusão de segurança, sem qualquer tipo de defesa. Os olhos de Nicolo estão desvairados, o pânico e o choque estampados em seu rosto.

Ele realmente não esperava por isso.

Nicolo tira o casaco, levando a mão ao punhal na bainha presa ao quadril. Os olhos de Beatriz seguem o movimento, sua mente em disparada.

– Fique aqui – ordena Nicolo com dentes cerrados.

Mas Beatriz está cansada de receber ordens dele, de sua irmã ou de qualquer outra pessoa. Há pouco a perder agora, então ela fecha o punho direito e acerta o nariz de Nicolo, fazendo-o cambalear para trás, largando a lâmina que cai ruidosamente no chão de pedra. Ele pragueja, a mão no nariz enquanto luta para recuperar o equilíbrio, parecendo ainda mais perplexo agora.

– O que em nome das estrelas... – começa ele, mas Beatriz não o deixa terminar.

Ela se apressa em pegar o punhal caído, seus dedos se fechando em torno do cabo quando um novo grito se junta à cacofonia que enche a capela.

– Beatriz!

Ela reconhece aquela voz, percebe com horror crescente. Em meio ao derramamento de sangue do que Beatriz logo percebe se tratar de um golpe de Estado orquestrado por Gisella e Enzo, está Pasquale.

Nicolo percebe isso também, o reconhecimento se sobrepondo ao choque em seus olhos.

– Pasquale está morto – diz ele, embora soe mais como uma pergunta do que como uma afirmação.

Nicolo não está errado, no entanto. Se Pasquale está de fato no meio do tumulto que irrompeu na capela, já pode ser considerado morto.

– Isso é obra dele? – continua Nicolo, a voz quase inaudível em meio ao som de espadas se chocando e os gritos de triunfo e de dor.

Apesar do perigo que os cerca e da preocupação com Pasquale no meio da carnificina, Beatriz ri.

– Acha que Pasquale está por trás disso? – pergunta ela, incrédula. – Você não faz a menor ideia, faz? Do que está acontecendo bem debaixo do seu nariz? Na sua própria corte? Na sua própria família?

Ela vê a constatação atingi-lo em cheio, uma ideia não tão absurda que ele tenha dificuldade em entender.

– Gisella. – Ele pronuncia o nome da irmã gêmea como uma maldição.

– Gisella – confirma Beatriz. – Você não vai sair vivo desta capela, Nico.

Ele abre a boca – para argumentar, ela tem certeza –, mas torna a fechá-la, aparentemente percebendo a verdade de suas palavras. Ele encara Beatriz por um momento e ela pode ver os pensamentos disparados em sua mente, procurando uma saída e não encontrando nenhuma. Rápida como um raio, sua mão agarra a dela, ainda segurando o punhal. Ela tenta se soltar dele, mas ele segura firme, seus olhos sombrios enquanto ele puxa a mão dela para cima, levando o punhal até o próprio pescoço.

Beatriz está totalmente confusa.

– O que você está...

– Eu não vou sair desta capela, Beatriz, você mesma disse. Mas você pode, se me usar como refém.

Isso a desconcerta ainda mais.

– Eu não preciso de refém – afirma ela, puxando sua mão e o punhal junto.

Relutante, ele a solta.

– Você faria isso? – Beatriz pergunta a ele.

Nicolo dá de ombros, desviando o olhar, o desconforto claro em seus olhos.

– Se não fosse por mim, você não estaria no meio deste caos – diz ele. – Parece ser o mínimo que posso fazer.

Ele não está errado nesse sentido, mas mesmo assim o gesto a comove.

Ela tenta espiar ao redor do altar, mas, de sua posição, não consegue ver as estrelas – não pode acessar sua magia. Ela precisa se levantar, mas isso a tornará um alvo e ela tem certeza de que estará morta antes de conseguir pronunciar sequer metade de seu pedido.

Seu pedido. Ela tinha preparado um para o Diamante Cintilante – *Eu quero estar em Hapantoile* –, mas não pode usá-lo agora e deixar Pasquale aqui. Ela poderia pedir que ambos fossem para longe dali, mas não sabe quem mais pode estar com ele – Ambrose, Violie, Leopold, alguma outra pessoa. E mesmo que conseguisse transportar a si mesma, Pasquale e quem mais estiver com ele deste lugar, ela não poderia fazer isso. Uma coisa era escapar de um casamento, mas fugir do que pode muito bem ser descrito como um massacre quando ela tem mais poder para interrompê-lo do que qualquer outra pessoa ali é algo completamente diferente. Há poucos momentos Gisella lembrou Beatriz do sangue que ela tem nas mãos. Ela pode não ser capaz de limpá-las, mas que as estrelas a amaldiçoem antes que ela as suje com mais uma gota – mesmo que esse sangue pertença a Nicolo. Seus olhos encontram os dele e ela aperta a mão que segura o punhal.

– Você vai fazer o que eu mandar – diz a ele.

Ele mal tem tempo de assentir antes que ela segure o braço dele com a mão livre e puxe ambos para o lado do altar, ficando atrás dele quando ele se ajoelha, ambos de frente para a batalha, com o fio do punhal pressionado contra o pescoço dele.

– Larguem suas espadas ou eu corto a garganta dele! – Beatriz grita o mais alto que consegue para ser ouvida acima do tumulto da luta.

Suas palavras ecoam pela sala, atraindo centenas de olhos para ela, as espadas parando em pleno ar antes de caírem inertes ao lado do corpo.

– Mudou de ideia? – sibila Nicolo.

Ela o ignora. Na verdade, Beatriz não sabe exatamente o que está fazendo, mas agora tem as estrelas e a atenção total da capela. Mesmo os cortesãos que estão lutando para derrubar Nicolo não o querem morto – não assim, pelo menos, decapitado por uma mulher histérica em uma história que eles não poderão distorcer para acrescentar o próprio mito. Beatriz controla a narrativa agora, portanto ela controla o poder.

Ela procura em meio à multidão, mas está escuro demais para ver muita coisa. No entanto, Beatriz sabe que Pasquale está ali, em algum lugar. No céu, o Diamante Cintilante sumiu do seu campo de visão. Agora só há as Árvores Retorcidas, o Urso Dançarino e o Sol Nublado. Beatriz não tem tempo para ser exigente em relação à constelação que vai usar agora – qualquer uma delas terá que servir –, mas alguma força desconhecida sussurra através dela.

Paciência, diz essa força.

Paciência nunca foi o forte de Beatriz e agora parece um péssimo momento para praticar a habilidade, mas, mesmo assim, ela abaixa os olhos, voltando-os para a nave da capela, que se transformou em um campo de batalha. Os cellarianos a consideram uma santa, ela reflete. *Santa* não estava entre as identidades que sua mãe a treinou para assumir, mas Beatriz conhece as regras do papel da mesma forma. Ela se empertiga, elevando-se à sua altura máxima, e endireita os ombros.

– Vocês ousam derramar sangue à luz das estrelas? – pergunta ela, a voz severa.

– As estrelas amaldiçoaram Cellaria no momento em que aquele impostor tomou o trono – contrapõe um homem na frente, ganhando aplausos dispersos pelo restante da capela. – Certamente elas ficarão felizes em nos ver corrigindo esse erro.

– Sim, tudo bem, ele tem sido um rei de merda – replica Beatriz e, apesar da tensão na capela, ouvem-se risadas abafadas de algum lugar indeterminado diante da palavra "merda" saindo da boca da princesa santificada.

Ótimo, pensa Beatriz, sentindo-se mais confiante.

– Vocês acham que o duque de Ribel será um rei melhor? Não o vejo entre vocês... Ele é assim tão covarde que nem luta pelo trono?

– Beatriz – alerta Nicolo, mas novamente ela o ignora.

Ela sabe que provocar Enzo seria uma tolice se planejasse ficar em Cellaria por tempo suficiente para enfrentar as consequências.

– Vossa Alteza, se desejava falar comigo, bastava pedir. – Uma voz familiar soa, e Beatriz a segue até uma pequena galeria à sua direita, bem acima do nível da capela.

Beatriz mal consegue distinguir Enzo debruçado sobre o guarda-corpo, tendo Gisella ao seu lado. Mesmo a distância, Beatriz pode perceber a irritação no rosto de Gisella, mas sabe que, apesar do que possa fingir, Gisella não fica imune à visão de seu irmão gêmeo com uma lâmina no pescoço.

Beatriz molda a própria expressão em um sorriso neutro.

– Que gentileza a sua comparecer ao meu casamento, Vossa Graça! – grita para ele. – Embora eu preferisse que não tivesse se esforçado tanto para me ofuscar.

– Oh, eu jamais seria capaz de ofuscá-la, princesa – retruca ele. – Com esse vestido, particularmente. Em outras circunstâncias, eu diria que nosso rei é um homem muito sortudo.

Beatriz sabe que, se ela não tivesse um punhal na garganta de Nicolo, ele não resistiria a uma resposta.

Ela amplia seu sorriso, instilando nele todo o charme que consegue reunir.

– Qualquer que seja a briga de família em questão aqui, Enzo, não tenho nada a ver com isso. Nas últimas semanas, fui mantida em Cellaria contra minha vontade, chantageada e forçada a um casamento que eu não queria, além de ter sido empurrada para um trono que não tenho interesse em reivindicar. Agradeço por me libertar dessa situação, mas espero que concorde que devemos resolver isso de maneira mais civilizada antes que toda essa luta arruíne o que você mesmo observou ser um vestido lindo.

Ela espera que, ao responder no mesmo tom brincalhão, apesar das dezenas de corpos já sangrando no chão da capela, ele se sinta mais inclinado a concordar com seus termos, mas ele franze os lábios.

– Sem dúvida Nicolo está disposto a discutir uma trégua... – acrescenta Beatriz.

Ela olha para baixo, para Nicolo, ajoelhado à sua frente, e ele hesita por tempo suficiente para um homem na frente da capela gritar.

– As estrelas cairão do céu antes de aceitarmos o duque como rei – diz ele, seguido por um rugido de aprovação do que Beatriz imagina ser aproximadamente metade da capela.

– Melhor ele do que o rei usurpador que temos agora! – alguém mais grita. – Vá em frente, corte a garganta dele, princesa. Poupe-nos o trabalho.

Mais aplausos se seguem e Beatriz aperta o punhal com mais força, perguntando-se se estaria em um beco sem saída. Mas ela é uma santa, lembra a si mesma, mesmo que apenas aos olhos deles.

– As estrelas já amaldiçoaram Cellaria, condenando vocês a séculos sem chuvas de estrelas, com reis loucos e reis cruéis, e agora um incompetente – diz ela, balançando a cabeça. – Derramar mais uma gota de sangue em sua capela atrairia mais miséria para cada pessoa que chama esta terra de pátria.

– Quem disse isso? – pergunta alguém, o ceticismo claro em sua voz.

– As estrelas me escolheram como sua mensageira – responde ela com frieza. – Você ousa questionar isso? Na capela delas? Sob sua vigília?

Ela levanta os olhos para o céu, em parte para um toque extra de drama, mas principalmente para ver as estrelas. A Serpente Coleante agora está à vista – bem apropriado, Beatriz supõe, diante de todas as traições em questão. Talvez...

Ainda não, a voz sussurra novamente através dela e, dessa vez, quase soa como Sophronia.

– Como você diz, princesa – chama Enzo do balcão, um sorriso frio no rosto. – As maldições das estrelas não são nenhuma novidade para Cellaria. Conseguimos sobreviver e prosperar por séculos sem sua bênção chovendo sobre nós, não conseguimos? Você acha que ainda tememos ofendê-las? Mate-o e veja por si mesma. As estrelas podem não nos abençoar, mas também não nos amaldiçoam. Elas nos abandonaram, como sempre fizeram, e só crianças acreditam em outra coisa.

Um silêncio tenso segue suas palavras e Beatriz pode ver alguns dos homens na capela se remexendo, indecisos. O que Enzo está dizendo é sacrilégio, mas ele sabe disso. O sacrilégio é justamente o que ele quer. Porque, enquanto alguns homens se sentem desconfortáveis com a maneira como Enzo fala, outros estão assentindo, fascinados com o fato de alguém pôr em palavras sentimentos que eles há muito acalentam.

– As estrelas não abandonaram Cellaria – anuncia outra voz, uma da qual Beatriz sentiu tanta falta que ouvi-la novamente é como uma lança atravessando seu coração.

A multidão se abre para Pasquale enquanto ele caminha pelo corredor em direção a ela, vestido como um criado e segurando ao seu lado uma espada cuja lâmina está limpa.

Violie

Enquanto os soldados do barão amarravam os pulsos de Violie, o pânico e a fúria a invadiram, mas apenas por um momento. Logo foram substituídos por satisfação quando os soldados revistaram a cozinha e não encontraram nem o cozinheiro, nem Janellia. A satisfação se transformou em arrogância quando o barão ordenou que seus homens revistassem toda a hospedaria e a encontraram vazia.

O barão não hesitou em arrancar a arrogância do rosto dela com um tapa – ela ainda sente a dor no queixo onde um dos pesados anéis dele colidiu com seu maxilar. Ela não consegue ver seu reflexo, mas sente o inchaço e o fio de sangue secando em sua pele.

– Onde está todo mundo? – rosna o barão para ela, empurrando-a para trás e forçando-a a sentar-se em uma cadeira de madeira.

Sem o uso das mãos, Violie quase cai, mas outro soldado está a postos, puxando seus braços para trás bruscamente, para que fiquem presos atrás da cadeira, quase deslocando seu ombro.

Violie não responde. Em vez disso, ela sorri.

– Não sei do que está falando, meu senhor – diz ela, sua voz saindo doce e afetada.

Um soldado se aproxima do barão, dizendo algo que Violie não consegue ouvir.

– Revistem a vila – ordena rispidamente o barão. – Quero que cada casa seja vasculhada de cima a baixo e que todos os homens, mulheres e crianças sejam reunidos na praça.

O soldado abaixa a cabeça e se apressa a seguir a ordem, mas, quando chega à porta da taverna, o barão o chama.

– Espere – diz ele e, embora a palavra seja destinada ao soldado, os olhos do barão permanecem fixos em Violie enquanto ele se aproxima dela.

Ele levanta bruscamente a saia do vestido dela até uma altura suficiente para revelar a pistola presa à coxa, tirando-a da bainha e mostrando-a ao soldado.

– E revistem cuidadosamente qualquer pessoa que encontrarem em busca de armas.

O barão passa a pistola para outro homem próximo enquanto o primeiro sai da taverna.

– Bem, general? – pergunta o barão ao homem. – Esta é uma das suas?

O rosto do general fica um tom mais pálido e ele assente uma única vez.

– É uma das pistolas que foram roubadas do nosso arsenal, Vossa Graça.

– Pelas ladras que você estava tão orgulhoso de finalmente ter capturado? – pergunta o barão. – Não acredito que seja coincidência a arma estar com ela.

O general pigarreia, os olhos se alternando entre Violie e o barão.

– E... quem é ela, meu senhor?

Violie percebe que também está interessada na resposta do barão – quem, exatamente, ele acredita que ela seja? A ex-camareira da rainha Sophronia parece a resposta mais provável, no entanto ela não consegue imaginar que isso, por si só, teria lhe rendido esse tipo de tratamento. No entanto, dado o notório ódio do barão pela duquesa Bruna, talvez seja apenas a associação de Violie com ela que tenha despertado suas suspeitas.

– Você não a reconhece? – indaga o barão, com um toque de zombaria na voz. – Espero que um de vocês seja esperto o suficiente para ter o último despacho oficial de Hapantoile...

Alguns soldados se mexem, as mãos procurando nos bolsos e sacolas, mas é o barão quem finalmente tira um quadrado de papéis dobrados de sua manga, desdobrando-os e alisando-os em cima da mesa. Ele os folheia, e, de onde se encontra, Violie consegue distinguir palavras escritas em bessemiano, destacando-se algumas como *fronteira*, *capturada* e *ataque* enquanto ele procura alguma coisa específica. Quando a encontra, Violie sente um aperto no estômago.

Ali, ocupando uma página inteira, está a ilustração de uma mulher que só pode ser Violie, dos ombros para cima. A semelhança não é perfeita e Violie se incomoda sobretudo com o tamanho que o artista atribuiu a suas orelhas, mas ainda assim ela se vê na imagem e percebe que os soldados olham da ilustração para ela com expressão de reconhecimento.

– Não pensei nisso – diz o general, balançando a cabeça. – Claro que vi o despacho, mas a mensagem dizia que ela e o rei Leopold estavam a caminho de Cellaria.

Violie não pensou que poderia sentir mais medo, mas diante da menção de Leopold, ela sente. Haverá outra página com a imagem dele? Ela diz a si mesma que isso não tem importância – Leopold sempre seria reconhecido em Temarin, mas ele sabe se manter nas sombras. É Violie quem deveria estar segura, cujo talento sempre residiu em sua capacidade de desaparecer na multidão, de se tornar qualquer pessoa que precise para conseguir o que quer. Uma habilidade que agora foi tirada dela, deixando-a vulnerável, visível e aprisionada.

– No entanto, foi uma mentira inteligente, a de ter trabalhado no palácio – comenta o barão, balançando a cabeça. – Eu quase acreditei.

Violie ri; ela não pode evitar – se esta é a única carta que tem para jogar, ela a jogará, mesmo que não saiba para que serve.

– Mas não foi uma mentira, meu senhor – diz ela. – Embora eu não esteja surpresa por não se lembrar de mim... Não creio que o tenha visto sóbrio no ano em que trabalhei em sua casa, como camareira de sua esposa. Se não estava cambaleando pelo apartamento que o irmão deu para ela, onde ela permitiu que o senhor ficasse, furioso após perder uma fortuna na mesa de jogo, estava desmaiado por dias a fio, incapaz até mesmo de sair da cama sem vomitar em si mesmo. Quanta mudança em tão poucos meses...

O rosto do barão endurece e o punho se fecha ao lado do corpo, mas, antes que possa golpeá-la novamente, ele se controla.

– Todos nós jogamos, garota – diz ele, a voz fria. – E eu fiz a escolha certa quando mais importava.

– Ao se aliar à imperatriz? – pergunta Violie, rindo. – Eu não cantaria a vitória tão cedo, meu senhor. O jogo está apenas na metade.

O barão a fuzila com o olhar, estreitando os olhos.

– Suponho que o tolo do meu sobrinho esteja por perto.

As mentiras saem facilmente dos lábios de Violie.

– O rei Leopold? – indaga ela, piscando. – A última vez que o vi ele estava embarcando em um navio a caminho de algum lugar no leste... Para ele, o destino não importava, desde que o levasse de Vesteria. Tentei convencê-lo a vir comigo, mas, bem, o senhor conhece Leopold... Ele nunca viu uma luta da qual não fosse capaz de fugir. Acho que as estrelas vão escurecer antes que ele pise em Temarin de novo.

O barão a observa por um longo momento, um sorriso irônico curvando seu lábio superior.

– Sabe, eu quase acredito em você – diz ele devagar. – Mas, se for esse o caso, o que poderia ter trazido você de volta aqui? Com certeza não é nenhum tipo de lealdade a Temarin... O despacho diz que você é bessemiana, nascida e criada, embora eu admita que fale bem o temarinense.

Violie abre a boca para responder, mas logo a fecha porque as palavras não vêm. Ela sempre teve uma desculpa ou explicação pronta para tudo, mas agora? O barão está certo. Não há outra razão para ela estar ali, lutando contra seu próprio povo por um país ao qual não deve lealdade. Não uma que o barão vá acreditar, pelo menos.

– Porque é o certo – diz ela finalmente, as palavras soando tão tolas quanto verdadeiras.

O barão ri.

– Agora você até está falando como Leopold – comenta ele. – E eu apostaria que sei exatamente onde ele está. Quantos soldados estão guardando a prisão, general?

– Quatro pareciam suficientes – responde o general após um momento de hesitação.

– Quatro certamente seriam suficientes para vigiar duas meninas de 16 anos – concorda o barão, lançando um olhar cortante para o general. – Mas temo que tenha sido lamentavelmente insuficiente contra o rei Leopold, os aldeões que ele reuniu e as armas que eles roubaram de seu arsenal.

O general pragueja em voz baixa.

– Mas não tema, general – diz o barão, seus olhos percorrendo Violie de uma maneira que faz a pele dela se arrepiar. – Como a garota apontou, sou um jogador e acredito que acabamos de aumentar a aposta o suficiente para que Leopold seja forçado a entrar no jogo.

Violie mal tem tempo de processar essas palavras antes que o general faça um sinal com a cabeça para o soldado atrás dela e ela seja puxada sem a menor cerimônia, ficando de pé novamente. Sua mente gira enquanto ela é empurrada de maneira rude em direção à porta da taverna, o barão atrás dela com a espingarda pressionada entre suas omoplatas.

– Se Leopold quer brincar de herói, vamos deixá-lo fazer isso – afirma o barão, baixo o suficiente para que apenas Violie possa ouvi-lo. – Ele permitiu que os sentimentos por uma garota o destruíssem uma vez, afinal. Vai fazer isso de novo.

Violie teme que ele esteja certo, mas consegue manter a expressão de indiferença.

– Talvez tivesse razão, se o rei Leopold nutrisse algum sentimento por mim. Mas eu não sou a rainha Sophronia... Como você mesmo apontou, sou uma serva e uma espiã. Ninguém por quem um rei se renderia.

O barão sorri como se soubesse de algo que Violie não sabe.

– Acho que só há uma maneira de descobrir, não é mesmo?

A dor no maxilar de Violie ainda é aguda, assim como a pressão da espingarda do barão nas suas costas enquanto ele a força a avançar pelas ruas silenciosas; ela, porém, tem a sensação de estar flutuando fora de seu corpo, assistindo a outra garota ser levada através de um vilarejo deserto, sabendo que a estranha que usa seu rosto não verá o sol voltar a nascer. *Torcendo* para que ela nunca veja o sol nascer, porque a alternativa é infinitamente mais difícil de suportar.

Foi assim que Sophronia se sentiu?, Violie se pergunta. Será que ela caminhou pelo cadafalso até a guilhotina sentindo como se estivesse observando a si mesma de cima, sentindo-se estranha e impossivelmente em paz com a promessa da morte iminente? Pelo menos Sophronia não morreu sozinha – as vozes de suas irmãs estavam com ela, em sua cabeça. Violie pensa que isso seria reconfortante, mas não tem certeza se quer conforto. E, de qualquer forma, ela prefere morrer sozinha, assim como viveu a maior parte de sua vida. Se morrer sozinha, pensa, será mais fácil para Leopold. Significará uma chance menor de ele fazer algo tolo e corajoso, exatamente o que seu tio espera que ele faça.

Uma parte dela acha que Leopold cairá na armadilha de seu tio sem pensar duas vezes. Ele sempre age primeiro e pensa depois, movido por seus sentimentos e não pela lógica. Ela sabe que ele mudou nas últimas semanas, mas, ao pensar no garoto com quem viajou por dias, o garoto que esteve ao seu lado diante de desafios, sucessos e fracassos, Violie sabe que, no fundo, ele ainda é o mesmo Leopold, aquele que gritou a plenos pulmões ao ver a lâmina da guilhotina descer sobre o pescoço de Sophronia, sabendo que com o grito ele corria o risco de ser identificado.

Ele sente demais, ama demais, e essa é uma característica que Violie não poderia arrancar de Leopold se quisesse – e ela nunca quis. Ela apenas não queria que essas emoções nublassem seu julgamento. Como rei, Leopold precisa manter suas emoções sob controle. Ele não pode deixar que o que sente por uma pessoa supere seu dever para com o país. Mesmo que essa pessoa seja ela.

Violie para abruptamente no meio da rua, jogando-se para trás contra o barão e pegando-o de surpresa, o que faz com que sua cabeça colida com o nariz dele. Ela se prepara para o som da espingarda disparando, o impacto de uma bala rasgando sua carne – dado onde a arma estava pressionada, ela sabe que seria uma morte rápida, mas o tiro não vem. Em vez disso, ela apenas ouve o som do nariz do barão se quebrando com o impacto de sua cabeçada, seguido pelo palavrão rosnado enquanto dois pares de mãos a agarram pelos ombros, forçando-a a continuar andando.

– Segurem-na firme... ela não tem utilidade morta – ordena o barão, sua voz saindo aguda e anasalada.

Embora seu plano de forçá-lo a matá-la aqui e agora tenha falhado, Violie ainda sente um certo prazer em saber que o feriu, mesmo que sem gravidade.

– Foi uma tentativa válida – acrescenta ele enquanto recomeçam a andar. – Mas agora você revelou o jogo, garota. Se pensou em poupá-lo da escolha, confirmou minha suspeita de que será uma escolha difícil para ele.

Violie não responde. Em vez disso, mantém o olhar adiante, na direção do portão baixo e do depósito de grãos logo atrás dele. É um edifício baixo e largo, com um telhado inclinado de palha. À primeira vista, parece abandonado, sem sinal de aldeões armados, de um rei rebelde ou de guardas bessemianos, mas, à medida que se aproximam, Violie vê uma figura caída na sombra do depósito, o símbolo bessemiano em sua armadura brilhando à luz da lua.

– Revistem o celeiro – ordena o barão. – Eles não podem ter ido longe.

Metade dos soldados dispara para cumprir a ordem, um deles parando para examinar o soldado caído, mas, quando ele solta a mão do soldado ao verificar o pulso, Violie deduz que o homem está morto. Não é surpreendente – se o guarda tivesse sobrevivido, Leopold não o teria deixado ali. A menos que haja mais corpos dentro do celeiro, Violie apostaria que os outros três guardas estão sendo mantidos como reféns.

– Não tem ninguém lá dentro – anuncia um soldado, aparecendo na entrada do armazém, os outros atrás dele. – E as garotas se foram.

– Tudo bem – diz o barão, empurrando Violie bruscamente para dois de seus soldados, que a seguram antes que ela caia no chão. – Amarre-a no lugar delas... o rei Leopold vai voltar a qualquer momento, eu aposto.

– Nunca pensei que veria o dia em que você ganharia uma aposta, tio. – A voz de Leopold vem de trás deles, forte e clara, mesmo a distância.

Ele se encontra do outro lado dos portões pelos quais o barão e seus soldados empurraram Violie, rodeado por três dúzias de aldeões, armados com pistolas, espingardas, espadas e até algumas armas improvisadas – uma mulher, Violie nota, segura um atiçador de lareira.

– Suponho que haja uma primeira vez para tudo – conclui Leopold.

O barão rosna para ele.

– Você sempre foi um tolo, Leopold, mas com certeza sabe que está em desvantagem numérica. Meus homens estão esperando fora do vilarejo e assim que eu...

– Seus homens *estavam* esperando fora do vilarejo – interrompe Leopold, a voz tranquila, porém não menos poderosa. – Muitos deles se renderam voluntariamente quando perceberam quem eu sou e ajudaram a deter aqueles que não se renderam. O que significa que os *meus* homens agora estão esperando fora dos muros do vilarejo.

Violie não pode ver o rosto do barão, mas tem certeza de que ele está mais pálido.

– Seja como for, eu estou com ela. – O barão aponta Violie.

Leopold segue o gesto, seus olhos encontrando os de Violie, e, naquele olhar, ela vê um pedido de desculpas desnecessário.

– Sim – concorda Leopold. – Se quiser discutir a troca de reféns, tenho um bom número de homens seus que posso dar...

– De que me servem alguns soldados agora? – intervém o barão. – Quando você mesmo diz que estou cercado. Não, meus termos são simples, Leopold: você se rende ou ela morre.

Leopold absorve isso por um momento, nada surpreso – ou se está, não demonstra. Ele olha para o tio; então seu olhar se desloca para Violie e se demora nela.

– Está tudo bem, Leo – diz Violie, suas palavras sendo cortadas por um soldado que a empurra para a frente, seus joelhos se chocando na areia.

Ela cairia de rosto no chão se não fosse por um soldado agarrá-la pelos ombros e segurá-la enquanto outro leva a espada até o lado de seu pescoço.

– Violie – diz Leopold, a angústia naquela única palavra cortando-a mais fundo do que qualquer espada.

Angústia porque ele sabe, assim como Violie, que a barganha que o barão está apresentando não é viável. Violie disse a ele que não era ninguém para Leopold e, embora isso não seja verdade, no panorama geral, se comparada às vidas e à liberdade de Temarin e de seu povo, ela não é ninguém.

– Já me rendi muitas vezes, tio, e coloquei meus desejos e sentimentos à frente do país que jurei proteger quando assumi o trono – reflete Leopold e, embora esteja falando com o barão, mantém o olhar em Violie, as palavras mais para ela do que para qualquer outra pessoa. – Não farei isso de novo. Por ninguém, por mais que eu deseje fazer.

– Está tudo bem – Violie tenta lhe dizer, mas a lâmina contra sua garganta pressiona mais forte e as palavras morrem em um sussurro.

Leopold deve ouvi-las, no entanto – ou pelo menos entender em algum outro nível –, porque ele assente uma última vez antes de olhar para o barão e erguer sua espada.

– Ataquem! – ordena ao seu exército, que avança contra o portão com um grito.

Com tantas vozes, é difícil entender, mas Violie acredita que estejam gritando *Pelo rei Leopold*. Essa é a última coisa que ela ouve antes que a lâmina do soldado atravesse sua pele e ela desabe no chão, sua visão se enchendo de estrelas enquanto o sangue empoça ao seu redor.

Beatriz

Beatriz observa Pasquale caminhar em sua direção, a alegria, o alívio e o medo travando uma batalha dentro dela. Ela sabe que esse é o pior lugar possível para ele estar nesse momento, mas também está muito feliz por vê-lo seguro e vivo.

– As estrelas não nos abençoam porque recusamos suas bênçãos – afirma Pasquale enquanto percorre o corredor; Beatriz nunca ouviu a voz dele tão alta e tão firme. – Nós as criminalizamos e punimos aqueles que buscam aceitar as bênçãos que encontram.

– Primo – diz Enzo, esticando o pescoço para ver Pasquale de seu lugar na galeria. – Sinto-me aliviado ao ver que os rumores sobre sua morte eram infundados.

Ele até consegue soar aliviado, mas Beatriz não acredita nele nem por um momento. Ela engole a infinidade de sentimentos que tomam conta dela, mascarando-os com um sorriso frio que copia da mãe.

– Lady Gisella não mencionou isso? – pergunta ela, sua voz inocente, embora não consiga esconder o tom afiado sob a superfície ao perceber que a única saída aqui é fazer exatamente o que sua mãe ensinou: semear o caos e deixar a desconfiança tornar-se densa o bastante para dividir ainda mais as facções da corte cellariana.

– Ela não mencionou – responde Enzo depois de um momento e, embora seu tom ainda seja ameno, Beatriz sorri, sabendo que acertou o alvo.

– Acho que ela não lhe contou muita coisa, Enzo – observa, em tom de brincadeira, antes de olhar para Nicolo. – E a *você*, ela contou ainda menos.

– Beatriz – diz Gisella, uma advertência que Beatriz não tem intenção de atender.

Beatriz a ignora, concentrando-se em Pasquale, agora bem em frente ao altar onde ela está. Se não estivesse ocupada segurando Nicolo e com a faca em seu pescoço, ela poderia estender a mão e tocar Pasquale.

– Que felicidade em ver você, marido – diz Beatriz, deixando o afeto verdadeiro infundir suas palavras. – Embora me faça pensar quantos outros velhos amigos podem estar aqui sem que eu saiba.

– Você tem facilidade para fazer amigos em todos os lugares, Beatriz – replica Pasquale, embora certamente ele saiba o que ela está de fato perguntando: quantos outros estão no castelo?

No entanto, Pasquale não pode responder a essa pergunta. Não verbalmente, pelo menos, mas sua mão esquerda se ergue para coçar o nariz. Um dedo. Um outro amigo na capela – Ambrose, ela aposta, apesar de ele ser ainda menos apto para a batalha do que Pasquale, muito mais confortável com livros do que com armas.

– Talvez eu tenha – comenta Beatriz, arquivando a informação para o caso de precisar de uma fuga rápida. – Embora eu admita que a qualidade de muitos desses amigos deixe um pouco a desejar.

Pasquale sobe ao altar, ficando ao lado de Beatriz, e ela solta o ombro de Nicolo – ainda segurando a lâmina com firmeza junto ao seu pescoço – e agarra a mão de Pasquale com força, tomando emprestada um pouco de sua força e dando-lhe um pouco da sua em troca, antes de olhar novamente para a multidão e dirigir-se a ela.

– Quer vocês sejam amigos ou inimigos, a verdade permanece a mesma: este pequeno golpe que vocês estão encenando, as brigas infantis sobre quem vai se sentar em uma cadeira de metal reluzente e usar uma coroa bonita... nada disso faz sentido. Porque em alguns dias, semanas ou talvez meses, se vocês tiverem sorte, minha mãe vai enviar um exército pela fronteira e esmagar suas defesas como se fossem formigas sob o calcanhar de uma bota. E vocês estarão tão ocupados lutando entre si que não perceberão até que seja tarde demais. Eu sei disso porque eu deveria ajudá-la a fazer isso. E Gisella sabe disso pelo mesmo motivo. Ela conspirou com minha mãe para me drogar e me trazer de volta. Para me assassinar quando chegasse a hora, de modo que minha mãe tivesse motivos para sitiar Cellaria.

Um murmúrio se eleva por toda a capela.

– Ela está mentindo – sentencia Gisella, porém, por mais clara e segura que soe sua voz, não basta para apagar a dúvida que Beatriz suscitou.

– Qual parte? – pergunta Beatriz com uma risada. – Qual parte, exatamente, é a mentira?

Por um instante, Gisella não diz nada, mas finalmente ela encontra a voz.

– Sim, muito bem, eu de fato conspirei com a imperatriz Margaraux – admite ela, as palavras soando como se estivessem sendo arrancadas de sua boca à força. – E, sim, tudo o que Beatriz está dizendo é tecnicamente verdade, mas eu nunca pretendi cumprir minha parte do acordo. Eu menti para ela com o objetivo de garantir minha própria liberdade depois que *ela* mandou me prender em uma masmorra bessemiana.

Ela termina apontando um dedo acusador na direção de Beatriz.

– E você espera que alguém acredite nisso? – pergunta Beatriz com uma risada áspera. – Quando você mesma admite que não tem senso de honra? Nenhuma lealdade?

Mais murmúrios erguem-se com isso.

– Eu sou leal a Cellaria! – grita Gisella, mas, no silêncio que se segue, Beatriz sabe que a outra perdeu a luta no momento em que perdeu a cabeça.

Quantos contarão a história desta noite e descreverão sua voz como *estridente*, seu comportamento como *histérico*? Gisella também sabe disso – como poderia não saber? Ela cresceu nessa corte, viu muitas mulheres antes dela cometerem os mesmos erros que ela acabou de cometer, provavelmente jurando a si mesma que nunca seria tão tola. Há uma razão pela qual Cellaria nunca teve uma mulher em seu trono e que até mesmo Gisella, com todos os seus esquemas e ambições, sempre tentou manipular os cordões por trás de uma cortina, em vez de se apresentar para a disputa do trono.

Vendo Gisella se dar conta de seu erro, Beatriz esperava sentir triunfo ou orgulho – quantas noites ela adormeceu imaginando o momento da queda de Gisella? –, mas, em vez disso, tudo o que ela sente é *tristeza*. Gisella passou anos maquinando, criando cuidadosamente alianças, cultivando o poder tão lenta e meticulosamente que ninguém percebeu o que ela estava fazendo até ser tarde demais, para tudo terminar assim – com uma única demonstração de emoção descontrolada. Uma voz estridente causando mais danos do que o sangue derramado momentos antes.

Não importa que quase todos nesta capela se mostrassem mais do que felizes em se ajoelhar diante do rei Cesare durante seus muitos ataques de raiva. Não importa que os ataques de raiva *dele* frequentemente terminassem em execuções. Mas, no segundo em que Gisella se descontrola, o respeito dos homens, que estavam prontos para se massacrarem sob sua manipulação inteligente, desaparece como névoa ao sol.

Apesar de tudo, Beatriz sente pena de Gisella neste momento. Mais do que isso, ela sente raiva por causa dela. Se remover da equação seus próprios sentimentos, Beatriz pode ver que Gisella seria uma governante melhor para Cellaria do que Nicolo, que se perdeu no instante em que a irmã saiu de seu lado. Melhor do que Enzo, que foi covarde demais para ficar na mesma cidade que o rei Cesare durante seu reinado e mais ainda por não tentar removê-lo do trono, como Gisella fez. Beatriz tem que admitir que Gisella seria uma governante melhor até do que Pasquale, pelo simples motivo de que ele nunca *quis* o poder.

Gisella, ela pensa, talvez fosse a melhor governante que Cellaria poderia pedir, se o rei Cesare e todos os reis que vieram antes dele não tivessem nutrido uma população ignorante demais para perceber isso.

Os olhos de Gisella encontram os dela e, mesmo sabendo que perdeu seu séquito, que até Enzo se afastou dela, tentando colocar a maior distância possível entre eles na pequena galeria, Gisella está firme, seu queixo erguido. Uma rainha, mesmo sem uma coroa.

Uma igual, percebe Beatriz.

Pensando rapidamente, Beatriz olha para Pasquale ao seu lado e aperta sua mão. Ela ainda não consegue acreditar que ele está aqui e, embora preferisse que ele estivesse em algum lugar bem distante e seguro, sente-se grata por sua presença.

– Pasquale, você é quem tem mais direito ao trono de Cellaria – comenta ela, alto o suficiente para ser ouvida nos últimos bancos da capela. – O rei Cesare o deserdou, sim, mas não acho que alguém aqui presente argumentaria contra o fato de que ele não estava em seu juízo perfeito na ocasião. – Ela faz uma pausa para a manifestação de algum dissidente, mas, após alguns olhares hesitantes, ninguém se manifesta, então ela continua: – Você quer ser rei?

Ela sabe a resposta antes mesmo de terminar a pergunta, mas nessa situação ela não pode falar por ele. E ele não precisa que ela faça isso.

– Por mais que eu ame meu país e por mais que eu tenha sentido saudades de casa – diz ele, a voz tão alta e segura quanto a dela –, acredito que posso servir melhor a Cellaria longe do trono e da corte.

Ele está sendo mais educado do que os cortesãos que o ouvem merecem – Pasquale foi muito infeliz na corte e, embora ela tenha certeza de que ele realmente ama Cellaria, duvida que ele tenha sentido saudade. Ainda assim, é um bom discurso e sua voz não vacila uma única vez – um feito do qual ela não sabe se ele teria sido capaz da última vez que esteve diante de sua corte, apagando-se na sombra lançada pelo pai.

Beatriz desvia os olhos dele e solta o punhal que até então mantinha no pescoço de Nicolo, instando-o a postar-se do seu outro lado. Ele não parece mais confuso, mas seus olhos ainda estão cautelosos enquanto olha de Beatriz, para Gisella e Enzo e então para a multidão.

– E você, Nico? – pergunta ela, usando seu apelido intencionalmente. – Uma vez você me disse que queria ver mais do mundo. Renunciar à sua coroa por escolha própria e ir voluntariamente para o exílio lhe dará bastante tempo para isso.

Nicolo levanta a mão para tocar a mencionada coroa, sua testa franzida, mas os olhos calculistas como sempre. Procurando caminhos para seguir em frente, pesando com muito cuidado cada opção no espaço de alguns segundos. Ele inclina a cabeça ligeiramente em sua direção, um pequeno sorriso repuxando seus lábios, como se estivessem jogando xadrez e ela finalmente lhe desse o xeque-mate. Ele tira a coroa da cabeça e a observa por um momento antes de passá-la para Beatriz. Ela tem que soltar a mão de Pasquale para segurar a coroa e o punhal e a primeira é de longe o item mais pesado dos dois.

Ela volta sua atenção para a galeria em cujo parapeito Enzo se debruça, apoiado nos cotovelos, ladeado por uma Gisella de expressão pétrea.

– Vossa Graça – começa Beatriz.

– Vou lhe poupar o trabalho, princesa – diz Enzo, a voz entediada. – Eu *realmente* quero ser rei e não tenho interesse em renunciar ao meu direito ao trono. O que é uma sorte, suspeito, visto que estamos esgotando rapidamente a lista de pessoas que tenham ao menos uma gota de sangue real nas veias.

A Beatriz não passa despercebido que ele está ignorando por completo Gisella, cujo direito ao trono é maior que o dele e igual ao de Nicolo.

– Prendam os três – ordena Enzo.

Sem mais ninguém a quem obedecer, a multidão avança em direção ao púlpito, vacilante, mas igualmente perigosa.

– Beatriz – diz Pasquale. – Você tem um plano?

– Ela tem o mesmo plano que eu – responde Nicolo entre dentes. – Não morrer.

Esse é, mais ou menos, o resumo do plano de Beatriz. Ela lança outro olhar desesperado na direção das estrelas e o que vê a deixa sem fôlego. Lá no alto, movendo-se pelo céu, está o Cajado do Empyrea, a constelação que representa a magia, aquela da qual Nigellus tirou uma estrela no momento em que Beatriz nasceu. A constelação que é, literalmente, parte dela.

Agora, sussurra a voz dentro dela, e o momento não poderia ser melhor.

E, correndo os olhos pela capela frenética, a multidão cellariana despedaçada por décadas – talvez até séculos – de reis ineptos, por guerras decorrentes de invejas amargas que os arruinaram, pela constatação de que, independentemente do que suas lendas tentassem dizer, as estrelas os haviam abandonado, Beatriz sabe *exatamente* o que desejar. Não uma rota de fuga, mas um milagre.

Ela ergue o rosto para o céu e respira fundo, seus olhos escolhendo uma estrela na constelação. Não uma pequena dessa vez, mas a maior delas, que está no topo da forma do cajado. Ela deixa a emoção tomar conta dela – a fúria contra Enzo, contra os guardas e cortesãos que seguem suas ordens, contra sua mãe. Contra as próprias estrelas, até. Ela deixa a fúria fluir através dela e então abre a boca.

– Eu quero... – começa ela.

Pasquale grita seu nome, pedindo que pare quando percebe o que ela está fazendo, mas Beatriz o ignora.

– ... que as estrelas abençoem Cellaria mais uma vez e para sempre, assim como fazem com o restante de Vesteria.

Se ela tivesse tempo, encontraria um modo de formular seu pedido melhor, mas as estrelas a ouvem mesmo assim. Elas brilham até que todo o céu noturno se torne um branco puro e ofuscante, uma dor que espelha esse brilho atravessando a cabeça de Beatriz – uma dor que ela sabe que só vai piorar. Todos ao seu redor estão gritando, praguejando, chorando, mas Beatriz mantém o olhar no céu branco, observando o brilho impossível das estrelas desvanecer, até que o céu escuro esteja visível de novo.

– O que você fez? – pergunta Nicolo a ela, em sua voz um tom mais de espanto do que de acusação.

Todos os outros na capela estão olhando para o céu também, boquiabertos e de olhos arregalados – em um misto de pavor e espanto. Rostos que

Beatriz pode ver claramente agora, ela percebe, porque as estrelas ainda estão mais brilhantes do que antes do seu pedido.

Beatriz não tem tempo para responder à pergunta de Nicolo, pois as estrelas respondem por ela. Uma estrela solitária risca o céu, deixando um rastro de luz.

– Aquilo foi... – começa Pasquale, mas, antes que ele possa terminar, outra estrela cai.

Depois outra. A seguir, elas estão caindo em grupos de dois ou três de cada vez, cintilando pelo céu enquanto seguem seu caminho para o chão. Para *Cellaria*.

É a primeira chuva de estrelas em cinco séculos e foi Beatriz quem a provocou.

O silêncio do choque na capela dá lugar a murmúrios, a gritos quando as pessoas apontam para as estrelas caindo, e então a aplausos. Alguns se ajoelham em oração. Outros choram abertamente. Entre eles, uma voz se eleva acima das demais.

– Salve Santa Beatriz! – grita um homem.

Outras vozes ecoam esse grito até toda a capela estar louvando seu nome. Ou melhor, quase toda a capela.

Seus olhos se voltam novamente para a galeria, avistando Enzo, cujo rosto está branco como o céu de momentos atrás. Somente ele parece apavorado com Beatriz e ela não pode culpá-lo por isso.

– Prendam o usurpador – ordena Beatriz e a multidão se vira, seguindo em direção à porta que deve levar à escada para a galeria, mas Gisella está mais perto e é mais rápida.

Num piscar de olhos, ela tem um canivete no pescoço de Enzo.

Gisella não passa de uma oportunista, Beatriz sabe, assim como ela própria. Então Beatriz oferece a Gisella um sorriso cortante.

– Traga-o até mim – exige ela.

Enquanto Gisella e Enzo descem as escadas até a nave da capela, Beatriz sente seu corpo vacilar. Pasquale é rápido em sustentá-la com um braço em torno dos ombros.

– Você não deveria ter feito isso – diz ele.

– Claro que deveria – retruca ela, embora já esteja sentindo as consequências do pedido, o tributo que a magia cobra do seu corpo.

Da última vez que fez um pedido a uma estrela, tossiu sangue e Nigellus lhe disse que, se continuasse a usar magia, ela morreria. Será que é isso?, pergunta-se ela. Será que esse é o pedido que porá fim à sua vida? Se for, é melhor garantir que valha a pena.

Beatriz se obriga a se desvencilhar do braço de Pasquale, a empertigar-se, a ignorar a escuridão que ameaça envolvê-la, que tenta puxá-la para baixo. Beatriz sabe que mostrar fraqueza agora mudaria a história que está sendo escrita a cada respiração sua e que a transformaria de um conto de poder e triunfo a um de tragédia. Podem chamá-la de santa, mas ela não permitirá que a tornem um mártir.

Assim, ela se concentra na própria respiração, em se manter de pé, e ignora a dor que se refrata através dela como cacos de um espelho quebrado.

– Ela está bem? – pergunta Nicolo a Pasquale, a voz baixa, embora não o suficiente para Beatriz não ouvir.

– Não – responde Pasquale entre dentes cerrados ao mesmo tempo que Beatriz responde "Sim".

Antes que Nicolo possa fazer mais perguntas, Gisella entra na nave pela porta lateral, forçando Enzo à sua frente com a lâmina afiada do canivete contra o pescoço dele. A expressão dela é cautelosa e não há qualquer sinal da garota que perdeu a compostura, nem da garota que antes ameaçou e traiu Beatriz sem se desculpar em nenhuma das vezes.

Acima de tudo, Beatriz sabe, Gisella é inteligente. Inteligente o bastante para saber quando foi derrotada e astuta o suficiente para ganhar as boas graças de quem a venceu, para viver e tramar outro dia.

– Curve-se – diz Gisella a Enzo.

Quando ele hesita, ela pressiona a lâmina contra o seu pescoço até que uma gota de sangue surge na pele e ele finalmente aquiesce, fazendo uma profunda reverência a Beatriz.

Gisella também faz a mesura mais profunda que lhe é possível enquanto mantém Enzo sob a ameaça da faca.

Beatriz não se importa com Enzo – não mais do que Gisella se importava, ela supõe. Ele era apenas um veículo para as ambições de Gisella, assim como Nicolo também foi. Agora Beatriz a observa, cautelosa e calculista.

Ela pode se arrepender do que está prestes a fazer, Beatriz pensa, mas isso nunca a impediu de agir.

Assim, Beatriz reúne todos os fragmentos de sua teatralidade e finge que um grande tremor percorre todo o seu corpo, jogando a cabeça para trás e olhando para as estrelas com olhos arregalados de forma dramática. Ela inspira profundamente e prende a respiração por alguns segundos antes de se deixar desabar para a frente, caindo apoiada nas mãos e joelhos.

– Beatriz! – grita Pasquale, ajoelhando-se ao seu lado.

– Estou bem – diz ela, embora não faça qualquer esforço para parecer bem.

Em vez disso, ela deixa o cansaço e a dor colorirem suas palavras, soando tão exausta quanto se sente.

Ela permite que Pasquale a ajude a se levantar antes de olhar para a multidão de cortesãos que a observam com atenção.

– As estrelas têm uma mensagem para Cellaria – anuncia ela, baixando um pouco a voz e emprestando-lhe um tom de agouro. – Elas declararam que uma única pessoa está apta a governar esta terra e prometeram que, enquanto essa pessoa e seus herdeiros, escolhidos ou nascidos, se sentarem no trono, elas brilharão sobre o país e Cellaria prosperará.

Ela sente a atenção de todos na sala como algo tangível em sua pele e, apesar da dor na cabeça e do desconforto agudo no corpo, o poder que vem com essa atenção é delicioso. Seu olhar segue até Gisella, que deve saber que Beatriz está atuando, mas parece tão arrebatada quanto todos os outros.

– O governante que as estrelas escolheram é a rainha Gisella, a primeira de seu nome – diz ela.

A expressão de Gisella demonstra surpresa genuína e confusão, mas esses sentimentos desaparecem tão rapidamente quanto apareceram, sendo substituídos por uma expressão mais ensaiada de choque e humildade.

– Certamente não sou merecedora – murmura Gisella, inclinando a cabeça, e a atriz que há em Beatriz respeita Gisella por abraçar tão facilmente o papel de escolhida. – Eu conspirei com o inimigo, você mesma disse, princesa Beatriz.

– As estrelas sabem disso – replica Beatriz com um sorriso benevolente. – Elas viram tudo o que você fez, mas também viram dentro do seu coração e sabem que cada ato que você praticou foi pelo bem de Cellaria.

Embora Beatriz não tenha se comunicado com as estrelas, ela acredita que isso seja verdade: Gisella matou um rei, traiu a própria Beatriz e Pasquale várias vezes, fez acordos com inimigos, e Beatriz tem certeza de que há muito mais pecados do que ela sabe. Mas Gisella nunca agiu contra os interesses de Cellaria. Ainda assim, Beatriz não é tola de entregar a Gisella um poder irrestrito que pode ser usado contra ela mais tarde.

– Mas... – acrescenta ela, e nota um lampejo de inquietação nos olhos de Gisella. *Ótimo*, ela pensa. – Se você trair as estrelas ou seu país, elas prometem lançar o céu de Cellaria na escuridão eterna. Entendido?

Ela sustenta o olhar de Gisella, comunicando a ameaça maior sem palavras. *Eu te fiz rainha e posso te transformar em nada com a mesma facilidade.* Gisella ouve a ameaça tão claramente como se Beatriz a tivesse enunciado em voz alta, então franze os lábios.

– Entendido – acata ela, inclinando a cabeça mais uma vez. – Eu juro perante as estrelas e todas as almas aqui presentes que dedicarei minha vida a conduzir Cellaria através de cada triunfo e cada dificuldade, a guiá-la para um futuro brilhante e a governar de maneira justa e correta, por todos os meus dias.

Beatriz já pensou que para Gisella mentir é tão fácil quanto respirar, mas estas, ela sabe, são as palavras mais verdadeiras que ela já pronunciou. E isso basta.

Com os últimos vestígios de sua força, ela faz uma profunda reverência.

– Salve a rainha Gisella! Vida longa à rainha!

A multidão ecoa as palavras, homens caindo de joelhos, suas espadas ressoando no chão, mulheres fazendo reverências e levando as mãos ao coração. Até Enzo se põe de joelhos. No entanto, se ele espera pela misericórdia de Gisella, Beatriz suspeita que ficará decepcionado.

Levantar-se de sua reverência é a coisa mais difícil que Beatriz já fez, seus músculos gritam enquanto ela se endireita. Ela perde o equilíbrio, mas tanto Pasquale quanto Nicolo a sustentam. Gisella começa um discurso que provavelmente praticou no espelho desde a infância, mas Beatriz já ouviu e viu o suficiente. Ela desce do altar com pés vacilantes, Nicolo e Pasquale a seguindo de perto, e mal consegue passar pela porta e chegar ao corredor vazio antes de finalmente se entregar e deixar que a escuridão a engula.

Violie

Enquanto a batalha se desenrola à volta de Violie, tudo o que ela vê são as estrelas, as constelações deslocando-se pelo céu em um desfile lento, porém constante. Ela nunca as estudou tão bem quanto Leopold e as princesas de Bessemia, mas sabia o suficiente para reconhecer o Coração do Herói, o Diamante Cintilante e lá, em direção à borda sul do céu, ela vê o Cajado do Empyrea. Ela sente os olhos pesarem cada vez mais, o chão ao seu redor úmido com seu sangue, mas Violie mantém o olhar nas estrelas e tenta impedir que sua mente se pergunte o que acontecerá em seguida.

Sua mãe costumava lhe dizer que, quando morresse, ocuparia seu lugar entre as estrelas, mas à medida que Violie foi crescendo, ela passou a desdenhar da ideia – apenas crianças acreditariam em tal fantasia. Agora, porém, ela espera que seja verdade. Que, depois de perder sangue suficiente, seu coração parar e o mundo escurecer, ela desperte novamente no céu, cercada por estrelas. Sophronia estará lá, ela pensa, e um dia sua mãe e Elodia também se juntarão a ela. Um dia ela verá Leopold novamente, e Beatriz, Daphne e os outros por quem ela se afeiçoou.

Ela acredita nisso porque agora, aproximando-se do fim de sua vida muito antes do que esperava, não tem escolha a não ser acreditar. A crença vem facilmente e, quando ela respira fundo, enchendo os pulmões de dor, ela diz a si mesma que está pronta para morrer, pronta para deixar este mundo com a confiança de que esse não é o fim de verdade.

Enquanto ela solta o ar dos pulmões, algo chama sua atenção ao sul – uma estrela mergulhando sobre as montanhas de Alder. A trajetória de sua queda parece quase como... Seus pensamentos são interrompidos pela queda de outra estrela, depois outra, todas parecendo passar pelas montanhas de Alder, caindo em Cellaria.

Impossível, ela pensa, mas seus olhos dizem o contrário.

Beatriz, pensa um momento depois e, se tudo não doesse tanto, Violie riria ao chegar a essa conclusão. Beatriz causou uma chuva de estrelas em Cellaria – Violie apostaria sua vida nisso, por menos que ela valha agora. Um calor se espalha por ela – Beatriz conseguiu, ela recuperou seu poder, e que milagre criou com ele!

Violie está tão absorta com a visão das estrelas caindo que não percebe que a batalha ao seu redor cessou até que Leopold se agacha ao seu lado, tomando sua mão nas dele.

– Violie, alguém foi buscar o médico – diz ele, mas ela mal o ouve.

Uma parte distante dela sabe que é tarde demais, que ela já está muito longe e que, se há algo que precise dizer a Leopold, agora é a hora, mas Violie não consegue desviar os olhos do céu.

– É uma chuva de estrelas – ela consegue dizer. – Em Cellaria.

– Ela está delirando – diz outra voz, uma que Violie não reconhece. – Ela não vai sobreviver, Majestade.

– Não – diz uma terceira voz, cheia de admiração. – Não, ela está certa... olhem.

Violie sente a atenção se desviar dela, todos olhando para o céu – todos, exceto Leopold, que mantém o foco nela, apertando sua mão com tanta força que ela continua a sentir esse aperto, mesmo quando a sensação de tudo o mais desaparece.

Um pensamento rompe sua mente nublada, afiado como um punhal recém-forjado – quando Sophronia morreu, ela foi em paz porque fez tudo o que podia, disse tudo o que precisava. Mas Violie não está em paz. Palavras arranham seu peito, exigindo o fôlego que ela não consegue reunir para pronunciá-las. Seu corpo dói de uma forma mais profunda que a dor física, exigindo que ela se levante, exigindo que ela continue lutando. Ela não pode morrer assim, não sem ver a imperatriz cair, não sem fazer tudo o que pode para ajudar Daphne e Beatriz a triunfarem, não sem ver Leopold sentar-se no trono a que fez jus – sem ver o rei que ele se tornou reinar. Não sem descobrir a sensação dos lábios dele nos dela e descobrir de uma vez por todas se o amor que sente por ele é platônico ou romântico, não sem descobrir se é recíproco.

Violie não está pronta para morrer e, se estes forem, de fato, os últimos momentos de sua vida, ela não os passará de forma estoica e serena. Se é assim que ela morre, Violie pretende que seja totalmente à sua maneira. Ela vai lutar, com toda a sua garra, teimosia e mordacidade.

Ela respira fundo, o que faz seus pulmões doerem tanto que ela mal pode suportar; então ela busca as estrelas cadentes.

Se uma delas viesse em sua direção... Violie mal consegue terminar o pensamento, mas se agarra a ele o melhor que pode. Violie sabe que não tem o poder de derrubar estrelas, como Beatriz, mas também é tocada por elas. Há poeira estelar em suas veias, assim como há em todos os empyreas. E, embora Violie nunca tenha pedido nada às estrelas, nunca tenha acreditado em seus milagres, é o que ela faz agora. Afinal, se Beatriz conseguiu fazer as estrelas caírem sobre Cellaria, certamente Violie pode atrair uma para si neste momento.

Por favor, ela pensa, mas quando Leopold arqueja, ela percebe que falou em voz alta. *Se eu tenho algum milagre em mim, que ele venha agora. Vocês me deram a vida e eu ainda tenho muito a fazer antes de me despedir dela.*

Os olhos de Violie se fecham e a escuridão a envolve, mas, enquanto tudo desaparece, a mão de Leopold na dela é constante, uma âncora que ela não tolera soltar.

As estrelas ainda não terminaram com você, uma voz sussurra na mente de Violie, uma voz que soa como a de Sophronia. *Embora em breve talvez você deseje que tivessem. Morrer é menos doloroso do que viver.*

– Cuidado!

O grito corta a escuridão que envolve Violie e seus olhos se abrem bem a tempo de ver a luz brilhante descendo em sua direção, vindo do céu – uma estrela que atinge Violie diretamente no peito, envolvendo seu corpo em um calor branco e ofuscante, que parece queimá-la viva.

É uma dor como nenhuma outra que Violie já sentiu, mas a dor lhe diz que está viva, então ela suporta.

Daphne

D aphne dorme a maior parte do caminho até Bessemia, ainda não totalmente recuperada por ter liberado a magia de Beatriz. Ela tem uma vaga lembrança de uma breve parada em uma hospedaria – por tempo suficiente apenas para uma refeição e algumas horas de descanso – antes da segunda etapa da jornada, quando ela logo voltou a dormir. Embora desejasse não se sentir como se estivesse morrendo, ela não pode negar que dormir por mais ou menos um dia e meio foi preferível a sofrer em um silêncio constrangedor com Cliona.

Quando finalmente acorda, é diante da luz brilhante do fim da manhã e ela percebe que sua cabeça está descansando no ombro de Bairre. Ele deve sentir seu movimento, porque olha para ela com um meio sorriso.

– Cliona disse que estamos chegando – observa ele.

Daphne se endireita, piscando para espantar a exaustão dos olhos, e se depara com Cliona evitando a todo custo seu olhar e fitando obstinadamente a janela. Daphne olha pela janela do lado oposto, observando o terreno familiar da floresta de Nemaria. Ela e Cliona se encontraram em algum lugar perto dali, ela lembra, em uma clareira ao sul de Hapantoile no dia em que Daphne se despediu das irmãs.

Ela se lembra da impressão inicial que teve de Cliona, quando acreditava que a outra garota era uma nobre despretensiosa com uma personalidade sagaz e inteligente e a maldição de não saber mentir. Daphne a subestimou. Ela se pergunta o que Cliona pensou dela naquele dia e até que ponto, por sua vez, subestimou Daphne.

Se eu pudesse voltar atrás, pensa Daphne, *eu faria tantas coisas de forma diferente.*

Ela teria ajudado quando Sophronia pediu ajuda. Teria contado a verdade a Bairre mais cedo. Teria acreditado em Beatriz em relação à mãe delas e não deixaria palavras não ditas entre elas. Mas Cliona... todos os seus erros, mal-entendidos e desconfianças – ela não mudaria nada disso. Para garotas tão mordazes quanto elas, nunca houve um caminho suave para a amizade.

Mas Daphne também não mudaria o fato de ter permitido que sua mãe assassinasse o pai de Cliona. Ela já repassou aquele almoço várias vezes em sua mente, e até o viu repetido em muitos de seus sonhos nos últimos dias, e sabe que, não importa o que fizesse, ela teria perdido alguém ou algo naquele dia. E, para ela, lorde Panlington era o sacrifício mais aceitável.

Cliona, porém, não vê dessa forma e talvez nunca veja. Nada que Daphne diga mudará isso, mas assim mesmo ela tenta.

– Quando conheci Cliona – diz ela a Bairre, ciente de que Cliona pode ouvir cada palavra, mesmo que finja que não –, eu já sabia tudo sobre ela... ou era o que eu pensava. Os espiões da minha mãe não eram páreo para os dela e de seu pai, suponho.

À menção do pai dela, os ombros de Cliona ficam tensos, mas Daphne prossegue.

– Não tinha nada em nenhum dos relatórios que li sobre lorde Panlington ou sua filha estarem envolvidos na rebelião, muito menos liderando-a. Eu me sentei diante dela na carruagem para Friv e pensei que ela era apenas outra nobre de cabeça oca e mimada pelo pai. Isso estava no dossiê – acrescenta ela. – O quanto lorde Panlington amava sua única filha. Ele escondeu muitas coisas, mas não conseguiu esconder isso.

O rosto de Cliona ainda está teimosamente voltado para a janela, mas Daphne a vê levantar a mão para secar uma lágrima. Agora Daphne fala diretamente com ela:

– Assim que soube que você e ele faziam parte da rebelião, contei à minha mãe. Eu sabia que isso apresentava a oportunidade perfeita para semear a discórdia em Friv e que, se o rei Bartholomew soubesse que seu amigo mais próximo e conselheiro o havia traído, isso poderia ser a chave necessária para uma guerra civil que deixaria Friv vulnerável ao ataque da minha mãe. É disso que me arrependo... de ter contado a ela qualquer coisa sobre você ou ele. É isso que eu mudaria, se pudesse. Essa é a verdadeira escolha que fiz e que levou à morte dele, Cliona. E sempre vou me arrepender disso.

Cliona não diz nada, mas Daphne não espera que diga. Ela torna a olhar pela janela e vê as torres de pedra branca do palácio bessemiano surgirem acima da copa das árvores, bandeiras azul-claras tremulando ao vento, estampadas com um sol dourado.

Daphne deixa escapar um suspiro suave. Ela está em casa.

Os festejos pelo retorno da imperatriz – e até certo ponto, de Daphne – passam em uma névoa; porém, mais do que as multidões que ladeiam as ruas em Hapantoile, gritando e acenando enquanto passam, Daphne observa as reações de Cliona e Bairre. Ela quase pode ver a cidade através dos olhos deles – como é tão grande que poderia conter pelo menos três Eldevales, como os edifícios são mais altos, as estradas são pavimentadas e lisas, as lojas e casas, organizadas em fileiras. Daphne sabe que não é nada parecido com qualquer lugar que eles já tenham visto porque, até alguns meses atrás, Friv não era nada parecido com qualquer lugar que *ela* mesma já tivesse visto. Ela se pergunta se eles já estão com saudade do seu país da mesma forma que ela sentiu falta de Bessemia naquela época.

Ela não pode culpá-los se estiverem – ela mesma descobre que sente falta dos contornos não refinados de Friv, do modo como, mesmo na capital do país, as florestas selvagens invadem de todos os lados, as montanhas cobertas de neve se erguem ao norte como gigantes adormecidos vigiando a cidade, o próprio ar tem um sabor fresco.

Logo eles chegam ao palácio, e isso também é algo novo para Bairre e Cliona – maior, mais novo, mais elegante do que o castelo em Friv, que, durante a maior parte de sua existência foi, antes de tudo, uma fortaleza. Daphne sabe que, em séculos passados, o palácio bessemiano também funcionou como fortaleza e cumpriu o dever de proteger as pessoas dentro de seus muros enquanto a guerra era travada do lado de fora, mas, olhando agora para suas delicadas torres e paredes de pedra branca polida, ela não consegue imaginar isso. Decerto desmoronaria com a menor brisa.

A imperatriz desembarca da carruagem primeiro, sendo ajudada por um lacaio em um esplêndido traje de seda azul que, de alguma forma, não apresenta um único amassado apesar das muitas horas de viagem. Outra multidão se formou ao longo da escadaria do palácio, dando vivas à imperatriz enquanto ela sobe os degraus de mármore e ficando em silêncio quando ela chega ao topo e se vira para eles, erguendo a mão. Quando ela fala, sua voz soa alto o suficiente para que até Daphne possa ouvi-la de dentro da carruagem.

– Estou feliz por estar em casa e mais feliz ainda por encontrar uma recepção tão calorosa assim – diz ela, sorrindo para a multidão, que sorve cada palavra sua, do mesmo modo como ainda acontece com Daphne.

Quando sua mãe fala na frente de uma multidão como essa, ela sempre os tem na palma da mão, uma habilidade que Daphne tentou imitar incansavelmente, mas nunca conseguiu igualar. Esse é o dom da sua mãe, Daphne sabe. Diplomacia, estratégia, política e governança foram habilidades que a imperatriz teve que aprender à medida que governava, mas esse carisma foi o que primeiro atraiu a atenção do imperador e a manteve, que atraiu aliados para ela quando não deveria ter nenhum. Daphne sempre admirou essa faceta da mãe, mas agora isso a aterroriza na mesma proporção.

– Minha jornada para Friv foi frutífera e descobri que nossa amada princesa Sophronia... agora rainha Sophronia de Temarin... está de fato viva – anuncia a imperatriz.

Ela faz uma pausa quando os aplausos irrompem novamente, desta vez ensurdecedores. Daphne sente muitos olhos se voltarem para sua carruagem, sem dúvida esperando que Sophronia esteja lá dentro. Ela sabe, com uma dolorosa certeza, que ficarão decepcionados ao perceber que é apenas ela. Não que ela possa culpá-los por isso. No entanto, ela aguarda, ouvindo as próximas palavras da mãe, curiosa para saber como ela escolherá alimentar o mito de Sophronia estar viva sem nunca apresentá-la em carne e osso.

– Infelizmente – continua a imperatriz quando a multidão volta a ficar em silêncio –, os usurpadores temarinenses que tentaram matá-la e ao marido, o rei Leopold, também descobriram seu paradeiro, e eles foram forçados a se esconder novamente para se salvar.

Uma onda de vaias percorre a multidão e a imperatriz permite.

– Eu garanto a vocês que estou fazendo tudo ao meu alcance, tanto como sua imperatriz quanto como mãe de Sophronia, para garantir que ela e o rei Leopold possam sair do esconderijo e recuperar seus tronos em breve. É meu maior desejo ver Temarin governado por seu rei e sua rainha legítimos. Mas, enquanto esse dia não chega, trago notícias mais alegres de Friv: a princesa Daphne se casou com o príncipe Bairre e agora é princesa de Friv, cimentando a aliança entre nossos países pelas gerações que virão.

Mais aplausos, e Daphne sabe para onde isso está indo. Ela olha para Bairre, que assiste à imperatriz com a mesma atenção relutante de Daphne.

– O que quer que ela diga, não pare de sorrir – avisa ela.

– O quê? – pergunta ele, voltando-se para Daphne com uma expressão perplexa, mas ela não tem tempo para responder, pois a imperatriz voltou a falar.

– E estou *muito* feliz que os recém-casados tenham decidido fazer uma visita a Bessemia – diz ela, gesticulando em direção à carruagem onde Daphne, Bairre e Cliona estão.

Com a deixa, um lacaio abre a porta da carruagem enquanto a multidão explode em aplausos novamente ensurdecedores.

Bairre salta primeiro, mas em vez de deixar o lacaio avançar para ajudar Daphne a descer, o príncipe se vira para ela, estendendo a mão, que a princesa aceita, e, depois de um segundo, o lacaio recua, confuso. Daphne sabe que não foi um movimento calculado por parte de Bairre, pois em Friv não há um protocolo rígido sobre a etiqueta na carruagem, mas Daphne não acha que poderia ter coreografado isso melhor se tivesse tentado.

A multidão poderia esperar que a princesa menos favorita de Bessemia – a que não é tão bonita ou audaciosa quanto Beatriz nem tão doce ou gentil quanto Sophronia – sorrisse e acenasse ao lado da sua segunda opção como marido, pois todos sabem que nem ela nem a mãe o escolheram, um príncipe frívio bastardo provavelmente tão selvagem e incivilizado quanto se sabe que é seu país. O que estão vendo quando Bairre segura a mão de Daphne é uma história de amor.

Não, Daphne pode não ser a favorita entre as irmãs, um fato do qual ela tem ciência desde que se entende por gente, mas, se há uma coisa que ela aprendeu com a mãe, é como construir uma narrativa, e todos amam uma história de amor. Bairre faz menção de soltar sua mão assim que ela se vê com os pés firmes no chão, mas Daphne continua a segurá-lo, entrelaçando seus dedos com os dele enquanto sobem os degraus de mármore em direção à mãe, a multidão dando vivas em torno deles. Se Bairre fica surpreso com o gesto, se recupera rapidamente, mantendo as mãos unidas mesmo quando chegam ao topo e param na frente da imperatriz.

Cliona desceu da carruagem atrás deles, mas se mantém afastada, junto com a comitiva da imperatriz e o punhado de assistentes que vieram com eles de Friv.

Daphne e Bairre têm que soltar as mãos para se virar e encarar a multidão que aplaude, mas, em seguida, Daphne busca sua mão mais uma vez e Bairre percebe o que ela está fazendo e leva suas mãos unidas aos lábios, o que faz a multidão demonstrar ainda mais entusiasmo do que demonstrou pela imperatriz.

– Beije-a! – grita alguém, um grito que é ecoado pelo restante da multidão.

Daphne evoca um rubor nas suas bochechas e morde dramaticamente o lábio, lançando um olhar para a mãe, como se pedisse permissão, embora sua real intenção seja ver a expressão dela. A imperatriz não revela nada, um sorriso largo no rosto, mas isso em si é um indício para Daphne, que conhece cada um dos diferentes tipos de sorriso da mãe melhor do que ninguém. Esse, ela sabe, é seu sorriso de irritação e, embora no passado ele semeasse ansiedade e pavor em Daphne, agora tem gosto de triunfo.

A imperatriz inclina a cabeça, aquiescendo, e o sorriso de Daphne se alarga. Ela se vira para Bairre, que parece hesitar.

– Vamos – sussurra ela sem mover os lábios. – Capriche.

Bairre sorri diante do desafio e inclina a cabeça em sua direção, mas Daphne o encontra a meio caminho, erguendo-se na ponta dos pés. O beijo é mais breve e mais casto do que outros que já compartilharam, mas a multidão não se importa. Eles fazem tanto barulho que Daphne não consegue ouvir mais nada, nem mesmo os próprios pensamentos ou o batimento acelerado de seu coração.

Assim que chegam ao saguão de entrada do palácio, o sorriso da imperatriz – ainda o de irritação, Daphne nota – desaparece, sendo substituído por lábios franzidos enquanto seus olhos se movem entre Daphne e Bairre. Daphne se prepara para a chicotada da ira de sua mãe agora que eles não têm mais a proteção de uma plateia, mas o golpe verbal não é desferido.

– Vou mandar o médico aos seus aposentos para vê-la – anuncia a imperatriz.

– Em quais aposentos vamos ficar? – pergunta Daphne.

A imperatriz inclina a cabeça para um lado como se a pergunta a confundisse.

– Você ficará no seu antigo quarto, Daphne – diz ela devagar. – Achei que você preferiria isso, não? São tantas lembranças que você tem ali, afinal, e é o seu lugar.

Se a imperatriz espera que Daphne discuta sobre isso, ela ficará decepcionada. Daphne *prefere* voltar para os antigos aposentos que compartilhava com as irmãs. Ficar em qualquer outro lugar do palácio pareceria estranho. Mas ela também não consegue imaginar Bairre naqueles cômodos – seria mais fácil imaginar o sol nascendo à noite. Ainda assim, ela não quer ficar separada dele com sua mãe tão perto. Pela lógica, ela sabe que a mãe não pode atacar diretamente nenhum dos dois enquanto estiverem no palácio, mas também sabe muito bem que não deve subestimar a mãe.

Ela decide não pedir esclarecimentos e, em vez disso, presume o que a mãe quer ouvir – outro truque que aprendeu com ela.

– Ah, eu adoraria. É muito atencioso da sua parte, mamãe. Espere até vê-los – comenta ela, virando-se para Bairre e mantendo a voz animada. – Mamãe mandou fazer a cornija da lareira na sala de estar para celebrar as constelações de nascimento minhas e das minhas irmãs...

– Ah, não, minha pombinha – interrompe a imperatriz, exatamente como Daphne suspeitou que ela faria. – Presumi que Bairre ficaria mais confortável na ala dos hóspedes. Seus aposentos foram projetados para meninas, afinal, e mesmo que ele não se importe com todo o rosa e os babados, ouso dizer que ele achará a mobília desconfortavelmente pequena.

Isso soa como uma desculpa fraca para Daphne. Embora a renovação mais recente dos quartos tenha ocorrido quando ela e as irmãs tinham 14 anos, Daphne sabe que as camas são grandes o bastante para famílias inteiras e os sofás e cadeiras, espalhados por toda parte, embora construídos para parecerem delicados, são tão grandes e robustos quanto qualquer outro mobiliário que ela já viu no palácio.

Ela fica tentada a deixar por isso mesmo e conceder essa decisão à mãe. Talvez algumas semanas atrás ela ficasse ansiosa demais para aceitar as ordens como essa sem questionar, mas agora está ciente de que tudo entre elas é uma batalha e que cada pedaço de terreno que ceder custará o dobro na guerra iminente.

E ainda mais: ela está ciente do poder que possui. A Daphne que deixou Bessemia era pouco mais do que a sombra da mãe, só que aquela garota não existe mais.

Ela empresta um toque afiado ao sorriso.

– Ah, não, eu *preciso* ficar com meu marido, mamãe – responde ela. – Imagine o que as pessoas diriam!

Daphne, no entanto, tem certeza de que, depois do espetáculo dela e de Bairre lá fora, fofocas sobre o casamento deles são exatamente o que a imperatriz espera conseguir.

– E tenho certeza de que os móveis dos meus antigos aposentos são perfeitamente adequados para ele... Ora, Beatriz, Sophronia e eu costumávamos nos amontoar juntas em todas as cadeiras e sofás, e se eles nos aguentavam, tenho certeza de que Bairre não terá queixas. Não é verdade? – pergunta, olhando para ele.

Ele pigarreia.

– Com certeza não terei queixas – responde ele, por sua vez também oferecendo à imperatriz um sorriso. – E não tenho qualquer escrúpulo em relação ao cor-de-rosa ou a babados, garanto.

A imperatriz aperta os lábios e Daphne pode ver por trás dos olhos dela o cálculo que ela faz, pesando as vantagens e desvantagens de resistir. Depois de um momento, ela assente uma única vez.

– Muito bem – diz ela, a voz soando tensa.

– Maravilhoso! Obrigada, mamãe. Estou ansiosa para ver o médico... A viagem foi uma verdadeira tortura.

Ela se vira em direção à escada que leva ao corredor onde ficam seus aposentos, com Bairre ao seu lado, mas para e se vira para o guarda de sentinela à porta da frente.

– Ah, e quando lady Cliona entrar, poderia mandá-la aos meus aposentos também? Ela pode ficar no antigo quarto de Beatriz ou Sophronia – acrescenta ela, dirigindo-se à mãe, que aperta os lábios novamente.

– Daphne, aí eu já tenho que traçar um limite – informa a imperatriz. – Lady Cliona pode ficar na ala dos hóspedes, com os outros convidados.

– Ah, eu sei que ela deveria – diz Daphne com um suspiro. – Mas o luto de lady Cliona pelo pai ainda é muito recente, mamãe. Não suporto a ideia de deixá-la sozinha. Ela precisa estar cercada por amigos durante este momento difícil.

Se as duas estivessem sozinhas – ou ainda apenas com Bairre –, Daphne sabe que a mãe diria não, provavelmente com um comentário bem cortante, embora verdadeiro, sobre Cliona não considerar Daphne uma amiga, mas, embora apenas os guardas possam ouvir a conversa, eles ainda são uma plateia, então a imperatriz é forçada a interpretar um papel.

– Isso é muito gentil da sua parte – diz ela, e Daphne tem certeza de que é a única que ouve o quanto é seco o elogio. – Tenho certeza de que, nesta ocasião única, suas irmãs ficariam felizes em emprestar seus quartos a lady Cliona.

Daphne agradece antes de continuar subindo as escadas. Foi uma pequena batalha, ela sabe, mas ainda assim está saindo vitoriosa.

O sabor da pequena vitória de Daphne contra a mãe dura pouco. Assim que os guardas abrem a porta dos seus antigos aposentos e ela entra na sala de estar, é bombardeada pelos fantasmas de suas irmãs. Ela vê Sophronia encolhida na poltrona perto da janela de sacada, as pernas dobradas contra o peito, amassando o vestido, com um livro aberto apoiado nos joelhos. Vê Beatriz andando de um lado para outro em frente à lareira, gesticulando intensamente com as mãos enquanto reclama de algo, transbordando de emoção de tal forma que não consegue ficar parada. Ela vê as três com os vestidos de baile que usaram na festa de 16 anos, amontoadas no sofá, bebendo champanhe roubado em taças roubadas. Ela se lembra do brinde de Sophronia, as palavras gravadas em sua memória.

Aos 17. A voz de Sophronia sussurra na mente de Daphne como se sua irmã estivesse na sala com ela agora. *Dezesseis é quando temos que dizer adeus. Aos 17 estaremos aqui novamente. Juntas.*

Naquela época, Daphne não tinha motivo para acreditar que esse não era um fato inevitável. Agora, é uma impossibilidade.

Ela percebe que Bairre a observa e se sente como um gato selvagem enjaulado enquanto percorre a sala, parando quando chega ao tapete adamascado bege em frente ao sofá. Ali, praticamente invisível, a menos que se saiba onde procurar, está o halo turvo do champanhe que Daphne derramou naquela noite.

Bairre pigarreia, interrompendo seus pensamentos e trazendo-a de volta ao presente.

– A lareira é extraordinária – diz ele, e demora um momento para Daphne se lembrar de seu comentário lá embaixo, que ele deveria ver a lareira, especialmente o mármore branco incrustado com ouro representando as constelações do nascimento de Daphne, Beatriz e Sophronia.

Aquele fora um truque, uma maneira de direcionar a conversa com a mãe para onde ela precisava ir, mas Daphne segue o olhar de Bairre até a lareira agora e assente.

– É mesmo – concorda ela, aproximando-se e estendendo os dedos para traçar as Três Irmãs no centro.

Ela sempre pôde ver a si mesma e as irmãs representadas ali, na forma daquelas estrelas.

– Sob quais estrelas você nasceu? – pergunta a ele.

– Passei grande parte da minha vida sem saber – admite ele. – Até minha mãe me procurar e me contar quem ela era.

Bairre foi deixado do lado de fora do castelo de Friv quando ainda era um recém-nascido, Daphne se lembra, com uma nota informando seu nome e pouco mais, certamente sem menção a seu mapa natal. Mas, claro, Aurelia saberia exatamente sob quais estrelas seu filho nasceu, mesmo que tivesse que rastejar até o lado de fora durante o parto para vê-las.

Ele as enumera nos dedos.

– A Ampulheta Inclinada. – Para paciência. – O Vento Sussurrante. – Para intuição. – A Espada do Herói. – Para bravura. – E o Cajado do Empyrea.

Daphne franze os lábios ao ouvir a última.

– Para magia? – pergunta ela.

Ele assente.

– Essa foi a que mais interessou a minha mãe também – admite ele com um sorriso constrangido. – Ela achava que significava que eu estava destinado a ser um empyrea. Quando completei 13 anos, ela me fez muitas perguntas, mas minhas respostas devem tê-la decepcionado. Como toda criança, tentei fazer pedidos às estrelas, só para ver se funcionava. E desde que ela me contou sobre o Cajado do Empyrea, continuo tentando. De vez em quando, ainda tento, mas nada acontece. A cada vez, não sei se devo ficar desapontado ou aliviado.

Daphne pensa em Beatriz – uma empyrea, embora ela, Daphne, ainda não consiga acreditar totalmente nisso. Sua magia está matando-a, afirmou Pasquale.

– Aliviado, acho – diz a ele.

Antes que ele possa responder, soa uma batida forte na porta.

– Cliona, provavelmente – deduz Daphne, indo até a porta.

Sem dúvida Cliona ficará irritada por ter que compartilhar os aposentos com ela, mas Daphne não se importa. Ela que adicione mais isso à lista do que a deixa com raiva de Daphne – pelo menos aqui sua mãe não pode alcançar Cliona com tanta facilidade.

Mas, quando Daphne abre a porta, não é Cliona do outro lado. Em vez disso, é madre Ippoline.

Daphne pisca várias vezes, certa de que está imaginando a imponente senhora, que nunca dirigiu uma palavra sequer a Daphne durante as reuniões do conselho de sua mãe ou quando Daphne e as irmãs faziam qualquer trabalho de caridade com sua Sororia.

– Madre Ippoline – diz ela, tentando esconder sua confusão com um sorriso educado.

Ela olha para os guardas ladeando sua porta e um deles dá de ombros, num pedido de desculpas. Daphne não pode culpá-los por não dispensarem madre Ippoline. Mesmo que não sejam devotos, a senhora emana um poder impressionante, rivalizando até mesmo com a imperatriz em alguns aspectos. Daphne raciocina com velocidade. Madre Ippoline está, afinal, no conselho de sua mãe, o que significa que Daphne não confia nela.

– Minha mãe disse que estava enviando alguém para me curar, mas confesso que esperava que ela se referisse ao meu corpo e não à minha alma.

Os olhos de madre Ippoline se estreitam.

– Impertinente – repreende ela.

Daphne não acha que essa palavra já tenha sido aplicada a ela antes – a Beatriz, certamente, mas nunca a Daphne. Mas, em vez de se sentir repreendida, ela quase fica lisonjeada. Às suas costas, ouve Bairre rir, embora ele disfarce, fingindo tossir.

– Suponho que esse deve ser seu marido – comenta a madre.

Daphne dá um passo atrás, fazendo breves apresentações, mas está plenamente consciente da atenção dos guardas e sabe que cada palavra desse encontro, sem dúvida, vai chegar aos ouvidos de sua mãe antes que o dia acabe.

– Gostaria de entrar, madre? – pergunta Daphne, embora por mais relutante que esteja em oferecer um espetáculo para os guardas, também não lhe agrada deixar um dos membros do conselho da mãe entrar em seus aposentos.

Sente-se aliviada quando madre Ippoline franze os lábios, os olhos dardejando entre Daphne e Bairre.

– Não – diz ela secamente. – Mas gostaria de ver ambos na Sororia ao anoitecer.

Daphne franze a testa. Ela nunca esteve na Sororia antes e não tem interesse em mudar esse fato.

– Para quê? – pergunta.

– Os ritos do seu casamento foram realizados em Friv – diz madre Ippoline, falando lentamente, como se explicasse a uma criança.

Isso irrita Daphne, que, no entanto, consegue manter o sorriso.

– Agora você está em Bessemia – continua madre Ippoline.

– Está dizendo que nosso casamento não é válido aqui? – pergunta Bairre por cima do ombro de Daphne. – Certamente não é necessário outro casamento.

– Não outro casamento – esclarece madre Ippoline. – Mas gostaria de abençoá-los sob a luz das estrelas bessemianas, para não deixar dúvidas quanto à validade da sua união.

Daphne hesita, o convite deixando-a inquieta, embora a curiosidade a incite a aceitar. Ela sabe que deve haver algo mais que madre Ippoline não está dizendo – só não tem certeza se quer ouvir.

– A princesa Beatriz e o príncipe Pasquale fizeram isso durante a visita deles – informa madre Ippoline. – Embora eu suponha que isso não pese muito a favor, considerando a tragédia que essa união veio a ser.

Até onde madre Ippoline e o restante do país sabem, Pasquale está morto e é um traidor, e Beatriz está se casando com o primo dele, o rei Nicolo. Uma tragédia, de fato, Daphne deduz. Mesmo assim, ela se sente ansiosa para seguir os passos da irmã, para descobrir o que ela descobriu enquanto esteve aqui. A Sororia é um lugar tão bom para começar quanto qualquer outro.

Ela lança um olhar rápido para Bairre, que assente como se estivesse lendo sua mente, antes de olhar de volta para madre Ippoline com um sorriso.

– Muito bem, então – diz ela. – Será um prazer.

Daphne

A tarde passa veloz. O médico que a imperatriz mandou chega, e, quando Daphne lhe diz que o único sintoma persistente da sua queda em Friv são as dores musculares, ele tira um frasco de poeira estelar de sua maleta de couro. Porém, em vez de entregá-lo a Daphne, para que ela mesma use, como sempre fez no passado, é o médico quem faz o pedido. Os músculos dela gritam com uma rápida explosão lancinante antes de silenciarem e todos os vestígios de dor desaparecem.

– Obrigada – agradece ela, mas, quando pede mais poeira estelar para o caso de a dor voltar mais tarde, ele balança a cabeça, desculpando-se com um sorriso e sem nenhuma explicação enquanto fecha a maleta e sai.

Daphne, porém, não precisa de explicação.

– Ordens da minha mãe, suponho – diz ela a Bairre, que assistiu à conversa em silêncio, de uma cadeira junto à janela. – Embora eu não saiba dizer se esse era o plano dela inicialmente ou se foi uma retaliação por eu ter discutido com ela lá embaixo.

– De qualquer maneira, você com certeza pode conseguir a poeira estelar facilmente – comenta Bairre. – Sem dúvida existem mercadores que terão prazer em vendê-la a você.

Daphne não tem certeza disso.

– Há alguns anos, Sophie rasgou o vestido favorito dela, mas minha mãe disse que foi um castigo justo por ser desajeitada. Por ordem dela, a costureira real recusou-se a consertá-lo. Beatriz tentou levá-lo a uma das costureiras de Hapantoile, mas todas se negaram a consertar o vestido. Beatriz disse que até tentou comprar linha da mesma cor do vestido para poder ajeitá-lo ela mesma, o que teria sido um desastre, dada a impaciência de Beatriz, mas nem isso lhe venderam. Acabou que Sophronia não teve escolha senão jogar fora o vestido.

Ela se lembra de como a irmã ficou triste, de como tocou a delicada seda rosada com reverência antes de entregar o vestido a uma criada para descartá-lo. E a lição de nada adiantou para melhorar a falta de jeito de Sophronia.

Não foi uma lição, Daphne se corrige, vendo aquela lembrança com novos olhos. Foi simplesmente uma crueldade.

– Talvez eu consiga convencer alguém a me vender – diz Bairre, embora Daphne duvide disso também.

No entanto, ela sabe que ter poeira estelar em mãos pode ser uma bênção bem-vinda se a imperatriz a colocar contra a parede.

– Talvez Cliona tenha mais sorte – sugere Daphne antes de franzir a testa. – Onde ela está? Imaginei que a essa altura já teria chegado.

Bairre franze o cenho, olhando pela janela atrás dele, o crepúsculo já começando a tomar conta do céu.

– Não sei – responde ele. – Mas certamente vai estar aqui quando voltarmos da Sororia.

A noite acaba de cair quando Daphne e Bairre chegam à Sororia numa carruagem. Daphne não tinha certeza se eles teriam permissão para deixar o palácio, mas, quando contou aos guardas o que pretendia, eles providenciaram uma carruagem que ficou à espera dos dois em frente ao palácio. Uma dupla de guardas acompanhou a carruagem a cavalo, portanto Daphne sabe que não está de forma alguma livre do alcance da mãe, mas ainda assim é mais liberdade do que esperava ter.

Daphne supõe que o intuito é que ela se sinta grata pela confiança, que seja mais maleável em relação à imperatriz. Que, se a imperatriz não a está tratando como uma ameaça, talvez Daphne também não devesse vê-la como tal.

Se, no entanto, esse era o objetivo da imperatriz, fracassou. Madre Ippoline os cumprimenta à entrada da Sororia com os mesmos lábios franzidos e olhos tristes que ela parece sempre ter e, antes que Daphne possa ordenar aos guardas que permaneçam do lado de fora, madre Ippoline se adianta.

– Não permitirei armas dentro da Sororia – diz ela aos guardas. – Mas vocês podem cumprir seu dever aqui fora e garantir que nenhuma ameaça atravesse nossos muros.

Os guardas se entreolham, mas não há como discutir com ela. Se oferecerem para depor as armas, vão expor seu verdadeiro propósito ao seguir Daphne – não protegê-la, mas vigiá-la.

Talvez, pensa Daphne enquanto ela e Bairre seguem madre Ippoline para o interior da Sororia, sua impressão sobre a senhora estivesse equivocada. Ainda assim, Daphne não se sente pronta para confiar nela, então continua se fazendo de boba.

– Onde vamos receber a bênção das estrelas, madre? – pergunta ela, olhando o corredor pelo qual madre Ippoline os conduz, iluminado por velas em arandelas douradas e cheio de quadros de antigos santos se martirizando de formas tão criativas quanto macabras.

Madre Ippoline responde com ironia:

– Ainda não a tratei como uma tola, princesa – diz ela, sem se virar para olhar para eles. – E eu agradeceria se me concedesse a mesma cortesia. Como sua irmã fez.

À menção de Beatriz, o coração de Daphne dá um salto. Ela sentiu a presença da irmã no palácio, mas as duas passaram a maior parte da vida juntas ali, afinal. Agora, porém, fica comovida ao saber que a irmã percorreu esses corredores, que falou com madre Ippoline e que, provavelmente, teve as mesmas reservas que Daphne em relação à lealdade da mulher.

– Minha irmã é mais gentil do que eu – responde ela.

– É mesmo? – diz madre Ippoline, virando à esquerda em um corredor menor, com Daphne e Bairre em seu encalço. – Sempre ouvi dizer que você era a mais encantadora.

Daphne também ouvira isso. Sua mãe sempre dizia que ela seria capaz de convencer uma cobra a comer a própria cauda. Ainda assim...

– Gentil e encantadora são qualidades que têm pouco a ver uma com a outra – afirma Daphne. – O encanto é um arsenal. Às vezes, a gentileza também traz em si uma arma, porém, mesmo assim, é uma fachada erguida para servir a um propósito.

Madre Ippoline pensa sobre isso.

– E, no entanto, você não sente necessidade de usar essa fachada comigo? – pergunta ela, parecendo estar quase se divertindo. – Devo ficar ofendida?

– Lisonjeada, eu acho – diz Bairre. – Significa que ela não acredita que você seria enganada assim.

Daphne olha de lado para Bairre, surpresa com a avaliação franca, embora não possa contestá-la.

– Então estou lisonjeada – diz madre Ippoline, a voz mais calorosa do que Daphne já ouviu desde que conheceu a mulher.

Ela para em frente a uma porta de carvalho polida, com uma maçaneta de cristal lapidado, e bate três vezes. Depois de hesitar, uma voz feminina grita para que entrem. Madre Ippoline abre a porta e faz um gesto para que adentrem uma sala de estar grande e bem iluminada, aquecida pelo fogo da lareira. Duas dúzias de mulheres estão sentadas – algumas agrupadas em sofás e cadeiras, mas muitas sentadas no tapete, as saias dos vestidos arrumadas ao redor delas como pétalas de flores.

São os vestidos que surpreendem Daphne. Ela diria que metade corresponde aos modelos cinzentos usados por madre Ippoline e pelas irmãs que moram na Sororia, mas a outra metade tem cores mais vivas e cortes mais ousados, mostrando tanta pele quanto as irmãs têm o cuidado de esconder.

– Princesa Daphne, príncipe Bairre – diz madre Ippoline, apontando com um movimento de cabeça a única mulher de pé.

Ela deve ter cerca de dez anos a menos que a madre, com cabelos castanho-escuros mesclados com fios grisalhos que caem soltos sobre os ombros. Seu vestido é solto e leve, mas Daphne percebe, mesmo de relance, que é caro, feito de seda bordada com ouro cintilante e quase diáfano à luz do fogo. A mulher olha para Daphne como se a avaliasse e com um leve sorriso em seus lábios carnudos e pintados.

– Apresento-lhes minha irmã, Elodia – anuncia madre Ippoline. – Creio que vocês têm amigos em comum.

Por um momento, Daphne olha em dúvida para a mulher. Madre Ippoline a chamou de *irmã*, mas Daphne não acha que ela quis dizer isso no mesmo sentido que o de todas as mulheres que vivem na Sororia. Há uma semelhança entre os olhos delas, Daphne observa, e embora não consiga ver os cabelos de madre Ippoline por baixo da touca, ela se pergunta se é do mesmo tom de castanho, talvez com um pouco mais de fios grisalhos.

Ainda assim, Daphne está receosa.

– Que amigos seriam esses? – pergunta ela, ciente da atenção das outras mulheres na sala sobre ela.

Elodia sorri, como se a desconfiança de Daphne fosse adorável.

– Eu sou a madame do Pétala Carmesim – diz ela. – Isso faz você se lembrar de alguma coisa?

Faz, e, a julgar pela forma como Bairre se empertiga, ele também reconhece o nome.

– Violie – responde Daphne.

– Minha filha – diz outra das mulheres com vestidos ousados, mais jovem, loura e muito parecida com Violie, o que fica mais evidente quanto mais Daphne olha para ela. – E, recentemente, hospedamos outros amigos seus no Pétala Carmesim por uma noite antes de seguirem seu caminho.

Leopold, Pasquale e Ambrose, deduz Daphne. Ela corre os olhos pela sala, observando as Irmãs em seus hábitos e as mulheres que ela agora percebe que são cortesãs em seus vestidos brilhantes. Ela não acha que poderia ter imaginado um grupo menos provável de se reunir, mas pode arriscar um palpite sobre o que uniu aquelas mulheres.

– Suponho que a imperatriz não saiba disso – fala Daphne, olhando rapidamente para madre Ippoline com as sobrancelhas levantadas.

O sorriso de madre Ippoline é mordaz.

– *Uma* imperatriz sabe – diz a madre, dando de ombros antes de indicar com um movimento de cabeça a mulher sentada no centro do sofá, vestida com o hábito de irmã, mas que exibe o que Daphne imediatamente reconhece como o porte da realeza. – Irmã Heloise, antes conhecida como imperatriz Seline de Bessemia.

Os pensamentos de Daphne ficam confusos. Até onde ela sabe, existe apenas uma imperatriz de Bessemia viva. Mas, por outro lado... ela não sabe tudo em relação à sua mãe, não é? Estranhamente, Bairre não parece sentir nem a metade de sua surpresa.

– Majestade – cumprimenta ele, curvando a cabeça antes de fazer uma pausa. – Essa ainda é a forma de tratamento correta?

– Não, mas agradeço mesmo assim – responde a mulher, agora irmã Heloise, os olhos fixos em Daphne. – Pelas estrelas do céu, você é realmente a imagem perfeita da sua mãe.

Não é a primeira vez que Daphne ouve essa comparação. No passado, ela a considerava um elogio. Mas a maneira como a irmã Heloise diz certamente não soa como tal.

Irmã Heloise continua:

– Sua irmã, Beatriz, não sabia quem eu era e parece que você também não sabe.

Bairre olha para Daphne de lado, as sobrancelhas arqueadas.

– A imperatriz Seline era a esposa do imperador Aristede – explica ele. – A primeira esposa.

As peças se encaixam na mente de Daphne. Mas...

– Deixe-me adivinhar: você também acreditava que eu estava morta? – pergunta a irmã Heloise. – Eu certamente estaria, se eu não reconhecesse uma batalha perdida ao ver uma. Sua mãe era uma adversária forte e que não lutava segundo as regras de ninguém além das próprias. Eu sabia que era apenas uma questão de tempo até que ela ou meu marido se livrassem de mim e só existem duas maneiras de uma imperatriz renunciar ao seu papel. Escolhi a que me permitiu continuar viva.

Daphne olha para a mulher, uma imperatriz apagada da história, descartada sem deixar nenhum rastro. E, durante todo esse tempo, ela viveu na sombra do palácio. Daphne não tem certeza se considera a história dela uma tragédia ou um triunfo.

– Eu disse à princesa Beatriz que fizesse a mesma escolha – continua a irmã Heloise. – Que corresse enquanto ainda podia.

Daphne ri, não consegue evitar. A ideia de Beatriz fugir de uma briga é tão inimaginável quanto a de usar um hábito de freira.

– Sim, a princesa Beatriz também riu – diz a irmã Heloise. – Eu a considerei uma tola corajosa, mas depois comecei a ouvir rumores que chegaram até o interior dos muros da Sororia, despertando um sentimento que eu não experimentava há muito tempo. Esperança.

– Que rumores? – pergunta Daphne.

– Sua irmã curou uma das minhas meninas – diz Elodia, apontando para a mãe de Violie. – Uma mulher que ela nunca tinha visto. E fez isso extraindo a magia de uma estrela.

– Eu vi isso acontecer durante minhas orações noturnas – conta madre Ippoline. – Na ocasião, amaldiçoei a princesa Beatriz por ser uma empyrea novata e tola, aprendendo seu dom à custa do nosso céu.

– A senhora sabia o que ela era? – indaga Bairre.

– Nigellus me contou logo depois que percebeu, mas eu já tinha minhas suspeitas muito antes. Achei que as estrelas tiveram um estranho senso de humor ao escolhê-la, afinal, empyreas devem ser acima de tudo cautelosos, o que a princesa Beatriz nunca foi. Mas então vi a constelação da qual ela tirou uma estrela, o Diamante Cintilante, reaparecer no céu umas duas noites depois e notei que uma nova estrela havia surgido no lugar da que sua irmã havia tirado. A constelação estava completa como sempre esteve durante a minha vida.

– Violie e seus amigos confirmaram isso durante sua estadia no Pétala Carmesim – diz Elodia. – Disseram que Beatriz não só pode tirar estrelas do céu, mas também criar novas.

– Ela podia – confirma Daphne. – Mas nossa mãe também sabia disso, pelo menos que Beatriz era uma empyrea, e encontrou uma maneira de conter seu poder. Eu tentei usar... – Daphne se cala. Vai ser difícil demais explicar a pulseira com o pedido e, além disso, ela se sente uma idiota por desperdiçar o pedido. – Bem, eu tentei quebrar a contenção daqui, mas não funcionou.

As sobrancelhas de madre Ippoline se franzem.

– Tem certeza disso? – pergunta ela.

– Claro que tenho – responde Daphne. – Isso foi há dois dias. Se tivesse funcionado, Beatriz estaria aqui, ou pelo menos teria mandado me avisar.

Com isso, um murmúrio percorre a sala, as mulheres virando-se umas para as outras e falando baixo, mas Daphne entende algumas frases. *Ela não ouviu falar. Ninguém contou a ela. Como foi que não viu?*

Sentindo a insegurança tomar conta dela, Daphne se vira para madre Ippoline, que sorri.

– Ontem à noite, uma chuva de estrelas caiu sobre Cellaria, mais especificamente sobre Vallon – diz ela. – Foi algo digno de ser contemplado, mesmo a grande distância. Vimos das nossas janelas. Você não viu?

Daphne balança a cabeça. Eles estavam viajando, escondidos numa carruagem mais ao norte. Mas sua mãe estava mais irritada do que o normal nessa manhã e ela rapidamente cedeu à insistência de Daphne sobre o arranjo dos quartos – uma pequena batalha, pensou Daphne, mas sua mãe tinha outras maiores para travar, ao que parecia.

– O que isso significa? – pergunta ela, sem ousar ter esperanças.

– Vai levar algum tempo até que a notícia do que aconteceu em Vallon chegue a Hapantoile, mas não acredito que seja uma coincidência que a chuva de estrelas tenha sido na noite em que deveria acontecer o casamento de Beatriz com o rei Nicolo.

A respiração de Daphne falha. Ela pode ver claramente Beatriz esperando até o casamento para usar sua magia e oferecendo um grande espetáculo. Beatriz sempre teve talento para o drama. Ela deixa escapar uma risada.

– Foi Beatriz – diz ela. – Beatriz convocou uma chuva de estrelas. Para *Cellaria*.

– Essa também é a nossa teoria – concorda Elodia. – E, se for verdade, acho que Beatriz vai voltar para Bessemia assim que puder.

– Sim – concorda Daphne, lembrando suas últimas palavras para a irmã, instando-a a encontrá-la em Hapantoile para que pudessem lutar juntas contra a mãe.

– E qual é o seu plano para quando ela voltar?

Com isso, a alegria de Daphne diminui ligeiramente. Elas têm algum plano? Daphne sente que todo o seu plano até agora foi permanecer viva e manter Bairre e Cliona vivos. Era tudo o que ela *podia* fazer. Com Beatriz aqui, porém, elas poderão fazer muito mais. Em vez de se defenderem constantemente, serão capazes de atacar de verdade.

– Está sendo elaborado – diz ela, seu cérebro já trabalhando.

Se Beatriz tem o poder das estrelas do seu lado, o que ela não será capaz de fazer? Ainda assim, a imperatriz já restringiu os poderes dela uma vez e pode fazer isso de novo. O que significa que precisam de um plano alternativo. E, conhecendo a imperatriz, uma alternativa para esse plano também.

– Contem com a nossa ajuda no que for preciso – oferece madre Ippoline, apontando para a sala e as mulheres reunidas, Irmãs e cortesãs juntas, unidas num objetivo comum.

Daphne sorri. Nem nos sonhos mais loucos de sua mãe, ela seria capaz de imaginar o que o futuro lhe reservava.

Beatriz

Beatriz acorda com o luar entrando pela janela e a sensação de que seus ossos foram substituídos por chumbo – de tão pesados, ela mal consegue mover-se além de abrir e piscar os olhos, correndo-os pelo quarto. A dor de cabeça que explode quando ela faz isso é tão intensa que, por um breve e surpreendente momento, ela se vê desejando que a morte a leve, ao menos para poupá-la disso. Ela torna a fechar os olhos e tenta pensar além da dor, para lembrar as circunstâncias que a levaram até ali.

Fragmentos da noite anterior se juntam – o casamento-transformado--em-golpe-transformado-em-milagre, o pedido que ela tinha certeza de que a mataria, mas que aparentemente não a matou.

Embora se sinta desesperada diante do pensamento que acabou de ter, Beatriz está contente que isso não tenha acontecido. Ela tem muito mais a fazer antes de deixar este mundo e as estrelas terão que arrastá-la, esperneando e gritando, se esperam levá-la antes disso.

– Vai passar logo. – Uma voz interrompe seus pensamentos, e, sem pensar, ela abre os olhos, a dor competindo com a confusão ao ver a mulher estranha parada aos pés de sua cama, com cabelos castanho-escuros rebeldes e olhos prateados que brilham ao luar.

Instantaneamente, Beatriz fica em alerta, sua desconfiança apenas ligeiramente amenizada por saber que, se essa mulher quisesse matá-la, poderia ter feito isso enquanto dormia e agora estaria tudo acabado.

Mas ainda se trata de uma mulher tocada pelas estrelas em uma terra onde até muito recentemente essa característica por si só seria suficiente para levá-la à prisão ou à morte.

– Quem é você? – pergunta Beatriz, sua voz saindo como um sussurro rouco.

A boca da mulher se curva em algo que pode ser considerado um sorriso, embora haja pouco sentimento nele.

– Meu nome é Aurelia – diz ela. – Parece um milagre que ainda não tenhamos nos encontrado, dado o quanto sei sobre você.

Aurelia. Beatriz conhece esse nome, mas leva um momento para lembrar onde o ouviu – ou melhor, onde o viu. Foi na carta que encontrou no laboratório de Nigellus, a que dizia que Beatriz era um erro que ele precisava consertar e assegurando-lhe que faria o mesmo com Daphne. Aurelia é o nome da empyrea de Friv.

– Me dê uma razão para eu não gritar pedindo ajuda – diz ela.

Se Aurelia fica surpresa com sua reação, não demonstra. Em vez disso, ela ergue uma das mãos, mostrando um frasco de poeira estelar.

– Porque não valeria a dor de cabeça que gritar lhe causaria – argumenta ela. – E porque qualquer dor que você esteja sentindo agora, eu posso aliviar.

É um argumento mais convincente do que Beatriz está disposta a admitir. Ainda assim...

– Como posso saber que isso não é veneno? – pergunta ela.

Quando as sobrancelhas de Aurelia se arqueiam, Beatriz consegue abrir um breve sorriso, aliviada com o fato de que a mulher à sua frente não sabe tudo que ela sabe.

– Você falou para Nigellus me matar, pode-se dizer.

– Ah. – Aurelia suspira, a compreensão iluminando seus olhos. – Sim, bem, parece que você mesma está cuidando disso.

Ela faz uma pausa, inclinando a cabeça e olhando para Beatriz com uma leve curiosidade.

– Você o matou?

Beatriz não se deixa enganar pelo tom casual dela, mas está exausta demais para mentir.

– Sim – diz ela. – Ele estava tentando tirar minha magia e foi a única maneira de detê-lo. E não me arrependo.

Aurelia olha para Beatriz como se não acreditasse completamente nela, mas, depois de um segundo, ela assente.

– Ele era um tolo pedante, mas há poucos de nós, empyreas, no mundo e, apesar de todos os seus defeitos, eu o considerava um amigo.

O silêncio que se segue é quebrado por Beatriz.

– Se você está esperando um pedido de desculpas da minha parte, está perdendo tempo – afirma ela. – Embora eu esteja cada vez mais tentada a gritar, com ou sem dor de cabeça.

Aurelia emite um ruído que parece uma risada.

– Se quisesse matá-la, princesa, eu a teria sufocado com um travesseiro enquanto você dormia – diz ela. – E um pedido de desculpas não me serve para nada... No seu lugar, eu também o teria matado.

Beatriz olha para a poeira estelar na mão de Aurelia por um momento antes de inclinar a cabeça em um gesto afirmativo.

– Mas – diz ela quando Aurelia se aproxima, destampando o frasco – eu mesma faço o pedido.

– Claro – concorda Aurelia, estendendo o frasco para ela.

Beatriz tenta levantar os braços e não consegue, seus músculos muito fracos até para isso, mas Aurelia levanta sua mão para ela, a pele fria na de Beatriz, que com relutância aceita a ajuda para derramar a poeira estelar nas costas da mão. Então ela fecha os olhos e faz o pedido.

– Quero me sentir tão forte e saudável quanto normalmente me sinto – comenta ela.

Ela arqueja quando a dor em seu corpo e em sua cabeça se intensifica por um instante antes de diminuir. Apesar de não desaparecer por completo, agora está moderada e tolerável. Ela não tem dificuldade em desvencilhar a mão da de Aurelia, embora duvide que consiga fazer algo mais extenuante do que dar uma volta pelo quarto por algum tempo.

– Muito bem – diz ela, sentando-se mais ereta na cama.

Em algum momento, alguém trocou seu vestido de noiva por uma camisola, ela percebe com algum desconforto, embora saiba que tem questões mais importantes com que se preocupar no momento.

– Então, o que você quer?

– Você provocou uma chuva de estrelas em Cellaria ontem à noite – diz Aurelia, como se Beatriz pudesse de alguma forma ter esquecido o pedido que a levou a ficar acamada. – A primeira em vários séculos.

– Cinco, para ser exata – replica Beatriz. – Não preciso de uma aula de história.

– Você precisa de paciência – responde Aurelia rispidamente.

Não é a primeira vez que Beatriz ouve isso, mas fecha a boca e sinaliza que Aurelia continue.

– Eu realmente acreditava que você e suas irmãs eram abominações. Um experimento alimentado pela curiosidade e arrogância de Nigellus que nos destruiria a todos, como foi profetizado por séculos. – Aurelia faz uma pausa. – Oito, para ser exata – acrescenta, ecoando o sarcasmo anterior de Beatriz. – Mas eu estava errada.

Beatriz fica quieta por um momento, refletindo não apenas sobre as palavras de Aurelia, mas sobre o que ela deixa implícito. Aurelia não poderia ter chegado a Cellaria tão rapidamente após a chuva de estrelas, a menos que já estivesse por perto, e Beatriz tem certeza de que sua razão para vir aqui tinha a ver com ela, Beatriz. Se tivesse encontrado uma maneira de entrar naquele quarto duas noites antes, quando estava profundamente adormecida antes do casamento, Beatriz suspeita que Aurelia de fato a teria sufocado com um travesseiro.

A traição de Nigellus ainda dói e Beatriz não está disposta a repetir os erros que cometeu com ele, mas ela também sabe que a melhor atitude é manter seus inimigos por perto. E, por mais relutante que esteja em admitir, Beatriz ainda não entende seu poder ou exatamente como ele a está matando. Com Nigellus morto, Aurelia pode muito bem ser a única empyrea capaz de ajudá-la a entender sua magia e seus limites.

– O que você acha que eu sou, então? – pergunta. – Se não sou uma abominação.

Aurelia inclina a cabeça para um lado, como se estivesse considerando a questão cuidadosamente.

– Uma estrela – diz por fim.

Beatriz ri – ela não consegue evitar.

– Você está brincando.

Mas Aurelia não ri.

– Como fomos tolos, todos nós, princesa, ao acreditar que algo tão poderoso como uma estrela poderia ser destruído por mãos humanas! Mas foi somente quando vi você conjurar a chuva de estrelas, quando vi o que isso fez com você, que realmente entendi a natureza do nosso poder. Nós, empyreas, não destruímos estrelas quando fazemos um pedido a elas... nós lhes damos nova vida, nós as transformamos em fios e as costuramos em nosso mundo e em nossas vidas, tão mágicas quanto eram quando estavam no céu.

Beatriz tenta acompanhar os pensamentos de Aurelia. É fácil pensar em seu pedido de uma chuva de estrelas nesses termos e até mesmo reformular seu pedido pela cura da mãe de Violie como uma forma de costurar magia no mundo. No entanto, isso fica mais difícil quando se lembra do pedido que fez inadvertidamente para que Nicolo a beijasse. E, além disso...

– Não vejo o que isso tem a ver comigo – comenta Beatriz.

Aurelia sorri.

– Não vê? – indaga. – Você sabe que Nigellus tirou uma estrela do céu para criar você e cada uma de suas irmãs. Se essas estrelas não foram, de fato, destruídas, para onde poderiam ter ido senão para dentro de vocês?

Beatriz a encara, sem palavras. Não porque o que Aurelia está dizendo não faça sentido, mas porque faz. Porque ela viu provas disso com seus próprios olhos.

– O Coração Solitário – diz Beatriz suavemente, mais para si mesma do que para Aurelia. – Depois que Sophronia morreu, uma estrela que antes eu não tinha visto na constelação apareceu. Quando perguntei a Nigellus sobre isso, ele ficou surpreso... disse que era a estrela que ele havia derrubado para criar Sophronia.

– Ela voltou ao seu lugar de direito – afirma Aurelia. – Assim como você mesma está voltando, um pouco de cada vez.

Beatriz balança a cabeça.

– Receio que não esteja conseguindo acompanhar seu raciocínio – diz ela.

– Acredito que cada vez que você faz um pedido a uma estrela, cada vez que tira uma do céu, uma parte da estrela dentro de você volta ao céu para substituí-la. E a cada vez, a estrela que Nigellus colocou em você no seu nascimento enfraquece um pouco mais, matando suas partes humanas no processo.

– Suponho que isso seria um alívio se eu não fosse tão apegada às minhas partes humanas – fala Beatriz. – E Daphne também é uma estrela?

– Sim – responde Aurelia. – Mesmo que ela não exerça a magia como você, quando seu tempo neste mundo acabar, ela também retornará ao céu, assim como aconteceu com Sophronia.

Há algum conforto nisso, pelo menos, Beatriz pensa. Ela não entende o que significa ser uma estrela, quanto de suas mentes e memórias humanas irão com elas para o céu, mas há um futuro em que ela, Daphne e Sophronia estarão juntas novamente.

No entanto, por mais que sinta falta da irmã morta, Beatriz não quer que esse futuro chegue tão cedo.

– O que você quer de mim? Que eu use a magia? Que me abstenha dela?

Aurelia a fita por um longo momento.

– Quero que você entenda as consequências de suas ações – diz ela. –

Conheço o suficiente da sua história para saber que, neste momento, você está muito mais preocupada com sua mãe do que com minhas profecias ou teorias.

– Minha mãe representa uma ameaça muito real – afirma Beatriz. – Para mim, para minha irmã, para toda Vesteria. As palavras que você acredita que as estrelas sussurraram em seu ouvido, quaisquer que sejam elas, não representam.

Beatriz espera que isso irrite Aurelia, mas ela simplesmente dá de ombros.

– Ainda não – diz Aurelia. – E tomara que continue assim. Mas a guerra entre você e sua mãe não é uma guerra que as estrelas vão lutar por você.

– Ah, elas te disseram isso, foi? – pergunta Beatriz.

– Não foi preciso. Aprendi da maneira mais difícil sobre o preço que pagamos ao envolver as estrelas em nossas guerras, princesa. O fio com que costuramos quando fazemos nossos pedidos às vezes pode se tornar um laço. Eu tentei uma vez. Usei magia para colocar um homem que acreditava ser um rei digno no trono de Friv, para impedir que séculos de guerra dividissem minha terra natal e a encharcassem de sangue; entrelacei seu legado com magia, da qual acreditava que ele era merecedor. Pedi demais às estrelas, então elas retribuíram. Tiraram minha magia e levaram meu filho também.

– Você não tem mais magia? – questiona Beatriz antes de registrar a menção ao filho.

– Ainda tenho minhas profecias – diz Aurelia. – Mas, embora não tenha tentado tirar uma estrela do céu desde a noite em que fiz Bartholomew rei, sei que esse poder me foi arrancado.

Beatriz entende o que ela quer dizer com isso – ela se lembra de como se sentiu diferente quando sua própria magia lhe foi tirada, como ela não podia mais sentir a conexão com as estrelas.

– Ninguém mais sabe – acrescenta Aurelia. – Bartholomew não me teria nomeado sua empyrea se soubesse.

– E quanto ao seu filho? – pergunta Beatriz.

Aurelia fica quieta por um momento, um lampejo de dor atravessando seu rosto.

– Existe uma profecia que contei à sua irmã uma vez, mas só revelei parte dela.

– Daphne? – deduz Beatriz.

Aurelia assente.

– Eu disse a ela que as estrelas vinham repetindo a mesma coisa para mim, que estavam praticamente gritando. O sangue de estrelas e majestade derramado.

As palavras empoçam no estômago de Beatriz como óleo.

– Sophronia – diz ela.

– Sim – confirma Aurelia. – E também não. Como eu disse, não contei toda a profecia. Na íntegra é assim:

O sangue de estrelas e majestade, destilado
Nas veias de um campeão, que à luz nos guiará assim
Ou nos condenará às trevas, a uma praga sem fim.
Escolhas feitas e profecias cumpridas quando tiver sido
O sangue de estrelas e majestade derramado.

A inquietação de Beatriz cresce a cada palavra de Aurelia. Sophronia não. Ela entende por que Aurelia parece estar certa de que é ela, mas Beatriz não está disposta a atribuir nada a profecias. Afinal, ela própria inventou uma recentemente, para nomear Gisella rainha de Cellaria. Ela engole em seco.

– Talvez você não esteja dando crédito suficiente a Daphne – supõe ela. – Ou ao príncipe Bairre... Ouvi dizer que ele também é tocado pelas estrelas.

Ao mencionar Bairre, Aurelia fecha a cara e Beatriz se lembra do que ela estava dizendo sobre a profecia, como tentou cumpri-la ela mesma – presumivelmente tentando gerar uma criança nascida das estrelas e de uma majestade. Das estrelas, a própria Aurelia poderia cuidar e, se ela fez Bartholomew rei, faz sentido que o conhecesse bem.

– Bairre é seu filho – conclui Beatriz, procurando se lembrar dos poucos detalhes que sabe sobre o nascimento dele.

Ele foi abandonado nos degraus do castelo frívio não muito depois de Bartholomew ser coroado rei, após um casamento apressado e o nascimento de um herdeiro para solidificar o direito de Bartholomew ao trono.

Aurelia hesita por um momento antes de balançar a cabeça. Ela se inclina para a frente, os cabelos castanho-escuros obscurecendo seu rosto.

– Não – diz ela depois de um momento. – Embora eu o tenha levado a crer que sim, tanto por ele quanto por mim. A mãe de Bairre é a rainha Darina; Bairre nasceu duas semanas após o meu filho, embora fosse grande para a idade, e meu menino era pequeno. Eles se pareciam tanto, ambos a própria imagem do pai, ambos tocados pelas estrelas... Suponho que Bartholomew estivesse ansioso por um herdeiro para solidificar seu reinado e usou poeira estelar para conseguir isso. Lembro-me de como os dois se pareciam quando os deitei lado a lado no berço real... Poderiam ter sido gêmeos.

Beatriz ouve o que Aurelia não diz claramente.

– Você levou o príncipe, o verdadeiro Cillian, e deixou o bastardo em seu lugar – deduz ela.

Aurelia confirma, assentindo.

– Eu não tinha a menor vontade de criar um bebê que não fosse meu – diz ela. – Mas fiquei com ele por alguns meses, chamando-o pelo nome do meu verdadeiro filho, cuidando dele. E, quando ele cresceu o suficiente para que eu tivesse certeza de que ninguém o confundiria com seu meio-irmão, deixei-o nos degraus do palácio. Pensei... Acho que pensei que era um pequeno gesto de bondade mantê-lo perto da mãe, mesmo que eu não pudesse permanecer perto do meu próprio filho. Embora pelo que ele... Bairre, como é conhecido agora, me disse, Darina não lhe dedicou nem amor, nem bondade. Uma tragédia para ambos, suponho.

– Uma tragédia que você provocou – observa Beatriz. – Porque você queria que seu sangue corresse nas veias do campeão das estrelas.

– E paguei caro por isso – diz Aurelia, a voz áspera. – Àquela altura, minha magia já havia desaparecido e pensei que minha dívida estava paga, mas as estrelas não ficaram satisfeitas com isso, então levaram ele também, o meu menino. Eu vi de longe as estrelas drenarem sua vida antes que ele completasse 17 anos. As estrelas chamaram de volta o que era delas e que eu roubei por ambição.

– Ele tinha magia? – pergunta Beatriz.

Aurelia balança a cabeça.

– Não. Mas o céu o chamou para casa mesmo assim. E se você espera que eu tenha alguma explicação para o fato de elas o terem levado enquanto você e sua irmã ainda vivem, não tenho uma resposta para isso. Entender os motivos das estrelas é uma tarefa inútil, como há muito aprendi.

Aurelia agora parece digna de pena, a boca retorcida e os olhos vermelhos de lágrimas não derramadas, mas Beatriz não sente piedade dela.

– Deve ter sido terrível para você – diz friamente. – Ver todos os esquemas e tramas que você criou para seu filho morrerem com o corpo dele.

O olhar de fúria de Aurelia é tão afiado que Beatriz quase pode senti-lo, só que ela não se importa.

– Você e minha mãe são exatamente iguais – afirma Beatriz. – Mas pelo menos o plano da minha mãe era inteligente, construído sobre mais do que uma interpretação alucinada das palavras das estrelas. Você, por sua vez, jogou a vida do seu filho fora por nada. E, se espera alguma simpatia da minha parte por isso, vai esperar por muito tempo.

– Eu cometi erros, sim – responde Aurelia. – Mas não preciso da sua simpatia... Preciso que você aprenda a lição que eu não aprendi. Porque, mesmo que haja uma estrela em você, seu lado humano predomina, e nós, humanos, servimos às estrelas. Não são elas que nos servem. E, caso se esqueça disso, elas vão lembrá-la tirando tudo o que você ama, quer você seja uma delas ou não.

Pelo que Aurelia acabou de lhe contar, Beatriz duvida que ela tenha nutrido algum amor pelo próprio filho, mas entende o aviso, de qualquer maneira. Isso não significa necessariamente que acredite nele ou que possa prometer segui-lo, mas o entende.

– Muito bem – diz ela, alisando as mãos sobre o edredom que cobre a metade inferior do seu corpo. – Mas minha mãe representa uma ameaça muito iminente e muito real e a última notícia que tive foi que minha irmã estava com ela em Bessemia, pronta para ir à guerra sozinha, se necessário. Não pretendo deixá-la fazer isso, portanto, com ou sem magia, parto para Bessemia amanhã de manhã, o mais cedo possível. Não posso impedi-la de me acompanhar, mas você será muito mais bem-vinda se tiver poeira estelar suficiente para apressar nossa jornada.

Aurelia abre a boca – sem dúvida ainda com outros presságios e avisos a fazer –, mas Beatriz já ouviu o suficiente. Ela pega a corda de veludo que pende ao lado da cama.

– Você pode sair agora, por sua própria vontade, ou pode se explicar para a nova rainha de Cellaria, o que eu pessoalmente não recomendaria.

Por um momento, Aurelia parece querer desafiá-la, mas, quando Beatriz puxa a corda, ela inclina a cabeça com um sorrisinho.

– Até amanhã, então, princesa – diz ela.

Quando a criada que foi chamada alerta a nova rainha de Cellaria sobre sua recuperação, Beatriz já conseguiu se arrastar até o sofá da sala de estar – um feito que seria impossível antes da poeira estelar que Aurelia lhe deu, mas que ainda assim foi difícil. Até amanhã, porém, ela deve recuperar plenamente sua força. Isso vai ter que acontecer, porque ficar mais tempo em Cellaria está fora de cogitação. Daphne pediu a Beatriz que a encontrasse em Bessemia e Beatriz não pretende deixá-la esperando.

Quando a porta se abre, Pasquale entra primeiro, seguido por Gisella, agora oficialmente portando uma brilhante coroa de ouro e rubi, Nicolo logo atrás, os cabelos louros agora sem adornos, e Ambrose fechando o grupo.

– Não que eu não esteja feliz em ver vocês... bem, *metade* de vocês, mas não há necessidade de virem todos de uma vez, como um enxame – comenta Beatriz, mas, quando Pasquale estende a mão, ela a pega e o puxa para sentar-se ao seu lado.

Ambrose se senta do outro lado de Pasquale, mas Gisella e Nicolo permanecem de pé.

– Espero que me perdoe por permanecer sentada, mas acho que não conseguiria fazer uma reverência no momento – diz ela a Gisella, que luta para conter um sorriso, enxergando a mentira que Beatriz não se preocupa em esconder.

Ela poderia se levantar, se realmente quisesse, e provavelmente até conseguiria fazer uma reverência decente. *Se* ela quisesse.

– Você está se sentindo bem? – pergunta Pasquale. – Pelo menos *parece* melhor do que antes.

– Estou me sentindo melhor, sim – responde Beatriz, colocando a xícara de chá na mesa baixa em frente ao sofá. – Embora eu tenha que agradecer a Aurelia, a empyrea frívia, por isso. Ela apareceu no meu quarto quando acordei e me ofereceu poeira estelar para me curar mais rápido – acrescenta antes de olhar para Gisella. – Perdi uma proclamação oficial, mas creio que, ao admitir isso, não confessei um crime, certo?

– Os comerciantes estão trazendo frascos dessa coisa desde o amanhecer – conta Gisella. – Eu mesma já experimentei... me livrei da espinha mais teimosa que vinha me irritando há semanas. – Ela leva a mão ao lado do nariz, lembrando do local.

– Se Aurelia é a empyrea frívia – diz Ambrose, franzindo a testa –, o que ela faz aqui?

Beatriz conta sobre sua conversa com Aurelia; ela sente Pasquale ficar tenso ao seu lado.

– Você não confia nela – conclui ele.

– Claro que não – confirma Beatriz, tomando outro gole de chá. – Mas também não sou tola a ponto de recusar qualquer ajuda que ela possa oferecer. Na luta contra minha mãe, precisamos de todas as armas que pudermos encontrar e, embora ela não disponha de magia, acredito que ainda é uma arma que pode nos ser útil. – Ela pousa a xícara de chá na mesa e se volta para Gisella. – O que nos leva à próxima questão que precisamos discutir.

Gisella parece saber para onde a conversa está indo.

– Você me fez rainha e me sinto grata por isso – começa ela devagar. – Mas não posso ter como meu primeiro ato como rainha o envio do nosso exército para uma guerra que nada tem a ver com Cellaria.

– Pensei que seu primeiro ato tivesse sido legalizar a poeira estelar – replica Beatriz, despreocupada.

– Você entendeu o que quero dizer – rebate Gisella.

Nicolo pigarreia. Ele tem se mantido praticamente em silêncio desde o seu destronamento público, lembrando a Beatriz um cão com o rabo entre as pernas, mas agora ele resolveu falar.

– Em outras circunstâncias, eu concordaria com você – diz ele à irmã. – Porém, embora você seja a rainha, Gigi, Beatriz é neste momento a pessoa mais amada em Cellaria. Você não pode duvidar que, por ela, eles iriam contentes para a guerra, depois do que ela fez por nós. Um exército é um pequeno preço a pagar por um milagre que estamos esperando há cinco séculos.

Gisella não responde.

– Ela não duvida disso – infere Beatriz. – Mas é isso, precisamente, o que a assusta. Que, apesar da coroa em sua cabeça, seus súditos ainda me prefiram a ela.

– O que me *assusta* – responde Gisella com um tom que revela o quanto Beatriz está perto da verdade – é o cenário muito provável em que você perde e nós perdemos com você. Sua proclamação e sua profecia foram um belo toque, Beatriz, mas não estou prestes a acionar a armadilha que você tão habilmente teceu. Levar meu povo a uma guerra que, para muitos, será perdida seria o mesmo que trair Cellaria, sobretudo quando a imperatriz trouxer o seu próprio exército para nossas fronteiras, exigindo vingança. Meu reinado não duraria um ciclo da lua.

Beatriz estremece, percebendo que Gisella está certa, mas, antes que ela possa protestar, Nicolo intervém mais uma vez.

– Você acredita que durará mais se recusar ajuda à salvadora de Cellaria? À voz das estrelas? A garota que trouxe magia de volta a Cellaria? – pergunta Nicolo.

– Você sabe que ela não vai se casar com você, certo? – diz Gisella ao irmão gêmeo com rispidez. – Guarde sua bajulação para uma causa que não esteja morta e enterrada.

O rosto de Nicolo cora e Beatriz sente o próprio rosto queimar, mas Nicolo não recua.

– Você sabe tão bem quanto eu que as ruas de Vallon estão dizendo tudo isso e ainda mais – continua ele. – E até o fim da semana, toda a Cellaria também estará. Se ela fracassar... se ela morrer... depois de você recusar ajuda, quem você acha que o povo de Cellaria culpará?

A boca de Gisella se fecha e ela o fuzila com o olhar.

– Não que eu não aprecie o apoio, Nicolo – intervém Beatriz –, mas, já que estamos mencionando situações hipotéticas, eu gostaria de propor uma na qual eu não morra nem fracasse. Como você disse, Gisella, você é uma rainha recente... a primeira rainha na história de Cellaria. Vai precisar de aliados fora da corte também. Você pode querer minimizar o risco da sua aposta, mas ainda está apostando. E se Daphne e eu triunfarmos sobre nossa mãe, tem certeza de que quer nos ter como inimigas?

Gisella fica em silêncio por um momento, mas seu rosto acaba revelando os pensamentos que disparam por sua mente, frustrando-a por não apresentarem uma opção do seu agrado.

– Ninguém disse que ser rainha seria fácil, Gigi – prossegue Beatriz, permitindo um tom de provocação em sua voz. – Duvido que esta será a última escolha impossível que você terá que fazer, mas, no fim das contas, a questão é simples. Qual inimigo você prefere ter? Minha mãe ou eu?

Gisella reflete sobre essas palavras.

– Vou emprestar dez mil soldados – diz ela por fim, balançando a cabeça.

– Quantos estão prontos para partir ao amanhecer? – pergunta Beatriz.

Gisella hesita, sem saber a resposta, mas Nicolo intervém.

– Os soldados cellarianos estão sempre prontos para a guerra. O rei Cesare fazia questão disso – diz ele. – Podemos mandar cinco mil do batalhão baseado em Vallon, além de enviar um aviso para mais dois batalhões nas montanhas que estarão prontos para se juntar a vocês quando passarem por lá.

Gisella franze os lábios.

– Leve dez mil e um – retruca ela. – Nicolo vai com vocês também.

Nicolo se vira para a irmã, perplexo.

– Eu não tenho experiência em guerras.

– Você é bom em mandar nas pessoas – observa ela. – E sempre teve talento como estrategista. Além disso, você pediu para ser exilado... Considere esse o começo do exílio.

– Isso é um castigo? – pergunta ele, soando mais magoado do que surpreso.

– É uma oportunidade – diz Gisella, suavizando a voz. – Para decidir quem você quer ser sem que eu ou qualquer outra pessoa lhe dê essa resposta.

– Apesar do fato de você estar me *mandando* ser um soldado? – questiona ele.

– Considere uma escolha, se preferir, já que todos estamos fazendo escolhas difíceis, aparentemente – diz ela, dando de ombros. – Eu não vou forçá-lo, mas de qualquer forma... você não pode ficar em Cellaria. Sabe disso tão bem quanto eu.

Nicolo olha para a irmã por um longo momento antes de se virar para Beatriz.

– Então partimos ao amanhecer – diz ele.

Violie

Violie acorda com suaves raios de sol filtrando-se pelas cortinas de linho branco, mas até mesmo esse brilho difuso a faz gemer e se virar para o outro lado. A cama em que está é macia, ela percebe, tão diferente do chão duro e ensanguentado em que se lembra de estar deitada. Os acontecimentos voltam à sua mente – a certeza de que estava morrendo, a sensação da vida deixando seu corpo tão real quanto a mão de Leopold na sua, o desespero arranhando seu peito, implorando às estrelas que a deixassem viver. As estrelas caindo sobre Cellaria – sob o comando de Beatriz, ela imagina.

Ela se lembra da voz de Sophronia sussurrando em sua mente, concedendo seu pedido para que a deixassem viver, mas avisando que logo ela desejaria a morte.

A dor que sentiu quando a estrela cadente se chocou contra seu peito foi diferente de tudo que já havia sentido – tão intensa que Violie queria arrancar a própria carne dos ossos na tentativa de fazê-la parar –, mas em nenhum momento ela desejou a morte. O que não quer dizer, é claro, que não viria a desejar.

Violie se esforça para se sentar, piscando os olhos pesados enquanto observa o quarto, os lençóis brancos e limpos, a luxuosa cama de dossel, o grosso tapete de lã cobrindo a maior parte do chão de pedra. *Onde estou?* A primeira resposta que lhe ocorre é a hospedaria, mas, nesse caso, este não é o quarto em que ela e Leopold ficaram antes – é maior, com uma cama mais ampla e mobília mais refinada.

Um quarto digno de um rei, ela se dá conta, no momento em que a maçaneta da porta gira e Leopold surge no vão. Quando ele a vê acordada e sentada, suspira, a tensão em seus ombros desaparecendo.

– Como está se sentindo? – pergunta ele.

Violie tenta sorrir, mas até isso dói.

– Como se tivesse sido atingida por uma estrela cadente – diz ela. – O que aconteceu?

Um dos cantos da boca de Leopold se ergue em um sorriso.

– Você foi atingida por uma estrela cadente – responde ele.

– Isso eu lembro – replica ela, balançando a cabeça. – É o que ocorreu antes disso, com o exército do barão, e o que suponho que deve ter acontecido desde então que não está claro para mim.

– Certo – diz Leopold, entrando no quarto e fechando a porta.

Ele se senta ao pé da cama, tão perto que ela poderia estender a mão e tocá-lo se quisesse.

E ela de fato quer, Violie percebe, uma dor quase agradável se espalhando por seu peito quando a constatação que teve no campo de batalha volta à sua mente. *Eu o amo.*

– Afora o fato de você ter sido reconhecida, o resto do nosso plano transcorreu sem problemas. Com metade da vila armada, pegamos os soldados invasores de surpresa e os dominamos, tomando suas armas e usando-as para armar a outra metade da vila – conta ele. – Libertar as garotas do celeiro foi fácil com esse poder, mas foi aí que Janellia nos encontrou. Ela estava desesperada, mas conseguiu relatar o que você lhe disse, que o barão era meu tio. – Leopold pragueja baixinho, balançando a cabeça. – Eu deveria ter pensado nisso antes... Ele sempre foi um homem amargo e raivoso, mas nunca pensei que teria a capacidade de acumular tanto poder.

– Com você e seus irmãos fora, houve um vácuo de poder – observa Violie. – E então ele se aliou à imperatriz para tirar vantagem disso.

– Ele se aliou à imperatriz muito antes disso – conta Leopold, levando a mão ao bolso e tirando a corrente pesada que o barão usava, a que tinha o anel de casamento de Sophronia pendurado como um amuleto.

Violie sente um aperto no peito ao vê-lo, ao pensar no barão tirando-o do corpo sem vida de Sophronia.

– Ele admitiu isso quando o questionei após a batalha, e seus homens preencheram as lacunas do que ele não disse – prosseguiu Leopold. – Parece que ele estava a serviço da imperatriz pelo menos há tanto tempo quanto você.

Violie gostaria de fingir estar surpresa, mas não pode. Ela sabe melhor do que a maioria o quanto a rede de espiões da imperatriz é ampla e ramificada.

Quanto da bebida e do jogo do barão era real, ela se pergunta, e quanto daquilo era um ato para impedir que alguém suspeitasse que ele tinha outras atividades?

– E o exército dele? – pergunta Violie. – Bessemiano ou temarinense?

– Temarinense – diz Leopold. – Soldados pagos, leais ao dinheiro dele, principalmente, mas muitos outros que juraram lealdade a ele porque não tinham outra opção e parecia, no mínimo, preferível seguir as ordens de um compatriota do que de um invasor. Era a única maneira de cuidar de suas famílias e, quando cheguei com os aldeões, quase todos se ajoelharam na mesma hora.

– Quantos? – indaga Violie.

Leopold dá de ombros.

– O batalhão tinha quinhentos homens – informa ele. – Um pouco mais de quatrocentos declararam sua lealdade a mim assim que tiveram chance.

E poderiam mudar de novo com a mesma rapidez, Violie sabe, mas, quando diz isso a Leopold, ele dá de ombros novamente.

– E quantos deles estão se fazendo a mesma pergunta sobre a minha lealdade? Eles têm todo o direito de temer que, assim que eu me vir no trono novamente, volte a ser o mesmo rei inútil de antes – observa ele.

Violie abre a boca para protestar, mas torna a fechá-la imediatamente. É um argumento válido, mas isso não significa que ela goste da ideia. Leopold deve perceber isso, porque sorri suavemente.

– Reconstruir Temarin não será fácil, Vi. Para nenhum de nós. Mas, se eles estão dispostos a me ajudar a fazer isso, quem sou eu para impedi-los? Nenhum de nós é definido pelas piores decisões que tomamos.

Nenhum de nós é definido pelas piores decisões que tomamos.

As palavras de Leopold ecoam no silêncio, abrindo caminho até o fundo da alma dela como sementes. Violie espera que um dia elas criem raízes e que ela possa de fato acreditar nelas.

– E agora? – pergunta ela. – Quanto tempo se passou desde a batalha?

– Dois dias – responde Leopold. – Tempo suficiente para que todos tenham celebrado, descansado e partido.

– Partido? – questiona Violie. – Para onde?

– Vinte e cinco voluntários foram para o sul, vinte e cinco para o norte e cinquenta para o oeste – informa Leopold. – Espalhando histórias e reunindo apoio, como você sugeriu. Eles vão parar onde puderem, vão contar a todos que encontrarem o que aconteceu aqui, incitar mais rebeliões nos vilarejos e cidades contra os bessemianos que os ocupam.

Ele não consegue esconder a empolgação na voz, e, quando olha para ela com olhos apreensivos, Violie percebe que ele está esperando ouvir sua opinião sobre o plano.

– Acho brilhante, Leo – diz ela com suavidade. – Com um pouco de sorte, você marchará até o palácio de Kavelle antes que o último gelo derreta na primavera.

O sorriso de Leopold vacila ligeiramente.

– Você quer dizer *nós* – corrige ele. – *Nós* marcharemos até o palácio de Kavelle.

Como Violie não responde, Leopold se inclina em sua direção, tomando as mãos dela nas suas. Violie tenta ignorar a sensação da pele dele em contato com a dela, quente, reconfortante e perfeita.

– Vi, eu não posso fazer isso sem você – diz ele.

– Claro que pode, Leo – replica ela, apertando as mãos dele. – Os últimos dias são prova disso, sem sombra de dúvida. Você não precisa de mim.

Leopold hesita um momento.

– Isso não significa que eu não queira você – diz ele baixinho.

Violie morde o lábio. Ela também o quer. Quer estar ao seu lado quando ele retomar o palácio, quando ele se sentar novamente em seu trono e a coroa for colocada em sua cabeça mais uma vez, agora conquistada e não apenas herdada. Ela quer vê-lo se tornar o rei que sabe que ele pode ser.

Mas ele não precisa dela. Daphne e Beatriz precisam.

– Uma chuva de estrelas caiu em Cellaria, Leo – diz ela. – Tanto eu quanto você podemos deduzir o que isso significa... Beatriz recuperou sua magia. Se causar aquela chuva de estrelas não a matou, ela está a caminho de Hapantoile enquanto estamos aqui conversando e ela e Daphne precisarão de toda a ajuda que puderem obter para derrotar a imperatriz. Essa é uma luta que preciso apoiar até o fim.

Leopold reflete sobre suas palavras, mas Violie nota que ele não parece particularmente surpreso com a declaração.

– Mesmo que eu consiga expulsar todos os soldados bessemianos de Temarin, se a imperatriz triunfar, minha vitória será curta – diz ele baixinho. – E eu não acho que Temarin conseguiria se reerguer das ruínas em que ela transformará o país.

– Eu não vou deixar isso acontecer – promete Violie.

– E eu acredito em você – diz Leopold. – Mas essa luta também é minha. E pretendo participar dela até o fim.

Violie balança a cabeça.

– Você é necessário aqui, com seu povo – rebate ela.

– Meu povo precisa de mim – concorda Leopold. – Mas a imperatriz é uma praga em toda Vesteria e eu posso continuar limpando o mal que brota aqui ou podemos cortá-lo pela raiz. A primeira é uma solução temporária e eu não vou ficar sentado enquanto outra pessoa faz a segunda.

Violie compreende seu raciocínio, mas ainda assim...

– Não vai dar certo – diz ela suavemente. – Para Temarin, vai ser o mesmo que ver seu rei fugindo outra vez.

– Fugindo, não – corrige Leopold. – Marchando. Por Temarin e ao lado de qualquer um que deseje se juntar à luta. Isso inclui você, Violie? – pergunta ele.

Violie olha para ele, deixando seus olhos percorrerem as linhas angulosas do rosto dele, notando a ferocidade que se alojou em seus olhos castanho-escuros.

– Sempre – diz ela.

Ele sorri, o alívio estampado em seu rosto, e Violie percebe que ele realmente não acreditava que ela diria sim. Como se ela não fosse guerrear contra as próprias estrelas se Leopold estivesse lutando ao lado dela.

– Você precisa descansar – comenta ele. – Partiremos amanhã. Talvez depois de amanhã.

Violie balança a cabeça, embora até mesmo esse pequeno movimento lhe cause dor.

– Eu estou bem – mente ela, forçando um sorriso muito mais animado do que seu estado de espírito. – Partiremos hoje. Avise às tropas que restam... assim que eu comer algo e tomar um banho rápido, estarei pronta para a guerra.

É uma mentira e Leopold pode vê-la claramente, mas, depois de um momento de hesitação, ele assente.

– Então partiremos hoje – decide ele.

Daphne

D aphne acorda mais tarde do que de costume – quase às dez, de acordo com o relógio de mármore no canto do seu quarto –, mas Bairre ainda está dormindo ao seu lado, então ela não se sente tão preguiçosa. Eles ficaram fora até tarde na noite anterior, conversando com as cortesãs e as Irmãs na Sororia até quase três da manhã. Eles preencheram as lacunas do que sabiam com Elodia e a mãe de Violie, Avalise, recontando a visita que receberam de Violie, Leopold, Pasquale e Ambrose.

Daphne ficou irritada ao saber que o grupo se dividiu em dois quando saiu do Pétala Carmesim: Violie e Leopold foram para Temarin em vez de acompanharem Pasquale e Ambrose para Cellaria, como fora planejado. Ainda assim, com relutância, sentiu respeito por Leopold por ter retornado ao seu país e agido como o rei que nunca fora de fato quando estava no trono. Ela duvidava que ele conseguisse erradicar o exército de sua mãe em tão pouco tempo, mas pelo menos poderia causar uma distração suficiente para atrair a atenção de sua mãe para Temarin.

A irmã Heloise também lhes contou sobre a passagem nos aposentos da imperatriz, que Beatriz usou para escapar do palácio – embora, dado o fracasso da tentativa de fuga, Daphne suspeita que a mãe esteja monitorando o local. De todo modo, assim como a imperatriz Seline, a irmã Heloise viveu no palácio por mais de duas décadas – mais tempo do que Daphne e até mais do que sua mãe –, então Daphne pediu que ela desenhasse todas as passagens de que se lembrava, caso uma delas pudesse ser usada.

As outras também tinham partes e fragmentos de informações que haviam coletado simplesmente passando despercebidas, informações a que Daphne sabe que nunca teria acesso, por mais encantadora ou astuta que fosse. As cortesãs e Irmãs têm acesso a lugares e pessoas a que Daphne não tem.

Uma cortesã chamada Blanche contou como um dos membros do conselho da imperatriz, o duque de Allevue, uma noite invadiu a casa da tesoureira real de Bessemia, madame Renoire, exigindo falar com ela. Blanche, que havia sido contratada por madame Renoire para trabalhar aquela noite, saiu de fininho, mas não foi muito longe e ouviu cada palavra da discussão deles.

Aparentemente, o duque estava insatisfeito com o fato de madame Renoire estar limitando a quantia que ele e outros que trabalhavam para a imperatriz podiam retirar do tesouro a cada mês, mas a tesoureira insistiu que era por ordem da imperatriz.

– Ele ficou bravo com isso – relatou Blanche. – Perguntou por que a imperatriz estava acumulando dinheiro... disse que, afinal, não estávamos em guerra.

Ainda, pensou Daphne, porém ela sabe que a mãe está se preparando para uma guerra em duas frentes – com Cellaria e Friv. Mas a conversa deixou claro que mesmo os conselheiros mais próximos da imperatriz não conhecem a extensão de seus planos e que, provavelmente, não aprovariam se soubessem. Daphne pode usar essa informação.

A irmã Alessandria ouviu algo interessante enquanto assistia à bênção das estrelas de um bebê, filho do conde e da condessa de Grisvale – primos distantes de Daphne por parte de pai, que fizeram uma tentativa breve e mal elaborada de tomar o trono nos dias seguintes à morte do imperador. Daphne só sabe disso porque a imperatriz frequentemente os usava como exemplo de sua generosidade – em vez de mandar executá-los ou exilá-los, ela aceitou seus juramentos de lealdade e os rebaixou de seus antigos títulos de duque e duquesa. Um castigo, com certeza, mas também um lembrete do quanto sua decisão poderia ser pior se ela quisesse.

O conde e a condessa pelo visto esqueceram essa lição. Com um herdeiro finalmente nascido e a linha familiar estabelecida por mais uma geração, parece que fizeram alguns comentários imprudentes na bênção das estrelas, chegando ao ponto de se gabar com amigos que seu filho recém-nascido poderia um dia sentar-se no trono de Bessemia, já que a imperatriz, nas palavras do conde, havia *vendido suas filhas para países estrangeiros*.

Daphne conhece seus primos bem o bastante para não se espantar muito com suas vaidades, mas o que mais a surpreende é o fato de a notícia não ter chegado rapidamente aos ouvidos da imperatriz. Se soubesse disso, ela teria feito deles um exemplo público e talvez se vingado também do filho, mas Daphne se lembra de tê-los visto na multidão quando ela e Bairre chegaram.

– Minha mãe está perdendo o controle de sua corte – disse Daphne a Bairre no trajeto de carruagem para casa. – E eu apostaria que sua viagem repentina para Friv não ajudou em nada. Eles podem ver que sua atenção está se dirigindo para além das fronteiras de Bessemia, mesmo que não entendam por quê.

– É uma fraqueza – concluiu Bairre.

Uma fraqueza que Daphne pode explorar com a arma certa.

Ela revira essas informações na mente por alguns momentos enquanto está deitada na cama, ainda despertando, mas de nada adianta. Precisa de café se quiser ter alguma esperança de entender as maquinações da corte e os planos da mãe. Ela deixa Bairre dormindo e pega seu robe de seda no gancho ao lado da porta, vestindo-o sobre a camisola e amarrando o cinto antes de sair do quarto e passar para a sala de estar.

Diante da primeira visão de cabelos ruivos na sala onde passou tanto tempo com as irmãs, sua mente imediatamente supõe que a mulher de costas para ela seja Beatriz, mas apenas por um instante. Os cabelos de Cliona são de um ruivo mais brilhante que os de Beatriz e ela é uma cabeça mais baixa, seu corpo menos curvilíneo e mais esguio. Daphne não fica frustrada ao ver Cliona, mas se põe em alerta na mesma hora.

– Bom dia – diz Daphne, passando por ela até o carrinho com rodas que uma criada deixou ao lado da lareira, com um bule de cobre gravado que, Daphne presume, contém café e várias xícaras de porcelana, com um prato de madeleines ao lado.

Sophronia sempre foi exigente com madeleines, Daphne se lembra, observando os bolinhos em forma de concha enquanto serve para si mesma uma xícara de café. Ela sempre examinava o tamanho da curvatura e torcia o nariz se as achasse muito achatadas. Daphne pisca rápido, como se pudesse dispersar as lembranças de Sophronia com tanta facilidade assim, e pega sua xícara de café, voltando-se para Cliona, que a observa com a mesma cautela de Daphne em relação a ela.

– Vocês ficaram fora até tarde – comenta Cliona.

Daphne hesita, dividida em relação ao que contar a ela. Cliona tem o hábito irritante de enxergar as mentiras de Daphne tão facilmente quanto Daphne enxerga as dela, então esconder a verdade agora não trará qualquer benefício a Daphne na reconquista da confiança de Cliona. Por outro lado, Daphne se sente insegura sobre o quanto *deve* confiar em Cliona. Ela sabe que a mãe tinha um motivo para criar uma barreira entre elas com o assassinato de lorde Panlington e ainda há o fato de que a própria Cliona esteve ausente durante uma parte significativa do dia anterior, só chegando aos seus aposentos depois que Daphne e Bairre já haviam saído.

Cliona não conhece ninguém em Bessemia. Onde ela poderia ter passado todas aquelas horas?

Daphne decide proceder com cautela, falando a verdade, porém apenas o que for necessário.

– Madre Ippoline pediu que Bairre e eu fôssemos à Sororia que ela administra... para uma espécie de garantia de que nosso casamento seja válido em Bessemia – diz ela, fazendo um gesto de desdém com a mão. – Eu não entendo muito bem, mas parecia algo inofensivo.

– Ah – solta Cliona, franzindo a testa.

– E você? – pergunta Daphne, tomando o cuidado de manter o tom casual. – Você ficou fora o dia todo ontem. Pensei que estaria cansada da viagem.

– Eu quis me situar na cidade – explica Cliona, dando de ombros. – A única vez que saí de Friv antes desta foi para buscar você e não vi nada de Bessemia além das florestas e de uma hospedaria no trajeto. Hapantoile é... maior do que eu esperava.

Daphne ri.

– Sim – concorda ela. – A primeira vez que você me levou à Wallfrost Street, não era o que eu esperava.

– A Sra. Nattermore enfrentaria uma concorrência acirrada aqui – observa Cliona.

– Ah, não sei... Duvido que alguma das costureiras aqui guarde pólvora e rifles em seus porões.

– Até onde você sabe – responde Cliona com um sorriso.

Daphne ri novamente, o som parecendo mais genuíno dessa vez. Essa interação parece mais natural, ela pensa, percebendo o quanto sentiu falta da amiga. É uma trégua temporária, ela sabe. As feridas que Daphne infligiu a Cliona não cicatrizarão tão rapidamente, mas vão cicatrizar. Daphne fará tudo o que puder para garantir isso.

– Já estou sentindo saudade de Friv, para ser sincera – admite para Cliona enquanto se dirige ao sofá e se senta.

– Está? – pergunta Cliona, olhando para ela com ceticismo. – Devo dizer que você se encaixa tão bem aqui. Combina com você.

– Combinava – diz Daphne, tomando um gole de café. – Quando cheguei a Friv, eu teria dado meu braço direito... talvez o esquerdo e as duas pernas também... para voltar para cá, mas... Friv me cativou. O lugar e as pessoas.

Ela espera que Cliona entenda o que ela não diz com todas as letras, mas se entende, não demonstra. Em vez disso, pigarreia, desviando o olhar de Daphne.

– Parece que estou começando a mentir melhor – constata ela.

Daphne franze a testa, sentando-se mais ereta e pousando a xícara de café na mesinha de centro à sua frente.

– Como assim?

– Eu de fato explorei Hapantoile um pouco ontem, é verdade, mas não antes de sua mãe pedir que eu comparecesse ao seu estúdio. Embora *pedir* pareça uma palavra suave.

Daphne, que já recebeu inúmeros *pedidos* da mãe, compreende perfeitamente.

– O que ela queria? – pergunta Daphne.

– Que eu ficasse de olho em você – diz Cliona. – Para lhe informar que você faz, com quem fala, se algo suspeito surgir.

Daphne não fica surpresa. Ela se pergunta se o protesto da mãe sobre Cliona ficar em seus aposentos foi um ardil – uma maneira de convencer Daphne de que era sua escolha quando, na verdade, era o que sua mãe queria o tempo todo.

– Você não parece chateada – observa Cliona.

Daphne dá de ombros.

– Minha mãe tem espiões em todos os lugares, Cliona – diz ela. – Eu teria ficado surpresa... e um pouco ofendida no seu lugar... se ela não tivesse recrutado você. Pode contar a ela sobre a Sororia. Meus guardas ouviram madre Ippoline convidando a mim e a Bairre para ir lá, então confirmar isso para ela conquistaria alguma confiança sem dar mais informações do que ela já tem.

– E a verdade sobre o que aconteceu na Sororia? – indaga Cliona.

Daphne abre a boca, mas logo torna a fechá-la. Ela observa Cliona com atenção por um momento.

– Eu vou contar se você me pedir – diz ela. – Mas isso significaria contar a você um segredo a ser guardado de minha mãe... um fardo que você pode não querer.

– Eu não tenho medo dela – desdenha Cliona.

Daphne ri.

– Você não é tola, Cliona – replica ela. – Claro que você tem medo dela... Eu também. Você pode ter conseguido mentir para mim, mas é muito mais difícil enganá-la e, se ela pressentir uma mentira, vai arrancá-la de você, e não estou falando no sentido figurado.

Cliona engole em seco, seu rosto empalidecendo ligeiramente, e ela enuncia suas próximas palavras com cautela:

– É algo que eu precise saber? – pergunta.

– Ainda não – diz Daphne.

– É bom ou ruim?

– Bom, eu acho. Promissor, pelo menos.

Cliona assente, apertando os lábios.

– Quando eu precisar saber, me conte – pede ela.

Daphne sorri.

– Contarei – promete. – Mas, enquanto isso, tenho certeza de que nos divertiremos muito inventando histórias falsas para você transmitir à minha mãe sobre todas as minhas tramas e encontros ilícitos.

Quando Bairre acorda meia hora depois, Daphne e Cliona estão em sua segunda xícara de café, o prato de madeleines devoradas entre elas – Sophronia talvez encontrasse falhas nelas, mas o paladar bem menos exigente de Daphne não encontrou. Quando a porta se abre, as duas estão rindo da ideia de Cliona relatar à imperatriz que Daphne passou o dia recrutando cortesãos para formar um coral com o intuito de se apresentar de porta em porta no palácio toda semana, cantando hinos.

– Não que eu não esteja feliz em ver vocês duas novamente se dando bem... – resmunga Bairre, ainda meio sonolento enquanto se dirige ao bule e despeja as últimas gotas de café na xícara restante. Seus cabelos castanho-claros estão espetados em todas as direções, como Daphne aprendeu que costumam ficar de manhã. – Mas precisam ser tão barulhentas?

– Sim – responde Daphne, provocando mais uma gargalhada em Cliona. – Aproveitando que está de pé, toque a campainha para mais café, sim? Temos muito a discutir e eu estou sendo esperada por minha mãe ao meio-dia.

Quando a tarde se aproxima e Daphne deixa seus aposentos para ir tomar chá com a mãe, ela se sente mais leve do que há dias – talvez semanas. É a esperança, ela percebe. Não apenas de que ela, Beatriz e seus amigos serão capazes de enfrentar a imperatriz, mas esperança de um futuro que ela nunca ousou imaginar. Ela não se permite vislumbrar como esse futuro pode ser, mas sabe que será dela.

Daphne entra na sala de estar da mãe, cumprimentando com um sorriso os guardas que abrem a porta para ela. A jovem está familiarizada com aqueles aposentos, mas assim que se vê ali dentro, não pode evitar se sentir como uma criança novamente. Talvez seja o tamanho dos cômodos que compõem os aposentos da imperatriz – um quarto, três salas de estar, duas salas de jantar, uma biblioteca, um estúdio e uma sala de banho separada. Daphne fica surpresa que as criadas da mãe não se percam ali dentro.

Talvez também seja a natureza imutável dos aposentos que leve Daphne de volta à infância tão rapidamente. Enquanto o guarda-roupa, o penteado e os hábitos de beleza da mãe mudam com as tendências que afetam o restante da corte, seus aposentos são estáticos. O sofá de veludo azul na sala de estar se encontra lá desde que Daphne se entende por gente. As paredes estão cobertas com o mesmo papel de parede creme com folhas douradas de sempre. Até os objetos decorativos espalhados pela sala – os castiçais, as estatuetas de pássaros de vidro e os vasos pintados – parecem ter sempre feito parte da sala.

A porta para a sala de jantar menor está entreaberta e Daphne vislumbra alguém se movendo lá dentro – sua mãe, ela imagina, já que a lista de pessoas que têm permissão para entrar nos aposentos da imperatriz é muito curta. Ela se prepara e se aproxima da porta, empurrando-a e parando de imediato.

Não é a mãe que está à sua espera, mas uma criada – uma jovem que parece ter vinte e poucos anos. Não deveria ser um fato incomum, dado o tamanho dos aposentos da imperatriz, encontrar uma criada trabalhando, mas esta não está a trabalho. Além disso, pelo que Daphne sabe, a jovem não foi contratada pela imperatriz, mas pelo rei Bartholomew em Friv.

A criada não está de uniforme, mas seu vestido simples é de algodão cinza e os cabelos castanhos estão presos em um coque baixo. Seu rosto é comum, nem bonito nem feio, mas apenas banal. Daphne sabe que essa mulher trabalhava para ela em Friv, que arrumava o seu quarto e passava suas roupas. Daphne deve tê-la visto todos os dias durante meses. Mas, embora tenha sido sempre boa em lembrar os nomes de todos que cruzam seu caminho, o dessa mulher escapa de sua mente como fumaça.

Não é acidental, Daphne percebe. Qualquer bom espião sabe como ser ignorado e esquecido, e sua mãe só contrataria os melhores espiões para trabalhar para ela.

Daphne se recupera rapidamente e esboça um sorriso radiante que espera que esconda toda a sua inquietação.

– Ah, olá – cumprimenta ela, decidindo fingir que sabia a identidade da mulher o tempo todo, ou pelo menos suspeitava. – Estou surpresa que minha mãe a tenha chamado de volta para Bessemia... Certamente há coisas a serem vigiadas em Friv...

A incerteza passa pelos olhos da mulher.

– Não me cabe questionar os planos de Sua Majestade, Alteza – diz ela.

Até mesmo sua voz é fácil de ignorar – pouco mais que um murmúrio, sem sotaque ou dialeto discernível.

– Claro que não – rebate Daphne. – Não creio que você tenha me dito seu verdadeiro nome em Friv – observa ela, como se o pensamento lhe ocorresse agora e ela não tivesse simplesmente esquecido o nome da mulher. – Como devo chamá-la agora?

A mulher abre a boca para responder, mas, antes que consiga fazer isso, Daphne sente uma presença às suas costas e o cheiro de rosas não deixa dúvidas de que dessa vez é sua mãe. Daphne se vira para ela com um sorriso.

– Olá, mamãe – cumprimenta. – Eu estava conhecendo melhor sua espiã.

– Esperta, não é? – diz a imperatriz com um sorriso, direcionado não a

Daphne, mas à jovem que fazia uma reverência. – Encontrei Adilla em um orfanato no campo há alguns anos. Eles estavam prontos para jogá-la nas ruas depois que ela invadiu o estoque privado de bebidas da diretora pela... quinta vez?

– Sexta – murmura Adilla, parecendo bastante contente consigo mesma.

Daphne não pode culpá-la – ela se lembra muito bem de como era ser o objeto do orgulho de sua mãe.

– E com apenas 14 anos – prossegue a imperatriz. – Nossa, Daphne, aos 14 anos você ainda tinha dificuldade em abrir uma simples fechadura, não era? E ainda era bastante barulhenta. Adilla era indetectável, mesmo quando a diretora convocou a ajuda dos membros da equipe de funcionários para tentar pegar o ladrão.

Daphne sabe o que a mãe está fazendo, mas isso não ameniza o golpe. Ela esconde seu ego ferido com uma risada.

– Esperta de fato – diz ela. – Embora eu estivesse dizendo que fiquei surpresa por você trazer Adilla de volta de Friv.

– Por que deveria estar? – pergunta a imperatriz, passando por Daphne para se sentar à pequena mesa redonda, grande o suficiente para caber quatro cadeiras, embora esteja posta apenas para três.

Adilla vai ficar, Daphne percebe enquanto segue a mãe até a mesa e ocupa um dos lugares vazios, deixando o terceiro para a outra jovem.

– Meus negócios em Friv estão concluídos e certamente não desperdiçarei os talentos dela deixando-a lá, sem nada para fazer além de assistir à neve derreter. Tenho certeza de que ela achará o clima das ilhas Silvan melhor.

Daphne se serve uma xícara de café, percebendo tardiamente que sua mãe esperava uma resposta a esse comentário, mas as ilhas Silvan não significam muito para Daphne. Ela é capaz de apontá-las em um mapa, mas isso é tudo.

– Tenho certeza de que sim – responde Daphne.

Ela ergue os olhos e vê a mãe e Adilla observando-a. Procurando algum sinal, mas Daphne não consegue identificar o que seria.

– Recebi informações de algumas fontes não muito confiáveis de que o príncipe Gideon e o príncipe Reid foram vistos em um navio que partiu de Friv em direção a uma das ilhas de lá – informa a imperatriz.

O sorriso de Daphne permanece, embora agora ela entenda o que sua mãe estava procurando.

– É bem possível – diz ela, dando de ombros. – Como eu lhe disse, essa informação não me foi confiada.

É verdade. Pelo que Daphne sabe, Gideon e Reid estão nas ilhas Silvan. Ela se sente grata por Violie ter insistido em manter a localização dos príncipes em segredo para Daphne, mesmo que na ocasião isso a tenha irritado.

– No entanto, não vejo por que você não enviaria Adilla para Cellaria – observa Daphne, pensativa. – O casamento de Beatriz estava previsto para dois dias atrás e, agora que ela é rainha, tenho certeza de que você vai querer agir rapidamente.

– Tudo a seu tempo – observa a imperatriz.

Se ela sabe a respeito da chuva de estrelas que Beatriz causou – e Daphne só pode imaginar que a essa altura ela já tenha ouvido falar sobre o acontecimento –, sua mãe não dá sinal e Daphne não quer revelar suas cartas e mostrar que *ela* sabe.

– Você teve notícias dela? – pergunta Daphne, pegando um dos sanduichinhos no suporte alto de vários níveis. – Ela já sabe que nossos planos mudaram, certo?

A imperatriz não responde, mas ela e Adilla trocam um olhar que tanto irrita Daphne quanto a deixa inquieta. A espiã sabe mais dos planos de sua mãe do que alguém na sua posição deveria – mais do que Daphne, ao que parece. Afinal, as informações que a imperatriz compartilhou com Daphne sobre desistir de seus planos para Friv e Cellaria eram todas mentirosas, mas Daphne apostaria que há mais verdade no que compartilhou com Adilla.

– Beatriz sabe exatamente o que precisa saber – diz por fim a imperatriz, antes de acrescentar, fingindo se lembrar de alguma coisa: – Eu soube que você e Bairre visitaram Sororia ontem à noite.

Daphne revira os olhos.

– Madre Ippoline quis porque quis isso, e você sabe como é difícil dizer não a ela. E a cerimônia para abençoar nosso casamento demorou séculos... Ela insistiu em esperar pela passagem das Mãos dos Amantes sobre Bessemia antes de realizá-la e a constelação só apareceu depois da meia-noite.

– Madre Ippoline é muito devota às tradições – observa a imperatriz, dando de ombros, mas Daphne pode sentir seu ceticismo pairando no ar. – O que vocês fizeram durante as horas enquanto esperavam?

Daphne considera a pergunta, sabendo que qualquer negação ou evasiva só vai servir para aumentar as suspeitas da mãe, então decide aprofundar-se mais.

– Ah, Bairre e eu ficamos perambulando pela Sororia por algum tempo... É um lugar muito bonito à noite, com a visão das estrelas lá no alto. E as Irmãs estavam realizando seus rituais noturnos. Algumas delas têm vozes realmente bonitas cantando, sabe, e contam histórias fascinantes.

A imperatriz morde a isca, os olhos brilhando na luz da tarde que entra pela janela.

– E você achou alguma irmã particularmente interessante? – O tom da imperatriz ainda é leve enquanto ela pega um sanduichinho, mas Daphne sabe que ela está pensando na irmã Heloise, suas suspeitas mudando das razões da presença de Daphne na Sororia para a ex-imperatriz e o que ela pode ter contado a Daphne quando seus caminhos se cruzaram.

Daphne poderia entregar a irmã Heloise à sua mãe para apaziguá-la – um alvo para suas suspeitas e sua ira que a distrairia de Daphne por um tempo. Alguns meses atrás, Daphne suspeita, ela talvez tivesse feito exatamente isso e considerado a irmã Heloise um sacrifício justificável, se isso significasse manter-se segura. Haveria um risco de que a irmã Heloise contasse a verdade sobre a visita de Daphne à Sororia, mas seria pequeno. Irmã Heloise saberia que a verdadeira explicação não a salvaria, apenas prejudicaria madre Ippoline e outros de quem ela gosta e, muito provavelmente, a imperatriz não lhe daria a chance de explicar nada antes de mandar matá-la.

Seria tão fácil.

– Ah, uma delas era fascinante... – diz Daphne, exagerando a expressão ao franzir a testa, como se estivesse procurando na memória antes que lhe ocorresse o nome. Ela percebe a crescente impaciência da mãe, porém, pouco antes de ela chegar ao ponto de ruptura, Daphne estala os dedos. – Irmã Geraldine – continua ela, nomeando uma jovem irmã que estava presente na noite anterior. – Acredito que ela seja a mais nova recruta delas, mas parece ser uma lufada de ar fresco na Sororia. Realmente, mamãe, madre Ippoline está ficando velha... Talvez esteja na hora de ela se aposentar e passar o hábito para uma nova discípula.

A imperatriz a observa por um momento, procurando os sinais que Daphne toma o cuidado de não mostrar. Por fim, ela suspira.

– Madre Ippoline tem cuidado bem da Sororia há décadas. Você está apenas aborrecida com ela por lhe dar ordens, mas você sabe muito bem que não deve deixar sua raiva controlá-la, Daphne. Imperadores, reis e até príncipes podem se dar ao luxo de serem controlados por seus temperamentos, mas nós não.

Daphne esconde seu alívio com uma carranca antes de replicar:

– Claro, mamãe.

Beatriz

Não é que Beatriz não se sinta grata pelos soldados que Gisella lhe emprestou, além de saber que ela e Daphne terão mais chance de derrotar sua mãe se tiverem um exército ao seu lado, mas cinco mil pessoas naturalmente cavalgam bem mais devagar do que se Beatriz estivesse sozinha ou apenas com Pasquale e Ambrose.

Aurelia os encontrou quando saíram de Vallon com duas dúzias de frascos de poeira estelar – não o suficiente para acelerar muito a viagem quando divididos entre mais de cinco mil pessoas, mas ela os usa na estrada, pedindo para que seja rapidamente percorrida e mais curta do que parece. Aurelia tem que refazer o processo aproximadamente a cada hora, e Beatriz é cética quanto à eficácia do pedido, mas, ao pararem para comer, ela fica surpresa quando Nicolo informa que estão se aproximando da floresta de Kellian – estão bem mais adiantados do que Beatriz pensava que estariam em seis horas.

Beatriz e Nicolo desmontam de seus cavalos na frente do grupo, a estrada atrás deles, até onde seus olhos podem ver, repleta de soldados que fazem o mesmo. Pasquale está perto o suficiente para dirigir a Beatriz um olhar questionador, os olhos indo dela para Nicolo, mas ela o ignora. Pasquale não é do tipo que guarda rancor, nem mesmo contra a pessoa que roubou seu trono e o mandou trancar em uma Fraternia que era pior do que a maioria das prisões. No entanto, ele não consegue perdoar tão rápido a conspiração de Nicolo e Gisella com a imperatriz para sequestrar Beatriz – e nem mesmo Beatriz sabe o que pensar dele agora. Ela não pode negar, no entanto, que desde que perdeu o trono, quase morreu e foi exilado por sua irmã gêmea, Nicolo está mais leve de espírito do que nunca. A irmã o desafiou a descobrir quem ele era e parece que se trata de um desafio que ele não vê a hora de enfrentar.

Ela se pergunta se gostará do homem que ele decidir ser, mas não permite que seus pensamentos vão muito longe nesse caminho. Daphne sempre disse que Beatriz era safada e sem-vergonha, mas ela se recusa a ser também uma tola.

Nicolo continua enquanto Pasquale e Ambrose tiram dos alforjes o almoço previamente distribuído.

– Nesse ritmo, cruzaremos a fronteira de Bessemia antes do pôr do sol com mais cinco mil soldados nos encontrando perto da fronteira. O que levanta uma questão.

Beatriz olha para ele com as sobrancelhas arqueadas.

– Você se refere à mensagem que será passada quando eu entrar em Bessemia liderando um exército de dez mil soldados estrangeiros sem aviso?

– A mensagem será *guerra* – concorda Nicolo.

– Não é como se eu pudesse escondê-los – observa ela.

Nicolo faz uma pausa, fitando-a com olhos avaliadores que a fazem se sentir vagamente desconfortável, como se seu casaco de repente tivesse ficado um tamanho menor.

– Não pode mesmo? – pergunta ele. – E se esperássemos até o anoitecer?

Beatriz não responde de imediato, sem saber como explicar o preço que a magia cobra dela, um custo que Aurelia acredita que está matando sua parte humana cada vez que ela recorre às estrelas. Ela mesma ainda está tentando assimilar essa revelação e não se sente disposta a compartilhá-la com mais ninguém. Não falou nem a Pasquale sobre o assunto. E também não quer que Nicolo saiba que a magia a está matando. Já é ruim o suficiente que Pasquale saiba, que ele a olhe com cautela e preocupação toda vez que ela menciona recorrer à magia. Mesmo quando ela convocou a chuva de estrelas – salvando, assim, a vida de ambos –, ele tentou convencê-la a não fazer isso. E há também uma parte dela que teme que Nicolo a veja como uma pessoa fraca.

– Você ainda é novo nessas questões de magia – diz ela a Nicolo, retorcendo a boca em um sorriso condescendente. – Mas não é tão simples quanto parece e os mecanismos para ocultar da visão mais de dez mil pessoas e cavalos são um pedido demasiadamente complexo, mesmo para as estrelas.

Ele parece aceitar com facilidade o argumento, mas insiste:

– Então cada vila e cidade entre a fronteira de Cellaria e Hapantoile saberá que você está levando uma guerra para a porta de sua mãe – argumenta ele. – Eles enviarão mensageiros para avisá-la. Podemos tentar impedi-los, mas isso significa fazer inimigos entre o povo bessemiano, o *seu* povo. Você quer isso?

Beatriz não quer. Claro que o exército é uma ameaça, mas não é destinada a civis, apenas à sua mãe. Ela sabe que ele está certo, porém – o povo bessemiano é leal à sua imperatriz e verá uma ameaça contra ela como uma ameaça contra eles. Afinal, eles não sabem quem ela realmente é ou o que ela fez, muito menos o que planeja fazer, então é claro que verão Beatriz como a inimiga.

Ela encara Nicolo.

– Deixe-me ver seu mapa – pede ela.

Enquanto ele o tira do bolso de sua capa e o desenrola, abrindo o pergaminho no chão e se agachando ao lado dele, Beatriz chama Pasquale e Ambrose e os quatro se juntam em torno do mapa.

Nicolo pega um graveto e aponta um lugar logo ao sul da floresta de Kellian.

– Nós estamos aqui.

O mapa foi feito em Cellaria, então nem todas as cidades e vilas de Bessemia estão marcadas. Quando era mais nova, Beatriz estudou muitos de seus próprios mapas, e, embora sua mãe nunca levasse Beatriz nem as irmãs em suas viagens fora de Hapantoile, ela sabe que se seguirem direto para a capital, passarão perto o suficiente de uma das outras principais cidades de Bessemia, Hilac. Ela pega o graveto de Nicolo e aponta a localização aproximada, um plano tomando forma em sua mente.

– Esses serão os primeiros bessemianos que nos verão chegando – explica Beatriz. – Uma vez que passarmos por eles, teremos a cobertura da floresta de Nemaria para nos esconder melhor. Há vilarejos e cidades menores que podem ver nossa aproximação, mas eles não terão os recursos que Hilac tem. Se enviarem um ou dois mensageiros, poderemos interceptá-los facilmente. Mas, com Hilac, teremos uma chance de mudar a narrativa que minha mãe construiu ao longo de dezessete anos. Mas precisaremos chegar sozinhos para mostrar a eles que viemos em paz – que *eu* venho em paz, como uma princesa de Bessemia, não como uma inimiga a ser temida.

O olhar de Pasquale se fixa no dela, uma constatação inquietante iluminando seus olhos.

– Você e eu iremos para Hilac, Pas – diz ela. – Falarei com as pessoas lá antes que vejam nosso exército se aproximando. E os convencerei de que não queremos fazer mal algum.

– É arriscado demais – afirma Nicolo. – Deveríamos enviar batedores para tentar encontrar outra maneira de chegar a Hapantoile sem sermos detectados. Isso significará esperar alguns dias...

– Não – interrompe Beatriz. – Não temos *alguns dias*.

O que ela quer dizer é que Daphne não tem alguns dias, mas Pasquale entende de qualquer maneira.

– Sua mãe conhece suas fraquezas, Beatriz – diz ele lentamente. – E ela sabe que a impaciência é a principal delas. Sei que você está ansiosa para chegar a Hapantoile e a Daphne, mas não estará ajudando em nada sua irmã fazendo exatamente o que sua mãe espera de você.

Beatriz sabe que ele está certo.

– E minha impressão de Daphne, por mais breve que tenha sido, não foi a de alguém que se contenta em esperar o resgate – acrescenta Ambrose. – Ela instaria você a se apressar por causa dela?

Beatriz sabe que a resposta para isso é um retumbante *não*. Se Daphne estivesse ali, ela recomendaria cautela.

Mas Beatriz também sabe que passar mais um dia bolando estratégias não resolverá o impossível problema de atravessar dez mil soldados por Bessemia sem chamar atenção. Nem outra semana de planejamento conseguiria isso. Ela para um momento para pesar as possibilidades, os melhores cenários e os piores. Talvez não seja um nível de planejamento meticuloso do qual Daphne se orgulharia, mas esses poucos minutos são mais do que Beatriz normalmente dedica e lhe permitem algo inesperado: confiança. Ela *sabe* que seu plano é o melhor no momento, por mais falho que possa ser.

– Precisamos oferecer um espetáculo para eles – diz ela, olhando para Pasquale. – Jovens amantes separados por uma velha amarga é uma história que resiste ao tempo por uma razão.

– Sua mãe está longe de ser uma velha – observa Ambrose com uma risada. – Quantos anos ela tem? Trinta e cinco?

– Então vamos criar uma história que os faça esquecer isso – retruca Beatriz, olhando para Pasquale, que lhe dirige um sorriso torto o qual ela não pode deixar de retribuir.

Estrelas do céu, como ela sentiu falta de tê-lo ao seu lado.

Em um grupo com apenas Beatriz, Pasquale e cinco guardas, eles cavalgam mais rapidamente do que com o exército, entrando em Bessemia quando o sol já está baixo, roçando os picos das montanhas de Alder a oeste. Quando chegam às fazendas na periferia de Hilac, o crepúsculo acabou de cair e os fazendeiros estão retornando dos campos. Beatriz sente que eles observam com olhos cautelosos a aproximação do grupo. Ela não pode culpá-los – os conflitos que surgiram na fronteira durante o reinado do rei Cesare provavelmente deixaram marcas ali.

Silas – cuja voz Beatriz determinou ser a mais alta entre as dos guardas – também nota os presentes e faz exatamente o que ela lhe instruiu.

– Salve a princesa Beatriz de Bessemia! – grita ele, tão alto que Beatriz quase espera que o ouçam em toda a cidade, mas ele repete o grito a cada poucos minutos enquanto se aproximam do centro de Hilac.

A essa altura os moradores estão saindo das casas e lojas para vê-los passar.

O tempo todo Beatriz mantém um sorriso no rosto, fazendo o possível para que pareça natural. Ela acena para as pessoas que passam, como sempre viu sua mãe fazer ao cumprimentar o público. Há poucas coisas que Beatriz admira na imperatriz, mas não pode negar o talento da mãe em conquistar uma multidão e esse é um talento de que Beatriz precisa agora.

– Vossa Alteza – diz um homem, a voz retumbante cortando o burburinho das outras pessoas.

A multidão parece se abrir à sua frente e Beatriz faz seu cavalo parar, os outros seguindo seu exemplo. O homem, que está na casa dos 60 anos, com cabelos grisalhos e um terno de bom corte, embora simples, faz uma reverência, mas a confusão e a cautela em sua expressão não escapam a Beatriz.

– A que devemos a honra de sua visita?

O sorriso de Beatriz se alarga.

– Qual é o seu nome, senhor? – pergunta ela.

– Isadore Kerring, Vossa Alteza – responde ele com outra reverência. – Sou o secretário do duque de Ogden.

– Ah, o duque está na cidade? – indaga ela, inclinando a cabeça. – Não o vejo desde o casamento de sua filha, mas ouvi dizer que ele se tornou avô desde então e eu ficaria feliz em lhe oferecer felicitações pessoalmente.

Se Isadore Kerring tinha dúvidas sobre sua identidade, isso parece resolvê-las. Ele balança a cabeça.

– Não no momento, Vossa Alteza. Ele se encontra em Hapantoile.

É claro. Os nobres passam pouco tempo nos domínios pelos quais são responsáveis, com frequência entregando a administração deles para a ajuda contratada na forma de mordomos, secretários e contadores. A maioria prefere Hapantoile e o glamour da vida na corte.

– Que pena – comenta Beatriz. – Embora eu suponha que isso signifique que devemos contar com sua hospitalidade, Sr. Kerring. Meu marido e eu estamos a caminho de Hapantoile e esperávamos passar a noite aqui. Há alguma taverna com acomodações que o senhor recomendaria?

– Vossa Alteza seria muito bem-vinda no Lírio Dourado! – grita alguém na multidão.

– Não, a Estrela Cadente tem vinhos melhores e camas mais macias! – acrescenta outra pessoa.

– Princesa Beatriz – começa o Sr. Kerring, parecendo desconfortável. – Por favor, tenho certeza de que o duque insistiria para que se hospedassem em sua propriedade nos arredores da cidade... As criadas podem prepará-la em pouco tempo...

– Ah, realmente não é necessário, Sr. Kerring – assegura-lhe Beatriz. – Não com uma seleção tão excelente de tavernas já abertas e disponíveis. – Ela olha para Pasquale. – Acredito que devemos jantar no Lírio Dourado e reservar quartos na Estrela Cadente – fala ela, alto o suficiente para que a multidão ouça. A última coisa que ela quer é ofender um dos taverneiros.

Pasquale inclina a cabeça, concordando. No caminho para Hilac, ela avisou que as pessoas da cidade provavelmente teriam uma opinião negativa de Cellaria em razão dos recentes conflitos entre seus países na fronteira próxima e ele concordou em deixar que ela conduzisse a conversa.

Hilac não é uma cidade grande, mas ainda assim ela estimaria a presença de umas cem pessoas nas ruas ao seu redor, com mais figuras aparecendo nas janelas dos edifícios próximos.

– Estou muito grata por sua hospitalidade – diz Beatriz a eles. – E gostaria de agradecer a todos vocês com uma bebida de sua escolha em uma das tavernas.

A oferta levanta um viva na multidão e Pasquale dirige a Beatriz um sorriso impressionado. Fazer com que as pessoas a ouçam em troca de uma bebida é a parte fácil, porém. O verdadeiro desafio está por vir.

O Lírio Dourado tem um tamanho decente, mas nem de perto é grande o suficiente para a multidão que já está formando fila do lado de fora quando Beatriz e Pasquale chegam, desmontando de seus cavalos e passando as rédeas para um dos guardas.

– Dois de vocês podem ficar na entrada – indica Pasquale ao rapaz e aos outros quatro guardas, mantendo a voz baixa. – Mas precisamos que os outros três aguardem na saída da cidade, atentos a qualquer um que possa tentar chegar a Hapantoile antes de nós.

Beatriz sabe que se trata de uma ordem prática. Não importa o quão persuasiva ela seja, as chances de todas as pessoas em Hilac acreditarem nela são pequenas. Ela mantém o sorriso enquanto entra com Pasquale no Lírio Dourado, passando pela multidão que espera ser também admitida e que grita seu nome.

O interior da taverna é quente e acolhedor, com uma grande lareira queimando no salão principal e uma longa mesa coletiva com bancos que, pela estimativa de Beatriz, acomodaria cerca de cinquenta pessoas.

– Não se preocupe, princesa – diz o Sr. Kerring, vindo de outra sala que Beatriz arriscaria tratar-se da cozinha. – Falei com o proprietário e ele garantiu que a multidão será mantida fora até sua partida.

– Isso não é necessário, Sr. Kerring – replica Beatriz. – Eu lhes ofereci pagar uma bebida em grande parte porque queria conhecer as pessoas de Hilac e queria que elas me conhecessem. Por favor, diga ao taverneiro que acomode o máximo possível de clientes.

Os olhos nervosos do Sr. Kerring dirigem-se para a mesa, depois retornam a Beatriz.

– Vossa Alteza deseja que as pessoas... se sentem à sua mesa?

– É exatamente o que eu quero – confirma Beatriz.

O Sr. Kerring parece prestes a passar mal.

– Quando sua mãe, a imperatriz, nos visitou da última vez, ela ficou na residência do duque. Certamente Vossa Alteza e o príncipe Pasquale ficariam mais confortáveis lá também... – insiste ele, em um apelo óbvio para que ela faça o mesmo.

Beatriz apostaria que a aparição de sua mãe na cidade foi breve e que os moradores foram mantidos à distância. Ela deve ter feito um discurso para expressar seu afeto pelas pessoas, mas as palavras foram escritas de antemão, por outra pessoa, e dirigidas a uma multidão em massa. A atitude de Beatriz é diferente e isso tornará suas palavras mais difíceis de serem ignoradas.

– Confesso que tenho uma predileção por uma boa refeição em uma taverna, Sr. Kerring – comenta ela. – E poder falar com a população local é um bônus. Se não se sentir confortável transmitindo minha vontade ao taverneiro, eu mesma posso falar.

Embora Beatriz mantenha um tom de voz agradável, ela vê o lampejo de medo nos olhos do Sr. Kerring, o que ela acha prazeroso. Ele faz outra reverência brusca e já está voltando à cozinha, quando a voz de Pasquale o detém.

– Lorde – diz Pasquale.

– Hã... como? – pergunta o Sr. Kerring, olhando para trás confuso.

– Está tudo bem – fala Pasquale. – Viajamos mais rápido que os rumores, ao que parece, mas renunciei à minha coroa e ao meu título, então *lorde Pasquale* será mais do que adequado.

Mais perplexo do que nunca, o Sr. Kerring assente e sai apressado para a cozinha.

Pasquale deve sentir os olhos de Beatriz nele, pois se vira para ela e dá de ombros.

– O que foi? Você observou que eles estariam menos inclinados a confiar em mim... e, por extensão, em você... por causa de negócios passados com Cellaria quando meu pai governava. Pensei em me distanciar ainda mais dele. Eu teria pedido que ele me chamasse apenas de *Pasquale*, mas achei que isso poderia provocar um ataque cardíaco no homem.

Beatriz não duvida que ele tenha razão.

Dez minutos depois, Beatriz encontra-se sentada em uma poltrona que o taverneiro arrastou para a cabeceira da mesa coletiva, apesar de seus protestos, com Pasquale em uma poltrona semelhante na outra extremidade. As primeiras pessoas da fila do lado de fora, cerca de cinquenta no total, foram convidadas a entrar, acomodando-se nos lugares à mesa enquanto a esposa do taverneiro enche seus copos com vinho, cerveja ou uma sidra de amora sem álcool, que é a opção de Beatriz – ela terá que fazer esse discurso várias vezes essa noite e precisa manter-se alerta.

Beatriz conversa alguns minutos sobre amenidades com as pessoas mais próximas a ela – um ferreiro e sua esposa de um lado, uma costureira e um açougueiro do outro – antes de se levantar e erguer seu copo.

– Agradeço a hospitalidade com que vocês receberam a mim e ao meu marido hoje... mas tenho certeza de que estão se perguntando por que estamos indo para Hapantoile. – Ela sente a atenção do salão, até mesmo do taberneiro, de sua esposa e do cozinheiro espiando da cozinha para ouvi-la.

A caminho dali, ela refletiu sobre a melhor forma de conquistar os moradores da cidade, como contar a história de maneira correta, o que deixar de fora, o que incluir, mas no fim decidiu contar a verdade a eles, até mesmo as partes que não são lisonjeiras para ela.

Assim, Beatriz fala sobre o treinamento por que ela e suas irmãs passaram, como sempre souberam que se casariam com os príncipes a quem estavam prometidas, mas que os casamentos eram um meio para um fim nos planos da imperatriz. Ela deixa de fora a atração de Pasquale por homens e seu relacionamento com Ambrose – essa não é uma história que lhe cabe contar –, mas fala sobre sua magia, como a descoberta ao mesmo tempo a entusiasmou e aterrorizou. Tão perto da fronteira, as pessoas devem ter visto a chuva de estrelas sobre Cellaria. Devem ter se perguntado o que aquilo significava.

Ela fala sobre Sophronia, de como a irmã era bondosa, embora ela suspeite que todos em Bessemia saibam da bondade de Sophronia, mesmo que nunca a tenham conhecido. Ela fala também sobre a coragem da irmã, que Sophronia foi a primeira delas a desafiar os planos da mãe, que suas últimas palavras para Beatriz e Daphne foram que ela as amava até as estrelas. Ela deixa que as pessoas sintam a perda de Sophronia, a dor que ainda transpassa Beatriz quando fala sobre ela.

– Minha mãe é tão responsável pela morte de Sophronia quanto se ela mesma tivesse operado a guilhotina – afirma Beatriz, falando de modo que, apesar do tom suave de sua voz, cada um dos cerca de cinquenta ouvintes à mesa a escutem com clareza. – E uma vez tendo obtido êxito com Sophronia, ela voltou sua atenção para Daphne e para mim, chegando ao ponto de me drogar e me enviar de volta a Cellaria, para que eu me casasse com o novo rei de lá, embora, como vocês podem ver, meu marido ainda esteja vivo.

Vocês viram a chuva de estrelas que provoquei sobre Cellaria duas noites atrás... um milagre, dizem as pessoas, embora para mim seja difícil ver algo milagroso com uma irmã morta e a outra nas garras da minha mãe, em Hapantoile. É por isso que pedi à recém-coroada rainha de Cellaria ajuda para salvar a princesa Daphne e fazer minha mãe pagar por seus crimes. Juntos, estamos seguindo para Hapantoile acompanhados por um exército e com as estrelas iluminando nosso caminho para salvar Daphne e toda Vesteria da minha mãe.

Ela deixa as palavras assentarem, embora suspeite que, se Daphne pudesse ouvi-la falar dela como uma donzela indefesa em uma torre, faria várias objeções. Mas Beatriz sabe que essa é uma tática eficaz. Ela vê a tensão reverberar pela multidão, a incredulidade em seus olhos dando lugar à fúria.

Finalmente, alguém fala – uma mulher no centro da mesa, não muito mais velha do que Beatriz, com cachos louros presos no alto da cabeça e olhos azuis pensativos.

– O que Vossa Alteza quer de nós?

Beatriz compreende a cautela em sua voz – cautela que vê refletida no rosto de quase todos à mesa. Ela, Beatriz, pode ter muito a perder ao se opor à mãe, mas também tem tudo a ganhar. O povo de Hilac e de Bessemia, em geral, não tem nada a ganhar se a imperatriz deixar o poder. Mas, se sua mãe triunfar, ela irá atrás de todas as pessoas em Vesteria que ajudaram Beatriz e Daphne e as punirá por isso.

Sim, essas pessoas têm razão ao agir com cautela.

– Nada – diz Beatriz à mulher. – Minha mãe é uma inimiga perigosa... Ninguém sabe disso melhor do que eu e sei também que nossos esforços contra ela podem falhar. Se isso acontecer, não quero que vocês sofram as consequências. Tudo o que peço é que, quando nosso exército passar amanhã, vocês não o vejam. Fiquem dentro da cidade, atrás de seus muros altos. Não saiam como normalmente fariam. Porque, se ninguém os vir, ninguém será obrigado a enviar um aviso para Hapantoile.

– E se seus esforços não falharem, Vossa Alteza? – insiste a mulher.

Por um momento, Beatriz fica confusa.

– Como assim? – pergunta ela.

– Se tudo o que nos disse é verdade, princesa, isso faz da imperatriz Margaraux uma péssima mãe, mas não a torna uma imperatriz ruim. Nossos impostos são mais baixos do que eram sob o reinado de seu pai, as rotas comerciais negociadas com o restante de Vesteria fizeram a economia florescer e, com exceção de alguns confrontos com cellarianos rebeldes perto da fronteira, a guerra não nos afetou desde que ela está no poder.

Beatriz abre a boca para responder, mas rapidamente torna a fechá-la ao perceber que não tem uma resposta pronta. Ela sabia que a mãe era popular entre o povo de Bessemia, mas atribuía isso ao carisma e a todas as muitas máscaras de sua mãe. Beatriz participou de inúmeras reuniões do conselho que a entediaram até a alma enquanto a mãe e seus conselheiros discutiam códigos fiscais e tratados, mas não havia realmente considerado que sua mãe era bem-vista como imperatriz em grande parte porque era *boa* governante.

– Você não está errada – diz à mulher depois de um momento. – Minha mãe tem sido uma boa imperatriz para vocês e fico feliz com isso, mas vocês acreditam que seus impostos não subirão quando ela declarar guerra ao resto de Vesteria? Quando ela tiver que reconstruir três países que destruiu para conquistá-los? Vocês esperam que, ao tomar Friv, Temarin e Cellaria quando estão em seu pior momento, vocês não enfrentarão a guerra em todas as frentes pelo resto da vida e da de seus filhos e dos filhos deles?

Beatriz faz uma breve pausa.

– Vivi entre os cellarianos durante a maior parte dos últimos meses – prossegue ela – e garanto que, mesmo que ela consiga tomar Cellaria, não a manterá facilmente. Vocês acham que os confrontos na fronteira de Cellaria foram ruins no passado, mas eles só vão piorar. E quanto ao comércio, vocês conseguirão comprar trigo de Temarin quando a guerra devastar seus campos? Peles de Friv quando todos os caçadores forem forçados a apontar suas armas contra os invasores? E vocês acreditam que Cellaria será capaz de comprar qualquer coisa de vocês quando sua própria economia estiver em ruínas?

A mulher não tem resposta para essas perguntas, mas isso é o que Beatriz de fato espera dela. Ela olha em torno da mesa, fitando os olhos de qualquer pessoa corajosa o suficiente para encarar a princesa.

– Minha mãe tem sido uma boa imperatriz, sim – continua ela lentamente. – Mas só porque até aqui isso serviu aos seus interesses. Apenas porque o apoio do povo de Bessemia permitiu que ela mantivesse o poder quando a maior parte da corte de meu pai se voltou contra ela. Mas não se enganem: quando ela estiver à frente de toda Vesteria, não precisará mais do apoio de vocês para se manter no poder. Então, perguntem a si mesmos: se ela não tem lealdade às próprias filhas, que carregou em seu ventre e criou por dezesseis anos, por que acreditam que ela teria alguma lealdade a vocês?

Beatriz sente o desconforto na sala e sabe que suas palavras atingiram o alvo com muitas das pessoas que a estão ouvindo.

– E você teria? – indaga a mesma mulher.

Embora Beatriz sinta sua irritação começar a crescer, ela sabe que esse sentimento não é justo. Trata-se de uma pergunta que o restante do salão está se fazendo, com certeza, mas essa mulher é a única que tem coragem para perguntar.

– Qual é o seu nome? – pergunta Beatriz.

A mulher ergue o queixo.

– Brielle – responde ela.

– Brielle – repete Beatriz. – Confesso que minha irmã e eu não tivemos a oportunidade de discutir quem governaria no lugar da nossa mãe. – Isso, Beatriz percebe assim que as palavras saem de sua boca, seguido por olhares incertos e silêncio, é um erro. Que ela se apressa a corrigir. – Mas ambas somos leais a Bessemia.

– É o que Vossa Alteza diz, mas não seguiu os planos de sua mãe até perceber que eles a afetariam pessoalmente? – questiona Brielle.

Agora Brielle realmente está irritando Beatriz, embora ela suspeite que isso se deva à verdade desconfortável que há em suas palavras.

– Se me permitem intervir – diz Pasquale do outro lado da mesa, as primeiras palavras que ele pronuncia desde que se sentaram –, tive a sorte de conhecer ambas as princesas que restam a Bessemia e, como alguém que viu de perto o que é um péssimo governante, eu gostaria de falar sobre a lealdade que Beatriz e Daphne demonstraram nos últimos meses.

Após um breve instante, ele continua:

– Ouvi dizer que a princesa Daphne é a mais parecida com a imperatriz e acredito que isso seja verdade em muitos aspectos. Ela é tão astuta e inteligente quanto a mãe, mas, embora Daphne não conceda sua lealdade levianamente, quando o faz, esse sentimento é inabalável. Após a execução de Sophronia, sua criada fugiu do cerco em Temarin e buscou a ajuda de Daphne em Friv, e Daphne a ajudou. Mesmo quando a rainha Eugenia tentou fazer com que a garota fosse executada por traição, Daphne a defendeu, acreditando na história de uma criada em vez de acreditar na de uma rainha.

Isso, Beatriz sabe, *não* foi o que aconteceu em Friv, mas não pode deixar de se maravilhar com a habilidade de Pasquale em moldar a história, mantendo-a próxima o bastante da realidade enquanto muda detalhes que levantariam mais perguntas do que respostas. E ela sabe que o cerne do que ele está dizendo é verdade: Daphne acreditou na palavra de Violie, e não na de Eugenia no final, e poucas pessoas em sua posição teriam feito o mesmo. Ela vê essa história também ressoar na plateia atenta, todos muito mais próximos em posição de uma criada do que de uma rainha.

– E quanto a Beatriz – continua Pasquale, erguendo seu copo de sidra de amora em um brinde a ela –, como alguém que conta com a sorte de ter a lealdade dela, posso citar dezenas de vezes que ela a demonstrou, mesmo quando isso lhe custou caro. Ela libertou um amigo preso injustamente por meu pai. Ela me salvou de ficar preso em uma Fraternia contra a minha vontade depois que meu primo usurpou meu trono. E, mesmo agora, quando a maioria das pessoas enfrentando a ameaça que ela enfrenta da mãe fugiria para o mais longe possível de Bessemia, aqui está ela: marchando para combater uma imperatriz que já tentou matá-la duas vezes, para salvar não apenas a irmã, mas também todos vocês, quer reconheçam o perigo que a imperatriz representa ou não.

Ele faz uma pausa, seu olhar correndo pela mesa, e ergue o copo no ar.

– Bessemia seria abençoada em ter qualquer uma das duas no trono – diz ele. – Então vamos brindar agora à futura imperatriz de Bessemia, quem quer que seja ela. À futura imperatriz!

Por um momento dolorosamente longo, ninguém se mexe. Então Brielle ergue seu copo.

– À futura imperatriz! – saúda ela.

Suas palavras quebram o feitiço de silêncio que paira sobre a mesa e, um por um, todos erguem seus copos. Incluindo, Beatriz observa, o Sr. Kerring.

– À futura imperatriz!

Violie

Enquanto Violie forçava seu corpo dolorido a sair da cama, Leopold falava com os soldados ainda reunidos no vilarejo onde a luta contra o barão havia ocorrido dois dias antes. O número de soldados havia dobrado da noite para o dia, à medida que a notícia se espalhava para as cidades e vilarejos próximos e aqueles dispostos a lutar por Leopold e Temarin chegavam com as armas e armaduras que conseguiram reunir. No fim, setecentos deles concordaram em marchar para Bessemia, enquanto duzentos optaram por permanecer em Temarin para continuar a luta contra a invasão da imperatriz.

Até o momento de sua partida, pouco antes do meio-dia, mais recrutas estavam chegando, alguns muito felizes por voltar a montar seus cavalos e se juntar ao batalhão de Leopold, que teve até que recusar alguns dos mais jovens, estabelecendo uma regra de que apenas aqueles com 16 anos ou mais poderiam lutar, embora não houvesse regra restringindo o gênero dos soldados.

Daisy e Hester – as garotas que invadiram e roubaram o arsenal –, numa atitude nem um pouco surpreendente, apresentaram-se ansiosas para se juntar ao batalhão; seus leais irmãos, Helena, Louis e Sam, foram considerados muito novos e ficaram para trás com seus pais, embora não antes de Leopold amenizar sua exclusão nomeando-os protetores juramentados da aldeia e os sagrando cavaleiros na frente de todos.

Enquanto a tropa avança para o leste, em direção à fronteira de Bessemia, as pessoas são atraídas para suas fileiras como ímãs – gritos de *Que as estrelas protejam o rei Leopold!* vêm das multidões que se reúnem para vê-lo passar. Mais delas decidem se juntar a ele, montando seus cavalos ou seguindo a pé, tomadas pela eufórica esperança que Leopold inspira.

Violie queria que Sophronia estivesse aqui para vê-lo assim, completa e verdadeiramente senhor de si enquanto fala com desenvoltura com qualquer soldado que se aproxima dele, acenando para as pessoas que gritam seu nome, porém mantendo a atenção firme na estrada à frente.

Ela não pode evitar a lembrança do discurso que ele e Sophronia fizeram para o povo de Kavelle, aquele que terminou em tumulto. Violie sabe que foi Ansel quem instigou o tumulto, usando o caos como uma chance para se fazer de herói e resgatar o príncipe Gideon, mas tudo o que ele fez foi acender um fósforo. Mesmo sem a influência de Ansel, aquele discurso teria fracassado. Sim, as palavras de Leopold eram sinceras, sua simpatia, genuína, mas ele não conseguia compreender a profundidade dos danos que havia causado ao seu país, não entendia então que não bastava simplesmente declarar os problemas resolvidos e os danos apagados.

Agora Leopold não se detém para fazer discursos, embora muitas das pessoas que passam peçam que ele discurse. Sim, ele tem o dom de falar palavras bonitas, agora, no entanto, ele deixa que suas ações falem mais alto. Além disso, se ele parasse para discursar, eles avançariam muito mais devagar e ambos sabem que o tempo é crucial se quiserem chegar a Hapantoile para ajudar Daphne e Beatriz.

Eles não param até bem depois do anoitecer, quando os cavalos estão exaustos e todos alcançaram um nível de fome que não pode ser saciada com pedaços de carne-seca e biscoitos enquanto cavalgam. No entanto, quando desmontam, Violie olha para seu mapa e percebe que cobriram mais terreno do que ela pensava, o que os deixou na fronteira entre Temarin e Bessemia. Se conseguirem manter esse ritmo por mais um dia, devem chegar a Hapantoile no fim da tarde seguinte.

Violie se vê sentada sozinha enquanto o restante do batalhão se reúne em grupos em torno de pequenas fogueiras, segurando espetos de carne, tigelas de ensopado e copos de cerveja ou água. O clima no acampamento é jovial e quase frívolo, o senso de camaradagem é palpável no ar. Leopold participa de tudo isso, indo de grupo em grupo e brindando com os soldados, distribuindo tapinhas nas costas entre eles, com um sorriso e uma piada pronta para alguns, uma palavra solene para outros. Ele conta histórias e ouve relatos com o mesmo entusiasmo.

Violie inveja a facilidade que ele tem com as pessoas, mas, sentada ali, sozinha com sua tigela de ensopado, ela percebe que sente pena dele por isso também. A habilidade que ele tem de dedicar energia ilimitada aos outros é tão notável para ela quanto exaustiva, mas é parte do que o torna um bom rei, assim como a propensão dela para o isolamento é parte do que a torna uma excelente espiã. Ela não precisa de ninguém, pode passar despercebida e se mover pelo mundo sem laços ou conexões que a denunciem.

Se não fossem as circunstâncias impossíveis que os uniram, seus caminhos nunca se teriam entrelaçado, ela pensa. Eles poderiam ter se cruzado brevemente, passando um pelo outro em um momento que não deixaria marcas, mas isso teria sido tudo. Ela teria visto um rei privilegiado, rico e intocável, e ele... bem, ele simplesmente não a teria visto.

Ela sem dúvida nunca teria se apaixonado por ele e, enquanto enfia outra colherada de ensopado na boca, mesmo estando a ponto de queimar sua língua, não consegue decidir se inveja sua própria versão nessas circunstâncias alternativas ou se sente pena.

– Posso me juntar a você?

Violie ergue os olhos e vê Leopold parado diante dela, com sua tigela na mão. Ele indica o tronco em que ela está sentada, grande o suficiente para acomodar os dois.

Ela assente, dando-lhe espaço, e ele se senta ao seu lado. Violie pensou que tinha lhe dado espaço suficiente para se sentar com conforto, mas a perna dele pressiona a sua, a conexão entre eles parecendo uma âncora.

– Por que está sentada sozinha? – pergunta ele.

Violie lhe dirige um meio sorriso.

– Você é o rei herói, Leo – observa ela. – Deixe que eles o conheçam... Quem eu sou não tem importância.

Ele balança a cabeça.

– Respondi a muitas perguntas sobre você esta noite... Daisy e Hester, em particular, estavam cheias delas. Acho que elas idolatram você.

Violie olha para o outro lado do acampamento, encontrando Daisy e Hester sentadas juntas na extremidade oposta da clareira, concentradas em uma conversa, mas, quando sentem seu olhar, elas a cumprimentam com um sorriso e um aceno, que ela retribui. As garotas têm apenas cerca de um ano a menos que ela, mas parece uma eternidade.

– Sou uma curiosidade – diz Violie a ele. – A garota atingida por uma estrela cadente, salva por um milagre do céu.

– Não foi isso o que a fez mandar Janellia sair da taverna, embora isso colocasse você em um perigo maior – observa ele. – Também não foi o que a fez dizer a mim e a todos os outros que eu deveria deixá-la morrer para salvar Temarin.

Um rubor sobe às bochechas dela.

– Você tomou a decisão certa, você sabe – afirma ela. – E mesmo que tivesse tentado me salvar, o barão nunca teria cumprido sua promessa. Essa atitude só serviria para atrasar o inevitável e condenar você e toda a Temarin.

– Eu sei – replica Leopold, sua voz baixando de volume. – Mas isso não significa que não foi a decisão mais difícil que já tomei e nem que eu a tenha tomado sabendo que ela me assombraria pelo resto da vida.

Violie ergue os olhos e o encontra a observando com a expressão intensa. Claro, ela pensa, assim como o fato de não ter conseguido salvar Sophronia o assombra. Ela fica feliz por não ser mais um fantasma pairando sobre os ombros dele.

– Estou bem – diz ela, tanto para si mesma quanto para ele. – Estou viva.

Morrer é menos doloroso do que viver, disse a voz de Sophronia quando ela estava à beira da morte, desesperada por um milagre.

Violie sabe que é verdade, assim como sabe que pode morrer amanhã, quando chegarem a Hapantoile. Ela pode morrer nas mãos da imperatriz, por causa de sua própria estupidez, adoecer com alguma enfermidade fatal ou de muitas outras maneiras. Ela pode simplesmente não acordar amanhã. E se seu último encontro com a morte lhe ensinou algo, é que a dor não é o que torna a morte terrível – são os arrependimentos.

– O que foi? – pergunta Leopold, sua testa se franzindo.

Violie se prepara, olhando para ele e levando o acampamento ao redor deles a desaparecer.

– Eu te amo – diz ela, pronunciando as palavras com clareza, mesmo enquanto parecem arrancadas dela à força.

Ele abre a boca para responder, mas ela não lhe dá a chance, prosseguindo rapidamente:

– Você não precisa dizer o mesmo, eu sei que isso não é o ideal e, claro, há Sophronia e entendo que você ainda está de luto por ela, que provavelmente sempre estará, mas, quando eu estava morrendo naquele campo, tudo o que eu conseguia pensar era que havia tantas coisas que eu não tinha feito, tantas coisas que eu tinha deixado não ditas, e essa... essa era a principal. Então eu precisava dizer, me desculpe.

As palavras saem em uma enxurrada, mas quanto mais ela fala, mais confuso Leopold parece, e, no silêncio que se segue, Violie se convence de que cometeu um erro grave, que quando a voz de Sophronia afirmou que ela logo desejaria a morte, era exatamente a esse momento que ela se referia, porque de repente tudo que ela mais quer é que outra estrela caia do céu para atingi-la, desta vez matando-a em vez de trazê-la de volta à vida, para que ela não tenha que ficar ali sentada, com todo esse constrangimento, essa vergonha.

Ela abre a boca – para dizer o quê, ela não sabe –, mas antes que possa emitir uma palavra, os lábios de Leopold cobrem os dela, roubando qualquer palavra desconexa que ela pudesse improvisar. Ele a beija com uma fome suave, a mão dele aconchegando seu rosto, e Violie está tão absorta com a sensação dos lábios dele e com o gosto de sua língua que não percebe os aplausos vindos do acampamento ao redor deles até que Leopold se afasta, suas bochechas certamente tão vermelhas quanto as dela.

– Eu também te amo, Vi – diz ele, tão baixinho que ela sabe que é a única a ouvir. – É diferente do que eu sentia por Sophie, mas não menos verdadeiro, e eu acho... – A voz dele falha por um momento. – Eu acho que é o que ela queria quando me enviou para você, que nós nos encontrássemos, crescêssemos juntos, e acredito que, onde quer que esteja, ela está feliz por nós agora.

Beatriz

Beatriz e Pasquale passam a noite na Estrela Cadente, levantando-se com o sol para ver a primeira onda de tropas cellarianas que se aproxima, vindo do sul. Quando as encontram, juntam-se a Ambrose e Nicolo, que lideram o trajeto para o norte, rumo a Hapantoile.

Duas dúzias de cavaleiros se espalham, na condição de batedores, à procura de algum viajante solitário que possa estar a caminho da capital também, para avisar a imperatriz que eles se aproximam, mas não enviam qualquer sinal de que interceptaram alguém, o que torna ainda mais surpreendente quando um cavaleiro se aproxima, vindo do oeste, como se as próprias estrelas o estivessem perseguindo, indo diretamente para Nicolo. Beatriz observa com um desconforto crescente enquanto eles conversam por um instante antes de Nicolo guiar seu cavalo até o dela, acertando o passo a seu lado.

– Ele avistou alguém? – pergunta Beatriz, franzindo o cenho.

Os cavaleiros tinham ordens de capturar primeiro e perguntar depois, mas se o mensageiro conseguisse fugir...

– Algumas centenas de pessoas, embora seja evidente que ele não tenha conseguido contar exatamente quantos – responde Nicolo, a tensão clara em sua voz.

Beatriz sente um aperto maior no peito. Teriam as notícias chegado até sua mãe, antes que eles pisassem em Temarin? Ela sabe que a mãe tem espiões em toda parte – alguém na corte de Cellaria poderia ter mandado avisá-la antes mesmo que eles deixassem o palácio. Gisella poderia... Não, ela interrompe o pensamento antes que ele crie raízes. É fácil direcionar sua desconfiança para Gisella e, embora Beatriz saiba que a rainha é mais do que capaz de traí-la de novo, de nada lhe serviria fazer isso agora, quando está segura em seu trono, com milhares de soldados seus dando apoio a Beatriz.

Mas *alguém* mandou um aviso.

– Estão vindo do oeste – continua Nicolo, e Beatriz puxa as rédeas e faz seu cavalo parar.

– Do oeste – repete ela.

É possível que sua mãe enviasse um exército ao encontro deles, mas, nesse caso, por que os mandaria contornar a floresta de Nemaria? Isso apenas os atrasaria e os deixaria a céu aberto, sem o abrigo que a floresta proporciona. Não faria sentido. A menos que...

– Poderiam estar vindo de Temarin? – pergunta Pasquale, que está do outro lado de Beatriz. – Leopold estava decidido a recuperar seu trono. Talvez...

– Duvido muito que ele tenha conseguido fazer isso no espaço de uma semana – comenta Beatriz. – É muito mais provável que minha mãe tenha retirado algumas tropas dela temporariamente para consolidar seu poder aqui.

– O que você gostaria que fizéssemos então? – indaga Nicolo. – O batedor disse que facilmente temos uma vantagem de dez homens contra um em relação a eles. Se atacarmos agora, antes que eles cheguem à sua mãe, vamos evitar o risco de encontrá-los em circunstâncias menos vantajosas.

Ele tem razão. As chances nunca serão maiores do que agora e, se sua mãe sabe de fato que ela está a caminho, isso significa que eles já perderam o elemento surpresa. Podem muito bem tirar o máximo da vantagem que têm agora. No entanto, não lhe agrada a ideia de atacar soldados bessemianos que estão cumprindo ordens de sua mãe sem saber com que finalidade. Ela conseguiu convencer o povo de Hilac – talvez possa fazer o mesmo com os soldados, embora saiba que o risco é maior com soldados do que com civis.

– Vou liderar metade de nossas tropas adiante, através da floresta, para interceptar o avanço deles, enquanto os demais os cercam por trás, para que ninguém escape. Antes de atacarmos, gostaria de falar com o general que está no comando.

Uma pequena tenda é armada na extremidade sudeste da floresta de Nemaria, enquanto um mensageiro cavalga até o batalhão que se aproxima para convidar seu general a se reunir com Beatriz. Enquanto esperam, ela anda de um lado para outro, com uma taça de vinho cellariano na mão, embora mal tome um gole.

Está tão perto de Hapantoile que quase consegue sentir o gosto do ar de lá. Se montasse em seu cavalo agora e cavalgasse a galope, poderia chegar aos portões da cidade em duas horas. Poderia estar cara a cara com a irmã uma hora depois disso. A última coisa que Beatriz quer é ficar numa tenda esperando para negociar e bajular um dos generais da mãe para que se junte a ela ou para travar uma batalha que, mesmo que saiba que vai vencer, ainda lhe custará um tempo valioso.

Mas, se estivesse aqui, Daphne seria a primeira a alertar Beatriz para que não deixasse a impaciência tomar conta, então ela se força a respirar fundo e bebe um gole de vinho antes de voltar o olhar para onde Pasquale e Ambrose estão sentados em almofadões de brocado, segurando suas taças.

– Estão demorando muito – diz ela. – Se estivessem dispostos a se reunir comigo, já teriam chegado.

– Apenas vinte minutos se passaram – replica Ambrose, o que não pode estar certo.

Beatriz tem certeza de que está aqui há pelo menos uma hora, mas quando ele estende para ela o relógio de bolso e Beatriz o consulta, fica surpresa ao ver que ele está certo. Apenas vinte minutos.

– Eu realmente acho que é Leopold – afirma Pasquale.

Beatriz não quer acabar com a esperança dele, mas sabe que essa esperança morrerá em breve, independentemente do que ela diga. Foi uma tolice da parte de Leopold voltar para Temarin, e uma tolice ainda maior por parte de Violie se juntar a ele, porque ela certamente sabia dos riscos. Se, por algum milagre, os dois ainda estiverem vivos, não estarão liderando um exército – estarão fugindo de um.

– Se você estiver certo – diz Beatriz a Pasquale –, vou ficar lhe devendo uma caixa dos melhores chocolates da Renauld's quando tudo isso acabar.

Pasquale sorri, seu olhar seguindo brevemente além dela.

– Não se esqueça dos de licor de violeta. São os meus favoritos.

Beatriz pisca, momentaneamente confusa, antes de se virar e encontrar Violie e Leopold parados na entrada da tenda, ambos com uma aparência péssima, porém vivos. Beatriz não consegue fazer mais do que olhar para eles, o choque roubando-lhe a voz.

– Bem – provoca Violie e, apesar do tom de voz seco, Beatriz percebe seu alívio. – Fomos convocados por Santa Beatriz, mas certamente não pode ser você. Porque, se você é uma santa, eu sou um unicórnio.

Beatriz não consegue conter uma risada.

– Eu não escolhi esse título, mas parece que pegou.

– Estava fadado a acontecer depois que ela invocou uma chuva de estrelas em Cellaria – intervém Ambrose.

– Foi *você* – diz Leopold com um sorriso. – Você salvou a vida de Violie.

– Ela não *salvou* a minha *vida* – protesta Violie, depois hesita. – Embora seu timing tenha sido excelente.

Beatriz sorri, guardando essa informação para mais tarde, quando estiver mais inclinada a se gabar do fato.

– E vocês? – pergunta ela. – Pas e Ambrose disseram que você estava determinado a recuperar seu trono.

– Estou determinado a libertar Temarin do caos pelo qual sou ao menos em parte responsável – corrige Leopold, o rosto vermelho.

Ele conta rapidamente o que se passou desde que ele e Violie se separaram de Ambrose e Pasquale, e, quando termina, Beatriz não pode negar que está impressionada. O garoto parado na frente dela não é o mesmo cujo caminho cruzou com o dela naquela hospedaria em Temarin, com olhos sombrios, ilusões despedaçadas e o coração partido.

– Então nossos objetivos estão alinhados – diz Beatriz a ele e a Violie. – E acredito que o nosso destino também seja o mesmo.

– Hapantoile – afirma Violie, assentindo. – Nosso exército pode ser pequeno em comparação com o seu, mas lutaremos juntos.

– De acordo – confirma Beatriz. – Mas Daphne está no palácio agora, com minha mãe, e quando perceber que Hapantoile está sitiada, ela vai matar Daphne e incendiar a cidade antes de se render.

Violie avalia essa possibilidade.

– Então nós cinco seguimos para Hapantoile sozinhos, disfarçados – propõe ela. – Nossos exércitos ficam na floresta, onde devem conseguir se esconder por um breve período, e vamos até Daphne e traçamos um plano para destronar a imperatriz e manter todos os demais em segurança.

Beatriz franze os lábios.

– Gosto de um bom disfarce – admite ela, pensativa. – Mas vamos precisar encontrar um lugar disposto a nos hospedar, um lugar onde tenhamos certeza de estar fora do alcance da imperatriz.

Violie troca olhares com os demais e Beatriz se sente excluída.

– Que lugar é esse? – pergunta ela.

– O Pétala Carmesim – responde Violie.

O bordel onde a mãe de Violie trabalha e mora, Beatriz recorda – o mesmo onde Ambrose e Pasquale receberam ajuda no passado. Ela assente.

– Então vamos partir assim que vocês dois estiverem em condições – diz ela.

Violie e Leopold se entreolham.

– Estamos em condições agora – diz Violie.

Beatriz sorri.

– Então, partimos agora – decide ela.

Aguente firme um pouco mais, Daph, ela pensa. *Estou quase aí.*

Daphne

— **E**stamos entediando você, minha pombinha?

Daphne se endireita, piscando ao correr os olhos pela câmara do conselho, até sua mãe sentada à cabeceira da grande mesa de carvalho. Apesar do tom informal da voz e do termo carinhoso, os olhos castanho-escuros da imperatriz parecem a ponta de uma faca pressionada contra sua pele. Os outros à mesa também olham para ela: madame Renoire, general Urden, duque de Allevue e madre Ippoline – esta última com o olhar particularmente significativo.

Daphne passou a maior parte da noite passada com ela na Sororia novamente, dessa vez pegando emprestadas algumas roupas de Cliona e se esgueirando sozinha pela entrada dos criados, deixando Bairre e Cliona para cobrir sua ausência caso fosse necessário. Daphne ficou surpresa ao receber a convocação de madre Ippoline após o jantar, presumindo que esperariam por Beatriz antes de avançar com os planos, mas a senhora a cumprimentou com uma grande pilha de livros contábeis que Blanche, a cortesã que madame Renoire empregava regularmente, conseguira tirar do escritório dela.

Isso levou a uma longa noite lendo os números e fazendo seus próprios cálculos com a ajuda de madre Ippoline, antes que Daphne entendesse exatamente o que estava vendo: o duque de Allevue tinha razão em estar aborrecido com o corte em sua verba. Até onde Daphne sabia, aquele era o menor dos problemas que madame Renoire havia ocultado com uma contabilidade criativa e um poder sem supervisão.

Mas agora Daphne, que não somou mais de seis horas de sono nos últimos dois dias, está lutando para não cochilar durante a reunião do conselho para a qual sua mãe a convidou – uma reunião à qual ela deveria prestar muita atenção.

– De jeito nenhum – diz Daphne, abrindo um sorriso constrangido para a mãe. – Acho que minha lesão ainda está me afetando.

– É mesmo? – pergunta a imperatriz, erguendo as sobrancelhas. – Meu médico me garantiu que você estava a própria imagem da saúde.

– Sim, tentei informar meu corpo sobre esse diagnóstico, mas temo que ele tenha vontade própria – replica Daphne, mas, quando o general Urden não consegue disfarçar sua gargalhada com uma tosse e a imperatriz lhe lança um olhar raivoso, percebe que seu tom foi mais sarcástico do que pretendia.

Sua mãe olha para ela, perplexa, a boca pintada de vermelho franzida.

– Talvez você esteja precisando de uma soneca, minha pombinha – sugere ela, a voz envolvida numa preocupação que soa falsa. – Você está parecendo mais sua irmã do que você mesma e você sabe quantas vezes tive que expulsá-la das reuniões do conselho por causa do seu comportamento. Eu odiaria ter que fazer o mesmo agora.

Sua mãe não está errada, pensa Daphne. Beatriz era a única que respondia à mãe, enquanto Daphne e Sophronia sempre tomavam cuidado com as palavras e com o tom. Sophronia porque temia a mordida do mau humor da imperatriz, Daphne porque temia sua decepção.

Agora, porém, a imperatriz não está decepcionada com Daphne, está desconfiada, o que é muito pior. Então Daphne empurra a exaustão para o fundo da mente e pega a xícara de café que uma criada trouxe no início da reunião, embora a metade restante da bebida já tenha esfriado. Ela toma um gole mesmo assim.

– Estou bem – garante ela à mãe. – E é importante que eu esteja aqui, não é? Se um dia eu vou governar meu próprio país...

É um desafio que apenas sua mãe entende. Embora a imperatriz tenha prometido a Daphne que ela herdaria o trono de Bessemia, ela não a declarou publicamente sua herdeira. E não vai fazer isso, Daphne sabe. A promessa que ela fez vale menos que poeira, mas ambas ainda estão fazendo sua dança, tentando não tropeçar nas mentiras que contam uma à outra.

– Claro que é – responde a imperatriz de maneira suave. – Mas sua saúde é de suma importância. Você não será capaz de governar um país se estiver morta.

As palavras são descontraídas o bastante para soar para todos à mesa como uma figura de linguagem. Apenas Daphne – e talvez madre Ippoline – percebe a ameaça.

– Vamos enviar uma ata detalhada da reunião para os seus aposentos – acrescenta a imperatriz. – Será como se você tivesse estado aqui o tempo todo. Descanse, minha pombinha – diz ela, estendendo a mão sobre a mesa para pegar a de Daphne, apertando-a.

Daphne fita a mão da mãe envolvendo a sua, os dedos elegantes com as unhas feitas, os anéis de ouro que os enfeitam, um pouco mais quentes do que a pele da mãe. Ela quer retirar a mão da dela, mas há uma parte sua, ainda escondida lá no fundo, que quer buscar esse toque, deleitar-se com a pequena demonstração de afeto, não importando que seja pura atuação.

Ela balança a cabeça e puxa a mão delicadamente da mão de sua mãe, levantando-se.

– Sim, obrigada, mamãe. Acho que preciso mesmo descansar um pouco.

Daphne entra nos seus aposentos, deixando os guardas parados ao lado da porta, a exaustão envolvendo seus pensamentos e pesando em seus movimentos. Ela deveria ir dormir cedo nessa noite, pensa, mesmo que isso signifique perder o jantar. O mundo não vai desmoronar nas próximas horas, pelo menos. Ela ergue a mão para disfarçar um bocejo enquanto vai em direção à porta do quarto, passando por Beatriz sentada no sofá com uma xícara de chá equilibrada no joelho. Daphne murmura um oi, com a mão na maçaneta, e fica paralisada.

Desde que voltou para Hapantoile, ela vê as irmãs por toda parte. Seus fantasmas assombram estes quartos em especial, onde passaram a maior parte da vida juntas. É claro que a mente cansada de Daphne agora conjurou Beatriz – tão real que ela até sente o cheiro inexplicável de âmbar que sempre se agarrou à irmã, antes mesmo que ela comprasse seu primeiro vidro de perfume.

Ela simplesmente vai ficar decepcionada ao se virar, pensa. Quando não verá nada além de um sofá vazio. Ela nem deveria olhar, apenas deveria entrar em seu quarto, adormecer e torcer para que, em seus sonhos, encontre Beatriz e Sophronia.

– Daphne.

A respiração de Daphne para por um instante e, no espaço de um piscar de olhos, ela se vira, jogando-se cegamente em direção ao sofá e a Beatriz, tão real e de carne e osso, sentada ali, sem se importar quando derruba no chão a xícara que a irmã segura, derramando o chá marrom no tapete branco.

Os braços de Beatriz a envolvem, segurando-a com força, e ela pressiona o rosto no pescoço de Daphne, as lágrimas úmidas na pele da irmã, que chora também.

– Você não deveria estar aqui – sussurra ela, consciente da proximidade dos guardas, do outro lado da porta. – Tola, impulsiva, idiota – repreende ela, ao mesmo tempo que abraça Beatriz com mais força a cada palavra.

– Também senti sua falta – sussurra Beatriz de volta. – Não aguentaria ficar longe nem mais um minuto. E não tenho medo dela.

Daphne se afasta apenas o suficiente para ver o rosto da irmã – tão diferente da última vez que a viu, subindo em uma carruagem cellariana na floresta de Nemaria, usando aquele vestido vermelho dramático de Cellaria, o rosto carregado de cosméticos. Ela parece tão cansada quanto Daphne e precisa de um banho bom e demorado. Seus cabelos ruivos estão presos em uma trança simples que lhe desce pelas costas, soltando-se da fita que a amarra, e o vestido simples de lã está desgastado em alguns lugares. *Mas ela está aqui*, Daphne pensa. *Ela está viva.*

– Você nunca teve medo dela – observa Daphne. – O que é uma *burrice*.

Um dos cantos da boca de Beatriz se ergue em um sorriso e ela pressiona a palma da mão de encontro ao rosto de Daphne.

– Tudo bem, então – diz ela. – Vou ser corajosa e tola; você seja cautelosa e ardilosa. Ela não terá chance contra nós duas.

Algo entre uma risada e um soluço salta do peito de Daphne.

– Tenho tanta coisa para lhe contar – comenta ela.

– E eu, a você – responde Beatriz. – Mandei seu marido procurar o meu no Pétala Carmesim e disse que levaria você assim que você voltasse.

Daphne balança a cabeça.

– Mamãe mandou me vigiar – diz ela. – Acredito que escapei sem ser seguida ontem, mas não tenho certeza suficiente disso para arriscar sua vida, Triz.

– Deixe que ela mande seguir você – fala Beatriz, dando de ombros. – Temos um exército escondido na floresta perto de Hapantoile, aguardando nossas ordens. O tempo de nos esconder, nos esgueirar e encontrar subterfúgios acabou. É hora de mostrar a ela exatamente quem ela nos criou para ser.

Daphne olha para a irmã, examinando o rosto que lhe é tão familiar quanto o seu, mesmo depois de meses separadas. *Quem ela nos criou para ser.* As palavras se enterram em seu peito, acendendo algo. Ela assente uma vez.

– E fazer com que ela se arrependa – acrescenta Daphne.

Beatriz

Saindo furtivamente do palácio com Daphne, ambas trajando os vestidos de lã cinzenta usados pelas criadas do palácio, Beatriz quase tem a sensação de que o tempo não passou. Quantas vezes elas se esgueiraram pelos corredores e passagens secretas para explorar as ruas de Hapantoile sem que a mãe soubesse? Naturalmente, Sophronia estava sempre com elas e a ausência dela agora é gritante – um fantasma com vida própria. Ela não precisa perguntar a Daphne se também sente isso. Como poderia não sentir?

Mas as duas não falam enquanto atravessam passagens estreitas e corredores silenciosos, nem sobre Sophronia, nem sobre qualquer outra coisa. É somente quando saem ao ar fresco fora do palácio, com a lua cheia recém-saída banhando a cidade em luz prateada, que Beatriz se manifesta.

– Eu queria que Sophie estivesse aqui – diz ela.

Daphne lhe dirige um olhar de soslaio enquanto serpenteiam pelas ruas pavimentadas da cidade.

– Eu me pego pensando isso pelo menos uma vez por dia – replica ela. – Geralmente mais.

– Eu comecei a... não a esquecer o rosto dela exatamente, mas ele está ficando mais nebuloso na minha memória – revela Beatriz, a despeito da vergonha cravando-lhe as garras por admitir isso.

Daphne não diz nada por um momento conforme atravessam a multidão de pessoas saindo do trabalho.

– Eu também – diz ela por fim. – Mas quando reencontrei você, lembrei que vocês duas têm o mesmo sorriso... não *esse* aí – ela se apressa a acrescentar quando Beatriz sorri para ela. – O seu sorriso de verdade... aquele que sempre parece te pegar de surpresa.

O sorriso de Beatriz se apaga. Ela supõe que Daphne esteja certa – esse é o sorriso que ela praticou no espelho de sua penteadeira na infância e que aprimorou com as cortesãs com as quais treinou para parecer sedutora e inocente, ao mesmo tempo que destacava a covinha na bochecha esquerda. Ela não tem certeza de como, exatamente, é o seu sorriso verdadeiro, mas resolve descobrir.

– E você tem os mesmos olhos dela – afirma Beatriz depois de um momento. – Não apenas a cor... isso todas nós temos... mas o formato e as sobrancelhas.

Daphne fica em silêncio por um momento, limitando-se a seguir Beatriz, que as conduz pelas ruas movimentadas até o Pétala Carmesim, onde Daphne nunca esteve.

– Eu falei com ela – revela Daphne por fim. – Em Friv, tivemos uma cerimônia para o príncipe Cillian sob a aurora boreal... uma tradição frívia.

– Eu ouvi falar – diz Beatriz baixinho, a curiosidade lutando com um ciúme mais intenso do que ela está disposta a admitir. A curiosidade acaba vencendo. – O que ela disse?

– Ela mandou dizer que te ama – replica Daphne, a voz tensa. – E me disse que eu precisava ser corajosa agora.

– Foi isso que te convenceu sobre a mamãe? – pergunta Beatriz, a irritação espetando-a.

Independentemente do quanto Beatriz sentiu falta da irmã nos últimos meses, ninguém a irrita tanto quanto Daphne.

– Não fui eu, nem Violie, nem Leopold... – continua Beatriz.

– Não – concorda Daphne, balançando a cabeça. – Sim e não. Sophie me disse que, no fundo do meu coração, eu já sabia a verdade. Que eu tinha que ser corajosa o suficiente para enxergá-la, para agir a partir dela. Eu estava... com medo do que significaria se você estivesse dizendo a verdade. Construímos nossas vidas sobre mentiras, Beatriz. Eu estava apavorada com o que restaria quando elas desmoronassem.

– E o que restou? – pergunta Beatriz.

Daphne sorri e Beatriz percebe que, em dezesseis anos de convivência constante, ela nunca viu Daphne sorrir assim, de um jeito suave e incisivo ao mesmo tempo.

– Somente quando deixei as mentiras desmoronarem é que pude ver qual era de fato a minha essência. Eu costumava pensar em mim mesma como um veneno, preparado e destilado por mamãe para ser usado como uma arma. No entanto, é ela quem está envenenando nosso coração, envenenando toda a Vesteria e nos usando para esse fim. Eu não serei o veneno dela, Beatriz. Pretendo ser o antídoto.

Beatriz olha para a irmã, notando a linha firme de seu maxilar e o aço em seus olhos prateados.

– Você é assustadora. Você sabe disso, não sabe? – pergunta Beatriz quando se aproximam do Pétala Carmesim.

– Sei – diz Daphne, atrevida.

– E eu fico imensamente feliz por estarmos do mesmo lado – acrescenta Beatriz, estendendo a mão para a aldrava de latão em forma de rosa.

– Somos duas então – diz Daphne antes de dar um súbito tapa no braço de Beatriz... com força.

– Ai! – exclama Beatriz, agarrando o braço. – Por que você me bateu?

– Ah! Quando é que você ia me contar que é uma *empyrea*? E uma empyrea santa, pelo visto! – replica ela, em tom ácido. – Com certeza teria sido útil saber disso.

– Você teria acreditado em mim? – retruca Beatriz, franzindo a testa.

Daphne considera a pergunta.

– Provavelmente não – admite. – Mas isso deveria tornar a tarefa de derrotar mamãe muito mais fácil... Você não precisava esperar por mim para fazer isso, você sabe. Por mais que eu gostasse de participar, provavelmente seria mais simples para você apenas... – Daphne silencia, apontando para o céu.

– Ah – diz Beatriz, engolindo em seco. – Sobre isso...

Ela é interrompida pelo rangido da porta se abrindo, revelando não Elodia ou uma das cortesãs que Beatriz conheceu antes, mas Violie, ainda com o vestido de viagem e uma mancha de sujeira na bochecha. Ela sorri ao vê-las, o alívio tomando conta de seu rosto cansado.

– Beatriz te encontrou – constata Violie, conduzindo-as para o interior da casa antes que as três troquem rápidos abraços no saguão. – Achei que ela pudesse ser facilmente reconhecida no palácio, mas Beatriz insistiu que o conhecia melhor do que eu.

– E conheço – confirma Beatriz antes de franzir o nariz. – Você não poderia ter se dado ao trabalho de tomar um banho enquanto eu estava fora?

– Eu não estava exatamente de braços cruzados – retruca Violie. – Além disso, você há de concordar que temos coisas mais importantes para nos preocupar no momento.

– Eu certamente *não* concordo – rebate Beatriz, arrancando uma risadinha de Daphne.

Ela havia se esquecido das risadas de Daphne – tão raras e tão em desacordo com sua personalidade – e o som se espalha por ela, aquecendo-a.

– Pare um momento para tomar banho – diz Daphne a Violie. – Acho que não vamos conseguir nos concentrar em mais nada até você fazer isso. O cheiro está bem forte.

Violie olha de uma para a outra, franzindo a testa.

– Já odeio lidar com vocês duas juntas – afirma ela sem qualquer rancor real.

Ela então se vira e começa a subir as escadas.

– Suas Altezas Reais estão aqui e me mandaram tomar banho! – grita ela pelo corredor.

– Leopold também precisa! – grita outra voz feminina.

Segundos depois, Leopold caminha pelo corredor em sua direção, um sorriso envergonhado nos lábios.

– Daphne, que bom ver que você está viva – diz ele, inclinando a cabeça na direção de cada uma delas.

– Você também, Leo – responde Daphne. – Seria demais perguntar se você trouxe alguma ajuda?

Leopold dá de ombros.

– Cerca de oitocentos homens – admite ele. – O que parecia impressionante até vermos as tropas seguindo Santa Beatriz.

Beatriz olha de cara feia para ele.

– Se algum de vocês me chamar de *Santa Beatriz* de novo, vou mostrar o quão pouco santa eu posso ser – ameaça ela.

Ele ri da provocação.

– Naturalmente, se eu tivesse o poder de tirar estrelas do céu, talvez tivesse conseguido outros nove mil também – brinca ele.

– Vá tomar banho – Daphne lhe diz. – Não vou te abraçar até você fazer isso... Temo que Violie já tenha deixado o cheiro dela em mim.

Ela cheira o ombro do vestido e franze o nariz.

Leopold balança a cabeça, mas faz o que ela diz, correndo escada acima atrás de Violie.

– Há alguma coisa entre eles – comenta Daphne com Beatriz enquanto seguem pelo corredor de onde Leopold veio.

Beatriz para bruscamente, encarando a irmã, horrorizada.

– Você está brincando – sussurra ela, voltando a andar somente quando Daphne puxa seu braço.

– Não sei se eles já tomaram alguma atitude em relação a isso, mas é bem óbvio.

Beatriz abre a boca para perguntar o que Sophronia pensaria sobre isso, mas logo torna a fechá-la ao perceber que já sabe a resposta.

– Sophie ficaria feliz – diz Daphne, como se estivesse lendo sua mente. – Ela gostava muito de ambos... Quando conversamos, ela mandou um recado para eles também.

Beatriz suspeita que a irmã esteja certa, mas ainda assim...

– É muito cedo – comenta ela.

Daphne dá de ombros.

– A vida é curta – afirma ela. – E nenhum de nós tem a garantia do amanhã. Sophronia, onde quer que ela esteja, sabe disso melhor do que ninguém.

Beatriz olha para Daphne, incapaz de esconder sua surpresa.

– Não sei quem é você ou o que fez com minha irmã, mas Daphne nunca diria essas bobagens românticas.

Daphne solta uma risadinha.

– É, bem... – Ela se cala, as bochechas ficando rosadas.

No entanto, ela não precisa terminar o pensamento. Assim que chegam ao fim do corredor – uma cozinha com uma grande mesa de carvalho, em torno da qual Pasquale, Ambrose, Elodia, Avalise e Bairre estão reunidos – Beatriz vê o modo como os olhos de Bairre vão direto para Daphne, a forma como o corpo inteiro da irmã parece amolecer ligeiramente, como se um peso tivesse sido tirado de seus ombros. Há uma troca de olhares entre eles que Beatriz não consegue decifrar, mas que a transpassa com uma inesperada agulhada de ciúme. Ela e Daphne, junto com Sophronia, sempre foram capazes de se comunicar assim, com um simples olhar. Ver Daphne compartilhar um vínculo semelhante com outra pessoa, um estranho para Beatriz, é desconcertante, embora o sentimento seja rapidamente abafado por algo mais afetuoso.

A Daphne com quem ela passou a última meia hora é totalmente diferente da Daphne da qual se despediu na floresta de Nemaria. Ela conhece a irmã o suficiente para saber que ninguém pode mudar Daphne, exceto ela mesma. Beatriz, no entanto, gosta da pessoa que a irmã se tornou e Bairre é parte da história de como ela chegou aqui – uma história que Beatriz quer ouvir um dia.

– Bem-vinda ao Pétala Carmesim, princesa – diz Elodia a Daphne.

Elas já se conhecem, Beatriz percebe ao ver que nenhuma apresentação é feita.

– Obrigada – responde Daphne enquanto ela e Beatriz encontram um lugar à mesa, as duas sentando-se lado a lado. – Eu estava perguntando à minha irmã por que ela não poderia usar sua magia para derrotar nossa mãe, mas fiquei com a nítida sensação de que não ia gostar da resposta.

– A magia está matando Beatriz – afirma Pasquale. – Aos poucos, a cada vez que ela a usa.

Beatriz sente Daphne ficar tensa ao seu lado.

– Estou bem – Beatriz lhe assegura. – Mas ele está certo, a magia de fato... me afeta. Seriamente. E eu levo mais tempo para me recuperar cada vez que isso acontece. Aurelia também mencionou uma profecia que a faz pensar que, quando eu uso a magia para interferir em questões humanas como esta, talvez isso leve as estrelas a se apagarem, o que me pareceu um absurdo, mas...

– Não é um absurdo – intervém Bairre, a testa franzida enquanto se inclina sobre a mesa. – Minha mãe tem seus defeitos, eu sei disso, mas suas profecias se cumprem sem exceção.

Beatriz se surpreende com a veemência de Bairre, mas se lembra do que Aurelia lhe contou sobre ele – um segredo que não cabe a ela compartilhar.

– Seja como for – diz ela, balançando a cabeça –, se depender de mim, prefiro confiar o destino do mundo aos cuidados das estrelas do que aos de minha mãe. Até agora, elas têm se mostrado muito mais confiáveis.

– Ainda assim – fala Daphne –, não vamos arriscar sua vida, a menos que seja absolutamente necessário.

Esta é a irmã pragmática de que Beatriz se lembra. Ela fica aliviada ao ver que aquela Daphne ainda está ali, sob a recém-encontrada suavidade.

– Temos um exército de quase onze mil homens ao sul, na floresta de Nemaria – informa Pasquale. – Podemos tomar a cidade à força e sua mãe não terá escolha a não ser se render.

Beatriz e Daphne soltam uma risada idêntica.

– Ela não vai se render – garante Beatriz. – Conhecemos o túnel que sai do quarto dela, mas eu apostaria que existem outros. Se atacarmos

Hapantoile com força suficiente para intimidá-la, ela fugirá muito antes de ser obrigada a se render.

– Além disso – acrescenta Daphne –, não estou disposta a usar o povo de Hapantoile ou as tropas que você e Leopold gentilmente nos enviaram como bucha de canhão nesta luta. É isso que ela quer: colocar os países de Vesteria uns contra os outros, semear o caos e a desconfiança, facilitando assim que ela os conquiste. Se conseguirmos vencê-la, mas lançarmos Bessemia, Temarin e Cellaria em guerra novamente, teremos perdido.

Pasquale franze a testa, mas, depois de um momento, assente.

– O que faremos então? – pergunta ele.

– A luta é com minha mãe e apenas com minha mãe – observa Daphne. – Suas tropas estão na floresta de Nemaria? – pergunta a Beatriz, que confirma com um gesto da cabeça.

– Aguardando nosso aviso – informa ela.

– Mantenha-as lá – diz Daphne. – Vou voltar ao palácio esta noite e encontrar uma maneira de atraí-la para lá amanhã. Será uma emboscada, rápida. Ela nunca vai desconfiar.

– Que pena – fala Beatriz secamente. – Mas você não pode voltar ao palácio. É perigoso. Você já disse que acha que ela suspeita que você...

– Ela suspeita, mas não pode fazer nada – diz Daphne. – Ela precisa que eu morra em solo frívio, por mãos frívias. Enquanto eu estiver em Bessemia, estou segura.

– Estamos esquecendo o fato de que ela me drogou e me arrastou de volta para Cellaria? – pergunta Beatriz.

– Não, mas ela sabe que não adianta tentar me envenenar – afirma Daphne com um sorriso astuto. – Eu nunca cairia nessa.

– Você está me culpando por ter sido envenenada? – questiona Beatriz, incrédula, embora saiba que Daphne pode estar certa.

Daphne sabe muito sobre venenos: como prepará-los e como detectá-los. Provavelmente *não* teria sido envenenada.

– Estou dizendo que mamãe conhece nossas fraquezas – explica Daphne. – Veneno não é a minha.

– Você não é invulnerável – observa Bairre, a voz baixa e firme.

– Não – reconhece Daphne com um suspiro. – Mas eu sei dos riscos. Assim como todos nós. E este é um risco que estou disposta a correr.

Beatriz abre a boca, pronta para argumentar – não é necessário que

Daphne se coloque nesse tipo de perigo, existem outras maneiras de chegar até a imperatriz, ela não veio de tão longe e reencontrou a irmã apenas para perdê-la –, mas, antes que qualquer uma dessas palavras saiam de seus lábios, ela os fecha novamente e engole tudo que diria.

– Não adianta discutir com Daphne quando ela já decidiu – diz a Bairre.

– Não, embora devo dizer que aprecio seus esforços valorosos – fala Daphne. – Eu posso levar mamãe para a floresta de Nemaria amanhã e sei exatamente como fazer isso.

Beatriz franze a testa.

– Como? – pergunta ela. – Mamãe fareja uma mentira de longe.

Daphne sorri.

– É por isso que pretendo dizer a verdade a ela.

Daphne

Deixar Beatriz para retornar ao palácio parece impossível, mas, à medida que a meia-noite se aproxima, Daphne se obriga a fazer isso. Enquanto se despedem no Pétala Carmesim – Bairre no saguão, despedindo-se dos outros –, Beatriz põe um frasco de vidro na mão de Daphne. Poeira estelar, Daphne percebe quando olha para o fino pó brilhando ao luar.

– Bairre mencionou que mamãe estava tentando impor que você conseguisse poeira estelar – explica Beatriz.

Daphne faz um gesto de agradecimento com a cabeça e se prepara para colocar o frasco no bolso de sua capa, mas Beatriz segura sua mão.

– É a poeira estelar que caiu quando derrubei a estrela em Cellaria para causar a chuva de estrelas – explica ela. – Aurelia diz que a poeira estelar criada por empyreas ao usar a magia é mais forte do que qualquer outra que caia naturalmente e ela acredita que essa poeira estelar criada por mim pode ser ainda mais poderosa.

Daphne não consegue resistir ao impulso de revirar os olhos.

– Sim, eu me sinto verdadeiramente sortuda por ser abençoada com sua poeira estelar especial e sagrada, Beatriz – diz ela, embora não haja uma farpa genuína nas palavras, e Beatriz ri.

A risada, observa Daphne, é um pouco forçada demais para seu gosto.

– Com inveja, Daph? – pergunta Beatriz.

Daphne olha para ela por um momento, seu próprio sorriso desaparecendo. Ela se lembra de como se sentiu quando quebrou o bloqueio na magia de Beatriz quando estavam conectadas, como a magia a inundou brevemente – bela, sim, mas dolorosa também. As palavras de Pasquale retornam à sua mente: *A magia está matando Beatriz.*

– Não – responde suavemente. – Nem um pouco, embora eu ainda tiraria esse fardo de você se pudesse.

Beatriz fecha os dedos de Daphne ao redor do frasco, apertando sua mão.

– Não preciso te dizer para usar isso com cautela – observa Beatriz. – Posso apostar que você teve muitas oportunidades de usar sua pulseira com o pedido, mas você se conteve.

Daphne não pode negar isso. Porém, nas ocasiões em que sua vida esteve em risco, seus pensamentos não se voltaram para a pulseira em seu pulso. E, além disso, ela sempre se saiu bem sem a magia. No entanto, ela sabe que é exatamente a esse tipo de atitude que Beatriz está se referindo agora.

– Não seja uma heroína, Daphne – Beatriz lhe pede. – Sobreviva. Não importa o que aconteça.

Um ano atrás, Daphne teria achado graça desse pedido – é claro que ela sobreviveria. É claro que Beatriz também sobreviveria – que bobagem pensar o contrário. Um ano atrás, porém, ela teria pensado o mesmo de Sophronia, que nenhuma delas poderia deixar este mundo sem as outras. Agora ela sabe que não é assim. Prometer qualquer coisa é apenas sentimentalismo tolo.

Ainda assim...

– Vou sobreviver – promete ela. – E você também. Sophronia já se ofereceu como mártir. Se você fizer isso também, vai me deixar mal em comparação.

Beatriz solta uma breve risada antes de esmagar Daphne num abraço bem forte.

– Eu prometo – fala ela.

E, embora Daphne saiba que nenhuma delas tem poder para fazer esse tipo de promessa, as palavras a acalmam mesmo assim.

– Meu pai costumava contar histórias sobre batalhas para mim e Cillian – diz Bairre a Daphne assim que se veem em segurança, de volta aos aposentos das irmãs.

Eles usaram o labirinto de passagens dos criados para chegar a um salão vazio no fim do corredor, onde passaram rastejando pela janela e escalaram ao longo dos beirais para não serem vistos. É pela janela do quarto de Cliona que eles entram, mas não há sinal dela – um fato que deixa Daphne inquieta.

– Ele descrevia como era se infiltrar nos acampamentos inimigos sob a proteção da noite – continua Bairre. – Isso me lembra aquelas histórias.

– Estamos em um acampamento inimigo há dias – lembra Daphne, franzindo a testa ao olhar para a cama vazia, os lençóis ainda arrumados e os travesseiros perfeitamente afofados. – Onde Cliona poderia estar a essa hora? – pergunta ela.

Bairre franze as sobrancelhas, olhando para a cama antes de se dirigir à porta que leva à sala de estar.

– Talvez ela não esteja conseguindo dormir... – diz ele, tanto para si mesmo quanto para Daphne. – Ela sempre teve horários estranhos, mesmo em Friv.

– Suponho que seja difícil planejar uma rebelião debaixo do nariz do rei durante o dia – comenta Daphne, seguindo-o.

A sala de estar também se encontra vazia, mas Bairre pega um pedaço de pergaminho na mesa de centro baixa em frente ao sofá, estendendo-o para que Daphne veja. Ela reconhece a caligrafia de Cliona e se aproxima para ler a nota.

B+D, fui convocada para resolver algumas coisas. Não se preocupem.
C

Daphne pisca, olhando para a breve nota, quase como se esperasse que mais palavras aparecessem.

– Isso é tudo? – pergunta ela.

– O que mais ela poderia dizer? – observa Bairre. – Não poderia dizer mais nada, no caso de alguém mais encontrar este bilhete antes de nós.

Daphne sabe que ele tem razão, mas ainda assim pega o bilhete da mão de Bairre e o vira, como se algo mais pudesse estar escrito no verso. Não há nada, mas Daphne nota uma mancha de tinta no canto inferior, como se alguém tivesse arrastado o polegar sobre o papel enquanto a tinta ainda estava úmida. Ela leva a carta em direção ao brilho quente da lareira, ajoelhando-se para dar uma olhada melhor à luz do fogo.

– É um *M* – diz ela, inclinando-a para que Bairre possa ver.

Ele se agacha ao lado de Daphne, espiando por cima do ombro dela.

– De Margaraux – conclui Bairre.

– Eu apostaria qualquer coisa que ela está com minha mãe... Essa é a convocação.

O esclarecimento não a tranquiliza.

– Cliona sabe se cuidar – afirma Bairre, pousando a mão em seu ombro.

– Eu sei – diz Daphne.

Mas, mesmo sendo verdade, isso não a impede de querer ir atrás dela agora para ter certeza. Se fizer isso, porém, apenas colocará Cliona em um perigo maior.

Cliona é sagaz e tem a cabeça fria, Daphne diz a si mesma, e se essas qualidades não forem suficientes, ela sabe que a garota anda armada, até quando vai ao banheiro. Ela não iria ao encontro da mãe de Daphne sem ter uma ou duas armas à mão.

Esse pensamento faz com que Daphne se sinta apenas levemente melhor.

– Estamos tão perto do fim agora – diz ela, virando-se para Bairre. – E a sensação que tenho é de que estou prendendo a respiração, esperando que tudo desmorone.

– Eu sei – afirma Bairre.

Ele aperta mais seu ombro e a puxa para ele. Daphne relaxa, encostando o rosto no pescoço dele e respirando fundo. Mesmo aqui, ele ainda tem o cheiro de Friv para ela, como cedro e especiarias e, inexplicavelmente, neve.

O cheiro de casa, ela pensa.

Ela ergue a cabeça e olha para ele, seus olhos tocados pelas estrelas procurando os dela, quase dourados à luz do fogo.

– Eu te amo – diz ela.

Um canto da boca dele se ergue em um sorriso.

– Você está mesmo com medo – observa ele.

Ele não está errado. O corpo de Daphne está tão tenso que ela mal consegue respirar. O futuro paira diante deles, um gigantesco céu sem estrelas – sem constelações para avisar o que está por vir –, mas não é só medo, é esperança também.

Quando sua mãe estiver morta, Daphne será totalmente dona da própria vida e poderá fazer o que quiser. Não haverá medo de repercussões, nenhum perigo na decepção ou desaprovação da mãe, nem expectativas de qualquer outra pessoa.

– Quando isso acabar, quero voltar para Friv – diz ela.

A surpresa cruza o rosto dele.

– Você quer? – pergunta ele.

– Quero. Eu sei que as coisas estão complicadas por lá e pode muito bem não haver um trono para ocupar, mas não preciso de um. Não tenho nem certeza se quero um.

– Você quer – diz Bairre, balançando a cabeça. – Desde o momento em que nos conhecemos, você deixou isso bem claro, Daphne. Você nasceu para ser rainha.

– Não, não nasci – retruca Daphne, uma risada escapando de seu peito. – Nasci para morrer. Só isso. Todo o resto, desde sempre, foram mentiras e ilusões que me disseram que estavam destinadas a mim. Mas, quando isso acabar, Bairre, minha vida será inteiramente minha, para fazer o que eu desejar. E o que eu desejo é fortalecer Friv, como eu puder. Com você, se você me quiser.

Bairre olha para Daphne – um olhar que ela já viu antes, mas não vindo dele. É o olhar que as pessoas dão quando ela torce a adaga que enterrou no peito delas. Ele fecha os olhos e se inclina para a frente, apoiando a testa na dela.

– Eu sempre te quero – confessa ele, a voz rouca. – Sempre. Tudo de você que eu puder ter, da maneira que você quiser me dar. Eu também te amo, Daphne. Tanto que dói.

Daphne morde o lábio, deslizando as mãos pelos ombros dele e descendo pelos braços, desfrutando a sensação do corpo dele sob o algodão macio da camisa – a tensão dos músculos, a propagação dos arrepios quando seus dedos alcançam a pele nua dos antebraços.

– Eu também sinto essa dor – admite ela em voz baixa. – Mas nunca quero que ela pare.

Então ele a beija, roubando-lhe o fôlego e o medo e instilando algo diferente nela, algo que queima por suas veias como fogo. Não é o mesmo beijo que trocaram nos degraus do palácio, uma performance para uma plateia que queria testemunhar um conto de fadas. Não é nem como os beijos que trocaram antes, atrás de portas fechadas, apaixonados, sim, mas contidos pelo dever e pelo medo.

Agora não há nenhum sentimento contido, nenhum segredo entre eles e qualquer sombra de medo do que o amanhã trará é ofuscada pelo brilho de um futuro além disso, um futuro que eles podem compartilhar. Os dedos de Daphne se enroscam nos cabelos dele, segurando-o o mais próximo possível – ainda assim, não perto o bastante. As mãos dele queimam, mesmo através da lã grossa do vestido de criada que ela usa, que, de repente, parece muito quente – muito apertado sobre a pele dela. Ela retira os dedos dos cabelos dele e os desliza para as próprias costas, para a fileira de botões que começa no pescoço, sem interromper o beijo enquanto começa a desabotoá-los, um por um.

São botões demais, ela pensa com crescente frustração, mas, então, os dedos de Bairre também estão lá, ajudando-a, deslizando o vestido por seus ombros e descendo pelos braços, deixando-a exposta ao ar e ao olhar dele.

Ele se afasta apenas o suficiente para olhá-la, ainda com a combinação, embora ela esteja ciente de como a seda é fina e revela muito mais do que esconde. O olhar dele desliza sobre sua pele, provocando um rastro de arrepios por onde passa.

– Estrelas do céu, como você é linda – diz ele com um suspiro, as palavras pouco mais que um sopro.

Um rubor aquece as bochechas de Daphne, mas ela não pode negar que se sente linda quando ele a olha assim.

– Quero ver você também – diz ela, puxando a bainha da camisa dele, que ele prontamente passa pela cabeça um pouco rápido demais, os punhos prendendo-se nas mãos e deixando-o emaranhado.

Os dois riem enquanto ela o ajuda, liberando os punhos e puxando a camisa até tirá-la.

Os olhos dela o sorvem, os músculos lisos do peito, a leve camada de pelos castanhos, a ondulação do abdômen quando ela o toca, deslizando as mãos sobre sua pele. Ela não quer parar de tocá-lo, nunca, mas quando alcança a cintura da calça, as mãos dele vêm deter sua exploração.

Eu fiz algo errado?, ela pensa. Ela não teve o treinamento de Beatriz com cortesãs – não tem ideia do que está fazendo nem mesmo do que deveria querer, sabe apenas que ela o deseja, mas se ele não sente o mesmo...

– Daphne – chama ele, a voz baixa, pouco mais que um som gutural. – Nós não... – Ele para, engolindo em seco. – Eu quero isto. Quero você. Mas não quero que você faça isso por ter medo do amanhã.

Daphne ergue o rosto para ele, a confusão e o constrangimento se transformando em divertimento.

– Bairre – diz ela. – Não é por medo que quero você. O medo foi o que me impediu de agir antes e não pretendo desperdiçar outro dia deixando o medo me vencer.

Ele deixa escapar um suspiro trêmulo.

– Eu nunca... – Mais uma vez ele para de falar, parecendo pouco à vontade.

Um sorriso se abre lentamente no rosto de Daphne.

– Nem eu – diz ela. – Podemos descobrir juntos.

Ele solta uma risada e então a beija novamente, levantando-se e puxando-a com ele. Eles se dirigem cambaleando para o quarto dela, tirando os sapatos e as meias no caminho. A calça de Bairre tem o mesmo destino no momento em que fecham a porta, e, então, Daphne puxa a combinação sobre a cabeça e a joga de lado. Ambos estão nus sob a luz das estrelas que entra pela janela aberta, entreolhando-se com olhos embriagados de desejo.

Eles não se escolheram, ela pensa. Nem mesmo quando fizeram seus votos e se tornaram marido e mulher. Essa escolha foi feita por seus pais, por razões que nada tinham a ver com eles. Se Cillian não tivesse adoecido e morrido, ela estaria aqui com ele? Teria ela dirigido mais do que um olhar para o irmão bastardo e mal-humorado do príncipe? Teria ela encontrado a força para se voltar contra a mãe e tramar contra ela sob seu próprio teto?

Daphne não sabe a resposta para essas perguntas. Talvez nunca saiba. Mas tem certeza de que, mesmo que tenham sido as estrelas e sua mãe que a trouxeram até ali, com Bairre, essa escolha é dela. De *ambos*.

Suas mãos o buscam ao mesmo tempo que as dele a procuram e, juntos, eles tombam na cama, rolando em um emaranhado de beijos, membros e risadas, a sensação do corpo dele colado ao dela mais inebriante do que uma garrafa inteira de champanhe. Eles escolhem um ao outro com cada beijo, toque e carícia, o prazer crescendo lentamente até alcançar o ápice, explodindo através de ambos e deixando-os satisfeitos e exaustos, arrastados para um sono profundo ainda envoltos num abraço mútuo.

Violie

Quando as estrelas começam a desaparecer no céu sob a ameaça do sol nascente, Violie, Leopold, Pasquale e Beatriz deixam o Pétala Carmesim. Ambrose fica para aguardar o sinal de Daphne, quando então ele selará um cavalo e irá ao encontro deles na floresta de Nemaria.

Hapantoile está apenas começando a se espreguiçar, com velas bruxuleantes sendo acesas nas janelas enquanto eles passam pelos primeiros madrugadores, mas as ruas em si estão vazias, exceto por eles quatro.

Violie ainda se sente meio adormecida, com os olhos turvos e pensamentos difusos. Ela mal percebe quando Leopold roça as costas da mão na dela, até que ele repete o gesto e ela se dá conta de que não foi por acaso. Ela olha para ele, com as sobrancelhas arqueadas, vendo-o observá-la com a testa franzida.

– O que foi? – pergunta ela, mantendo a voz baixa para que Beatriz e Pasquale, que caminham à frente deles, não ouçam.

Não é que ela queira ocultar segredos deles, mas o vínculo entre ela e Leopold é tão recente que envolver a instável irmã da falecida esposa dele provavelmente esmagaria qualquer coisa frágil que esteja crescendo entre os dois. E Violie não *quer* esmagá-la. A simples ideia de que isso possa acontecer a deixa desorientada.

– Estamos sendo seguidos – sussurra ele de volta.

Violie fica tensa, resistindo ao impulso de olhar à sua volta.

– Tem certeza? – pergunta ela, embora saiba a resposta, e o olhar que ele lhe dirige confirma isso. Ele tem certeza.

– Passos de dois sujeitos às nossas costas... mantendo distância, por enquanto.

O alívio invade Violie. Dois sujeitos são uma ameaça fácil de enfrentar, se é que são uma ameaça.

– Gente da cidade começando cedo o dia, talvez? – sugere ela, mas Leopold balança a cabeça.

– O som das botas, o ritmo... é cadenciado. Meu palpite é que sejam militares ou guardas.

Ainda assim, eles quatro podem cuidar de dois guardas.

Ela acelera o passo o suficiente para alcançar Beatriz e Pasquale, Leopold a acompanhando, e eles transmitem as suspeitas aos outros. Antes que Violie possa dizer mais do que algumas palavras, Beatriz está levando a mão ao punhal em seu quadril, retirando-o da bainha. Violie, Leopold e Pasquale apressam-se em sacar as próprias armas. O som de espadas deslizando das bainhas ecoa ao redor deles em todas as direções – mais do que apenas dois, Violie nota, uma sensação nauseante de pavor se enraizando. Leopold percebe isso também, seu rosto empalidecendo à luz que precede o amanhecer.

– É uma emboscada – sibila Beatriz. – Espalhem-se e corram... A gente se encontra na floresta. *Vão.*

Violie não precisa que ela dê a ordem duas vezes. Corre na direção leste, atravessando um beco estreito, aliviada quando Leopold a alcança. Ele ainda é um estranho em Hapantoile, mas Violie conhece essas ruas tão bem quanto o som do próprio nome.

– Dois deles foram por ali! – grita uma voz aguda e o ruído de botas ressoando no pavimento soa atrás deles.

– Fique perto de mim – diz ela a Leopold, virando bruscamente para a direita, saindo do beco para uma rua larga, que, misericordiosamente, se encontra vazia, porém exposta.

Outro beco leva às entradas dos fundos do açougue e da padaria – o padeiro está destrancando a porta quando eles passam correndo e o homem solta uma profusão de palavrões, alto o suficiente para atrair a atenção.

Violie dobra outra esquina e um sorriso sombrio repuxa seus lábios quando ela avista uma grande carroça de madeira, na qual se veem pilhas de caixas de maçã vazias, estacionada ao lado de uma casa de um andar.

– Venha! – diz ela a Leopold, correndo em direção à carroça.

– O que você... – começa ele, mas para quando Violie torna a embainhar a espada e sobe na carroça, depois na pilha precária de caixas de maçã.

Em pé na mais alta delas, Violie consegue alcançar a borda do telhado da casa, içando o corpo para cima. Leopold vai logo atrás dela, saltando para o telhado poucos segundos antes de os guardas entrarem no beco, passando correndo pela carroça de maçãs sem pensar em olhar para cima.

Quando eles se vão, Violie solta um suspiro de alívio, a adrenalina desaparecendo e deixando a preocupação em seu rastro. Ela olha para Leopold.

– Beatriz e Pasquale... – começa ela.

Ela vê seus próprios medos passarem no rosto de Leopold antes que ele os esconda atrás de um sorriso tenso.

– Eles vão ficar bem – comenta ele.

O medo se espalha no estômago dela.

– Eles estavam nos seguindo, Leo – diz ela. – Estavam prontos. Sabiam onde estávamos... Minha mãe...

Ele segura a mão dela, apertando-a com força.

– Vi – fala ele, a voz baixa. – Não podemos voltar, você sabe disso. Eles estarão à nossa espera e você não fará bem algum à sua mãe, Elodia ou Ambrose voltando. Assim que pudermos, voltaremos, eu juro, mas não podemos fazer isso sem um exército.

Violie quer gritar com ele, dizer que não se importa com o que aconteça com ela, que só precisa manter a mãe em segurança, mas engole as palavras. Ela se obriga a respirar, permitindo que a mão fria do pânico que aperta seu coração afrouxe o suficiente para que veja que ele está certo – ela não pode ajudar a mãe agora. Ela olha ao redor, para a extensão de telhados, brilhando à luz do sol nascente.

– Também haverá guardas em todos os portões nos procurando – diz a ele. – Revistando qualquer pessoa que entre ou saia.

– Existe outra saída? – pergunta ele.

Violie revira a mente, procurando em suas memórias do tempo em que andava por toda a Hapantoile.

– Não – responde ela. – Mas se pudermos enviar uma mensagem para as tropas...

– A Sororia – diz Leopold. – Sua mãe disse que a Sororia estava do nosso lado. Certamente os guardas no portão deixariam uma irmã passar sem revistá-la.

Violie não pensa – ela agarra o rosto de Leopold e o beija rapidamente nos lábios, deixando-o surpreso, mas com um leve sorriso.

– Por aqui – chama ela, levantando-se. – Mas pise devagar... A última coisa que precisamos é alarmar os moradores que ainda estão dormindo.

Beatriz

Beatriz pisca, despertando, e a escuridão que a recebe é tão densa quanto a que está por trás de suas pálpebras. Ela sente o frio da pedra debaixo dela e uma corda áspera em seus pulsos, prendendo seus braços a uma coluna grande e lisa. Mármore, ela pensa. Então pisca mais algumas vezes, os olhos se ajustando um pouco mais a cada vez, até que consegue ver formas vagas. Mais colunas sustentando um arco alto que se estende além do que Beatriz consegue ver. Caixas de mármore compridas, cobertas com placas, se alinham no lado oposto do espaço e, embora não consiga ver de onde está, ela sabe que essas placas são esculpidas com nomes e datas e constelações cuidadosamente escolhidas, todas incrustadas com ouro. Ela sabe que uma delas leva o nome do seu pai e outra, colocada ali antes da dele, o nome do seu avô.

Quando criança, ela pulava rindo de uma tumba para outra, a espada de madeira de treinamento na mão enquanto Daphne a perseguia, a testa profundamente franzida em concentração mesmo naquela época, quando os riscos eram muito baixos. Ela e Sophronia levavam velas para ler o nome de cada imperador que governou Bessemia, recitando histórias sobre eles, algumas aprendidas nos livros de história e outras completamente inventadas. Beatriz contava histórias de fantasmas para combinar com o ambiente, fazendo Sophronia estremecer e gritar de terror e alegria.

Eles estão nas catacumbas sob o palácio, onde os governantes de Bessemia vêm sendo enterrados desde o início do império – não nos memoriais públicos erguidos para eles em templos por todo o país, mas em seu verdadeiro lugar de descanso, onde estão em segurança, protegidos de ladrões de túmulos e vândalos. Nas profundezas do esqueleto do palácio, onde ninguém pode alcançá-los – onde poucos *sabem* que estão.

Um movimento chama a atenção de Beatriz e ela vira a cabeça, seus olhos ajustando-se o suficiente para distinguir uma figura amarrada à coluna ao lado da dela, a um metro e meio de distância.

– Pasquale – sussurra, pois só pode ser Pasquale.

A última coisa que ela lembra é de ter tomado o caminho errado e acabado em um beco sem saída, com seis guardas se aproximando deles.

"Acho que minha mãe quer dar uma palavrinha comigo!", gritou para eles, com mais bravata do que sentia. "Vou pacificamente com vocês se deixarem meu marido ir."

"Não são essas as nossas ordens, Vossa Alteza", disse um dos guardas, mas, antes que Beatriz pudesse ruminar sobre essa informação, algo pequeno voou em sua direção, perfurando seu pescoço como se uma vespa a picasse. Depois disso, ela não se lembra de nada.

Um dardo envenenado, ela percebe agora, com o leve pulsar da picada ainda em seu pescoço.

– Pasquale – sussurra ela novamente.

Se não for Pasquale ali com ela, se o guarda quis dizer que as ordens deles eram matá-lo...

– Não estamos mortos, pelo visto – geme Pasquale.

O alívio invade Beatriz, mas dura pouco.

– Ainda não – replica ela. – Mas duvido que minha mãe tenha mandado nos trazer para as catacumbas reais para tomar um chá.

– É onde estamos? – pergunta ele.

Beatriz assente antes de lembrar que ele não pode vê-la.

– Sim, aqui é onde costumávamos fazer grande parte do nosso treinamento, o mais longe possível dos olhos curiosos da corte. Também brincávamos aqui, mesmo quando não devíamos. Não era difícil entrar quando se conhecia o caminho.

– Devo supor que você conhece a saída, certo? – indaga ele.

– Conheço, mas acredito que você também esteja amarrado e apostaria que minha mãe tomou precauções para nos manter aqui. Portas trancadas. Guardas do lado de fora.

Pasquale fica quieto por um momento enquanto absorve a informação.

– Totalmente presos, então – diz ele.

– Receio que sim – confirma ela. – Mas Violie conhece as ruas de Bessemia melhor do que eu. Ela e Leopold podem ter escapado e ido buscar ajuda.

– E quanto a... – começa ele, mas Beatriz o interrompe.

– Shhh – ela o silencia.

Beatriz sabe que ele estava prestes a perguntar sobre Daphne, que provavelmente ainda está dormindo a meia dúzia de andares acima deles. Mas, embora a escuridão faça parecer que estão sozinhos, ela sabe que é melhor não presumir isso. A escuridão pode esconder muitas coisas, ela sabe, incluindo um bisbilhoteiro.

– Cuidado com o que diz – ela o adverte.

Pasquale parece entender o que ela quer dizer, ficando quieto por um momento.

– Mas ainda há esperança – diz ele com cautela.

Beatriz sorri, mas esse sorriso tem um gosto ácido.

– Terei esperança até o meu último suspiro, Pas – fala ela.

– Então não será por muito tempo – ecoa uma voz atrás deles.

Beatriz tenta se contorcer o suficiente para ver atrás da coluna à qual está amarrada, mal distinguindo o brilho fraco de uma lanterna se aproximando.

Ela não reconhece a voz e, à medida que a mulher chega mais perto, sua figura também não parece familiar – não muito mais velha que Beatriz, com um rosto simples, cabelos castanhos comuns presos em um coque. Calças simples pretas com uma túnica branca e uma capa jogada por cima. Porém, enquanto se aproxima, Beatriz percebe que ela não está sozinha. A mulher segura uma corrente, puxando uma segunda figura, que tropeça na escuridão à qual não está acostumada.

– Ambrose! – grita Pasquale, reconhecendo-o ao mesmo tempo que Beatriz.

– Pas? – pergunta Ambrose, olhando na direção de onde veio a voz em meio à escuridão.

– Quem é você? – indaga Beatriz à mulher, que sorri.

– Fui chamada por muitos nomes ao longo dos anos, mas Adilla servirá – responde ela.

O nome também não desperta nada na memória de Beatriz.

– O que quer que minha mãe tenha prometido a você – Beatriz diz a ela – é mentira.

– Todo mundo mente – replica Adilla, oferecendo um sorriso mesclado com piedade que embrulha o estômago de Beatriz. – Quando você aceita isso, a verdade não tem valor. Mas a imperatriz me paga bem e não deseja minha morte, portanto, se você espera conquistar minha lealdade, receio que será uma batalha perdida.

– O que você quer, então? – questiona Beatriz.

– Trouxe um amigo seu – diz Adilla, apontando para Ambrose.

Ela o leva até a coluna ao lado de Pasquale, amarrando seus braços em torno dela e prendendo seus pulsos com uma corda, do mesmo modo como estão os de Beatriz e Pasquale. Beatriz observa os dedos amarrarem o nó, iluminados pela lanterna que ela pousa ao lado enquanto trabalha. O nó é familiar – um que a própria Beatriz teve que praticar. Impossível de desamarrar sem as mãos.

– E agora? – pergunta Beatriz quando Adilla se levanta, erguendo a lanterna com ela.

Adilla dá de ombros.

– Eu não sei mais do que aquilo que preciso saber – diz ela, sem parecer incomodada com esse fato. – Mas a diversão só vai começar quando seus outros amigos chegarem.

Com isso, ela se vira e sai da mesma maneira que entrou, cantarolando baixinho, o brilho de sua lanterna tornando-se cada vez mais fraco até desaparecer completamente.

Daphne

O gume afiado de uma lâmina encostada em seu pescoço desperta Daphne, que pisca à luz da manhã ao dar de cara com Cliona pairando sobre ela, com um punhal na mão e uma expressão vazia e fria.

– Cliona... – começa ela, mas a outra leva o dedo aos lábios e pressiona a lâmina com mais força contra a pele de Daphne, deixando a ameaça clara.

Cliona desvia o olhar para Bairre, que ainda dorme ali ao lado.

– Você vai sair da cama e vir comigo – sussurra Cliona para Daphne. – Tenho ordens de matá-lo se ele causar problemas. Não o deixe causar problemas.

Daphne engole em seco, mesmo que o movimento faça a lâmina pressionar ainda mais seu pescoço. Ela entende o que Cliona está dizendo, o pedido tácito. Em circunstâncias normais, Daphne não estaria inclinada a atender o pedido de alguém que está tentando sequestrá-la, mas, neste caso, os objetivos dela e de Cliona estão alinhados.

Ela olha para o edredom que a cobre dos ombros para baixo.

– Você me permitirá a dignidade de me vestir primeiro? – pergunta ela calmamente. – Ou minha mãe quer que eu desfile nua pelos corredores?

Um lampejo de surpresa cruza o rosto de Cliona quando ela olha para o corpo de Daphne debaixo das roupas de cama e Bairre ao lado dela. Tão rápido quanto surgiu, o lampejo desaparece, transformando-se na mesma frieza vazia de antes. Ela recolhe o punhal e faz um aceno rápido com a cabeça.

– Vista-se rápido – sussurra. – E em silêncio. E nem pense em levar uma arma com você.

– Nem sonharia com isso – diz Daphne, embora ambas saibam que é mentira.

– Você tem um minuto.

Cliona se vira de costas, os dedos se flexionando ao redor do cabo da adaga.

Daphne atravessa o quarto apressada, vestindo-se automaticamente, sua mente consumida com a tentativa de entender o que está acontecendo e por quê – Cliona a traiu. Ela não deveria estar surpresa com isso, mas dói da mesma forma. O que a imperatriz ofereceu a ela? Seja o que for, Cliona deve saber que é mentira, que, assim que Daphne estiver morta e a imperatriz tiver vencido, ela também matará Cliona.

– Dez segundos – fala Cliona, justo quando Daphne está vestindo a capa, em cujo bolso ela encontra o frasco de poeira estelar que Beatriz lhe deu na noite anterior.

Ela está prestes a colocá-lo no corpete quando a voz de Cliona a interrompe:

– Não – ordena Cliona.

Daphne range os dentes.

– Bairre vai precisar disso se quiser voltar vivo a Friv – diz a Cliona.

Cliona hesita, olhando para a figura adormecida de Bairre. Depois de um segundo, ela assente.

– Então deixe para ele – replica.

É o que Daphne faz, indo em direção à mesa de cabeceira de Bairre e deixando a poeira estelar ali.

– Feliz? – sussurra Cliona.

– Não exatamente – Daphne sussurra de volta e, nesse momento, ela vê o movimento dos olhos de Bairre por trás das pálpebras.

Ele não está dormindo, Daphne percebe, mas fingindo. Ela precisa tirar Cliona do quarto antes que ela também perceba. Daphne ergue as mãos para ela.

– Você gostaria de me revistar em busca de armas? – pergunta.

– Não agora – diz Cliona após um segundo de consideração.

Então pega Daphne pelo cotovelo e a leva para fora do quarto. Daphne arrisca uma última olhada por cima do ombro, seus olhos encontrando os de Bairre; ele lhe oferece um breve aceno no momento em que a porta se fecha entre eles. Ele buscará a ajuda de Beatriz e dos outros, ela sabe, e essa esperança a fortalece contra o crescente medo em suas entranhas.

– Para onde você está me levando? – indaga Daphne enquanto Cliona a conduz da sala de estar para o corredor, onde cinco guardas esperam, em vez de apenas os dois habituais.

Sem dizer uma só palavra, eles se posicionam em uma formação ao redor de Daphne e Cliona, não para protegê-las, Daphne percebe, mas para esconder de quem passar por eles o punhal que Cliona mantém nas costas de Daphne.

Cliona olha de lado para ela, o rosto indecifrável antes de voltar sua atenção para a frente mais uma vez.

– Para Beatriz – diz ela, as palavras ao mesmo tempo animando e despedaçando o coração de Daphne.

Daphne se sente entorpecida enquanto Cliona e os guardas a forçam a descer lances e mais lances de escada. Para as catacumbas, uma parte dela percebe, sem surpresa. Ela pensa em tentar falar com Cliona novamente, tentar argumentar, mas segura a língua. Os guardas sabem o que estão fazendo – devem ter alguma noção do lugar para onde estão levando Daphne e para que fim. Cliona não mudará de ideia na frente deles. Ela não pode. Mas, enquanto caminham, a mente de Daphne resolve as razões que as levaram até ali, o que sua mãe está planejando e como podem escapar.

Bairre sabe o que aconteceu com ela – ele vai conseguir ajuda de alguma forma, de alguém. Mas, se a imperatriz já tem Beatriz, quem mais ela terá capturado? Resta alguém para ajudá-los? Ou este é o fim para ela, Daphne? É assim que ela perde?

Eles se aproximam da grande porta de ferro no fim do último lance da escada, ladeada por dois guardas, que se afastam à sua chegada, um deles abrindo a porta e o outro entregando a Cliona uma lanterna, que ela segura com a mão livre. A partir daí, Daphne e Cliona entram sozinhas nas catacumbas, a escuridão tornando difícil ver qualquer coisa além do anel de luz ao redor delas.

– Daphne? – chama uma voz.

É Beatriz, ela sabe, sentindo um aperto no coração.

– Sou eu – responde ela, tentando não revelar o medo que percorre seu corpo.

Beatriz solta uma série de imprecações em bessemiano e cellariano quando elas se aproximam. Daphne observa a imagem turva de Beatriz, Pasquale e Ambrose amarrados a colunas de mármore – nenhum deles parece ferido, ela nota com algum alívio, mas estão impotentes, de qualquer forma.

– Cliona? – chama Pasquale. – O que você está fazendo?

Cliona não olha para ele enquanto guia Daphne até a coluna do outro lado de Beatriz, forçando-a a se sentar e pegando uma corda no bolso de sua capa.

– O que preciso fazer – responde Cliona friamente enquanto amarra as mãos de Daphne da mesma maneira que os outros três.

Daphne ergue os olhos para sua antiga amiga.

– Cliona, o que quer que ela tenha prometido a você, qualquer que seja a ameaça que ela tenha feito...

– Não – interrompe Cliona, o veneno em sua voz surpreendendo Daphne. – Resta-lhe muito pouco tempo da sua preciosa vida... Não desperdice suas palavras comigo.

Com isso, Cliona se vira e sai, levando com ela a luz.

Quando ela se vai, Daphne solta um longo suspiro.

– Nó constritor? – pergunta a Beatriz, tentando forçar a corda em seus pulsos.

– Infelizmente, sim – confirma a irmã. – É o mesmo que Adilla usou em Ambrose e acho que quem nos amarrou também usou, pelo que posso sentir.

– Adilla? – indaga Daphne, levantando as sobrancelhas. – Eu deveria ter percebido que ela fazia parte disso. Ela é um raio de sol, não é mesmo?

– Um encanto – concorda Beatriz. – E muito competente ao fazer nós... ao contrário da sua amiga.

Daphne vira a cabeça em sua direção.

– O que você quer dizer? – pergunta.

Beatriz baixa a voz para um sussurro:

– Desconfio que, se você torcer os pulsos com bastante pressão, desde que não acabe deslocando o ombro, pode conseguir se soltar.

Daphne agarra o nó com os dedos, sentindo-o o máximo que pode e tentando visualizá-lo. Beatriz está certa – se Cliona quis fazer um nó constritor, ela cometeu um erro.

– Um erro simples, se a pessoa não tem muita prática – comenta Beatriz, mas Daphne ouve a pergunta em sua voz.

Foi mesmo um erro? Ou Cliona amarrou seus pulsos de forma incorreta propositalmente?

Daphne não sabe a resposta e não vai colocar toda a sua esperança em outra pessoa quando estar errada significa a morte.

– O que você está esperando? – questiona Beatriz. – Solte-se e nos tire daqui.

Mas Daphne não se mexe; sua mente é um turbilhão buscando possíveis saídas das catacumbas, mas nada lhe ocorre.

– Onde estão Violie e Leopold? – pergunta ela.

Beatriz olha para ela, a confusão evidente mesmo na escuridão.

– Nós nos separamos quando fomos atacados ao tentar sair da cidade... Achamos que eles escaparam. Ambrose disse que os guardas estavam procurando por eles quando invadiram o Pétala Carmesim.

– Os guardas chegaram cerca de uma hora depois que Beatriz, Ambrose, Violie e Leopold partiram – diz Ambrose. – Me trouxeram para cá, mas levaram as mulheres para outro lugar.

– Vivas? – indaga Daphne.

– Acredito que sim – responde ele. – Mas não posso ter certeza.

Daphne, porém, tem certeza. Se sua mãe quisesse as cortesãs mortas por ajudá-los, teria mandado matá-las em suas camas, uma mensagem enviada de forma clara. Se ela as está mantendo vivas, há uma razão para isso.

– Daphne, no que você está pensando? – quer saber Beatriz.

– Estou pensando que queríamos enfrentar mamãe cara a cara – diz ela a Beatriz, relaxando os braços e aliviando a tensão do nó que os prende... por enquanto. – E ela fez a gentileza de nos dar essa chance.

Beatriz a olha por um instante.

– Você tem um plano que gostaria de compartilhar? – pergunta.

Daphne não responde por um momento enquanto as palavras de Cliona voltam a sua mente, vindas de um passado que parece ter acontecido uma vida atrás: *Mais cedo ou mais tarde, Daphne, você vai ter que confiar em alguém*. Mais fácil falar do que fazer, na experiência de Daphne. Ela sempre trabalhou sozinha – mesmo quando estava com as irmãs, sempre se sentiu separada. No entanto, ela não está sozinha agora. *Elas* não estão sozinhas nisso. Ela pensa em Bairre e o imagina deixando o palácio furtivamente, da mesma forma que fizeram na noite anterior, indo buscar ajuda. Daphne pensa em Violie, a pessoa mais persistente que já conheceu, tão determinada a ver a imperatriz derrotada quanto as próprias Daphne e Beatriz. Pensa em Leopold, que Sophronia uma vez chamou de corajoso e Daphne não entendeu. No entanto, ele é mesmo corajoso e está lá fora, em algum lugar, pronto para lutar ao lado delas. Ela pensa nas cortesãs e nas Irmãs da Sororia, arriscando a vida por uma luta que pouco tem a ver com elas, trabalhando juntas apesar dos caminhos diferentes que suas vidas tomaram. Ela pensa até em Cliona, como cada uma traiu a outra de maneiras diversas, como talvez Cliona a tenha enganado *de fato* – mas Daphne acha que não. No fundo, ela sabe quem Cliona é e confia nela.

– Mamãe nos criou para ficarmos sozinhas – diz Daphne, um fio de aço entremeando-se em sua voz. – Mas não estamos sozinhas, Triz. Meu plano é acreditar nisso e estar pronta para agir quando chegar a hora.

Ela pode ouvir Beatriz rangendo os dentes.

– Isso não é um plano. É uma oração – responde ela.

– Você é a santa – rebate Daphne. – Se alguém pode fazer alguma coisa com uma oração, é você.

Violie

Durante quase uma hora, Violie e Leopold escalam os telhados de Hapantoile até chegarem à Sororia, com seus contrafortes e torres elevando-se mais alto do que qualquer outro prédio na cidade, exceto o próprio palácio. Eles passam do telhado de um edifício residencial de três andares para a casa de carruagens espremida entre ele e a Sororia, mas ali eles param, agachando-se atrás do pico do telhado inclinado da casa de carruagens.

Dois guardas encontram-se na entrada principal da Sororia, vestidos com as cores da imperatriz. Violie apostaria que há mais guardas na entrada dos fundos e duvida que eles estejam ali para proteger as Irmãs que estão lá dentro. Primeiro o Pétala Carmesim, agora isso. A imperatriz sabia o tempo todo, ela percebe. Ela deixou Daphne tramar contra ela, deixou que ela reunisse aliados, esperando e observando até que Beatriz chegasse e ela desse sua cartada.

Daphne era a isca – algo que Violie sabe que em hipótese alguma deve dizer na cara dela, caso a veja novamente.

– E agora? – sussurra Leopold.

Violie pensa. Os guardas não estão olhando em sua direção – a atenção deles está focada na rua em frente ao prédio – e a casa de carruagens fica suficientemente perto do segundo andar da Sororia para permitir que eles entrem por uma das janelas. Resta somente a questão de quem eles encontrarão do outro lado da janela.

– Bairre – diz Leopold de repente, tirando-a de seus pensamentos.

Ela fica confusa até seguir o olhar de Leopold e avistar o príncipe frívio agachado atrás da casa de carruagens, observando os guardas. Quando ouve seu nome, ele olha para cima, seus olhos se arregalando ao vê-los. Violie o chama e Bairre olha ao redor, confuso, antes de ver uma cerca baixa ao lado da casa de carruagens. Ele usa a cerca para subir até o topo de uma janela com frontão, depois impulsiona o corpo para subir no telhado, agachando-se ao lado deles.

– O que vocês estão fazendo aqui? – sussurra ele. – Onde está seu exército?

– Onde está sua esposa? – responde Violie, arrependendo-se quando vê a boca de Bairre ficar tensa e ele desviar o olhar, com o maxilar cerrado.

Rapidamente, eles se atualizam.

– Você não sabe para onde levaram Daphne? – pergunta Violie.

– Não, e você não viu Beatriz?

– Não – admite Leopold.

– Eu apostaria um bom dinheiro que elas estão no mesmo lugar – diz Violie, olhando para o palácio que se ergue à distância.

– Não adianta invadir sem ajuda – afirma Bairre. – Eu esperava que as Irmãs enviassem uma mensagem para você e Beatriz, presumindo que vocês estivessem com seus exércitos.

– Parece que as Irmãs estão indisponíveis – diz Violie.

Ela tenta pensar estrategicamente. Os guardas não verão as Irmãs como uma ameaça, mas ainda assim vão querer mantê-las sob vigilância, o que significa que as deixarão presas no mesmo lugar. Quando ela diz isso a Bairre, os olhos dele cintilam.

– A capela – deduz ele. – É o maior espaço. Fica no andar térreo, com um teto de vidro para ver as estrelas.

Uma ideia toma forma na mente de Violie e ela a compartilha rapidamente. Quando termina, tanto Bairre quanto Leopold a olham como se ela estivesse louca. Talvez esteja mesmo.

– A menos que algum de vocês tenha uma ideia melhor, é o que vamos fazer – diz ela.

Por um momento, nenhum dos dois fala qualquer coisa, apenas trocam um olhar.

– Tudo bem – responde Leopold, assentindo com a expressão séria. – Acho que seria um desperdício de oxigênio dizer a você que não faça nada de imprudente.

– Seria mesmo – concorda Violie. – Agora me dê um impulso para eu alcançar a janela antes que sejamos vistos.

Violie aterrissa silenciosamente no chão de um dos dormitórios das Irmãs. Agachando-se abaixo da janela, olha à sua volta. Vazio, como suspeitava. Violie então se levanta e vai direto para o guarda-roupa pequeno e simples perto da porta, abrindo-o e encontrando três hábitos pendurados em ordem. Ela não perde tempo, vestindo uma túnica azul escura sobre o vestido que está usando e cobrindo os cabelos com um toucado antes de colocar o véu. Em seguida, pega o vaso de vidro na mesa de cabeceira, ergue-o acima da cabeça e o atira no chão de madeira, quebrando-o e espalhando água e flores por toda parte.

Um grito ecoa vindo de algum lugar na Sororia e Violie se apressa para se esconder – ou melhor, para fingir se esconder. Ela se agacha atrás do guarda-roupa e invoca lágrimas de medo, que se manifestam assim que a porta do quarto se abre e botas pesadas se aproximam.

O guarda a encontra imediatamente, agarrando-a pelo braço e puxando-a para que fique de pé, ignorando seu dramático soluço de dor.

– Você disse que revistou este quarto, Ren – o guarda que a segura rosna para um segundo homem, que se encontra na porta, correndo os olhos pelo quarto com perplexidade.

– Pensei que tivesse, senhor, mas todos eles parecem iguais.

– Idiota – diz o primeiro guarda. – Chame Peter e faça outra busca... com atenção desta vez.

– Sim, senhor – fala o guarda, saindo do quarto.

Quando o primeiro homem arrasta Violie pelo corredor, ela vê o segundo, Peter, conversando com um terceiro antes de partirem na direção oposta, abrindo uma porta e entrando. *Dois a menos*, ela pensa enquanto choraminga e implora ao guarda por misericórdia.

– Chega! – ordena ele. – Se não calar a boca, vou te amordaçar.

Violie finge estar intimidada pela ameaça, mas na verdade está prestando atenção aos corredores pelos quais ele a puxa. Nenhum guarda ali, ela nota, mas depois de descer um lance de escadas e virar uma esquina, ele abre uma grande porta de carvalho e a empurra para dentro, para a capela que Bairre descreveu. Um grande espaço com um teto abobadado de vidro. Há ali uma dúzia de bancos ocupados por grupos de Irmãs caladas. Algumas, Violie percebe, têm as mãos amarradas. Outras estão amordaçadas, como o guarda que segura seu braço ameaçou fazer com ela. Mas, quando seus olhos encontram os de sua mãe, ela percebe que não são apenas as Irmãs que estão reunidas, mas também as cortesãs do Pétala Carmesim.

O alívio atravessa Violie ao ver a mãe viva, mas ela sabe que esse alívio será temporário se não conseguir libertá-las.

O guarda a empurra para um banco no outro lado da capela, longe de sua mãe, ao lado de uma irmã idosa que encara o guarda e mostra os dentes em torno da mordaça em sua boca, mas o guarda a ignora, indo até a frente da capela para falar com um colega. Além do homem que a trouxe, há outros oito guardas na capela.

– Dois homens estão revistando o andar de cima – sussurra ela sem mover a boca para a irmã amordaçada ao seu lado. – Quantos mais você viu dentro da Sororia?

A irmã se endireita ao lado de Violie e, sem olhar para ela, segura a mão de Violie, escondida da vista dos guardas pelo banco à frente, e traça um círculo na palma da mão.

– Zero – deduz Violie. – Então, onze guardas no total.

A irmã aperta sua mão, o que Violie interpreta como uma confirmação.

Onze guardas, mais dois nas portas da frente, provavelmente dois nos fundos. Quinze no total. Quinze guardas armados contra... cerca de quarenta mulheres desarmadas, ela calcula rapidamente. Acrescente Violie, Leopold e Bairre à equação, os três com algum tipo de arma, e as chances parecem estar a seu favor.

Ouve-se um barulho vindo de cima e todos na capela olham para o alto, vendo Leopold pousar no teto de vidro, agachado, olhando para eles e erguendo a mão em um aceno zombeteiro.

Violie dá um grito, como se estivesse aterrorizada, e a irmã ao lado dela a acompanha. As outras mulheres na capela fazem o mesmo, soltando gritos de terror e apontando.

– O que vocês estão esperando? – o guarda que arrastou Violie para dentro grita para seus homens.

Ele é o líder, ela presume. Ele aponta para um grupo de cinco guardas perto do altar.

– Vocês aí, fiquem aqui e vigiem-nas! – brada ele. – Os outros, peguem-no... vivo ou morto.

O chefe lidera os homens para fora da capela, deixando ali apenas cinco guardas – nenhum parece particularmente satisfeito em ter sido relegado à função de babá.

Acima deles, Leopold corre, mas, assim que ele desaparece, um tiro é disparado na direção oposta – vindo da entrada dos fundos, Violie sabe, e rapidamente seguido por um segundo.

Bairre matou os dois guardas ali.

Os cinco que ficaram na capela trocam olhares apavorados antes de um deles desembainhar a espada, descendo o corredor.

– Fiquem e se acovardem com as mulheres se quiserem! – grita ele por cima do ombro. – Eu vou lutar.

Três dos homens o seguem, deixando um para trás.

– Certamente você pode cuidar de um monte de Irmãs e cortesãs, Thomas! – exclama um dos guardas para ele. – Use a pistola se precisar... Não precisamos mantê-las todas vivas.

Não passa despercebido a Violie que Thomas é o mais jovem dos guardas e está nervoso. Ele corre os olhos pela capela e faz um aceno rápido, mantendo a mão na pistola.

Depois que os quatro guardas se vão, deixando apenas Thomas, Violie grita, dobrando-se e agarrando a barriga, embora, na verdade, esteja pegando o punhal escondido sob a túnica.

– Ai, por favor, estou ferida! – grita ela, olhando para o guarda com olhos cheios de lágrimas.

Após uma breve hesitação, ele se aproxima dela, a pistola pendendo ao lado do corpo.

– Irmã, você está...

Violie não lhe dá chance de terminar a frase. Assim que ele se encontra perto o suficiente para que o alcance, ela se lança para cima, cravando o punhal em sua barriga.

O guarda mais arqueja do que grita ao desabar no chão aos pés dela.

– Rápido! – ordena Violie para as mulheres atônitas que a observam. – Não há tempo a perder... os outros voltarão logo. Desamarrem quem estiver amarrada e peguem qualquer coisa que possa ser usada como arma.

Ninguém hesita. Violie ajuda a tirar a mordaça da mulher ao seu lado, que a fita com olhos pensativos.

– Espero que você tenha um plano bem pensado, criança – diz ela.

Violie não responde; em vez disso se agacha para tirar a pistola da mão do guarda morto, estendendo-a, assim como o seu punhal, para a mulher.

– Tem alguma preferência, irmã? – pergunta ela.

– Madre – corrige a mulher, olhando de uma arma para a outra. – Madre Ippoline. E eu fico com o punhal.

Violie o entrega, o cabo voltado para a madre.

– Tenha cuidado com ele... é o meu favorito – diz ela.

– Violie!

Violie se vira e se vê nos braços da mãe, apertada contra o peito dela.

– Que garota tola e corajosa – repreende a mãe, pontuando cada palavra com um beijo no rosto de Violie. – O que, em nome das estrelas, você estava pensando?

– Ela estava pensando em salvar nossas vidas, Avalise – diz madre Ippoline, dirigindo-se à mãe de Violie. – Bom, você respondeu minha próxima pergunta sobre quem, exatamente, ela é.

– Podemos fazer apresentações mais detalhadas depois – observa Violie. – O príncipe Bairre e o rei Leopold provocaram essas distrações e não me sinto inclinada a deixá-los se defenderem sozinhos contra catorze guardas.

Metade das mulheres opta por ficar na capela para se defender de qualquer guarda que retorne, mas, quando Violie lidera as outras mulheres e suas armas improvisadas – em sua maior parte castiçais de latão pesados e varões de tapeçaria pontiagudos – pelos corredores da Sororia, descobrem que Bairre e Leopold já fizeram a maior parte do trabalho.

Eles lutam de costas um para o outro na entrada da Sororia, e apenas cinco guardas ainda estão de pé. Quatro pistolas se encontram no chão, descarregadas, Violie presume, e agora eles lutam com espadas.

Violie ergue sua pistola, eliminando três dos guardas mais distantes com três tiros sucessivos e, quando os dois restantes se distraem brevemente com os disparos, Leopold e Bairre aproveitam a vantagem e os despacham de vez.

No silêncio que se segue, os olhos de Violie procuram ferimentos em Leopold e ela sente que ele faz o mesmo com ela, mas nenhum deles está ferido, para alívio de ambos. Ele vai em sua direção, sem perceber o movimento de um dos homens a seus pés – o chefe dos guardas, ela percebe tardiamente, no momento em que a mão dele agarra o punho da espada.

– Leo! – grita Violie no instante em que o guarda ataca, erguendo-se em uma explosão desesperada de força, a espada direcionada ao peito do oponente.

Leopold consegue saltar para trás, esquivando-se do alcance do arco da lâmina, e o guarda desaba no chão novamente com um grito angustiado.

Bairre avança, a espada pronta para acabar com o homem, mas Violie ergue a mão.

– Espere! – diz ela, e Bairre se detém, a ponta de sua espada no peito do homem, exatamente onde está seu coração. – Ele parece ser o líder. Duvido que Margaraux lhe tenha dito muito, mas ele pode saber de algo.

Há uma mancha de sangue na bochecha de Bairre, ela nota, embora não pareça ser dele. A expressão em seu rosto é fria, a linha de sua boca é dura.

– E então? – pergunta ele ao homem. – Esta manhã minha esposa foi tirada de nossa cama e levada para algum lugar contra a sua vontade. Onde?

O guarda encara Bairre, replicando a mesma frieza em sua expressão, mas sua pose se desfaz quando Bairre usa o peso do próprio corpo para pressionar a espada contra o peito dele, fazendo-a penetrar ali milímetro a milímetro.

– As catacumbas! – grita ele. – A imperatriz os levou para as catacumbas!

Bairre afrouxa a pressão, olhando para Violie, que assente.

– Já estive lá... duas vezes, ambas a mando da imperatriz. Ficam bem abaixo do térreo.

– Logo, Beatriz não poderá recorrer à ajuda das estrelas, mesmo que sobreviva até o anoitecer – observa madre Ippoline.

Violie fecha os olhos. A magia de Beatriz deveria ser a salvaguarda deles, mas deixa de ser uma opção. E a única maneira de chegar às catacumbas é através do palácio. Ela duvida que eles possam entrar, especialmente se a imperatriz tiver emitido um alerta para os guardas os encontrarem.

Alguém pigarreia, chamando a atenção para a porta da frente, deixada aberta, por onde entra o sol da manhã. Aurelia está ali parada, as mãos cruzadas à frente do corpo e a capa de arminho jogada sobre os ombros.

– O anoitecer não é necessário – diz ela, os olhos impassíveis varrendo a sala, demorando-se um momento em Bairre.

– Mãe! – exclama Bairre, perplexo.

– Como Beatriz pode fazer um pedido a uma estrela quando não há estrelas à vista? – pergunta Leopold.

– Uma estrela está à vista – diz Aurelia.

– O sol – sussurra madre Ippoline. – Certamente você não pode estar...

– Há muito tempo foi profetizado que um dia as estrelas se apagariam – diz Aurelia. – E, desde então, eu passei a ter a certeza de que Beatriz seria a responsável. O sol é o que dá luz a todas as outras estrelas... Se ela fizesse um pedido a partir dele, as estrelas de fato se apagariam.

– E todos nós morreríamos – diz Violie, balançando a cabeça.

– Se outro empyrea tentar, sim – rebate Aurelia. – A magia de Beatriz, porém, o recriará. Pelo que observei dos poderes dela, ficaríamos na escuridão por um dia, talvez dois. Um período desagradável, com certeza, mas, não, isso não nos mataria.

– Mataria Beatriz? – pergunta Violie.

Aurelia hesita.

– Suspeito que sim – diz ela. – Embora só as estrelas possam dizer com certeza.

– Então, não – conclui Leopold. – Encontraremos outra maneira.

Mas Violie imagina que não haja outro caminho. E, se Aurelia estiver certa, o mínimo que podem fazer é dar a Beatriz a escolha.

– As catacumbas ficam bem abaixo do solo – diz ela, olhando ao redor. – Como poderíamos levar a luz solar até lá?

Bairre enfia a mão no bolso, tirando um frasco de poeira estelar.

– Beatriz deu isso a Daphne ontem. É do pedido que ela fez pela chuva de estrelas e ela disse que era mais poderosa do que qualquer outra poeira estelar. Será que isso poderia levar luz solar até as catacumbas? – ele pergunta a Aurelia.

– Acredito que sim – responde Aurelia. – Mas precisaríamos saber exatamente onde estão.

– Nisso talvez eu possa ajudar – diz uma das Irmãs, avançando em meio ao grupo.

– Imperatriz Seline – murmura Bairre para Violie, que olha para a mulher com surpresa.

Ela não sabia que a imperatriz Seline ainda estava viva, muito menos que vivia tão próxima, mas não tem tempo para refletir sobre isso. Se alguém conhece o funcionamento interno do palácio, é a mulher que um dia o governou.

– O que Vossa Majestade tem em mente? – pergunta Violie.

Daphne

Quando a próxima pessoa se aproxima, com a lanterna acesa, Daphne sabe que é sua mãe antes mesmo de ver seu rosto – ela conhece a cadência de seus passos, sente o sussurro de sua presença como uma friagem na pele.

A imperatriz não vem sozinha – quando chega mais perto, Daphne vê Adilla de um lado e Cliona do outro, cada uma segurando sua própria lanterna. Daphne busca no rosto de Cliona – destacado em alto-relevo pela luz tremeluzente de sua lanterna – algum sinal de suas verdadeiras intenções, mas não encontra nada. Um fio de dúvida surge. Se confiar em Cliona e estiver errada, não será apenas ela quem sofrerá as consequências. Ela pode realmente arriscar tantas vidas ao depositar sua confiança em Cliona?

– Não cumprimenta sua mãe, Beatriz? – pergunta a imperatriz, parando diante das filhas.

Ela pousa a lanterna no chão de pedra aos seus pés.

– Olá, mãe – responde Beatriz, a voz despreocupada.

Daphne, porém, ouve o medo e a raiva bem abaixo da superfície. A imperatriz também percebe e sorri.

– Eu realmente queria que você tivesse cumprido seu dever em Cellaria, querida – diz a imperatriz. – Pelo seu próprio bem, entende? Eu não queria que chegasse a este ponto, mas você não me deixou escolha.

Beatriz sorri.

– Você me conhece, mamãe. Eu simplesmente *preciso* ser difícil. E simplesmente não seria apropriado morrer em solo cellariano.

A imperatriz solta uma risada dura.

– Nigellus te disse isso, não foi? – indaga ela. – Não vou fingir surpresa. Para alguém com tanto poder, ele era um homem fraco. Acontece, porém, que não estou preocupada com as condições da morte de vocês.

Ela enfia a mão no bolso do manto e tira duas bolsas de veludo, fechadas com cordão dourado. Ela esvazia uma na frente das pernas estendidas de Beatriz, depois esvazia a segunda na frente de Daphne.

Terra, Daphne percebe, finalmente entendendo. Ela compreende a presença de Cliona ali e por que sua mãe não mandou matar Pasquale e Ambrose imediatamente. Porque ela precisa que eles façam o que ela não pode.

– Por que não fez isso desde o início? – pergunta Daphne. – Você poderia ter contratado assassinos, importado terra e nos matado quando éramos bebês, se quisesse.

– É disso que você acha que sou capaz? – pergunta a imperatriz, olhando para Daphne com olhos frios. – Eu criei vocês, treinei vocês, assegurei que tivessem o melhor que a vida podia oferecer. Agi como mãe para vocês por dezesseis anos. Sem mim e meus pedidos, nenhuma de vocês teria sequer respirado a primeira vez. Eu dei a vida a vocês.

– E então lavou as mãos e se convenceu de que qualquer coisa que acontecesse conosco não era sua culpa – diz Daphne. – Você acreditava mesmo nisso? Ou só queria que ninguém mais pensasse que era sua culpa? Sophronia...

– A morte de Sophronia foi rápida e misericordiosa, o que foi mais do que ela merecia depois de me trair como fez – interrompe a imperatriz. – É mais do que vocês duas merecem também, mas, felizmente para vocês, serei gentil.

Gentil. Daphne não pensaria em usar essa palavra para descrever a mãe, mesmo antes de entender do que ela era capaz.

– Então você vai me matar por meio de uma amiga que me traiu? – pergunta ela, olhando para Cliona, que se encolhe ligeiramente.

– Sob coação, eu garanto – diz a imperatriz antes de olhar para Pasquale e Ambrose. – Presumo que nenhum de vocês vai matar Beatriz voluntariamente...

Pasquale ri.

– Nunca – responde ele, ríspido.

– Nem mesmo para salvá-lo? – questiona a imperatriz, apontando Ambrose. Pasquale hesita, mas, depois de olhar para Ambrose, ele balança a cabeça.

– Nenhum de nós vai sair vivo daqui, não importa o que você prometa.

– Esse é o perigo de quebrar tantas promessas, mamãe – provoca Beatriz.

– Talvez – diz a imperatriz. – Mas a morte de *vocês* certamente não precisa ser rápida ou misericordiosa. Qual dos dois cederá primeiro, eu me pergunto? Para salvar a si mesmos ou um ao outro de mais um momento de dor agonizante?

Nem Ambrose nem Pasquale respondem.

– Você é um monstro – Beatriz diz a ela.

– Não é a primeira vez que ouço isso – retruca a imperatriz, dando de ombros. – Receio que já não faça mais efeito. Mas estou ficando cansada de falar.

Ela vai em direção a Ambrose e Pasquale, com a intenção de começar a torturá-los. Com a intenção de matar Beatriz primeiro.

– Então comece – diz Daphne, atraindo a atenção da mãe. – Comece comigo.

A imperatriz olha para ela, as sobrancelhas arqueadas em surpresa.

– Muito bem, então – concorda ela. – Se você insiste... Seja uma boa menina e estenda as pernas, sim? Isso mesmo, sobre terra frívia.

Daphne sente a terra sob suas pernas, fria contra a pele, e então desvia o olhar de sua mãe e o direciona para Cliona, que se aproxima com passos lentos e comedidos. Cliona mantém os olhos voltados para baixo, como se não pudesse suportar encarar Daphne enquanto a mata. Ela saca seu punhal e o segura apontado para a outra, pronta para desferir o golpe.

O pânico toma conta de Daphne, inundando seu corpo e afogando qualquer pensamento ou esperança. Cliona não olha para ela porque está consumida pela culpa, porque Daphne calculou mal, porque Cliona vai traí-la afinal e cravar aquele punhal no seu peito.

Mas então os olhos de Cliona encontram os dela e algo se desenrola no peito de Daphne. Ela torce os pulsos, sentindo a corda tensionar como um fio esticado. E, em um instante, ela se levanta, pegando o segundo punhal que Cliona lhe oferece e avança em direção à mãe, que, surpresa, recua cambaleando e levantando as mãos em uma defesa inútil contra o aço frio e afiado.

Daphne conhece meia dúzia de lugares que poderia acertar, mas opta pelo peito, a ponta do punhal perfurando a pele acima do coração da mãe sem hesitação – até que ela ouve o grito e reconhece imediatamente que veio de Cliona, e ele se enrola em seu coração, apertando-o, como uma serpente.

Ela desvia os olhos do rosto apavorado da mãe e vê Cliona no chão, as mãos apertando a barriga, a mancha carmesim se espalhando por seu vestido enquanto Adilla paira sobre ela com um punhal na mão.

O meio segundo de distração é tudo de que sua mãe precisa. Ela empurra a base da mão para cima e Daphne ouve os ossos de seu nariz se quebrarem um instante antes de a dor cegá-la e fazê-la cambalear meio passo para trás, sua mão soltando o punhal, que cai no chão com um ruído metálico que ecoa pelas catacumbas.

– Daphne! – grita Beatriz. – Atrás...

Mas é tarde demais para o aviso de Beatriz. Adilla agarra Daphne pelos cotovelos, torcendo seus braços para trás e prendendo-os ali, suas mãos fortes demais para que a outra consiga se libertar. Daphne tenta todos os seus truques de treinamento de combate – pisa nos pés de Adilla, joga a cabeça para trás no intuito de quebrar o nariz dela, lança todo o seu corpo para trás a fim de desequilibrá-la e derrubá-la. Nada funciona. Adilla parece prever cada movimento e esquivar-se com facilidade. Mas Daphne continua tentando, até ver a mãe caminhando em direção a Cliona, que se encontra esparramada no chão, as mãos cobrindo seu ferimento.

– Afaste-se dela! – brada Daphne, mas a mãe não lhe dá atenção.

A imperatriz pega o punhal de Cliona caído e se agacha ao lado dela.

– Não precisava ter chegado a esse ponto – diz com um suspiro.

Então ela pega a mão esquerda de Cliona e usa o punhal para decepá-la em um movimento preciso.

Violie

A imperatriz Seline conduz Violie, Leopold e Bairre ao cemitério próximo à Sororia, um labirinto de lápides e criptas, muitas cobertas de hera e rachaduras provocadas pelo tempo e outras brilhantes e novas, com datas gravadas recentemente.

– Quando o castelo foi construído, o imperador e a imperatriz da época discordaram em um ponto. Ela era de origem humilde e queria ser enterrada com sua família, enquanto o imperador entendia a necessidade de garantir que seus túmulos nunca fossem profanados ou roubados. Para chegarem a um meio-termo, ele ordenou que a cripta real ficasse embaixo do cemitério, conectada por um túnel ao restante do palácio. Neste exato momento – diz ela, parando e olhando para Violie, Leopold e Bairre –, seus amigos estão abaixo de nossos pés. Bem abaixo, é verdade, mas, se vocês cavassem em linha reta para baixo, não tenho dúvida de que os encontrariam.

Bairre assente, olhando para o frasco de poeira estelar em suas mãos.

– Você precisa formular o pedido com cuidado – adverte Leopold. – Se as catacumbas desabarem completamente, todos eles morrerão.

– De quanta luz solar Beatriz precisará? – pergunta Violie a Aurelia.

– Um único raio deve bastar. Mas ela saberá o propósito dele?

– Ela saberá se eu puder falar com ela – diz Violie. – Você tem mais poeira estelar... especificamente de Friv? Se tiver, posso falar com ela.

Aurelia franze os lábios.

– Não. Tenho apenas a que coletei em Cellaria – admite ela.

Violie sente-se desanimar.

– Mas – acrescenta Aurelia – não conhecemos a potência da poeira estelar de Cellaria. E, dado que essa especificamente tem uma ligação pessoal com Beatriz, talvez seja o suficiente para funcionar.

– Então o que estamos esperando? – indaga Violie, abrindo um sorriso.

Daphne

Então é isso, pensa Daphne, observando o rosto impassível da mãe à medida que se aproxima dela, segurando a mão decepada de Cliona com um punhal apontado para ela. *É assim que tudo acaba. Mas que as estrelas me amaldiçoem se eu não lutar até o fim.* Ao contrário do que a mãe disse, ela não morrerá como uma boa menina. Morrerá como uma guerreira.

Ela se joga para trás, contra Adilla, tomando impulso e acertando a barriga da mãe com as botas ao mesmo tempo que arremessa para trás Adilla, cuja cabeça bate com um estalo na coluna de mármore à qual Daphne estava amarrada. Adilla não tem escolha a não ser soltar os braços de Daphne, que não perde tempo e pega um punhal do chão, cravando-o no ponto em que o pescoço de Adilla se une ao ombro.

Daphne não se detém para ver a outra morrer, confiando em seu trabalho e sua mira. Em vez disso, vai direto para Beatriz, cortando as cordas que prendem as mãos da irmã. Ela lhe joga o punhal, do qual ainda pinga o sangue de Adilla, e Beatriz o pega pelo cabo sem olhar, levantando-se rapidamente, a atenção voltada para a mãe, que tem o corpo dobrado para a frente, tentando recuperar o fôlego.

Daphne pega o punhal de Adilla na bainha e se posiciona ao lado da irmã, ambas de frente para a mãe, que ainda segura a mão decepada e o punhal.

A imperatriz se endireita, arfando, enquanto olha de Beatriz para Daphne, as duas se aproximando dela agora, armadas e obstinadas.

– Minhas pombinhas – diz a imperatriz lentamente, um sorriso suave curvando seus lábios. – Certamente podemos resolver isso conversando. Sei que criei vocês para serem criaturas sensatas.

– Você nos criou para sermos cordeiros, aguardando cegamente o abate

– afirma Daphne, dando um passo à frente, depois outro, Beatriz acompanhando cada movimento seu. – No entanto, seu erro foi nos dizer tantas vezes que éramos leões... Acabamos acreditando.

– Eu subestimei vocês, sim – confirma a imperatriz, sua voz um murmúrio tranquilizador. – Mas esse é mais um motivo para trabalharmos juntas agora, para governarmos Vesteria juntas. Posso lhes dar poder, mais do que jamais poderiam esperar ter sem mim.

– Eu não quero poder – diz Daphne.

A imperatriz ri.

– Mentirosa – rebate ela. – Eu conheço você, Daphne. Conheço seu coração melhor do que você mesma jamais seria capaz. Você é igual a mim... sempre foi.

Daphne já pensou o mesmo. Antes, para ela, isso seria um elogio; depois, pareceu um insulto. Agora, é simplesmente um fato. Ela compartilha muitos traços com a mãe – mas não é ela, e essa é uma escolha que Daphne fez e que sempre fará.

– Você – diz Daphne à mãe – não é nada. Que poder você acha que terá quando estiver morta? Que legado deixou? O mundo vai esquecê-la, mas eu vou esquecê-la primeiro. Depois de hoje, você nunca mais cruzará minha mente, entendeu?

O ódio brilha nos olhos da imperatriz, mas Daphne sente um estranho alívio ao vê-lo. Afinal, ele é *real*. Ali, no fim, ela vê, por baixo das muitas máscaras da mãe, a dor, a feiura e o ódio que a moldaram.

– Eu não sou como você – diz Daphne, mais para si mesma do que para a mãe.

E então, sem hesitação, ela se lança contra a imperatriz, enterrando o punhal no peito da mãe, perfurando seu coração. Daphne observa, a poucos centímetros de distância, a luz deixar os olhos castanho-escuros da mãe, a tensão esvaindo-se de seu corpo enquanto ela cai sobre Daphne, que a solta no chão. Morta.

Só então Daphne sente o aço frio perfurando sua barriga, a dor, um latejar silencioso, amortecido pelo choque e pela adrenalina. Ela olha para baixo e vê o cabo prateado do punhal da imperatriz projetando-se de sua barriga.

– Daphne! – grita Beatriz, alcançando-a no momento em que ela desaba, a escuridão tomando conta de sua visão.

Beatriz

Beatriz aperta Daphne junto ao peito, o peso obrigando-a a se ajoelhar. Ela deita Daphne com delicadeza, tentando superar o pânico para se concentrar no punhal que se projeta da barriga da irmã.

– Não o puxe – diz Cliona entre dentes cerrados, a alguns metros de distância.

Ela conseguiu se sentar, o toco ensanguentado do pulso envolto na saia do vestido. Está pálida, o suor cobrindo seu rosto como uma camada de verniz vítreo, mas está viva.

– Eu sei – replica Beatriz bruscamente. – Pode desamarrá-los? – Ela gesticula com a cabeça na direção de Pasquale e Ambrose.

– Não se preocupem com a gente – diz Pasquale. – Busquem ajuda para Daphne.

– Ajuda de quem? – pergunta Beatriz.

Ela tem certeza de que os guardas mudarão de lado rapidamente agora que a imperatriz caiu, mas Beatriz sabe que a irmã não sobreviverá à jornada até a superfície. Ela olha para o rosto inerte de Daphne, levando a mão à bochecha da irmã.

Ela não pode morrer, pensa Beatriz. *Não depois de tudo isso. Se ela morrer, qual é o sentido de vencer? De salvar um mundo sem Daphne nele?*

Cliona consegue se agachar ao lado dela, com Daphne entre elas. Ela examina o ferimento com um olhar perspicaz, mas, como não fala nada, Beatriz sabe exatamente o que ela vê.

– É fatal – diz Beatriz. – Não é?

– Sim – responde Cliona, a voz tensionada pelas lágrimas. – Sim, é fatal.

Não é justo, pensa Beatriz. *Nada disso é justo.*

"Beatriz", uma voz sussurra em sua mente. Violie.

"Agora não", responde Beatriz bruscamente.

"Apenas ouça... o que quer que esteja fazendo, estamos chegando."

"É tarde demais, a menos que vocês tenham um milagre."

"Nós temos", diz Violie.

Beatriz aperta mais a irmã em seus braços, segurando-a com força enquanto Violie lhe conta o que planejaram, dando-lhe uma escolha, embora não perceba a verdadeira escolha que está dando a ela.

Beatriz não precisa usar a magia para destruir a mãe – Daphne cuidou disso. Mas pode usá-la para salvar Daphne, fazendo um pedido ao sol para curá-la. Esse gesto lhe custará o último vestígio de sua humanidade. Se salvar a irmã, morrerá. Ela sabe disso no mais profundo do seu ser.

Olhando para o rosto de Daphne, a expressão inerte, o peito subindo e descendo em uma respiração rasa, Beatriz percebe que de maneira alguma se trata de um dilema.

– Façam isso – diz ela entre dentes cerrados.

Violie

– **B**eatriz disse para seguirmos com o plano – anuncia Violie. Bairre assente, destampando o frasco de poeira estelar e despejando-a no dorso da mão. O aspecto é de qualquer outra poeira estelar que Violie já viu, mas ela supõe que Aurelia saiba mais do que ela a respeito do que a poeira pode e não pode fazer.

– Quero um buraco perfurado através do solo, grande o suficiente para permitir que um raio de sol ilumine Beatriz sem que o chão desabe – diz ele.

Imediatamente o chão entre eles se abre em um pequeno buraco, criando um túnel estreito, com espaço suficiente apenas para caber Violie – se ela estivesse inclinada a tentar, mas não está.

– Funcionou? – pergunta Leopold, olhando para o buraco.

– Não sei – responde Violie, antes que um tumulto nas ruas em torno do cemitério chame sua atenção. – Mas tenho certeza de que saberemos em breve... Parece que um de nossos exércitos chegou.

Beatriz

Um raio de sol atinge Beatriz, banhando seu rosto numa luz quente e dourada.

– Em nome das estrelas, o que... – diz Cliona, mas Beatriz a ignora.

Ela inclina a cabeça em direção à luz, fechando os olhos e sentindo-a da mesma forma que sente as estrelas. Mas não é a mesma coisa, ela pensa. O sol não faz seu sangue dançar, não a enche de uma energia vertiginosa que a puxa, implorando para que ela use sua magia.

No entanto, ela sente a magia do mesmo jeito, agora que a está buscando. Sente a vibração do seu poder ecoando através dela, seu calor envolvendo-a. Ela afasta os cabelos pretos do rosto pálido de Daphne e sorri enquanto as lágrimas escorrem por suas bochechas.

– Eu quero... – começa ela, a voz clara e forte.

– Beatriz, não! – grita Pasquale, lutando contra as cordas que ainda o prendem, mas Beatriz o ignora.

Ele vai perdoá-la por isso, assim ela espera. Um dia.

– Quero que os ferimentos da minha irmã sejam curados – pede ela.

Então se inclina para beijar a testa fria de Daphne enquanto estende a mão para puxar o punhal de seu abdome.

O ar ondula em torno delas, o raio de sol tremeluzindo e escurecendo, deixando apenas o brilho das três lanternas. O corpo de Daphne se retesa nos braços de Beatriz enquanto ela arqueja, sentando-se de súbito e olhando à sua volta com os olhos cor de prata arregalados. Daphne leva imediatamente as mãos ao abdome, tateando em busca de uma ferida que Beatriz sabe que não está mais lá.

Na penumbra, Beatriz observa a compreensão brilhar nos olhos de Daphne e sua boca formar um pequeno O. Ela olha para Beatriz com um misto de espanto, horror e fúria.

– Beatriz, o que você *fez*? – indaga ela.

Uma dor familiar trespassa a cabeça de Beatriz, mais aguda do que nunca, e ela pode sentir a energia jorrar do seu corpo como o sangue jorra de uma ferida. O mundo gira ao seu redor, mas ela se concentra em Daphne, mesmo enquanto a escuridão invade sua visão.

– Eu te amo até as estrelas, Daph – diz ela e em seguida se deixa tragar pelas sombras.

Sophronia se encontra diante de Beatriz, cercada pela escuridão densa de um céu à meia-noite sem estrelas. De certa forma, ela está exatamente como Beatriz se lembra, mas esta Sophronia parece mais alta, tem um sorriso mais brilhante e cintila como se estivesse banhada em poeira estelar.

– Sophie – sussurra Beatriz, estendendo os braços e vendo as próprias mãos cintilarem com a mesma incandescência.

Sophronia entra em seu abraço, apertando-a com força. O corpo de Sophronia se encaixa no seu, como sempre, e até o cheiro dela é o mesmo que Beatriz recorda – calda de açúcar e rosa.

– Isto é a morte? – pergunta ela contra o ombro de Sophronia.

Se for, é um destino muito melhor do que ela imaginou.

– Sim e não – responde Sophronia, dando um passo atrás para olhá-la. – Nigellus nos tirou das estrelas, Beatriz, e para as estrelas precisamos retornar. Você derrubou o sol.

Beatriz se lembra disso – o raio de luz brilhando em seu rosto e escurecendo depois que ela fez seu pedido.

– Mas Daphne sobreviveu. Ela deve estar furiosa comigo.

– Está, sim – assegura Sophronia, sorrindo de leve. – As estrelas tampouco estão satisfeitas, embora admirem sua audácia.

Beatriz sabe que deveria se desculpar, mas não pode. Daphne está viva, então ela não se arrepende de nada.

– Aurelia disse que um pedaço de mim retorna às estrelas cada vez que eu uso a magia – diz ela a Sophronia. – Que as estrelas renascendo são, na verdade, pedaços de mim que as substituem.

– Ela está certa – afirma Sophronia. – Mas, para substituir o próprio sol...

nenhum pedaço de você seria suficiente. Para que um novo sol nasça no lugar do anterior, é preciso você inteira.

Beatriz suspeitava disso. Sabia muito bem o preço que teria a pagar quando fez seu pedido, e estar ali, ver Sophronia novamente, abraçá-la... é mais do que poderia esperar. Ainda assim...

– Você não está pronta – constata Sophronia, os olhos prateados examinando seu rosto.

– Você estava? – replica Beatriz.

Sophronia reflete.

– Acredito que sim – responde ela suavemente. – Mas isso não quer dizer que eu não gostaria de ter tido mais tempo. Mais tempo com você e Daphne. Para crescer mais com Leopold. Para conhecer pessoas novas, experimentar coisas novas e ver mais do mundo. Eu teria adorado tudo isso. Mas estou feliz aqui, observando vocês e o mundo, vendo o que está brotando das sementes que plantei durante a vida.

– Você plantou muitas sementes – diz Beatriz, pensando em como Leopold mudou depois de se casar com Sophronia e ainda mais depois da morte dela.

Violie também. Mesmo a derrota da imperatriz – ela não poderia ter acontecido sem a influência de Sophronia meses atrás. As sementes ainda estavam brotando.

– Você plantou algumas sementes também – afirma Sophronia. Mas, diante do silêncio de Beatriz, ela sorri. – Não o suficiente, porém.

Beatriz balança a cabeça.

– Talvez nunca pareça suficiente – diz ela.

Sophronia inclina a cabeça.

– O que você faria? – pergunta ela. – Se tivesse mais tempo?

Beatriz ri da pergunta.

– O que eu não faria? – indaga ela. – Viajar pelo mundo, passar mais tempo com Daphne, Pasquale e Ambrose. Garantir que Gisella ande na linha. Talvez beijar Nicolo mais algumas vezes.

– Sério? – pergunta Sophronia, rindo, incrédula.

– Por que não? – questiona Beatriz com uma risada. – Os beijos foram bem divertidos antes de tudo que veio depois. Eu não me importaria em repetir. Mas eu provavelmente beijaria outras pessoas também. Quem eu quisesse, se tivesse tempo. E gostaria de ter certeza de que Bessemia está bem, é claro.

Daphne será uma grande imperatriz, não tenho dúvidas, mas eu a ajudaria o máximo que pudesse, para que ela e Bairre tivessem tempo para eles.

– Mais alguma coisa? – pergunta Sophronia.

Beatriz olha para ela.

– Eu faria apenas o que quisesse, me tornaria quem eu quisesse ser. Não é isso que qualquer um quer da vida?

Sophronia sorri.

– Isso resume bem – diz ela a Beatriz, inclinando a cabeça. – Eu fiz o que queria e me tornei quem queria ser e, no final, estava pronta para ir. Mas você não está.

A garganta de Beatriz se aperta, mas ela força um sorriso.

– Mesmo assim – responde ela –, aqui estou eu e o sol precisa renascer.

– Precisa – concorda Sophronia lentamente, a testa franzida em profunda concentração, do jeito que sempre ficava quando tentava decifrar um código particularmente desafiador. – Mas talvez... eu possa ser o sol.

Beatriz observa a mente dela trabalhar – algo sempre fascinante de se ver.

– Você pode... fazer isso?

Sophronia faz que sim com a cabeça.

– Sim, por pouco tempo. Ele é uma estrela, afinal, como qualquer outra. Mas não é o meu lugar. O céu vai chamar você de volta para casa algum dia.

– Por pouco tempo? – pergunta Beatriz. – Isso são dias? Semanas?

Nesse caso, talvez seja melhor partir agora, morrer apenas com o gosto da vida nos lábios, antes que possa dar uma mordida de verdade e saber tudo o que perderá.

Sophronia dá de ombros.

– Ah, acho que consigo segurar o suficiente para ver você enrugada e grisalha. Sete décadas. Talvez oito. Nove seria um desafio, mas eu gosto de desafios.

– Isso é pouco tempo? – indaga Beatriz, surpresa.

Sophronia ri, o som vibrando por Beatriz como bolhas de champanhe.

– Somos estrelas, Beatriz – diz ela. – Noventa anos não são nada quando temos a eternidade. Vou esperar você e Daphne. E, quando chegar a hora, espero que tragam histórias de uma vida inteira.

– Sophie... – fala Beatriz, estendendo os braços para a irmã e segurando seu rosto entre as mãos. – Você se sacrificou uma vez. Não posso pedir que faça isso de novo agora.

– Sacrifício – diz Sophronia, balançando a cabeça e apoiando o rosto nas mãos de Beatriz. – Considero isso um presente, Triz. Afinal, quantas garotas têm a chance de ser o sol?

Beatriz ri.

– Bem, por essa perspectiva... – replica ela. – Eu sinto muito a sua falta. Daphne também.

– Eu sei – diz Sophronia. – Diga a ela que eu a amo e o quanto estou orgulhosa dela. E... se eu puder pedir um favor...

– Qualquer coisa, Sophie – garante Beatriz.

Sophronia hesita.

– Diga a Leo e Violie que quero que eles sejam felizes, que estou feliz por eles terem se encontrado. Que eu sofreria se eles deixassem meu fantasma pairar entre os dois.

– Pode deixar – promete Beatriz e então se detém. – Mas não é um pouco cedo?

Sophronia balança a cabeça.

– A vida humana pode passar num piscar de olhos para nós, Triz, mas é tudo que eles têm. E eu não vou roubar um só momento deles.

Sophronia estende os braços e segura os pulsos de Beatriz, afastando as mãos dela do seu rosto.

– Agora vá – diz ela a Beatriz. – Nós duas temos um trabalho a fazer.

Beatriz quer protestar – quer ficar ali com Sophronia para sempre –, mas esse não é um adeus. Elas vão se ver de novo, mesmo que demore noventa anos.

– Eu te amo até as estrelas – diz Beatriz.

– Eu te amo até as estrelas – repete Sophronia.

Daphne

Quando o sol desaparece do céu, o caos se instala, obviamente. Em nada ajuda o fato de que isso aconteceu pouco antes de Hapantoile ser invadida não por um, mas por dois exércitos estrangeiros, embora, em vez de sitiar a capital, os soldados cellarianos e temarinenses tenham socorrido os bessemianos em pânico, ajudando a acender lanternas para colocar nas ruas e garantindo que cada casa tivesse lenha suficiente para queimar.

Daphne não vê nada disso, mas Violie lhe conta mais tarde, depois de levar Bairre e Leopold para as catacumbas a tempo de encontrar Daphne segurando o corpo de Beatriz, chorando incontrolavelmente, por mais que Pasquale, Ambrose e Cliona tentem afastá-la.

– Ela não está morta! – repete Daphne, sua voz tornando-se cada vez mais histérica.

Uma parte pragmática dela acredita que está em negação, mas uma parte maior sabe que é verdade. E, quando Bairre se agacha ao seu lado e toca Beatriz, ele confirma.

– O pulso dela está fraco – diz ele. – E quase não há batimento cardíaco, mas ela não está morta.

O *ainda* não é dito, mas, juntos, ele e Pasquale tiram o corpo de Beatriz das catacumbas, levando-o para o palácio, onde guardas, criados e cortesãos observam enquanto eles passam em um silêncio atônito.

– Vossa Alteza? – chama alguém, a multidão se abrindo para revelar o duque de Allevue.

Leva um momento para Daphne perceber que ele está se referindo a ela.

– Ninguém consegue encontrar sua mãe... as pessoas estão em pânico. O sol...

– Minha mãe está morta – lhe diz Daphne, a voz cortante. – E, se não estivesse, o sol seria o menor dos nossos problemas. Será temporário, foi o que me asseguraram. Acendam velas e enviem quaisquer extras para Hapantoile, para aqueles que não podem pagar. Isso vale para a lenha também.

– M-morta, Vossa Alteza? – pergunta ele, os olhos arregalados.

– Sim – confirma Daphne. Ela não pode elaborar mais, então deixa o assunto de lado. – Também precisamos de um médico e de toda a poeira estelar disponível – acrescenta ela.

Daphne não sabe se um dos dois pode ajudar Beatriz agora, mas também precisam resolver a questão da mão de Cliona. A garota, por sua vez, não reclama, continua apenas segurando o coto do braço envolto na atadura improvisada com um pedaço de tecido que ela rasgou da saia, enquanto segue Daphne e os outros até seus aposentos.

– Sim, Vossa Alteza – diz o duque de Allevue quando ela passa por ele. – Quer dizer... Vossa Majestade.

Daphne mal ouve sua correção, mas ouve as palavras que vêm a seguir, pronunciadas pela massa ali reunida.

– Vida longa à imperatriz Daphne!

As palavras ecoam na mente de Daphne à medida que percorrem o caminho até os aposentos. No passado, ser a *imperatriz Daphne* era seu maior sonho – um sonho pelo qual ela teria dado tudo para ver realizado. Agora, ele se ajusta mal a ela, irritando sua pele e deixando-a desesperada para arrancá-lo.

Ela segura a mão flácida da irmã e a aperta.

Por favor, fique bem, Triz, pede ela em pensamento.

Daphne permanece ao lado de Beatriz o dia todo e toda a noite – só percebendo a diferença entre os dois ao observar o relógio de coluna no canto. Ela continua segurando a mão de Beatriz, os dedos no pulso da irmã. A leve palpitação se mantém constante – não ganha força nem enfraquece –, mas, a cada respiração de Beatriz, Daphne se enche de medo de que esse seja o momento em que ela cessará completamente.

O médico não tem nada útil a dizer sobre seu estado, sem saber o que causou isso ou o que esperar, mas ele costura o braço de Cliona e o corte em sua barriga, usando poeira estelar para garantir que ambas as feridas cicatrizem sem infecção.

Os amigos de Daphne fazem companhia a ela em grupos, mas ninguém sabe o que dizer. Daphne é grata pelo silêncio deles – afinal, não há nada que ela queira ouvir além da voz de Beatriz.

Ela se lembra de ter se deitado na cama ao lado da irmã e deve ter adormecido por volta das três da manhã, porque, de repente, sente dedos deslizando por seus cabelos. Ela abre os olhos e se depara com Beatriz olhando para ela, os olhos prateados brilhando na escuridão.

Por um momento, nenhuma das duas se move ou fala, e então Daphne abraça com força a irmã, e Beatriz retribui.

– Você está viva – murmura Daphne.

– Parece que sim – confirma Beatriz. – Sophronia mandou dizer que te ama.

Daphne se afasta para encará-la.

– Do que você está falando? – pergunta.

Beatriz abre a boca, depois torna a fechá-la. Ela olha para além de Daphne – para o relógio de coluna.

– Já é de manhã – diz ela. – Não tenho tempo para explicar... Acorde os outros. Ninguém vai querer perder isso.

Daphne vai ficando cada vez mais irritada com Beatriz à medida que sobem a escada em espiral que leva à torre mais alta do palácio; Leopold, Violie, Bairre, Pasquale, Cliona e Ambrose as seguem. Cada vez que ela pergunta à irmã o que está fazendo, é recebida com silêncio, mas está curiosa demais para voltar.

Quando chegam ao topo da torre, o ar frio beija sua pele e o céu ainda está escuro, embora já tenha passado a hora do amanhecer. É a primeira vez que Daphne vê verdadeiramente o efeito provocado por Beatriz ao derrubar o sol e ela prende a respiração. Não é só a escuridão em si, mas a ausência absoluta de luz. Nenhuma lua visível. Nenhuma estrela. Apenas o negrume infinito até onde os olhos podem ver.

– Então é assim que é ver as estrelas escurecerem – diz ela a Bairre.

– Mas esse não é o fim do mundo – replica ele. – E minha mãe me garante que é temporário...

– E é – interrompe Beatriz. – A qualquer momento agora...

Daphne franze a testa.

– O que você quer dizer? – pergunta ela.

– Era para ser eu – explica Beatriz, mantendo os olhos no céu. – Antes, com as estrelas que eu tirei do céu, uma parte de mim as substituiu, assim como a estrela de Sophronia no Coração Solitário reapareceu depois que ela morreu. Mas o sol teria me exigido por inteiro para renascer... Foi por isso que ele me matou. Ou tentou. Mas Sophronia tomou meu lugar.

Daphne franze a testa.

– Isso é inacreditável – diz ela à irmã.

– Mesmo assim... – replica Beatriz, dando de ombros.

É então que Daphne vê a luz – um ponto de ouro contra o céu negro, uma única estrela. Diante de seus olhos, ela cresce e se expande, banhando o céu com os tons rosa-pálido, azul e lavanda do nascer do sol, quase ofuscante em seu brilho.

– É Sophie – explica Beatriz, apoiando as mãos no parapeito da janela e inclinando-se para fora, oferecendo seu rosto à luz do sol.

A incredulidade ainda corrói Daphne, que, no entanto, segue o exemplo de Beatriz, inclinando-se para fora, para a luz do novo sol, deixando que ela a acaricie. Um soluço escapa de seus lábios e ela cobre a boca com as mãos.

– Sophie – sussurra ela.

Porque é *ela*. Daphne reconheceria o toque de sua irmã em qualquer lugar e sente o brilho de sua presença.

Os outros também sentem, e, quando olha ao redor, Daphne os vê fitando o sol com olhos fascinados – mesmo Bairre, Pasquale, Cliona e Ambrose, que não conheceram Sophronia, estão encantados com a visão, a sensação que ela provoca.

– Sophronia é o sol – diz Leopold lentamente.

– Até o dia que eu morrer, sim – confirma Beatriz. – Mas isso levará algum tempo ainda.

Beatriz segura a mão de Daphne, que a aperta.

– Ela é linda – diz Daphne.

Dói olhar diretamente para ela, mas Daphne não consegue deixar de tentar.

De onde estão, eles podem ver os habitantes da cidade saindo de suas casas, cortesãos se reunindo no pátio do palácio, todos olhando para o sol, apontando e aplaudindo.

– Ela é perfeita – adiciona Beatriz.

Talvez seja a imaginação de Daphne, mas ela poderia jurar que o sol está mais brilhante agora do que nunca.

Beatriz

B essemia lamenta a morte de sua imperatriz e Daphne e Beatriz fazem o jogo, trajando luto e organizando um funeral extraordinário, digno de uma imperatriz, um ato final como as filhas dedicadas, papel que elas desempenham muito bem. A história que elas criam é que Adilla assassinou a imperatriz Margaraux – uma garota desconhecida com motivos desconhecidos que talvez nunca venham à tona, mas que bom que Daphne e Beatriz estiveram lá para subjugá-la antes que ela pudesse ferir mais alguém.

O desaparecimento do sol por um dia é um evento mais difícil de explicar, mas o título de *santa* que acompanha Beatriz desde Cellaria ajuda e, quando ela diz a um grupo de cortesãos e criados do palácio que as estrelas escureceram para proteger as irmãs das ameaças de Adilla, eles acreditam com facilidade.

No entanto, há outras perguntas mais difíceis de responder.

Após o funeral, quando Daphne, Beatriz e Violie caminham de volta para o palácio juntas, Daphne levanta a questão que mais a atormenta:

– Por que eu devo ser a imperatriz?

Tanto Beatriz quanto Violie a encaram.

– Você está sendo forçada? – indaga Beatriz.

– É a sensação que tenho – admite Daphne. – Parece que simplesmente foi... decidido. Suponho que, quando parecia que você morreria, eu era a única opção, mas agora...

– Você não... quer ser imperatriz? – pergunta Violie.

– Não exatamente – responde Daphne. – Não mais. Eu quero voltar para Friv.

Beatriz ri, recebendo um olhar irritado de Daphne.

– Desculpe, mas se eu tivesse dito no ano passado que você me falaria isso, você teria me esmurrado.

– Ainda assim – diz Daphne, balançando a cabeça. – Eu amo Bessemia, de verdade, mas eles merecem mais do que uma imperatriz que se sente presa ao trono.

– Desculpe por dizer isso – observa Violie com cautela. – Mas não acredito que Friv vá querer você... ou qualquer outra pessoa... como rainha.

– Ah, eu sei disso – diz Daphne. – Mas acho que há muitas coisas para resolver lá e esse é um nó diplomático que eu gostaria muito de desatar.

– Com Bairre – acrescenta Beatriz, lutando para não sorrir. – Seus dedos se tocando de vez em quando...

Daphne cora.

– Ele é meu marido – fala ela.

– Não precisa ser – observa Beatriz. – Agora que mamãe se foi...

– Eu *vou* estrangular você se disser mais uma palavra sobre isso – retruca Daphne. – Eu escolhi Bairre e ele me escolheu, e mamãe não tem nada a ver com isso.

– Muito bem, então – diz Beatriz, erguendo as mãos. – Você quer saracotear por Friv com Bairre.

– Eu não *saracoteio*. – Daphne faz uma careta.

– Você já contou a ele o que Aurelia me disse? Sobre a verdadeira origem dele? – pergunta Beatriz.

Daphne nega com a cabeça.

– Não cabe a mim contar essa história. Mas vou tentar convencer Aurelia a contar para ele. Ele merece saber e a rainha Darina também. Embora eu não ache que Bairre algum dia vá chamá-la de mãe, depois da forma como ela o tratou a vida toda...

Beatriz sabe que essa é a decisão certa, mas tem certeza de que não é fácil para Daphne ocultar um segredo de seu marido, e se sente culpada por ter compartilhado a informação com ela; ainda assim, duvida que Aurelia teria contado a Bairre por vontade própria.

– Então você não quer governar Bessemia – retoma e, quando Daphne balança a cabeça, Beatriz olha para Violie. – E você? Podemos manter a farsa de que você é Sophronia... podemos dizer que você foi desfigurada em um incêndio e, quando curamos seu rosto com poeira estelar, você ficou diferente.

Violie ri, balançando a cabeça.

– Sem ofensa a Sophronia, mas estou ansiosa para ser chamada novamente pelo nome que minha mãe me deu.

– Ainda assim – diz Beatriz, quase esperançosa –, você não seria a primeira imperatriz plebeia de Bessemia e certamente seria um avanço em relação à última.

– Por mais lisonjeada que esteja com esse grande elogio, vou ter que recusar – diz Violie.

– Planejando voltar para Temarin com Leopold? – indaga Daphne. – Tenho certeza de que você seria uma excelente rainha lá também.

Violie abre a boca, mas volta a fechá-la, ponderando as palavras com cuidado antes de falar.

– Talvez um dia – considera ela. – Mas há muito a fazer em Temarin apenas como Violie. E você? – pergunta ela a Beatriz. – Está ansiosa para voltar para Cellaria?

– Pelas estrelas, não. – Beatriz ri com desdém. – Mesmo se eu não acreditasse que Gisella mandaria me matar.

– O que você vai fazer, então? – questiona Daphne.

Beatriz não sabe o que responder. Ela falou a Sophronia sobre todas as coisas que queria fazer, mas, agora que está viva e tem um longo futuro à sua frente, não sabe por onde começar.

– Você seria uma boa imperatriz – diz Daphne.

– Mamãe se reviraria no túmulo só de pensar nisso. – Beatriz ri, balançando a cabeça.

– Mais um motivo, então – replica Daphne. – Imperatriz Beatriz... acho que soa bem.

Beatriz não pode fingir que não concorda, mas...

– Eu quero ver o mundo – diz ela a Daphne. – Quero poder ir a tavernas e dançar a noite toda. Quero flertar descaradamente e beijar mais rapazes do que posso contar. Não quero uma vida enfadonha, presa no palácio presidindo reuniões do conselho e buscando favores em chás vespertinos.

Daphne reflete por um momento.

– Friv é muito frio no inverno – comenta ela. – Eu não me importaria em ficar em Bessemia uma parte do ano, ajudando você a governar. Governando em seu lugar, caso você queira sair por um tempo.

– E, por mais que eu ame Temarin, Bessemia é minha pátria – acrescenta Violie. – E minha mãe jamais sairia daqui, então eu teria que vir visitá-la durante uma parte do ano. Caso você precise de alguma assistência.

– Vocês não podem estar falando sério – diz Beatriz, olhando de uma para a outra.

– Por que não? – pergunta Daphne. – Ser imperatriz é um trabalho árduo para uma pessoa só. Você não deveria carregar o fardo sozinha.

Beatriz franze a testa.

– Eu simplesmente... nunca pensei que seria imperatriz.

– Eu nunca pensei que iria querer morar em Friv – observa Daphne.

– Eu nunca pensei que me apaixonaria por um rei – acrescenta Violie.

– E – diz Daphne, apontando para o céu azul-claro e ensolarado – não acho que alguém imaginou que nossa irmã seria o sol. Mas aqui estamos.

Como Beatriz não responde, Violie a cutuca com o cotovelo.

– E então? Podemos chamá-la de imperatriz Beatriz?

Quanto mais elas dizem isso, mais Beatriz gosta de como aquelas palavras soam. E ela prometeu a Sophronia que faria o melhor de sua vida – quantas sementes pode plantar como imperatriz?

– Imperatriz Beatriz, que seja então – diz ela.

Agradecimentos

Comecei a escrever a série Castelos em seus Ossos em 2018 e terminar a história de Daphne, Beatriz e Sophronia é uma tarefa agridoce. Trabalhar nestes livros foi desafiador de maneiras que eu não esperava, mas esses desafios foram muitíssimo recompensadores e sou imensamente grata a todos que ofereceram seu apoio, generosidade e trabalho árduo para tornar esta série tão mágica quanto ela é.

Obrigada ao meu agente, John Cusick, por levar a série até o fim, desde aquele primeiro e fervoroso e-mail, falando de uma ideia que tive sobre princesas trigêmeas espiãs, até a série finalizada. Sinto-me, como sempre, grata pelo seu apoio inabalável e por todas as ideias brilhantes que surgiram das nossas sessões de brainstorming ao longo dos anos.

Obrigada a Krista Marino, minha destemida editora, por sempre me ajudar a levar tudo a um nível (ou cinco) acima e por me fornecer as ferramentas e orientações para contar a melhor história que me é possível. Trabalhar com você me tornou uma escritora melhor e sou muito grata por isso.

Obrigada a todos na Delacorte Press e na Random House Children's Books, mas especialmente a Lydia Gregovic, Beverly Horowitz, Barbara Marcus, Jillian Vandall, Lili Feinberg, Jenn Inzetta, Jen Valero, Tricia Previte, Shameiza Ally, Colleen Fellingham e Tamar Schwartz.

Obrigada à minha família, como sempre, por ser meu alicerce: meu pai, David; minha madrasta, Denise; meu irmão, Jerry; minha cunhada, Jill. Agradeço à minha família de Nova York, Jefrey Pollock, Deborah Brown, Jesse e Isaac.

Obrigada aos amigos e pessoas queridas que me mantiveram sã enquanto trabalhava neste livro: Cara e Alex Schaeffer (e Gwenevere também!), Chris Bridge, Sasha Alsberg, Alwyn Hamilton, Julie Scheurl, Nina Douglas, Katie Webber Tsang e Kevin Tsang, Elizabeth Eulberg e Kat Dunn. Sei que estou esquecendo pelo menos uma pessoa, então, se você é essa pessoa, estou te devendo um drinque.

E não posso deixar de agradecer aos meus cães, por todos os carinhos e caminhadas de brainstorming, sem os quais estes livros não seriam possíveis.

Finalmente, obrigada a VOCÊ. Por escolher este livro e levar Daphne, Beatriz, Sophronia e todos os seus amigos (e inimigos) para o seu coração. Isso significa mais para mim do que consigo expressar em palavras.

Princesa das Cinzas

A jovem Theodosia tem seu destino alterado para sempre depois que seu país é invadido e sua mãe, a Rainha do Fogo, assassinada. Aos 6 anos, a princesa de Astrea perde tudo, inclusive o próprio nome, e passa a ser conhecida como Princesa das Cinzas.

A coroa de cinzas que o kaiser que governa seu povo a obriga a usar torna-se um cruel lembrete de que seu reino será sempre uma sombra daquilo que foi um dia. Para sobreviver a essa nova realidade, sua única opção é enterrar fundo sua antiga identidade e seus sentimentos.

Agora, aos 16 anos, Theo vive como prisioneira, sofrendo abusos e humilhações. Até que um dia é forçada pelo kaiser a fazer o impensável. Com sangue nas mãos, sem pátria e sem ter a quem recorrer, ela percebe que apenas sobreviver não é mais suficiente.

Mas a princesa tem uma arma: sua mente é mais afiada que qualquer espada. E o poder nem sempre é conquistado no campo de batalha.

CONHEÇA OS LIVROS DA AUTORA

Trilogia Princesa das Cinzas
Princesa das Cinzas
Dama da Névoa
Rainha das Chamas

Trilogia Castelos em seus Ossos
Castelos em seus ossos
Estrelas em suas veias
Veneno em seus corações

Para saber mais sobre os títulos e autores da Editora Arqueiro,
visite o nosso site e siga as nossas redes sociais.
Além de informações sobre os próximos lançamentos,
você terá acesso a conteúdos exclusivos
e poderá participar de promoções e sorteios.

editoraarqueiro.com.br